文春文庫

転がる香港に苔は生えない

星野博美

文藝春秋

一九九六年八月一九日、
香港時間午後一時四〇分

一九九六年八月一九日、香港時間午後一時四〇分。

機体が大きく右に旋回して着陸態勢に入った。飛行機は大嶼山《ランタオ》の上を横断して荃灣《ちゅんわん》のあたりを過ぎると、ぐいぐい高度を下げていく。窓枠にぴったり収まる地図を眺めているような気分だ。

私は翼の向こうに近づいてきた香港の本当の色を確認するためにサングラスを外した。サングラスのせいで暗いのだと思っていた街は、グラスを外しても、焼き過ぎてしまったモノクロ写真のように、取り返しのつかないような表情をしていた。

地上に降りると色と音の氾濫しているこの街が、空の上から見るとモノクロに見えることを、私はいつも不思議に思う。

自分が返還前の香港に戻って来ることは、一〇年前からわかっていた。これから先、世界のどこでどんな人生を送るかもわからないのに、九七年七月一日にどこにいるかだけは決まっている。一寸先は闇の人生の中で、これほど確固たる存在感を持った日は一日たりともなかった。頭のどこかに常にその日の存在があり、何があってもその日のために軌道修正する。たった一日だけ絶対に変更のきかない予定。

九七年七月一日は私にとって、夜空で控えめに輝く北極星のような存在だった。そしてこの一〇年――自分個人にとっては二十代のすべて――という歳月を、その星に照準を合わせて歩いてきたような気がする。

なんて呑気な時刻表だろう。

私が初めて香港の啓徳《かいたく》空港に降りたのは一九八六年八月二三日のことだった。二十歳と半年、一年間限定の交換留学生という気楽な身分だった。眼下の電柱や看板をなぎ倒し、ビルの屋上にひらめく洗濯物をひっかけそうになりながら滑走路につっこんでいく、あの感じ。天国でも飲んだくれていたヨッパライが雲の上から蹴飛ばされ、ぽーんと下界に放り出される、そんな感じ。

これから人間世界にぶちこまれるんだ。

理屈でも観念でも何でもなく、いきなり視覚にそう訴えかけられたことを今でも覚えている。そしてその感覚が、私の香港に対する印象を決定づけてしまったのである。

香港は刺激的だった。貧も富も善も悪もすべてが混在し、背景や出身に関係なく金を得た者が勝ちという現金至上主義。自分が立っている場所や属している国を信じず、ひょいっと国境を越えていく身軽さ。常に今よりも上を目指す上昇志向。日本で二〇年と少しばかり生きてきて、学校がつまらないとかやりたいことが見つからないとかボヤいてばかりいた私は、香港に強烈な影響を受けた。

しかし所詮はビザも身分も住む場所も保証された、長い休暇のような滞在だ。日本に帰ればいとも簡単にもといた日常に戻り、就職活動や卒論に追われ、香港から教えられたことを消化する間もなく日常の中に埋没していった。

香港にどう落とし前をつけるのか。

そんな思いがずっと頭の隅にこびりついていた。

一年足らずで会社を辞め、写真家・橋口譲二さんのもとで働くようになった。九二年頃からぼちぼち自分の仕事を始めるようになった時、私が向かったのは激変の真っ最中の南中国だった。その頃中国は、「先富起来〈なれる人から先に豊かになろう〉」という独自の社会主義路線、ありていにいえば資本主義の道を走り始めていた。今この時に中国を見ておかないと、イメージだけで「中国が好き」と夢見る自分と、現実の中国の間のギャップが広がるだけのような気がした。南中国を旅した時の見聞は、九六年に発表した『謝々《シェシェ》！　チャイニーズ』という本の中で述べている。

中国の仕事が一段落した時、心は自然と香港に向かっていた。返還まであと一年。そろそろ香港に戻る頃だろうと思った。

中国と香港は私にとって、鶏と卵のような存在である。そもそも中国の存在がなければ香港に興味を持つことはなかった。が、香港での生活がなければ、資本主義の道を邁進する今の中国に興味を持つこともなかった。この二つは私の中では切っても切れない関係にある。資本主義路線を歩みながら、国家としては社会主義の面子を絶対に捨てない中国。何よりも管理されることを嫌う香港。その二つが合体するという、世界で初めての実験に立ち向かおうとしているのだ。それを他人の口からお祭り騒ぎのニュースという形で聞かされるのだけは耐えられなかった。どうしても自分の肌で感じたかった。

浅い眠りから覚める直前に、たて続けに押し寄せる脈絡のない夢のようなスピードで、私は香港の中に墜落していく。

さあ、今度こそ落とし前をつけてもらおうじゃないか。

街にそう挑発されているような気がした。私はスチュワーデスに気づかれないように、そっと安全帯《シートベルト》を外した。

転がる香港に苔は生えない　目次

第2章 深水埗

第3章　返還前夜

第4章　返還

第5章 逆転

第6章　それぞれの明日

第7章　香港の卒業試験

人物紹介

章おじさん　中文大学記念品売り場勤務。雲南省出身、82年に来港。
「共産党を知りもしない人間が、そんなことをいうもんじゃない。そういうセリフは、大陸で暮らしてからいうんだな」

夏じいさん　閉鎖される直前の国民党村・調景嶺で出会った元国民党兵士。
「台湾へ向かう船を待っていた。だがああいう時は上から順番に乗るもんだ。わしの番は来なかった」

劉さん(51)　国民党村・調景嶺の住人。
「五〇年不変？　そんなことありえるわけがない。香港は必ず変わるよ」

文道(26)　大学院生にしてコラムニスト。0歳

阿彬(35)　九籠城塞で出会ったまんじゅう職人。75年に広東省番禺より密航。
「香港に来たはいいが金はない、歳はとった。ここには俺みたいな男がたくさんいるよ」

シェリー(32)　中文大学の同級生でソーシャルワーカー。返還直前に女児を出産。
「予定日は返還の直前になりそうなの。この子は生まれる前から強運の持ち主ね」

阿強(34)　中文大学の同級生。5年間カナダに在住、帰国後は会社勤務。
「カナダのパスポートは遊びで取ったのさ」

から15歳まで台湾で育つ。
「僕が今考えていること、ものの見方、それらはすべて香港で発生した。だから僕は香港人だと思う」

容修女　マドラス出身のインド人シスター。語学学校のクラスメート。
「あと何年かしたら大陸へ派遣されるかもしれないの」

ルビー(35)　紅磡の茶餐庁で出前を担当する。
「ここには頭のよく働く奴がたくさんいる」

子俊(21)　新金豪茶餐庁のウェイター。
「君のことは覚えてるよ。もう何回もここに来てるね」

利香(28)　日本人。香港人の夫、阿波と結婚して九六年に来港。
「私たちって、究極の社会主義国家の国民だもん」

阿波(34)　利香の夫。89年から95年まで日本に在住。
「香港人の最大の問題は、本当の民主を経験したことがない点なんだ」

馮おじさん(64)　旺角の路上肖像画家。
「香港に来てから自分一人が食うのがやっとだったが、働けることが何よりも嬉しかった」

劉さん(43)　ビル清掃人。96年に二人の子供を連れて来港。
「夫のことはよく知らないのよ。近所の人に薦められて結婚しただけだから」

肖連(16)　劉さんの長女、中学二年生。
「お父さんのことはほとんど何も覚えてない。三回しか会ったことがないんだもの」

宝珍(32)　福建省長楽で出会った主婦。先に密航した夫に呼ばれ渡米する。
「あなた、怖がることないわ。今回は密航じゃなくて移民なんだから」

王さん(43)　80年広東省東莞から密航。同郷の妻は移民できぬまま。
「俺の女房はいつ香港に来られるんだ？」

阿安(32)　移住した妻と両親と離れて、一人香港に暮らす骨董屋。
「カナダでは、雨まで音を立てずに降っていた。静かすぎて、耳が使いものにならなくなった。香港が恋しかった」

阿邦(17)　子俊の従弟で新金豪茶餐庁バイト。
「海賊版がない世界なんてつまらないよ」

ジョン(43)　マダガスカル生まれ、マカオ育ちのカメラマン。
「ここは人を幸せにする街じゃない。父さんにとって、香港って一体何だったんだろう、って考えてたら涙が出てきた」

阿琴　広東省出身、来港10年のカメラマン。
「父のは汚職じゃないわ。父は人脈が厚いから、それを利用しただけ」

阿玉(25)　アパートの隣人。3歳の息子と二人暮らしの主婦。
「まったく、香港は複雑すぎるよ」

転がる香港に苔は生えない

香港全図（1998年当時）

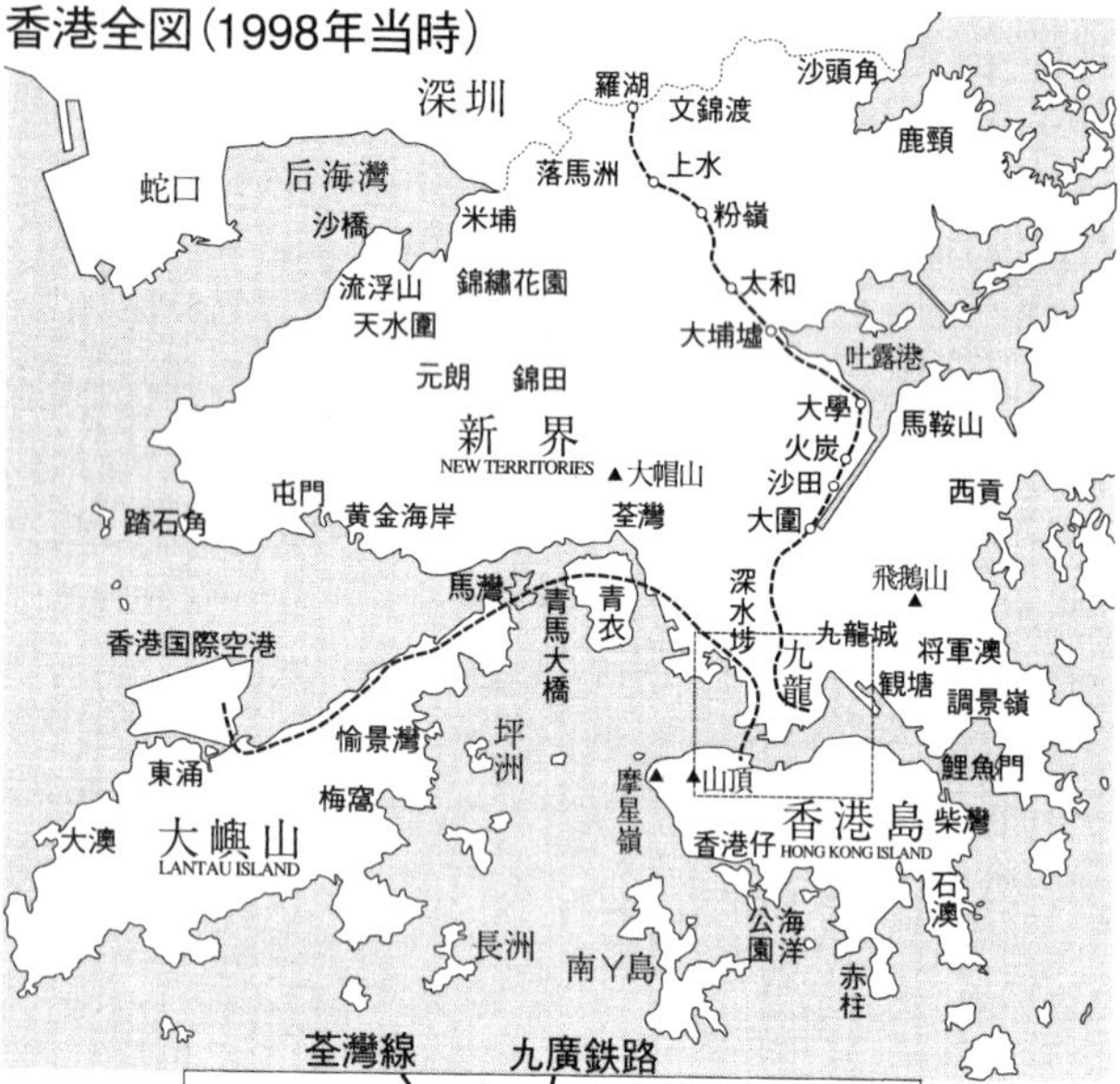

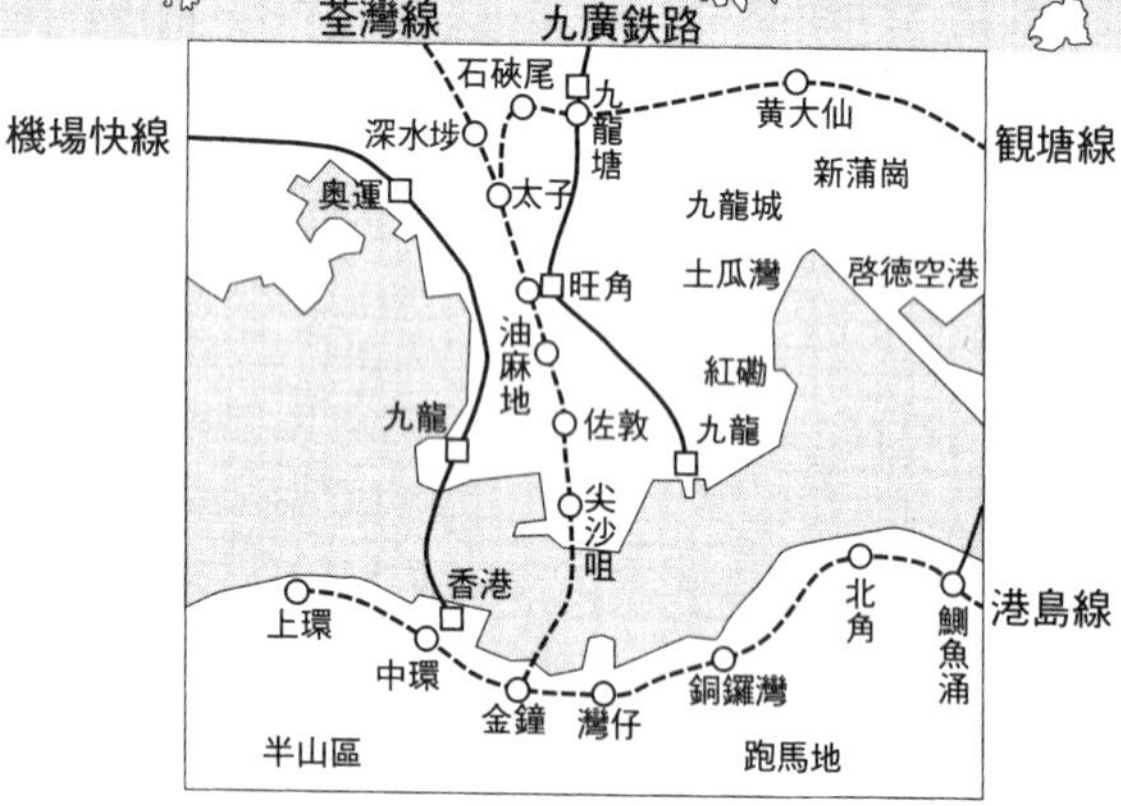

第1章　香港再訪

彼に何があったか、何も聞いていないのね

私は留学していた中文大学時代のアメリカ人クラスメート、テックの部屋を又借りすることになった。彼は城市大学で経済学の講師をしているが、博士論文執筆のためアメリカに発ち、一九九七年一月二日に帰国することになっている。

テックの家は中文大学の隣駅、火炭《ふぉーたん》の落路下《ろっろうはー》という村の一軒家だった。二階に大家さん一家、三階には中文大学の大学院生カップルが住んでいる。広さは2ＬＤＫで家賃は六〇〇〇元（約一〇万八〇〇〇円）。そんな額はとても払えそうにないと泣きつくと、四〇〇〇元に値下げしてくれ、差額の二〇〇〇元は彼が払ってくれることになった。持つべきものは友達である。

香港というときらびやかなネオンに高層住宅というイメージが強いが、香港島や新界は山だらけで、小さな山と山の谷間には、そこだけぽっかり時代から取り残されてしまったような昔ながらの村が残っている。この落路下もそういう村の一つで、くねくねと続く細い石段に沿って、斜面にへばりつくように家が建っている。隣は廃墟で、その隣はうちの大家さん一族の祠堂〈先祖を祭る祠〉。家の真裏にはバナナ林がある。日本にいた時も、これほどのどかな場所で暮らしたことはなかった。

しかし視線をずっと上に上げていくと、舗装道路を挟んだ村の正面には四〇階近くある高層

マンションが建設中。二四時間稼動している建設現場のオレンジ色の明かりで、私の部屋は常に照らされている。「あんなに高いマンションが建つ前は、うちから線路の向こうの競馬場と川が見えたのよ」と大家の魏《んがい》夫人がいっていた。

私の部屋から見えるのは、普請中の香港を象徴する風景だった。

香港に着いたら真っ先に会いたいと思っていた人がいた。

李偉彬《れいわいばん》、一九八九年当時三五歳。九龍城寨《がおろんせんちゃい》の中の菓子工場で働くまんじゅう職人だった。

九龍城寨——日本では「九龍城」という名で認識している人が多いと思う。ここは麻薬や賭博、売春といった非合法活動が公然と横行し、密航者や犯罪者がゆきかう魔窟として、香港はもちろん、世界的に有名な場所だった。もともとここは文字通り城壁に囲まれた、清朝から派遣された官吏の駐在所だった。一八九八年、イギリスが清朝から九龍以北の新界を租借した時、九龍城寨はその範疇に含まれていなかった。そのため九龍城寨は、イギリス領にあってイギリスの統治が及ばないという、治外法権的な空間として、存在し続けることになった。

この地をめぐる管轄問題はその後百年近くにわたって幾度もの衝突を生んできた。香港政府が介入できないというこの場所の特殊性は、賭博、麻薬、売春などの非合法活動を行う不良分子を引きつけ、一九五〇年代以降、九龍城寨は全盛期、といおうか、暗黒時代を迎える。しかし一方ではここが香港の建築法が及ばない土地であることから、違法建築物が好き放題に建てられ、廉価住宅を求めてやって来る市民も少なくなかった。城内にはプラスチック製品や衣料品、造花やおもちゃなどを作る小工場がひしめきあい、不良分子と一般市民は互いに干渉せず同居していた。

李偉彬《れいわいばん》と出会ったのは一九八九年四月、九龍城寨《がおろんせんちゃい》でだった。迷路のような城内をあてもなく歩いていた時、彼の働く工場の前を通りがかった。上半身裸で短パンだけを身につけた男たちが機械のような手さばきで黙々と粉をこね、大きな鉄板の上に出来上がったまんじゅうを載せていく。ただでさえ光も風も入らない、いかにも伝染病が好みそうな、澱んだ空気が蔓延する九龍城寨の中の、十畳にも満たない小さな菓子工場。童話「ヘンゼルとグレーテル」の中で、お菓子を食べて太らされたヘンゼルが魔女に放りこまれそうになった窯のような、すすと油がこびりついて真っ黒になった大きいオーブン。サウナのように蒸し暑い工場で黙々と働き続ける男たちの胸は真っ赤に染まり、慢性的な火傷状態になっていた。

工場育ちのせいか、工場で人が何かを作っているとおもしろくていつまでも見てしまう習性のある私は、彼らがまんじゅうを作る様子を飽きもせずずっと眺めていた。あんまりずっと立っているのが気になったのか、一番手前で粉をこねていた男が口を開いた。

「あんた、大陸から来た嫁さんかい？」

何を問われているのか意味がわからず、私は呆然とそこに立ち尽くした。

「あんたは大陸から九龍城寨に来た嫁さんかい？」

男はもう一度ゆっくり尋ねた。手を休めることはなしに。

「いえ、私は大陸から来た花嫁ではありません。日本から来た旅行者です」

「ごめんごめん。ここには毎日のように大陸から嫁さんが来ては迷子になるから、あんたもてっきりそうなのかと思ったよ」

それが李偉彬と最初に交わした会話だった。

翌々日もまんじゅう工場へ遊びに行った。彼は手を動かしながら、いろんな話をしてくれた。

彼は一九七五年、二一歳の時、友達と一緒に八時間河を泳いで香港に密航した。少年期に文革を体験し、中国がほとほと嫌になったからだった。八〇年一一月三〇日以前まで、中国からの密航者は九龍の市街地まで入れば香港の居住権を獲得することができた。香港という都市は、そういう越境者たちによって形づくられてきたのである。

彼は香港に来てからずっと菓子作りの仕事をしていた。九龍城の隣町、新蒲崗《さんぽーこん》のアパートに一人で住み、毎日九龍城寨まで歩いて通っている。故郷の番禺《ぷんゆ》には両親に兄、姉、妹二人、弟が残っている。家族の生活費と妹や弟たちの学費のため、香港に渡ってからずっと故郷に仕送りを続け、自分の生活に余裕はなかった。

「それこそデートなんかする暇も金もなかった。とにかく必死で働いたよ」

弟たちが学校を卒業して働き始め、やっと送金しなくても済むようになった時、彼はすでに適齢期を過ぎていた。

「ここには俺みたいな男がたくさんいるよ。香港に来たはいいが、金はない、歳はとった、それじゃあ香港の女に相手にされるわけがない。仕方ないから故郷の嫁さんをもらうんだ。でも女房はすぐ香港に移民できるわけじゃないから、家族へ送金が終わったと思ったら、今度は女房に送金しなくちゃならない。自分は自由を求めて香港に逃げて来たのに、ずっと誰かのために働き続け、金を送り続ける。そんなのおかしいと思わないか？　俺はそんな思いはしたくない。一人の方がずっと自由でいいよ」

　しかし故郷の家族はそうは考えない。最近では両親が見合いばかりさせるため、田舎に帰るのが面倒になったという。

「もううんざりだよ。奥さん選びは、料理を選ぶのとはわけが違うだろ？　それを他の人が無理矢理選ぶなんて絶対におかしいよ。俺はゆっくり時間をかけて、自分に合った人を探すよ」

　彼は前の年、ツアーで初めてパタヤへ遊びに行った。初めての外国、美しい海、初めて撃った拳銃。

「外国旅行がこんなに楽しいものだとは知らなかった。一生懸命お金を貯めて、また違う外国へ行ってみたい。泳ぐのが好きだから、次も海のある所へ行きたい。プーケットなんかいいな」

　彼は香港に泳いで密航した。泳ぐことは嫌な思い出ではないのだろうか？

「全然平気さ。俺が泳いで密航したのは、泳ぐのが大好きだから自信があったんだ。泳ぐのが嫌いになることなんて絶対にないよ」

　ちょうど昼時にさしかかり、工場の人たちが昼食に誘ってくれた。段ボール箱をひっくり返して新聞紙を敷いた即席テーブルの上に、いんげん炒めと豚の角煮、ローストダック、酢豚、青菜妙めが並んだ。

「そうだ、記念写真を撮りましょう」

それは私がコンパクトカメラ以外のきちんとしたカメラで撮った、初めての記念写真だった。

そして私たちは住所交換をして別れた。

その二か月後、私は生まれて初めて沖縄本島と八重山諸島へ行った。それまで東南アジアのいくつかの海へは行ったことがあったが、これほど美しい海を見たのは初めてだった。私はその海の美しさを誰かに伝えたくなり、石垣島から彼に絵ハガキを送った。

「日本にこんな美しい場所があったとは知りませんでした。あなたは泳ぐのが好きだから、次はプーケットへ行きたいといっていましたね。この琉球もなかなか素晴らしいところです。いつか日本に来て、この海を見てください」

ほどなく彼から返事が来た。

「とてもきれいな絵ハガキをありがとう。いつか必ず琉球へ行ってみたいと思います。その前に、一生懸命働いてお金を貯めます」

それから私たちの間の連絡は途絶えた。私はその数か月後に引っ越し、仕事に奔走する日常の中でだんだん香港は遠くなった。その翌年、仕事で四日間だけ香港へ滞在する機会があったが、忙しくて彼には連絡を取らなかった。

香港に行きたいという思いは常にあった。ここ数年はもっぱら中国に通い、何度か香港の近くをかすった。広州や厦門《アモイ》や海南島で香港行きのバスやフェリーの時刻表を見かけた時、何度飛び乗って香港へ行ってしまおうかと考えたことだろう。しかし中国に関わっている時、香港に逃げるのはよそう、という意識がそんな衝動に歯止めをかけた。

そして九龍城寨《がおろんせんちゃい》は九四年に完全に取り壊された。九龍城寨取り壊しのニュースを私はテレビで見ていた。さすがにいてもたってもいられない気持ちだったが、それでも私は腰を上げなかった。

言い訳はどうであれ、結局それ以来、今回再び香港に戻って来るまで、私は六年も香港には来なかった。香港で知り合った人たちの多くとも音信不通になってしまった。

香港に着いた翌日、何はさておき九龍城寨のあった場所へ出かけた。村の前を通るミニバスに乗って黄大仙《うおんたいしん》へ行き、そこから歩いて新蒲崗《さんぽーこん》を抜け、城寨へ向かう。水の干上がりかけた川を渡り、東頭邨《とんたうちゅん》という古びた団地の中に入ると、かつて九龍城寨に向かっていた時に感じていた興奮がみるみるうちに甦ってきた。

ぱっと視界が開けたかと思うと、目の前に広がっていたのはフェンスに囲まれた公園だった。九龍寨城公園《がおろんちゃいせん》——清朝時代の九龍城寨を模した城壁とパゴダがしらじらしく建っていて、公園内を走るサイクリング専用道路で子供たちが自転車を乗り回している。

消しゴムで消したように、九龍城寨は見事にきれいさっぱり消えてなくなっていた。

取り壊されたのだからなくなっていることは覚悟の上で来たというのに、あまりに変わり果てた風景に私は軽い目まいを覚えた。

城寨は、徹底的に消された。

これほど見事にあれだけの気配を消せるものなのか。ここで生活していた何万という人々は、一体どこへ消えてしまったのだろう？

これがこの街の決意なのだと思った。

香港は、本気で記憶喪失になることを選んだのだ。

李偉彬《れいわいばん》はどうしているのだろう？　九龍城寨がなくなった以上、彼は職場を失ったことになる。彼は今もどこかの地下工場で、胸を真っ赤に染めながらまんじゅうを作り続けているのだろうか？　九龍城寨がブルドーザーで根こそぎ壊された時、彼は何を思っていたのだろう？

私はベンチに座り、李偉彬にハガキを書いた。

「私のことを覚えていますか？　一九八九年四月に九龍城寨で会った日本人です。お久しぶりです。今、このハガキを九龍寨城公園で書いています。私は一年ほど香港に住む予定です。もし私のことを覚えていたら、ぜひ電話をください」

頭上を一機の日本航空機が飛んで行った。私が昨日乗っていた便だ。その時、脳裏に一つのシーンがフラッシュバックした。

李偉彬と出会ったその日、私は九龍城寨の屋上に上った。屋上で鳩を飼っている青年がいた。なぜこんなに鳩をたくさん飼っているの、と聞くと、青年は翼を広げるように両手を広げ、「俺の代わりに自由に空を飛んでもらいたいからさ」と答えた。できすぎた答えだな、と思った。私も空を見上げた。その時頭上を飛行機が横切っていった。私は思わず空に突き出した手を引っ込めた。本当に飛行機をこの手で摑めるような気がして怖くなったのだ。あの時空は、それほど近くにあった。

私はベンチに座ったまま頭上に手を伸ばした。両手が空を泳いだ。空は、途方もなく遠くに去っていた。


五日がたった。家で自分の作ったカレーライスを食べていた時、電話が鳴った。

「星野博美小姐ですか？」

その女性は広東語でそう尋ねた。聞き覚えのない中年女性の声だった。彼女は何か広東語で話し続けたが、何が我々の接点なのか思い浮かばないため、何をいいたいのかさっぱりわからない。そのうち、「アバン」という言葉が何度か繰り返されていることに気づいた。

「アバン？」

私もその言葉を真似てみた。

「ハイヤー、アバン、アバン、レイワイバン」

ようやく、「レイワイバン」という単語が「李偉彬」という名前の発音であることに思い至った。中国人は名前の最後の一文字に「阿」を付けて親しみを込める習慣がある。「アバン」は「阿彬」のことなのだろう。

「アバンは李偉彬《れいわいばん》のこと？」

「そうよ、李偉彬のことよ」

彼女は、広東語の海に溺れかけていた私がようやく岸までたどり着いてほっとしたように溜め息をついた。

「あなたが阿彬《あばん》に手紙を出した星野博美小姐ね？」

「そうです」

「あなたは日本人ね？」

「そうです」

そう答えると、彼女は少しの間黙りこんだ。

「阿彬はとてもいい人よ。いつも私や母を助けてくれた。彼がいい人だってこと、あなたも知ってるでしょ？」

「知っています」

彼がまんじゅう工場の周りで働く女性たちに李伯《れいおじさん》と呼ばれて慕われていたことを思い出した。

「本当にいい人よ。あんなにいい人は滅多にいない。あなたも知ってるでしょ？」

「知っています」

「彼はいつも私たちに、日本に女朋友《ガールフレンド》がいると話していた。だからあのハガキを見た時、あなたがその日本人だとすぐにわかったわ。彼とはもう何年も連絡を取っていなかったのね？」

「もう七年も会っていません。先週香港に来て、一年ほど住む予定なんです。だからハガキを書きました」

「そう……あなたの話を聞いていなかったらこんな電話はしなかったんだけど、いつも聞いていたから、連絡しないわけにはいかないと思って……」

私は苛々し始めていた。前置きが長すぎる。彼女はなかなか本題に入ろうとはしなかった。

「何も聞いていないのね？」

「何を、ですか？」

「彼の友達からも聞いていない？」

「彼の友達は誰も知りません」

「じゃあ何も知らないのね……」

すでに嫌な予感がし始めていた。

「彼は今どこにいるのですか？」

「彼に何が起きたのですか」と聞くべきだったが、私は故意にそう尋ねた。ただここにいないだけだと思いたかった。

「彼は死にました」

酸っぱいものが口の中に充満した。

阿彬《あばん》は死んだ。

それを私は会ったこともない女性から聞かされている。

阿彬は死んだ。

実感がまだ摑めないまま、恐らく広東語のネイティブスピーカーではない中年女性がつむぎ出す流暢ではない広東語の羅列の中に、自分にも聞き取れる事実を探すことで何とか感情を呼び起こそうとした。

阿彬は三年前に死んだ。病気で倒れて病院に入り、一週間足らずで死んだ。肝臓癌だった。彼女はその時、彼の隣の部屋に住んでいた。大陸にいる家族にすぐ連絡をしたが、手続きに時間がかかり、死に目に会うことはできなかった。彼女は私にも連絡をしようとしたが、電話番号がわからなかった。彼は死ぬ時、一人ぼっちだった。いつもよくしてもらった彼女と彼女の母親が、彼の最期をみとった。

私にわかったのはそれだけだった。

聞きたいことは山ほどあった。

どういう経緯で私の出したハガキがあなたの元に届いたのか。

なぜあなたは私の存在を知っているのか。

彼は最後はどこに住み、どんな仕事をしていたのか。

彼のお墓は香港にあるのか。

彼の遺品はあるのか。

しかし会ったこともない人と、不自由な広東語でそれ以上複雑な会話をすることには限界があった。とにかくあなたと直接会って詳しい話が聞きたい、あなたの名前と連絡先を教えてほしい、と頼むと、彼女は「家も仕事場も都合が悪い。暇ができたら必ず連絡するから、それまで待ってほしい」といった。名前だけ教えてくれた。「ピン」と私には聞こえた。

私はとりあえず礼をいい、電話を切った。

冷めきったカレーライスを放ったまま、私はスーツケースを引っ張り出してあるものを探し始めた。阿彬《あばん》の写真。私はそれを香港に持って来ていた。

胸を真っ赤に染めたままほほえむ彼の写真を目にした時、ようやく感情と呼べるものが湧いてきた。涙が数粒、写真の上に落ちた。

すでに消滅してしまった九龍城寨の片隅の、魔女の秘密の部屋のような小さなまんじゅう工場で、カメラに向かってほほえむ五人の半裸の男と、万里の長城のTシャツを着た若い男。万里の長城の男がこの工場の社長だ。そこにいるのは六人なのに、写真の中にはごはんを山盛りにした茶碗が七つ写っている。一つは私の分だった。

むさ苦しい男たちの、ただの昼食時の記念写真。しかしなぜか私は無性に気に入っていた。香港に足を運ばなかった六年間、香港に触れたいと思うと必ずこの写真を眺めた。するとこの一枚の写真から九龍城寨の湿気やカビと腐臭が混じったような匂い、そして漠然とした不安がみるみる立ち上がり、それが六人の男のほほえみによって打ち砕かれ、最後にはいつも、そんな彼らが暮らす香港という街への強烈な愛着を感じてしまう。いつしかその写真は私にとって、香港の象徴になっていた。

その香港へようやくたどり着いた時、私が知ったのは、この写真はもう存在しないという事実だった。

この人も、この場所も、もう存在しない。
みんな消えてなくなってしまったのだ。

私は李偉彬《れいわいばん》という一人の男と出会った。彼を記憶にとどめたいと思い、写真に撮った。撮ってしまった以上、忘れることができなくなった。そして彼はいなくなった。私の手元には一枚の写真だけが残された。その一枚の写真が、彼について知っているすべてだった。

写真の中の彼はまっすぐレンズを見据え、かすかにほほえんでいる。彼の姿は記憶という曖昧な主観の中でどんどん修正を加えられ、彼の姿を思い出そうとすると、いつの間にかその写真の中の彼になっていた。私は彼が洋服を着ている姿も、まんじゅうを作っている姿も思い出すことができない。彼は永遠に半裸のまま、さかさにした段ボール箱の横でほほえんでいた。

私は阿彬の写真をスーツケースの中に戻した。

私が切り取ったその一瞬以外の時間、彼はどんな風景を見、何を考えながらこの街で生きていたのか。それを記憶にとどめることが、自分にできるせめてもの供養だと思った。

彼の軌跡をたどる、長い長い心の旅が始まった。

B.C.
BRAND

旧友との再会

かつて暮らしたことのある街に戻るというのは奇妙な感じだった。

私は東京と香港でしか暮らしたことがない。自然と歩き方は、久しぶりに故郷に帰った人間が風景の中に自分の痕跡を探しては、変わり果てた故郷との接点を求めるような、郷愁に満ちたものとなった。

街は病気のように何かを壊し、何かを建てていた。聞いたこともない名前のショッピングセンターやホテルが立ち並び、そこにあったはずの村がきれいさっぱり消えている。海があったはずの場所に行けば、海は遠ざかって近づくことすらできない。かつて八百伴《ヤオハン》や東急でしか手に入らなかった日本食品がセブン‐イレブンにも並び、回転寿司屋がそこらじゅうにできている。小金を持っている感じの若者が増えた。昔は洋服に金をかけられる若者はあまり街にはいなかった。道行く人々の肌がきれいになった。街を闊歩する女性たちが格段におしゃれになったし、眼鏡をかけた人が少なくなった。何よりも驚いたのは、キャミソールを着た女性たちが腋毛を剃っていることだった。昔、香港の女性は腋の見える服は着なかったし、つり革に摑まる腕の下からちらちら垣間見える無防備な腋毛にドキドキしたものだ。あどけない顔をした女の子の腋の下にひそむ、成熟した女性の象徴。そのアンバランスな感じが好きだったのに。

かつて私の香港生活は中文大学に始まり、中文大学に終わっていた。キャンパス内の女子寮に住み、そこから見えるものが即ち香港だった。いろんな場所へ遊びに行ったが、その場所や人とコミットしようとはしなかった。逃げ場があらかじめ用意されていることで、街に自分の居場所を探す必要がなかったのである。

久しぶりに街を歩いてみて、自分がこの街のことを何一つ知らなかったという実感がじわじわと押し寄せてきた。結局はなじみのある風景を求めてひたすら歩き回り、視覚的にはとても懐かしいのに、気持ちがその懐かしさについていけないという、ぎくしゃくした、なんとも収まりの悪い疲労が体の中に蓄積されていった。感情が消化不良を起こし、それが体にも伝染し始めていた。

ドアが見つからなかった。

夕方、九龍《がおろん》から九広鉄道に乗って家に帰る時、その思いは特に強くなった。列車が獅子山《ライオンロック》隧道《トンネル》を抜けると、そこはもう新界だ。突然、山あいに秘密基地のような高層住宅群が現れる。団地の前に広がるサイクリング場と、その横にはほとんど回らない観覧車。ちょっとドラマチックな風景だ。

白や黄色のさまざまな明かり。人が暮らしている証。その窓の一つ一つに、まったく違った物語が詰まっている。しかし九広鉄道の窓の外に広がる高層住宅からは、匂いも音も漂っては来ない。

このもどかしさは、多分電車の窓が開かないせいだろう。そこに幾千、幾万という生活があるのに、手を延ばして触れることができない。

「おい、冗談じゃねえよ」という怒鳴り声にびっくりして後ろを振り返る。男は携帯電話で見えない相手を罵倒している。私はほっとしているのか落胆しているのか自分でもよくわからず、曖昧な表情でまた前を向く。

あなたに罵倒された方がまだよかった。

窓の向こうでたくさんの人が生きている。私の周りにもうんざりするほどたくさんの人がいる。

こんなにたくさんの人がいるのに、どうして彼らと私は出会わないのだろう。すれ違いでもいい。一瞬でもいい。友達になどなれなくてもいい。すぐに別れが待っていたってかまわない。

誰かと出会いたい。

狂おしいほどそう思った。

＊　＊　＊

シェリーはこの九年間行き来があった唯一の友達だ。彼女は私が香港へ留学する前年度の一九八五年から八六年にかけて、中文大学から慶応大学に交換留学していた。そして彼女が香港に帰った八六年夏、今度は私が香港へ行ったわけで、香港では一番歴史の長い友達ということになる。彼女と最後に会ったのは、夫婦で三週間の休暇を取って日本に遊びに来た半年前だった。

シェリーと夫のレイモンドは中文大学で社会工作〈ソーシャルワーク。日本でいえば社会福祉〉を専攻していた。レイモンドが一級年上で、シェリーは今でも彼のことを師兄《せんぱい》と呼んでいる。レイモンドは大学を卒業すると香港政府の社会福利署の役人になった。日本でいえば厚生省の官僚といった感じのステイタスである。シェリーは卒業後ソーシャルワーカーとなり、一年後に香港大学の大学院に通って教育学の修士号を取得した後、再びソーシャルワーカーの道に戻った。そして二人は九二年に結婚した。

二人はスーツ姿で大埔《だいぽー》駅の切符売場の前に立っていた。郊外のマンションに夫婦二人で暮らす、仕事帰りの典型的なディンクス夫婦といった空気感が漂っている。明日から二週間、オーストラリアへ遅い夏休みを取りに行くのだという。

「二人でオーストラリアで夏休みなんて優雅だね。半年前にも日本に来たばかりじゃない？」

「だって二人とも毎日働きづめなのよ。時々二人で旅行することだけが唯一の楽しみなの」

スーツ姿で決めているとはいえ、二人はまったく変わっていなかった。香港人にしては珍しく大柄で骨太で、適度に肉がついて安定感があり、化粧をしないどっしりしたシェリーに、ひょろひょろのガリガリでいつまでたっても気のいい家庭教師といった学生臭さが抜けないレイモンド。スーツを脱いで中国式の綿入れを着たら、一〇年前とほとんど変わりがなかった。

彼らが暮らす家は大埔駅の真上の二七階にある。ガラス張りの居間からは、天気がよければ深圳《さむちゃん》のビル群まで見えるという。つくりは2LDKで、一部屋は二人の寝室、もう一部屋は二人の書斎兼コンピュータールーム。居間の棚には二人が世界のあちこちで撮った記念写真や、学生時代に中国で撮った写真が飾られ、寝室には結婚式の時の写真が所狭しと並べられている。レイモンドは休暇前に片付けなければならない仕事があり、コンピュータールームに引っ込んで仕事を始めた。

香港にこれ以上豪華なマンションはいくらでもあるだろうが、住宅難の香港において、三〇を過ぎたばかりの夫婦が暮らすには贅沢な空間といっていいだろう。昔、シェリーの家族が暮らす沙田《さーてぃん》の団地に行ったことがあるが、それより格段に美しくて広い家に、彼女は夫と二人だけで住んでいる。

「とてもいい家だね」

「そう？　私も気に入ってるの。でも家具やバスルームなんかけっこう安物なのよ。家を買うのにお金がかかったから、その他の部分では節約してるから」

二人の人生計画は順調そのものだった。彼らは結婚する二年前の九〇年、中古の居屋《こいおく》〈政府が建てた売買対象の公共住宅。同エリアの同レベルの私営マンションと比べると四割程度安いといわれる〉を五六万元（当時のレートで計算すると八九六万円）で購入。そして九四年、その家を購入価格の倍以上の一二七万元（二〇三二万円）で売り、現在のマンションを二八八万元（四六〇八万円）で購入。彼らの買い換え計画は、好景気に乗ってちょうどうまく回ったということになる。

「私たちは早くに安い家を手に入れて、その値段が跳ね上がったから買い換えることができたのよ。本当にラッキーだったと思う」

彼女はさらりとそういったが、それが今の香港でどれだけ大変なことか、来たばかりの私にも想像はついた。

「夫婦二人でこの空間に住むというのは、香港では贅沢なことだよね。結婚しても親と一緒に暮らす人が多いでしょ？」

「そうね。妹も結婚して夫の実家の団地に住んでる。姑は今一人暮らしなんだけど、お金がもったいないから、ここを人に貸して自分と一緒に住めっていうわ。でも私は絶対にそうしたくない。私が今までがんばってきたのは、夫婦二人で暮らせる家がどうしても欲しかったから。日本に行った時、生まれて初めて家を出て一人で生活した。香港に帰ったら、もう家族と一緒に暮らすのが苦痛でしょうがなくなったの。家族は好きだった。でも私は家に戻ったら、自分の部屋はないのよ。一八年間そうやって生活してきたけど、一度外に出てしまった私にはもう耐えられなかった。早く家を出たい、自分の家が欲しい、ってずっと思ってた。香港の人って、家を買っても家族と暮らしてもっともっとお金を貯めようとするの。でもそれは一人で暮らしたことがない人の発想だと思う。家を出たことがないから、永遠に家族と一緒に暮らしていけるのよ。一度でも家を出たことがある人なら、自由とお金を比較したりしないはずだわ」

「でもそういう考えって、香港で受け入れられる？」

「そうね……姑はまったく理解できないみたい」

シェリーは窓の外を見つめながらいった。

「私たちは学生の頃からの付き合いだから、結婚には反対しなかったけど、まさかこんなにいうことを聞かない嫁だとは思ってなかったみたいね。息子が自分に親孝行できないのは、私のせいだと思っているみたい。レイモンドは私と姑に挟まれて大変よ。彼はお母さんに弱いから、何かいわれるとすぐ弱気になってしまうの。香港の母親と息子の絆ってものすごく強いのよ。息子は母親に絶対逆らえないの。特に長男はね」

「そういう時はどうするの？　レイモンドと意見が衝突したら」

「簡単よ」

彼女の顔がぱっと明るくなった。

「夫婦ゲンカになると、私はハンマーを出してきて振り回すの。そうすると大抵いうことを聞くわ」

その様子があまりにリアルに浮かんだ。かわいそうなレイモンド。あんまりじゃないか。シェリーを心配して損した。

「ハンマーって便利よ。博美も一本備えておいた方がいいわ」

私は友達の堅実なステップアップを素直にえらいと思った。互いに生き方は異なるけれど、彼女は自分の専門分野の仕事を続けながら、一方で生活の基盤を確実に築いている。

「シェリー、あなたはえらいよ」

彼女は飲みかけていたお茶を吹き出しそうになった。

「何おかしなこといってるの？　別に全然えらくなんかないわよ。ただ毎日働いてるだけ。香港って老後の保障が何もないでしょ？　働けなくなったら、自分を守ってくれるものは不動産しかないのよ。私は今からその準備をしているだけ」

老後の保障……胸がズキリとする。今の自分には一番聞きたくない言葉だ。

「シェリーの話を聞いてたら、自分がすごく子供に思えてきた。将来のことなんて全然考えてないから」

「そういうことは、考える時期が来たら考えればいいのよ。あなたは今、仕事が好きだったら仕事をすればいい。無理に将来のことを考えたら、仕事ができなくなるでしょ？　個人個人でみんな違うんだから、それでいいと思うけど」

シェリーは日本のおしるこに似た糖水《とんそい》をいたずらにかき混ぜながら、何か考えているようだった。

「博美が香港に来てくれて嬉しいのよ」

そのしんみりした口調に私はドキリとした。

「ほんと。毎日忙しく働いてると、何も考えたくなくなる時があるの。みんなそうだと思う。何も考えたくないから、忙しくしてるのかもしれないわ。あなたは香港を見て、何かを考えに来たんでしょう？　香港について何か気がついたことがあったら、私にも教えてほしいの」

「それはかまわないけど……」

「博美が考えてくれたら、私は考える手間が省けるからね」

彼女は重くなりかけたムードをかき消すように、茶目っけたっぷりにいった。

話したいことは山ほどあったが、明朝オーストラリアへ発つ彼女をこれ以上拘束したくはなかった。

「大丈夫。一年ぐらいは香港にいるんでしょう？　時間はたっぷりある。積もる話は一年かけてゆっくりしましょうよ」

中文大学の同窓会

中文大学時代の友人、阿強《あきよん》と阿富《あふー》と、当時寮の管理人をしていた章《じよん》おじさんと、同窓会を開くことになった。

阿強と阿富は社会工作《ソーシャルワーク》専攻の男子学生だった。阿強、妻の梅芳《むいふおん》、阿富、そしてシェリーとレイモンドは全員が社会工作専攻で、しかも同じ寮に住んでいた。その寮の世話をしていたのが章おじさんだ。

この九年間彼らとはほとんどコンタクトを取っていなかった。当時一緒に留学していた唯一の日本人の友達、美穂子は義理堅く常に彼らの消息を把握していた。彼女から、二人とも卒業後間もなくカナダへ渡り、九五年の終わりに香港に戻って来たらしいこと、阿強は同級生の梅芳と、阿富はカナダで知り合った香港人女性と結婚したことなど、断片的には耳にしていた。そして章おじさんは寮の管理人を辞め、今は中文大学の記念品売り場で働いているという。

久しぶりに会った章おじさんは、少し老けたけれど、髪は染めて前より一層黒くなっていた。

おじさんは妻を早くに亡くし、八二年に広州から香港に出てきた。祖籍〈先祖の出身地〉は浙江だが、父親が解放前、国民党の交通部で滇緬公路《てんめんこうろ》〈雲南省の昆明と緬甸《ミャンマー》を結ぶ道路〉の管理に携わっていたため、雲南で生まれ、貴州と四川の省界で育った。四九年に国共内戦が終結、父親は国民党と共に台湾へ逃れ、残された家族はとりあえず広州へ逃れた。父親を追ってじきに台湾へ渡るつもりだった彼は、結局八二年まで出国を認められなかった。大陸にいた時の話は一切語ろうとはしないが、中学で物理の教師をしていたこと、そして父親が国民党員であったことから、恐らく文革時代には辛酸を舐めたのだろう。上の娘が最近ニュージーランドへ移民し、今は下の息子と二人で中文大学構内の職員寮で暮らしている。

「阿強？　あいつなら昨日も会ったよ。最近、ほとんど毎晩中文大学に来てる。図書館で勉強しているらしい」

そしてその週末、中文大学の教職員用食堂で彼らとささやかな同窓会を開くことになったのである。

もともと胸板が厚く、がっしりした体格だった阿強は、外見はほとんど変わっていなかった。ポロシャツにコットンパンツ、その上にジャケットを着た姿は、週末ゴルフに行った帰りのビジネスマンという感じで、さりげなく似合っていた。昔はガリガリで真っ黒に日焼けし、「よくベトナム難民と間違われて尋問される」と自らおどけていっていた阿富は少し恰幅が良くなり、西洋暮らしがすっかり板についた元ボートピープルという感じだった。

「まずは再会に乾杯！　それから章《じよん》おじさんの健康に乾杯！」

阿強《あきよん》は現在、日本の工業用機械部品を売る会社で働いている。大陸の工場で製造した部品をフィリピン、シンガポール、マレーシアへ売るため、週に一度は大陸へ、一、二か月に一度の割合で東南アジアへ出張する。香港にいる間は日本人の接待に忙しい。妻の梅芳《むいふおん》は中環《セントラル》のイギリス系大手会計事務所で会計士をしている。金を節約するため二人は、阿強の母親と一緒に観塘《くんとん》の公屋《こんおく》〈公共団地〉に住んでいる。

「彼女の方が全然稼ぎがいいんだ。俺が食わせてもらってるようなもんさ」

阿富《あふー》は監獄から出所した人たちに仕事を紹介したり、職業訓騨を指導したりするソーシャルワーカー。カナダで結婚した香港人の妻と二人で中文大学の隣駅、大埔《だいぽー》に住んでいる。

「大変な仕事だね」と、私は何の気なしにいった。

「いや、気楽な仕事だよ」と意外にも彼はそう答えた。

「監獄から出所した人間を本気で更生させようと思ったら、そりゃあ大変な仕事だよ。でも俺の経験からいって、一度監獄に入った人間は必ず監獄に戻って来る。彼らを更生させるなんて絶対に不可能なんだ。だから更生させようなんて思わないで、ただ与えられた仕事だけやってればいいんだ。毎日五時に帰れるし、こんな楽な仕事はないよ」

すごい意見だ。

自然な好奇心から私は彼らにカナダについて尋ねた。いつカナダへ渡り、何年向こうに住み、いつパスポートをもらったのか、そこらへんの事実確認がしたかった。

「行ったのは九〇年。八七年に大学を卒業して、働き始めてからすぐに申請を出したんだけど、しばらく何も返答がなかった。九〇年にいきなり返事があって、すぐ行ったんだ。どうせ行くなら若いうちの方が楽だからね。結婚して子供がいたり、キャリア積んだりしてたら、身動きできなくなるでしょ。どうせなら独身でキャリアもない若いうちの方がハンディも少ないから」と阿富は答えた。それを傍らでずっと聞いていた阿強は、不機嫌そうに口を開いた。

「俺は、阿富が申請書を余計にもらってきたから、書いて出しただけ。どうせだから梅芳のも一緒に出した。そうしたら通った。だから一緒に行った。それだけ。別にカナダなんてどうでもよかった。通ったから行く。通らなかったら行かない。それだけのことさ」

「でもカナダのパスポートってそんなに簡単なものじゃないでしょう？　専業人士《プロフエッショナル》〈高度な専門技術や専門知識を要する職業。具体的には医者や弁護士、会計士、教師、エンジニアなど〉か相当お金がないと難しいんでしょう？」

「そんなの簡単さ。誰だって取れる」

「おい、カナダは簡単なんかじゃないぞ」と章おじさんが怒鳴った。

「じゃあ店の売り子の俺が申請して、通るとでも思うのか？　うちの娘がニュージーランドへ行くのに、どれだけ金がかかったと思う？　おまえがいう簡単っていうのは、中文大学を出たプロフェッショナルだからという条件付きだ。そこを履き違えるんじゃない」

「俺たちはラッキーだったんだよ」と、気まずい空気をとりなすように阿富がいった。

「申請したのが六四〈天安門事件〉より前だったから、まだ移民する人間が少なかった。それにその頃カナダでは、看護婦とかソーシャルワーカーとか、福祉関係のプロフェッショナルが不足していたんだ。ちょうど向こうの需要と俺たちはぴったり合ってたんだよ」

「そもそもどうしてカナダへ行こうと思ったの？」

「八四年に返還が決まったばかりだったし、やっぱり香港の将来が不安だったからね。香港に万一のことがあった時、逃げ場は確保しておきたい。よくいわれるけど、まさに保険ってやつさ。最初からパスポートが取れたらすぐに帰って来るつもりだった。移民するつもりはなかったんだ。だから去年の終わり、『移民監獄』から出所したら即刻帰って来た」

パスポートが取れるまで数年間外地で忍耐することを、その間自由に身動きができないことから、「坐移民監〈移民監獄を勤める〉」という。ここ数年で流行り出した言葉だという。

かつて移民という言葉には、ラッキーという響きがあった。しかし香港人の主な移民先であるカナダ、オーストラリアの景気が軒並み悪化し、香港に残ってキャリアを積んだ方がよほど有利だと人々が気づき始めてから、移民は「移民監獄」とネガティブに呼ばれるようになった。流行語の変化を見ているだけでも、ここ数年で移民に対する意識がどれだけ変化を遂げたかがわかる。

「俺は違うな」と阿強《あきょん》がつぶやいた。

「俺はカナダには遊びに行っただけだ。パスポートを取るつもりもなかった。でもカナダに住んでたら、パスポートをくれるという。じゃあもらおうか、ってわけ」

極めて現実的で素直に自分をさらけ出す阿富《あふー》に、ロマンチストで他人が自分を理解しようとするのをひたすら拒む阿強。私はもはや、阿強に何を聞いても本心を語るはずがないことに気づき始めていた。話題が核心に触れれば触れるほど、徹底的に否定しようとする彼の性格。彼が自ら話し始めるまで、何も聞かずにいるつもりだった。

「阿富は向こうでどんな仕事をしていたの？」

「俺はソーシャルワークするしか能のない人間だから、ずーっとソーシャルワーカーをしていた」

「俺は何でもやったさ」と阿強。「最後はコンピューターで簡単な編集作業のアシスタントをしていた。でもそれが見つかるまで、草刈りだろうが打工《だーこん》〈労働者、専門技術の要らない単純労働者というニュアンスが強い〉だろうが人の家の掃除だろうが、何でもやった。カナダは景気が悪いし、有色人種に対する差別がある。同じ能力なら、絶対に白人を雇うのさ。俺がまともな仕事にありついたのは最後の一年だけだ」

むっつりしていた阿強は、一度話し始めたら止まらなくなった。

「カナダに移民に来た香港人の奥さんがたはこういっていた。最低限の英会話さえできれば買い物もできるし、何とか生きていける、だからそんなに英語を勉強する必要はない、文字なんか読めなくてもいい、って。彼女たちは何もわかっちゃいない。カナダの人間は、その人間の話す言葉の語彙で、こいつはただの移民だから適当に使えばいい、こいつは教養があるからきちんと付き合おう、っていちいち判断してるんだぜ。

香港にいた時、俺は英語があまり得意じゃなかったが、カナダに行ってから必死に本を読んで勉強した。そしてカナダの人間と複雑な議論もできるようになった。議論で俺を負かすことができない、と知った途端、もう誰も俺を馬鹿にしなくなった」

香港大学と並ぶ最高学府の中文大学を卒業したエリートが、カナダで誰かの家の庭の草刈りをする。人一倍、人に弱味を見せないようつっぱって生きてきた彼としては、こんな話は誰にも聞かせたくはなかっただろう。

九年ぶりの楽しい夕食のはずだったが、ピンと張りつめた空気が漂っていた。

誰もが欲しがるパスポートを手に入れたというのに、移民という言葉を聞いただけで不快感をむきだしにする阿強《あきょん》。現在自分が置かれている境遇に対する強烈な不満があり、それを認めたくないがために、自分は遊びで行っただけなのだと言い聞かせているようだった。

「俺たち、カナダでもすぐ近くに住んでたんだ。四人で肩寄せ合って生きてた、って感じだった」

「一緒に芝刈りやったこともあったよな」

「そうそう、おまえ一人じゃ仕事が終わりそうもなくて、俺がかり出されたこともあったな」

「懐かしいな……」

二人だけの会話だと、阿強は驚くほど素直だった。

「戻りたいとは思わないけどな」

「おまえ、今でもよく中文大学に来てるんだって？」と阿富《あふー》が聞いた。

「ああ、夏になるとほとんど毎日来てる。荃灣《ちゅんわん》で仕事が終わったら、まっすぐここに来てひと泳ぎするんだ。今日もひと足先に来て泳いでた」

「信じられないな。俺は隣の大埔《だいぽー》に住んでるけど、中文大学に来たのはカナダから帰って来て初めてだ。よく仕事帰りにこんな遠くまで来る気になるな」

「昔もみんなでよく泳いだろ？」

阿強、阿富、オーストラリア華僑のジェームス、ペルー華僑で章《じょん》おじさんの甥のカルロス、そして私。よくそのプールで泳いだ。九年間忘れていた。

「ここは景色もいいし人も少ないし、最高だよ。一時間泳いだら図書館に行って、本を読んでぼーっとするんだ。それから家に帰って飯食って寝る。家で飯食わないと母さんの機嫌が悪いから」

中文大学は九肚山《がうとうさん》中腹の斜面にあり、吐露港《トロハーバー》を見下ろすように立っている。私も留学時代はよくスタジアム式の五〇メートルプールを見下ろす階段に座り、海を眺めたり、友達と他愛もないおしゃべりをしたりした。香港にこんな絶景があることを、香港の一般市民は知らない。この楽園は、ごく限られたエリートのためだけに存在していた。

阿強は、毎日そのプールに通っているという。ちなみに彼の仕事場、荃灣から中文大学へはバスを二本乗り継ぎ、中文大学から彼の住む順天《しゅんてぃん》までさらにバスを二本乗り継ぐという煩雑さだ。

私は彼が答えないだろうと思いながら、賭けにも似た気持ちでもう一度聞いてみた。

「結局、阿強がカナダ行きを決めた一番の理由って何なの？」

彼はきっ、と私を睨みつけた。

「さっき答えただろ。カナダには遊びで行ったんだ。君が遊びで香港に来るのと同じように、俺だってカナダへ遊びに行ったんだ。遊びに理由なんてないさ」

私が香港へ遊びに来ているわけではないことを知りながら、彼はわざとそういった。

「だいたい、移民移民っていうのはやめてくれないか。俺は移民する気なんかさらさらない。遊びで住んでたらパスポートをくれた。それじゃいけないっていうのか？」

「おい、やめろよ。もういいじゃないか」

「よくないね。俺はカナダには行ってみたいから行った。政治的意味なんか何もない。第一、なんで俺が共産党を恐れなきゃならない？　俺には共産党を恐れなきゃならない理由なんて一つもない。全然怖くないね」

政治的意味、共産党、恐怖……そんなことを聞いた覚えはない。挑発に乗ってしまった彼は、結局最後に本音を洩らしてしまった。

「共産党が怖くないだと？」

私たちの子供じみた意地の張りあいをずっと黙って聞いていた章《じょん》おじさんが最後に口を開いた。

「共産党を知りもしない人間が、そんなことをいうもんじゃない。そういうセリフは、大陸で暮らしてからいうんだな」

阿強は両手を挙げて降参のポーズをした。

楽しいはずの同窓会は、章おじさんの一言でお開きとなった。

九年前、私たちはよくケンカをした。君は嘘つきだ、とか、あんたは人を信用していない、とか、そんなことが原因だった。でも何日か後には何となく仲直りしていた。人生はまだ始まっていないという感じがしていた。だから友情も破局も修復も、みんな簡単に訪れては簡単に去っていった。

九年後、私たちは二十代から三十代に変わっていた。何も考えずに生きていられる段階はとうに過ぎてしまい、自分の現在も未来もすべて自分の選択にかかっているという緊張感をようやく持ち始めた年齢。私たちは旧交を温める前に、相手がどんな二十代を送った結果現在に至り、これからどこへ向かって歩いているのかを探りあい、互いが違う道を歩いていることに気づいた途端、自分を守るために相手を攻撃しあった。

これが彼と私の、九年ぶりの再会だった。

人民公社は修道院に似ています

気の重い学校生活が始まった。

香港に長期滞在するため再び留学という手段を選んだのだが、できることならなりたくはない身分だった。しかし渡航前に情報収集した結果、完全なフリー状態の私が香港に長期滞在するには語学留学という形しか選択の余地はなかった。結局、一学期につき二〇万円ほどの高いビザ代を払っていたようなものである。

社会に出てから学校に舞い戻るのは初めてのことだった。大人になってからの学校がこれほど苦痛だとは思わなかった。

言葉を覚える時に避けては通れないプロセスだとわかっていながら、教師から子供扱いされることにまず耐えられない。「あら、お上手ですね」と誉められれば「また馬鹿にして」と腹が立ち、言い間違いを指摘されたり発音を直されたりすると「母語だったら絶対言い負かしてやるのに」と拳を握る。素直に教えを請うという学習態度がまったく欠如し、先生にとっては自意識ばかり強い嫌な生徒だったろう。

そんな苛立ちも、最大限好意的に解釈すれば、早くここを出て社会とコミットしたいという願望があればこそだった。つたない会話でもかまわないから、一方的に言葉を教えられるのではなく、対等な会話がしたい。宿題をやらなかったことで先生から叱られるより、思想の幼稚さで人から馬鹿にされる方がまだましだった。

香港では英語が通じる、という神話がある。それは事実でもあり、やや誇張でもある。確かに巷で英語が通じる確率は日本よりは高い。観光客相手の商売人やビジネスマン、インテリ、公務員、ホワイトカラーの人たちには英語が通じる。これらの人たちと毎日交流するなら英語だけでもまったく不自由はない。要はどんな層の人たちを相手に生活するかで、必要な言語が異なるということだ。私はここで生活したかった。生活する以上、市場や店先でいちいち騙されたくなかった。広東語を話すことは、自分がどの層の人々を相手にするつもりなのかを表明する唯一の手段でもあった。

私が通っていた香港中文大学新雅中文語言研究所という長ったらしい名前の語学学校は、普《ぷー》通話《とんふぁ》〈いわゆる北京語《マンダリン》。中国では中国の公用語という意味で普通話という名称を用いるが、台湾では國語《ぐおゆ》と呼ぶ〉科と広東語科に分かれている。カリキュラムは三学期制で、原則的には週一五時間を二年間、六学期間で全課程を修了する。私は一〇年前にこの学校で広東語の基礎をかじったため、今回は第四班に入り、学費節約のために不必要と思われるクラスはできる限り減らして、就学ビザが下りる最低限度の週一一時間を履修した。

広東語科の生徒分布の特徴は、日本人とキリスト教関係者が圧倒的多数を占めていることだ（中国語ではプロテスタントを「基督教」、カトリックを「天主教」と厳密にいい分ける）。一〇年前、日本人はほんの少数派に過ぎず、教会関係者、アメリカ人、華僑が多数派だったが、今回学期始めに配られた名簿を見ると、日本人は総生徒数の優に五割を越え、次に教会関係者、韓国人、華僑、アメリカ人の順になっていた。クラスの最大人数は八名。八名全員が日本人というクラスも珍しくなかった。もし日本人クラスに入れられたら配置転換を申し出ようと思っていたが、幸いなことに私が配分されたのは七名中五名が天主教徒というクラスだった。

ここではまず、なぜこの学校にこれほどキリスト教関係者が多いかを簡単に説明しておこう。それは香港の成り立ちと密接な関係がある。

香港が清朝からイギリスに割譲されて以来、香港は富を生み出す植民地という性格以上に、中国大陸からの難民の受け入れ場所だった。大陸で飢饉や戦争、暴動、革命、内乱が起きるたびに難民が香港へ押し寄せ、その人々が香港の住民となっていく。清朝以前からこの地に住む先住民(香港では「原居民」と呼ぶ)以外のほとんどが、もとは移民だったといわれる所以である。

裸一貫で命からがら逃げてきた難民は、ただ生きているだけという劣悪な環境での生活を余儀なくされた。人口の圧倒的多数を占める難民の生活環境改善に対し、香港政府は無関心を貫いた。イギリスはそもそも香港へ金儲けをしに来たのであり、はるばる海を渡って慈善事業をしに来たわけではないからだ。波のように押し寄せる貧困者、日増しに悪化する衛生環境、加えて疫病の大流行。その救済に立ち上がったのが、イギリスやアメリカの教会だった。彼らは本国の教会の資金をバックに香港に教会、病院、学校、難民収容施設、孤児院などを建設した。こうして政府が市民の福祉にまったく関心を示さない香港において、福祉を担当するのは教会である、という基本構造が一世紀以上も前に出来上がり、香港市民の間にも定着したのである。

私個人は一〇年前にこの学校へ来てあまりのキリスト教関係者の多さに警戒感を抱き、「帝国主義は経済のみならず宗教でも香港を侵略するのか」とあからさまに不快に思っていた。しかし今回じかに彼らと接し、実際教会が香港の貧困層にどれだけ貢献してきたかを知るに至り、そう単純に誹謗はできないと思うようになった。ソーシャルワーカーのシェリーはこういう。

「香港の福祉団体の多くがキリスト教系だというのは事実。全香港の福祉団体の半数以上が教会によって運営されているわ。彼らは一〇〇年も前から香港市民のために働いてるけど、香港政府が福祉に重い腰を上げたのは、なんと一九七〇年代後半に入ってからなのよ。しかし実際どうすべきかを考えた時、政府にはまったくノウハウがなかった。そこで既存の教会系福祉団体を財政的に援助して、実際の運営は彼らに任せることにした。香港は公務員の給料が高過ぎるから、民間人にやらせた方が合理的だし、ケアも行き届くから。私が今働いている知的障害者のためのセンターも、一〇〇％政府出資のプロテスタント系団体なのよ。もちろんもともとは伝道が目的だったと思うけど、でも福祉団体が布教活動を行っているわけではないの」

また特筆すべきは、そんなソーシャルワーカーの中には少なからず外国人が含まれていることだ。私のクラスの二人のインド人シスターは澳門《マカオ》で身寄りのない老人や精神病患者の世話をしていたし、隣のクラスには麻薬中毒患者の更生施設で働くイギリス人とオーストラリア人、また赤柱《スタンレー》監獄で受刑者にカウンセリングを行うスイス人牧師がいた。つまり香港で助けを必要としている人たちとじかに接する外国人が、この学校へ広東語を学びに来ているのだ。

私にとっては、カトリック優位のクラスで授業を受けること自体が新鮮な体験だった。自分の人生の中で、修道女や修道士や神父と机を並べるところなど想定したこともなく、外国の中の、しかも別世界に浮遊しているような心地好さがあった。

六名の我がクラスメートを紹介しよう（日本人や韓国人、華僑などもともと漢字の名前を持つ人間は、もとの姓名を広東語読みで呼ばれるが、そうでない人々には原名の発音に違い中文名が与えられる）。

フィリピン人の文《まん》神父、四十代。フィリピンで生物学の博士号を取得した後イタリアへ留学し、そこで神学に目覚めて神父になったというインテリ。母語であるタガログ語の他に英語、イタリア語、スペイン語を流暢に話す語学の秀才。

ベルギー人の候《ほう》修道士、三十代。学生時代にインドを中心にアジアを旅し、神学にのめりこんだことで修道士の道を選ぶ。しかしあくまで神学を追求することに関心があり、神父になることには興味がない。いつでもシャツとパンツにはぱりっと糊がきいている。

アメリカ人の黎《らい》修女、五十代。兄も神父というカンザスの敬虔なカトリックの家庭に育ち、一八歳から修道女になる。現在沙田《さーてぃん》のカトリック系女子中学校の校長先生。

インド人の銭《ちん》修女、四十代。インド南部のバンガロール出身、家族全員がカトリックで、ボンベイにあるスペイン系修道院の修道女となる。現在はその教会からマカオへ派遣され、教会併設の施設で老人、精神病患者、身体障害者の世話をしている。広東語の必要性から学習目的で香港に来ている。

同じくインド人の郁《よく》修女、四十代。インド南西部のケララ出身、八人兄弟姉妹のうち神父一名、二名修道女という家庭に育ち、ボンベイのスペイン系修道院へ。そこで銭修女と出会う。現在、銭修女、隣のクラスの容《よん》修女と三人で暮らしている。

そして日本人の寿子、二五歳。東京都目黒区出身、趣味は空手、乗馬、ゴルフ。テレビ局で一時期ADをしていたことがある。現在の最大関心事は実家に残してきたゴールデンレトリバー。実家を離れるのは今回が初めて。香港へ来たのは「ここなら英語を勉強できると思ったから」で、実際香港の日常の中では英語など使う機会もないことを知り、「やられたって感じ」。そんなわけで仕方なく広東語学校に通っているという感が漂う。

国籍別ではインドと日本が二大勢力だったが、インド人シスター二人が寝食を共にした運命共同体のような親密さであるのに対し、私と寿子には主義や思想の上であまり接点がないため、日本人として団結することはほとんどなく、実際はインドが最大派閥だった。宗教別では無宗教の日本人二名に対し、カトリック五名が圧倒的多数。男女別では私は多数派に属したが、シスターは神父と修道士には逆らわないため、あまり意味がなかった。人種別では白人二名に対し、黄色人種優位。全員、独身。以上のように、クラスメートが各方面で多数派に属したり少数派に転じたりしていたが、やはりクラス内の空気を決定しているのは、カトリックが圧倒的多数であるという一点だった。

外国語のテキストは、その地域の価値観を知る手っ取り早い入門書であり、また時にその地域の政治的プロパガンダも反映される。この学校の広東語テキストの特徴は、政治的話題が皆無なことだった。「香港特別行政區」「立法會」「基本法」を初め、「回歸〈返還。香港を主体に返還をいう場合〉」「香港回歸中国」という〉」「收返〈収回＝取り返すの口語。中国を主体に返還をいう場合、「中国収返香港」という〉」「總督」といった語彙さえついぞ出現しなかった。その代わり、中国四千年の王朝の名前や象形文字を発明した伝説上の人物名、中国の四大河川の名前などは嫌というほど暗記させられた。香港についてはあえて語らず、偉大なる中華文明でお茶を濁そうとする積極的意思が感じられた。一方、「投資」「利息」「外幣〈外貨〉」「股票〈株〉」といった経済ネタは頻繁に登場した。

時事性を一切無視しているとはいえ、テキストの内容は充分に香港の世相を反映するものだった。

「あなたはこの翡翠《ひすい》が本物か偽物か、見分けることができますか？」

「泥棒が銃を突きつけたので、死ぬほど怖かった。大声を上げようとしましたが、怖くて声が出ないのです」

「そんな風に子供を殴ったら死んでしまいます」

「子供に盗み癖をつけさせてはいけません」

「いくら銃を持っているからといって、むやみやたらに撃ってはいけません」

「彼は真面目なので、助ける価値があります。彼は怠け者なので、助ける価値はありません」

「移民するために年老いた親を捨てる人がいます」

「私は悪い人の口車に乗せられて麻薬の世界にはまり、麻薬を手に入れるためならどんなことでもしました」

「香港ではどこを歩いても黄色雑誌《ポルノ》や風俗店の看板ばかりが目につき、不愉快です」

「婚姻関係が破裂したら、我慢するより離婚した方がいいのです」

もちろん、これらのテキストに我がクラスメートが黙っているわけがない。

「私、反対します」

テキストの内容にいちいち異議申し立てをするのは、アメリカ人の黎《らい》修女のおはこだった。

「何か質問ですか、黎修女？」

「私、離婚に反対します」

「シスター、これは学習した語彙を使った例文ですから……」

「私、反対します。結婚は、神聖な契約です。神が、証人です」

「先生、質問があります」

「何でしょう、銭《ちん》修女？」

「あなた方は本当に子供を死ぬほど殴るのですか？」

先生、返答に窮する。

「これは例文ですから……まあ、そういう人は確かにいるといえますね。ほら、香港の子供はいうこと聞かないから」

大笑いしたのは私だけだった。

「私、暴力に反対します」と銭修女。「私も反対します」と黎修女。

「子供は泣きます。何か伝えたいのです。なぜ泣くのか、それを聞く必要があります」

「まるで子供を育てたことがあるような、深い意見ですね、シスター」と自ら墓穴を掘る先生。

「すべての人間は神の子供です」

「さてと……次の語彙に移りましょう。『金庫にしまう』、これにしましょう。郁《よく》修女、あなたなら宝石をどこにしまいますか？」

「私は宝石を持ちません」

「もし持っていたとしたらですよ。さあどこにしまいますか？」

「私が持つのは十字架です。十字架はいつも持っています。金庫にはしまいせん」

「『金庫にはしまわない』、一応語彙を使いましたね。結構です。じゃあ次、『大声で叫ぶ』、候《はう》修道士、あなたはどんな時に大声で叫びますか？」

「私はいかなる時も大声では叫びません」

「でも香港であなたはミニバスに乗るでしょう。あれは大声で叫ばないと降りられませんよ。いくら静かなあなたでも大声で叫ぶでしょう？」

「私はミニバスには乗りません。なぜなら『大声で叫ぶ』のが嫌いだからです」

「じゃあ文《まん》神父はどうですか？　あなたの家に泥棒が入りましたよー。銃を持っています。さあどうしますか？」

何が何でも「大声で叫ぶ」「怖くて声が出ない」といわせたい先生は、必死の形相で誘導尋問を試みる。

「私は泥棒と話をします」

「でも泥棒は銃を持っているんですよ。普通だったらびっくりして……」

「私は驚きません。彼が空腹なら食べ物を与え、彼が服を欲するなら服を与えます。彼の望むものが金なら、差し出します。そして彼の話を聞きます」

神父の見解に満足そうにうなずくカトリック一派。彼が先生を困らせようとしているわけではないのに、結果として困らせていることが私には痛快だった。

「一ついいですか？」

「何でしょう、文神父？」

「彼は怠け者だから助ける価値はない。私は反対します。すべての人には助ける価値がある。神はすべての人をお助けになる。そのお手伝いをするのが、我々の仕事です」

「文神父のいうことはいいことです」「賛成します」と拍手が起きる。

「先生」と再び黎《らい》修女。「ここに出てくる『人民公社』とは何ですか？」

先生、思いもよらぬ新鮮な質問にしばし沈黙。

「人民公社とは、中国でかつて実施されていた実験的な社会組織です。人民の土地をまとめて共有し、人民はそこで労働して誰もが平等な給料をもらいました」

考えうる限り、中立的な説明だった。

「その人民公社とは……修道院に似ていますね」と黎修女がいった時ばかりは教科書を床に落としそうになった。

「でも人民公社は失敗したんですよ！」

「なぜですか？」

「人民に強制したからです」

「修道院は失敗しません。その理由は、私たちが自由意志で来ているから」

つまり毛沢東には耶蘇《イエス》ほどのカリスマ性はなかったということか。

「先生、黄色雑誌《ポルノ》は不愉快です。私、賛成します」

「ありがとう。初めて意見が合いましたね」

先生、泣きそうなほど喜ぶ。

「時間がありません、どんどんいきましょう。次は『投資』です。星野（二文字以上の姓を持つ日本人は呼び捨てにされるのが普通だ）、ここにたくさんのお金があります。あなたなら何に投資しますか？」

「私にたくさんのお金があるのは不可能です」

いつしか自分にもカトリック一派の価値観が乗り移っている。

「例えばですよ！　何に投資するのが一番安全ですか？」

「一番安全なのは、金のないことです。金がなければ、考える必要がない。心は平安です」

ブー。ブザーが鳴り響き、ここで授業は終了。

「今日はここまでにしましょう。このクラスの皆さんは独特な意見の持ち主ですね。とても参考になりました。ではまた明日」

こうして毎日、私はくすくす笑いながら授業を受けていた。香港に一体何を勉強しに来たのだろう。私は語学学校に学費を払ってビザをもらい、シスターたちからカトリックの教義を教わっているようなものだった。「上帝〈神〉」「聖霊」「霊魂」「受洗〈洗礼を受ける〉」「祝福」「賜〈神などの特別な存在から何かを賜ること〉」「彌撒《ミサ》」……母語でさえ使うことのない語彙を、私は結果として広東語で覚えることになった。そして自分の実生活にはまったく縁のないこれらの語彙がふと頭をよぎる時、偏屈だがまっすぐで個性溢れたクラスメートがとても懐かしくなる。

移民したい女

午後五時半、私は尖沙咀《ちむさーちょい》にあるコーヒーショップ「マイ・コーヒー」で日記を書いていた。この店は王家衛《ウォン・カーウァイ》の映画「天使の涙（原題「堕落天使」）」にも登場したこじゃれたコーヒーショップだ。一五人も入ればいっぱいになってしまう狭い店内の壁にはモノクロの写真が飾られ、マガジンラックには香港、西洋様々な雑誌が取り揃えられている。気取った客たちは、思い思いに雑誌を読みながら自分だけの世界に浸っている。

このコーヒーショップは、巷の食堂に比べればもちろん値は張ったが、おいしいコーヒーを提供し、コーヒー一杯で長居ができ、しかも客層の主体が西洋人ではないという意味で、香港では稀有な存在だった。粋なカフェなら香港島側にいくらでもあるが、そういう店にたむろして暇をつぶしているのはほとんどが西洋人か西洋帰りのヤッピーで、とても長居したくなる雰囲気ではない。しかもそういう客を店側があらかじめ想定しているため、ウェイターやウェイトレスも西洋人、特にワーキングビザなしで働くことのできるイギリス人が多く、英語が話せなければコーヒーを注文することさえできない。その点マイ・コーヒーの客は東洋人がほとんどで、自分が異質であることを意識せずに済むのだった。

とはいってもマイ・コーヒーに集まる主な客層もマスコミ関係者や映画関係者、文化人、それにリベラルな学生と、市場や食堂にはあまりいない人たちだ。ここは非香港的空間であるが故に、香港的喧騒から逃れたい人間が落ち着ける安全地帯、といえるだろう。

私は偶然この店を見つけてから、歩き疲れて途方に暮れた時や、このまま家に帰りたくない時、つまり街の中に自分の居場所が見つけられない時、この店に来た。しかし店の快適な雰囲気と矛盾する心地悪さも、一方では感じていた。

この店の客は他人に干渉しないし、他人に興味を持とうともしない。異文化人である自分が、周囲と摩擦を起こすこともなく、自分がこの空間から浮いているのではないかと緊張する必要もなく、ただ自分でいられる場所がここだった。

そろそろここから卒業して街に出るべきではないだろうか？

そんな焦りを感じ始めていた頃、その小さな事件は起きたのである。

店に中国人の男女が入ってきた。二人は中年と形容していい年頃だった。男性の方は香港では極めて珍しいアロハシャツを着、その滑稽な明るさが真っ白な肌にまったく似合っていなかった。まだ海外旅行が珍しかった時代に大枚はたいてハワイへ行ったおのぼりさんという雰囲気だ。一方女性の方は体全体を脂肪が覆い、しゃれたコーヒーショップより市場で唾を飛ばしながら野菜を値切る方が似合う、典型的な香港の主婦が何かの手違いでしゃれた店に来てしまったという感じ。二人はちっともお似合いではなかった。

香港の最先端をゆく人々が主な客層であるマイ・コーヒーで、この二人は明らかに異質だった。客はすました顔で西洋の雑誌を読みふけりながら、ちらちら二人を盗み見している。二人はメニューを見ていた。女性の方が主導権を握り、男性は面倒臭さから女性の好きなようにさせているという、どこか投げやりな感じがあった。どうやら二人の間には共通言語が存在していないようだった。

これは香港ではよくあることだ。香港には様々な背景を持った東洋人が集合しているため、言葉を発するまで、その人物が何語を母語とする人間かはわからない。広東語で話しかけたら英語しか話さない華僑だったり台湾人だったり、また時には日本人だということもある。

アイスコーヒー二つとポテトサラダが店のマスター、ジョニーの母親によって運ばれてくる。女性は相手に言葉が通じないことに苛立ち、席を立って周りを見回した。彼女は、思い思いに雑誌を読みふけるクールを装った客たちに話しかけることに気後れしているようだった。多分彼らのほとんどは英語を話す部類の人たちだろう。西洋人がここで困っていたら、喜んで席さえ譲るかもしれない。しかし彼らは体よく、この店の空気になじまない彼女の存在を黙殺していた。

彼女に好感を抱きはしなかったものの、それより周囲の客に対する反感が強まるのを私は感じていた。彼女と目が合った。

「あなた、英語話せる？」

彼女は切羽つまった口調の普通話《ぷーとんふぁ》〈中国の公用語。いわゆる北京語《マンダリン》〉で尋ねた。

「話します」

「よかった！　彼は英語しか話せないの。私のいうことを英語で訳してくれる？」

「いいですけど……あなたはどこの人ですか？」

彼女が普通話で話しかけてきたため、私は彼女を大陸か台湾の人だと思っていた。

「私はどこから来たも何も、ここの人間よ」

ということは、彼女が私の方を大陸か台湾の人間だと思っていたことになる。

「じゃあ広東語でいいですよ。私は普通話が上手じゃないから」

「何語でも何人でもいいわ。要は私のいいたいことが彼に伝わればそれでいいの」

「僕はロイといいます。オーストラリアの華僑で、広東語は少しだけならわかるけれど、話すことはできません。助かります」

アロハシャツの男はそう英語でいって手を差し出した。

「じゃあ始めるわね。私と結婚してくれる？　訳して」

彼女は唐突にそう切り出した。私はぽかんとした。

「どうしたの？　早く訳して。意味がわからないの？」

「意味はわかりますけど……本当にそういうの？」

「そうよ。その通りに訳して」

「私と結婚してほしい、と彼女がいっています」

ロイは最初からわかっていたように、かすかにほほえんだ。

「移民したいんだね」

私はこくりとうなずいた。

「三〇分前に友達の紹介で知り合ったばかりなんだ。答えられない、といってほしい」

私はそのままを彼女に伝えた。

「時間なんて問題じゃないわ。じゃあ私のこと好き？　訳して」

「答えられないと彼はいっています」

「あんたに聞いてるんじゃないの。早く訳して」

懇願してきた割には人遣いが荒い。

「私のことを好きか、と彼女が聞いています」

「その質問にも答えられないな。だってこの三〇分間、彼女とは一言も話をしてないんだよ。お互いまだ何も知らないんだ」

「答えるのが難しい、といっています。時間が短かすぎる、何一つあなたのことを知らないから、と」

彼女は私の腕を引っ張り、耳元で囁いた。

「彼、オーストラリアのパスポートを持ってるのよ。わかるでしょ、その意味。あんたも移民がしたいでしょ」

すべての女性は、移民という目的達成のためならどんな努力も惜しまないはずで、おまえもその一味だろ、と値踏みするような目つきで彼女は私を見た。「私は日本人だから移民する必要はないんです」と私はいった。

考えてみたらおかしな文章だった。

私は日本人だから移民する必要がない。彼女は香港人だから移民する必要がある。

それは「これはペンです。あれは鉛筆です。それはペンですか？　いいえ、それはペンではなく鉛筆です」という、新しい言語を学ぶ時に必ず登場する例文と同じで、文法的にはまったく正しいのだが、現実的には意味を成さない悪文の見本だった。

しかし彼女はそれで納得したようだった。

「わかったわ。あんたには日本のパスポートがある。でも私には外国のパスポートがない。だからどうしても欲しいの」

それもまたちぐはぐなセリフだった。私が持っているのは日本のパスポートだが、それは母国のパスポートであり、外国のパスポートではない。一方彼女が手に入れたいものは、母国のパスポートではなく、外国のパスポートである。「だから」でつなぐことは本来できない三つの文章だった。

「こんなチャンス滅多にないのよ。お願いだから協力して」

こんなチャンス……懐かしさがこみ上げてきた。

一九八六年に留学していた時、返還が決定して間もない香港人の頭は移民のことでいっぱいだった。そのトラブルに巻き込まれる確率が最も高かったのは華僑の留学生。オーストラリアから広東語を学びに来ていた華僑三世のジェームスは、知り合う女の子からことごとく迫られ、語学学校の受付嬢からは手を握られ、中文大学の女子学生と初めてのデートでホテルのロビーで待ち合わせた時には、「上に部屋が取ってあるの」と耳打ちされた。あまりのモテぶりに香港の男子学生から妬まれ、「おまえがモテてるんじゃない。おまえのパスポートがモテてるのさ」と嫌味をいわれて殴り合いのケンカになったこともあった。それを見ていた章《じょん》おじさんの甥でペルー華僑のカルロスは「ジェームスはオーストラリアの華僑だから大変だな。ペルーのパスポートなんて誰も欲しがらないから、僕は楽だよ」と胸を撫でおろしていた。

アメリカ華僑のトレイシーは、香港に住むおばあさんから「香港の男は絶対に信じるな。おまえを愛してるんじゃなくて、おまえのパスポートを愛してるんだ」といわれた。

「最初にそういわれた時はものすごく傷ついたわ。まるで私が、国籍以外に何の魅力もない人間みたいじゃない？」

しかしこの一〇年で香港の経済は飛躍的に成長し、海外でパスポートを取得した香港人が続々と香港にUターンし、香港に職を求めに来る華僑さえいるご時勢である。今回授業で一緒になったアメリカ華僑のリリーに、香港男性から迫られる苦労はないかと尋ねたことがある。

「パスポートでモテるんだったら願ってもないことだわ。ここだけの話だけど、私は香港人と結婚したいの。私の両親はアメリカに移民して二〇年になるけど、いまだに英語が話せない。香港で男を見つけて来いって両親にもいわれてるの。英語しか話せない華僑じゃ、逆に困るのよ。夫が香港人なら、私も香港にいられるから便利だしね」

この一〇年間で香港の存在価値は格段に上がり、外国は香港より必ずしも良い場所ではないことに、香港人は気づき始めていた。華僑を見れば「結婚」を連想する人を久しく目にしていなかったこともあり、だからこそ目の前にいる彼女が生きた化石のように思えた。

「彼は今日どこに泊まるのかしら。聞いて」

「柴灣《ちゃいわん》の友達の家」とロイは答えた。

「今晩遊びに行っていいか、聞いて」

「だめだ。友達に迷惑がかかる」

ロイも困り果てていたが、私も辛くなり始めていた。

相手が同じ香港の男性なら、彼女は二人きりでしゃれたコーヒーショップに入ることさえためらっていただろう。ステディな相手以外の異性と二人きりで食事をしただけで開放的と見なされてしまうほど、性に対して保守的なこの街で、恐らく四〇を越えている女性が、三〇分前に会ったばかりの男性の家に今晩行きたいという。

パスポートはあなたの自尊心を麻痺させてしまうほどに、夢を見させてくれるのか。

彼女の必死さが哀しかった。

そんなこと、当の本人はお構いなしだ。

「そうだ、この人が何してる人なのかまだ聞いてなかったわ。大事なことよね。聞いて」

「僕はオーストラリアの大学院で博士論文を書いている。香港の移民状況の推移をリサーチするために香港に来たんだけど、まさか自分がその標的になるとは思っていなかったな。僕のうちは祖父がオーストラリアに移民して三代目。だから広東語は少しわかるが、話すことはできない。広東語が話せないとどんなに不便かってことが、今回香港に来てよくわかったよ。君はどこで広東語を？」

私は中文大学で習っていること、そして学費は高いが、英語圏の人には学びやすい環境だからお薦めする、といった。

「そうだね、僕も真剣に考えてみるよ」

「ちょっとちょっと、あんたたち、何をべらべら喋ってるの？」

彼女は焦って私をつついた。

「彼は大学の研究院で博士論文を書いているそうです」

「博士論文って何よ？」

「大学の上に研究院がありますね。そこで勉強してるということです」

「じゃあ頭がいいってことね。いいじゃない、ますます。私はティーバッグを作っているの」

彼女はふとロイのアロハシャツのポケットに目をやった。

「見て見て、これオーストラリアのパスポートよ！」

彼女は無断でロイの胸ポケットからパスポートを抜き取り、飢えた人間が突然ごはんにありついたような勢いで頁をめくり始めた。

「本物よ、これ。あんたも手に取って見てごらんなさい」

私は「そんなことしちゃいけません」といってパスポートをロイに返した。彼は小さい声で

「ありがとう」といい、パスポートをポケットにしまい直した。

「私はオーストラリアに移民したい。私を助けてくれるかどうか、聞いて」

彼女は質問の形を変えて、なおも食い下がった。

「それは難しい。すべての人間が簡単に移民できるわけではない。だから僕にあなたは助けられない」

彼女はにやりと笑った。

「あなたなら私を助けられる。結婚してくれればいいの。私と結婚してほしい。訳して」

私の忍耐もそろそろ眼界に来ていた。彼女はまったく本気だった。何かの縁で協力することになったが、自分まで彼女の移民計画に加担している人間と思われるのは御免だった。

「彼はすでにその質問に答えました。知り合って三〇分じゃ答えられないといいました」

「いいからもう一回聞いてよ」

「私はこれ以上、彼に聞くことはできません」

「あんたに聞いてるんじゃないのよ。彼に聞いてるの。あんたは訳してればいいのよ」

「私には聞けません。そんなに聞きたければ自分で聞けばいい」

「あたしが英語が喋れないってわかってるくせに！」

「あなたは彼に対してとても失礼です。私はこれ以上、彼に失礼をしたくない。こんなことを彼にいわなければならない自分が恥ずかしい」

彼女は顔を真っ赤にして口をつぐんだ。香港人と口論になって勝った試しのない私は、いったそばから怖くなり、机の下に隠れたかった。大体ロイさん、あんたも嫌なことは嫌だとハッキリいいなさいよ、と思ったが、彼は立ち上がって勘定を払いに行った後だった。どうして私が見ず知らずのティーバッグ屋とケンカしなければならないのだ。

「ごめんなさい」

彼女がぽつりとつぶやいた。

「私、馬鹿ね。すごく馬鹿だわ」

突然私は罪悪感に襲われた。たった五分前まで夢見心地だった彼女の一日を、何の関係もない私が介入して台無しにした。もっと言い方を選ぶこともできただろう。もう少し協力することも……やはりできなかった。

「邪魔してごめんなさい。本当に悪かったわ」

彼女はそういうとハンドバッグを掴み、彼を待たずにとぼとぼ店の外に出て行った。ロイは席に戻ると、彼女がいないのを知って状況を察したようだった。「会えてよかった。さよなら」と言い残し、走って彼女の後を追った。

すとん、と椅子に座りこんだ。店にいた客たちは慌てて視線を雑誌に戻した。

冷めきったカプチーノをぐるぐるかき混ぜながら、ロイが彼女に追いつき、夕飯ぐらい一緒に食べていますように、と祈った。彼女は欲望がむきだしで無神経なところはあったが、公衆の面前で辱めを受けなければならない筋合いはない。パスポートを手にすることはできなくても、彼と夕飯を食べる資格ぐらいはあるはずだ。

たまらなく不快だった。最初は図々しくて自己中心的な彼女に対する苛立ちだった。それが、滅多にない移民のチャンスをモノにしようとしただけの素直な女性を、「恥」という言葉で辱めた自分の懐の狭さに対する嫌悪に変わっていくのを感じた。

彼女は四十余年の人生の中で、今日初めて外国と接したのかもしれない。外国とはまったく縁のない工場で、来る日も来る日もティーバッグを作り続ける中年女。そこへ何の因果か、突然本物の外国のパスポートを持ったアロハシャツの男が現れた。彼女が日頃抱いている閉塞感や焦燥感が、彼の胸ポケットめがけて爆発してしまったとしても、誰が彼女を笑えるだろう。

私が彼女を辱めたのは、自分の面子のためだった。彼女を蔑み、黙殺しようとした周りの客とまったく同じことを、私は彼女にしたのだ。

今日はこの店に日記を書きに来ただけなのに。

どうか彼女と彼の縁が切れることがありませんように、と少し真剣に祈った。でないと自分も浮かばれなかった。

家に帰ると、留守番電話の赤いランプが点滅していた。

「何？　これ……もう入ってるのかしら。星野博美さん？……私、阿彬《あばん》の友達よ。いないのね。また電話するわ」

メッセージはそこで切れていた。名前は残していなかったが、ピンさんであることはすぐにわかった。私は電話の前で首をうなだれた。

毎日毎日、彼女からの電話を待っていた。やっと彼女がその気になって電話をくれれば、今度は私がいない。

私たちはまだつながっているのだろうか？

国民党村・調景嶺の最期

調景嶺《ていうげんれん》〈レニーズ・ミル〉——国民党支持者が多く暮らす、いわゆる国民党村が、返還を前に間もなく閉鎖されると聞いていた。日本のテレビニュースでも流れていたぐらいだから、恐らく世界じゅうの報道関係者に踏み荒らされているだろうが、気になる場所には違いなかった。

地図を片手に地下鉄とバスを乗り継ぎ、何とか調景嶺にたどり着いた。素晴らしい天気の日だった。村の入口にある小さなバス停留所に降り立つと、掲示板に貼られた房屋署〈土地や住宅を管轄する役所〉の通達が目に飛び込んできた。一週間後に住民は全員撤去しなければならないというお達しだった。

調景嶺は、眼下に将軍澳《じよんくわんおう》〈ジャンク・ベイ〉が広がり、背後は山に囲まれてうっそうとした熱帯植物に包まれている。村はその山を無理矢理切り開き、斜面にバラックを次々と建て増していった構成で、メインストリートである商店街は海岸線と平行に走っている。急な階段を上り下りするのは骨が折れるが、狭い路地に立ってふと後ろを振り返った時、ぱーっと開けた海の眺めは絶景だった。もともとこの村の人たちが自ら建設したという埠頭からは、香港島の西、西灣河《さいわんほー》へ向かう定期船が出ており（これは七月三〇日に行われた第一回撤去の直前に廃止された）、ミニバスで觀塘《くんとん》へ出るのもわけない。もしこの村が返還とは関係なくずっと存続していく運命だったら、自分も住んでみたいと思うような環境だった。

しかし村はすでにゴーストタウンと化していた。飼い主から置き去りにされた犬たちが、すでに主人のいない家の門を守り、近くを通りがかるだけで飛びつかんばかりに吠えてくる。一部の犬は主人が村を出てかなりたつのか、すでに野良犬化し、徒党を組んで村の細い道を闊歩している。群れの一番後ろを、耳につけたリボンが真っ黒に汚れたどろどろのマルチーズが必死に追いかけていく。

荷物を天秤がけにして運ぶ人とすれ違うと、いまさらここに何をしに来たんだ、と責めるような目つきで睨まれた。撤去作業は山に近い方から進められたらしく、山の斜面に立つバラックはすでにほとんどが廃墟になり、海に向かって下るにしたがってまだ人の気配が残っていた。廃墟になった家の戸はトタン板で打ちつけられ、すでに何者かによってこじあけられていた。

後ろめたさを感じながら無人の家に足を踏み入れた時、私は息を呑んだ。

引き出しという引き出しは開け放たれて、中の洋服がすべてぶちまけられ、冷蔵庫は倒され、カーテンは引きちぎられ、壁から無理矢理冷房を外したため壁紙は無残に破れ、床には靴やベルトや入れ歯、薬、手紙、食器、ドッグフードがぶちまけられている。カレンダーは九六年六月で止まっている。壁に貼られたままの子供が描いたクレヨン画が、この部屋の荒れ方を余計に際立たせていた。映画でよく見る、重要機密を収めたフロッピーディスクを持って行方をくらましたシークレットエージェントの家を、追手が血眼になって物色したあとという感じだった。私は一瞬、ここに住んでいた家族が殺されてしまったような錯覚を覚えた。どうしようもなく、心が痛む映像だった。

ここには確かに人の生活があり、彼らの育んだ時間があっただろうに、人が出て行った途端、この空間は殺されてしまったのだ。

その朝、家族がそれぞれ学校や仕事に出かけたままそれっきり戻らなかったという感じの、何もかもが日常のまま放置されたその居間に座り、私は会ったこともない、そして二度と会うこともないその家族のことを思っていた。

次に入る住宅が狭くて、重い家具や電気製品、もう着なくなった服を放置していくならまだわかる。しかし入れ歯や薬、預金通帳、膨大な量の手紙や写真、子供の教科書、これらはあなたの新しい生活には必要なかったのだろうか？　いくら立ち退きとはいえ、敵が攻めてきて命が危険に晒されたわけではないはずだ。それなのにこの家には、敵に追われて身辺を整理する間もなく、命からがら逃げていったような焦燥感が漂っていた。

何年も暮らし、家庭を育み、様々な思いを体験した空間を、そのまま捨てて行く。なぜそんなことができるのだろう。

食器がすべて床にぶちまけられて空になった食器棚の隅に、黄色く変色した一枚の古いエアメールの絵ハガキが残っていた。消印は一九七四年一一月七日、サンフランシスコ。李生思《ジミー・リー》から劉材へ。

「アメリカへ来てからもう二週間が過ぎました。ここは自由だし、生活も香港よりはるかに豊かです。今は学校に通って英語と料理を習い、週に五、六日働いている。ここでは勉強するのにお金が要らず、何でも勉強することができるんだよ。若い人に前途がある。僕は来年以降、コックになろうと思っている。月に八〇〇から一二〇〇ドルも稼げるんだよ。一年英語を勉強すれば多分大丈夫だと思う。あるいは裁縫を習って洋裁をやってもいいかなと思っている。香港はどうですか？　みなさんどうしていますか？　君の近況を知らせて下さい。どうかお元気で」

劉材はもうこの村にはいない。


村内をあてもなく歩いていると、石段の途中にバーバリー柄のパラソルが立っていた。石段には、運ぶ途中でスーツケースがぱっかり開いて荷物がざらざら階段の上にぶちまけられたように、新聞や洗面器や時計や服がさみだれ式に、しかしややなにがしかの秩序を以て並んでいた。パラソルに近づいていくと、傘の柄だと思っていたものがかすかに動き、心臓が飛び出すほど驚いた。それは小枝のように細い、真っ黒に日焼けした老人だった。老人はすでに大半の住民が立ち去り、残った者は引っ越しか空き家荒らしに忙しい死んだ村で、パラソルを立ててビーチチェアに座り、優雅に新聞を読んでいた。

彼の家と思われる空間のドアの両脇には二つの止まった時計が飾られ、その横におよそ彼が着るとは思えない厚手のジャンパーと、国民党の象徴、青天白日旗がかかっている。階段に出ているだけで、大小様々の動かない時計が一〇個、傘が七本、おびただしい数のコップに洗面器、歯ブラシ、缶詰の空き缶、観用植物、電気炊飯器、「正宗香港《ほんもの》妹《むすめ》！」と書かれた大量のポルノ雑誌……落ち葉がはりついて滑りやすくなったその石段は、さながら彼のコレクションを展示するギャラリーだった。

それを部屋と呼んでいいのなら彼の「部屋」は半畳ほどの広さで、まっ茶色に変色した、老人の一生分はありそうな大量の古新聞やガラクタが詰め込まれ、いくら骸骨のような老人とはいえ、魔法を使わない限りどう体を器用に折り曲げてもこの中には収まりそうにない。老人は拾い癖が高じてコレクションに熱中するあまり、自分が自分の部屋から追い出されてしまったようだった。

「みんな引っ越しに忙しいみたいですが、ずいぶんゆっくりですね」

「わしは来週の引っ越しなんだ。その日に社工（ソーシャルワーカー）が来て荷物を運んでくれることになっている。それまでは何もすることがない」

その老人、夏《シャー》じいさん、七二歳は、湖南省長沙出身の国民党の老兵で、一九五〇年から調景《ていけん》嶺《れい》に住んでいた。一九四九年、国共内戦に敗北した国民党の一部は香港に撤退し、台湾へ逃走した。一兵士だった彼はそのまま香港に残された。七〇を過ぎてから台湾政府から毎月一三五台湾元の恩給をもらっていたが、それも九六年六月で打ち切られ、今は香港政府の社会福利署が支給する生活保護、月一九三五元（約三万五〇〇〇円）で暮らしている。

「台湾へ向かう船を待っていた。だがああいう時は、上から順番に乗るもんだ。わしの番は来なかった。わしは香港に残された。

老いるというのは貧しくなるということだ。老いてからできるのは、ただ日々を過ごすことだけ。ここでいろんな子供たちが育つのを見てきた。こんな家だが何十年も住んだ。香港じゃここしか知らないんだから、ここから離れる気持ちは簡単なものじゃない。

でも大した問題じゃないさ。どこへ行ったって同じ。そこに慣れればいいだけのことだ。香港へ来た頃は、広東語もわからず、こんな知らない所でやっていけるのかと心配だった。だがそれもいつの間にか慣れた。何にだっていつかは慣れる。慣れればどこででも生きていける。これからもそうするだけだ」

夏じいさんの家の近くで、ぎっしり手紙の詰め込まれた鞄を見つけた。

湖南省衡南県南山村の張司強から調景嶺の胡雲生へ宛てた手紙。

「親愛なる姉さん。

姉さんが香港へ発つ時、学校があって見送りに行けなくてごめんなさい。姉さんからの手紙をみんな楽しみに待っているのに、今日まで来ないのはどうしてでしょう？　仕事が忙しすぎるのではありませんか？

また学校が始まりました。僕のために学費を払ってくれてありがとうございます。姉さん夫婦には、これから先どうやってお返しをしたらいいのか、僕にはわかりません。書きたいことはたくさんありますが、学力が足りないので手紙ではうまく書けません。最後に、叔父さんと叔母さんに新年の挨拶をお伝えください」

たまたま区画がずれ、九月半ばまで立ち退きせずに済んだ唯一の食堂「明源茶楼《みんゆんちゃーらう》」は、まだ居残っている住人や報道関係者、空き家荒らしや荷物運び屋、アマチュアカメラマンでいつも賑わっていた。ここの主人も国民党の老兵だ。店でいまだにできる唯一の火を通した料理、水餃子を食べていた時、同じテーブルになった痩せた背の高いおじさんと言葉を交わした。

劉《らう》さん、五一歳、村外の製鉄工場で働いている。いまなお客家《はっか》特有の巨大円形集合住宅が残る広東省と福建省の境、梅県生まれ。父親は国民党軍の連隊長として日本軍と戦ったが、日中戦争が終わって国共内戦が始まると、同胞と殺し合うことに嫌気がさして軍隊を辞め、一九四九年、妻と七人の子供を連れて香港へ流れついた。

「よく聞かれるんだ。なぜうちの親父は台湾に渡らなかったのかと。確かに国民党は台湾へ逃げたが、すべての兵士を連れて行ったわけじゃない。まして親父は四九年には軍隊を辞めていたただの難民だ。そんな金もない難民を乗せてくれる船なんてなかったさ」

調景嶺《ていうげんれん》の成り立ちはこうだ。一九一〇年、カナダ籍のA・H・レニーという香港政府の役人がこの場所に製粉工場を建てたが商売がうまくいかず、この山で首吊り自殺をした。調景嶺の英文名を「レニーズ・ミル〈レニーの製粉工場〉」というのはその名残りだ。それからこの地は「吊頸嶺〈首吊り山〉」と呼ばれるようになり、植物の生い茂るまま放置されていた。

一九四九年、中華人民共和国成立の混乱で香港には大量の難民が押し寄せた。五〇年、香港政府は香港島西の摩星嶺《マウントデイヴィス》に難民キャンプを設置して難民の収容に充てた。が、その年のドラゴンボートレースの時、左派系住民と右派系住民が衝突して死者が出る流血騒ぎとなり、住民の安全のため、右派系住民は現在の調景嶺へ移動させられることになったのである。住民たちは教会や国際援助組織の力を借りながら、自分たちの手で何もなかったこの場所に水や電気を引いて道路を作り、埠頭や学校、病院などを建てた。そして「吊頸嶺《ていうげんれん》」という縁起の悪い名前を、発音は同じだが字面の美しい「調景嶺」という名前に換えた。

「私たちがここへ来たのは、国民党の村だからじゃない。タダで家が建てられたからだ。金のない難民にとって、タダほど魅力的な所はないからね。

今じゃ想像できないかもしれないが、ここは昔、その名の通り本当に美しい所だったんだ。山からはいつも澄んだ水が溢れ出て、ものすごい勢いで海に落ちていく。砂浜は真っ白で、足を踏み入れると足首が隠れてしまうくらい柔らかかった。海の水は澄んでいて、底まで透けて見えたよ。その頃は一〇人子供がいたら九人は靴を履いていなかった。私たちは裸足で走り回り、この周りの山にはすべて登ったし川で泳いで海で釣りをした。退屈だと思ったことはなかった。多分、香港のどこよりも住みやすい所だったと思うよ。

村が一番賑やかになるのは、何といっても毎年一〇月一〇日の双十節〈中華民国建国記念日〉だった。村じゅうに青天白日旗がはためいて、爆竹が鳴り響くんだ。運動場には舞台が立って粤劇〈広東京劇〉をやったり、公園では夜、映画を上映した。旧正月より賑やかなくらいだった」

劉さんの話を聞いていると死んだ村がみるみる生き返るような気がした。路地という路地を埋めつくす爆竹の真っ赤な紙片、青空にひるがえる青天白日旗、夜の公園で風をいっぱいに受けた帆のようにたなびくスクリーン……そんな、調景嶺《ていうげんれん》を一度でいいから見てみたかった。

「それも九三年に村の学校が閉鎖されて、子供がいなくなったら死んだように静かになってしまったよ。子供がいなくなると、どんな場所だって火が消えたようになる」

住民と政府が最初に衝突したのは一九六一年六月のことだった。房屋署長は調景嶺の難民キャンプとしての存在意義は終わったと判断し、ここを政府の意向で再開発できるエリアに制定しようとしたところ、住民たちの猛反発を受けた。この村を暫定的難民キャンプと認識していた政府に対し、住民はここを終のすみかと考え、学校から病院から埠頭に至るまで政府の手を借りずに建設していたからだ。結局房屋署長はその通達を撤回し、住民の永久定住を許可する代わりに、居住民に登記をさせ、許可証費用を徴収するという形で村を管理することにした。

ところが一九八八年、房屋署は「将軍澳新市鎮発展計画」を発表、調景嶺を潰して湾を埋め立て、四四万人の人口を収容できるニュータウンを建設する旨通告した。そして手始めに九三年夏で村内の小学校と中学校をすべて閉鎖。幾度にもわたる交渉決裂の末、九五年二月、房屋署と大多数の住民は家の面積一平米当たり七〇〇〇元の賠償額で合意し、転居先は将軍澳《じょんくわんおう》地区の公共団地を中心に配分されることになった。しかし住民の中には賠償額に不服を覚える者、村で商売をしていた村民が商業権の賠償を求めるケース、居住年数によって額に差をつけるべきだと訴える者もあり、合意を不服とする一部住民の裁判はまだ継続中である。

「もちろん返還が原因さ。政府は再開発のためだといっているが、見えすいた言い訳だ。香港じゅうに海や山があるのにわざわざここをつぶすのは、国民党村があったら中国がいい顔をしないからだ。

私は国民党が好きじゃないが、調景嶺が香港に存在していることには価値があった。中国に返還されたら、青天白日旗を揚げることも中国を批判することもできない。ここがなくなることは、香港の繁栄の終わりを意味している。香港の政治的な気候は確実に変わるはずだ」

「国民党村にも国民党を嫌う人がいるんですね」

「私はこの村で国民党の教育を受けたが、国民党は好きじゃない。もちろん共産党も好きじゃない。とにかく一つの政党の独裁が嫌いなんだ。自由な社会とはたくさんの声で成り立つものだろう？　どんな意見でもいうことができて、民主的で開放されていること、それこそ社会が発展する最低の条件だ。違う意見を受け入れない社会は進歩しない。その意味からすれば、国民党もちょっと前まで共産党とまったく同じことをしていたじゃないか。国家を率いるのは、民主的統治であってほしい。私にとって一番大切なのは、やっぱり民主なんだ。私は調景嶺の住人である前に、香港の住人なんだよ」

とかく調景嶺は「小台湾」と呼ばれ、香港に現存する国民党の最後の牙城のようにいつもメディアでは報道されていた。カメラは村にはためく青天白日旗ばかりをとらえ、老兵が「私は共産党を恐れない」といって拳を振り上げる場面などに飛びついていた。この村にそういう役割を押しつけたのは、実はメディアの方なのだ。

調景嶺の住人である前に、香港の住人――

その言葉には、香港に対する愛情が溢れていた。

「私がこういう風に考えるようになったのは、香港の影響だと思う。香港だって知っての通り、植民地だ。昔はひどい所だった。昔はイギリス人警官が平気で中国人を殴ったもんだよ。香港だって五〇年くらいの時間をかけて、少しずつ少しずつ今のような開放的社会に発展したんだ。そしていつの間にか、そんな香港の自由が、私の価値基準になった。

その香港が中国に返還されるんだ。五〇年不変？　それは何かの冗談かい？　そんなことありえるわけがない。五〇年変わらない社会など存在しない。まずは教育を少しずつ変えていけば、簡単に影響を受けるだろう。香港は必ず変わるよ」

店の外を通りがかった住人が、手を挙げて劉《らう》さんに挨拶をしていく。こんな光景も、あと数日で見られなくなる。

「三歳の時からここに住んでいるから、みんな知ってる。ここに座っていればここの主人と言葉を交わし、知っている人が入って来て一緒にお茶を飲む。この村の人たちが親戚みたいなものだった。それがみんなバラバラになってしまう。こんな日が来るなんて、考えたこともなかったよ。とてもやるせない。三歳で大陸を離れてからこの年になるまで、一度も大陸へ行ったことがないんだ。香港から出たこともない。大陸との行き来が自由になってから、親父は毎年一回必ず故郷に帰っていたが、私はまったく興味がなかった。客家《はっか》語も喋れないし、誰も知っている人間のいない場所には何の感情も湧かないんだ。いつの間にか、香港が私の故郷になってしまった。一番好きな場所は香港、と今は心からそういえるよ」

自分が育った村に別れを告げる彼の言葉が、私には香港にさよならをいっているように聞こえた。

劉《らう》さんはこの村の約九〇平米の家に、父や兄、弟家族、自分、妻の合計九人で暮らしていたが、新居では四つの世帯に分かれ、彼は奥さんとの二人暮らしになる。彼自身はすでに引っ越しを済ませているが、老いた父親が最後までここを動こうとしないため、その日は父親の荷作りの手伝いのため村に戻っていた。

「この年になって新しい生活を始めるのは辛いな。でも慣れなければならない。どんなに慣れなくても、慣れていくしかない。慣れさえすれば、どこでだって生きていける」

店の看板の下で、いかにも観光客然としたカップルが、かわりばんこにポーズをつけて写真を撮っていた。自分も所詮はこの村の最期を見に来た野次馬に過ぎない気がして猛烈に恥ずかしくなった。

突然この村と出会い、その荒廃ぶりと人々の村に対する思いの深さに動揺を隠せない私の前で、劉さんは四七年間住み慣れた場所を離れる心の準備がすでにできているようだった。渋いお茶をすすりながら淡々と話す劉さんと、自分の拾い物コレクションに囲まれながら優雅に新聞を読んでいた夏《しゃー》じいさんに、私は同種のものを感じた。

先へ進むための哀しい強さ。これが移動を宿命づけられた人の平静なのだろうか。

二人は政治的見解も思想もまったく異なっていたが、一つだけ同じ言葉を口にした。

慣れるしかない。慣れさえすれば、どこでだって生きていける。どんなに愛着を抱こうと、その場所を離れなければならない時は来る。痛みを感じていないのではない。ただ、過去への執着は、未来への適応能力を鈍化させる。前へ進むことでしか痛みは癒せないことを、彼らはいやというほど体に刻みこまれてきたのだろう。

たった一〇分前まで人が住んでいたような、濃厚な気配が漂う捨てられた部屋の意味も少しわかるような気がしてきた。ちょっと近所へ煙草を買いに行くような顔で、今まで暮らしてきた部屋を捨てること。愛する者の書いた手紙や写真も一切合切、そこで過ごした時間のすべてを捨てること。そうでもして切り捨てない限り、前には進めないのだろう。

何という哀しい決意だろう。やわな涙など通用しないのだ。

村の撤去が翌日に迫った日、どこかへ出かけた帰りらしい夏《しゃー》じいさんを見かけた。青いTシャツを着、キャップをまぶかにかぶって、バーバリー柄の傘をステッキ代わりにつきながら、狭い石段のあちこちに散らばった物品を傘の先でひっくり返していた。左手には惠康超級市《ウエルカムスーパーマーケ》場《ツト》のビニール袋をさげている。

「おや、またあんたか」

「お出かけだったんですか？」

「今日は生活保護が入る日だから、観塘《くんとん》の銀行に行ってきた。それから買い物さ」

そういって夏じいさんはビニール袋を開けて見せた。沙甸魚《いわし》の油漬け缶詰が四つ入っていた。

「まったくどいつもこいつも、まだ使える物を粗末に扱いおって。なんでこんないい物を捨てて行くんだ！」

彼は路上に転がっていた目覚まし時計と週刊誌を拾い上げ、ビニール袋の中にしまった。もうすぐここを出て行くというのに、きっとそんな収穫物も新居には持っては行かないだろうに、彼には物を拾うという習慣をどうしてもやめることができないようだった。

「もう荷物はまとめたんですか？」

「だいたいね。なに、鞄二つだけだ」

「何を持って行くんですか」

「この間部屋の中から、何十年も前に買って、買ったことを忘れて一度も着ていないシャツが何枚も出てきたんだよ。それを持って行く。だから鞄が二つになった」

四六年間暮らした部屋を、新しいシャツの詰まった鞄二つで去っていく夏じいさん。彼はまだ未来を見つめて生きている。

観塘に向かうミニバスを待っていた時、家具や荷物を山のように積んだ青いトラックが急発進して走り去って行った。そのあとを大きな黒犬が必死に追いかけていく。ミニバスに乗りこむと、さっきの黒犬がとぼとぼ歩いて村へ戻って来るのとすれ違った。一刻も早くこの村から逃れて、人ごみの中にまぎれこみたかった。でないとやわな感傷に押しつぶされてしまいそうだった。

そして調景嶺《ていうげんれん》は取り壊された。二一世紀には、将軍澳新市鎮《ジャンクベイニユータウン》の一部として巨大新興住宅地に生まれ変わり、その下を通る予定の地下鉄には、「調景嶺」という駅名だけが残されることになった。

＊　＊　＊

その数日後、シェリーから電話がかかってきた。

「私、できたみたいなの」

「何が？」

「この表現、知らない？　学校では習わないかな。有咗《やうじよー》〈できた〉といえば赤ちゃんのこと」

「赤ちゃんができたの？」

「ちなみに冇咗《もうじよー》〈なくなった〉といえば、流れた、堕ろしたって意味になるのよ。覚えておくといいわ」

「おめでとう」

「六週間だって」

受話器の向こうで、彼女がひっきりなしに何かを食べている音が聞こえた。

「何か口にするものみんなおいしくて。私、二年前に一度流産してるから、すごく緊張してるの。とにかく食べて体を丈夫にしないとね」

「予定日はいつ？」

「それが返還の直前になりそうなの。私もびっくりしてるのよ。この子は生まれる前から強運の持ち主ね。返還前に生まれたら、BNOパスポート〈海外の英国領民に与えられる英国発行のパスポート〉が申請できるのよ」

香港永久居民、いわゆる香港人の約半数はこの「英国国民（海外）護照」、通称BNOパスポートを持っている。これは一種のイギリス国籍だが、イギリス本国の国籍を保持する「英《ブリテ》国公民《イッシュシティズン》」とは異なり、英国本土、及び英国領の他の土地に居住する権利はない。ただしこのパスポート保持者が外国を旅行している時、英国領事館の保護を受けることができる。

九七年七月一日、香港永久居民の中国人の国籍はイギリスから中国に移行する。BNOパスポートはそのまま有効で、一〇年の期限が切れても更新し続けることができるが、海外で英国領事館の保護を受ける権利は消失し、それらの業務は一切中国領事館に移行するという奇妙なことになる。シェリーの子供は七月一日以前に生まれたら、このBNOパスポートを申請できるわけだ。

一方、九七年七月一日より、「中華人民共和国香港特別行政区護照」、通称特区パスポートが誕生する。九七年七月一日以降に出生した者はこのパスポートしか申請できないが、BNOパスポート保持者は、BNOパスポートと特区パスポートのどちらかを選択することができる。

「やっぱり特区パスポートは不安？」

「特区パスポートが不安ってわけじゃないけど……親と子が違うパスポートってことが、将来何となく不安でしょ。権利はできるだけたくさん持ちたい。それが香港人というものよ」

私が香港に来て間もなく友達の胎内に新しい生命が宿り、私が香港にいる間に、しかも返還の前に誕生する赤ちゃん。それだけに余計感慨深いものがあった。

香港に来てからというもの、消えゆくものや変わり果ててしまったもの、もう会えない人の存在をたて続けに目の当たりにし、少しまいっていたのは事実だった。でもすべてが消えていくわけではない。ここに新しく生まれてくるものもあるんだ。シェリーの朗報は、彼女とは違う意味で、私にも希望を持たせてくれた。

「赤ちゃんができたら、また引っ越したくなっちゃった。今の家は気に入ってるけど、子供を育てるのに適した環境とはいえない。こんな高いビルじゃなくて、庭があるような家で育ててあげたいの。贅沢な子供よね。私だってそんな家で暮らしたことないのに」

ずずっとスープをすする音が受話器の向こうから聞こえた。

龍宮城に住む美少年

もし自分がいつか香港に住むようなことがあったら、深水埗《しゃむしゅいぽ》に住んでみたい。一〇年前からそう思っていた。ひょんなことで足を踏み入れてから、私はこの町にとらわれるようになった。忘れもしない、一九八六年冬のことだ。

当時中文大学構内の女子寮に住んでいた私は、放課後よく大学の脇を通る大埔道《だいぽーどう》から佐敦《ジョーダン》碼頭《フェリーピア》行き七〇番バスに乗った。尖沙咀《ちむさーちょい》へ遊びに行くためだった。

その日私が乗ったバスは、ひたすら山を登って行った。どうやらバスを乗り間違えたらしいと気づいたのは、見慣れない周囲の高度に漠然と不安を感じたからだった。

狭い香港のことだから、バスを乗り間違えたくらいで、大騒ぎするほどのことはない。到着した土地に不安を覚えたら、同じバスに乗って帰って来ればいいだけのことだ。しかし私は不安から逃れることができなかった。二階建てバスに乗って山を登るという行為が、平地で暮らしてきた自分にはかなり日常から逸脱した行為のように思えたからだ。

前方左手の山から煙が上がっているのが見えた。山火事だ。真正面に大埔道をまたぐ歩道橋が見えた。その上を猫背の人が歩いていた。よかった、人がいる。しかしほっとしたのも束の間、その直後に私は恐怖に陥った。その人影は歩道橋の歩道ではなく手すりの上を歩いているのだ。ぎょっとして目を凝らすと、それは人ではなく猿だった。

何なんだ、これは。何かとんでもない世界に足を踏み入れてしまったようだ。しかし他の乗客は呆けた顔でぐっすり眠りこんでいる。少なくとも彼らは何も不安を感じていない。

バスが道を下り始めた。すると視界が急に開け、眼下に西九龍の高層住宅群が出現した。西に沈みかけた弱い太陽を背に受け、ハレーションを起こしながらひっそりたたずむ古ぼけた住宅群。その向こうには海があり、香港島の摩天楼まで見えた。

ちょうどそこへ西の空から飛行機がゆっくり下りて来た。バスはほとんど飛行機と同じくらいの高度から街の中へ下りて行く。飛行機とバスが速度を競い合う。信号で停まったバスは闘いを放棄し、飛行機は悠々と街の中へ消えていく。

龍宮城へ下りていく亀みたいだ、と思った。自分もそこへ下りていこうとしている。私は今まで経験したことのない視点にくらくらしていた。山を越え、山火事をくぐり抜け、猿に挨拶し、飛行機と先を競いながら下りて行かなければ行けない「そこ」とは、一体どんなところなのだろう。私は「そこ」へたまらなく行きたくなった。

山を下りきったところでバスを降りた。道路いっぱいに露店が広がり、縁日のような賑やかさだ。しかし売っているのは洋服やふとんカバー、下着、古本、鞄、キッチン用品といった日用品。縁日ではない。そこらじゅうにテーブルが出て人々が食事をしている。私もその一つに座り、当時自信を持って発音できた唯一のメニュー「叉焼飯《ちゃーしうふぁん》」を頼んだ。その店を選んだのは、隣に蛇屋があったからだった。

店の男はちょうど大きなポリバケツの前で蛇をさばいている最中だった。地面にたった今皮を剝がれたばかりの蛇がのたうち回っている。そのうちの一匹が、蛇屋の目を盗んで路上に這い出し、私の足元まで必死の逃避行を試みた。食事をするにはあまり理想的なシチュエーションとはいえない光景だったが、「今日は何かすべてが日常から逸脱しているようだ」という状況に慣れ始めていた私は、それを受け入れた。

「ちょいとごめんよ」

蛇屋がステンレス製のつまみで私の足元の蛇をひょいっとつまみ、蛇を現実に連れ戻す。蛇の皮の山を見たのは生まれて初めてだったが、それ以上に驚いたのは、そんな光景を立ち止まって見つめる人間が一人もいないことだった。

突然、人々の怒鳴り声をかき消すような轟音がとどろき、ビルとビルの隙間から飛行機の巨大な腹が現れた。私はぽかんと口を開けたまま、飛行機を目で追った。海の中から船を見上げる時の感じに似ていた。

今日はきっと、自分がこれまでの短い人生で身につけてきた視点をすべて裏切られる日なのだ。気をとりなおしてごはんにとりかかると、再び轟音が聞こえて箸を休める。これではいつまでたってもごはんが食べられない。しかし周りの人たちは飛行機のことなどまったく眼中にないように、通常通りの行動を続けていた。これほどいたるところに非日常が転がっているというのに、この町の人たちは見向きもしない。なぜならそれがここの日常だからだ。

食事を済ませ、再びふらふら歩いていると、地下鉄駅のマークが目に飛び込んできた。

「深水埗《しやむしゆいぼ》」

日常と非日常が逆転した町、深水埗。いつか、この町の日常にまみれてみたい。その時から私はそう心に決めていた。


一九九六年九月四日午後九時。私は一〇年ぶりに深水埗を訪れ、「新金豪《さんがむほう》」という名の茶餐《ちやーつあん》庁《てん》〈食堂と喫茶店を足したような店〉に入った。

福榮街《ふついんがい》と桂林街《くわいらむがい》が交差する一角には茶餐庁や焼臘舗《しうらつぽう》〈叉焼《ちやーしう》や焼いたアヒル、蒸し鶏など、店先で焼きものを売る店。テイクアウトが主だが、店内で食べることもできる〉がひしめきあっている。一〇年前初めて深水埗に来た時、路上をのたうち回る蛇を見ながらごはんを食べたのも、この界隈だった。一〇年前自分を魅了した一角に舞い戻ったのは、ここから始めてみようという意識がどこかにあったからかもしれない。

その茶餐庁に足を踏み入れたのはほんの偶然だった。その界隈には何軒か同じような店があり、私はそのどれにでも入ることができた。その店を選んだのは、強いていえば店先に誰でも自由に使える無料電話が置いてあり、その店のポリシーに好感を抱いたからだ。

髪を茶色に染めた小柄な色白の少年がそこで働いていた。もう一人のウェイターが注文を取りに来たが、「もうちょっと待って」と嘘をついて断り、その少年が通りがかるまで待って熱奶茶《ミルクティー》を給仕してもらった。

半袖の白いうわっぱりの左胸に「新金豪」という刺繍があり、胸ポケットはボールペンのインクでまっ青に染まっていた。左耳には金の輪のピアス、首と左手首には金の鎖、左手の薬指には金の指輪。色褪せて膝の破けたジーンズ、うわっぱりからのぞく真っ白な細い腕、折れそうなほど華奢な体、太くりりしい眉、くりっとした子犬のような瞳、しわがれた声。典型的な香港の、ちょっぴり不良っぽい少年だった。

少年の何が自分を魅きつけているのかはわからない。ただ一〇年ぶりに舞い戻ったこの場所に、この美しい少年がいるという事実が何かを暗示しているようだった。

ここに呼ばれている？

一〇年前のことが頭の中を駆けめぐった。たまたま乗り間違えたバス、山火事、歩道橋の上を歩く猿、龍宮城のような風景、頭上を飛ぶ飛行機、山になった蛇……そして最後に美少年。最初は魔物を登場させて驚かせ、次に美しいもので安心させ、次第に魔界に引き込んでいき、最後は食ってしまうというおとぎ話のパターンとそっくりだ。

だったら喜んで食われようじゃないか。

一一時を回り、彼がレジへ向かったところを見計らって私も席を立った。

「八元」

私は一〇元硬貨を出す。

「はい、二元のお釣り。ありがとう」

美少年は顔も上げずに二元硬貨をぶっきらぼうに差し出すと、すぐレジから離れて持ち場へ戻った。

おやすみ。

心の中でそっと彼に話しかけた。

一九九六年九月四日午後一一時九分。彼はすでに私の重要人物になっていた。

世界市民

ドイツ語のぶ厚い洋書がずらりと並んだ本棚の前で、ゆっくりとオランダ製の巻き煙草をふかす青年。頭は坊主刈りでざっくりとした生成の手編みセーターに黒のジーンズ、そして縁なし眼鏡。香港ではあまり見られない自然素材重視のファッションだ。その横でやはり縁なし眼鏡をかけ、グレーのトレーナーにダブダブのコットンパンツを履いた青年が、福建省で買ってきたという小さな急須で丁寧に鉄観音をいれている。スピーカーから日本の雅楽とよく似た中国の古典音楽が流れてくる。

自分が普段目にしている香港的世界とのあまりのギャップに目まいがしそうだ。

「さっき廊下に香水の匂いがぷんぷん匂ってた。最近の学生は学校に香水をしてくるんだね」と巻き煙草をふかした青年、文道《まんどう》がいった。「大学で香水がＯＫで禁煙なんて、そんなおかしい話あるかい？」

「最近の学生は香水に携帯電話は当たり前だよ。僕らはもう古い人間さ」とお茶をいれる青年、宇澄《ゆーつぇん》がいった。

ここは中文大学大学院の哲学科研究室。二人は修士を目指して勉強中の大学院生で、週に数時間だけテューターをしている。宇澄と知り合ったのは、尖沙咀《ちむさーちょい》のコーヒーショップ、マイ・コーヒーでだった。毎日中文大学に来てるなら遊びにおいでよ、と誘ってくれたのだ。

東洋と西洋が無理なく融合したという感じの上質な空間。洗練されたスマートな立ち居振舞い。私の知る限り旧世代のインテリは、西洋派か東洋派にきっぱりと分かれ、もっとギラギラしていて熱弁をふるうのが好きで、攻撃的だった。が、二人のたたずまいには嫌味がなかった。これが香港の新しい世代のインテリたちなのか。自分が本当に心地よいと思うものを一つ一つ選んだ結果、至ったのがこの空間という感じだった。

「ここにいると、香港にいることを忘れそう」

「そう？　確かに、まともな香港人はこんなところにはいないかもしれないな」と宇澄《ゆーつぇん》がいった。

「香港では哲学なんて勉強したって食えないし、その上大学院に進むなんて狂気の沙汰だろうね」

偶然か必然か、二人は「まとも」な香港人ではなかった。宇澄は七歳で福建省から香港に移住、大学の四年間は台北で過ごしている。文道《まんどう》は香港生まれだが、生後四か月から十五歳までを台北で過ごした。

「台湾の影響は確かに大きいかもしれない」と宇澄。

「台北には台湾じゅうからいろんな人間が集まっていた。大都市と田舎の両方を知っているから、視野が広いんだ。何かを考える時、台北じゃなくて台湾全体のことを考える。国家のことを考える習慣がきちんとあるんだ。大陸だってそうだ。大陸の学生は、自分たちが国家の将来を考えなければならないという自意識をきちんと持っている。

でも香港人はそうじゃない。香港のことしか見てないし、香港の将来は自分が考えなきゃいけないという自意識がほとんどない。香港人は植民地統治下で政治に参加できない状態が長かったから、政治に興味がないのは仕方がないという人もいる。でも政治に参加できないという状況は、台湾だってつい最近までそうだったし、大陸はさらにそうだ。それは言い訳に過ぎないよ」

「それは仕方のないことでもあるよ」と文道。

「香港人って、もともと生きるために香港に逃げて来た人たちだろ。香港人のアイデンティティは複雑じゃない。ずばり、金をもうけて、自分や家族が生き延びること。香港人のいう『自由』は、経済活動が自由にできて、好きな所に行けて、食卓で好き勝手に意見をいえること。投票権がないとか公に意見がいえないとか、そんなことは自分の自由とは関係ないんだ。もし自分の求める自由が侵されたらどうするか。その時は、香港を良くするために抵抗するより、さっさと逃げる。いうなれば無抵抗主義なんだよ。僕はそんな香港がやっぱり好きだな」

香港が好きだ——これほど率直に香港に対する愛情を言葉にした香港の人を初めて見た。その言葉には、香港をすみかとしながら、この街を少し離れたところから見つめる、内部の外部者という視点が感じられた。彼がどうしてそういう観点を持つようになったのか、話が聞いてみたくなった。そこから別の香港が見えてくるような気がした。

「僕の話をすると、とても長くなるよ」

その時点では私も、彼にそれほど壮大な物語が隠されているとは知らなかった。

文道は現在二六歳。中文大学大学院の哲学科に籍を置きながら、新報、明報といった新聞の文化欄に連載を持つコラムニストでもある。また灣仔《わんちゃい》の藝術中心《アートセンター》のアドバイザースタッフとして様々な企画に携わり、香港、台湾、大陸の文化交流をコーディネートしたりと、多忙な生活を送っている。

「院に入ってもう三年。仕事が忙しくて勉強する暇が全然ないんだ。来年あたり、研究室を追い出されるかもしれないよ」

どうして香港で生まれて台湾で育ったの？

「子育てが面倒になった両親が、僕を台湾にいる外公〈母親の父。母親の母を外母という〉に預けたんだ。八年後に妹が生まれたら、妹は自分たちで育てて、僕は台湾に放りっぱなし。そういう親なんだ。じいさんに育てられたから、僕は良くも悪くもじいさんの影響を受けている。じゃあなぜじいさんは台湾にいたのか。これが長い話なんだよ。簡単にいうと、じいさんは解放前、国民党のスパイをしていた。それで台湾に追放されてしまったんだ」

文道の祖父は河北省出身。薬草や毛皮を手広く扱う大商家の息子だった。他の兄弟はみな学問の道に進んだが、祖父は一人だけ道を外れ、東北じゅうの親戚の家を転々としながら狩猟三昧の青春時代を送った。一方後に結婚することになる祖母は山西省で東北じゅうの火薬を独占していた大商家の娘。あの宋家三姉妹の長女、宋靄齢の夫である孔祥熙の家と親しい間柄だったという（次女、慶齢は孫文と、三女、美齢は蔣介石と結婚）。

「大金持ちの不良息子が解放前の中国でどんな道をたどるか。もちろん黒社会《やくざ》、そして国民党だ」

蘭州に住んでいた時、祖父は当時中国最大の秘密結社、青幇《ちんぱん》のメンバーと付き合うようになる。青幇といえば、ボスの杜月笙が蔣介石のパトロンだったことはあまりに有名だ。自然な流れで祖父は国民党と関係を持つようになり、広州・武漢間の鉄道管理を任せられるようになる。表向きは民間人、裏の顔は国民党のスパイとして、その地域で共産党員を見つければ国民党に引き渡すという任務を負っていた。

「僕にはいいじいさんだけど、すごく悪い奴だったんだ。じいさんのせいで何人の共産党員が命を落としたかわからない」

一九四九年、中華人民共和国成立と同時に祖父は妻と一人娘（文道《まんどう》の母）を連れてマカオへ逃れた。そしてマカオで茶楼を経営しながら、裏では国民党のスパイ活動を続けていた。

「当時、国民党は台湾に逃げたといっても本土復帰を目指していたから、どうしたら共産党を倒せるか、本気で画策していた。その頃の香港とマカオには国民党の残党や共産党員がうようよいて、誰が国民党で誰が共産党かわからない、そんな緊張状態だったらしいよ」

一方茶楼の商売は傾き始めていた。坊ちゃん育ちでプライドが高いため、頼ってくる国民党系難民を放っておくことができない。財産はまたたく間に難民に食いつぶされ、六〇年代初頭、とうとう茶楼はつぶれてしまう。それとほぼ時を同じくして、マカオに潜伏していた共産党のスパイに正体がバレてマカオ政庁に密告され、即刻国外追放処分を受ける。文道の母だけが香港に逃れ、祖父母は台湾へ。祖父の名は好ましからざる人物としてブラックリストに載せられ、以後二度と香港・マカオへ入ることはできなくなってしまった。

祖父は台湾に渡ってからは国民党と手を切り、台北の街角で牛肉麵の小さな店を開いた。その数年後に一人娘から送られてきたのが、生後四か月の孫、文道というわけだ。

「中国近代史の授業を受けてるみたい」

「家族の歴史を人にちゃんと話したのなんて初めてだよ。今まで誰にも聞かれなかったから。改めて話してみるとすごい歴史だと思う。中国の近代そのもの。でも香港っていろんな背景の人間が集まる場所だから、これくらい普通じゃないのかな。多分香港の誰に聞いたって、本が一冊書けるくらいの物語を持ってると思うよ」

さて時代は下って一九七〇年、幼い文道の人生は始まったばかりだ。生後四か月で両親から手放された彼は、台北の牛肉麵屋で幼少期を過ごした。

「僕が育ったのは不思議な空間だった。じいさんの頭の中は、若い頃を過ごした老北京で時間が止まってるんだ。話すのはもちろん北京語。家でも食事はすべて北京料理、デザートも北京風。台湾のものは田舎者の食べ物だといって食べさせてもくれない。僕が初めて台湾料理を食べたのは中学に上がってからだよ。じいさんはよく京劇にも連れて行ってくれた。僕が京劇に少し詳しくなったのもじいさんの影響だ。見終わると、決まってまた昔話。昔、中国の文人は歌や芝居をたしなんだもので、家によく京劇団を呼んで芝居を見たとか、そんな話さ。正月やお祭りの日には、小さな牛肉麵の店に黒社会《やくざ》のこわい男たちがプレゼントをたくさん持って挨拶に来るんだ。国民党と手を切ったとはいっても、黒社会の人たちは義理堅いんだよ。

僕は台湾で育ったといっても、台湾の世界からは隔離されていた。僕が暮らしていたのは、じいさんの頭の中にある、実在しない老北京だったんだ」

中学に上がると彼は修道院が経営する中学校の寄宿舎に入れられた。荒れた少年時代の幕開けだ。

「親はいない、じいさんもいない、誰も僕に干渉しないからやりたい放題だった。一三歳の時、台湾の黒社会組織『四海』のメンバーになった。ケンカ、女遊び、学校の生徒からは保護費という名目でカツアゲした。街で暴れるのが楽しくてしょうがなかった。僕の荒れ方はだんだんエスカレートして、学校の電線を切ったりコンピューターを窓から投げ捨てたり、破壊活動に向かった。学校は僕を処分したくてたまらなかったはずだよ。そんな時、ちょうどいい事件が起きた」

中学三年の夏休み、香港に一時里帰りしていた彼は、香港で魯迅と毛沢東の本を買った。それが台北の空港で発見され、学校に通報されてしまったのだ。

「それがきっかけで、学校は堂々と僕を退学させることができた。じいさんは驚いてたよ。僕が荒れてるなんてちっとも知らなかったし、まして僕が持ってたのは毛沢東の本なんだから。じいさんは必死に僕の学校を探してくれた。でもまだ戒厳令が解除される前だもの、毛沢東の本を持っていた奴を入れてくれる学校なんてどこにもなかった。このままじゃ僕は勉強が続けられなくなる。そして仕方なく、香港に帰されることになったんだ」

どうして毛沢東と魯迅の本を持ち帰ったの？

「台湾では胡適、徐志摩、朱自清といった作家の作品を読むことはできたけど、魯迅、聞一多といった共産党から崇拝された作家の作品を読むことはできなかった。ところが香港に行ったら、両方の作品が同じ本棚に並んでいたんだ。その時思った。香港で初めて両方のものが読めるんだ、って。それでつい買ってきてしまったのさ」

初めての香港生活はとまどいの連続だった。

「広東語は何とかついていけた。毎年香港に行っていたから、知らない言語というわけじゃないから。一番辛かったのは両親と一緒に暮らすことだった。初めて親に干渉されるという体験をしたんだ。父はいつも『おまえは金の無駄だ』とか、『おまえを追い出して他人に部屋を貸した方がましだ』っていってた。母はもともと精神状態が不安定で、よく僕を殴るし。

台湾ではわがもの顔で道を歩いていたのに、香港では何だか自分に何の行動能力もないような気がした。僕はアメリカのロックを聞いて育ったのに、香港ではイギリスのポップスが主流なのも気に食わなかった。やっぱり香港ってイギリスの植民地なんだよ。何より驚いたのは、香港の学校があまりに英語を重視していたこと。香港では、中国語はロクに書けなくても、英語を話せる人間が高級で有能だと思われてるんだよ。中国人なのに馬鹿みたいだと思った。最初の二年ぐらいは、毎日台湾に帰りたいと思っていたよ。

でも慣れてくるといろんなことがわかってきた。台湾では僕は典型的な外省人〈中国本土から台湾に渡って来た人間〉でしょ。僕がいたのは戒厳令が解除される前だったから、本省人〈台湾出身者〉の子は政治の話なんか絶対にしてくれなかった。でも香港に来たら、国民党もいれば親中派も親英派もいて、みんなバラバラに好き勝手をいっていた。中国人は、香港で初めて好きなことがいえるんだなって思った。そんなことがだんだんわかってきて、香港っていいな、って思えるようになったんだ」

その後彼は香港の名門中学、培正《ふいちぇん》中学を卒業し、一年浪人して中文大学に入学。その一年後、両親は妹を連れてアメリカへ移民してしまう。母親の強い希望で、台湾に住む父母もアメリカへ呼び寄せた。長い間、香港と台湾に別れて暮らしていた母親の家族は、アメリカという異国で初めて同居できることになったのだ。

一人だけ香港に残ったのは自分の意志？

「そうだよ。僕は香港が好きだし、外国へ移住する気は全然ない。それに親と暮らすのはもうこりごりなんだ。僕を見てると父は怒り出すし、母は精神がおかしくなってしまう。お互い離れていた方がいいんだよ」

それでも年に一度は必ずアメリカの家族を訪ねている。

「アメリカはいいよ。スーパーに行けば大陸、台湾、香港のものが混ざってるし、母国にいると三つに分かれてしまう中国人が一つになれる可能性がある。すべての中国人は外国に行ってしまえば仲良くなれるんじゃないかと思うよ。アメリカは僕にとっても大切なところ」

そんな彼だが、アメリカ国籍を取ることには抵抗を感じているという。

「家族は全員アメリカ国籍を取った。僕はグリーンカードを持ってるけど、パスポートには興味がない。どうして取らないの、もったいないってよくいわれるけど、国籍取得のためにアメリカの歴史を覚えさせられたり、忠誠を誓わされたりするのはまっぴら御免だ。どんな国家にも忠誠なんて誓いたくない。それに僕はしょっちゅう大陸に行くから、アメリカのパスポートより香港のパスポートの方がよっぽど便利なんだよ」

あなたは何人ですか、と聞かれたら何て答える?

「それはいい質問だね。この問いは僕にとってもずっと大きな問題だった。五歳の時から、毎年夏になると一人で飛行機に乗せられて香港に帰っていた。スチュワーデスは必ず聞くよ。『ボク、一人でえらいわね。どこから来たの?』って。ずっと自分は一体何人なんだろうと思っていた。中国人、といったら間違いじゃないが正しくない。台湾に住んでいるといっても、僕の環境は台湾とはあまりにかけ離れていたから台湾人でもない。じゃあ香港人か。でも香港に住んだことはない。しばらくの間、『香港から来た中国人』と答えていた。でもその答えにも自信がなかった。でも今は、自分は香港人だとはっきりいえるよ」

それはどうして?

「香港が好きで、自分の意志で香港に住んでいるから。それに僕は香港で、生まれて初めて台湾と大陸の両方の事情を知ることができた。僕が今考えていること、ものの見方、それらはすべて香港で発生した。だから僕は香港人だと思う。

香港ってもともと大陸や他の地域から逃れて来た人たちの集まる場所でしょ。自分が何者かわからないって、ここの人たちのごく自然な感覚だと思うんだ。だったら『自分が何者かわからない、でも今は香港に住んでいる』ということを香港人の定義にすればいい。こんな風に考えるってこと自体、僕が香港人であるいい証拠だと思うよ。

僕の夢は、香港、大陸、台湾という三つの地域の垣根がなくなって、すべての中国人が自由に交流できるようになること。アメリカに行った時、ニューヨークに五年しか住んでいない人が、『僕はニューヨーカーだ』っていうのを聞いて、すごく素敵だと思った。中国人もそうなれないだろうか？　香港、大陸、台湾って分けると政治がからんでくるから、香港、北京、台北という三都市で考えてみたらどうだろう？　北京の好きな人が北京に住み、自分を北京人と呼ぶ。今香港に住んでいる人が香港人で、台北に住む人は台北人。いちいち出身地や国籍は気にしない。僕は今香港人だけど、将来は北京人になっているかもしれない。実際北京は大好きなんだ。そうなれたらどんなに素敵だろう」

香港ってどんな所だと思う？

「香港は東洋と西洋の実験室。その実験の結果が、今の香港の繁栄を生んだということは忘れちゃいけないと思う。香港は東洋と西洋を混ぜれば混ぜるほど良くなる街。そこに一方的に中国の色を入れたら、香港の特色はなくなってしまう。香港は今、その方向に向かい始めているね。

植民地は絶対的に悪の存在。あってはならないものだ。でもその結果生まれてしまったのが香港なんだ。それは認めなきゃならない。中国の芸術家はよくいうよ。香港には文化がない、植民地主義に毒されて、創造性がまったくないって。それは事実なんだけど、だからといって香港文化を尊重しないのはおかしいと思う。

香港には偽物しかない。でもそれこそ香港の文化なんだよ。僕たちは本物を知らないけど、中国が持っていないものを確実に持っている。香港人はもっと香港文化に自信を持つべきだと思う。

今の香港人は、大陸が香港に与える影響のことばかり恐れて、自分たちが入っていくことは考えていない。一方的に入ることは支配、互いに行き交うことが交流だろう？　香港はどんどん中国に入っていくべきだよ。中国全土を香港化してやろう、それぐらいの野心を持ってもいいんじゃないかな。恐れているばかりだと、いつか本当に中国に支配されてしまうよ」

世界市民——そんな言葉が頭に浮かんだ。

国籍や出身地にとらわれず、世界をすみかとする市民。そんな世界観を彼に植えつけたのが、香港という街。彼の話を聞いていると、日常のディテールに追われてつい見失いがちな、香港という街の懐の深さを、改めて思い出させられた。

香港の自由——。

経済の自由。思想の自由。どんな人間がいてもかまわないという自由。来る自由。立ち去る自由。選ぶ自由。逃げる自由。

彼の発想はあまりに理想主義的かもしれない。しかしこういう世界観を持った若い発言者がいることは、返還という新たな実験に立ち向かおうとしている香港にとって、貴重だと思った。

＊　＊　＊

居間のソファに転がって、明日クラスで発表するスピーチの原稿を書いていた。二週間に一度順番が回ってきて、五分間のスピーチをクラスメートの前で発表する。今週のテーマは「私が泥棒にあった経験」「私が入院した時」「良いニュース　悪いニュース」の三つの中から選ぶことになっていた。

これまでに習った語彙を最大限駆使し、しかも授業で習っていない単語は極力使ってはならないという制約の中、泥棒にあったことも入院したこともない私に五分間広東語で何かを話せというのは土台無理な相談だった。「先生、クラスメートの皆さん、こんにちは。今日私は最近の良いニュース、悪いニュースについてお話ししたいと思います」――そこまで書いたところで頭が真っ白になった。

街ではいろんなことが起き、私が不毛なスピーチを暗記しているこの瞬間にも、何かが生まれ、何かが消えている。こんなことをしている場合か……毎日そんな苛立ちを感じていた。しかし授業をサボって街に出れば単位を落とし、次の四か月のビザが下りなくなる。ビザなしではここにいられない。しかしビザのためには学校に拘束される。いつもの苛立ちがまたむくむくと湧き上がり、スピーチを暗記するどころではなかった。

その時電話が鳴った。相手は無言のままだった。苛立ちに拍車がかかって電話を切ろうとした時、「星野博美さん？」という小さな声が聞こえた。

私は慌ててソファから転げ落ちそうになった。

「ピンさんですね」

「私のこと、わかる？」

「電話を待っていたんです。前にも電話をくれましたね」

「あなたはいなかった。忙しいのね」

「忙しくなんかありません。ただあの時は学校に行っていたんです。私には時間がたくさんあります。あなたの暇な時でいい、三〇分でいいから会いたいんです」

彼女はしばらく黙ったまま、「また電話するわ」といった。

「待って。切らないでください。私はもうすぐ引っ越します。新しい電話番号は決まっていません。だからあなたの電話番号を教えてくれませんか？」

「あまり都合が良くないの。必ず私の方から電話するわ」

ピンさんはそう言い残して電話を切った。私は世界にたった一人残された最後の人間のような気分で受話器を置いた。

せっかくつながった阿彬《あばん》と私をつなぐ糸が、また切れてしまった。

彼女は電話をくれる。しかし「時間のある時に電話するわ」といいつつ、電話をくれる時の彼女はいつも、一刻も早く私との関係を断ちたいかのように急いでいる。彼女の中に、連絡を取りたいのに関係を断ちたいという、矛盾した感情が同居しているようだった。

ピンさんからかかってくる電話は良いニュースなのか悪いニュースなのか、自分でもわからなくなり始めていた。

チュンキン・マンションの裏に住むシスターたち

クラスメートのインド人シスター、銭《ちん》修女と郁《よく》修女、そして隣のクラスの容《よん》修女は、三人で尖沙咀《ちむさーちょい》に住んでいる。修女たちは交通費のかさむ地下鉄は使わず、九広鉄道の大学駅から終点・九龍《がおろん》駅まで行き、そこから二五分程の距離を歩いて家に帰っていた。

私は中文大学の隣駅、火炭《ふぉーたん》に住んでいたが、よく修女たちと同じ電車で九龍まで行き、彼女たちをアパートの近くまで送りついでに尖沙咀へ行った。無駄な時間など一秒もない、規則正しい生活を送るシスターたちと無駄話ができるのは電車の中しかなかったからだ。

一度だけ、シスターたちがお茶に誘ってくれたことがある。彼女たちは毎日午後六時、尖東《ちむとん》プロムナードの脇に立つ海員之家聖堂《マリナーズクラブチャーチ》へ行って夜のミサを受ける。その日はたまたま教会の都合で一日だけミサが行われなかったため、思わぬ時間ができたのだ。

海員之家聖堂の横を抜けると、そこはちょうど尖沙咀一の繁華街、彌敦道《ネイザンロード》の真裏に当たる。大きなカートを引いたインド・パキスタン系の男性が行き交い、道路に停められたバンから次々と段ボール箱を運び出していく。警官がアフリカ系男性二人組に身分証提示を求めている。

「まただわ。有色人種と見ると、すぐに不法滞在と考えるの。人種差別ね。白人観光客がそんな扱いを受けるかしら？」

三人の中でリーダー的存在である銭修女がそういって舌打ちした。

「シスターは身分証チェック受けたことあります？」

「私たちは一度もないわね。そういえば身分証なんて持ち歩いたこともない」

「悪いことするシスターなんていないと思ってるのよ」

「すれ違う時、十字を切る警官もいるわ」

「密航者は、シスターの格好をするといいかもしれないわね」

三人は女学生のようにきゃきゃっと笑いながら、挑発的なポーズを取った半裸の金髪女性があやしくほほえむ看板に近づいていった。店先ではいかにもやり手ババアといった風体の年増女が壁に寄りかかって煙草をふかし、真っ白な修道衣を着た有色人種のシスターたちを、何の感想も持たずにただ漠然と不機嫌そうに見つめている。銭修女はその看板の真横のドアに鍵を差しこんだ。

「さあ着いたわ。ようこそいらっしゃい」

冗談きつい。尖沙咀の場末のトップレスバーの隣で暮らすシスターたち。安っぽいハードボイルド小説のような、ドンピシャ過ぎてかえってリアルさをそぐような、あまりに出来すぎた設定だった。

「驚いた？」

「正直いうと、少し」

「普通驚くわよね。でも中は案外普通なのよ」

どこまでも続く長い廊下を挟んでびっしり部屋が並び、そのドアすべてにもう一枚の鉄の扉がついている。典型的香港の、うす暗くてカビ臭い古い集合住宅だった。ドアの向こうは、日当たりの悪い、家具以外にはほとんど何もない、がらんとした質素な部屋だった。

なぜ彼女たちはよりによってこの場所に住んでいるのだろう。九龍《がおろん》随一の繁華街の真裏、家賃は割高、治安もよくない。お世辞にもシスターが住むのに適した場所とはいえない。

「仕方ないのよ。ここはうちの教会が所有しているの。うちの教会から香港に派遣されたシスターはみんなここに住むのよ」

なぜ教会がこの場所を所有しているのか。彼女たちはその理由を知らなかった。

修女たちの一日はこうだ。朝六時に起床し、各自お祈りを終えると海員之家聖堂《マリナーズクラブチャーチ》へ朝のミサを受けに行く。帰宅して朝食。その後二人が掃除を担当、一人が市場へ買い物に行く。この市場は九龍公園の裏にあり、印巴系住民の求めるスパイスや食材がすべて手に入るという。それが終わると、学校の宿題と予習を三人でする。サンドイッチなどの軽い昼食を取り、一二時半にはアパートを出て学校へ向かう。授業は午後一時半から四時二〇分まで。授業終了と同時に帰宅。アパートでチャイを飲みながらしばし休憩、そして六時には再び教会へ出かけて夜のミサを受ける。それが終わると一週間交代で一人が夕食の支度をし、二人はテレビの英語チャンネルで英語のニュースを見る。夕食はもちろんカレー系。おかずは毎晩一品で、今日は野菜、明日は鶏、というように違う材料をスパイスでからめ、ナンと共に頂く。修女たちは中華料理が好きではない。三人の中で一番太った、インドの正しいお母さんといった風貌の郁《よく》修女は、授業中にこういっていた。

「中華料理は嫌いです。西洋料理も嫌いです。その他の国の料理は、食べたことがないからわかりませんが、多分口に合いません。私はインド料理が一番好きです」

彼女と話していると、ほのかにスパイスを含んだニンニクの香りが漂った。彼女は糖尿病だった。

そして、食後は再び教科書を開いて予習をし、一〇時就寝。これが彼女たちの日常だ。クリスマスやイースター、三日以上の連休が来ると、三人はいそいそとマカオへ帰る。職務に忠実であることが理由ではない。修女たちはマカオが好きで、香港が嫌いだった。本当は毎週末マカオに帰りたいが、マカオと香港をつなぐ水中翼船は片道一五〇ドル。修女たちにそんな贅沢は許されなかった。

彼女たちの日常は、中文大学を除き、すべて徒歩で行ける尖沙咀《ちむさーちょい》の内部で完結していた。

シスターたちの部屋を辞去し、私はビルの裏口から外に出た。ドアの真ん前に安物鞄を所狭しと並べた、隣のビルに通じる裏口があった。そこから中に入った。見覚えのある場所だった。鮮やかな原色の布、一目で安物とわかる布製の、ぺかぺかだが容量だけはばかに大きいスーツケース、空気中に濃厚に漂うスパイスの香り、背中とお腹をぴったりとくっつけあってウインドーに並ぶ金時計を見つめる、有色人種のむさい二人の男、泣き叫ぶ子供を薪でも運ぶように小脇に抱えて悠然と歩く女……。

そこは重慶大厦《チュンキン・マンション》だった。シスターたちの住むアパートは、ドア一枚で重慶大厦とつながっていた。

彌敦道《ネイザンロード》に立つチュンキン・マンションは、香港の印巴文化を象徴するランドマークである。これはバックパッカーの間では世界的に有名な安宿集合ビルであり、一、二階部分には印巴系住民用のビデオショップや衣料品店、おもちゃ屋、時計屋、宝石店、食堂などが立ち並ぶ。今ではアフリカ系、ネパール系の密度も高くなり、昔より印巴色は薄くなった。

確かに無国籍的で無秩序、異国情緒に溢れ、胡散臭い空気感は漂うものの、現在のチュンキン・マンションには身の危険を感ずるほどの混沌はない。宣伝せずとも世界じゅうから客の集まる安宿も、周辺のゲストハウスよりかえって高値になりつつある。どんなに濃厚な雰囲気を醸成する場所も、外部から大量の見学者を取り入れたらその空気は希薄になる。チュンキン・マンションという響きがかもし出すイメージは、昔より稀薄になっている。王家衛《ウォン・カーウァイ》が映画「恋する惑星」（原題「重慶森林」）や「天使の涙」で、チュンキン・マンションや印巴系住民を繰り返し小道具に選ぶのも、チュンキンにまつわる既成のイメージが香港の混沌や無秩序を手っ取り早く代弁してくれるからであり、私としては見ていてちょっと物足りない気がした。

中国、インド、パキスタン、バングラデシュ、ネパール、そして香港……これらの共通項は、もちろんイギリスだ。産業革命を経たイギリスはインドから大量の綿を必要とし、中国からは大量の茶を必要とした。そして輸入超過解消のため、インドで作った阿片を中国に売りつけ、中国に流れた銀を取り返した。危機感を持った清朝が阿片を焼き尽くすと、阿片戦争を仕掛けて香港を奪った。インドなしに、植民地香港は存在しなかった。

植民地経営のプロであるイギリスは、香港統治に当たり、実にうまい人材登用を行った。政治の表舞台はイギリス人、つまり白人が支配し、庶民と接触する機会が多く、その結果として恨みを買いやすい警察や軍隊といった機関にはインド人を送りこんだ。そして今でもネパールからグルカ兵をリクルートし、フォークランド紛争や湾岸戦争の前線に送りこむ。

その子孫たちが集う場所がチュンキン・マンションなのである。チュンキン・マンションは植民地香港の裏返しの象徴といってもいいだろう。

そのチュンキン・マンションの真裏の二階に、インド人シスターが住んでいる。このあまりの符合が、私はどうしても気になった。

さて、以下は私の推測である。それを証明できる資料はない。

三人の修女が所属する修道院は一八〇四年にスペインで誕生し、その系列修道院はスペインからアメリカ、フランス、フィリピン、インド、マカオ、コスタリカ、ガーナ、ゴールドコーストなど、世界二六か国に広がっている。インドのマドラス、ケララ、バンガロールからボンベイに集められた三人のシスターは、マカオに派遣され、身寄りのない老人や精神病患者の世話をしている。

中文大学付属の語学学校にとって、世界各地から送られてくる修女や神父などの教会関係者が最大のお得意様であることはすでに述べた。中でも三人の所属する修道院は、これまでにもこの学校にシスターを送っていた。九六年八月にマカオに戻ったシスターは、インド人だった。学期の途中で、もう一人の修女が増えた。彼女もまた、インド人だった。そして彼女もチュンキン・マンションの裏のアパートで暮らす。

とても単純な疑問である。

なぜその修道院からマカオ・香港へ送られて来るのはインド人シスターばかりなのだろう？　二六か国に系列修道院があるなら、世界じゅうに多人種のシスターを抱えているはずなのに、なぜマカオと香港という植民地に送られてくるのは、スペインやアメリカやフランスのシスターではないのだろう？　そして修道院はなぜ、チュンキン・マンションの真裏という独特な場所をシスターの住居として選んだのだろう？

修道院がそこにアパートを確保したのは、彼らが送りこむシスターは絶対にインド人であるという、修道院側の決意のように思えてならなかった。もしスペインやフランスのシスターを香港に送りこむなら、まずこの場所は選ばなかっただろう。いや、彼らに広東語を学ばせることさえしなかったかもしれない。

インド人だからこそ広東語習得のために香港へ送り、チュンキン・マンションの裏に住まわせる。そこに私は、イギリスが警察や軍隊要員としてインド人やネパール人を香港に送り込んだのと同種の意識を感じてしまうのだ。

そして同じクラスで広東語を学び、同じシスターという立場でありながらカトリック女子中学の校長であり、香港人の教師や生徒たちがこぞって英語を喋るため、まったく広東語が上達しないアングロサクソン系アメリカ人の黎《らい》修女に対し、誰もが彼女たちに広東語を強要するため、必死に広東語を覚えなければならないインド人のシスターたちを見ていると、ここはやっぱり植民地なのだと思わずにはいられなかった。

目的は侵略や植民ではなく、伝道と福祉なのだから、百歩譲ってよしとしよう。それでも、愛と平等を掲げ、多分本気で世界じゅうの恵まれない人々の力になろうとしている聖職者たちが、西と東のこととなるとてんで嗅覚が鈍くなることに、私は世界の難しさを思った。そして侵略や植民なら悪として否定することができるが、彼らがする「よいこと」はあからさまに否定できない分、もっと厄介だ。

東洋と西洋が出会う場所、香港。その出会い方の難しさを教えてくれるのも、この街だ。

私はまた三人のインド人シスターと一緒に九広鉄道に乗っていた。私たちが大声で話す、文法的に明らかにおかしく同じような語彙ばかり連発する広東語の会話に、乗客たちが笑いをこらえて聞き入っている。

夕暮れ前の九龍《がおろん》行き九広鉄道はすいている。しかしシスターたちは空いた席に座ることさえ身に余るほどの贅沢、とでもいうように席に座ろうとはしない。しびれを切らした郁《よく》修女が申し訳なさそうな顔で、密猟者に撃たれて地面に倒れこむ象のように、スローモーションで椅子に腰を下ろす。

「私は座ってもいいわよね。糖尿病だから」

「あなたは香港の地図を持ってる？」

三人の中で一番若い容《よん》修女が、重大な打ち明け話でもするように私に尋ねた。

「持ってますよ」

「インドからシスターが来るから空港へ迎えに行かなきゃならないんだけど、空港はどこにあるのかしら」

「シスターはインドから来た時、飛行機じゃなかったんですか？」

「飛行機で香港の空港に着いたわ。でもそれっきり行ったことがないの。空港は九広鉄道で行けるのかしら」

「空港に鉄道は通ってないんですよ」

「じゃあ地下鉄は？」

「地下鉄も通ってません。バスがいいでしょう。一番簡単なのは、尖沙咀《ちむさーちょい》から空港バスに乗ることです。修女のアパートの後ろにチュンキン・マンションがあるでしょう？　その真ん前に空港バスの停留所があります」

「チュンキン・マンションって何？」

「チュンキン・マンション、知りませんか？」

「知らないわ」

修女たちの暮らすアパートとチュンキン・マンションをワンセットで認識していた私は、彼女がその名を知らないことに驚いた。

「シスターは夕方着くから、授業が終わったら直接行きたいの。空港は大学駅と九龍駅の間にあるのかしら」

彼女は九広鉄道に乗りさえすれば、香港じゅうどこへでも行けると信じていた。なぜならそれが普段彼女が利用する唯一の交通手段だからだ。しかし九広鉄道はもともと大陸と植民地香港を結ぶカオルーン・カントン・レイルウェイの後身。つまり市民が香港域内をくまなく移動するために建設されたものではないため、繁華街の移動にはすこぶる使い勝手が悪い。容《よん》修女が思い描く香港像——自分に必要なものはすべて家の周りと九広鉄道上にあるという錯覚——を少々改造してもらう必要があった。

「こうしましょう。シスターの家の近くに天星碼頭《スターフェリーピア》がありますね。そこに香港観光協会があります。そこで無料の英語地図をもらってください。それを見ながら説明しましょう」

「天星碼頭って何?」

「尖沙咀から中環《セントラル》に渡るフェリー乗り場ですよ」

「そんな船があるの? 私が知ってる船は、マカオに行く船だけ」

スターフェリーピアは九龍半島の先端にある埠頭で、香港に来て一日目の観光客でも知っているような場所だ。しかもシスターのアパートとは目と鼻の先。

「じゃあシスターはどこなら一人で確実に行けますか?」

「九龍駅と中文大学、海員之家聖堂《マリナーズクラブチャーチ》、それから市場」

彼女に一人で地図を取りに行かせるのは断念した方がよさそうだ。

「わかりました。今日私がその地図を取ってきましょう」

「本当？　迷惑じゃない？」

「迷惑じゃありません。ついでです」

「よかった。本当に助かるわ。空港に行けなかったらどうしようかと思っていたの」

シスターは心底ほっとしたように、電車の窓から外を眺めていた。

列車は大圍《だいわい》駅を出て九龍塘《がおろんとん》に抜けるトンネルに入る手前で、谷を通過した。丘陵の斜面にはびっしりバナナの木が立ち並んでいる。地を覆いつくす無数の緑が太陽の光を反射し、走る列車に光を投げ返してくる。冷房という文明の力で体の冷えきった私たちに挑戦するような、痛い光だ。上り九広鉄道で進行方向右側の座席に座る人が少ないのは、その光があまりに強すぎるからだ。知らずに右側に座った乗客が額に手をかざす。私も手をかざした。シスターはその光を直視していた。そしてコンコンと拳で窓を叩いた。

「ここを通るたびに故郷のマドラスを思い出すの。故郷では線路沿いに延々とバナナの木が立っているのよ。香港で故郷を思い出させてくれるのはここだけね」

奇妙だと思った。植生は亜熱帯に属する香港で、バナナやブーゲンビリアのある風景は珍しくない。海も山もどこにでもあり、中文大学でさえちょっと奥に入ればそのままの自然が残っている。彼女はそこらじゅうで、故郷の象徴と出会えるはずだった。

何年香港に住もうと、彼女の日常――ミサ、食事、学習、そしてマカオ――から外れたものは、香港に存在しないも同然なのだろう。

さっき目にした圧倒的な緑が何かの手違いだったかのように、列車は無機的なコンテナの間を抜けてゆっくり九龍《がおろん》駅へ向かっていく。左手に巨大な葬儀場、世界殯儀館と萬國殯儀館が見える。香港から中国へ向かう始点、そして中国から香港へ向かう終点が葬儀場だなんて皮肉だな、と電車に乗るたび思う。

「私にもインドに父や母がいる。時々とても会いたくなるわ。でもいつ会えるものか……」

「シスターも時には故郷を思い出すんですね」

「当たり前よ。両親ももう若くはないし……私、あと何年かしたら大陸へ派遣されるかもしれないの」

「中国、ですか？」

「中国は開放されて豊かになったけれど、身寄りのない老人や貧しい人たちも増えている。うちの修道院はなるべく早くシスターを大陸に送って、人民の力になりたいと考えているの」

「また故郷が遠くなりますね」

「それが神の御意志なら、私はどこへだって行くわ」

近所のスターフェリー乗り場へは一人で行けないシスターが、世界の果ては恐れない。彼女と私は同じ風景の中で、まったく違う世界を見ていた。東京からやって来た世俗にまみれた私の世界と、マドラスからやって来た彼女の揺るぎない世界が、九広鉄道の窓の外を流れるバナナ林の前でぴたりと出会い、その次の瞬間には離れていく。

容《よん》修女は今もマカオの修道院で、身寄りのない老人と精神病患者の世話をしている。まだ大陸へは発っていない。彼女が世界のどんな所へ行くにせよ、そこにバナナの木が生えているといいな、と思う。

＊　＊　＊

深水埗《しゃむしゅいぽ》の新金豪茶餐庁《さんがむほうちゃーつぁんてん》に行った。もちろんそこで働く美少年が目当てである。

香港は人の入れ替わりの激しい所だ。オーナーはそのままでも、従業員はひっきりなしに入れ替わる。人は一元でも給料の高い所へすぐ移り、何十という職場を渡り歩くことは普通だ。私はあの美少年がすでにその店を去った後かもしれないと覚悟を決めていた。去った後だったら、もう会う機会は二度とないだろう。もし彼がいたら、その店に通うことにしよう。もしいなかったら、その店に固執する理由はなくなる。

彼はいた。同じ会話をまた繰り返した。

「注文は？」

「熱奶茶《ミルクティー》」

香港の茶餐庁はいかに回転を良くするかで売り上げが左右されるため、相席は当たり前、食べ終わっていない皿さえさっさと下げてしまうのも当たり前、相当図太い神経の持ち主でなければ居心地は悪く、長居などできない仕組みになっている。しかし客はそれを不快に思うわけではなく、適当にうまく協力している。時間が金の香港で、人が急ぐことを責めないのは不文律なのだ。のんびりしたい人間は、そういうことを目的とした店に行けばいい。茶餐庁でゆっくりできないと文句をいう人間の方が、ここではわからずやの非常識な人間と見なされる。そこらへんの意識の切り換えを、香港の人たちはとてもスマートに行う。

しかし彼が働くこの店は違った。彼は、空になって久しいカップをこれ見よがしに下げることはしない。ところが客が席を立つと、一瞬のうちに食器を片づける。常に店内を見回し、客が手を挙げる前に用件を聞きに行く。彼が背を向けていて気づかない時には、厨房から「客が呼んでるぜ！」と声が飛ぶ。ただ飲食を目的とした客には迅速に対応し、長居したい人間は心地好い無関心で迎える。

また長居する常連は大抵店の奥の方のテーブルに座り、店の人に手間をかけさせないよう自分でお茶をくんで灰皿を取り、食器を片づける。それを見た一見の客が店の人間と間違えて注文しても、文句をいうわけでもなく、厨房へ注文を伝えに行く。客と店の人間が互いに分をわきまえ、状況に応じて自分の果たすべき役割を自然にこなす。お客様は神様でも何でもなく、ただそこには人間同士の対等な、節度あるいたわりあいがあった。

いい店はいい客を育て、いい客は店をより良い空間に育てる。私もそんな客になりたいと思った。

深水埗《しゃむしゅいぽ》に住みたいという考えは、香港に来る前から持っていた。しかし美少年の存在が、曖昧な願望を一気に現実的計画に変えた。

夜、自分が一番最後に行きたい場所が近くにあることは、この街で自分が生き延びていくための最低条件だった。このまま一人で部屋に帰りたくないような夜、束の間自分を無言で受け入れてくれる場所。まったく関係のないいくつもの人生が茶餐庁の明かりに吸い寄せられて集い、また夜の街へ散らばっていく。そこにいる間だけ、私は一人ではなかった。互いに干渉はしないが、拒否もしない。それが夜の茶餐庁の魔力だった。

誰もが携帯電話とポケットベルを持ち、宙を飛びかう電波でつながっているこの街。しかしその電波に乗らない人間には、出会う機会さえ与えられない。

誰に会いたいというわけではない。でも、一人でいたくない。誰かの気配がそばにあるだけでいい。

そんな時、私は彼の店に行った。

「注文は？」

「熱奶茶《ミルクティー》」

たったそれだけの、何の関係性も代表しない会話。それが私には、海に投げられた救命具のように思えた。

ホテル・カリフォルニアへようこそ

一二月初旬、学校の授業がすべて終了すると、本格的に部屋探しを始めた。

それまでも学校帰りにいろんな町を歩いて下調べをした。どこを散歩しても不動産屋の前で立ち止まり、その地域の相場は自分の予算と見合うか、近くに市場はあるか、交通は便利か、近くに夜遅くまで開いている茶餐庁《ちゃーつぁんてん》はあるか、深夜に帰宅できる交通機関はあるかなどを調べていった。なるほど、写真を撮っている時はなんとなくしか街を見ていないのに、これから一年あまりの生活、つまりそれに支払う金がかかっているとなると、これほど真剣に歩くものかと思った。しかし他の町を歩けば歩くほど、自分の気持ちが深水埗《しゃむしゅいぽ》へ傾いていくのも感じていた。

一二月の第二土曜日、深水埗であらかじめ当たりをつけておいた、比較的安い物件ばかりを扱っている不動産屋を訪ねた。

「私は本地人〈香港人。対して中国から来た人を「内地人」という〉ではありません。部屋を探しています。条件は唐楼《とんらう》〈古いタイプのアパート〉、一房一庁〈1DK〉、シャワー・トイレ付き、四〇〇〇元前後」

向こうに喋らせる前にいきなりそういった。どうせ一言口を開けば香港人でないことは一発でバレるため、先に白状した方が得策だと考えた。日本人であることは伏せておいた。何かを買おうとしている場合、日本人だと知られて得することは少ないからだ。おかしなことに「外国人です」というと、必ず「どこから来たのか」と問われるが、「本地人ではない」というと、向こうは広東語の不自由な中国人と解釈する。その方がかえって都合が良かった。

「あるわよ、いくらでも。じゃあここに名前書いて。はい、料金は二〇元」

「何のための二〇元？　見るだけで金がかかるの？」

「あんたね、あんたに部屋を見せに行くためにあたしは店を閉めなきゃならないの。その間商売ができないでしょう。毎日客をタダであちこち見せて回って、一軒も決まらなかったら、あたしはどうやって食っていくのさ？　あんた、あたしが騙してると思ってるね。嘘だと思ったら他の不動産屋に聞いてごらん。みんなそうしてるんだから。その代わり、今日いっぱい二〇元で何軒でも気に入るまで見せるよ。日が変わったらまた二〇元。わかった？」

　私は渋々二〇元を払った。あとで友達に確認したところ、それは一般的なことなのだそうだ。不動産屋の章小姐《じよん》〈英語のミスにあたる、未婚の女性に対する尊称を小姐という。既婚の女性には夫の姓に「太」を付ける〉は「部屋を見に出ています。携帯電話の番号は××××」という札を掛け、私たちは部屋探しの長い旅に出た。


　一軒目。茘枝角道《らいちーこくどう》、唐楼《とんらう》の七階、四〇〇〇元（約七万二〇〇〇円）。天井の五〇センチ程下に板で仕切られた、いわゆるロフトがついている。この部屋に「ロフト」という名称を使用したら世界じゅうの「ロフト」から文句が出るだろう。つまりは高い天井をそのままにしては空間の無駄だから仕切ってより多くの人間が暮らせるようにしたということだ。エレベーターなしの七階はきついし、何といっても窓に鉄柵がついていて顔が出せない。防犯のためにはなるが、火が出たら窓から逃げられない。

　この部屋を気に入らないという確固たる理由も、気に入ったという根拠もまったく探せず、私はただ動揺を章小姐に悟られないよう、窓や流しに文句をつけるふりをしていた。

本当にここに住むのか。自分はここに住めるのか。こういう所に長期で住む覚悟は本当にできているのか。こういう環境下で精神の安定は保てるか。

荒れ果てた部屋を前に、正直なところひるんでいた。

それは旅をしている時、予定が狂って真夜中に真っ暗な郊外のバスターミナルに着いてしまい、見るからに胡散臭そうな客引きに手を引かれて怪しい宿へ引きずりこまれる時の感じに似ていた。旅は通常の感覚が完全に麻痺したトランス状態である。善人に会えば生涯賭けても得られない友人を得たような陶酔に酔い、少々の恐怖は「話のネタになる」という浅ましい好奇心に駆逐され、悪人をいかにして撃退したかを将来人に話して聞かせるネタにしようと、輪をかけた浅ましさをすぐ思いつく。

旅ならそれもいいだろう。しかしその時、私は完全にしらふだった。危険にわざわざ身を投じ、期間限定の怪しげな空気に興奮したり、善人や悪人と交遊したいわけではない。これからの約一年間を静かに過ごすための空間を廉価で手に入れたいだけだという自覚は少なくともあった。その「廉価」という条件——日本円にすれば六、七万円の境界線——が、自分をここへ連れて来ただけなのだ。六万という数字は東京で住んでいたアパートよりは高価だったが、外地で暮らすためには少々値段を上乗せして安全を買った方がいいだろう、という熟慮の結果、自分なりにはじき出した価格だった。

私は七万円を払っても拭い去れない不安の存在にひるんでいた。

香港の住宅事情の厳しさはわかっているつもりだし、厳しい環境で暮らす人たちの家にも行ったことがある。少なくともそこには人の体温があり、つつましいけれどその環境を必死にいとおしもうとする積極的な意志が感じられた。

目の前で丸裸にされた部屋は、人の存在感やぬくもりを一切拒絶した、ただ荒れ果てた埃だらけの空間だった。香港では部屋を出る時に掃除をしないことは普通だというが――立ち去る部屋を掃除したところで何の得になろう――、私が驚いたのはその汚なさではなく、その空間に漂うどうしようもない敗北感だった。この「ロフト」に一体何人の人間が横たわり、どんな夢を見ていたのだろう。そもそも夢を見ることはできたのだろうか。ここに希望はあったのか。ここに住んだら、この空間に漂う厭世感が自分に伝染しそうな気がした。

「聞き忘れてたけど、何人で住むつもり？」

「ロフト」を凝視したまま硬直した私を不審に思った章《じょん》小姐が尋ねた。「一人」と答えようとして、しかしそう答えれば不必要に金持ちと思われるかもしれないと思い直し、一瞬躊躇しているうちに短く答える機会を逃した。香港では一人で七万円もの金を出せる人間は、もとよりこんな荒れ果てたアパートに住みはしない。それをこつこつ貯めて物件を買うのが普通だ。つまり複数で住もうとしているか、あるいは良からぬことを考えていると疑う余地がある。私の一瞬の躊躇を章小姐は見逃さなかった。

「まさか十何人で住むつもりじゃないでしょうね？」

「まさか。そんなに香港に友達はいないですよ。多くても二人です」

「本当？　十何人っていうのは本当に困るからね。それに商売するのもだめ。前にベトナム人女性二人に貸したら、売春宿にされたことがあるんだから」

「ここは気に入りません。次に行きましょう」

二軒目。やはり茘枝角道《らいちーこくどう》の洋楼《よんらう》一一階。香港のアパートには唐楼《とんらう》と洋楼《よんらう》という二種類がある。洋楼は、唐楼と比べれば大型で新しいが、すでに新しいとはいえない建物のことと考えれば、そう遠くない。唐〈中国〉より新しくて良い洋〈西洋〉という意味合いから、「洋楼」と名付けられたものと思われる。唐楼が中華風で洋楼が西洋風という意味ではない。

エレベーターあり、管理人ありで四二〇〇元。二段ベッド付き——これはサービスというより大家の荷物置き場と考えるべきだろう——、窓から下降していく飛行機が見えるのは好ましい。しかしトイレ・キッチンが何部屋も通り越した廊下の一番端にあり、そこに鍵をつけて私専用にしろという。給湯設備はなく、キッチンといっても流しと蛇口が一つあるだけ。つまりキッチンでホースから水浴びするしかない。どう考えても、もともと共同トイレ・キッチンだったものを無理矢理一部屋の住人に独占させるつもりらしい。

「他の部屋はどうなっているんですか」

「他の部屋はトイレと流しだけ」

ドアの向こうから赤ん坊の鳴き声がする。もしここに住んだら、気の弱い自分が他の住人に拝み倒されて、ゆくゆくはキッチンとシャワーを全住民に開放せざるを得ないのは目に見えた。

三軒目。茘枝角道、唐楼三階。しかしすでに人が住んでいた。

十二月だというのにぽかぽかした陽気で、章小姐と私は汗だくになっていた。

「唐楼に住んだら、いいダイエットになるわね」

彼女は紙パック入りレモンティーを買ってくれた。

「思ったんですけど、一房一庁〈1DK〉ってけっこう広いですね。一部屋でキッチン・トイレが含まれているような部屋はないんですか？」

「あんたがいってるのは『套房《とうふぉん》』のこと？」

「それを『とうふぉん』と呼ぶのなら」

「あるわよ。最初っからそういってくれればいいのに」

だって今初めて『套房』という概念を学んだのだから仕方がない。学校では「一房一庁〈1DK〉」「両房一庁〈2DK〉」といった語彙しか習わなかったのだ。

「『套房』でキッチン・シャワー・トイレ付き、予算は三〇〇〇元でいきましょう」


歩きながら章《じょん》小姐にいろんなことを教わった。「套房《とうふぉん》」とは日本語風にいえばワンルームのことで、自分専用の流し・トイレ・シャワーがある。「自分専用の」と断りをつけるのは、流し・トイレ・シャワーが共同の物件も多いからだ。そういう物件を「梗房《がんふぉん》」という。かつて香港では圧倒的にこのタイプが多かった。それが香港でもプライバシーを尊重したい人間が増え、各部屋に流し・トイレ・シャワーをつけた「套房」が出現した。「梗房」よりさらにレベルが下がると「床位《ちょんわい》」となる。これはベッドだけが自分のスペースというもので、イメージは寝台列車に近い。私的空間と公的空間を分けるものはカーテンのこともあれば、鉄柵、板、いろいろ種類がある。鉄柵でしきった鳥籠のような部屋は「籠屋《ろんおく》」と呼ばれ、香港の貧困層が暮らす住居の代名詞にもなっている。屋上にほったてた小屋を付け足してしまった場合は「天台《ていんとい》」と呼び、これまた立派に売買・賃貸の対象となっている。あるアパートの郵便受けで、「××号天台」という中国語の住所の下に英語で「penthouse」と書かれていて、笑ってしまったことがある。香港の住所の英語表記を、英語の常識で理解するととんでもない読み違えが起きるのだ。

こういった多様な部屋は、素人が外から見ただけでは判別できない。たとえば私は東京のアパート事情を判断基準として持っているため、ドアの向こうには一つの「単位」、つまり世帯があるものと考える。しかしそのドアを開けると、中にはさらに何枚もドアが並んでいて、その各々の向こうに別の世帯、あるいは個人が暮らしている。最初のドアの前に立っただけでは、その内部に一体何人の人間が暮らしているのか、想像もつかない。そしてそれらはすべて違法建築である。

もともと唐楼《とんらう》の一単位はそれほど小さくは作られておらず、最低でも四〇〇平方フィート（約三七平米）くらいの広さがある。自分が大家になったつもりで考えてみよう。

そこに自分で住めば、最低限広くて快適だが、自分には一銭も入らない。一世帯に貸せば五、六〇〇〇元の家賃収入になる。それを四つの「套房」にすれば一部屋三〇〇〇元、つまり一万二〇〇〇元になる。ところが「梗房」を六部屋作れば一部屋二五〇〇元として一万五〇〇〇元の収入。いっそのこと一番投資金額が少なくて済む「床位」を二〇個作ったら、一個一五〇〇元で回収金額は三万元にまで跳ね上がる。違法建築のまかり通る香港では、一つの単位を細かく割って悪条件で貸せば貸すほど、回収金額が膨れ上がるという奇妙な可能性がある。

日本人が外から見たら、こんな崩壊寸前のアパートの一部屋を持ったところでなんぼの財産になるのだろう、と思うかもしれないが、快適さより安さを選択するしかない人間が確実に確保できるこの街では、荒れ果てたアパートの一部屋が貴重な財産になりうるのだ。

ひたすら細かく分けられていく無数の部屋。そして全体から見たらとるに足らないほど小さな一つ一つの細胞の中で、人格を持った無数の人間たちが肩を寄せ合って生きているのかと思うと、途方に暮れた。その一人一人の人間が集まって「香港」という怪物を形成しているとしたら、自分に香港が理解できる日など一生来ないような気がした。

私は自分の暮らす部屋を探しながら、香港の細胞から細胞へと渡り歩いていた。どの細胞が暮らしやすいだろうと考える私は、まるでウィルスのようだった。

細胞探しはまだまだ続く。

四軒目。通州街《とんちゃうがい》、洋楼《よんらう》一三階。手動式エレベーターあり、管理人あり——とはいっても近所の老人たちが集まって入り口で麻雀をしているだけの話で、一瞬老人ホームかと思った——、内装が済んだばかりで非常に清潔、流し・トイレ・シャワーあり、冷房、アンテナのプラグもあり、三三〇〇元。これまで見た中では群を抜いた好物件だが、問題は通州街一帯は深水埗《しゃむしゅいぽ》の一番外れにあって人通りが少なく、夜はかなり淋しいと思われること。

五軒目。鴨寮街《あぷりうがい》、唐楼《とんらう》五階、エレベーターなし。内装はきれいで、花柄の壁紙、心を動かされるのはトイレが和式――香港なら中式というべきか――ではなく洋式であること。しかし三五〇〇元の家賃は少々高い。

六件目。基隆街《げいろんがい》、唐楼二階、縫製工場の真上。内装うんぬんどころの話ではなく、昨晩住人が荷物だけ抱えて夜逃げをしたような汚なさで、おまけに窓が一つもない。しかし罪滅ぼしのつもりなのか、電話と冷蔵庫がついている。二七〇〇元。

七軒目。南昌街《なむちょんがい》、唐楼四階。大家が一階下に住んでいて、女性一人なら二五〇〇元でいいという。角部屋のため、部屋がゆるやかにカーブしており、部屋の一辺は全面窓。内装はきれいで、今まで見た中では最も広い。しかし下を大きな道路が走っているため、車がひっきりなしでうるさいのが難点。

八軒目。鴨寮街、唐楼三階。二九〇〇元。一つの部屋の真ん中に壁を作って仕切ったため、うなぎの寝床のように細長く、無理な壁を作った結果、三枚並んだ窓の一枚しか開かない。その一つは窓ガラスが抜かれて新聞紙が貼ってあったが、そこには新しい冷房を入れるという。壁はペパーミントグリーンに塗られ、鉄製の窓枠もすべて緑。そしてすべての窓が緑色のペンキで塗りつぶされ、暗室のようになっていた。前の住人が姿を消しただけで、内装は何も施されていない。ドアには逆さにした「福」の字が貼られ、壁にはオートバイのポスターと、尖沙咀《ちむさーちょい》界隈と香港島の中心部が向き合った一枚の大きな地図が貼ってあった。

そして鴨寮街からものすごい音量で、イーグルスの「ホテル・カリフォルニア」が聞こえてきた。

その部屋に入った途端、それまでの物件には感じなかった何かを感じた。

壁は足跡だらけで、細かいタイルの貼られた床には長年の埃がこびりつき、トイレは一度も掃除をしたことがないと断言してもいいくらい、アンモニアで真っ黄色に変色している。これよりいい部屋はいくつかあった。この部屋が他の部屋より優れている点を探す方が難しかった。しかし妙に離れがたい。

レコード針がとんだように、「ホテル・カリフォルニア」が繰り返し繰り返し流れている。困ったことに、私はこの歌が好きだった。

その部屋が他の部屋と違うのは、前の住人の痕跡が残っていることだった。そこには前の住人の物語が詰まっていた。

その人物はなぜ窓を緑のペンキで塗りつぶしたのだろう。あなたはオートバイのポスターと香港の地図を眺めながら、一体何を考えていたのか。

ホテル・カリフォルニアへようこそ。とっても素敵な所さ。

ここが私の探しているホテル・カリフォルニアだとあなたはいいたいのか。

その時、遠くから轟音が近づいてくるのが聞こえた。私は窓に駆け寄り、頭を突き出した。巨大な飛行機の腹が垣間見え、頭上を横切っていった。

決まりだ。

章《じょん》小姐はあわてて窓を閉め、「飛行機が通るっていったって、窓を閉めたら結構静かよ」といった。私が騒音を気にしていると勘違いしたのだ。そうじゃなくて、飛行機の見える部屋が欲しかったんです。そういおうと思ったが、多分わかってもらえないと思っていわなかった。

「行きましょうか。南昌街《なむちょんがい》のが一番いいんじゃない？　ここよりきれいで安いし。まだ見たかったら他のを紹介するけど」

「もしここに入るとしたら、窓のペンキはどうにかしてくれませんか？」

「すぐ誰かを呼んで剝がさせるわ」

「ここには本当に冷房が入るんでしょうね」

「二、三日中には入る予定よ。まさかここが気に入ったの？」

「ええ。ここにします」

彼女は目を丸くした。私もなぜここが気に入ったのか、彼女に説明することができなかった。

「ホテル・カリフォルニア」を聞き過ぎたせいで、頭がおかしくなったのかもしれない。きっとそうだ。

私はここで、一生分の「ホテル・カリフォルニア」を聞くことになるだろう。そしてこれから先、世界のどこでこの歌を耳にしても、この部屋を思い出すことになるだろう。それも悪くない。

私はそこの住人になることに決めた。

香港という生物の、れっきとした一部分に昇格したような気がした。

第2章　深水埗

奇妙な住所

不動産屋で正式に契約を結んだ。家賃は二七〇〇元に値下げされ、それに毎月の水道・電気代がプラス二〇〇元。水道・電気代は毎月針を確認し、二〇〇元分より少なければ差額を後でまとめて返してくれ、多ければ追加で払うことになる。日本の敷金に当たる按金《おんがむ》が家賃の二か月分で不動産屋の仲介料が一か月分。契約期間は二年。契約日から一年以内に部屋を出たら、按金は一か月分しか戻されず、一年以上二年未満なら原則的に二か月分戻される。一年を境界に金が生きたり死んだりすることから、一年未満を「死約《せいよく》」、一年以上を「生約《さんよく》」と呼ぶ。

さらに一〇〇〇元の水道・電気代のデポジットを払わされた。一体これは何のためなのかと章《じょん》小姐に食ってかかると、彼女の説明はこういうものだった。

「入居した途端、家賃を払わない店子が多いのよ。二、三か月家賃を踏み倒して、その間に電気・水道は使いたい放題使って逃げる。その金は私たちが払わされるの。そのための担保」

どう転んでも不動産屋は金を損しないようになっている。

「身分を証明するものを見せてちょうだい」

私が日本のパスポートを見せると、「これ、あんたの？」と章小姐はいぶかしげにいった。

「他の人のパスポートは持ってません」

「このパスポートは何年住んだら取れるの？」

「何年って……私は日本で生まれたので、よく知りません」

「じゃああんたのお父さんは何年住んだら取れたのかしら？」

ここでようやく、自分が日本に移住して日本国籍を取った中国人と間違えられていることを知った。日本のパスポートを持ち、しかも中国人らしからぬ四文字の名を持つ人間なのだから、日本人だと考えた方がよほど簡単だと思うのだが……それはともかく、彼女は契約書に私のパスポート番号を記入し、「一応規則だからね。あんたを信用しないわけじゃないのよ」と言い訳しながらパスポートのコピーを取った。

「他に必要なものあります？」

「他に必要なもの？」

「保証人とか」

「保証人？　それは何？」

「日本だと保証人っていうのが必要なんですよ。私がきちんと家賃を払う人間かどうかわからないでしょう？　それを保証する人間」

章小姐は笑い出した。

「あんたが信用できない人間だったら、その友達だって信用できないわよ。それにこのパスポート以上に信用できるものなんてこの世の中にある？」

かくして何の後ろだてもコネもない一外国人の私は、五〇〇元の手付金を払い、パスポートを見せるだけで即日部屋を借りることができたのである。なんて異邦人に対して寛容な街だろう。香港の人が日本でこんな扱いは受けられないだろう。自分だけがこの街でこんなにもフェアに扱われることを申し訳なく思った。

さて、契約書に書かれた入居先は「鴨寮街《あぷりうがい》一九八号唐三楼（B房）」である。

「この住所の正式な英語表記教えてくれます？　これから電話の申請に行くんで」

香港では政府からの文書や電話の請求書など、コンピューター管理されたものは英語表記で郵送されるため、自分の名前と住所の英語表記を知っておく必要がある。私がわざわざ念を押したのは、香港の住所が混乱しているからだった。

香港の住所表記はまさに中・英が一緒くたで混乱を極めている。中文式だと日本でいう一階は「一楼」、二階は「二楼」というが、英文式では一階は「ground floor」、二階が「1st floor」になるため、中文表記と英文表記は数字が一つずつずれることになる。その二つだけに統一されていればまだいいのだが、新しく建てられたマンションや洋楼《よんらう》では英文と中文を無理に統一しようとして、一階を「地下」、二階を「1字楼」、三階を「2字楼」と書くところもある。これはつまり「本当は三楼なんだけど、エレベーターに乗ったら2の字を押してね」という意味である。初めて友達の家に行く場合、中文では何楼になるのか、エレベーターではどの数字を押せばいいのかを確認する必要がある。

さらにややこしいことに、私がこれから住もうとしているアパートは一階部分に店舗が入っていて、階段を登った二階に「閣楼《こくらう》　G／F」という謎のフロアがある。これは一階部分の天井を無理に仕切って作ったフロアであり、本来は存在しないはずのフロア。さらに階段を登ると、三階には「二楼　１／Ｆ」と書かれている。

つまり私の部屋は、日本の感覚でいうと四階、中文だと三楼、英文だと２／Ｆということになる。私が不動産屋で確認したかったのは、うちは一体何階なのかという点だった。

「英語表記？」

不動産屋の店内が静まりかえった。

「そんなの知らないよ。書いたことないもの。あんた知ってる？」と章小姐。

「知らない」と他の店員。

「それ、困るんですよ。請求書はみんな英語表記だし、外国から手紙も来るし」

章小姐は頭を掻きながら紙とペンを差し出した。

「試しに書いてごらん」

私は「Room B, 2/F 198 Apliu st.」と書き、「Shamshuipo は入れるの？」と尋ねた。

「あってもなくても同じよ」

じゃあ入れておいた。

「うん、これでいいんじゃない？　合ってるって気がする」

「本当にこれで合ってるの？」

「合ってるも合ってないも関係ないの。あんたがこの通り書けば、これがあんたの住所になるのよ」

そんなものなのか、住所なんて。私には理解しがたいいい加減さだが、ここの人がそれでいいというならそれで世の中うまく回っているのだろう。

そして私はこの住所を申請し、これが私の住所になった。

約束通り不動産屋は窓のペンキを剝がし、新しい冷房を入れておいてくれたが、上の方の窓ガラスは割れたままで足跡のたくさんついた壁もそのままだった。私は章小姐にハシゴを借り、丸一日かけて部屋の壁を白に塗り直した。

自分でペンキを塗り直した部屋を見回しながら、よく前の住人のことを考えた。

なぜ彼は窓を緑のペンキで塗りつぶしたのだろう。彼は昼間眠らなければならない生活をしていたのだろうか。ビルの向かいから自分の生活を見られたくなかったのか。それとも、外部との接触を一切断たなければならない理由があったのか。

彼は香港最大の繁華街である尖沙咀《ちむさーちょい》、中環《セントラル》、灣仔《わんちゃい》、銅鑼灣《コーズウエイベイ》の地図を貼っていた。彼は私と同じく香港の人間ではなかったのだろう。

「福」の字を「倒」してドアに貼ることで、幸福が「到」、つまり来ることを願い、香港の地図を貼り、大好きなオートバイを買えるようになることを夢見ていた男。それを故意に残していったのは、この環境からの卒業を意味したのだろうか。それとも、挫折だったのだろうか。

彼が夢を手にしてこの部屋を立ち去ったのだと思いたかった。もう地図も紙に印刷されたオートバイも必要ない。だって俺は本物を手に入れたのだから。

けれど、窓にわずかに残ったペンキの乾いたあとが不安な予感を伝えていた。

ここはそれほど簡単に夢を見させてくれる場所ではない。悪趣味といえるほどに大袈裟な夢の数々を提示し、「おまえには所詮無理だ」とあらかじめ絶望させる。それがこの街のやり方だ。

彼は今頃、どこで何をしているのだろう？

会えるものなら、会って話が聞いてみたかった。

引っ越す前に、結局ピンさんから電話は来なかった。私に残された唯一の手がかりは、「ピン」と聞こえる名前と阿彬《あばん》の住所だけ。

死という言葉を口にすることさえ忌み嫌う香港で、そうすることがどれだけ縁起の悪いことか、私には想像もつかなかった。しかし他に方法はなかった。私はもう一度、この世にいない阿彬気付でピンさんに手紙を書いた。

「私は阿彬の日本人の友人です。こうする以外にあなたに連絡する方法がありませんでした。許してください。引っ越しました。電話をください。会って話がしたいのです」

祈るような気持ちで、私はハガキをポストに投函した。

＊　＊　＊

新居に、最近知り合ったルビーという友達が遊びに来た。学校で知り合ったユカという日本人学生のルームメートで、紅磡《ほんはむ》の茶餐庁《ちゃーつぁんてん》で働く三五歳の女性だ。肉体労働をしているせいか体は筋肉質で、ショートヘアにいつもキャップをまぶかにかぶり、マルボロを一時も手から離さず、男性ホルモンをドーピングしたのではないかと疑いたくなるほど声は低い。ここまで書いて一瞬自分自身のことかと錯覚してしまったが、私と彼女の決定的な違いは身長だった。彼女は一五〇センチに満たない小柄で、私はそこらへんの香港の男よりでかい。ルビーと私が並んで歩いていると、男になりたい女版漫才コンビ「巨人阪神」という感じの、道化的な寂しさが漂う。

香港にはもともと小柄な広東人が多いが、それでも広東を旅している時より香港の方が、人々の体格が貧弱だという印象は強い。私がよく山東省や遼寧省といった北方の人間と間違えられるのも、体格が香港スタンダードから完全に逸脱しているからだった。何の根拠もないが、香港の住宅環境の狭さが、その空間に適した体格を強制しているのではないかと思う。

知り合って間もなく私たちが意気投合したのは、自分が属する女性という場所に違和感を抱きながら、どこかに居場所を求めている同種の生き物の匂いを、相手の中に瞬時に嗅ぎとったからだった。

「隣人に挨拶をしに行くべきかどうか、どう思う?」

私はマットレスの上にちょこんと座ったルビーに尋ねた。香港での隣近所の付き合いがどういうものなのか、学生寮と村の一軒屋にしか住んだことのない私には見当がつかなかったのだ。

もしトイレ・シャワー・キッチン共同のアパートだったら、自然に隣人たちと顔を合わせ、言葉を交わしただろう。しかしうちのようにただ四つの套房《とうふぉん》が並んでいるアパートの場合、住人の共同スペースはない。各自ドアを出て共通のドアまで一メートル以内。他の部屋の住人と偶然顔を合わせる機会はほとんど皆無といってよかった。

隣人との距離のあまりの近さ。それはその人物を知っていれば心強いと感じる根拠になるだろうが、知らなければ漠然とした恐怖に逆転する。あるいは知らなければ漠然とした恐怖で済んだのに、知ってしまったら具体的な恐怖を感じることにもなる。隣人を知ることは、心強さの方に転ぶか具体的な恐怖の方に転ぶか、一つの賭けでもあった。

「挨拶なんかしなくていい」とルビーは煙を吐き出しながらいった。

「する必要がないいんじゃなくて、絶対するんじゃない。この街で危険な目に遭いたくなければ、自分の正体を他人に知られないこと。他人から興味を持たれないようにすること。それが自分を守る一番の方法だ。この街には頭のよく働く連中がたくさんいる。たとえその人間が何か悪いことを考えなくても、その周りの人間が考えるんだ。それで危険な目に遭ったとしたら、それは興味を持たせてしまった自分の責任なんだよ」

「ルビーは隣の部屋の人と挨拶したりしないの？」

「しないよ。時々悪口いってるのが聞こえるよ」

「どうして？」

「あたしが何者なのか、想像がつかないからさ」

示唆に富んだ指摘だったが、ルビーが何といおうと、私は隣人に挨拶しなければならない。そうしないと、ますます人から拒否されるのが怖くなるような気がした。

隣人の生活パターンを探り、不必要な恐怖を与えずに済む時間を把握しようと思った。A号室の住人は恐ろしく声の低い男だった。出勤時間は正午頃。帰宅時間は夜中の二時頃、明け方というくつかのパターンがあった。時々真夜中に女性がやって来て夜を過ごしていく。昼間、彼女だけが部屋に残っていることもあった。

一〇日ほどが過ぎ、隣人は珍しく夜一一時頃部屋に戻ってきた。この機会を逃したら、またいつ早く帰ってくるかわからない。私は部屋を飛び出し、隣の部屋のドアを叩いた。

「すいません」

応答なし。確かにさっき隣人は部屋に戻ってきたのだが、今はまったく音がしない。人の気配を必死に消そうとしているようだ。叩いてしまった以上、引き下がるわけにもいかない。

「すいません、すいません、隣の部屋の者です」

まったく応答なし。

彼を怖がらせている。彼は今部屋の中で、なぜこんな夜中に何者かが部屋の真ん前まで来てしまったのか、相手の目的は何なのか、今自分にとれる自衛手段は何なのかをとっさに考えているようだった。諦めて部屋に戻ろうとした時、中でかすかに音がした。誰かに電話をかけている。隣人は万一に備えて誰かに電話をする。電話の最中なら、もしドアの外にいる何者かに危害を加えられたとしてもすぐに助けを呼べるからだ。

なんという危機感。なんと機転がきくのだろう。これはいざという時ぜひ真似しようと思った。

電話の相手に話しかける音がドアに近づき、ノブを回す音が聞こえた。ドアがわずかに開いた。チェーンはかかっていなかった。姿を現したのは、ダイエーの王監督に似た彫りの深い、背の高い中年男性だった。

「何の用だ？」

彼はこれ見よがしに受話器を押さえた。怒っているようだった。

「見えないか。今電話中なんだが」

私はその迫力に負け、毎晩練習した引っ越しの挨拶を忘れてしまった。言葉が出てこない。

「一体何の用なんだ」

「すみません、こんな遅くに。私は隣に引っ越してきました」

「で俺に何がしてほしいんだ？」

「いえ、こんにちはをいいたかっただけです。こんにちは。よろしくお願いします。こんな遅くに本当にごめんなさい」

私がドアを閉めて帰ろうとすると、彼はドアをもう一度開け、顔を突き出した。

「俺は王《うおん》だ。よろしく」

そういってかすかにほほえみ、ドアを閉めた。

部屋に駆け込み、高鳴る胸を押さえた。いい人か悪い人かはわからない。でも隣人は「隣人」ではなく、「王」という一つの人格になった。

王監督に似ているとは思ったが、まさか本当に「王さん」だとは思わなかった。

＊　＊　＊

新金豪茶餐庁《さんがむほうちゃーつぁんてん》に行った。心の中であの美少年に引っ越し報告をするつもりだった。

私はこの近くに引っ越した。でも君はそんなことを知る必要はない。君は無関心に、ただ注文を聞いてくれさえすればいい。他の人にほほえみかける君を見ることができれば、それで十分なのだから。

その夜、彼はいなかった。これまで一度もいなかったことなどない彼が、いない。

私は混乱した。

ただの休みかもしれない。辞めたのかもしれない。この世にもういないことだってありうる。

しかし私には、彼がここにいないということしかわからない。

これが他人ということだった。

すでに四か月もここに通っていたのだから、話しかけるチャンスはいくらでもあった。実際、口を開きかけたこともある。しかしどうしても次の言葉が出てこなかった。それほど私は彼から拒否されることを恐れていた。

私はいつしか、彼を中心とした夜の新金豪茶餐庁を救いと見なすようになっていた。他の誰から拒否されようといつかは立ち直るだろうが、この空間から排除されるわけにはいかなかった。そこで自分がとったのが、店に入って飲み物を注文する以上、彼には拒否することのできないただの客になりすますという姑息な手段だった。関係を迫らない限り、少なくとも拒否されることはない。ここを失いたくないという防衛本能が、徹底的に無関係を演じさせていた。私は堂々と彼から拒否されるべきだった。拒否されたら、少なくとも一度は彼の日常にコミットして記憶に残ることができたかもしれない。しかし彼は姿を消し、私は彼の記憶に残ることすらできなかった。

朦朧とした気分のまま、お茶を飲み干し外に出た。

家はたった三ブロック先だ。でも私には帰り方がわからなかった。

唐楼の窓から見えるもの

窓から外を眺めていると飽きない。

向かいの四階でおばさんが窓の外を眺めながらりんごをかじっている。

二階は日焼けした男と、東南アジア系の髪の長い女性、三歳くらいの坊やと赤ちゃんの四人暮らし。いつも竹竿がしなるほどたくさん洗濯物を干している。男はほとんど家にいない。時々男の母親と思われる人が来て、赤ちゃんをあやしている。夫婦の間に共通言語はあるのだろうか。若い母親はおそろしく髪が長く、こちらの私に自慢するように窓辺で長い髪を梳く。赤ちゃんが目を覚ませば抱き上げて窓辺に立ち、いつまでも窓の外を眺めている。私の知る限り、彼らは一度も部屋の電気を消したことがない。家族が寝静まった深夜でも必ず電気が着いている。よほど暗闇が怖いか、不在と思われることを怖がっているのだろう。

一方その棟の五階の住人はよほど外の世界を遮断したいのか、部屋にある九つの開き窓をすべて緑のペンキで塗りつぶしている。

上を飛行機が通ると、向かいのアパートのテレビ画面が一斉に乱れる。楊枝で歯をほじくりながら、さっきまでりんごをかじっていたおばさんが窓の外のアンテナをいじる。いくらやっても無駄だよ、と道路のこちらから叫びたくなる。

右側のアパートの四階には、何人の人間が住んでいるかはわからない。大きな部屋に寝台車のように二段ベッドがいくつも並び、カーテンでかろうじてプライバシーが確保されている。猫を飼っている男がいる。顔は見たことがない。男は窓の外を決して見ようとはしない。私がいつも目にするのは、彼の骨と筋になった痩せた背中だけだ。猫は時々窓のわずかなへりに出て、鴨寮街《あぷりうがい》を行き交う人たちを、水槽の中の金魚を見下ろすようにじっと見ている。しかし猫が外に出るのは五分以内と決まっている。その高度が猫にはあまり心地が良くないらしい。その五分間に飛行機が上を通ると、猫は必ず空を見上げ、飛行機の姿を追う。私も見上げる。何度飛行機が通っても、そのつど猫は空を見上げる。私も見上げる。拾われてからというもの、恐らくこの部屋から一歩も出たことのないその猫にとって、世界とは、はるか下に人間どもが行き交い、頭上を飛行機がびゅんびゅん飛ぶという構造になっている。

深水埗《しゃむしゅいぽ》や九龍城《がおろんせん》など、一日何百という飛行機が上を通る場所の住人はいちいち空を見上げない。道を歩いていると、空を見上げるか否かで、その街の通か素人かが一発でわかる。私はいつまでたっても、この街の通にはなれなかった。

レストランの厨房で働くコックのような制服を着た少年がその部屋に戻ってきた。少年は窓辺で白い半袖の制服を脱ぎ、華奢な体をタオルで拭き始めた。私は勝手に顔を赤らめる。少年は黒いとっくりセーターをかぶり、髪を櫛で丁寧に撫でつけると、さっと窓から姿を消した。彼が階段をかけ下りる速度で私もアパートの入口に視線を下ろす。彼が姿を現す。鴨寮街を左右に見回し、あっという間に人ごみの中に紛れてしまった。

窓の外を眺める人間はいつも決まっている。若い異国のお母さんと赤ちゃん、飛行機を見上げる猫、そして彼らを見ている私。何人の人間が暮らしているかわからないこの鴨寮街の一角で、この高さが珍しいのは我々だけらしい。

私は友達との会話を思い出していた。

城市大学に通う大学生、阿誠《あせん》の家へ遊びに行った時のことだ。彼とは中文大学のキャンパスで女子大生とぬいぐるみを抱いたままデートしているところを写真に撮らせてもらったことで知り合った。彼は香港の団地銀座とでも呼ぶべき、黄大仙《うおんたいしん》地区の竹園《ちょくゆん》という公共団地の三五階に住んでいた。

「前はこの近くの慈雲山《じーわんさん》の古い団地に住んでたんだけど、そこが再建されることになってここへ移ったんだ。三五階って聞いた時は嬉しかったなあ。なんてラッキーなんだろうって思った。ここに越してから友達もよく遊びに来るようになったし、みんなこの眺めが羨ましいっていうよ」

　滅多に団地に人を呼ぶことをしない香港人の中で、彼がこうして積極的に私を家に招いてくれるのも、彼がその眺めに誇りを持っているからなのだろう。

「でも火事になったらどうするの？」

「屋上に登ってヘリコプターが来るのを待つさ」

　余談だが、九六年一一月に三〇名以上の死者を出した油麻地《やうまてい》・嘉利大厦《がーれいだいは》の大火事で、非常口という非常口はゴミだらけで扉が開かず、ヘリコプターが屋上から人を救出しようとしたが、ヘリコプターの起こす風が火勢を余計に強めて救出を難しくしたことが調査で明らかになり、消防局は遺族から厳重抗議を受けた。あれだけ一般的な危機には敏感な香港の人が、火事のこととなるとてんで鈍感なのが不思議だ。

　確かに眺めはよかった。彼の家は獅子山《ライオンロック》を背にして下界側にあり、眼下に団地がずらりと並び、左手方向には飛行場が広がって飛行場のさらに向こうの九龍灣《がおろんわん》、觀塘《くんとん》まで見渡せる。下を東西に突っ切る龍翔道《ろんちょんどう》に連なった車のテールランプが、この街の隅々にまで生命を送り込む血液のように見える。

「香港人って、どんどん高い所に住みたがるんだよ。低い所で暮らしてると息が詰まるだろ。前住んでた所は窓の下がゴミ捨て場で、窓を開ける気すらしなかった。今窓から外を見てると、この景色は僕のものだ、って叫びたくなる」

　この街に少しでも暮らせば、彼の思いは理解できた。ここの下界は現実的にうるさいし、ゴミだらけ。特に下に市場や食堂が立ち並ぶ地域だと、食物と肉と魚と血とゴミとドブの匂いがブレンドされ、暑さと湿気で猛烈に醗酵した悪臭が漂っている。私の住む鴨寮街《あぷりうがい》が幸いなのは、うるさくてゴミだらけだが、食物を扱っていないため悪臭がしないことだった。郊外へ行けば行ったで下水が完備していないため、ゴミも下水もすべてそこらじゅうの溝に溜まり、街以上の悪臭を放つ。香港で地面に近い所で暮らすということは、かなりストレスのたまる行為なのである。

香港は狭いから上へ上へと発展していくしかないのだ、と人はいう。しかしそれにしては香港の住宅はあまりにも高すぎる。彼らは濁った水槽の中の金魚のように、新鮮な空気を求めて上へ上へと上がっていく。前よりも少しでも高い所へ。実際に上げることが難しい生活水準や社会的地位を、住む場所を物理的に高くすることで上げたつもりになれるという、精神的作用が大きいのだと私は思う。そこから人間が見えなくてもちっとも構わない。人間なら、もういやというほど見てきたのだから。

しかしその切実な思いが、時にはいびつな形で現れる。ここから人の姿を肉眼で確認することはできない。ここは、飛行機が私の部屋の上を通り過ぎる時よりはるかに高い所であり、人間が生活する高さではなかった。人間が生活する場合、高度における精神的限度があると私は思っている。その境界を越えると、下でうごめくのは自分とはまったく関係のない、生命すら感じられない客観的対象になる。蟻と同じだ。どれだけ公共広告で「その行為は重大な犯罪である」と宣伝しても、団地の上から消火器や空き瓶、時には冷蔵庫やタンスが降ってくる事件は跡を絶たない。また青少年の自殺で圧倒的に多いのは飛び下り自殺だ。限度を越した高度は、香港人の意識を確実に歪めている。

「日本人って、二階建てのかわいい家に住んでるんでしょ」と阿誠《あせん》が聞いた。

「僕の日本との初めての出会いは叮噹《でぃんどん》〈ドラえもん〉なんだ。叮噹って小さなかわいい家に住んでるでしょ。僕、家って住んだことないから、家ってどんな感じだろう、家がたくさんある風景ってどんな感じだろう、っていつも思ってた。いつか日本人と会うことがあったら聞こうと思ってたんだ。実際、どんな感じなの？」

家に住むとはどういう感じか。そんな質問はさすがに想定したことがなかったので、答えも用意していなかった。ゆりかごから墓場まで、彼らは本当に団地で一生を終えるのだ。

「一階と二階があって小さな庭があって、家の中には西洋式の部屋と日本式の部屋がある。叮噹が住んでるのは日本式の部屋。叮噹が暮らしている秘密のタンスはふとんをしまうためのものので、ふとんを床の上に敷いて寝るんだよ」

私の前近代的ないい加減な形容で、彼が一体どんな日本の家を想像したか定かではないが、彼はうっとりとした瞳で想像の中の日本に浸っていた。

「おかしいよね。日本で今どんな洋服が流行ってるかも知ってるし、『悠長假期《ロングバケーション》』も見てるし、寿司も大好きなのに、日本人の家は全然想像がつかないんだ」

「私は今三階に住んでるけど、これが生まれてから一番高い場所だよ」

「僕は生まれてから地面の上に住んだことはない」

私と彼は同じ街に暮らしながら、三二階分隔たった世界を見ていた。

そして私は今日も窓の外を眺めている。そこからは人が生きているのが見えた。私が彼らと出会うことは多分ないだろうし、街ですれ違っても互いの存在にすら気づかないだろう。

でもそれで十分だった。彼らが生きていさえすれば、それで十分だった。

＊　＊　＊

福榮街《ふっいんがい》を通るのが怖くなった。あの少年はいるかもしれない。でももしまた彼がいなかったら、彼が店を去ったことは決定的になる。

こんなことをしていてもしょうがない。意を決して新金豪《さんがむほう》に飛び込んだ。

彼はいなかった。

かといって店を出るわけにもいかず、あらかじめ注文するものは決まっているのに、メニューを見るふりをしてずっと下を向いていた。

「注文は？」

聞き慣れた声に顔を上げると、そこに彼が立っていた。ちょっと近所まで出前に行っていたらしい。

「熱奶茶《ミルクティー》」

彼は勘定書きにさっと8と書き込み、私の目の前に置いた。

もうあんな思いは御免だ。彼と親しい友人になりたいとか、彼の何もかもが知りたいとか、そんな野望は持っていない。ただ会ったら挨拶をし、相手が今日も元気であることを確認できればば、それでいい。

閉店間際の一一時二〇分、おおかたの客が出払ったのを機に、私はレジに向かった。

「八元」

一〇元硬貨はポケットに入っていたが、時間稼ぎのためにわざと鞄から財布を取り出し、一〇〇元札を取り出した。

「九二元のお釣り、ありがとう」

「私はついこの間、この近くに引っ越してきた」

彼はお札を数えていた手をぱっと休め、顔を上げた。

「そうなの？」

「だからどうぞよろしく」

いったそばから、広東語ではこんな表現はしないことに気づいたが、もう遅かった。広東語なら「君と友達になりたい」とか「君のことが知りたい」とか、もっと目的を明確にすべきだった。肝心なところで自分の母語の言語観が邪魔をし、「意味するところはくんで下さい」という日本方式に逃げてしまった。

彼は頰にわずかにえくぼを浮かべてほほえんでいた。彼が照れ隠しをする時に見せるほほえみだ。彼はもう一言を待っている。何をよろしくしたらいいのか、計りかねているに違いない。

「なぜなら私は日本から来て、一人で寂しい。この近くに友達がいない」

彼は売り上げを計算していた計算機をレジの横に置いた。

「君のことは覚えてるよ。いつも夜に一人で来て、熱奶茶《ミルクティー》を飲んで帰る。もう何回もここに来てるね」

彼が私のことを覚えている……私はいつも彼のことを一方的に見つめ、自分が彼に見られていることなど考えたこともなかった。

「どこに引っ越したの？」

「鴨寮街《あぷりうがい》」

「じゃあ本当にすぐ近くだ。またおいでよ」

「昨日はいなかったね」

「昨日？　昨日は久しぶりの休みだったんだ。忙しくて、もう一か月も休みなしだったから」

「そうだ、名前教えて。紙に書いてね」

彼は注文用のメモ帳を胸ポケットから取り出し、「黎子俊」と書いて「らい・ちーちゅん」とゆっくり発音した。

「君は？」

彼のメモ帳に自分の名前を書いた。彼はそのメモを引きちぎって財布の中にしまった。開いた財布の中には、彼が女の子と肩を組んだ写真が入っていた。

「僕はいつもここにいるよ」

名前のなかった美少年は、この夜、黎子俊《らいちーちゅん》という実在の少年に姿を変えた。

眠らない街・鴨寮街

アパートが気に入ったことで鴨寮街《あぷりうがい》に住むことになったが、この一本の道路は私が想像していた以上に独特だった。

鴨寮街は客観的にいえば電器屋通りである。通りを挟む唐楼《とんらう》の一階部分にはすべて商店が入り、そのほとんどが携帯電話やポケットベル、VCD（ビデオCD。香港で爆発的に流行っている）、ビデオ、CD、MD、電話やファックスなどの家電製品を売っている。営業時間は大体朝一一時から夜八時まで。ここでは便宜上それらを「正式店舗」と呼ぶことにしよう。

それに加えて鴨寮街の路上には「固定式屋台」が立っている。これは営業許可を持った合法的屋台で、店主は朝になると出勤して屋台の鍵を開け、どうやってこれだけの商品をその屋台の中に詰め込んだのかいつも不思議に思うのだが、商品を取り出して商売をする。こちらは「正式店舗」より若干営業時間が長く、朝九時頃からぼちぼち店を開き始め、夜九時頃まで営業している。こちらの商品もやはり電気関係が圧倒的に多く、電気コードや電線、様々な形のコンセント、電池、電球、充電器、アダプター、変圧器、安物時計、携帯電話ケース、電気ドリル、中古テレビ、安物ラジカセなど、「正式店舗」で売られている商品を使用するのに必要な付属品が多い。また「正式店舗」で扱うのがソニーやパナソニック、サンヨー、シャープ、日立などの日本ブランドであるのに対し、屋台で扱うのは大陸製ブランドか中古品であるのも特徴だ。

ちなみにこの屋台は移動しないので波型プラスチックの屋根がついており、その屋根の上には物干し竿や洗濯物、バケツ、モップといった、住民の意図に反して落ちた物から、意図的に落としたらしいゴミまで、何でも落ちている。

その「固定式屋台」の間を縫って、営業許可は持つが屋台を持たないため、パラソルを立てて商売をする「パラソル式露店」が店を開いている。こちらになると扱う商品は中古鍋やライター、タオル、キッチン用品、文房具、髪飾り、子供服、サンダル、水着、靴下、下着など、統一傾向はないがとにかく安いものである。彼らは店をしまうと、パラソルや折り畳み椅子などの営業必需品を鉄の鎖でぐるぐる巻きにして南京錠で留め、二〇キロぐらいはあるセメントの重りをつけて路上に放置し、商品だけを持ち帰る。

以上の様々な店舗の間を縫って、商売できる場を求めてひたすら移動し続ける流動小販《らうどんしうふぁん》〈ゲリラ商人〉がところどころに出没する。

この段階で鴨寮街はすでに、一本の道路を二倍活用している。

こんなことを考えたことはないだろうか？　街というものは、考えてみたら非常にもったいない使われ方をしている。昼間人で賑わうオフィス街は夜になるとゴーストタウンと化し、人々は日中はひっそり静まりかえった家に夜帰っていく。人間は家と仕事の二重生活をすることで、二倍の空間を使用している。これは土地の余った場所では大した問題ではないが、慢性

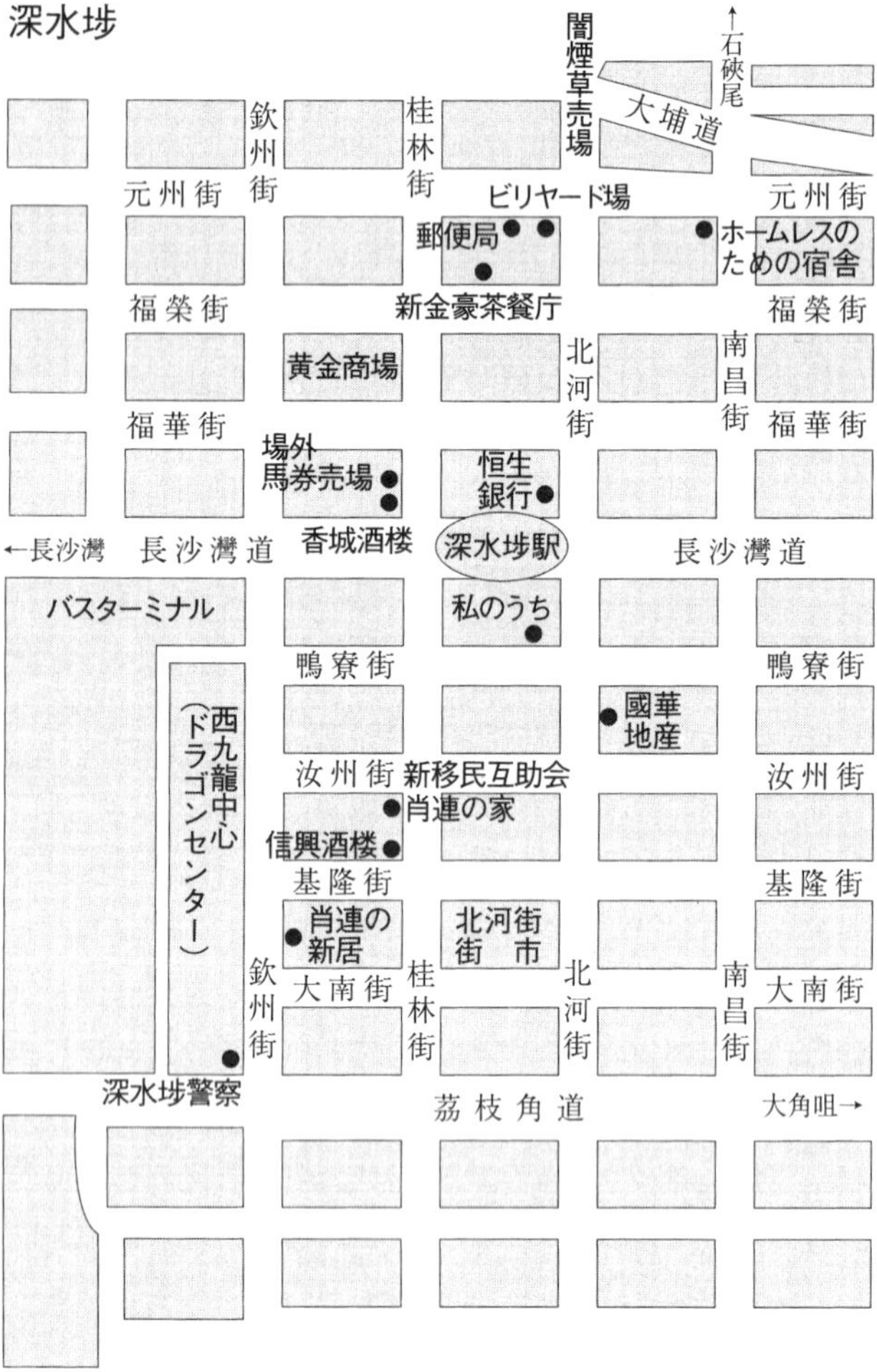

深水埗
闇煙草売場
↑石硤尾
大埔道
欽州街
桂林街
元州街
ビリヤード場
元州街
郵便局
ホームレスのための宿舎
新金豪茶餐庁
福榮街
福榮街
黄金商場
北河街
南昌街
福華街
福華街
場外馬券売場
恒生銀行
香城酒楼
深水埗駅
←長沙灣
長沙灣道
長沙灣道
バスターミナル
私のうち
鴨寮街
鴨寮街
西九龍中心（ドラゴンセンター）
國華地産
汝州街
新移民互助会
汝州街
肖連の家
信興酒楼
基隆街
基隆街
肖連の新居
北河街街市
欽州街
大南街
桂林街
北河街
南昌街
大南街
深水埗警察
茘枝角道
大角咀→

的空間不足の香港では切実な無駄である。

一時期東京で、仕事が忙しく、アパートには寝に帰るだけという生活をしていた。日曜日にはほとんど部屋から一歩も出ず、部屋で寝て過ごした。そんな時、金を出して借りた部屋の元をとった気がして嬉しくなったものだ。

旅に出るとその矛盾はさらに大きくなる。思考する旅人はそんなことは考えないのかもしれないが、私の場合、限られた金と移動という日常より数倍頻繁な決断の連続によって、日常よりこれまた数倍せこくなるのが常だ。つまり旅をしている以上、一刻も早く宿から出て外の世界にまみれたいという思いと、宿代を払った以上、その宿代分は空間を享受しなければ元がとれない、という相反する欲望との板挟みになる。

私と同じ世帯のD号室に住む鄭《ちえん》夫人は、立ち話の中でこういった。

「私も夫も夜七時過ぎに帰ってきて、朝六時には家を出るのよ。一日の半分しか使ってないのに家賃は毎月三三〇〇元。もったいないないったらありゃしない」

彼女の「もったいない」気分に、私は激しく同意した。

「え？　あんたは一人で二七〇〇元？　もったいない！　どうして一緒に住む人を探さないの？　二人で住んだら家賃が半分で済むじゃないの」

それはすでに何十回もいわれたセリフだった。私の住むB号室は、日本でいう六畳間をヨコ1・2×タテ5くらいの比率に延ばしたウナギの寝床のような部屋で、一人で生活するにも閉塞感のある空間だったが、一人の人間が一つの部屋を使うという習慣のない香港では、一人で暮らしているだけで過分な贅沢と見なされるのだ。

「一緒に住んでくれる友達もいませんから」

結局はそういう言い訳でお茶を濁すしかなかった。

「うちなんか二人で住んでるけど、それでも広すぎると思ってるわ。あんた、そんな部屋はやめてうちに下宿しない？」

その申し出は丁重にお断りした。

「せめて誰か昼間だけでも借りてくれないかしら。その人が昼間暮らして私たちが夜暮らす。そうすれば家賃が半分になるのに」

一つの空間を物理的に分割できないなら、時間的に分割する。それがこの街の究極の空間活用法なのだな、と感心した覚えがある。


さて鴨寮街《あぷりうがい》である。

鴨寮街がいつ頃からどんな理由で、また誰の意思で今のような形態を採るようになったのかはわからない。恐らく何十年か前に、鄭《ちえん》夫人や私のような人間が、夜、窓から下を見下ろし、ふと疑問に思ったことがきっかけではないかと私は推測している。

「街は夜眠らなければならないなんて、誰が決めたのか？　誰も使ってないのだから、使わなければもったいないではないか」

そして鴨寮街は一本の道路を二倍活用するだけに飽き足らず、時間分割まで実行してしまったのだ。

鴨寮街の正式店舗や固定式屋台が店じまいをすると、道路の一部に古本、古雑誌、古ポルノ雑誌、古レコード、そして骨董とはいえないレベルのガラクタを売る店が出る。夜の古物市は十二時まで続く。

そして街が眠りについたのも束の間、鴨寮街の一日は午前四時半、道路を掃くほうきの音で始まる。日の出の早い夏も日の出の遅い冬も、きっかり四時半だった。毎朝この清掃があるため、商人たちは店じまいの時、路上にゴミを放置してゆく。早朝は、この道路が最も清潔になる貴重な時間帯でもある。

空が白み始めると、鴨寮街の数々の部屋で飼われているカゴの中の小鳥がちゅんちゅんさえずり始める。窓から自然を感じさせるものが何一つ見えないこの部屋で、小鳥の鳴き声で夜明けを知ることができるのには感動した。まだ宇宙の色をした空気の中にそびえ立つコンクリートの塊の間を抜けて、小鳥のさえずりが空中を飛び交う。これほど似合わない組み合わせはないアンバランスな視覚と聴覚の奇妙な合作が、ここの一日の始まりだ。

しかしそんな平和的な光景も長くは続かない。人間たちは午前五時に出動する。それより早くもなく遅くもない。無人の屋台の前に海辺で敷くようなビニールシートを広げ、用意のいい者はランプをつけて入荷したての商品を陳列し始める。どこから湧き出してきたのか、すでに商品を吟味する人々がカートをがらがら引きながら道路を行き交っている。朝の五時から、大音量でカセットを鳴らす者もいる。

「五塊」(五元)

「太貴！　両塊、好不好？」(高いよ。二元でどうだ？)

「不行！　五塊！」(ダメだ！　五元)

そんな激しい普通話《マンダリン》のやりとりが道路じゅうにこだまする。

朝市で売られている物——着古した服、履きつぶした靴、すり切れた鞄、コゲがついたままの鍋、手垢まみれのぬいぐるみ、使いかけのマヨネーズ、半分残っているビン詰めのトマトの水煮、使いかけのシャンプー、使いかけのクレンザー、ひも、毛糸、蔣介石が満面の笑みを浮かべた絵皿、花瓶、置き物、誰かが誰かに出した手紙、手書きでタイトルが書かれたビデオテープやカセットテープ……。

ノミの市に漂う独特な華やかさや興奮はなく、自由というよりは無秩序、アナーキーというよりは投げやり、掘り出し物探しを楽しむというよりは切実、そんな空気が流れている。これはノミの市ではなく、ゴミの市と呼ぶべきだろう。

私は知らず知らずのうちに、陳列商品の中に自分が前夜捨てた物を探していた。このゴミの市が早朝に始まるのは、生鮮食料品と同じく、夜のうちに拾われたゴミも、朝早ければ早いほど新鮮だからなのだろう。

鴨寮街をさらに歩き進み、この道路が終わる欽州《いえんちやう》街《がい》手前まで来ると、さらに人通りが多くなって活況を呈す。後ろの扉を開けたバンに人が群がり、到着したばかりの商品の争奪戦をしている。こちらで扱う商品は中古の冷蔵庫や洗濯機、テレビ、ビデオ、コンピューターといった中古電気製品。インド・パキスタン系、ネパール系の人も多い。個人使用が目的というより、仕入れのようである。

　しかしこの喧騒も長くは続かない。時計が七時に近づくと路上商人はそわそわ落ち着きをなくし始め、金額の折り合いがつかずにゴネている客にあたり散らす。

「買うのか買わないのか、早く決めろっていうんだ、まったく！」

　客が渋々出した札をもぎ取って斜めがけにした集金バッグにつっこみ、商品をわしづかみにしてトリコロール柄の巨大なナイロンバッグにとにかく詰め込む。

　鴨寮街《あぷりうがい》にダンダンダンという安全靴の硬質な足音が響き渡る。違法商業活動を取り締まる路上商人の天敵、一般事務隊の出勤だ。しまりきらないバッグを引きずりながら、行く手を阻まれた蟻の行列のようにあっちへこっちへおろおろしながら逃げまどう小さな商人たち。すでにパッキングをし終えた商人は、無人の屋台に腰かけ、余裕の表情で煙草を吸いながらその様子を眺めている。パッキングさえ終わってしまえば、「引っ越し中だ」とか「届け物を運んでいる」、あるいは「これから中国に帰るんだ」とか、何とでも言い訳ができるからだ。事務隊員が、一歩進むごとにゴミがバッグの中から落ちてしまう老女に「おい」と声をかける。

「今拾ってきたばかりなんだ。売り物なんかじゃないよ」

「婆さん、自分が交通を妨げていること、わかってるのか？」

「こんな年寄りいじめて楽しいか？　あんたに老いた母親はいないのか？」

「老いた母親はいる。でも私の母親は路上で違法行為はしていない」

「あんたの子孫を末代まで呪ってやる」

しかしもともと彼らも本気で取り締まるつもりはないらしく、掃除機のように道路をゆっくり練り歩きながら、まだ路上でもたもたしている商人を立ち去らせることが任務らしい。

「パーティーはこのへんで終わりだ。そろそろ道路を返してもらおうか」

そのスマートな取り締まり方には感心した。彼らが来なければゴミ市は永遠に続くだろうから、道路の機能は一度正常に戻す必要がある。しかし非人道的に扱っておとしめなければならないほど、資本のない小さな商人たちは悪事を働いているわけではない。そこで彼らがとったのが、存在を知らしめることで行動を抑止させるという方法だった。

いうのは簡単だが、これはなかなか高度な管理方法だ。とかく無秩序、あるいは徹底弾圧に陥りやすい大都会で、指令一辺倒になりがちな公務員が、これだけ独自の価値観と寛容さをもって行動できるというのは、香港という街の成熟度を象徴しているようだった。

かくして鴨寮街という一本の道路は、それが誰の意思で始められたのかはわからないが、一日のうち二〇時間近く稼働するのである。

そんな道路に住むことになり、私は元をとれたような気がして嬉しくなった。

＊　＊　＊

一般家庭にあるような電気製品を欠いた生活を送ることに一応の覚悟はできていたが、一番心配していたのは、この暑い香港で冷蔵庫なしの生活にいつまで耐えられるかだった。別に意を決して冷蔵庫なしのサバイバル生活を試みようと思っていたわけではない。ただ冷蔵庫を買うのがいやだった。扇風機も棚も友達から回ってきた。冷蔵庫もどこかから回ってくるといいなとずっと思っていた。そのうちどうでもよくなってしまった。自分でも驚いたことに、あまり不便は感じなかった。

そんな人間のために、この街には街市《がいし》があるからだ。

街市は香港全土の各エリア、各公共団地の中に必ず一つはある市場のことで、英語ではウェット・マーケットという。動物の血や鳥の羽根や野菜の葉を常に水で流しているため、その名の通り地面はいつでもびちゃびちゃに濡れている。そこらかしこに「小心地滑〈滑るから気をつけて〉」という看板が立っている。

食材に究極の鮮度を求める香港人の生活は街市なしには成立しえない。私の家の界隈は街市や八百屋や肉屋が充実していたため、近くのスーパーは生鮮食料品は一切置かないという徹底ぶりだった。スーパーで食材を買うなど、彼らにしてみたら考えたこともないくらい愚かな行為なのだろう。

街市では肉も野菜も量り売り、卵も一個単位で売ってくれるから、その日食べる分だけをこまめに買えばいい。とえらそうに書いても、私の作るものといったらニラ玉と豚汁ぐらいだが。最寄りの北河街《ばっほーがい》街市《がいし》を例に挙げると、ニラは一斤（六〇〇グラム）二元。自分一人の一食分には余りに多いため、大抵一元分、つまり半斤だけ買う。本当はその半分、五毫《ほう》（五〇セント）の量で十分なのだが、一回につき一元以下の購入は断られることが多い。一度それで八百屋とケンカになったことがあるが、あとでルビーにその話をすると「向こうだってそれで食ってるんだから、一元ぐらい買ってやれ。あんたも器が小さいな」とたしなめられた。

卵はちょっと贅沢して一個七毫の北京直送を三個で二・一元。一個六毫の卵と比べると、黄身の盛り上がりが格段に違う。これくらいの贅沢をしてもバチは当たらないだろう。しめて今夜の夕食は三・一元で上がりだ。

肉を買う場合は、一斤二五元の豚の瘦肉《さうよく》〈赤身の肉。脂身の多い肉のことは肥肉《ふえいよく》という〉を五元分免治《メンチ》にしてもらう。初めて街市に行った時、仕組みがよくわからなかった私は、肉屋でいきなり「豚肉一〇〇克《グラム》下さい」といった。そこにいた誰も、一〇〇グラムが一体どれだけの量に相当するのかわからず、計算機を手に手にそこらじゅうの商人が集まり、あっという間に人垣ができてしまった。「一克って何斤だ?」「一斤は何磅《ポンド》だ?」「一磅は何克だ?」「じゃあ一克は一体何斤なんだ?」と永遠になぞなぞが続き、結局答えが出ずに仕方なく半斤買って帰った。半斤が自分の一食には多すぎる三〇〇グラムに相当することが判明したのは、家に帰って辞書を引いてからだった。

それから街市を観察した結果、肉の場合は肉屋の目分量が基本だということがわかった。一斤二五元の瘦肉なら、五元、一〇元、一五元、二〇元という具合に五の倍数でオーダーする。一斤二四元なら、四元、八元、一二元、一六元、あるいは六元、一二元、一八元……といった具合。一斤を越えれば二斤、三斤という計算になっていく。

自分の一食の基本量を一〇〇グラムと考えれば、一斤二五元なら五元(一二〇グラム)、一斤二四元なら四元（一〇〇グラム）と頼めばいい。それを私は親切に計算し直して「五分の一斤下さい」といったことがあるが、おもしろいことに肉屋は再びパニックに陥った。肉屋は四元の量、五元の量、六元の量と、目で肉の量を計っている。その世界観を小数や分数で乱してはならないのだ。

私の人生に欠かせない重要品目、牛乳については案外簡単に解決がついた。冷蔵の必要がないロングライフ牛乳二五〇ミリリットルパック六個入りを常備し、一日一個をきちんと飲みきる。

冷たいオレンジジュースは飲めないが、オレンジを食べればいい。湯上がりにきゅっと冷えたビールを飲むことはできないが、近くの屋台で夜空を横切る飛行機を眺めながら冷えたビールを楽しむことはできる。アイスティーを飲みたくなれば茶餐庁《ちゃーつぁんてん》へ行けばいい。

そもそも冷蔵庫というものは、忙しくて毎日買い物へ行く暇がない人がまとめ買いをしたり、まとめて作ったものを冷凍保存したい人のために便利な器具であり、全然忙しくない自分には過度の便利だった。家の中で快適さが手に入らないことで、私は街へ出て行き、便利ではないが独特な時間を過ごすことができた。街自体が何かを持たない人を基準に作られている。街が寛容なのだ。

東京は至る所にコンビニエンスストアがあり、便利には違いなかった。しかしそれは、すべての人が冷蔵庫や電子レンジを持っていることを想定した便利だった。彼らが提供する便利の定義を、実は私たちが強いられているのだ。

便利な電気製品を持たない人間でも通常の暮らしを送れること。それこそ都市が持つべき「便利」ではないだろうか。せっかく冷蔵庫なしで暮らせる自信がついたから、東京に帰ってからも実践したいと思うが、卵一個を売ってくれない街ではすぐに悲鳴を上げるだろう。

洗濯機はもともと手に入れる気はなかったが、買ったとしても、私が出入りするにもつかえるドアを多分通れないと思う。どうしても洗濯機が使いたければ、最低限洗濯機がドアを通れるだけの部屋に引っ越さなければならない。

ただ困るのは、窓から洗濯物を干すと、頭上からひっきりなしに正体不明の黄色い水や茶色い水が落ちてくること。香港の多くの家庭が物干し竿を窓からまっすぐに突き出し——これを線香に形が似ていることから三点香式〈線香スタイル〉という——洗濯物を干す理由がよくわかった。看板と同じで、縦へ縦へと増殖していくよりほか、上からの汚水を避ける方法がないのだ。それから洗濯物がよく下の鴨寮街《あぷりうがい》に落下すること。これまでお気に入りの黒の長袖Tシャツを電線に落下させ——今でもぶら下がっている——、半袖Tシャツは何度となく下の露店の屋根に落下させた。こちらはモップの柄の先でつついて一命は取りとめたが、涙が出そうになるほど真っ黒だった。

その予防策は、いつ落下するかわからないから、なくして惜しい服は着ない。汚水で汚れるから、色の濃いもの——できれば黄色などが望ましい——を着る。ジーンズは何日たっても乾かないから、洗わない。

しかしその荒療治には副作用がある。いいものを着ないから、中環《セントラル》や銅鑼灣《コーズウエイベイ》といった香港島の繁華街に出るのが恥ずかしくなる。地下鉄に乗っていると、周りの人を見回しては「この人の家には洗濯機があるな」「この人は手洗いだ」「この人はアイロンまで持っている」とつい考えてしまう奇妙な癖がつく。

街もまた、住民の需要に合わせた商品を提供している。近所の華潤《わーゆん》超級市場《スーパー》では、オレンジ色の上海製の洗濯石鹸二個パックしか売っていない。少し大きい恵康《ウエルカム》超級市場《スーパー》の棚には、それに加えてやはり上海製の洗濯用粉洗剤「白猫」一キロが並んでいる。袋の端に小さく「洗濯機でも使えます」と申し訳程度に書いてある。つまり手洗いメインということだ。ところが郊外のニュータウンや繁華街の巨大スーパーに行くとこの二つは姿を消し、巨大なバーレル入りのアメリカ製全自動対応洗濯洗剤が並んでいる。スーパーも地域住民の生活水準をマーケティングし、その土地の住民の需要に合った商品を供給しているのだ。

もし一ダース単位でしか卵を売らず、洗濯石鹸二個パック入りがどこを探しても売っていないような環境で暮らしていたら、自分を不幸だと思っただろう。しかし私は冷蔵庫と洗濯機なしの生活を送りながら、割と幸せだと思っている。

これが最高の便利ではないだろうか。

清貧の挫折

「三個蛋撻〈エッグタルト〉、唔該《んーごい》！」

深夜まで営業している深水埗《しやむしゆいぽ》の茶餐庁《ちやーつぁんてん》で、私は二人の友達と夜食を食べていた。立っていられるのが不思議なぐらいヨボヨボしたじいさんウェイターが、聞き慣れない言語でお喋りを続ける私たちを、遠くからけげんそうな顔で眺めている。こんな時間まで営業しているのだから、もっと高いものを食いやがれ、とでもいいたそうな顔だ。その晩、私は車まで借りて引っ越しを手伝ってくれた彼らを食事に招待したのだが、私の経済状況を知っている二人に「ごちそうされるなら食事は食べない」と拒否されたため、一個三・五元の蛋撻をごちそうすることになったのである。もっとも、そんなことはじいさんの知ったこっちゃないだろうが。

私の目の前に座っているセシルカットの女性は日本人の利香。会社や学校に行く時は、一応口紅をさして黒のシャツに黒のロングスカートというキャリアウーマン風に豹変するのだが、オフの時にはへたったジーンズに夫のお下がりのヨレヨレのシャツを着ている。「一応、日本人集団と接する会社では気遣ってるのよ。本当の私はこっちの私」——私は彼女のその落差が好きだった。

隣で萬事發《マイルドセブン》を吸っているのは香港人の夫、阿波《あぽー》。赤いギンガムチェックのシャツに色褪せた細身のジーンズ、髪は後ろを刈り上げて前髪を少し前にたらし、銀ぶち眼鏡をかけている。八〇年代にアジア全域で流行ったカジュアルファッションで、今の香港スタンダードからいえばちょっと時代遅れだが、深夜の深水埗ではそんなことを気にする人は誰もいない。

利香とは学校で知り合った。クラスは違うし授業で一緒になったことも一度もないが、学校が催した遠足の時に知り合い、それから言葉を交わすようになった。潔さを感じさせる短い髪に、流行を追いかけるわけではないがポリシーを感じさせるセンスの良さは、彼女を多くの日本人から浮き立たせていた。香港映画や香港の芸能人好きが高じて留学する日本人が実に多い語学学校で、日本人とつるまない彼女はそれだけで目立っていた。同胞たちの集まりになんとなく違和感を抱き、好んでそうしているわけではないのに孤立してしまう。それが出会った時の彼女であり、私だった。私たちは互いの存在に居場所を求めあうように急速に接近した。

彼女が香港にやって来たのは、阿波と一緒に暮らすためだった。彼女は大学生だった二十歳の時に、当時中央大学に在学していた阿波と知り合い、彼が大学を卒業して香港に帰国する直前の九五年に籍を入れた。彼女はそのまま日本に残って大学院を続け、九六年夏にようやく新婚生活を香港で始めることになったのである。現在は調景嶺《ていうげんれん》にほど近い将軍澳《じよんくわんおう》で阿波の兄家族と姉、弟の六人と一緒に暮らしている。利香は昼間は日本の銀行で働いて夜間に語学学校に通い、阿波は日系企業の香港駐在事務所で働いている。

「いいね、深水埗って」と利香が蛋撻を頬ばりながらいった。「将軍澳って新興団地だから、こういう町の雰囲気が全然ないの。住んでる人も若い家族が多いし、年寄りがいないからつまらない。私も唐楼《とんらう》に住みたくなってきちゃった」

「何をいってるの」と阿波《あぼー》がたしなめた。「僕たち、貯金するのが先でしょ。お金を貯めて家を買って、兄貴の家を出る。それまでは我慢する。そう決めたでしょ？」

「だって団地ってつまんないんだもん。せっかく香港に来たんだから、いろんな所に住みたいじゃない？」

「僕はもういろんな所に住んだ。十分だよ」

「香港に来てから、自分がどんどん貧乏臭くなっていく気がするんだ」と私はいった。「お金がないわけじゃないのに、気がつくと安い物ばかり探してる。これは何なんだろう？」

「思う。どんどん自分が安っぽくなって、時々ふと自分の身の回りを見回して、自分ってこんなに貧乏臭い人間だったっけ、ってゾッとすることがあるよ」と彼女は同意した。

「貧乏臭い？」と阿波が不思議そうな顔をしていた。「貧乏臭いんじゃなくて、貧乏、でしょ。僕たち、金持ちになったことある？」

「違うよ。私たちは貧乏じゃなくて、貧乏臭いの」と利香。「今は二人とも働いてるし、お金がないってわけじゃない。私は東京にいた時は本当にお金がなかったから、今が貧乏だとは絶対いえないの。でも時々、東京にいた時よりも貧乏臭いって感じる時があるわ」

私が知り合ったそばから彼らにシンパシーを覚えたのは、我々三人が同じ時期に東京の同じエリアで同じようなレベルの生活を送っていたからだった。井の頭に住んでいた利香は西荻窪にある阿波の留学生寮へ行く時、当時私が住んでいた西荻窪のアパートの前を通っていた。阿波がアルバイトをしていた吉祥寺駅前のパチンコ屋の前を私はほとんど毎日通り、仕事帰りに彼がよく立ち寄ったという台湾食堂や博多ラーメン屋は私も常連だった。

あとでわかったことだが、一時期日本に留学していたルビーの弟は、阿波が働くパチンコ屋の同僚だった。そして私の母が東京で油絵を習っていた広州出身の中国人の先生は、阿波が昔通っていた高円寺の日本語学校の同級生だった。世界は驚くほど狭い。私たちは東京で出会わなかった方が不思議なくらいだった。

阿波は大学に通う傍ら、吉祥寺のパチンコ屋や居酒屋でアルバイトを続け、苦学生の利香に時々小遣いをあげていた。そればかりか、金がなくなると風呂屋にさえ行かなくなる無頓着な彼女を時々留学生寮に呼び、シャワーを浴びさせてあげていたという。

「利香がかわいそうで見てられなかった。すぐ風呂屋に行かなくなるし、ごはんも食べなくなるんだ。そんな時ポケットに何千円か入ってると、食べさせてあげなきゃと思った。大学四年の時、そろそろバイト辞めて一生懸命勉強しようかな、って思ったこともあった。でも利香を見てると、働かなきゃと思った」

「損な男だよね」と利香が他人事のように笑った。「日本人の女の子にバイトさせて貢がせてた香港人もたくさんいたのに」

「僕だってそうしたかったよ！　こんな貧乏な女の子だなんて、知り合った時は知らなかったんだ」

だからこそ二人は強い絆で結ばれていた。

「東京って、金はなくても質の高い生活っていうものが成立したよね。金がないことを卑屈に感じることもなかった」と利香。

「それがいいかどうかは別にして、貧乏を精神性で克服することに美を感じる文化があったね。清貧ってやつ。金もうけに走る人もいれば、それとは無縁に生きる人もいる。お互いそれで淡々と生きていく」

「香港じゃ、貧乏はただの貧乏で、精神なんか関係ないもの」

貧乏人に理屈をこねる資格はない――私が香港で感じた違和感はそれだった。


香港と日本ではどちらが物価が高いか？　よく聞かれる質問だが、これにはどう答えたらいいかわからない。

香港は服が安い。しかし、いいものは東京が安い。マクドナルドのバリューセットは香港の方が安い。しかし立ち飲みコーヒーは東京の方が安い。香港の家賃の高さは馬鹿げている。しかし交通の便や通勤時間を考慮すれば、東京がぶっちぎりに安いとはいえない。香港の医療費は法外に高い。しかし日本の医療費は健康保険でまかなわれているから安く感じられるだけ。交通費は間違いなく香港の方が安い。映画は香港が安い。

ちなみに留学していた八六年、香港の物価は絶対的に東京より安かった。植民地的象徴である半島酒店《ペニンシュラホテル》のアフタヌーンティーが、学生の頃通っていた吉祥寺の喫茶店のコーヒーより安かったことが記憶に残っている。当時私は毎週末のように街へ繰り出し、蘭桂坊《らんかいふぉん》の「クラブ19

97」やイギリス風パブ「マッド・ドッグ」、尖沙咀《ちむさーちょい》の「カントン・ディスコ」、灣仔《わんちゃい》の「ジョーズ・バナナ」といったナイトクラブで遊んだ。今となっては恥ずかしいことだが、東京では夜遊びと買い物狂いとは縁のなかった自分が、香港の物価に狂わされたのだ。

時は変わって九七年。私は、深水埗《しゃむしゅいぽ》の新金豪茶餐庁《さんがむほうちゃーつぁんてん》へ行って一〇元の凍檸檬茶《アイスレモンティー》を飲む。この一杯の飲み物は、東京のドトールコーヒーのコーヒーとほぼ同額である。アパートの家賃は二七〇〇元（四万八六〇〇円）。東京ではほぼ同じ値段で、もっと広くて静かな治安の良い場所に住んでいた。

以上を見ていると香港の物価が猛烈に上がっただけのように感じられるが、それよりも私の生活レベルが下がり、昔とは違う場所に属していることによるインフレ感の方が強いようだ。

堂々巡りの香港・東京物価論争の糸口を探すため、私は一つの実験を思いついた。東京と香港で同じ程度の金額を使って同じような生活をし、自分がどう感じるかによって、香港と東京の生活感を測る。公的には何の説得力もない実験だが、自分にはそれが一番リアルな方法だった。毎月使う金額は、東京時と同じく平均して一〇万円前後。アパートを探す時、慣れない外国で暮らすことを踏まえて東京より若干レベルアップさせることも考えたが、最終的には自分が香港に来る前東京で払っていた家賃四万八〇〇〇円という線にこだわった。

そんなことを意識し始めてから、ある日ふと、自分が貧乏臭くなっていることに気づいた。同じ程度の金額を使いながら、香港で感じるこの挫折感は何なのだろう。

東京にいた頃、他はどんな安物を使っても、私はシーツと枕カバーにはこだわっていた。とはいっても東京なら二〇〇〇円も出せば綿一〇〇％の上質なものが手に入り、それだけでかなり贅沢な気分を味わうことができた。香港では、自然素材を使った良質の寝具は、イギリスのデパート「マークス＆スペンサー」あたりまで出かけなければ手に入らない。それは物理的には購入可能なのだが、できるだけ植民地系商店で買い物をしたくないので、結局手に入れることができない。

東京では近所のコーヒー専門店で買ったコーヒーをいれて楽しむというささやかな贅沢をしていた。またそうした方が喫茶店へ行くより安かった。しかし香港でコーヒー豆を買いたいと思ったら、尖沙咀《ちむさーちょい》や中環《セントラル》、金鐘《アドミラルティ》、銅鑼灣《コーズウエイベイ》あたりの百貨店か高級食材店へ行かなければ手に入らない。それに輪をかけてドリッパーが手に入らない。

ある日曜日、新しい日本人クラスメートの有美子から電話があった。

「コーヒーのドリッパーを探してるんだけど、どこにも売ってないの。深水埗《しゃむしゅいぽ》なら何でも売ってるからこれから行こうと思うんだけど、付き合ってくれる？」

私はいった。付き合うのはかまわないが、賭けてもいいが深水埗には売っていないだろう。ここに売っているあらゆるものとは、まだ使えるコンセントや誰かが捨てた鍋や誰かの履き古しの靴や使いかけのシャンプーであって、ドリッパーではない。冷蔵庫や洗濯機を持たない生活をしている人たちが、家でコーヒーをいれる姿は想像できない。

それでも彼女が試してみたいというので、私たちは深水埗じゅうの店や露店を回り、案の定見つけることができなかった。結局彼女が後日ドリッパーを発見したのは、金鐘の高級ショッピングセンター「太古廣場《パシフィックプレイス》」の中にある西武デパートだった。

法外な贅沢をしたいわけではない。今日一日を少しだけ豊かな気分にさせてくれるちょっとおいしいパンやちょっとおいしいチーズ、ちょっとおいしいバター……つつましい生活環境の中で、かろうじて自分の尊厳を支えてくれる、そんな日常の脇役を手に入れようと思えば、それは自分の日常圏内にはなく、いちいち香港島の外資系百貨店や高級食材店へ出向かなければならない。

問題なのは、そんなささやかな希望を持った人間に卑屈感を味わわせるほど、それらを提供する店が高級だということだった。結局私はひどく気分を害し、二度とこんな所へ来るものか、とそんな世界との訣別を誓ってしまう。

贅沢品だけでなく、日用品にしても然りである。正当な扱いを受けるためには、金を出すしかない。突然話が数元というせこい領域に突入してしまうが、ここはしばし我慢して頂きたい。

文房具屋で三元の日本製ゼブラのボールペンを買うと、インクが終わるまでもつ。路上で二元の中国製ボールペンを買うと、三日で書けなくなる。セブン‐イレブンで三・五元のライターを買うとガスが終わるまでもつが、路上で一元のライターを買うと、ガスは一杯なのに一週間で火がつかなくなる。摩擦を起こす石の部分がすぐダメになるように、故意に設計してあるのだろう。文房具屋で三菱鉛筆ユニは一本五元。ドイツ製シュテッドラーは四元。デザインはほぼシュテッドラーと同じの中国製鉛筆は路上で一本一元で売っている。喜びいさんで買って帰ると、Ｂも２Ｂも３Ｂも４Ｂも同じ濃さだった。

ボールペンにしろライターにしろ鉛筆にしろ、きちんとした品質の製品を作る技術はあるにもかかわらず、安い物は悪くていいという基本姿勢に基づき、わざわざ品質を落としているとしか思えない。

我が家の近くの卵屋では、いつも一個七毫《ほう》（七〇セント）の卵と一個六毫《ほう》（六〇セント）の卵を売っている。ここで消費者はいい卵を選ぶか安い卵を選ぶかという選択を迫られる。ここからが香港の商人の腕の見せどころだ。彼らは一言付け加えることを忘れない。

「七毫の卵は自分で選んでいいが、六毫の卵は選べない」

香港の人ほど、自分がこれから購入しようとする商品の品質を確かめられないことを嫌う人種はいない。彼らは容易に他人を信用せず、自分の判断能力に絶対的自信を持っているため、商品を触ったり嗅いだり振ったりすかしたりできないことを非常に嫌う。悪い物を買わされる。それはここでは馬鹿な人間の証なのだ。

つまり六毫の卵を買うことは、馬鹿になれ、ということである。六毫の卵を買う人間は、卵一つ買うにも、自分が商人から馬鹿にされていることを自覚させられるのだ。

値段を下げる見返りとして代償を要求する。これは商品に限ったことではない。尖沙咀《ちむさーちょい》と中環《セントラル》を結ぶ天星小輪《スターフェリー》は、上層（二・二元）に乗る人間には釣りを出し、下層（一・七元）の客には釣りを出さない。こんなところでも「下から抜け出して上に上がりたい」と思わせる構造になっている。

安くていい物を消費者のみなさんに提供する。そんなめでたい話はこの街では通用しない。

安い物は悪くてかまわない。なぜなら安い物を買う人間には、安い物を買う以外に選択肢がないからである。金がない人間には正当な扱いを受ける資格はない。悔しかったら、金を出せばいいだけなのだ。

街じゅうの棚に並ぶ商品から馬鹿にされているような気がする。こうして他愛もないボールペンやライターが、この街で金のない人間の尊厳を少しずつ少しずつ蝕んでいく。

しかしそんなことは実は驚くには値しない。それこそ資本主義の原点なのである。人より金があれば、人よりいい物を手に入れることができる。だから人より金を得ようとする。私はその原点を香港で学んだことより、自分が一応資本主義社会を自認する日本に暮らしながらその原点を学ばなかったことの方に驚いた。

私をうちのめす卑屈感の責任の一端は、他の日本人にもあった。私は普段、植民地系百貨店や高級スーパーにさえ敵意を抱いているのだから、自らの意思でホテルや高級レストラン、日本料理屋へ行くことはない。値段の問題うんぬんより、そこで幸せな気分になれる可能性などほぼ皆無だからだ。金を使う以上、それに見合った幸福はいちいち手に入れて帰るつもりである貧乏性の自分にとって、それらは最悪の選択ともいえた。

しかし香港駐在の日本人と会う場合は事情が違ってくる。

私が待ち合わせ先に選ぶ場所——つまり自分が不当な扱いを受けていないと思えるような食堂や屋台——が、トイレがひどく汚いとかサービスが荒っぽいという理由で、相手の日本人をショックに陥れる可能性があるため、それなら大抵の状況には耐えうる自分が相手の選択に委ねるべきだろうと考える。すると相手は自分が安心できる場所、つまり高級ホテルのロビーや高級料理屋を指定する。

彼らも言葉や自分の常識が通じる日本にいたら、そんな場所でわざわざ待ち合わせはしないだろう。しかし駐在という魔法で日本より生活水準がランクアップしてしまった上、安心できる場所が至極限られた生活圏の中、彼らが足を向ける場所のランクは自分の身の丈を超えてどんどん上がっていく。ベクトルがまったく反対方向に向かう双方の生活感の違いが、そんな時露呈してしまうのだ。

いくらTPOをわきまえた格好をしようと思っても、所詮は手で洗って型くずれした、階上から落ちてくる正体不明の汚水が目立たない、色の濃い化繊のシャツである。ホテルのロビーにたむろする、ブランド品に身を包んだビジネスマンとは別世界の人間であることは一目瞭然だ。私はリッツ・カールトンやマンダリン・オリエンタルに足を踏み入れた途端、保安員に後をつけられ、目が合ったら「何かお探しで？」と疑惑に溢れた眼差しで声をかけられる。そして料理屋では、絶対にいい席には案内してもらえない。

私はどんどんひどい遅刻魔になった。自分が先に目的地に到着して不当な扱いを受ける苦痛を少しでも緩和させるため、定刻通りに着いても、そこらへんをわざと一周するようになった。

金のない人間に、今日ぐらいは思う存分何か食べさせてあげようという先方の優しさは素直に嬉しかったが、皮肉にもその好意がますます自分を憎悪でいっぱいにした。そしてさっきの店のトイレよりも狭い部屋に戻ると、日本から空輸された刺身を吐きそうになるまで詰め込んだ腹は、必ずその晩のうちに下る。普段あまりとらない動物性蛋白質を体が拒否するのか、体が思想に同調して体内に摂取することを拒否するのか、そうすることでかろうじて復讐を遂げるのだった。

かつて東京で穏やかな生活を楽しんでいた自分が、同じ金額で買ったものは、この街で尊厳を保つことがいかに困難であるかという教訓だった。人々が金を得ようと血眼になるのは、尊厳を買うためなのである。


「結局、私が辛いのは、資本主義ってことなんだと思う」と私は利香にいった。

「私たちって、究極の社会主義国家の国民だもん」と利香はいった。

「私たちは今になって初めて、本物の資本主義を体験してるんだね」

いつまでも店に居続ける割には消費金額の少ない私たちによほど腹が立ったのか、じいさんウェイターがいきなり近づいてきて灰皿を奪って行った。

「あれ、もう店じまい？」と吸いさしの煙草を慌ててくわえ直した阿波《あぼー》が聞いた。

「見てわからねえか！」

「勤務態度だけはここも社会主義だね」と阿波は日本語で囁いた。

四つの名前を持つ女

　多くの香港人は、中文名と英文名を持つ。ある地域が他の地域を侵略したり武力で支配した時、その地域の人々の名前を強制的に変えることは歴史上たびたびあった。日本もその張本人である。が、香港のおもしろいところは、英文名がイギリス人によって強制されたわけではないにもかかわらず、便利だという理由でここまで流通したという点だ。

　英文名は、名乗るも名乗らないも個人の自由である上、しかも相当にいい加減なものである。大抵は中学に上がると英語教師が適当につけるという。今日からあなたはベティ、あなたはジェームス、というように。もちろんそれが気に入らなければ自分で勝手に変えることもできる。一つの名前を捨てる時、一緒に過去も捨ててしまえるわけである。

　八六年に留学していた時、周囲の学生のほとんどが英文名を名乗っていたため、私は香港人のほとんどが英文名を持っているのかと思っていた。しかしそれは大きな誤解で、英文名の有無は、その人物の社会的地位や職業、年齢、バックグラウンドなどによって異なる。またその人物の思想傾向を知るある程度の指標にもなる。大雑把にいって、英文名を名乗る人は比較的高学歴で、出身地は香港あるいは中国以外の外国が多く、職業はホワイトカラーやプロフェッショナルが多い。食堂や市場で英文名はあまり流通していない。

学生時代までは中文名にこだわっていても、会社に就職して半ば強制的に英文名を名乗らされることはよくあるという。ビジネスの世界で英文名が流通すると、英文名を名乗るだけで商売相手やお得意さんに、学歴が高くて有能であるという印象を与えることもできる。中文名を名乗り続けることの方がリスクが大きい、という現象が起きているわけだ。

しかし世間的に通用する英文名が、家族の間で通用するとは眼らない。「ピーターはいますか？」「ジャッキーはいますか？」と家に電話をしても、家族がその英文名を知らず、ガチャンと切られてしまうこともある。

ただ学歴や社会的地位が上がりすぎると、逆に中文名に執着する人も多い。中文大学大学院生の文道《まんどう》や宇澄《ゆーつぇん》がそうだったし、マスコミ関係者にもそういう人は多かった。

どんな言語の名前であれ、固有の意味と響きを持った名前は美しい。外国人が覚えにくいからといって、便利さに迎合して自らの名前を英文化する必要はまったくないと、私は思っている。しかし香港の人は、名前と民族の誇りを同一視しない。名前を変えるのは、あくまで利便のためだけなのだ。

いくら命名自由の英文名とはいえ、やはり節度というものはあるだろう、というのが私の持論だ。しかし巷に西洋発の情報が溢れ、人々の嗜好が細分化されるに従って、その人物の個性に合う合わないを問わない、度を超えた奇妙きてれつな名前が増えている。気分によっていつでも着替えられるという気軽さが、その傾向に拍車をかけているのだろう。ここにその一部を紹介しよう。

ボノ（U2の熱狂的ファン）
ジャーマニー（ドイツのファン？）
ロリータ（ロリータ趣味？）
タンホイザー（ワーグナーのファン？）
カフェイン（コーヒー党？）
キャット（猫好き？）
インターネット（インターネット狂い？）
ポリエステル（化繊好み？）
ディケイ（＝腐敗する、衰える。腐りたい？？？）

驚くべきことは、最近日本名までぼちぼち登場し始めたことだ。ドラマや映画の中で、Yuki（香港人は「ユッキー」と発音するため、ユキなのかユウキなのか定かではない）、Wasabi という名が登場したのは何度か目にした。私が実際出会った日本名保持者は、食堂の隣のテーブルで彼氏と犬とくつろいでいた女の子だった。彼女の名前は Suki（彼女の発音を再現すると「スッキー」）といった。髪にちりちりパーマをかけた、九龍城《がおろんせん》で働く美容師だった。

「日本が大好きだから日本語の名前にしたの」

そういわれても、Suki という名前は日本にはなかなか存在しないのだが。

「Suki ってどういう意味か知ってる?」

「知ってるよ。鍋って意味でしょ」

？？？　もしかしてスキヤキのことか？

「日本人が一番好きな食べ物なんだって。だからつけたの。私はまだ食べたことないんだけど」

「確かにスキヤキという食べ物はあるけど、Suki にはもう一つの意味があるよ」

「どういう意味なの？」

「好き、という意味。『我愛你《アイラブユー》』という時、日本では Suki っていうの」

Suki は「きゃあ」といって彼氏の腕を摑み、「ねえ、Suki っていってみて」と愛の告白をせがんだ。

「SUKI」

「きゃあ。もう一回」

「SUKI！」

「もう一回！」

「S・U・K・I！」

もう、勝手にしてくれ。

「そんなに素敵な意味があるなんて知らなかったわ。彼にはいつも、『おまえは鍋だ』って馬鹿にされてたの。でも私の名前は、愛なのよ。みんなにいわなくちゃ」

さて、「多くの人間は中文名と英文名を持つ」という認識が広く流通する香港で、漢字の名前を持つことは時にやっかいなことになる。

四か月間限定で暮らした部屋の大家のお嬢さん、ジョイス（中文名は魏寶蓮《んがいぼうりん》）は、中文大学の生物学科を卒業した後大学院に進み、その後はスイスに留学してホテル・マネージメントを勉強し、現在は中学の教師をする才媛だが、彼女の堅牢な言語観を崩すことは私にはできなかった。

ある日、家賃を受け取るためにジョイスが私の部屋まで下りて来て、私たちはひとしきりおしゃべりに花を咲かせた。私は友情の印に、彼女に自分の写真集をプレゼントした。最初のページを開いて自分の名前を署名すると、彼女は私の名前を指していった。

「日本人にも中文名があるのね。これは日本語で何というの？」

そういわれて今度は自分の名をローマ字で紙片に書いた。

「これは英文名でしょ？　あなたには日本名はないの？」

私は説明した。漢字で記した名前もローマ字で記した名前も、私の唯一の日本名である。中文名と英文名ではない。第一、私には英文名を名乗る必要がない。

「いい？　中文で書くのを中文名、ローマ字で書くのを英文名というのよ。私なら、魏寶蓮が中文名で、Joyce Ngai が英文名」

「でも、その両方とも一つの日本名なんだよ」

「じゃあなぜ博美と Hiromi は発音が違うの？」

「博美を『ぼっめい』と読むのは広東語読みで、それを日本語読みにすると Hiromi になるの。でもそれを漢字で書くと『博美』になるの。日本語で書くこともできるけど、それを書いてもあなたには読めないから、こうして中文と英文で書いてるだけ」

自分でも何をいっているのかわからなくなってきた。

「ほら、じゃあやっぱりこれは中文名と英文名じゃない」

私は限界を感じ始めていた。香港人を含めた世界じゅうの中国人に、日本人が漢字を使うことを知らない人は意外に多い。我々日本人が、かつて漢字が中国から渡ってきたことを知っていても、それを輸出した側の人間は、自分たちの発明した文字が世界のどこへどう伝わったかなどあまり関心はないのだ。日本人にしてみれば漢字はれっきとした日本語の一部であるが、彼らにしてみたら、漢字で書かれたものはすべて「中文」である。漢字とアルファベットで構築された彼女の世界観を、私の名前一つだけでくつがえすことは、もはや不可能に思われた。

「わかったよ。私の名前は、日本語では本当はこう書くの」

私は自分の「中文名」と「英文名」の隣に、「ほしのひろみ　ホシノヒロミ」と書き加え、

「この二つはまったく同じ発音だけど、書き方の違う日本語なんだ」と付け加えた。

ジョイスは紙片の上に書かれた四種類の文字を見比べた。

「すごい……日本人って中文名と英文名の他に、日本名まで二つもあるのね」

だからそれはすべて一つの名前なんだってば、と喉まで出かかったが、もう自分にいくつの名前があろうとどうでもよくなってしまった。

「日本人ってずいぶん欲張りなのね。私なんてたった二つしかないのに」

名前を二つ持つあなたの方が、よほど欲張りだ。

八六年当時、私は中文大学の学生や留学生の友達から Hiromi の名前で認識されていた。ところが今回は星野博美《しんいえぼつめい》という、漢字名の広東語読みで認識されることになった。意識して変えたわけではない。ただ街でひょんなことから知り合った人や年配の人たちの間で、ローマ字に対する拒否感が非常に根強いということを知ったからだった。紙に自分の「中文名」と「英文名」の両方を書こうとすると、「英文は読めないから必要ないよ」と途中で止められる。そのローマ字は私にとっては単なる発音記号でも、彼らはジョイスと同じく「英文」と解釈する。そんなことを繰り返すうち、ローマ字に慣れない人たちに Hiromi という名を覚えてもらうのは無理だと判断した。いつしか私は「中文名」しか書かなくなり、日本語読みを尋ねられた時に限ってローマ字表記を追加するようになった。

しかし広東語の非ネイティブスピーカーにとって、コミュニケーションの障壁は思わぬところにあった。ポケットベルだ。

香港のポケットベルの多くは、文字盤に文章が出る。ポケットベルの番号に電話をかけ、持ち主の顧客識別番号を伝えると、オペレーターが持ち主のポケットベルにメッセージを送るという仕組みだ。使用言語は広東語、英語、北京語サービスがあり、例えば英語サービスを頼めば、オペレーターの対応も文字盤に現れるのも英語、北京語サービスの対応はすべて北京語という、多民族居住都市ならではの高度なサービスを提供する。

　しかし香港人にとっては便利なこのサービスが、広東語が自由ではない外国人には思わぬ落とし穴だった。通常、香港人はポケットベルの広東語サービスを使用する。つまり、こちらは広東語が母語であるオペレーターと広東語で意思疎通しなければならないということだ。私は誰かのポケットベルを鳴らすたび、自分が漢字表記の日本名を流通させてしまったことをひどく後悔した。最初から Hiromi として認識されていれば、「私の名前はローマ字のH・I・R・O・M・I」というだけで済んだ。それが毎回こういわされる羽目になった。

「私の名は星野博美。星は星星の星、野は田野の野、博は博物館の博、美は美国《アメリカ》の美。日本人です」

　オペレーターは、まずこれでパニックに陥る。

「姓は何といいますか？」

「姓は星野。星野の星は天の上の星星の星。あるいは星期一《げつようび》、星期二《かようび》の星」

「星小姐」

「いえ、姓は星野。天の上の星星の星に、田野の野。それに博美。博物館の博、美国の美……」

　こうしてようやく名前を伝え終わり、やっとのことで用件に入る。

　ある時、久しぶりに会った友達に会うなりこういわれた。

「昨日、すごくおかしなメッセージがポケットベルに入ってたの。まったく心当たりはないし、変だな、と思って放っておいたんだけど、今考えてみたら、あれはあなたからのメッセージだったんじゃないかしら」

彼女はポケットベルのメモリーボタンを何度か押し、私が残したと思われるメッセージを文字盤の上に再生してくれた。それはこんな文章だった。

「星期一《げつようび》、美国《アメリカ》田野博物館公司《かいしゃ》の日本人、星小姐より電話あり。自宅に連絡請う」

合っていたのは、用件だけだった。

これまで何百回となく人のポケットベルを鳴らしてきたが、自分が一体どんなメッセージをまき散らしてきたかと思うと顔から火が出た。

しかし、アメリカの田野博物館で働く日本人という身分は案外気に入った。

香港人の静粛恐怖症

人が生きるとうるさい。ただ生きているだけなのに、なぜ人間はこんなに音を発するのだろう。

香港にいるとつくづくそう思う。

人に電話をするとよくされる質問。

「なに、今外から?」

私は部屋の中から電話していることを伝える。

「あ、そうか。鴨寮街《あぷりうがい》だもんね」と相手は勝手に納得する。

東京とは比べものにならないほど、騒音指数は絶対的に高い。テレビはつけなくても隣の部屋からはっきり聞き取れるし、隣の電話の声、セックスの最中の喘ぎ声、痰を吐く音、母親が子供を叱る声、道路向かいのアパートの一室のテレビゲーム、麻雀、飛行機、路上に夜な夜なたむろするホームレスの人たちの宴会、一度鳴り出すと何十分も鳴り止むことがないどこかの店の警報器、車の盗難防止装置の警報、真夜中三時にガラス瓶を割り続ける音、明け方に通りを掃くほうきの音……。

東京では隣人に怒鳴りこめば済んだが、ここでは半径二〇メートルくらいの範囲を走り回り、道路向かいの六階や路上のホームレス、無人の自動車、天に向かって拳固を振り回し、「うるさーい！」と叫び続けなければならない。

多数決で私の負けだった。

だったら自分もうるさくしてやろう。

カセットをがんがん鳴らしてみるが、自分がうるさくてすぐ消してしまう。

静かって損だ。人間、うるさくした方が絶対に得だ。

鴨寮街に越して間もなく、「ホテル・カリフォルニア」偏愛者はどうやら店を辞めたらしく、その代わりに現在このストリートを席巻しているのが普通話《マンダリン》のＶＣＤカラオケだ。どこかの業者が宣伝のために無料ＶＣＤを一斉に配布したらしく、鴨寮街じゅうの自称「全港最平！〈香港じゅうで一番安い！〉」路上ＶＣＤ屋が、一日じゅう同じカラオケを大音量で流している。部屋でカセットをかけても路上の音量に負けてよく聞こえず、結局毎日普通話カラオケを聞かされる羽目になる。

夕方になると、どこかの店の遅番に熱狂的小室家族迷《ファミリーファン》が潜んでいるらしく、普通話カラオケに輪をかけた大音量でＴＲＦと安室奈美恵がかかる決まりになっている。部屋で宿題をしながら、「クレイジー、ゴナクレイジー、星が降る街並を」と口ずさんでいる自分に気づき、愕然とすることがある。

この騒音洪水の中でも、自分の耳は母語である日本語を拾ってしまう。どんなに脳ミソを駆使しても普通話の歌詞の意味はわからないのに、ＴＲＦの意味不明な歌詞は理解できてしまう。腹を立ててもしょうがないのだが、自分が唯一日本語だけを母語とする単一言語人種であることを痛感する。

中文大学の学食でこんなことがあった。

授業が終わった後、池に面した学食のテラスで宿題をするのが日課だった。普段は学生で混み始める前に宿題と昼食を済ませて帰るのだが、その日は試験前で宿題が長引き、学食は学生と教職員でいつの間にかぎゅうぎゅう詰めになっていた。私の向かいに教職員と思わしき中年女性が相席した。私はかまわず宿題を続けていた。

「ねえ、あなたこんな所で勉強してうるさくない？」

彼女はおかずをつつきながら私の顔をのぞきこんだ。

「うるさくないです」

「うるさいわよ。これじゃあ勉強になるわけないわ」

「気にしません」

「目の前に図書館があるのに、どうして図書館で勉強しないの？」

「ここの方が風景がきれいだから」

彼女が教師という立場から親切心でいっているのか、それとも私を追い出してテーブルを占領したいからそういっているのかはわからないが、だんだん腹が立ってきた。その時私は本当に、周囲の喧騒をうるさいと思っていなかったのだ。

「勉強したいなら、図書館に行きなさい」

「本当にうるさくないんです。私は外国人だから、周りの人のおしゃべりがただの音にしか聞こえないんですよ。だからほっといてください」

彼女は生徒からそういう態度をとられたことがなかったのか、呆気にとられ、そそくさとごはんをかきこんで逃げるように去って行った。

街じゅうに溢れる音の洪水をすべて耳が拾ってしまったら、私は気が狂うだろう。しかし私の耳は都合よく言語の壁にはばまれ、安室奈美恵やＴＲＦの歌声しか拾わない。目の前にいる人の話す言葉を理解したいと思えば、何とか理解できるだけの努力はしているつもりだが、静かになりたいと思えば、耳は言語を即座に種分けし、母語以外の言語はたちまち意味を失った音の羅列と化す。

自分がこの音の洪水の中で平気な顔をして生きていられるのは、外国人だからなのだ。

これなら香港がどんなにうるさくても生きていける。

どうでもいい、非生産的な自信がついた。


しかし、だ。

どう差し引いても、どんなにものわかりがよくなっても、やはり香港はうるさい。香港の人は故意にうるさくして楽しんでいる節がある。

香港の大人が大声を出すため、その大人の気を引こうとする香港の子供はもっと大声になる。香港の子供を叱り飛ばすため、香港の大人はさらに大声でなければならない。香港の子供と大人のどちらがうるさいのか、永遠の謎である。

広東語に、人がたくさんいて騒がしく賑やかな様子を示す「熱鬧《いつなう》」という言葉がある。「賑やかさを楽しむ」という動詞になると、「趁熱鬧《つあんいつなう》」という。「今日は新年で家に人がたくさん集まり、とても熱鬧《にぎやか》でみな開心《ハッピー》です」「やることがなくてつまらないので、今日は旺角《もんこく》へ趁熱鬧《つあんいつなう》しに行きます」とこんな風に使う。それはめでたく騒がしい様子を肯定的に表現する言葉であり、単に「うるさい」「死ぬほど人が多い」という否定的なニュアンスを表現したい場合には「好嘈《ほうちよう》」「逼到死《びっとうせい》」などという。

賑やかで騒がしいことはめでたいことであり、そうして初めてハッピーだと感じる。彼らにとって賑やかなこと――私にいわせればうるさいこと――はハッピーのための最低条件なのである。香港の人があれだけ麻雀に固執するのも、あのジャラジャラというやかましい音を聞いているだけで幸せを感じられるからなのかもしれない。

逆に、人がいない、静かな寂しい様子は「唔開心《アンハッピー》」である。

香港で何百回聞かれたかわからない質問。

「いつも一人でアンハッピーじゃないかい？」

「つまらないと思うことはあるね。でもアンハッピーじゃない」

「一人は孤独だよ」

彼らは大勢で集まるのが好きだから、一人暮らしでここに家族のいない私に気を遣い、気さくにいろんな場に誘ってくれる。しかしただ大勢人がいて、誘ってくれた本人はいちいち他の人を紹介してくれるわけでもなし、面倒も見てくれないため、これがけっこう苦痛である。大勢の輪の中で楽しみ方が見つけられないと、一人でいるより苦痛を味わうことになる。

城市大学の学生、阿誠《あせん》に尋ねたことがある。なぜ香港の人はいつも大勢で集まるの？

「だって大勢いた方が賑やかだし楽しいでしょ」

大勢集まって騒いでる時、逆に寂しさを感じることはない？

彼はしばらく考えこみ、言葉を選ぶようにしていった。

「正直いってつまらないと思うことはあるね。でもアンハッピーじゃない。だって一人じゃないんだから、それだけでもハッピーだよ」

みんなで集まって真面目な話はしないの？

「滅多にしないね。だってそんな話したら、みんなアンハッピーになるだろ？　楽しむためにみんな集まるんだから、そんな話題を出したら怒られちゃうよ」

でもどんな地域の人間だって、常に冗談ばかりいっているわけではない。香港の人はどんな時に真面目な話をするのだろう？

「本当に親しい友達と二人の時とか……でもそれも滅多にしないなあ。そんな話したら、二人とも暗くなっていやな気分になるから。せっかく人と会うなら楽しくなきゃ意味がないじゃない。真面目なことは自分一人で考えればいい。君はどうなの？」

私は大勢の人間と会うのが苦手だし、それより一人でいる方が好きだと答えた。

「一人で孤独じゃないの？」

「孤独は孤独だよ」

「孤独は寂しいよ。僕には耐えられない」

「そうとも限らない。孤独が楽しい時もあるし、孤独が好きな時もある」

「それはおかしいな」と彼は言葉をさえぎった。

「それは文法的におかしい。広東語では『孤独が好きだ』とか『孤独は楽しい』って表現は絶対に使わない。だって孤独は寂しくてとても惨めな状態なんだから。どうしてもそういいたい時は、『私は一人でいるのが好きだ』というんだ」

「私は孤独に慣れている、この言い方は成り立つ？」

「成り立つには成り立つけど……今から自殺する人の言葉みたいだ。ぞっとしちゃったよ。すごく不吉な感じがする」

一人でいること、孤独、静けさ。

それはただのアンハッピーを通り越して、不吉にまで発展してしまう。

それほどまでに彼らは賑やかさを愛し、静寂を恐怖する。

もともとここは住宅事情の劣悪さゆえ、大半の人が一人で暮らす経験を持たずに人生をまっとうする、特異な大都会だ。いつも人に囲まれているから、一人になるということがどういうことなのかわからない。一人をやみくもに恐怖する。環境のいい所へ移りたいとは考えても、一人になりたいとは考えない。

孤独を否定するために人と集う。不幸を蹴散らすために大声で騒ぐ。騒げば騒ぐほど、不幸が遠のく気がするから。

こうなると香港の騒音は、ほとんど思想上の問題である。騒音を禁止したら、寂しさのあまり、彼らは生きていけなくなるのだ。

私一人が我慢すればいいことだ。

今日もおとなしく安室奈美恵の歌を聞くことにしよう。

＊　＊　＊

ピンさんから電話があった。

「手紙受け取ったわ」

とても不思議だった。数か月の滞在で、香港では郵便ほど当てにならないコミュニケーションの手段はないと痛感していた。私宛てに出されたはずの雑誌や書籍や小包はいくつも行方不明になった。また私が出した何十通ものハガキも、転居先不明で戻ってくることがなかったため、届いたのか届かなかったのかさえわからない。人々が郵便を軽視し、電話という電波によるコミュニケーションに固執するのも、この街ではそれなりの説得力があった。

郵便が届かなければ、あるいは相手が携帯電話を買い換えてしまえば、簡単に音信不通になれるこの街で、阿彬《あばん》だけが別だった。数年前に亡くなった男に宛てた手紙が、どういうわけかすでにそこの住人ではない女性の元へ届く。それは奇跡に思えた。

彼は周囲の人たちと強い絆で結ばれていたのだろう。彼が身を置いていた環境は恐らく、ドアを入るといくつも部屋があり、共同のトイレや台所で始終他の人と顔を合わせるような部屋だったのだろう。この街では不利といえる環境に彼が身を置いていたことが、逆に私たちの縁を今もつなぎとめている。

彼の意志がまだこの世に存在しているようだった。

ピンさんは少しだけ自分のことを語ってくれるようになった。

彼女は阿彬の死後もしばらくあのアパートに住んでいたが、その後抽選に当たり、今は順天《しゅんてい》の団地に住んでいる。阿強《あきょん》が住んでいる団地だ。アパートで一緒に暮らしていたお母さんはそれから体調を崩し、自分が昼間働いていると面倒が見られないので、仕方なく大陸の故郷に帰した。

「阿彬はよく母さんの面倒を見てくれたよ。あのアパートに住んでいた時は、いつも誰かいたから安心して母さんを残して仕事に出られたけど、団地じゃそうはいかない。かわいそうだけど、母さんは大陸に帰すしかなかった。

阿彬は肝臓癌で死んだ。かわいそうに、ずっと調子が悪かったのに無理して働いてたんだ。倒れた時にはもう手遅れだった。何度もあんたに電話しようと思った。でも電話番号がわからなかった。彼は死ぬ数か月前、部屋に自分専用の電話を引いたんだよ。日本の女朋友《ガールフレンド》に電話するんだといって。アパートの電話じゃ国際電話はかけられないからね。あんたと電話が通じていたら、あんなにすぐには死ななかったかもしれないよ」

最初に彼女と言葉を交わした時から抱いていた漠然とした不安が、確信に変わるのを感じていた。

広東語で女朋友という時、それは女の友達ではなくステディなガールフレンドを意味する。どうやら私は本当に、阿彬のガールフレンドとして認識されているようだった。

私は彼のガールフレンドではなかった。そもそもガールフレンドだったら、七年間も音信不通にしたりはしない。どこかでボタンがかけ違えられていた。

しかし告白する勇気がなかった。そう白状することがどれだけ彼の最期をみとった人たちを傷つけ、彼らが阿彬に対して抱いているイメージを壊すことになるか、私には想像もつかなかった。

私には阿彬について知りたいことがまだまだあった。その鍵を握るのが彼女だった。事実は彼と私だけが知っていればいいことだ。

私は告白しなかった。彼を冒瀆したくない、ときれいごとを並べながら、結局はこれ以上悪者になりたくないだけだった。

「電話番号はまだ教えてもらえませんか？」

受話器の向こうで彼女が笑う声が聞こえた。彼女の笑い声を聞くのは初めてだった。

「かけても私はいないかもしれないよ」

「かまいません。何度でもかけます」

「じゃあ教えるわ。ちゃんと書き留めておいて」

私は八つの数字をメモに取り、確認のために読み上げた。

「あんたは信用できる人みたいだから」

これまで私の何が信用されず、そして今何が信用されたのかはわからないが、彼女はやっと私から連絡することを許してくれた。

初めて言葉を交わしてから、五か月になろうとしていた。

ひとりぼっちの新年快楽

九七年の新年はもうそこまで迫っていた。香港で新年といえば、旧暦の正月。九七年の年初一〈正月一日〉は二月七日だった。西暦の一月一日を祝うのはよそ者だけだ。

街は次第に赤みを帯びていった。店という店は礼是《らいし》〈お年玉〉をぶらさげた桔《かっ》〈キンカン。「吉」と同じ発音であることから縁起が良いとされる〉や桃の花を飾り、揮春《ふあいちゅん》〈縁起の良い言葉が書かれた紙〉がところどころに貼られている。スーパーには拝年《ばいにん》〈親戚や友達の家へ新年の挨拶をしに行くこと〉用の箱入り菓子がずらりと並び、真っ赤な包装紙で包んでくれる特設コーナーには長蛇の列。新年に洋服を新調する人が多いため、洋服屋は大バーゲン。道行く人誰もが大きな荷物を抱え、殺気立った緊張が走っていた。

旧正月に日本へ里帰りする利香から、しばしの別れの電話がかかってきた。

「職場の香港人の同僚は浮き足立っちゃって仕事にならないよ。正月は礼是《らいし》を配らなきゃならないでしょ。二〇元札を大量に用意しなきゃならないから、みんな両替に行っちゃってオフィスはもぬけのから。今年は双糧《しょんりょん》〈新年の前に出るボーナス。通常は給料の一か月分が加算される〉が出るのが少し遅れたんだけど、『新年の買い物ができない！』って泣き出す人はいるし、『双糧を早く出してくれないと仕事はしません』って上司を脅す人はいるし、みんな人相変わってるよ。相当ストレスたまってると思う。

正月って聞けば聞くほど大変そう。礼是をたくさん配ったり、夫の親戚の家に挨拶に行ったり、そういうことをどれだけスマートに行えるかでその人の評価が決まるみたい。新年ですべて判断されてしまうから、みんなピリピリしてるんだろうね」

礼是が日本のお年玉と異なるのは、既婚者が未婚者へ配るという点だ。既婚者は新年に会った未婚者から「恭喜發財《こんへいふあっちょい》」（香港で最も一般的な新年の挨拶。文字通りの意味は、「お金がたくさんもうかりますように」）といわれたら、たとえ血縁者でなくとも礼是を出さなければならない。かつて香港で新年を過ごした時、なんで私なんかにくれるんだ、と思うような人までが礼是をくれてびっくりしたことがある。ひょんなことから周潤發《チョウ・ユンファ》にもらった礼是は我が家の家宝になっている。非血縁者に対する礼是の現在の相場は二〇元。数年前までは一〇元が一般的だったが、一〇元紙幣が廃止されてからは二〇元に値上がりしたという。香港の物価からいえばそう大した金額ではないが、問題は正月期間中に一体何人の未婚者と顔を合わすかわからないという点だ。礼是をきらしてしまった、という言い訳は通用しない。新年早々孤寒《けち》な人間と思われては面子が丸つぶれだ。

かくして香港の人たちは、ただでさえクソ忙しい正月前に銀行にかけこんでありったけの二〇元札をかき集め、夜な夜な真っ赤な封筒に札を詰める作業をするのである。香港の人々にとって新年とは、今の日本人からは想像を絶するほど緊張を強いられるイベントなのだ。

「でもそれだけ重要なイベントだと、二人で日本へ帰ったりしたら、阿波《あぼー》の家族から非難されたりしないの？」

「甥や弟たちの礼是だけ先に渡してきた。うちは私が外国人ってことで、もう諦めてもらってるの。結婚式もやらなかったし結婚写真も撮らなかったから、もう何をいっても無駄だと思ってるみたい」

年齢や国籍や人種を問わず、誰もが無責任に楽しめるクリスマスと違い、正月は家族を中心とした閉ざされたフェスティバルであり、家族の各成員が自分に課せられた役割を演じる儀式である。大人は大人を演じ、子供は子供を演じる。正月にお祭り気分でいられるのは大人でない証拠といってもいいかもしれない。

そんな緊張の頂点に達するフェスティバルであるから、当然その中によそ者が入ることはできない。私は一人ぼっちの正月になることを恐れていろんな友達に電話をし、正月にかまってほしい旨を暗に匂わせたが、返ってくる言葉はおもしろいほど似通っていた。

「正月三日を過ぎたら会おう」

排除しているわけではない。ただ正月の間は、外国人をかまっている余裕など彼らには本当にないのである。

仕方がないから、正月は一人遊びと覚悟を決めた。

何とか正月気分にあやかろうと思い、文房具屋に行って揮春《ふあいちゅん》やカードを買い、街市《がいし》で赤い剣《ぎん》蘭《らん》の花を買い、突然誰かの家へ行くような事態に備えて箱入りの菓子を真っ赤な紙で包んでもらった。恭喜發財、生意興隆、龍馬精神、金玉満堂、大吉大利、家肥屋潤、招財進寶、星光閃燿。赤地に金文字で書かれた八枚の揮春を、どの順番で貼ったら一番縁起が良さそうか、ああでもないこうでもないと一時間ぐらいかけて壁に貼った。「年年有餘」と書かれた金魚のオブジェを天井から吊るした。赤いバケツに赤い剣蘭を生けた。香港的空気の充満した部屋にしばし満足したが、そんな充足感も五分ともたなかった。

虚しい。どんなに無理して装っても新年を迎える高揚を実感することができない。季節を体で感じることはできても、正月は自分の中に蓄積された歴史を通してしか感じることができないのだ。

九七年の旧正月は、私の上を素通りしようとしていた。

大みそかの夜、閉店間際の街市で野菜と豚肉を買い、鍋いっぱいのカレーを作った。正月は食堂もみな閉まってしまうため、数日間は自分で食料を確保しなければならないからだ。香港の人々が家族で集まって団年飯《とゆんにんふぁん》と呼ばれる、一年のしめの食事をしている時、私は部屋の床にあぐらをかいてカレーライスをかきこんでいた。そのあとは雨の中鞭打って外へ出、維多利亜《ビクトリア》公園《パーク》の花市《フラワーマーケット》へ出かけた。団年飯を食べたあとは家族揃って花市へ行き、新年に家を飾る花を買うのが香港の正しい除夜の過ごし方である。私もそのテキストにのっとって同じことをしたわけだが、そこに「一人で」というただし書きがつくと何もかもすぐに終わってしまい、花市でも暇を持て余し、結局はすぐに帰ってきた。一人で過ごすには長い夜だった。

部屋に戻り、正月番組をたれ流し続けるテレビをつけたまま電気を消した。なかなか寝つけない。カウントダウンが終わり、画面に「歓迎九七」という文字が現れるや否や、壁の向こうからテレビをかき消す大音量で女性の喘ぎ声が聞こえてきた。いかにも「今年も一年、仲良くしましょうね」と話しているうちについつい盛り上がってしまった、というタイミングだった。

私の九七年は、A号室の王さんの彼女が絶頂を迎える叫びと共に幕を開けた。

どれだけ眠っていたのかわからない。目を覚ました時はすでに昼過ぎだった。これだけよく眠れたのは、普段鴨寮街《あぷりうがい》に大音量で流れるカラオケが今日はかかっていないからだった。新年は、私が唯一熟睡できる貴重な日だった。

前夜の虚しい徘徊ですっかりすねてしまった私は、部屋でうだうだしていた。どうせどこにも居場所がない身なら、唯一の居場所である自分の部屋にいた方がましだと思った。しかしあいにく新聞が読みたかった。再びカレーライスを腹に詰め込み、渋々下へ下りて行った。

目を疑った。

鴨寮街がゴミ市で埋め尽くされていた。

誰もが休み、家族と過ごす正月。路上商人の天敵、一般事務隊ももちろん休む。つまり路上は正月の間無法地帯となり、許可証や場所を持たない人にとっては願ってもないチャンスというわけだ。

軒並みシャッターを閉めた商店の中で、鶏屋だけが店を開けていた。牛と豚の店は閉まっているのに鶏だけなぜ……？　解体された肉を仕入れる牛屋と豚屋は、市場が閉まる正月期間中は新鮮な肉を提供できないが、生きたまま仕入れてその場でつぶす鶏屋は、正月だろうが何だろうが、常に新鮮な鶏を消費者に提供できる。新鮮な肉に異常なほどの執念を燃やす香港ならではの商売が成り立つわけだ。鶏ばかりは、正月でも命の保障がないのだった。

ゴミ売りの人たちの間を練り歩いていると、普段のゴミ売りとは面子が異なることに気がついた。どこから拾ってきたのか、地面にネギを一本一本丁寧に並べる人。死んだ魚を地面に並べる人。どこかの花市で売れ残って捨てられたらしいやけに短い剣蘭《ぎんらん》を売る人。アパートの階段にぽつんと腰をかけ、時計を一個だけ足元に置いている老爺。手垢だらけのぬいぐるみを五個並べている老婆。自分の宝物と思われる翡翠や指輪をてのひらに乗せて通行人に見せる老爺。

今日のゴミ市は年齢層が高く、あまり元気がない。品揃えも極端に悪い。ふだんのゴミ売りがプロなら、今日出ている人はアマチュアだ。普段はプロのゴミ売りと混じって商売するほどの勇気はないが、今日はスペースが空いているからとりあえずある物を並べてみた、いわば被触発組という感じだった。

正月は家族を単位とした儀式である。家族のない人には、行く場所もすることもない。だったら部屋で一人悶々と過ごすより、何かを持って路上に出てみる。

彼らは正月に行き場のない人たちではないだろうか？

ちょうど私がそうであるように。

この寒空の下、上半身裸でゴミを売っているおじさんがいた。私が象の刺繍の入ったタイの布バッグを手に取って見ていると、彼は「それ、やるよ」といった。

「売り物なのにわるいです」

「いいんだ。どうせもとはタダなんだから。靴も合うのがあったら持って行きな」

彼はふだん海洋公園《オーシャンパーク》で夜勤のガードマンをしているが、昼間こつこつとゴミを拾い、この一六年間、正月や連休になるとここにゴミを売りに来ているという。

「雨が降ってきたから、これに入れて持って行きな」

そういってビニール製の旅行鞄まで放り投げてくれた。

なぜ正月のたびにここに来るのか。なぜそんなに優しくしてくれるのか。聞きたいことはあった。でも私には聞けなかった。同じ理由でここにやって来た私の存在を認めてくれた彼に、刃を向けるような質問をすることはできなかった。

布バッグとビニールバッグを抱えて、部屋に戻った。

九七年の正月、私は鴨寮街《あぷりうがい》でかけがえのないプレゼントをもらった。


正月休みが明け、シェリーから礼是《らいし》をもらった。

二十代の時は礼是を集めるのが嬉しかった。自分自身日本のお年玉から卒業して間もなかったので、単純に小遣い集めに熱中していた。「日本では大人になったらお年玉はもらえないが、香港は独身だったらいつまでももらえるから香港の方がいい」と友達にも冗談でいっていたくらいだった。

しかし実際友達から礼是をもらった時、私はうろたえた。「いいよ、気持ちだけで」といって反射的に返してしまった。

「あら、そうはいかないわ。これは習慣なんだから受け取ってよ。せっかくもらった礼是を返す人なんていないわ」

そういわれて渋々ポケットに入れたが、どうにも居心地が悪くて仕方がない。それは二十代の頃には感じなかったものだった。既婚者から未婚者へ。その矢印の方向がどうも気に食わない。

「もし数十年後に私が独身で、その時シェリーの子供が結婚していたら、シェリーの子はやっぱり私に礼是を渡さなきゃいけないの？」

シェリーは口に手を当てて考えこんだ。

「そういうことになるわね。こればかりは既婚者から未婚者に渡すものだから。私にも経験があるわ。遠い親戚にもう五〇を過ぎた独身のおじさんがいたの。新年に会った時、私は礼是を出さないわけにはいかないし、向こうは受け取らないわけにはいかない。ちょっと気まずい雰囲気だったわ。そうなると結婚していない人は、正月あまり人に会いたくなくなるでしょうね」

新年のたびに婚姻状況を周囲の人間に知らしめなければならない。身につまされる話だった。結婚は「終身大事」である、と香港の人たちはよくいう。結婚は人生最大のイベント、という意味だ。中国人は結婚を境に人生を二分するという価値観を持つ。結婚前は子供、結婚後が大人、という時間軸である。つまり礼是を既婚者から未婚者へ渡すという行為は、大人から子供に渡す新年の小遣いという解釈に他ならないわけだ。

香港の未婚者が結婚に対して感じるプレッシャーは、単なる結婚願望を超え、一人前と見なされない理不尽な扱いまで含んでいる。香港の人たちがこれほどまで結婚というゴールにこだわるのは、独身である限り、どんなに成熟していようが大人とは見なされない、この風土にあるのではないか。

異文化の風習には原則的にケチをつける気はないのだが、香港の正月は、曖昧な関係性や結婚にとらわれない生き方や、性別にこだわらない愛し方と相容れない、すべての人を結婚という観点から評価しようとする、たまらないフェスティバルなのである。そういうお祭りだったら、私は距離を置いて付き合った方がよさそうだ。

ここに根のない私が疎外されるのは当然だが、子供扱いされる筋合いはない。

久しぶりに過ごす香港の正月を、私はちっとも楽しむことができなかった。

人脈という魔法

引っ越してから、おもしろい現象に気づいた。

床に敷くビニールシートを買いに入ったふとん屋の主人はいった。

「俺にいってくれりゃあ、いい物件紹介したのに。不動産屋が赤の他人にいい物件なんか紹介してくれるわけないよ」

プロパンガスを肩に担いで配達してくれた上半身裸のヨロヨロのガス屋の親父は、私の部屋に入るなり、家賃や広さ、払わされたデポジットの金額を詳細に尋ねた。

「あんた、そりゃ騙されてるよ。あの不動産屋はあこぎなことで有名なんだ。ひとことといってくれりゃあ、俺がいいとこ紹介したのに」

引っ越してから知り合いになった印刷屋のダニー。

「俺は深水埗《しゃむしゅいぽ》で育ったんだぜ。早く相談してくれたら、知ってる奴がたくさんいたのに」

D号室に住む鄭《ちぇん》夫人。

「あたしにいってくれたら、部屋を半分貸してやったのに」

なら尋ねるが、どうやったらあなた方と知り合えたのか？　道端のふとん屋やガス屋にふらりと入り、「部屋を探してるんだが、ひと肌脱いじゃくれまいか」と頼んだら助けてくれたのか。ここに越したからこそ、あなた方と知り合ったのではないか。つまり彼らはもともと不可能な状況であることは棚に上げ、「自分にはあんたを助ける力があったが、あんたがいわなかったから力にならなかっただけだ」と、実現されなかった自分の力を誇示したいだけなのだ。

「今度何か買う時は必ず俺にいいなよ。あそこには知ってる奴が多いんだから」とダニーにいわれ、マットレスやふとん、シーツ、枕といった日用品を買うのを付き合ってもらうことにした。「小学校時代の同級生がやってるんだ」といって彼が私を連れて行ったのは、私がすでに偶然立ち寄ってビニールシートを買ったふとん屋だった。

「あんた、この間も来たな。ダニーの友達だったのか！　そうと知ってりゃ、安くしてやったのに」

そしてふとんやシーツはあっという間に正札の三割引きになった。

人脈——香港においてそれはあらゆるドアを開ける鍵であり、不可能を可能に近づける魔法である。彼らは何重にも交差する膨大な人脈の中で生き、人間関係を何よりも大切にする。その輪の中の人間には最大限便宜を計り、外の人間にはサービスしないばかりか、騙したとしてもさほど罪悪感は感じない。輪の中は権益集団、輪の外は権益外集団、という明確な境界線を持っている。

だから彼らは人脈を広げることに精を出す。友達とごはんを食べる時も、互いに別の友達を連れて行き、輪を広げようと努める。新しく知り合った人間がブティックの売り子なら「今度洋服安くしてくれる？」、車のディーラーなら「車安くなる？」、ウェイターなら「今度おごってくれる？」と気軽にいう。

人脈が厚ければ厚いほど困難は減り、様々な場面で優遇される。つまり有能になる。人脈がなければいちいち不当な扱いに甘んじなければならない。無能である。つまり香港に根のない人間は、根ざすべき人脈が存在しないのだから、初めから無能を宿命づけられているのだ。

日本人と香港人の間には文化摩擦が少なくないが、中でも最も多いのが朋友《ともだち》という言葉の定義をめぐる衝突だと私は思う。

香港人と付き合う日本人がまずぶつかり、とまどい、そしてよく口にする愚痴——香港人は図々しい。ただの知り合いってだけで、いろんなことを頼んでくる。自分は人にあまり頼みごとをしないのに、これでは自分ばかりが使われて損をしているような気がする。時々、世話になった人を食事に招待すると、自分の知らない人を何人も連れて来て、当然って顔をしてたらふく食べて礼もいわずに帰る。ちょっと図々しすぎないか？

一方日本に住んだことがあったり、日本人の友達を持つ香港人の言い分――日本人は冷たい。器が小さい。表面的には親切で友好的だが、いざ付き合い始めて何か頼みごとをすると、とても迷惑そうにする。友達って助け合うものじゃないの？　だったら最初から冷たくしてくれればこっちも期待しないのに、本心がわからない。その点、西洋人は最初から冷たいからわかりやすい。友達を人に紹介しようとしないでとても閉鎖的。それに一緒にごはんを食べても、絶対ワリカンにしようとする。せこすぎる。

日本人にしてみれば、人にものを頼むのは「わるい」。だから相手も当然、人にものを頼むのは「わるい」と感じるべきで、その境界を越えて頼ってくる人は、自分の安全領域を脅かす侵入者と感じる。

香港人は、友達という立場には助ける義務と頼る権利があると考える。彼らは決して、一方的に頼むことだけを考えているわけではない。あとでお返しはするつもりで友達を頼る。しかしそれを日本人に拒否されると、お返しをする機会もないまま、自分が友達と見なされていなかったことに傷つく。

私もこれには悩まされた。自分の朋友《ともだち》の定義はかいつまんでいえば、最大限努力はしてみるが、それでも力が足りない時に助けを求めるのが友達であり、みだりにそれは乱用すべきではない、だから友達にもその心づもりでいてほしいという、香港人のそれとは対極の考え方だった。異文化から来た人間という立場に免じて、香港でもそのやり方でやらせてもらおうと思っていた。

しかし暮らしていればそうもいっていられなくなる。周りの人たちは赤子のように無能な私を、何のためらいもなく助けようとした。そして彼らは、頼り方を知らないから頼ることができない私を、「なぜ助けを求めない」と責めた。それは見返りを求めるための友情では決してなかった。恩は受けるだけ受けて、責任については異文化を盾に免除してもらうというのは、あまりに虫がいい。そんな自分のずるさをだんだん不快に思い始めていた。

さて、香港の人たちはどうやって人脈を活用しているのだろう?

阿波《あぼー》の場合、日本へ出張する時、航空券は日本留学時代の先輩に頼む。コンピューターが動かなくなると、やはり日本留学時代のマレーシア華僑の友人に見てもらう。引っ越しは、昔運転手をしていた頃の同僚に車を出してもらう。

「それでも僕なんか友達少ない方だよ。六年間も香港を留守にしていたし、日本に行く前とはまったく別の業界に入ってしまったからね」と彼は謙遜していう。現在日系企業に勤める彼は、八〇年代には毎晩ディスコに入りびたってディスコキングを本気で目指し、それに挫折してトラック運転手やタクシー運転手、路上粥屋をしたりもした、変わった経歴の持ち主なのだ。

阿波の車はよく壊れる。そのたびに兄貴に連絡すると、兄貴の中学時代の同級生が車を取りに来て、その人がまた友達の修理工場へ運ぶ。その修理工がどこの誰かは彼も知らない。大抵三週間ぐらいで車は何となく直り、逆のルートをたどって戻ってくる。しかしあまり腕のいい修理工ではないからじきにまた壊れる。別の修理工場を開拓したいと思うが、兄貴の手前もあるし、勇気がない。

「腕は悪くても、兄貴の知り合いが間に入ってれば悪いことはされないから一番安心なんだよ。知らない修理工場に出したら、中身の部品が全部ガラクタと取り替えられてしまう。いい部品は修理工が売り飛ばしてしまうんだ。車を壊されるより直らない方がまだましだよ」

どんな玄人よりも、たとえ素人だろうが彼らは人脈の中の人間を信用する。香港で生きていくのに特別な技術は必要ない。友達さえいれば、その輪の中でけっこう生きていけるのである。

ルビーの場合。紅磡《ほんはむ》で出前を配達する彼女は、紅磡地区に強いだけでなく、これまで大工、塗装、内装工事、トラック運転手をしてきたため、その方面にも強い人脈を持っている。紅磡街市に行くと、知った顔ばかりなので、その日一番イキのいい鶏やエビを格安で、時にはタダで手に入れる。しかし鶏の食べたくない日に無理矢理鶏を摑まされるのは面倒だ。近くの店で食事をすると、客の中に顔見知りがいて、黙って彼女の分まで勘定を払っていく。タクシーに乗る時は昔の運転手仲間を携帯で呼び出し、迎えに来てもらう。家が水浸しになれば昔の同僚が飛んでくる。「壁紙を張り替えようかな」といえば昔の同僚がどこかの内装工事中の家から壁紙をくすねて来て、「タイルを替えてみようかな」といえばタイルをくすねて来る。その壁紙やタイルの代金は、もちろん内装工事を頼んだお客さんの負担である。

しかし彼らはもちろんタダで恩恵を受けるわけではない。その人物がどれだけ友達から優遇されているか、それは彼あるいは彼女が普段どれだけ友達に尽くしているかのバロメーターでもある。受けた恩は、自分から相手にできる優遇やごちそうという形で、そのつど相手に返していく。ルビーは壁紙とタイルの友達に、とうとう愛車をやってしまったほどだ。交際の存続は、最終的には非常に金がかかる。

私は最初、すべてが人脈で回っていくがんじがらめの人間関係に目まいがした。その後の人生に関わる大問題で知り合いを頼るなら理解できるが、たかがシーツや鶏や壁紙やタイルのために友達を頼るなんて理解を超えていた。何を買うにも何をするにもまず友達に相談し、いいつてを紹介してもらって礼をする。何か問題が起きればまた友達に仲介してもらい、礼をする。現に彼らはそんなプロセスを地道にこなしているが、私には気の遠くなるような煩わしさだった。

私が友達の忠告を無視してアパート探しを自力で行ったのは、自分でどこまでできるか試してみたいという気持ちがあったからだ。自分がどのように手玉にとられ、どのような屁理屈でねじ伏せられ、それをどこで食い止めることができるか。それはこの街のシステムに対する自分なりの、ささやかな抵抗だった。それで不当な扱いを受けたとしても、その結果は素直に受け止めるつもりだった。

しかし私はじわじわ香港の人脈に取り込まれていった。

香港の人々がここまで人脈にこだわるのは、もともと血縁・地縁関係を何よりも重視する中国人の伝統的価値観に加え、ここが苛酷な難民社会だったからだといえるだろう。身一つで中国各地から流れついた人々が、ゼロから自分の居場所を築いていく生存競争の中で、唯一頼れるものは親戚や同郷という相互扶助機能を持った人間関係だった。人は容易に信用できない。それを予防するには人脈で互いを縛るのが一番だった。

私には馮《ふぉん》おじさんという茶飲み友達がいる。旺角《もんこく》の上海街《しょんほいがい》路上でかれこれ三〇年肖像画を描き続けている路上画家だ。香港のガイドブックには必ず登場する小鳥の専門街、雀仔街《バードストリート》が再開発で取り潰されることになり、私は旺角に行くたび雀仔街と上海街の様子をのぞくことにしていた。おじさんとはある日写真を撮らせてもらったことで言葉を交わすようになり、いつしか茶飲み友達になっていた。

馮おじさんは一九三三年、広東省の恩平《やんぺん》に生まれ、広州で育った。父親は彼が生まれる直前に単身ブラジルへ渡り、その送金で兄が広州で米屋を始め、ホテルを営むまでになった。彼は解放前の華やかなりし大都会・広州で、ホテルの社長の弟として何不自由ない生活を送っていたのである。絵を習ったのも広州でだ。しかし一九四九年、共産党が中国を解放すると、一家は財産をすべて没収され、生活は困難になった。彼が兄と一緒に広州を出たのは五七年、二四歳の時だった。香港に出て来た時の苦労をこう語る。

「あの頃は親戚や同郷の人間でなければ誰も雇ってくれなかったよ。よく知らない人間を雇ったら、次の日には店の金全部持って蒸発、なんてことがよくあったんだ。わしと兄貴は、解放前から香港で不動産屋をやっていた母の弟を頼った。ところが叔父には、姉である母の面倒は見るが、わしら兄弟の面倒は見ないといわれた。

唯一頼りにしていた叔父から拒否されて、わしらは毎日仕事を探した。いい仕事があったと思うと、給料六か月分の現金を担保に入れないと雇わないといわれた。店の金を盗まないようにという、まあ保険だよ。

もちろんそんな金は持ってない。持っていたとしても、その金を返してくれる保証は何もない。実際、そうやって雇い主に騙される人もたくさんいたよ。結局、兄貴が何とか同郷の人間が勤める食堂を探し当てて、そこで働けることになった。兄貴が信用されて、やっとわしも入れてもらえることになった。毎日、桶いっぱいの残飯を運んだり野菜を運んだりした。自分一人が食うのがやっとだったが、働けることが何よりも嬉しかった」

馮おじさんの話は四〇年前の話だが、親戚か同郷でなければ信用しないという伝統は、今でも変形しながら根強く残っている。

たとえば子俊《ちーちゅん》が働く新金豪茶餐庁《さんがむほうちゃーつぁんてん》は、彼の母の一番下の妹が経営している。厨房で働くのは子俊の弟・子君《ちーくわん》の中学時代の同級生や他の店からの引き抜きだが、レジを扱えるのは血縁者だけだ。早番はオーナーの弟二人、つまり子俊の二人の叔父とおばあさんがレジを扱い、遅番は子俊、子君が扱う。売り上げは遅番の血縁者の一人が持ち帰り、家で母親に渡す。それを翌朝、母親たちがオーナーである妹に渡す。

また子君は働き者の兄とは正反対のサボリ魔。時々、店に見慣れぬウェイターが入っている。「新入り？」と聞くと、「いや、子君の中学時代の友達。あいつがカラオケに行ったから、急に呼び出されたんだ」。普段は違う店で働き、子君が遊びに行きたくなると友達が助っ人にやって来る。つまり子君は自分で代わりを手配し、自分の給料の中から友達にバイト代を払いさえすれば、いくらでもサボれるのだ。

「そんなにサボってばかりで叔母さんに叱られないの？」と子君に聞いたことがある。

「俺をクビにしたくてしょうがないだろうね」と彼は悪びれもせず笑った。

「でも甥をクビにするわけにはいかないから我慢してるんだ。でも友達には感謝されてるぜ。みんな一時間でも多く働きたいと思ってる。俺がサボればその分友達に仕事が回るんだから、俺はいい友達だよ」

そういう理屈も香港ではありなのだ。

ルビーの働く聯發《りゅんふあっ》茶餐廳《ちゃーつぁんてん》でもおもしろい現象が起きていた。香港の代表的点心の一つである腸粉《ちょんふぁん》を作るため、午前中だけ雇われているコックの蛇仔《せーちゃい》（いつも蛇のようにこそこそ人の目を盗んでは仕事をサボることから、このあだ名がついた）は、毎年四月に必ずタイへ遊びに行く。バンコクにステディ（といって正しいかどうか……）なコールガールがいて、一か月契約で買うのだ。彼はそれ以外にも暇な週末はよく深圳《さむちゃん》に行く。彼は「やる」ために、そのつど「外国」に行っているのである。

「僕は絶対、旺角《もんこく》や深水埗《しゃむしゅいぽ》では娼婦は買わない。誰に会うか心配しながらやるより、外国に行った方がよっぽど安いし気が楽だもの。どこか遠いところへ行かないと安心できないって、香港人の宿命だよね」

それはさておき、店の中で腸粉を作れる人間は彼しかおらず、彼が休めば朝食の営業はできなくなる。「よく一か月も休みをくれるね」というと、彼は屈託なく笑った。

「その間、兄貴が代わりに働きに来てくれるんだ」

普段は別の商売をしている兄貴が、毎年四月には腸粉作りの名人に豹変してしまう器用さにも驚いてしまうが、人脈内で解決しさえすれば雇用者も文句はいわないという柔軟な発想がおもしろい。人脈の重要性は、苛酷な環境で生き延びるために彼らが身につけた、文化の一種と考えるべきだろう。

人脈社会に対する抵抗運動を早々に放棄した私は、次第に人脈に依存し始めた。まず新居にテレビがない。ルビーに相談する。

「中古テレビが買いたいけど、どこで買ったらいいだろう？」

「あんたのアパートの下にいくらでも売ってるだろう。でもあんな所で買うのは金を捨てるようなもんだ。あれはもともとゴミなんだから……あたしが何とかしてみよう。心当たりがある」

あくる日彼女から、無期限で貸し出せるテレビを入手したという知らせが入った。これはもともと彼女の所有物だったが、新しいテレビを買って不要になったため、「うちにもテレビはあるが、捨てるんだったら貰っておく」という、店のボスの手に渡った。それを彼女は「どうせ使ってないんだったら、日本人に貸してやってくれ。使い終わったらまた返すから」といって、取り返してきたという。

その週の日曜日、ルビーの家にテレビを受け取りに行った。何かお礼をしなくてはと思い、彼女を飲茶《やむちゃ》に誘った。彼女は落ち着かない様子で「タクシー運転手の友達がつかまらないんだ」と携帯電話をかけてばかりいる。

「下でタクシーつかまえればいいんじゃない？」

「いや、話はしてあるから、すぐにつかまるはずなんだ」

結局レストランで二時間かけて飲茶をした後、ようやく友達のタクシーと連路がつき、彼が来るまでさらに一時間待った。飲茶の勘定、約三〇〇元は私がもった。しかしタクシー運転手の友達は絶対に運賃の五〇元を受け取ろうとはしない。

「金は他の客からとるからいいってことよ」

多分ルビーは後日、この友達に何かごちそうして礼をするだろう。ボスからテレビを取り返した時も、多分何かごちそうしているだろう。私が彼女におごった食事は三〇〇元だったが、大の大人の男にごちそうするとなれば三〇〇では済まないだろう。しかもその礼は私から彼らに直接することはできず、あくまで彼女と彼らの間で行われる。

つまり誰も使わなかった一台の不要のテレビは、私の部屋にやって来るまでに合計一〇〇〇元近くの経済活動を引き起こしているのだ。翌日、アパートの真下の露店で中古テレビは四〇〇元で売りに出されていた。

私は頭を抱えてしまった。

この差額六〇〇元には、一体何の意味があるのだろう？

六〇〇元の持つ意味は、人間関係のありようそのものが違う外来者には計り知れないものがある。

私は彼らが人より得をしたいから人脈を頼るのだとずっと思っていたが、そんな単純な精神構造ではないようだ。互いが互いを友達と認めあっていることを確認するために、どんなささいなことでも頼り、頼られ、そこに膨大な時間と金を注ぎ込む。親しさを確かめあうために、人の領域を浸食し、浸食されることを厭わない。どれだけ相手の生活に食い込んだかで、親しさを計る指標にする。そのやりとりを繰り返すことこそ、人間関係維持に欠かせないプロセスであり、この手続きを経ないと彼らは親しみを実感できないのではないだろうか？

かくして香港で人と付き合っていくことは、ものぐさな私にはこの上もなく面倒臭く、うっとうしい。けれどちょっぴり、やはり温かい。

第3章　返還前夜

消えゆく植民地は金になる

返還まで半年を切った香港の空気感を簡潔に表現できる言葉を私は持たない。

不安、と評するには人々はしたたかすぎ、冷静と評するには落ち着きが足りなすぎる。恐怖を抱こうにも具体的な対象がなく、未来にあらぬ期待を寄せるほど無邪気ではない。すべてを諦めて無力感にひたるほど悲観的ではなく、しかし楽観するほど軽はずみでもない。

私自身、ある日には香港の将来は明るいと思い、次の日には未来がないように感じたり、またその次の日には考えを改めたり、自分がどう感じているのか統一がとれず、途方に暮れた。「香港は変わった」と断言してしまえば、すべての事柄がその結論に結びついてしまうだろうし、「変わっていない」といえば小さな変化を見落としがちになる。私はあらかじめ香港を結論づけたくなかった。自分にできることといえば、少しばかり注意深く、しかし不必要に大騒ぎすることなく、ただ毎日を送ることだけだった。

九六年六月三〇日を終えた時点で、香港では毎日が植民地最後の一日となった。

「今日は植民地最後の女王誕生日です」

「今日は植民地最後の中秋節です」

「今日は植民地最後のクリスマスです」

「今日、イギリス軍の石崗《せっごん》キャンプが閉鎖されました」

「今日、大鴉洲《だいあーちゃう》のベトナム難民キャンプが閉鎖されました」

毎日、どこかで何かが終わっていた。テレビや新聞、雑誌、書籍、写真集、果てはコマーシャルに至るまで、香港がこの一五〇年間に歩んできた道のりを回想するもののオンパレードだった。このブームのおかげで、茶飲み友達の路上肖像画家、馮《ふおん》おじさんは、テレビに何度も映る有名人になったほどだ。

それは総じていえば、「昔は苦労したけど、私たちの努力が実って香港はこんなに立派になりました」という、自己陶酔的な郷愁だった。過去は絶対に振り返らないといわれる香港の人たちが、これほど過去を振り返ったのは、後にも先にもこの時だけではないだろうか。

新しい生活への不安が大きければ大きいほど、過去は装飾を重ね、現実から逃避しようとする自分をやさしく抱きしめてくれる。返還までカウントダウンに入った香港全体を覆ったノスタルジーは、そのまま将来に対する漠然とした不安を物語っていたと思う。

しかしもちろん、この点は香港の人々に絶大なる信頼を寄せる所以でもあるのだが、彼らはタダでは感傷にひたらない。

もうすぐ消滅するもの――これほど将来確実に値の上がるものはない。消えゆく植民地は金になるのだ。

「炒《ちやう》」という言葉がある。チャーハンの「チャー」、文字通り「炒める」ことだが、何かの値段がどんどんつり上がっていくこと、あるいは故意につり上げていくことを広東語では「炒」という。炒の対象として代表的なものは股票《かぶ》、そして楼《マンション》。フライパンで炒めれば中のものはどんどん熱くなるが、やりすぎれば必ずこげる。価格が急落したり負債が増えて破綻することを、「炒燶咗《ちやうのんじよー》〈こげた〉」という。返還まで半年を切った香港は、「炒風《ちやうふおん》〈何でも「炒」する風潮〉」一色に染まっていた。

不動産の価格は上がり続け、人と会ってもマンションの話ばかり。街角の不動産屋のウインドーに、日本円に換算して一億、二億という物件がずらりと並ぶ異様さだった。

「返還したって何も変わらないさ」

そんな希望をこめた予測を言い表すのに、香港人はよくこういった。

「舞照跳　　「踊り続け
馬照跑　　馬は走り続け（注＊返還後も競馬は続くという意味）
股票照炒」　　株は上がり続ける」

しかしマンション転がしができるのは物件をすでに所有する者に限られる。財力を持たない庶民が夢中になったのは、返還後は流通しなくなる切手だった。

エリザベス女王の横顔シルエットが入った植民地切手は、九七年一月二五日を以て販売が終了し、六月三〇日を以て流通が終了することになっていた。これが商売になると踏んだ郵政署は、九六年から九七年にかけて、特別記念切手を乱発した。それどころか、返還で姿を消す王冠入りの赤いポストをかたどった貯金箱まで売り出すというがめつさ。記念切手が売り出されるたびに各地の郵便局に長蛇の列ができ、ただ手紙を出したかった私は、切手を買うのを諦めて手紙を出さない羽目に何度か陥った。西暦九七年が明けると、うちの近所の郵便局の機能はほぼ停止していたといっていい。並んでいるのは、主婦あり、老人あり、学校帰りの学生あり。

「こっちは一・八元切手が売り切れたわ。こっちでは全種類は無理ね。そっちは干支の切手はまだある？」

友人同士で方々の郵便局へ散らばり、携帯電話を駆使して必要な切手を入手していく。長蛇の列ができると、今度は時間を惜しむ人間相手のダフ屋が出現する。郵便局の入口には、家族総出ですでに各種切手を手にした主婦が、長蛇の列にひるみかけた客にすかさず近寄り、「並んだら二時間はかかるよ」と誘惑する。また植民地切手が中国国内の切手コレクターの間で高値で取り引きされているというニュースが流れ、せっせと切手を買いためては中国に流していた人も多かったらしい。

植民地切手は、記念の範疇を外れ、完全に投機対象と化していた。

切手ブームは九七年二月に灣仔《わんちゃい》の香港會議展覽中心《ホンコンコンヴェンション&エキシビションセンター》で開かれた「国際郵票展覧会」で最高潮に達した。これは清朝時代の珍しい切手を展示する他、世界じゅうの切手商が出店して切手の即売を行い、また香港の切手商はつい何か月か前までは巷の郵便局で定価で売られていた切手を何十倍もの値をつけて売るという催しだった。この切手ブームを郵政署が利用しないわけがない。彼らは香港のどの郵便局でも手に入らない、この会期中に会場でしか入手できない限定切手シートを販売したのである。

私が会場へ行った時、コンヴェンションセンターに続く歩道橋は何重もの列に埋め尽くされ、秩序維持のために警察官まで出動していた。挙げ句に翌日と翌々日の列まですでにできていた。その数日後、とうとう行列の中で死者が出たという記事を新聞で読んだ。二月半ばといえば香港でも気温が一〇度近くまで下がる。その老人の死因は心臓発作だった。

財力がないという理由で、ふだんは「炒《ちやう》」というマネーゲームから締め出されている庶民が、自分にも手の届くマネーゲームに参加する喜びをいささか常軌を逸して身体表現したのが、返還前の切手ブームのようである。


それから間もない九七年二月一九日、鄧小平が死去した。私はそれを学校へ向かう地下鉄の中で知り、とりあえず身近にいる香港人、つまり学校の先生たちに感想を尋ねた。

一時間目の先生はノーコメントだった。コメントがないとはどういうことか尋ねると、「何も感じないから、コメントもない」と苛立ったように答えて会話を一方的に打ち切られた。そこまで徹底して政治を拒否しなければこの学校は成り立たないのだろうか。

二時間目の先生はもう少し柔軟だった。

「驚きました。もう少しで返還なのに、それを見ることができずにかわいそうだと思いました」

三時間目の先生は正直だった。

「心の準備はできていたから驚きませんでした。同時に、やっと本当の情報が出たなと思いました。安心してる人はたくさんいると思います」

私はその真意を尋ねた。鄧小平の死去に「安心する」とはどういう意味か。

「ここ数年、鄧小平の健康状態が悪化したという噂が流れるたび、株式市場が混乱しました。それを知っていて故意に噂を流し、市場を混乱させせようとする炒家《ちゃうか》〈投機家〉もいました。そのたびに一番被害をこうむったのは一般投資家です。でも鄧小平は本当に亡くなりました。一般投資家にとっては、市場が混乱する大きな要因が一つ減ったんですから、これはいいニュースです。彼らにとって大切なのは、安定した株式市場なんですから」

彼女は「一般投資家」という三人称で話したが、その一般投資家とは彼女自身なのだろう。でなければ、大部分の市民が朝にニュースを知り、テレビの解説や評論をじっくり検討する間もなく出勤したその朝の授業中に、ここまでよどみなく一般投資家の心情を説明できるわけがない。

政治志向や好き嫌いは横に置き、すべての事象を投資家の立場で解釈すれば、自分が今とるべき行動は自ずと見えてくる。そんなスタンスを持った人が巷にごろごろいるのが香港なのだろう。それは愛国心やナショナリズムの観点からすれば非常にドライで冷淡な態度に見えるが、それが荒波をいくつも乗り越えてきた人たちが最終的にたどり着いた、生存の法則なのだろう。

「先生、今日の株式市場はそれほど混乱しなかったみたいですね」と私は聞いた。

「その通りです。今日は世間話をしているだけなのに、習ったばかりの語彙がたくさん登場しますね。結構です、このまま続けましょう。

これは二つのことを意味しています。一つは九〇歳を越えた鄧小平がいつかは亡くなるだろうという心理準備——これも習ったばかりですね——が香港人の中にできていたということ。もう一つは江沢民を中心とした政権がすでに安定しているということ。中国の偉大な指導者が亡くなっても株式市場が動じない、これは香港市民にとって大きな安心を意味します。

でも投機家は鄧小平の死去で、一つ大きなチャンスを失ったことになります。彼らは次は何をネタに市場を混乱させようかと、今頃必死に考えていることでしょう。さあ、そろそろテキストに戻りましょうか……」

「先生、一つ質問があります。これで終わりにします」

「何でしょう、星野？」

「炒《ちゃう》といえば、今切手がブームですね。なぜあんなに夢中になるのでしょう？」

「切手ね……」

先生はくすっと笑った。「六〇〇万の市民が熱を出したという感じですね」

「先日、郵票展覧会へ行ったら、二日後の列までできていたんです」

「私の父も、毎朝六時に家を出て並びに行っていました。しかも会期中、毎日毎日」

ちなみにこの先生は、イギリス人高級官僚の夫と自分の両親と、大埔《だいぽー》の一戸建て高級住宅地・康楽苑《ほんろくゆん》に住んでいる。新聞広告で見る限り、当時一戸平均優に一〇〇〇万元〈一億八〇〇〇万円〉を越えていた。先生の家に遊びに行ったことがある学生によれば、居間は中国の骨董と植物で埋め尽くされ、「まるで植物園のようだった」という。

「でも先生は金持ちでしょう？　なのにどうして切手なんか……」

先生は少し照れたように笑った。私が数多い広東語教師の中でも彼女に好感を抱いていたのは、彼女が恵まれた環境を誇示もせず隠しもせず、ただ正直である点だった。

「今お金があるかどうかは、父には関係ないみたいですよ。切手は将来必ず値が上がる。だから手に入れておく。それだけの理由みたいです。でも父の場合いつまでたっても売らないから、家じゅう切手だらけ。ある時私は父にいいました。『こんな切手、価値のわからない私にはただのゴミだわ。父さんが死ぬ前に、どの切手にどれだけの価値があって、どこでどう売ったらいいのか、ちゃんと書き残してちょうだい。それができないなら、自分の生きてる間に全部売り払ってちょうだい』。すると父はいいました。『この切手は絶対に売ってはならん。売るとしても、わしが死んでから五〇年ぐらいたってからにしてくれ』。その頃、きっと私もこの世にはいないでしょうね」

「でもどうして切手なんですか？　他にいくらでも炒するものがあるのに」

「父にいわせると、切手ほど安全なものはないそうです。いくら豪華な家に住み、お金や金塊をたくさん持っていたとしても、戦争になったら持って逃げることはできない。金塊って本当に重いらしいですよ。紙幣や株券はある日紙屑になるかもしれない。またうまく持って逃げられたとしても、誰かに見つかったら危険です。

しかし切手は軽いし偽造が少ない。紙幣や株券の偽造は多いけれど、切手を偽造する人は少ないんです。それにわからない人には価値がわからない。戦争になっても体のどこかに隠して逃げられるし、泥棒に狙われることもない。外国にいる親戚に送って保管しておいてもらうこともできる。それに戦争中に発行された切手は平和に戻った時、ものすごい価値になるそうです。つまり切手は、戦争でも平和でも安定した価値を常に持つ、一番安全な投資対象なのだそうです」

目からウロコが落ちた。

私は会ったこともない、先生の父なる人物を想像した。娘は中文大学の教師という高給取りで、さらにその夫は広東語を自由に操る数少ないイギリス人高級官僚という、香港では誰もが夢見るような安定した身分。しかも香港に何かが起きた場合、イギリスという逃げ場は常に用意されている。庶民が考えうる限り、経済的にも身分的にも憂慮すべき点が見当たらない環境に暮らしながら、毎朝六時に起きては一人で切手を買うために出かけていく老いた父親。しかも行列している対象物が本当に価値を発揮するのは、自分も、あるいは娘すら存在しないかもしれない五〇年後、一〇〇年後なのである。

何が彼をそこまで駆り立てるのだろう。

豪邸で骨董や植物に囲まれながらも、目の前にある安定や平和をどうしても信用できず、今自分にできる最善のことをしようとする危機感。友達は昨日決心して国境を越えられたのに、今日国境が閉鎖されたとか、昨日まで価値のあった紙幣が今日から紙屑になったとか、そんなリアルな体験に基づいて刷りこまれた危機感というものは、そうたやすく消去できる類のものではないのだろう。

香港で起きた切手ブームは、香港が香港たる所以を象徴するムーブメントだったのである。

私は先生の話にうなずきながら、教科書の隅に走り書きをしていた。

戦争――○切手

×金塊（∵重い）

×紙幣、株券（∵紙クズになる）

そして、他人の生存法則をメモしているようだから、私なんかはてんでダメなのだろうと思った。

香港人はなぜ住所を隠すのか

「住所を教えて」

いちかばちか聞いてみる。

「用は電話で済むから、住所は必要ないでしょ」と相手はやんわり拒否する。

「手紙を書きたいから」と私はいう。

「今どき香港で手紙を書く人なんかいないわよ。電話があるのに手紙を書く必要なんてどこにある？」と相手も引き下がらない。「第一、私は手紙を書かない質《たち》なの」。

香港の人は住所を明かしたがらない。勤めている会社の名刺はばらまくし、ポケットベルと携帯電話の番号はいくらでも教えてくれる。少なくとも短期的な友好関係を結ぼうとしていることはわかる。しかし住所は教えない。

これまで旅先で人と出会うと、よく住所交換をした。その人と再会する機会が将来あるかどうかはわからない。もう二度と会わないかもしれない。その確率の方が再会の確率よりよほど高いことを、旅を続けていれば知ることになる。それでも私は執拗に相手の住所を求めた。

旅は日常と比べて尋常ではないスピードで出会いを運んでくる。しかし出会いと同じ数だけ、必ず別れが待っている。それは自然の摂理で、別れのない出会いなどないのだが、ただ出会い自体が少ない日常の中では別れがそこまで迫っていることに気づかないだけだ。旅を続けるうち、私は猛烈な頻度で自分を襲う別れに耐えきれなくなった。

そこで考え出したのが、住所交換だった。その瞬間の別れを回避するために、住所を交換することで別れの延命作戦をとったのだ。

「きっと手紙を出しますね」といいながら、私はさらさらと日本の住所を書く。

「私たちはきっと、また会うでしょう」

その時は本当に心からそう願っている。この人とはまだ別れていない。復活させようと思えば、いつでも復活できる関係なのだ。実際その人が今どこにいるか、生きているかどうかさえわからないのに、住所を持っているだけで、まだ別れていないと感じることができた。

こうして編み出した延命作戦は、これまでほとんどの地域で通用した。特にまだ電話がそう普及していない中国では、喜んで住所を書いてくれる人がほとんどだった。私は実際手紙を書き、相手がその住所からすでに引っ越していたが、近所の人がその引っ越し先に届けてくれたことさえある。

しかし香港ではこの姑息な作戦は通用しなかった。

電話は買い換えれば済む。しかし住所を知られたら、隠れる場所がない。その人間が信用できるかどうかもわからないうちに住所を知られることを警戒する。香港の人たちの危機意識の高さからすれば、住所を教えないのは当然のことだった。

彼らが住所を公表しないもう一つの理由、それは住所を見れば、その人物の経済状況がたちどころに露呈してしまうからだ。

香港人は歩く不動産屋といっても過言ではない。香港じゅうの物件の値段を実によく知っている。それがどのエリアの、プライベートマンションなのか、公屋《こんおく》〈公共団地〉なのか、あるいは居屋《こいおく》〈政府の建てた廉価マンション〉なのか。洋楼《よんらう》なのか唐楼《とんらう》なのか。住所と建物の名前を聞いただけで、その物件の価格を即座に計算し、その人物の資産状況を把握してしまう。

団地一つをとっても、石硤尾《せっきぷめい》、秀茂坪《さうまうぴん》、慈愛《じーおい》、慈正《じーちえん》……と名前を聞いただけで、どこが古くて治安が悪いということを知っている。団地と唐楼に住む人は特に住所を明かしたがらない。

またそれとは逆に、金持ちも財産を奪われる可能性を恐れて住所を明かすのを拒む。中文大学時代の同級生に、半山區《ミッドレベル》の高級住宅地に住む友達がいたが、彼女は住所を知られたくないがために私書箱を使うという念の入れようだった。

相手の住所を尋ねないことは、武士の情けとでもいおうか、その人物のプライバシーと尊厳を守る、最低限の礼儀なのだ。

だから時々、何のてらいもなく住所を教えてくれる人がいると、それだけで永遠の友情を契りあったような気がした。


ある晩、仕事がひけた新金豪茶餐庁《さんがむほうちゃーつぁんてん》の子俊《ちーちゅん》や店の人たちと夜食を食べに行った。最近香港にプロモーションに来た日本のＡＶ女優の話から日本の話題になり、彼がいつか日本に遊びに行きたいといい、私たちはどちらがどちらに住所を尋ねるわけでもなく、自然と互いの住所を交換していた。彼は現在家族と一緒に住む屯門《とゅんむん》の住所と電話番号、携帯電話の番号を書き、私は深水埗《しゃむしゅいぽ》と実家の住所と電話番号を書いた。

「日本に帰ったら違う住所に住むけど、この住所は絶対に変わらないから、ここに連絡ちょうだいね」

実家の連絡先を渡しておけば、自分がどこへ移動しようと連絡だけはつく。私は当然のようにそういった。

「どうしてこの住所は変わらないの？」

そう聞かれて私は逆に驚いた。今まで問い返されたことがなかったから、その理由について考えたことがなかった。そういえばなぜこの住所は変わらないのか。私はそこから両親が移動することなど想像したこともなかった。

「それは、両親の家だから」

「僕だって今両親と住んでるけど、この住所が絶対に変わらないとはいえないよ」

それもそうだ。「そこは両親の家だから」。全然説明になっていない。

「そこは祖父の代からうちの家だから、何十年か先に両親がいなくなっても多分誰かが住むことになると思う。だから変わらないの」

「何十年か先？　そんな先のこと、誰にもわからないよ」

実際香港でそういわれてみたら、自分の時間感覚の異常さに驚いた。

明日はどうなるかわからない。言葉では理解していても、その感覚が私にはまったくなかった。


うちは祖父が房総から出てきた新東京人である。私個人の出身地は東京だが、祖籍〈先祖代々の出身地〉を故郷と定義する中国人の方法にのっとれば、私の故郷は多分紀伊半島になるはずだ。しばらく私は故郷が房総であると疑わなかったのだが、祖父が死ぬ直前に残した手記を物心ついてから見た時、うちの先祖が紀伊半島から房総に流れてきたらしいということを知った。

そして祖父が東京に居を構えてから、同じ土地にすでに六二年定住している。

故郷が歴然としながら移動を繰り返す彼らと、故郷が曖昧なのにまったく移動しない我々。

故郷でない場所に六〇年以上住み続けること。日本ではさほど珍しくないことだが、香港では珍しいを通り越して異常に近い。

それだけ日本の近代は――少なくとも私の身の周りの人々の経た近代は――平和だったのだ。その頃、香港の友達の親や祖父母は、移動を繰り返さなければならない近代を送っていた。彼らは、日本の中国侵略や中華人民共和国成立の混乱で故郷を離れ、香港に流れついた。彼らが生きるために故郷を離れなければならなかった時代、日本では、埼玉に戦火を逃れていた祖父母と父たちがもと住んでいた今の住所に戻って来た。こっちから侵略し、最後には戦争に負けたといっても、我が家からは一人の戦死者も出さず、誰も兵隊にとられることもなく、しかも同じ土地に戻って来たのである。そんな家で生まれたのが自分であり、流れついた香港で生まれたのが彼ら。彼らが長い時間を想定するという時間感覚を持たず、私がすべてを永遠だと勘違いするのは当たり前だった。

今自分がいる場所はとりあえずの場所。明日になったらどこにいるか、何をしているかはわからない。はっきりしているのは、今ここに君と私がいるということだけ。それで十分じゃないか。

「君のいう通り。この住所が絶対変わらないというのは間違い。この住所はいつか変わるかもしれない。君の住所もいつか変わるかもしれない。新金豪《さんがむほう》もいつかはなくなるかもしれない」

「そうしたらどうする？」

子俊《ちーちゅん》は私を試すように聞いた。

「どうやって僕を探すの？」

「それでも絶対に見つけ出すよ」

「でもどうやって？」

「私たちには縁があるから」

子俊の叔父がひゅーっと口笛を鳴らした。子俊は照れ隠しにビールをぐいっと飲み干した。

移民の街の「新移民」

金曜日の夕方、国境の羅湖《ろーう》行き九広鉄道は、大荷物を抱えて大陸へ向かう男たちでごったがえす。ちょうど郊外のニュータウンに帰るホワイトカラーたちの帰宅ラッシュと重なり、きれいなスーツを着たキャリアウーマンが、大きな荷物をぐいぐい押し込む労働者風の男をなじり飛ばす一触即発の場面がそこかしこで繰り広げられている。同じ列車の車両で揉み合いながら、彼女と彼が目指す目的地はあまりに違う。

トリコロール柄の巨大なナイロンバッグからはみ出してしまった紙おむつ「パンパース」、大きな粉ミルク缶、そしてどの地下鉄駅にも店が出ているチェーン店、美心《マキシム》のケーキ……大陸にいる奥さんと赤ちゃんに会いに行くのだろう。ほほえましい光景のはずなのだが、男たちの顔は殺気だっている。

なぜ週末妻子に会いに行かなければならないのか。ケーキが腐らない距離なのに一緒に暮らすことができない。それが香港と中国の現実の距離だ。

新移民《さんいーまん》――大陸から香港へ移民してきた人たちをこう呼ぶ。彼らの存在が今、香港の大きな社会問題になっている。

九六年、香港へ来て間もなくこの言葉を至る所で目にすることに気づいた。少なくとも私が前回居住していた八六、七年当時、この言葉は存在しなかった。何人かの友達に、この言葉がいつ頃から人々の口に上るようになったのか尋ねたが、現在ではあまりに市民権を得てしまったこの言葉の起源を覚えている人はいなかった。

唯一この言葉の出現を意識していたのは、九六年の暮れ、一〇年ぶりに偶然再会した中文大学時代の同級生、維真《わいちゃん》だった。彼女は中文大学の大学院で修士を終えたあとアメリカへ渡り、マディソンで博士号を取得するための勉強を今も続けている。専攻は社会学で、ここ一年は広東省のある農村のリサーチをするため、何度か香港に戻っていた。

「ずっと香港にいる人は気づかないかもしれないわね。私は普段香港にいないから、彼らより香港の変化に敏感なのかもしれない。私もある時思ったのよ。あら、今香港では『新移民』って言葉が流行ってるんだって。

おかしいな、って思った。だって香港はもともと大陸からの移民の寄せ集めでしょ？　私だって山東人よ。父は青島《ちんたお》出身の国民党の兵士で、台湾に渡れず香港に残ったの。昔は調景嶺《ていうげんれん》に住んでたのよ。もともと香港はいろんな背景を持った中国人の集まる場所なのに、どうしていきなり『新移民』という奇妙な言葉が登場するのかしら？　香港人の意識が変わったんだな、って思った。いつからこの言葉が流通し始めたのかはわからないけど、少なくとも九二年に帰国した時には存在しなかったし、今年久しぶりに帰国したらあった。その間に生まれたんだと思うわ」

私は彼女とほとんど同じ違和感をこの言葉に感じていた。もともと大陸からの移民、あるいは難民によって構成された香港社会は、なぜ「新移民」という言葉で、大陸から来る人を区別するようになったのか。大陸から来る人は、なぜ「我ら」から「彼ら」になったのか。そこには香港人のアイデンティティの変化が隠されているような気がした。「新移民」を考えることは、香港の変化を考えることでもある。私が「新移民」に興味を持ったのは、そんな予感がきっかけだった。

香港は現在、中国から毎日一五〇人の移民を受け入れている。その多くが香港居民の配偶者や子供。香港居民が外国人と結婚すると、伴侶や子供には香港に居住する権利が生じるが、中国の人には適用されない。厳密にいえば彼らには香港居住権が発生するのだが、地元の公安に出国申請を出して許可された者しか香港へ出ることはできない。その手続きを自由化してしまうと何十万という中国人が香港に殺到し、それを悪用した偽装結婚などが増え、香港が大混乱に陥るのは目に見えているからだ。

中国の人が短期間だけ香港に滞在できるビザを双程通行証〈往復ビザ。通称「双程証《しょんちぇんちん》」〉、事実上香港へ移民できるビザを単程通行証〈片道ビザ。通称「単程証《たんちぇんちん》」〉という。「双程証」は正当な理由があれば比較的容易に発行されるが、「単程証」がなかなか下りない。夫婦が結婚してから離れて暮らした年数や子供の年齢、数、家庭環境などが点数化されて、点数の多い順に発行されるといわれているが、実際何を基準に順番を決めているかは不透明。しかも彼らの出国許可については香港の入境處〈入国管理を行う役所〉は決定権を持たず、中国側の判断に一任されているため、状況は摑みにくい。コネの利用や賄賂は当然、というのが一般的な認識だ。

家族が一緒に暮らすという、私たちが普段それほど意識もせずに享受している権利を、彼らはかけひきと忍耐力を以て、自力で手に入れなければならない。

ここで部外者は、こんな素朴な疑問を抱くかもしれない。

中国の人と結婚すると簡単に出て来られないことがわかっているのに、なぜそんなに多くの香港男が中国のお嫁さんをもらうのか？　香港人同士で結婚すれば、そもそもこんな問題は起きないのではないか？

それはとても天真爛漫な疑問だ。香港にはそうしなければならない男たちがたくさんいるのだ。そんな男たちの存在を私に教えてくれたのは、今は亡き阿彬《あばん》だった。

「ここいる男たちはみんな俺と同じ。大陸から密航して香港で必死に働いて、故郷の家族を養ってきた。デートなんかする金も時間もなかった。気がついてみたら、適齢期はとっくに過ぎてるし金もない。そんな男、香港の女に相手にされるわけがない。仕方ないから故郷の嫁さんをもらうんだ」

私はその時初めて、結婚できないかもしれない不安を抱えながら香港の底辺で生きる男たちの存在を知った。

金がなければ香港の嫁はもらえない。「安上がり」な大陸の嫁をもらうと家族は離散する。新移民の問題は、そのまま香港の社会構造の歪みを投影している。

新移民の人たちは、香港という街をどう見ているのだろう。

彼らに会いに行かなければならないと思った。

＊　＊　＊

私が暮らしていたアパートから二〇メートルほど西へ進むと、鴨寮街《あぷりうがい》は桂林街《くわいらむがい》と交差する。その一帯には線香屋や中薬《ちよんよく》〈中国医学の薬、いわゆる漢方薬〉、趺打《ほねつぎ》、粥屋、パン屋、野菜の種や各種穀物を売る米屋がひしめき、それらの店の前では鍋やガラクタ、ライター、おもちゃ、衣類を売るゲリラ商人たちが思い思いに店を開いている。平日休日を問わずいつも混み合っているが、その割に人波に荒々しさはなく、ゆったりした気持ちで歩けるのは、ここの老人人口密度が他の地域より高く、誰もが確固たる目的を持って歩いているわけではないからなのだろう。

米屋の横の郵便受けが並んだ暗い階段を登っていくと、中庭に面した回廊に出る。採光に配慮したせっかくの中庭は、案の定ゴミためになっている。ずらりと並んだドアの中に一枚だけ、必ず開けっ放しになっているドアがある。中からは絶対に麻雀のパイを混ぜる音が聞こえてくる。いつどんな時間に訪ねても、必ず誰かが麻雀をしている。

そのドアから勝手に中に入る。狭い共同キッチンに無理矢理丸テーブルを押し込んで男たちが麻雀をしている。その奥にあるトイレのドアは開けっ放しで、誰かかつてここを掃除したことがあるのだろうかと思うほど汚れた便器が丸見えになっている。男たちは見慣れぬ侵入者に目もくれずに麻雀に没頭している。無関心というよりはむしろ、ここに住民以外の人間が来ることなど考えたことがないため、本当に私の姿が見えていないようだった。

キッチンを横目に奥へ進むと、人が肩を触れずにすれ違うことはできない狭い廊下の両脇に一〇枚のドアが並んでいる。そのいくつかはやはり開け放してある。二段ベッドの下段から男の足がにょいっと飛び出している。生きている。生きているのだ。何かを奪われることを恐れて何でもかんでも鍵をかけるこの街で——現在自分の部屋に入るまでに五つ、かつて住んでいた部屋には一二の鍵があった——、ここは開け放たれている。無防備というより、何かを奪われることさえ諦めている投げやりさが漂っていた。

一番奥の部屋のドアだけは、いつも固く閉ざされている。そこに新移民の劉《らう》さん母子三人は住んでいた。

劉さんを紹介してくれたのは、深水埗《しゃむしゅいぽ》を中心に活動する新移民互助会のソーシャルワーカー、霍《ふぉく》さんだった。そもそも彼女を紹介してくれたのは、社会福利署の役人であるシェリーの夫、レイモンドだ。新移民の事情に詳しいソーシャルワーカーを誰か知らないかと相談すると彼はいった。

「君は友達だから紹介するけど、正直いうとあまり紹介したくないんだ。彼らは政府から一〇〇％の出資を受けた福祉団体なのに、何かというと新移民と手を組んで政府を批判する。僕たちは金を出さなきゃ批判され、金を出しても批判されるんだよ。きっと君も、彼らの話を聞いて僕たちを批判するようになるだろう。複雑な気分だよ」

レイモンドから聞いた福祉事務所を訪ねたら、それはうちの最寄りの米屋の二階にあった。そこで働く霍《ふぉく》さんが紹介してくれたのが、事務所の隣の世帯に住む劉さんだったというわけだ。そこへ行くまでの道のりは長かったが、たどり着いてみたらうちからたった三〇メートルの所だった。霍さんは会うなり私にいった。

「鴨寮街《あぷりうがい》に住んでるの？　だったら私たちの管轄だわ。もし大家から不当な扱いを受けたり何か問題が起きたら、あなたもここに駆け込んでくれていいのよ。どこの国の人だろうと、ビザを持っていようがいまいが、助けを必要としている人なら私たちが力になるわ」

それはとても心強いことだった。

劉さんは、どこを歩いていても一目で中国から来た人であることがわかるほど、全身から異質感が漂っていた。何事にも揺るがない安定感のある腰、長い間労働してきたことと足で歩いて生活してきたことを示す大きく外側に湾曲した足、痩せてはいないけれど使わない脂肪はどこにもない筋肉質の腕、クリームや化粧水など一度も塗ったことがないように見える真っ黒に日焼けした肌、櫛を通した形跡のないからまった髪、そして何となく険がなく、常にかすかにほほえんでいる穏やかな表情。彼女のたたずまいそのものが、香港とはかけ離れた生活環境で暮らしてきたことを物語っていた。

彼らが暮らすのは約八〇平方フィート、ちょうど四畳半くらいの部屋で、その約三分の二を板を渡しただけのダブルサイズの粗末なベッドが占めている。母子三人はそこに並んで眠り、残り三分の一の空間で食事を作って食事をし、宿題をする。家具らしきものといえば、霍《ふぉく》さんがくれたというリモコンなしの旧式テレビと小さなラジオ、ゲームボーイ、アイロン台くらいの小さなプラスチック製折り畳みテーブルに、風呂場で使うようなプラスチックの小さな椅子が三つ。それでもこの部屋は道路に面した窓があり、この世帯の中では一番広くて条件のいい部屋だという。

劉さんは広東省東莞《とんくん》出身の四三歳。九六年夏、一六歳の娘、肖連《しうりん》と一二歳の息子、志祥《ちーちよん》を連れて香港にやって来た。彼らを呼び寄せようとしていた夫は九四年、肝臓癌で亡くなった。彼らは誰も待つ人のいない香港へやって来たのだ。

劉さんの夫、尹《うえん》さんは一九四八年、一四歳で広東省東莞から香港に渡った。香港では街市《がいし》の鶏屋で鶏の解体を担当していた。七九年、四五歳で同郷の劉さんを娶る。その時彼女は二五歳だった。単身香港へ渡ってギリギリの生活をし、婚期を逃した男性が故郷の女性を妻にするという、一つの典型的ケースだった。夫婦は香港と東莞に別れて暮らし、旧正月や中秋節〈中秋の名月を祝うお祭り〉に夫が妻に会いに帰るという生活を送った。八〇年に肖連が、八四年に志祥が、どちらも東莞で誕生した。

ところが息子が生まれたその年、夫は肝臓を病んで倒れた。それから病に伏せりがちになり、妻子を呼び寄せるどころか送金すらままならなくなった。劉さんは息子が四歳になると料理人として外で働くようになった。給料は月五〇〇人民元（約九〇〇〇円）だったが、母子三人が暮らすには十分だった。夫の病気が肝臓癌であることが判明し、もう先は長くないと悟った彼女は九四年、急いで出国申請を出した。しかし時すでに遅く、申請のわずか一か月後、夫は六〇歳で他界。劉さんたちが香港に出て来たのは、その二年後だった。

劉さんの夫は、晩年故郷で家族をもうけたとはいえ、香港で暮らした四六年間、ずっと一人だった。そして家族と一緒に暮らすこともかなわぬまま、たった一人でこの世を去った。

何とお悔みを申し上げたらよいかといいたくなるような話だった。

しかし彼女はそんな悲しい話を、大股を開いて床で米を研ぎながら、実に淡々と話す。話の合間合間に「あんた、喉乾いてないかい？　下でレモンティーを買っといで！」「お菓子があったたろ。出しておあげよ」と私に気を配る。話の内容に悲惨さを嗅ぎとっているのは私だけで、彼女は終始「みんな多かれ少なかれそんなもんじゃない？」という調子だった。自分と他人をまったく比較していないからなのだろう。彼女と他の誰かや自分を比較しようとしていた自分に浅ましさを感じた。

「夫のことはよく知らないのよ。結婚する時だって近所の人に薦められてしただけだし、結婚してからも一年に一、二回しか会わなかったから。死ぬ前の何年かはもう大陸には帰って来なかったし」

手紙のやりとりは？

「あたし、字が書けないからね。夫の兄嫁が香港にいて、その人が時々東莞《とんくん》に帰って来ては夫の近況を教えてくれたのよ」

だんなさん亡き後、誰もいない香港に来ると決めたのはなぜですか。

「香港はいい所だって聞いてたし、せっかく申請が通って行けることになったんだから、行かなきゃもったいないもの。行けるのに行かない人なんていないよ。それに申請から二年で出られるなんて滅多にないんだって。みんなから運がいいっていわれた。一〇年ぐらい待つのが普通だって。あたしは友達の息子が公安に勤めてたから、それで早く出してもらえたの」

出国許可が出た三日後、肖連《しょうりん》と志祥《ちーちょん》は香港から来た父の兄嫁に連れられて一足先に香港へ渡った。劉さんは彼らより二か月遅れて八月二五日に出国。その時は肖連が一人で香港から東莞まで母を迎えに行った。

「娘が来てくれて本当に助かった。あたし一人じゃ香港なんか行けなかったよ。字が読めないし、電車の乗り方だって何にもわからないんだから」

二人は東莞近郊の寮歩《りうぽ》からミニバスで東莞へ出、そこでバスを乗り換えて深圳《さむちゃん》へ行った。そして国境審査を受け、羅湖《ろーう》駅から九広鉄道と地下鉄を乗り継いで、黄大仙《うおんたいしん》に住む夫の兄嫁の家へ行った。

香港に初めて入った時のことは覚えていますか。

「気持ち悪かった。吐きそうだった。乗り物がだめなんだ。バスなんて滅多に乗らないのに、その日は二回もバスに乗って、生まれて初めて電車と地下鉄に乗ったんだ。電車の中では気持ちが悪くて、何にも覚えていないよ」

彼女は黒龍江省や雲南省から何日もバスを乗り継いで香港へ来たわけではない。彼女の住む東莞は、毎日何千という香港人が日帰りで出張する、深圳からたった一時間の場所である。

彼らは夫の兄嫁の家に数日泊まった後、石硤尾《せっきぷめい》の同郷の友達の家に一週間泊まり、九月四日に現在住む深水埗《しゃむしゅいぽ》は桂林街《くわいらむがい》の古いアパートへ引っ越した。部屋探しから生活保護の申請、学校探し、日用品の調達に至るまで、すべて手配してくれたのがソーシャルワーカーの霍《ふぉく》さんだった。

「霍さんには感謝してもしきれない。本当によく助けてくれる。このテレビだって彼女が拾ってきてくれたんだよ。香港の人はいい人だよ。大陸じゃ、困ってたって誰も助けてくれないもの。香港の人は本当に親切だ」

ちなみに香港で劉《らう》さんの知っている人は誰ですか。

「霍さんと夫の兄嫁、それに同郷の張《じょん》さん」

劉さんは今、隣町の長沙灣《ちょんさーわん》にある工業大厦〈工場集合ビル〉で朝七時から午後四時まで、ひと月二八日間清掃の仕事をしている。給料はひと月四〇〇〇元（七万二〇〇〇円）。仕事は同郷の張さんが紹介してくれた。仕事が終わると歩いて家に帰り、北河街街市《ぱっほーがいがいし》でおかずを買い、夕食の支度をする。それが彼女の一日だ。

「仕事にはもちろん歩いて行ってるよ。バスも地下鉄も嫌いなんだもの。うちから歩いて行ける所にしか行かないんだ。外にはほとんど出ないね」

四〇〇〇元の給料以外に、毎月六一〇〇元の生活保護を受けている。そこから二八〇〇元の家賃に子供たちの学費（一人当たりひと月約四〇〇元）、教材費、食費、交通費などすべてをまかなっている。中国にいた時と比べて、使える金は単純に二〇倍に増えたが、生活はよほど苦しくなったという。

「娘はもうすぐ一七だもの、香港に来たらすぐ働かせるつもりだった。でも霍《ふぉく》さんに大反対された。香港では教育を受けていないと仕事に就けないから、できる限り学校には通った方がいいって。あんたはどう思う？」

私も霍さんと同じ意見だった。

「本当はもう一人働いてくれると楽なんだけど。

香港は大陸よりいいよ。住む所は狭いし生活は緊張してるけど、いろんな物があるし、やっぱりいい所だと思う。子供たちに望むことといったら、よく勉強してほしいってこと。勉強しなければ仕事が見つからないって、霍さんがいってたから」

劉《らう》さんの話に、私は新鮮な驚きを感じていた。恐らく彼女の温和な性格に負う部分が大きいのだろうが、彼女の口から、自分が置かれた不利な境遇や香港に対する不満や恨みつらみは一言も出てこなかった。それどころか彼女は自分に親切にしてくれた人に感謝し、その結果としてその人たちが属する香港社会にまで感謝していた。

近所の人に薦められるまま見知らぬ年の離れた男性と結婚し、一緒に暮らすことも仲睦まじく過ごすこともかなわぬまま一人で二人の子供を育て、それればかりか夫は病に倒れ、送金はストップしてしまった。そして生まれて初めて電車に乗り、守ってくれるはずだった夫のいない街へ来て、母子三人が一つのベッドに眠るという暮らしを送る。

いやらしい言い方をすれば、彼女には香港人と結婚したメリットはほとんどなかったといってもいいだろう。

次から次へと押し寄せる環境の変化を淡々と受け入れていく彼女に、私は崇高さすら感じた。

新移民の家庭が抱える問題は様々だが、念願の出国許可が下り、妻子が香港に出て一家団欒が実現したのも束の間、家庭が壊れてしまうケースが少なくないという話を聞いたことがある。

妻が大陸にいる時、中国では手に入らない香港の物品や貨幣価値の高い香港ドルを運んで来る香港人の夫は白馬王子〈夢のような男、理想の男〉に見える。夫の送金は香港ドルならわずかでも、物価の違う中国では数倍の価値を持つため、妻は夫が金持ちであると錯覚し、近所の人もまた彼らを金持ちだと認識する。また夫の方は、自分の香港での生活がどんなものであるか——どんな狭い所に暮らし、どれだけのプレッシャーに耐え、どれだけ惨めな扱いを受けているか——、現実を詳しくは語らず、周囲の期待に応えて大盤振る舞いをする。恐らく、香港で抑圧された生活を強いられている分、中国に帰った時ぐらいは普段とは別の自分を演じたいのかもしれない。

妻が香港に抱くイメージは次第に現実から遊離し、香港へ渡る日を夢見るようになる。その夢が実現していざ香港へ渡ってみると、夫が暮らしているのは自分が大陸で暮らしていたのよりはるかに狭い部屋。大陸で何倍もに化けた金は、香港では額面通りの価値しか持たず、物価の高さは想像をはるかに超えている。そして夫一人の稼ぎで何人もの家族を養うとなれば、当然生活レベルは以前より低くなる。大陸では自信に満ち溢れているように見えた夫は、香港では何かみすぼらしく見える。

妻は夫の現実に幻滅し、また夫は香港の現実をなかなか受け入れようとしない妻に苛立ち、夫婦関係は急速に悪化する。貨幣換算のマジックが引き起こす家庭不和は、新移民が抱える問題の中でもとりわけ深刻な問題だという。

そんな話が報道されると、「大陸の女性は金目当てで香港男に近づくから要注意」とか、「結婚したが最後、あれを買って来い、これを買って来いと、香港の男を金ヅルとしか思わない」といった歪んだ大陸女性像があっという間に香港人の間に広まり、テレビドラマでもそんなステレオタイプ的大陸女性がさんざん登場する。

たとえそういう状況が一部事実だとしても、それだけで大陸の女性を糾弾するのは酷である。香港に行ったことがなければ、自分が接触できるものから香港を想像するしかない。中国と香港の間を自由に行き来することのできる人間に、彼女たちの不自由さは想像できないだろう。

かといって、白馬王子を演じていた夫の責任にするのも酷だ。夢を求めて単身香港に渡り、その夢がいかに高嶺の花であるかを知った男性が、夢を手に入れた自分を故郷の人に演じて見せる。彼らの実像と虚像のギャップは、そのまま中国と香港の歪んだ距離なのである。
劉《らう》さんの場合は香港人と結婚したとはいっても、そんな誤解を経る間もなく夫は倒れ、ほとんど自分の稼ぎで二人の子供を育ててきたのである。夫が運んで来る物品や金がなかったからこそ、彼女は香港を物質の楽園とも考えなかった。もともとのイメージがないからこそ落胆もなく、目の前の状況を受け入れることができたのだろう。

香港人の妻としてはハンディの大きい不利な条件が、皮肉にも出国後の彼女には逆に有利に働いていた。

また彼女は別世界の香港に来てもなお、歩いて行ける所にしか行かないという世界観をかたくなに守っていた。彼女にとって香港とは、深水埗《しやむしゆいぽ》・桂林街《くわいらむがい》から半径せいぜい一キロ内の範囲を意味した。そこには尖沙咀《ちむさーちよい》や中環《セントラル》、銅鑼灣《コーズウエイベイ》、青馬《ついんま》大橋、立法議会も総督府も中国銀行ビルも存在しない。そして自分が心から信頼する三人の人さえいれば、その他六百数十万の香港市民も、彼女は「いい人」と見なすのである。

どこへも行かない。人を信用する。他人と自分を比較しない。香港で生き抜いていくために必要と思われることの、すべて逆を彼女は実行していた。そして米を研ぎながら、私にほほえみかける。

食うか食われるか、すべては自分次第の苛酷な街の片隅で、こんなにしなやかな生き方をしている人がいる。この街で多くの人がなりたいと願う勝利者に、彼女は多分なれないだろう。が、これほど類まれな才能を持った人もまた、勝利者の中にはいないだろう。

彼女が暮らす香港という宇宙の中には、三〇メートル先に住む私のアパートも含まれている。それが無性に嬉しかった。

誰かの気配

利香・阿波《あぼー》夫妻が土瓜灣《とうかーわん》の唐楼《とんらう》で二人だけの生活を始めることになった。結婚してから、阿波の兄夫婦と子供二人、姉と弟と一緒に暮らしていたため、二人にとっては事実上新婚生活のようなものだった。彼らはとりあえず新居の契約を済ませ、二週間先の引っ越しまで、会社帰りに寄って掃除をしたり、少しずつ電気製品や家具を揃えたりしていた。

この決断は利香のたっての希望で実現したものだった。利香は在日外国人の生活にも精通した、香港に強いシンパシーを抱いている稀有な日本人だが、東京でずっと一人暮らしをしてきた彼女が、嫁として3DKの団地で家族と一緒に暮らすのは並大抵のことではなかったろう。

この頃、香港の不動産価格は返還を前に異様な値上がりを見せ始めていた。うなぎ上りに上がっていく価格を考えると、一刻も早くマンションを買いたい。今は家族と暮らしてお金を貯める方が得策だ。しかしベッド一つしか二人の空間がない生活にも限界が見え始めていた。出るべきか、残るべきか、住宅問題は長いこと二人の頭痛の種だった。そして最後は「二人の生活はお金に換えられない」という利香が、唐楼に住むことに消極的だった阿波を説得する形となったのだ。

そうと決めた二人は仕事帰りに待ち合わせては上環《しょんわん》や深水埗《しゃむしゅいぽ》、土瓜灣、九龍城《がおろんせん》を丹念に歩いて回り、唐楼探しを始めた。

「今日、すごくショックなことがあったんだ」とある時阿波がいった。

「上環の唐楼を見に行ったんだ。大家は天津出身のちょっと胡散臭い男だった。利香が日本人だって話になったら、男にこういわれたんだ。『日本人の女房をこんな所に住まわせるなんて、あんた恥ずかしくないのか？』って。僕、けっこう傷ついたよ」

私は複雑な思いで彼の言葉を聞いていた。

私も深水埗の唐楼に住むと決めた時にはいろんなことをいわれたものだ。四か月間借りした家の大家さんは「心配で眠れない」と涙ぐみ、学校の先生には「香港の無産階級の観察をするのか？」と揶揄され、また「あそこは入って行く場所じゃない。出て行く場所だ」といわれたこともあった。

香港における唐楼の位置付けとはそういうもの——つまりのっぴきならない事情で仕方なく住みはしても、人に大声でいいたくはない存在——なのである。

異文化圏からやって来て、それがいささか怪しげな空間でも好奇心に負けてしまう私や利香とは違い、阿波はこの街で育った生粋の香港人である。私たちが唐楼に住めば外国人の物好きと容認される事柄も、彼にしてみれば「甲斐性のない男」という非難に晒されることなのだ。

それでも利香が少しでも香港で楽しく過ごせるようにと、精一杯彼女のペースに合わせようとしている阿波に、私は底なしの愛を感じた。

　利香から電話があった。

「すごいショックなことがあったの。今日阿波が新居に行ったら、トイレにうんちがしてあったんだって」

　私は彼女の気持ちも考えずに爆笑した。

「ショックだったよ。この間二人でトイレをぴかぴかにしたばっかりだったの。誰がして行ったんだろう？」

「きっと前の住人が近くを通りがかって、後に誰が入るのか気になってつい立ち寄ってみた、鍵を入れたら開いてしまった。見るとトイレはぴかぴか。つい感動してもよおしたんじゃない？」

「するのはいいけど、流してほしかったよ」

「どこかに自分の痕跡を残しておきたかったんじゃないかな」

　私はそういいながら、ある出来事を思い出していた。

「今まであまり気に留めてなかったけど、うちではこんなことがあったよ」

　何週間か前のこと。アパートに帰り、いつものように窓辺に立って窓の外を眺めていた。私は窓枠の一〇センチほどのわずかなスペースにポットや写真や植物を乱雑に置いている。その日なにげなく視線を下ろすと、ポットの隣にくの字に折れた爪楊枝が一本置いてあるのに気づいた。

私は家で爪楊枝は使わない。誰かが食事の後、爪楊枝をくわえたままここに来て、つい置き忘れて行った、あるいは意図的に痕跡を残して行った。そう考えるのが一番自然だった。

いや、いつも窓を少し開けたまま外出するから、外から爪楊枝がどういうわけか飛んできて、ポットの隣に着地したのかもしれない、そう自分に言い聞かせた。爪楊枝が風に乗って、わずかな窓の隙間からうちの部屋に入り込む。万に一つ、可能性がないわけではない。しかし大風の日に窓を開けていても、部屋には風が入らないのもまた事実だった。

一応、スーツケースの中にしまってあったパスポートやトラベラーズチェックや現金は確認したが、何もなくなってはいなかった。部屋からは何も減らず、爪楊枝だけが増えていた。

「真相はわからないけど、うんち事件の話を聞いたら、うちにも前の住人が来たような気がしてきたよ」

「引っ越してから部屋の鍵は換えなかったの？」

香港では引っ越すと、鍵を換えるのが普通だという。買った物件であれば、鍵どころかドア、鉄柵まで換える。どこの誰がそこの鍵を持っているかわからないからだ。私も当初は万全を期して鍵は取り換えるつもりだった。しかしルビーに診断してもらったところ、「この手の古いタイプは師父《しーふ》〈師匠。熟練した職人をこう呼ぶ〉を呼んで、ドアのノブごと換えなきゃいけない。鍵とノブが五、六〇〇、それに師父の手間賃が加わると、まず一〇〇〇元は覚悟しておいた方がいい」といわれ、結論を先延ばしにしているうちに住み慣れてしまった。

「換えなかった」

「うちは換えることにしたよ」

翌日、再び利香から電話があった。

「うんち事件の犯人がわかったよ！」

「で誰だったの？」

「今日隣の部屋の人に聞いたら、ここはもともと一つの世帯を三つに改造してるから、下水管も無理に一本から三本に分けてるだけなの。だから毎日トイレを使う部屋としばらく使ってない部屋があると、水圧の関係で、よく使う部屋のうんちが使ってない部屋のトイレに押し出されるんだって。だから他のうんちに負けないように、うちも押し返してやらなきゃいけないの」

「じゃあ誰かがして行ったんじゃないの？」

「そうみたい。あれから阿波《あぽー》によく聞いてみたら、びっくりしてすぐ流したけど、そういわれてみるとうんちが浮いてただけで、拭いた紙がなかったっていうの。だからやっぱりうんちが流れてきたんだろう、っていってた」

彼らの部屋にも前の住人が来たのだろうと思い、少しは心強く思っていたのだが、どうやら前の住人が来たのはうちだけらしいと考えると、また少し心細くなった。

話はそれだけでは終わらなかった。

折れた爪楊枝のことなど忘れかけていたある日。窓辺に今度は、「奇趣天地」と書かれた六枚綴りの黄色いクーポンが置いてあった。「奇趣天地」は、西九龍中心《ドラゴンセンター》という近所のショッピングセンターの上にあるゲームセンターの名前だった。

きっと爪楊枝と同じく、このクーポンもきっと風に運ばれ、うちの窓辺のポットの隣に着地しただけだ、と自分に言い聞かせようとした。しかし一方では、予感が確信に変わるのを感じていた。

その誰かは前回より大胆さを増している。折れた爪楊枝は見逃すかもしれないが、このクーポンに気づかないほど私は鈍感ではない。

あなたは深水埗《しゃむしゅいぽ》に寄ったついでに、懐かしいゲームセンターへ立ち寄った。そしてつい、かつて住んでいた場所にも立ち寄った。部屋を立ち去る時、何か目立たない痕跡を残そうとした。運が良ければ、ただ偶然風に乗って部屋に迷いこんできたと思えるくらい軽い、しかも自分の身分を明かさないわずかな痕跡。その時、あなたのポケットの中にはこのクーポンしか入っていなかった。

それほどまでにあなたは、自分の存在を誰かに覚えておいてもらいたいのか。

それから、彼の痕跡はぴたりとなくなった。うちの部屋からは何も減っていないし、また何も増えていない。

君と教養に満ちた会話ができないのは本当に残念だ

ほとんどケンカ別れになっていた阿強《あきょん》と私だが、意外にも彼からは時々電話があった。中文大学から彼の住む順天《しゅんてぃん》へ帰るため、私の暮らす深水埗《しゃむしゅいぽ》でミニバスを乗り換えるためだ。

「今深水埗なんだけど、近くでお茶でも飲まないか?」

彼はまだ中文大学に逃避している。その電話を受け取るたびに思った。

その晩、私は待ち合わせ場所に新金豪茶餐庁《さんがむほうちゃーつぁんてん》を指定した。彼は食べて帰ると母親に叱られるため、多分夕飯を食べない。友達と別れてから一人でごはんを食べるというのはあまり楽しいものではない。その点新金豪なら私は事実上一人でも、働いている人たちを眺めながら食事をすることができるから、一人でいずに済むのだった。

彼は店の真ん中の柱の陰に座っていた。中文大学のキャンパスで会った時は何も違和感を覚えなかったが、スーツを着て髪をきちんと整えアタッシェケースを持った彼は、がやがや騒がしい茶餐庁の中で、明らかに異質だった。サンダル履きでだらんとした労働者たちの中に、一人だけ闘うビジネスマンがまぎれこんでいるという感じ。居心地が悪そうだった。

「仕事はどう?」

「正直いってうんざりだね。日本から来たお客さんの接待ばかりしてるよ。好きでもない酒飲んだり歌いたくもない歌歌ったり。日本人の君には悪いけど、心底うんざりしている」

本当、そんなことを私にいわれても困る。

「でも働かないと食っていけないからな。君はフリーで定収入がないんだろ。何でそんな不安定な生活に耐えられるんだい？　俺には理解できないな。自由は羨ましいけど、俺には安定の方が大事だ。自由はリスクが大きすぎる」

「好きなことのためならしょうがないよ」

「どうして今頃香港に来たんだい？」

意地悪な聞き方だった。

「今さら香港に来たって何の意味もない。君も返還を見物に来た野次馬の一人ってわけか」

「返還を自分で体験したいし、香港に対する理解をもっと深めたいから」

彼はにやりと笑った。

「無意味だよ、そんなこと。返還についてどう思うかなんてくだらない質問、俺には絶対しないでくれよ」

「くだらない質問だとは思わないけど」

「俺にいわせりゃくだらないよ。だってそんなこと今話したって意味ないじゃないか」

彼は妙につっかかった。

「いいか。返還は八四年から始まってるんだ。もし返還が決まって数年後に中国に返還されていたら、みんなパニックに陥っていただろう。でも俺たちは一二年間も考える時間を与えられたんだ。想像できるかい？　二十代に入って、これから人生を歩き出すって時に返還が決まったんだ。それから今日まで返還のことなんて考えていたいと思うか？　何も考えなくなったから生きてこられたんだよ。今さら何を考えたって、返還されるんだ。返還まであと数か月、何か考えたって何も変わらない。もう無駄なんだよ。大体、日本人の君がどうして香港のことに首を突っ込むんだ？　返還なんて、君には何の関係もないだろ？」

「関係ないよ。でも自分が住んだことのある場所が変わろうとしている時に、興味を持っちゃいけないの？　香港の人間じゃなければ、返還のことを考えちゃいけないのかな？」

「そうはいってない。ただ俺たちの気持ちも知らないくせに、外の人間に軽々しく口にしてほしくないんだ」

「じゃあ軽々しく口にしないから、あなたがどんな気持ちなのか教えてほしい」

「もう答え方はわかってる。返還後の香港がとても心配です。香港の繁栄は永遠に続きます。君はどっちの答えなら満足するんだ？」

同じことを他の人からいわれたら笑っただろうが、彼にいわれると無性に腹が立った。

「俺が英語で喋った方がよかったら、そういってくれ」

彼は突然英語でそういった。西洋人もいないのに突然英語が聞こえてびっくりした周りの客が、きょろきょろ周囲を見回し、不思議そうな表情で私たちを見つめた。この店は、何というか、英語がまったく似合わない。

「どうして突然英語になるの？」と私は広東語で問い返した。

「わからなかったらわからないっていうから、ゆっくり広東語で喋ってよ」

「そういう問題じゃないんだよ、俺がいってるのは」

彼は笑いながら首をすくめた。やけに芝居がかったジェスチャーだ。

「俺は洗練された会話がしたいんだ。でも難しい言葉を使ったら君にはわからないだろう？　そう考えると簡単な言葉を使って会話が幼稚になる。俺にはそれが耐えられないんだよ。だったらお互い英語で議論した方がいいじゃないか。君だって英語は喋れるんだろう？」

懐かしかった。ただ、懐かしかった。


誇り高き香港のエリート、中文大学の学生はよくこれをやる。

香港で英語という言語は特別な意味を持つ。植民地・香港では英語は支配者の言語だった。香港で最も安定した高給の職業と見なされている官僚はまず第一にバイリンガルでなければならない。なにせ上司にはイギリス人がうようよいるし、公式文書はすべて英語と中国語。ついさっきテレビの中文チャンネルで広東語で記者会見していた官僚が、英文チャンネルに換えると、流暢な英語で記者会見している。

英語能力だけが将来を約束するわけではないが、英語ができなければ職業選択の余地は大幅に狭まる。英語を身に着けることは即ち、食う道を探す最も手っ取り早い方法だった。イギリスの力は衰退しても、香港には「英語は食える」という思い込みだけは生き残った。すると英語のよくできる人は、英語をひけらかすことで自らの優越性を誇示しようとする。その一つの典型が中文大学の学生だった。

中文大学時代、ルームメートだったカレンという英文学専攻の学生は、本当はアメリカ人のルームメートが欲しかったのにくじ引きで負け、日本人を当ててしまったという不運な女の子だった。その腹いせに、一緒に生活していた一〇か月間、彼女は私に対して一言も広東語を話さなかった。ふだんは「アイヤー」といっているのに、私がそこにいると「オー、マイゴッド」とか「アウチ」といっていた。私はそれに広東語で応酬した。当然、二人の間に友情は育たなかった。

また彼らの多くは英語を自由自在に操りはするが、発音は広東語風にひどくなまっている。しかし自分の発音に自信を持って英語をペラペラまくしたてるものだから、余計始末に悪い。こちらが聞き取り不能で目をぱちくりさせていると、大袈裟な身振りで「オー、ノー」と嫌味にいう。一度それでカレンと大ゲンカになったことがあった。

「どうして日本人は英語ができないの？　日本の大学生もビジネスマンもほとんど英語が話せないんだってね。どうしてそんなに日本人はレベルが低いの？」

「それは日本がイギリスの植民地じゃないからでしょ」

彼女は顔を赤くして黙りこんだ。

阿強《あきょん》はかつて自分の英語に自信がなかったため、英語を決して話そうとはしなかった。英語しか話してくれない学生が多い中で、辛抱強く簡単な広東語で話してくれる彼は、だからこそ貴重な友達だったのだ。その彼が、カナダから帰ってきた途端、他の中文大学の学生のように英語をひけらかそうとする。

夜の茶餐庁《ちゃーつぁんてん》で、一体誰に対して自分の英語能力をひけらかしたいの？　自分は他の奴らとは違う。それを店にいる客にまで見せつけないと、あなたの自信は揺らいでしまうのか。

「大体さ、今さら香港に来て広東語を勉強するなんてどうかしてるよ。時代に逆行してるんじゃないか？　返還はそこまで迫ってるんだぜ。これからは普通話の世界になるんだ。俺だって商売の時使うのは英語と普通話だよ。広東語しか喋れない奴は、これからは相手にされないんだ」

「私は香港に商売しに来たわけじゃないし、それに香港には今でも英語も普通話も喋れない人が多い。その人たちと話したいと思ったら、広東語を覚えるしかない」

「外国人に広東語を覚えるなんて絶対無理なんだよ。香港の広東語は毎日進化している。俺だって若い奴の喋る広東語がわからないし、大陸の広東人にだって理解できない。外国人には所詮無理だ。無駄だよ」

彼は何が何でも私に広東語を断念させたいらしかった。

香港には、外国人が広東語を理解することを喜ばない人が案外多い。

こんなことがあった。新金豪《さんがむほう》でお茶を飲んでいた時、いつも一人で来ている外国人の私に興味を持った常連の一人が、あれこれ子俊《ちーちゅん》に私のことを聞き出しているのが聞こえた。

「そうか、日本人なのか」

「彼女は広東語を喋るんだよ」

「じゃあ日本の悪口いったら全部理解できるんだな。それを聞かなきゃ、日本の悪口をいおうと思っていたのに」

こんなこともあった。飛行場の出迎え口に外国人の名前を書いた看板を掲げた二人の青年が立っていた。ふくよかな銀髪の西洋人老夫婦がスーツケースを押しながら二人に近づいてくる。

「ミスター&ミセス・スミス？　ウェルカム・トゥー・ホンコン！」

一人の青年は満面に笑みを浮かべて老夫婦と握手を交わしながら、「なんてハデな婆さんだ」と広東語でつぶやいた。

「ほんと、この歳で赤着たってしょうがねえだろ。ディス・ウェイ・プリーズ」

もう一人の青年もスーツケースを受け取りながらそういった。絶対に笑顔は崩さず、本音だけを人形に喋らせる腹話術師みたいだった。その笑顔に騙されて嬉しそうについていく人の好さそうな老夫婦を見ながら、私の前では絶対勝手なことはいわせない、と固く心に誓った。

彼らにとって広東語は、自分たちだけの安全領域のようである。

植民地・香港で、住民の九割以上を占める中国人の言葉は長い間顧みられることがなかった。支配者に被支配者の言語を学ぶ必要はない。被支配者が支配者の言葉を学べばいいからだ。しかし同時に、中国人の言葉は支配者たちには入りこむことのできない聖域になった。香港における広東語は意思疎通の手段という本来の役割を脱し、外来者には入りこむことのできない、秘密結社内でのみ通用する暗号のような存在と化したのである。外の人間に通じない言葉で好きなことをいい、溜飲を下げる。そうやって彼らは支配者にささやかな復讐を遂げる。

つまり内部の言葉を知ろうとする行為は、彼らの聖域を侵すことになるのだ。

「難しいことがいいたかったら、簡単な言葉で説明してよ。大事なのは意味が伝わることなんだから。現に他の人はいつもそうしてくれるよ」

「だめだ、俺にはそんなことできない」

彼はまた英語に戻った。

「それじゃあ俺の本当にいいたい、深い、ソフィスティケートされた表現が半分も伝わらない」

私は吹き出してしまった。自分の言葉を「ソフィスティケートされた」と表現する人には今までお目にかかったことがない。哀しくなった。

「いいよ、それでも。私はあなたと深い会話がしたいわけじゃない。私に理解できるような言葉で喋って下さい。私も努力するから、阿強《あきょん》も努力してよ」

彼は大きく溜め息をついた。

「じゃあ君は、僕と教養ある会話を楽しめなくてもいいっていうんだね。討論など興味はないっていうんだね」

「そうだよ。別にあなたと討論するために広東語勉強してるんじゃないから」

「俺が君に望むことはこういうことだよ。俺は君と英語が話したいんじゃない。何語だっていい。ただ深い会話がしたいだけなんだ。だから君には広東語なんてくだらないものを勉強するんじゃなくて、中国語をきちんと勉強してほしい。俺のいってる意味わかるかい？　中国の古典から詩から新聞から文学に至るまで、とにかく文章を勉強してほしい。まあ五年くらいはかかるだろうがね。そうしたら俺は喜んで君と広東語で喋るよ。意思疎通のために小学生みたいな会話をするなんて、俺には耐えられないんだよ」

「何それ？　中国文学を理解していないと、あなたとは口もきいちゃいけないの？」

「かわいそうに」

彼は力なく笑った。

「君の目標は随分低いんだね。君と教養に満ちた刺激的な会話ができないのは、本当に残念だ」

「本当に残念だね」

私は彼との関係をつまらないケンカで終わらせたくなかった。しかし一〇年という時間は、彼と私をあまりに遠くに引き離してしまった。そう思い始めていた。

最後に一つだけ彼に質問した。気になっていたことがあったのだ。

「大学でソーシャルワークを専攻したのに、どうしてまったく違う仕事を選んだの？」

香港では大学で勉強した専門領域と職業は直結していることが多い。私の知る限り、特にソーシャルワークという専門的分野の卒業生は福祉方面に進むケースが多かった。

「大学を卒業してから、ソーシャルワーカーになることはなったさ。でも現実に幻滅した。福祉なんて口ではいうけど、実際ソーシャルワーカーなんて自分の金のことしか考えない奴らばっかりさ。ほとほといやになった。あんな世界にいるくらいなら、他の仕事をした方がよっぽどましだ」

そういうところが彼の生真面目さでもあった。

「阿強《あきよん》の将来の夢って何？」

「別に……生活を維持するのに十分なつまらない仕事をして、できるだけ自分の時間を作って、たくさん本を読んで学識を深められればそれでいい。俺はとにかく教養のある人間になりたいんだ」

彼が「つまらない仕事」と殊更強調したのが気になった。

「やりたい仕事ってないの？」

彼がやりたくもない仕事を生活のためにやっていると強調したから、単純にやりたいことはないのかと聞いたつもりだった。しかしその質問は、彼を激怒させるのに十分だった。

「仕事なんて所詮生活のためのものだろ？　やりたいもやりたくないも関係ないんだよ。自由業？　大いにやってくれ。君はせいぜい自分の好きなことだけやって貧乏になればいいさ。でもいっとくが、君は自分が自由だと思っているだけで、本当の自由なんてこの世に存在しないんだぜ。人間は結局、社会の要求に従って生きていくしかない。君は勝手に自由気ままに生きてろよ」

「そうするよ」

私たちは知らず知らずのうちに大声で言い争いをしていた。彼は居心地悪そうに時計を見た。

「もう帰れば？　家に帰ってごはん食べなきゃならないんでしょ？　先帰ってよ。私はここでごはんを食べていくから」

「そういうわけにはいかないだろ。君をこんな所に一人でおいていくわけにはいかないじゃないか」

「私はいつもここに一人で来てるから、心配いらない」

「一人でここに来る？　怖くないのか？」

彼が何をいいたいのか私にはわからなかった。

「怖くなんかないよ。もし何か起きたとしても、お店の人たちを知ってるから全然怖くない」

「この店のウェイターたちと知り合いなのか？」

彼はようやく事態を呑み込んだというようにかすかに笑い、周りを見回して急に声をひそめた。

「今わかったよ。君は俺じゃなくて、ここにいるような人間たちと話ができればそれで満足なんだ。香港の底辺の人間たちと話したいから、教養は必要ないんだ」

とうとう私の方が切れてしまった。

「もう帰ってよ。一人にさせて」

阿強《あきよん》はびっくりしたように一瞬言葉を呑み、「じゃあ」といって店を出て行った。

私はこのまま街に出たら泣き出してしまいそうな気がして、店に残った。もうごはんを食べる気もしない。とにかく怒りが収まるまで動きたくなかった。

「あれ、もう友達は帰っちゃったの？」

子俊《ちーちゅん》が阿強の残したコーヒーカップを下げに来た。

「うん。友達だった。でももう友達じゃない。大ゲンカになった。もう一杯、熱奶茶《ミルクティー》くれる？」

「ＯＫ、ちょっと待ってて」

何も尋ねない。それが彼の優しさだった。

「友達は、私が広東語を勉強することには意味がない、君とは深い会話ができない、といった。だから頭にきたの」

彼が店の人たちを馬鹿にするような発言をしたことは伏せておいた。

「どうしてそんな意地悪をいうのかな」

「五年くらい中国文学を勉強してから来い、っていった」

「だって今こうして僕らは話してるじゃないか。それ以上、何が必要なの？」

本当に子俊のいう通りだった。私たちはこうして話している。天気の話をしたり、相手が元気がなさそうだったら声をかけたり、声をかけずに心配したりする。それ以上、私には何もいらなかった。

阿強、議論して相手を負かすことで、あなたは自分を守ろうとしているだけだ。

あなたが自分の現状に対する不満を私にぶつけるのはかまわない。でも何の関係もないお店の人たちを見下すのだけは許せなかった。

阿強《あきよん》は現在住む順天《しゆんてぃん》の団地に引っ越すまで、九龍城寨《がおろんせんちゃい》で育った。そこでの暮らしのことを尋ねた時、彼はこういった。

「そこにも住んでいる人間がいた。俺はそこに住んでいた。ただそれだけのことだ」

それ以外のことは何一つ答えなかった。彼は自分の話したくないことは決して話そうとはしない。私は彼の話さないことから彼を想像するしかなかった。

九龍城寨で育った少年。その環境から抜け出す唯一の方法が、彼にとっては学歴だった。中文大学卒業という学歴があれば、香港では一目置かれるどころか、将来は約束されたも同然だった。

しかしそこへ返還という問題が浮上した。彼は学歴を利用して着々と香港でキャリアを重ねることより、とりあえずカナダのパスポートという保険を手に入れる道を選んだ。一九九〇年、天安門事件の記憶もまだ生々しく、香港人の将来に対する不安が最高潮に達した時期だった。一度は確立されたかのように見えた高学歴という彼のアイデンティティは、「移民監獄」のカナダで差別されたことで崩れた。そしてようやく香港に戻ると、返還を前にした空前の好景気の波に一歩乗り遅れ、不甲斐ない仕事とポジションを余儀なくされたことで再び崩れた。

アイデンティティの危機に陥った彼がとった自信回復方法は、甘い夢を見させてくれる唯一の場所、つまり中文大学へ戻ることだった。自信に満ち溢れていた古き良き時代の自分の亡霊を求めて、かつて自分が漂っていたプールで泳ぎ、図書館をさまよう。そうすることでのみ、彼は現実を忘れることができるのだろう。

そんな彼の必死な姿を思い浮かべたら、いまだにふらふらしている私を攻撃することで気が済むなら、好きなようにさせてあげようと思った。

しかし彼が、この店に集う人たちの存在を否定するのだけは許せない。それだけはどうしても許せなかった。

今の自分に対する怒りは自分に向けてほしい。今の自分は、それまでの自分の結果なのだから。

あなたの教養は、一体何を与えてくれたの？　それとも一生、中文大学に逃げ込むつもり？だったらそうしていればいい。そこから先はもうあなた一人の責任だ。

今度こそ本当に阿強という友人を失うかもしれない。そんな予感がした。

食べるナショナリスト

香港の人は食べることが大好きだ。食べることに命をかけているといっても過言ではない。そこにはすべての資本である健康を重視する、体を大切にするためには体のもとである食を重んじるという意識があることはもちろんだが、結局は、舌だけは自分を裏切らないということではないかと私は思う。

香港の人と議論して勝った試しはないけれど、特に食に関しては自分たちの価値観に絶大なる自信を持っている。食のこととなると突然ナショナリストと化し、他の民族や文化は一切排斥してもよいと思っている節がある。よくもこんなに自分たちの食に自信を持てるものだと、羨ましくも思う。

その自信は、中国四千年の歴史を根拠にした中華料理そのものに対する揺るぎない信頼に、「豊かな香港には世界じゅうで最も良質な中華料理が集結している」という中国に対する優越感が加わり、それに「便利と快適って最高」という香港特有の快適崇拝が加わり、傍から見ていると実に奇妙な自信である。

まずは彼らの食卓を覗いてみることにしよう。

シェリーが妊娠してから、外で会うのが不便になったため、よく彼女の家に行ってごはんをごちそうになった。

「妊娠中って何を食べちゃいけないの？」

私は純粋に好奇心からそう聞いたのだが、彼女は目を丸くした。

「あら、あなたも妊娠したの？　博美も隅におけないわね」

……。それはともかく。

「妊娠すると食べ物に気をつけなきゃいけないから大変よ。妊娠中に食べちゃいけないものって、思ったより多いの。私は今までそんなに知らなかったんだけど、みんな姑が教えてくれたの。ちょっとでも間違って食べようものなら、ものすごい剣幕で怒られるのよ。すべての食物は『熱《いっ》』のものと『涼《りょん》』のものに分けられるのは知ってるでしょ。妊婦は『涼』のものは食べちゃいけないの。赤ちゃんが冷えちゃうから」

中国人の考えによれば、「熱」のものは体を温める作用があり、「涼」のものは体を冷やしたり熱を冷ます作用がある。食べ物に限らず、人間にも「熱気《いっへい》」体質と「涼気《りょんへい》」体質がある。「熱気」体質の人は吹き出物や鼻血などが出やすく、「涼気」体質の人は体が冷えやすい。例えばこんな感じだ。

文道《まんどう》と一緒に歩いていた時のこと。彼は「最近熱気がたまってかなわない。見て、ニキビだらけだよ。こりゃあ涼茶《りょんちゃ》を飲んで、体を涼にしないといけない」といって涼茶舗《りょんちゃぽう》〈涼茶や亀苓《かめぜり》膏などを売る店〉にかけこみ、火麻仁《ふぉーまーやん》を飲んだ。しかしこの火麻仁は、熱気のたまった時以外に飲むと体が必要以上に冷え、下痢などを引き起こすという。

ルビーと食事をしに行った時のこと。

「今日は熱気がたまってるから、揚げものを頼むのはやめておこう」

彼女はそういって、炒めもの中心に料理を選んだ。

「どうして熱気がたまってるとわかるの？」と私は尋ねた。

「感じでわかるんだ」

「熱気の人と涼気の人って見てわかる？」

「大体わかるよ。熱気の人間は蚊に刺されやすくて、涼気の人間は蚊も刺さない」

全然説明になっていない。

「高血圧と低血圧のようなもの？」

「違う。血圧は関係ない。私は熱気で低血圧だ。これは言葉では説明できない。自分で感じるものなんだ」

蚊説の真偽はともかく、その極意は素人の私にはよくわからない。ただ、焼き肉やステーキなど油っこいものを食べる日が続くとさっぱりしたものを食べたくなったり、あまりあっさりした食事が続くとカロリーの高いものを食べたくなったりするのと、大筋では似ているのではないかと思う。

妊婦シェリーの話に戻ろう。妊婦の大敵、涼ものにはどんな食物が含まれているのだろう？

「西瓜《すいか》、涼茶《りょんちゃ》、白菜《ばっちょい》〈日本の白菜ではなく、チンゲン菜を小さくしたような野菜〉、椰菜《キャベツ》、冬瓜《とうがん》、黄《うぉん》牙白《あーばっ》〈日本でいう白菜〉、緑豆《うぐいすまめ》、紫菜《のり》、海帯《ほいだい》〈わかめや昆布といった海草類〉、それに香蕉《バナナ》。大体、野菜でいえば緑色野菜はOKで緑黄色野菜は中性だからセーフ、中が白いものは涼ものといっていいわね」

「聞いてると、瓜系は良くないみたいね」

「南瓜《かぼちゃ》以外はね。果物はビタミンCが多いからいいけど、西瓜は絶対にいけないの。あとは塩分の多いもの。それからコーヒーやお茶といったカフェインもの」

この説によれば、日本人の好きなみそ汁——特にわかめが入っていたらとんでもない——、白菜のおしんこ、大根おろし、キャベツのサラダはみなアウトだ。この概念は、お腹にいる子の血統が中国人の場合にのみ作用するのだろうか。それとも血統は何人であれ、妊婦が中華文化圏にいる場合なのだろうか。中国人と日本人の子だったらどうなるのだろう？　鬼佬《ガイジン》だったら？

「そんな複雑なこと考えなくていいのよ。私は中国人なんだから」

涼ものに好きなものの多い私は、香港では妊娠したくないなと思った。しかし実際、体を冷やすものはお腹の子に良くないという意見は十分に説得力があり、私は真剣に聞き続けた。

「妊娠してしまったけど要らないって人は、緑豆と海帯と冷たい糖水《とんそい》〈タピオカや小豆などを煮込んだ甘いスープ〉をいっぺんに食べると、確実に流産するんだって。ほんとよ。昔はそうやって子どもを堕ろしたんだって」

本当かよ……と思いながら、でもうぐいす豆とわかめと糖水を偶然いっぺんに食べることは多分一生ないだろう、と安堵する。

「涼ものがいけないってことは、熱ものはいいんだね？　じゃあ蛇羹《せーがん》〈蛇の入ったどろどろのスープ〉なんていいんだろうね。あれは体が温まるんでしょ？」

「蛇はダメ！　蛇は絶対にダメ！　それにエビやカニもダメ！」

シェリーは猛烈に否定した。

「じゃあエビは？」

「妊娠中に蛇を食べると、赤ちゃんの肌が蛇みたいにウロコだらけになっちゃうのよ」

「エビを食べると、赤ちゃんの背中がエビみたいに曲がっちゃう」

「じゃあカニはもしかして……？」

「そう、カニを食べると、大きくなってから前に歩けず、横歩きしかできなくなっちゃうんだって。それから妊婦は釘を打っちゃいけないの。赤ちゃんの顔に穴が開くから」

私は彼女がいい終わる前から笑い出していた。

「迷信深いって馬鹿にしてるんでしょ。でもね、もし万が一本当に赤ちゃんがウロコだらけで背中が曲がってて横歩きしかできなかったらどうする？　あれほど食べるなっていったのに、って姑から怒られるのは私なのよ。だったら迷信でも、素直に従ってた方が楽なの」

まあ私としても、蛇を食えといわれるより蛇は食うなといわれた方がよっぽど嬉しいけれど。

「さ、おかずが冷めてしまうから早く食べましょう」

シェリーはそういって冷蔵庫を開けた。

「博美は可楽《コーラ》でいいわよね。私は可楽が飲めないから……雪碧《スプライト》と」

「ちょっと待って！　コーラがいけなくてスプライトはいいっていう違いは一体何なの？」

私の指摘にシェリーは一瞬たじろいだ。

「コーラがいけないのはつまり……カフェインが入ってるからよ。骨を溶かすっていうでしょ。スプライトは水と砂糖と炭酸でしょ。だからいいの。カフェインが入ってなければ何だっていいのよ」

「いくらカフェインが入っていなくても、ソフトドリンクはあんまり体に良くないんじゃないかな」

「だったら私にこの水道水を飲めっていうの？　それよりスプライトの方が全然清潔だし安全よ」

スプライトが一番お腹の赤ちゃんを冷やすと思うんだけど。

利香と阿波《あぼー》の夫婦は阿波の長兄家族と一緒に暮らしていた頃、二人は共稼ぎのため、平日は兄嫁が食事を作っていた。私も一度ごちそうにあずかったことがあるが、お玉を振り回しながら、次から次へと料理を生み出す、料理の魔法使いのようだった。

利香はいつも兄嫁の手を煩わせては申し訳ないと思い、せめて週末だけでも自分が料理を担当しようと思った。私は利香の手料理も何度もごちそうになったことがあるが、日本の家庭料理と中華料理を自分なりにブレンドした、なかなかの腕前だった。

しかし兄嫁の評価は違った。兄の家でいざ冷蔵庫から食材を取り出して料理する段になると兄嫁が背後に立ち、「ああっ、その野菜と牛肉は合わない」「待って、それは豚肉とは合わない。鶏肉と合わせた方がいい」「それは魚と合わせるの」といちいち止めに入るという。

「私、これまであり合わせで料理する時は、何を合わせてもおいしければいいと思ってたの。例えば、ピーマンと牛肉を合わせればおいしいだろうけど、豚肉しかなかったら豚肉でもかまわないって。でも兄嫁は、っていうより中華料理っていうべきかな、絶対にそれをしない。彼女の頭の中には何百というレシピが詰まっていて、ピーマンなら絶対牛肉、セロリときたら鶏肉、キャベツなら豚肉、しかも切り方も全部決まっていて、その組み合わせは絶対に揺るがない。『こうしてみても案外おいしいですよ』っていっても、絶対に聞かないんだよね。すごいな、って思う反面、食に対して保守的だなって思う。レシピ以外のメニューは絶対に生まれないんだもの。結局、あんまり兄嫁が心配そうだから、私は手出ししないことにしたの」

ルビーは外国に住んだことはない。旅行したことのある国は、タイ、中国。中華料理を食べられる国にしか行かない。なぜなら「中華料理が世界で一番おいしいに決まっているから」だ。ルビーと食事をするのはある意味骨が折れる。中華料理に絶大なる信頼を寄せるあまり、異文化に対してあまりに排他的だからだ。

いつもルビーにごちそうになるのは悪いから、今日は日本料理を作ってあげよう、と利香を含む四人の日本人で計画し、ルビーの家で日本料理を作ったことがあった。とはいっても私ははなから料理班の勘定には入っておらず、野菜を洗っただけだった。一時間ほど経過し、テーブルに典型的な日本の家庭料理が並んだ。肉じゃが、ほうれん草のおひたし、ハンバーグ、そしてわかめと豆腐のみそ汁。こぢんまりとはしていたが、しばらく日本食から離れていた私たちには涙の出そうなメニューだった。

「おいしいね」

忙しく箸を動かす日本人四人を尻目に、ルビーは黙っていた。

「いつもこんなの食べてるの？　よく我慢できるなあ」

彼女のその一言に日本人四人は凍りついた。

「まず量が少ない。これじゃあ絶対に腹いっぱいにならない。それにバランスが悪すぎるよ。

豚と牛を一緒に食べるくらいなら、どうして鶏肉とか魚にしない？　野菜も少なすぎる。まして冷えた野菜じゃ栄養にならないし、体が冷える。みそ汁にも栄養が全然ない。塩と醤油の味ばっかりだ。私に一時間くれたら、もっといい料理を作ったのに」

もし私がこの日料理を担当していたら、テーブルをひっくり返して帰っていただろう。結局彼女はあまり箸が進まず、「全然腹がいっぱいにならない」といって宅配ピザを頼んだ。私たちは、ルビーに料理を作ってあげるのは金輪際やめよう、と固く誓いあった。

あなたがそこまで他国の料理を排斥するのなら、私にだっていいたいことは山ほどある。正直いうと、鶏の足や豚の腸や性器、肝臓、蛇、田鶏《かえる》なんて、食べたくも何ともない。あなた方は「中国人はどんな材料でも美味にして食べてしまう。日本人が素材本来の味にこだわるのは、味付けに自信がないからだ」と胸を張るが、裏を返せば何でも食うってだけの話ではないか。香港のテーブルに並んだ奇妙きてれつな食物の数々を、抵抗を感じながらも無言で食べているのは、あなた方の食文化を尊重すればこそだ。これでも精一杯気を遣っているのだ。

これまで様々な異文化の人と食事を共にしたことがある。自文化の食に対する誇りは多かれ少なかれどんな文化圏の人も持っているが、中国人、中でも香港人ほど他文化の料理をあからさまにけなす人たちは見たことがない。西洋料理などはなから馬鹿にしきっている。一方西洋人は、ガチガチのベジタリアンを除いて、おおむね異文化を積極的に受け入れようとする。それを香港人は、「あんなまずいもの毎日食ってりゃ当然だ」とまた馬鹿にする。中華料理以外は、はなから相手にしていない。

「金が好きだ」「香港はゴミだらけ」「香港人は声が大きくて乱暴だ」「階級社会だ」「芸術を理解しない」「せっかちだ」「愛想が悪い」……香港の何をけなしても、彼らは大抵のことは許してくれる。絶対に口にしてはならないタブーは、食に対する批判。これをうっかり口にすると、彼らの逆鱗に触れることになる。

一度、何人かの友人の前でぽろりとやってしまったことがある。

「香港の料理はあんまり好きじゃない。雲呑《わんたん》や水餃《すいぎょうざ》一つをとっても、なぜいちいちエビや木耳《きくらげ》を入れる必要があるの？　スープも味が複雑すぎる。私は中国の田舎の屋台で食べるシンプルな雲呑や水餃の方がずっと好きだな」

一瞬場がしらけ、次に押し寄せたのは非難の嵐だった。

「頭がおかしくなったんじゃない？」

「博美って本当に親中派だよな」

「君は本当においしいものを知らないから、要求が低すぎるんだよ」

「中国の料理がシンプルなのは、材料が足りないから。本当はエビを入れた方がおいしいに決まっているのに、貧しいから入れないだけなのよ」

「日本人は何でも味が薄ければおいしいと思ってるのよ」

「日本人は何にでもワサビを入れるから味がわからないんだ」

これはまずいことをいってしまった、と気がついたが後の祭り。私は自分の本意を曲げることなく、しかし相手の面子を損ねることのないよう、まるで政治家のような釈明をさせられる羽目になった。

「好きじゃないというより、慣れていないというべきだった。私はエビが好きじゃないから、中国の雲呑や水餃をおいしいと感じる。私は質素な食事が好きだから、贅沢すぎる香港の料理があまり口に合わない」

雲呑と水餃にエビは要らない、と口を滑らせただけでこうなのだから、もっと複雑な批判をしていたら友達を失っていたかもしれない。食に対する批判は、香港を冒瀆することなのだ。

「香港の人と食べ物の話をするのは骨が折れるよ」

一五歳まで台湾で過ごした経歴から、香港を常に傍観者的立場から眺めている友人、文道《まんどう》にそう話すと、彼は笑いながらいった。

「しょうがないよ。だって香港人には食べ物しか誇りに思えるものがないんだから。

香港人が愛してるのは、香港じゃなくて、香港式の生活様式なんだ。何年か前、香港の金持ちたちがどこか南洋に島を買って、そこを香港にしてしまおうって話が真面目に出ていたくらい。香港人は、自分たちが普段食べているもの、雲呑麵とか水餃麵とかが食べられれば、世界じゅうどこでも生きていける。香港と同じものが食べられる場所、それが香港なんだよ。

日本人は多分そうはいかないだろう？　日本の景気が悪くなって外国へ移民が増えたとするね。でもうまい寿司とラーメンの食える場所だったら世界じゅうどこでも日本と思うことができるかな。日本人ならきっと、故郷の山とか故郷の海とか、日本語とか、そんなことを懐かしく思うでしょ。でも香港人は違うんだ。彼らに必要なのは茶餐庁《ちゃーつぁんてん》と、中国人が多くて交通が便利なこと。これだけあれば、世界じゅうどこでも香港と思って生きていく。どこの街に行っても、まず作るのは茶餐庁。外国に溶け込もうなんて、最初から考えていないんだ。だから生存能力が高いんだよね。きっと世界中でひんしゅくを買っているはずだよ」

国籍も出身地も言語も育った環境もバラバラの香港で、人々を一致団結させるだけの求心力を持つアイデンティティは、唯一「食」に対する自信。外国人にとって、これほど簡単そうで、突破しにくい壁はない。

最後は中華料理国粋主義者ルビーがマカオへ行った時の話でしめくくることにしよう。

マカオといえばおいしいポルトガル料理である。私はもともと中華料理より西洋料理の方が好きということもあり、マカオへ行くと人が変わったように歩き回り、おいしいレストランを探す。マカオへ行くのは、ポルトガル料理を食べたいからだといってもいい。

「マカオで何かおいしいもの食べた？」と私はルビーに聞いた。

「食べないよ。マカオなんてまずいに決まってるもの。夜一〇時の船で香港に戻って、うちの下の茶餐庁で食べたよ。マカオで食事するなんて、金を捨てるようなものだ」

香港人よ、同胞であるマカオまで蔑まないと気が済まないのか。

「私は中華料理のことはわからないけど、西洋料理には詳しいよ。はっきりいって西洋料理はマカオの方が香港より数段上だよ」

「ゲッ、マカオの西洋料理なんて、マカオの中華料理よりひどいよ。あんなもの、一生食べたいとも思わない」

一言「自分の口には合わない」といってくれればいいのに、そこまでけなされると、マカオの名誉のためにも引き下がるわけにはいかなかった。

「マカオの西洋料理は香港の西洋料理より数段おいしい。それはマカオの西洋料理が本物に近くて、香港の西洋料理はほとんど中華料理と同じだから」

「だからまずいっていってるんだ。西洋人が食べるものにおいしいものなんてないんだから」

「ちょっと待って。西洋人がおいしいというのがおいしい西洋料理で、中国人がおいしいというのがおいしい中華料理でしょう。マカオの西洋料理はおいしい。でもルビーの口には合わない。そういうことでしょう？」

少し沈黙があった。

「いや、そうじゃない。マカオの西洋料理はまずい。なぜなら私がまずいと思うから。だから私は食べない。簡単なことだ」

結局、ルビーの舌が全世界の料理のルールブックなのだった。

宝珍の旅立ち

三月二七日午後六時半、アパートに戻った。うちの世帯の鉄柵の隙間に一枚の紙片が挟まっていた。よくそこらへんに落ちている六合彩《マークシックス》〈六つの数字を当てるマークシート方式の宝クジ〉のハズレ券だった。捨てようとした時、裏にメモが書いてあることに気づいた。

「星野博美小姐、こんにちは。私は大陸から来た林宝珍です。明朝八時二〇分に香港からアメリカに行きます。もし今日じゅうにこのメモを見たら、電話を下さい。　午後六時」

林宝珍……大陸……アメリカ……

もしかして……福建省長楽県の林宝珍？

信じられない気持ちで何度もメモを読み返したが、やはり長楽の林宝珍に間違いない。

なぜ宝珍が香港に？

わけがわからないが、とにかく宝珍が三〇分前にここにいたのだ。

たった三〇分前に、長楽から香港に出て来た宝珍が、香港人でさえ近寄りたがらないこの薄暗いアパートの廊下に途方に暮れながら立ち尽くし、ドアを叩いている様子を思い浮かべたら、涙が出そうになった。部屋にたどり着くまでにいくつもの鍵を越えなければならないという香港の住宅事情を知らない彼女は、住所さえ持っていれば私と会えると思ったのだろう。誰かに突然訪ねられることを恐れて住所交換をしないこの街で、住所だけでここまで来てしまった宝珍のまっすぐな行動に、私は感動していた。

私はとるものもとりあえずメモに書かれてあった電話番号に電話した。

「福建省長楽《ちゃんるお》から来た林宝珍《りんぱおちゃん》さんはいますか？　私は彼女の日本人の友達です」

電話の相手が何人なのか、つまり広東語スピーカーなのか普通話スピーカーなのかわからなかったため、忘れて久しいたどたどしい普通話でいった。

「ちょうど今、あなたに会いに行ったところよ。宝珍には会えなかったの？　彼女は明日、アメリカに行ってしまうのよ」と相手の女性は普通話で答えた。私は地図を開いてその家の住所を聞き、最寄りの地下鉄駅・大窩口《だいうおーはう》からの道順を教えてもらった。

「うちの前にマクドナルドがあるから、そこからまた電話を下さい」

地下鉄の中で、宝珍と香港で会う奇縁を考えていた。

宝珍と会ったのは九四年八月、海外へ出稼ぎに行く人が特に多い福建省長楽県（現在は長楽市）の路上だった。銀行へ両替しに行くと、「こんな所で両替したら損するわ」という銀行の職員に闇市に連れて行かれた。彼女が親切にしてくれたのは、弟二人が日本へ出稼ぎに行っているからだった。その途中で会ったのが、やはり闇市へ行く途中のご近所さん、宝珍だった。

「あなたも闇市に行くんだったら、この人を一緒に連れて行ってあげて」と、宝珍が闇市に連れて行ってくれることになったのだ。

その時宝珍の夫と彼女の上の弟は、アメリカに密航してワシントンＤＣに在住、下の弟はヨーロッパに密航してベルリンに住んでいた。

「ここの人たちの頭の中には、外国へ行きたいという思いが常にあるの。どこかにチャンスがないか、いつだって考えてるわ。数週間に一度、夫から電話がかかってくるのよ。電話代が高いから、こんにちは、元気？　変わりない？　それぐらいしか話せないけど。いつ戻って来るのかしら……偽造パスポートで行ったから、一度帰って来たらアメリカには戻れなくなってしまう。十分お金が貯まるまでは帰って来ないでしょうね。でもいつか必ず帰って来る。アメリカで稼いだお金は、中国に持ち帰ってこそ意味があるの。何年か一人で苦労しても、中国で家族と一緒に暮らせると思うからこそがんばれる。みんなそうよ。いつかは必ず戻って来る。夫は娘が一歳の時にアメリカに行ったから、娘は父親の顔も覚えてないのよ。ねえ、どうして中国人は外に出られないの？　あなたがこうして自由に外国へ行けるのに、どうして私は外に出られないの？」

彼女の話は前作『謝々《シエシエ》！　チャイニーズ』にも書いている。

日本に帰国した後、日本に密航した宝珍の叔父、魯《ルー》さんと何度か会った。魯さんは大口という町でずっとパチンコ屋に勤めていたが、その店が中国人窃盗団に襲われたことで関与を疑われて解雇され、解体屋、食肉処理場などの職場を転々とし、私が香港に来る直前には新宿御苑の居酒屋で働いていた。九六年八月に会った時、彼はこういっていた。

「宝珍はアメリカに行くと思うよ。下の弟も、ヨーロッパからアメリカに渡ったらしい。だんなど弟二人でお金出して、ニューヨークの中華レストランを台湾人の社長から買ったんだって。かなり儲かってるらしい。だから宝珍もビザを取ってアメリカに行くことに決めたみたいよ」

しかしそれは奇妙な話だった。宝珍の夫は密航でアメリカに渡ったというのに、なぜ家族を呼び寄せられるのか？　それとも宝珍もまた密航で渡るのか？

「いや、俺には確かに広州でビザを取るといってたよ。正式に行くんだって」

そんなことが可能なのだろうか。

「アメリカは自由の国だからじゃない？　日本はそうはいかないけど。俺もアメリカにすればよかったよ」

魯さんはそういって笑ったが、私はどうしても腑に落ちなかった。

地下鉄が大窩口《だいうおーはう》に到着した。指定されたマクドナルドから電話をかけた。

「あら、宝珍はあなたを迎えに駅まで行ってしまったわ！　あれほど家で待ってろっていったのに」

宝珍という人は、いい出すと聞かない性格のようだ。その家の女性たちは宝珍のお母さんと顔がそっくりだった。電話に出た宝敏《ばおめい》のお母さんが、宝珍のお母さんの母親の姉。宝珍たちは、大おばさんの世話になっていることになる。宝敏のお父さんは一九四九年、長楽から単身香港に渡り、宝敏とお母さんは三〇年遅れた一九七九年香港に、そして妹の宝芳《ばおふぁん》と弟はさらに一〇年遅れた八九年に来港。ちなみに宝敏の夫も長楽の人だが、九〇年から九二年にかけて香港から日本へ、留学とは名ばかりの出稼ぎに行っている。私は途中で誰が誰だかわからなくなり家系図を書いてもらう羽目になったが、とにかくいろんな出入りを繰り返し、ようやく香港に一家が揃ったということだった。

そんなことを話しているうちにベルが鳴り、宝珍たちが帰って来た。

「お久しぶり！」

私は宝珍《ばおちゃん》と娘の晶晶《ちえんちえん》と抱き合った。宝珍は髪をばっさり切り、黒いズボンに質素なニットの長袖ポロシャツを着ていた。長楽で会った時は長い髪をおろして黄色いワンピースを着ていた。随分痩せたみたいだし、長楽にいた時よりも質素になっているような気がした。晶晶は三つ編みに真っ赤なリボンをつけ、おめかししている。

「この子が、あなたは眼鏡をかけている人だっていうから、駅でそういう人ばかり探してたの。でも電車から降りてくる人は眼鏡をかけてる人ばっかりだったわ」

宝珍の横で、ちょっとお腹の出た日焼けした男性がにこにこ笑っていた。

「紹介するわ。私の夫よ」

「宝珍からずっと話は聞いていました」といってだんなさんは右手を差し出した。普通中国の人はこういう挨拶はしない。もうすっかりアメリカ式が板についている。アメリカに行って戻らないはずのだんなさんがなぜ……謎は深まるばかりだった。

「さあ、おかずがすっかり冷めてしまったよ。早く食べましょう」

大おばさんの一声で私たちはテーブルに着き、記念写真を撮った。

宝珍一家の六年ぶりの再会。大おばさん家族との再会。家族揃ってアメリカへ発つ、最後の晩餐。ファインダーを覗きながら、とるものもとりあえずカメラだけ持ってこの家にやって来たが、これだけの面子が香港に集まるのはこれが最後かもしれない、と漠然と思った。そしてその場に立ち会っている、長楽の路上で出会った私。もし私が日本にいたら、こんな場面に立ち会うことはなかっただろう。どういう因縁かはわからないが、縁とは本当に不思議なものだ。

大おばさんの作った数々のごちそうを頬ばりながら、私たちは時間を惜しむように話し始めた。

「今度大陸に行くことがあったら、ぜひ長楽に行って母に会ってあげて。母は妹が世話をしてくれることになったんだけど、一人で残して来たからやっぱり心残りなの」

宝珍は長楽ではお母さんと晶晶の三人で暮らし、隣の家に妹家族が住んでいた。

「お母さんは頭痛がずいぶんひどかったけど、体の調子はどう？」

「まったく良くならないの。家で毎日休んでいるわ。それだけが私も心配。あなたが送ってくれた写真、今でも大切に持ってるのよ」

そういって宝珍は鞄の中から、私がかつて別れ際に撮った写真を取り出した。

「縁って不思議よね。言葉も国も違う者同士が、こうしてまた違う場所で会えるなんて。あなたが香港にいたからこうして会えたんだもの。香港ってとってもいい所ね」

「宝珍は昨日から、香港の人は正直で親切だって、そればかりいってるのよ。香港人のことを正直だって誉める人は初めて見たわ」といって宝芳《ばおふぁん》が笑った。

「だって大陸は今、とても危険なのよ。長楽では、毎日誘拐や強盗が起きてるんだから」

海外へ出稼ぎに行く人が多い長楽では、高級マンションが立ち並び、貧富の差が急激に広がり始めている。夫や父親が海外へ出ている家族を誘拐し、海外にいる家族から身代金をとる事件が相次いでいると、香港の新聞にも載っていた。香港がのどかに見えるほど長楽はすさんでいるのかと思うと、寒々しい気持ちになった。

「妻と娘を二人だけでアメリカに来させるのはどうしても不安でした。いくら書類が揃っているといっても、妻たちには初めての外国だし、何度も飛行機の乗り換えがあるし、なにしろ英語がまったく喋れないんですから。荷物のことでどんな文句をいわれるかわからないし、国境で問題が起きるかもしれない。だから妻たちが福州から香港に着く時間に合わせて、私もその二時間前に香港に到着するように帰って来たんです。それで飛行場で会って、香港に一緒に入国したんですよ。幸せですよ。今、本当に幸せです。六年以上待って、やっと家族が一緒になれるんですから」と夫の李《りー》さんが晶晶の頭をなでながらいった。

「広州でビザを取る時も大変だったの。広州なんて行ったこともないのに、何度も通って、やっと下りたのよ」

やはり彼女たちは正式なビザを取得していた。私は李さんに単刀直入に尋ねた。

「宝珍たちがビザを取ったということは、今回は密航ではないということですね？」

李さんは大笑いして、「今回は密航じゃありませんよ。ちゃんと正式に行くんです。アメリカ公民の家族としてね」と胸を張っていった。

「あなたの身分は今どうなっているんですか？」

「お見せしましょう」

彼は財布の中から一枚の身分証を取り出した。

「これはいわゆるグリーンカードです。九四年一〇月に取りました。本物ですよ。ほら、私の写真に私の実名が書いてあるでしょう？　私の国籍は、今でも中国です。でもこれがある限りアメリカに居住することができるし、労働も自由です。これがあるから、こうして妻子を呼び寄せられるわけです」

「でもこれは密航者には取れないものでしょう？」

「実際密航した人間が取るのはほとんど不可能でしょうね」と李さんは他人事のようにいった。

「あなたにはなぜ可能だったんですか？」

「私は単純に幸運だったんですよ。長い話です。私は本当に幸運な男です」

そして李さんは長い話をしてくれた。

「私がアメリカに到着したのは一九九〇年一月一〇日でした。長楽を出たのはいつだったか……全然思い出せません。でもアメリカに着くまでに半年ぐらいかかったことは確かです。まず福州から昆明《くんみん》に飛行機で飛んで、そこからバスで中国・ミャンマー国境の村へ行き、徒歩でミャンマーに入りました。ミャンマーからタイ国境をまた歩いて渡り、バンコクで蛇頭《スネークヘッド》からタイの華僑の偽造パスポートを渡されました。そして飛行機でメキシコに飛び、メキシコからカリフォルニアにはまた歩いて入りました」

福州からバンコクまでのルートは、東京にいる宝珍《ばおちゃん》の叔父、魯《るー》さんとまったく同じだった。

「蛇頭に払った渡航費用は一万米ドルでした。本当は私も日本に行く予定だったんです。日本は稼げるって聞いてましたから。でもバンコクを発つ直前に、蛇頭の都合で行き先がアメリカに変更になったんです。私は別にどちらでもかまわなかった。思えばそれが私の幸運でした。アメリカでは一九八九年六月四日から一九九〇年四月一日までに入国した中国人には、特赦が出たんです。なぜだかわかりますか？」

「もしかして天安門事件、ですか？」

「そうです。人道的立場からね。私がアメリカに着いた一月一〇日はちょうどその中に入っていた。もちろん、中国を出る時にはそんなことはまったく知りませんでした。本当に偶然です」

私はたまたま前日、中文大学の構内で天安門事件のドキュメンタリー映画を見たばかりだった。この映画は恐らく返還後の香港では上映できなくなるということで、中文大学の有志が「香港最後の上映」という触れこみで催したものだった。天安門広場での虐殺によって、海の向こうで幸運をもたらされた人がいるなんて……前の晩に生々しい映像を見たばかりだったこともあって、余計に信じられない気持ちだった。

李さんは九一年六月二八日に労働許可証を得た後、九四年一〇月、ついに永久滞在許可証を取得した。

私が長楽で宝珍に会ったのは九四年八月。その時点では宝珍もいっていたように、稼げるだけ稼いだら故郷の長楽に戻るつもりだったのかもしれない。ところが青天の霹靂で特赦が出て滞在許可証が下りることになった。中国から世界に散らばった密航者の中では、稀に見る幸運の持ち主といえるだろう。

「私と宝珍の上の弟は長楽を出る時からずっと一緒でしたから、一緒に居住権を得ました。彼女の下の弟は、一年前にドイツからアメリカに再び密航で来ました。でも彼にはグリーンカードはもちろん、労働許可も下りません。法的には一密航者ですから、何の権利も与えられません。この先もどうなるか……多分彼には難しいかもしれません。今、多くの密航者たちは、天安門事件や一人っ子政策で迫害を受けたという理由を作り、政治亡命という形で居住権を得ようとしています。でも今ではそんな人が多すぎて、取得はかなり難しいようです」

兄弟で同じように密航して、かたや居住権を得、かたや日陰の身というのは、複雑な心境だろう。

テーブルでは広東語と福州語と普通話と英語が飛びかっていた。だんだん誰と何語で話したらいいのかがわからなくなり、李さんは宝敏《ばおめい》に向かって英語で話しかけ、私は宝珍《ばおちゃん》に向かって広東語を話し、宝珍は普通話で宝芳《ばおふあん》に話し、相手のうろたえた顔を見ては本来の話相手を探す、そんな状態だった。

李さんはアメリカに渡ってから、思い出せるだけでニューヨーク、ワシントンDC、マイアミ、コロラド、オーランドの中華レストランを転々とし、今はフロリダのポート・オレンジという所ですでに一年定住している。

「一番好きだったのはコロラドのアスペンという所ですね。七月になるともう山の上には雪があるような場所でした。スキー場があって、うちの店にもハリウッドの映画スターがたくさん来ました。一番思い出の多い場所です」

今働いている店はオーナーが台湾人で、李さんと宝珍《ばおちゃん》の弟二人、そしてもう一人の中国人コックが働いている。私は東京にいる宝珍の叔父、魯《るー》さんがいっていた話を聞いてみた。

「あなた方三人がニューヨークで台湾人オーナーから店を買い取って経営者になった、という話を聞いたんですけど」

「誰がそんな話を？」といって李さんは大笑いした。

「私たちの月給はアメリカドルでたったの一〇〇〇ドルですよ。どこにそんなお金がありますか？　それにニューヨークにいたのは随分前の話です」

やっぱりそうだった。李さんが短い国際電話の中でアメリカでの近況を宝珍に伝え、宝珍がそれをお母さんに伝え、アメリカの事情にうといお母さんがさらに短い国際電話で東京にいる弟の魯さんに伝える。その伝言ゲームの中で、李さんのささやかな成功に尾ひれがつけられ、ウェイターからオーナーに変貌してしまったのだろう。

中国では世界の情報はあまり入らない。また密航した人は当局の追跡を恐れて、手紙ではなく電話で家族に連絡を取るのが一般的だ。すると短い会話の中で、相手がほんの少し脚色を加えた内容に独自の解釈が加わり、それに尾ひれがついて町や村の人たちに何倍もの話となって伝わる。恐らくこれが中国じゅうの、出稼ぎに行った人の家族がいる町や村で起きていることなのだろう。

でも本当のことを聞いてほっとしたのも事実だ。もし本当に密航六年目でニューヨークのレストランのオーナーになっていたとしたら、何か怪しい商売に手を染めているのではないか、と心配だったのだ。

「香港で何か気に入った物があったら買ったら、っていっても、宝珍は何も買おうとしないの。香港に来るのにも、粗末な服を着て来て」と宝敏《ばおめい》がいった。

「だって私たち、これからが大変なのよ。私は英語が話せないからしばらく仕事はできないだろうし、今から節約しなきゃ」

「アメリカに行ったらもう会えなくなるから、どうしてもあなたに会いたいといって聞かなかったの。でも電話番号も知らないし、香港じゃ住所を訪ねても会えるかどうかわからないよ、っていったのに、どうしても行くといって聞かないの」

「あの家にはベルがないのね。ドアをずっと叩いたけど、誰も出なかった」

私はこの日たまたま早く帰って来たことを天に感謝したい気持ちだった。

「今度会うのはアメリカかな。私がアメリカに会いに行きます」

私がそういうと、「いや、日本かもしれませんよ」と李さんがいった。

「日本に行きたいんですよ。実際、一度は日本に行くつもりだったんですから。私たちはもうアメリカ公民ですから、日本大使館で堂々と日本の旅行ビザを申請することができます。そうしたら宝珍と一緒に日本に行って、働くつもりです」

「そうよ。私も日本に行って働きたいわ」と宝珍《ばおちゃん》。

「でもアメリカで安定した生活があるのだから、日本に来る必要はないんじゃありませんか?」

「アメリカで私が一か月必死に働いて、給料はたったの一〇〇〇ドルですよ。日本では月に二〇〇〇ドルは稼げると聞きます。そうしたら飛行機代を出して日本へ行っても、日本で働いた方がいいじゃありませんか」

私はこの発言に正直いって驚いた。彼らはアメリカの公民権を得てもなお、そこよりもいい場所を考えている。アメリカに移民するのはアメリカ人としての権利を得るためであり、そこから行ける所をすでに見つめている。最終目的地は、きっとないのだ。

晶晶《ちえんちえん》はソファで眠っていた。長楽で生まれて五歳の時に香港に来たという、茶色の前髪を長く伸ばして眼鏡をかけた、いわゆる香港のヤンキー少年という感じの宝敏《ばおめい》の弟は、一人二段ベッドの上に寝転がってテレビゲームをしていた。青衣《ついんい》の団地に住んでいる宝敏と夫は明日仕事が早いからと帰り、大おじさんも大おばさんもいつの間にか寝室に引き上げ、テーブルに残っていたのは宝珍と李さん、宝芳《ばおふぁん》と私だけになっていた。とした。すっかりお皿が片付けられたがらんとしたテーブルは、さっきとは打って変わって寂しかった。私たちは思わぬ再会に時間も忘れて喋り続けていたが、もしかしたら他の家族にとっては、複雑な心境だったのではないか、とふと思った。

　香港で暮らす宝敏一家の香港での歴史は、一九四九年お父さんが単身香港へ渡ったことで始まった。三〇年間長楽と香港に別れて暮らし、少しずつ少しずつ家族を呼び寄せ、やっと全員が揃って荃灣《ちゅんわん》のささやかなマンションで暮らすことになった。香港ではどこにでもある話だが、家族が全員揃わない人々が五万といる中で、最終的には家族が揃い、しかも古いマンションを手に入れたというだけでも幸運な方だといえるし、その努力には頭が下がる。

　ところが改革開放の時代になり、宝珍の夫や弟は香港を飛び越えてアメリカに密航し、グリーンカードまで得てしまった。一番最後まで故郷に残っていた、言葉は悪いが出遅れた宝珍が、みんなを飛び越えてアメリカへ行ってしまうのだ。ソファで眠っている晶晶は七歳。小学校から英語を勉強すればすぐに言葉には慣れるだろう。そして彼らはすでにアメリカから先を考え始めている。

　一方、何十年もかけてやっと家族が揃った彼らの住む香港は、もうすぐ中国に返還される。彼らは、どこかで立場が逆転してしまったような気持ちがしているのではないだろうか？

　単純な比較はできないけれど、今は香港より中国の方が夢を見られる場所なのかもしれない、と思った。

次の日、私は午前六時に宝珍家族と空港で待ち合わせた。向こうからの見送りは大おばさんと宝芳《ばおふぁん》。三人は八時二〇分のフライトでまず香港からソウルに飛び、サンフランシスコ、アトランタを経由してダトナ・ビーチが最終目的地。長い旅だ。宝珍《ばおちゃん》と晶晶《ちえんちえん》は長楽からのたて続けの旅がこたえているのか、ぐったりした顔をしていた。李さんだけが血色よく、少々興奮気味にテキパキと動いていた。

荷物はチェックインラゲッジが五個に、手持ちが三個。エアラインカウンターには身分照会のために警察官から入国管理官が入れ替わり立ち替わりやって来て、宝珍の「福建省長楽市公安局公件専用袋」という袋から様々な書類を取り出し、X線写真まで出してチェックを行う。やっとそれを通過したかと思うと、カウンターが何やら不穏な空気になった。職員が普通話で何かをまくしたて、李さんの顔がみるみるうちに青ざめていく。

「どうしました？　何か問題でも？」

「宝珍と晶晶の予約が入っていなかったんです」

李さんは真っ青な顔でいった。

李さんはポート・オレンジの旅行代理店で自分の香港行き往復のチケットと、妻子の片道分のチケットを買った。片道分はアメリカでは予約を入れられず、乗機地の香港で予約を入れなければならなかった。しかし李さんは、チケットが手元にある限り予約は当然入っているものと思い、二人の予約を入れ忘れてしまったのだ。

「とにかく他の搭乗客のチェックインが終わらないと予約は入れられません」

職員は普通話スピーカーである李さんに何らかの優越感を抱いているのか、妙に居丈高にいった。するとさっきまでベンチでぐったり座っていた宝珍がさっそうと歩いて来て青ざめた夫の肩に手をかけた。

「あなた、怖がることないわ。今回は密航じゃなくて移民なんだから。待てばいいんでしょ？待ちましょう」

こんなに堂々とした宝珍は初めて見た。

結局私たちはロビーで一時間待ち、宝珍と晶晶はチェックインできることになった。昨晩からぐったりしていた晶晶は、やはり精神的な疲労が大きかったのか、飛行機に乗れるとわかった途端、見違えるように元気になり、大おばさんの大きな体に抱きついた。

「こんな朝早くに見送りに来てくれてありがとう。お茶でもごちそうしたいところだけど」

「そんなことはいいから、早く乗って」

「次に会うのは、きっとアメリカね」

「必ずアメリカで会いましょう」

私は通関手前で彼ら三人の記念写真を撮り、そして別れた。

「これから家に帰るの？　朝食まだだったら食べませんか？」と宝芳にいった。

「ごめんなさい。これから仕事なの。時間がないわ」

「清明節の連休なのに？」

「テレビ工場には連休も何も関係ないのよ」

宝芳はそういったあと、内緒話をするように私のシャツを引っ張った。

「昨日宝珍たちが日本に出稼ぎに行きたいといってたけど、私も行けるかしら？　女一人で日本に行ったらどんな仕事があるか、今度ゆっくり聞かせて」

宝珍たちの旅立ちは、やはり香港の家族を刺激してしまったようだった。

香港の子とは友達になれない

新移民の肖連《しょうりん》に初めて会った時、なんて肌が白いのだろうと思った。きっと母親の劉《らう》さんは、大切に彼女を育ててきたのだろう。しかし骨格が貧弱で太っているか痩せているかどちらかの香港人と比べると、彼女の体には存在感があった。しっかりした骨格を包む、控えめだけれどやわでない筋肉。都市の便利さや快適さに去勢されていない確かな体。耳できっぱりと切り揃えた髪。多分彼女自身はそんな自分の非都市的体型を誇りには思っていないだろう。今の香港で賞賛されるのは、ハイヒールで一〇分も歩いたら歩けなくなってしまうような都市的虚弱体型だ。私は彼女を見た瞬間からその確かな体つきに好感を持った。

肖連はあまり喋らない。私が劉さんと話していても、一人ベッドの上で静かに本を読んでいる。それを見て私は驚いたのだが、そんなごく普通の光景に驚いている自分にまた驚いた。部屋で本を読む人というのを、香港で初めて目撃したからだ。話が自分のことに及んでも、「うん」とか「わからない」とか短く答えるだけで、余計なことはまったく話そうとしない。お母さんや弟とは小声の東莞《とんくん》語で何か楽しそうに話すが、その会話の輪の中に私は入ることができない。

最初は歓迎されていないと感じ、彼女と部屋にいると重苦しく思った。ただ彼女は私の存在がうざったくてこれ見よがしに忙しそうに立ち振る舞ったりするわけではなく、何となく二人の間で言葉が行き交わない。口下手な私もまたそんな彼女の気持ちをほぐすことができず、初めてのデートにこぎつけはしたものの何を話したらいいかわからない中学生のように、何となく二人でもじもじしながら、お母さんか弟がこの沈黙を破ってくれることをひたすら待っていた。

何度か通ううちに、彼女の無口は拒否の意思表示ではないと思うようになった。彼女は何かを質問されたり、自分の考えを言葉にして表現するという行為自体に慣れていないのではないだろうか。毎日毎日、どんな些細に思える場合でも自己主張をして自分の権利を勝ち取らなければならないこの街では、子供の頃から、それが合っていようと間違っていようと、自分を主張することを徹底的に叩きこまれる。彼女が生まれ育った場所では、そんな必要はなかったのかもしれない。

喋ることで自分の存在を確認し、生きている実感を得るこの街では、ただ無口であるだけでこうも異質に感じられる。無理をせず、彼女が喋ってくれるようになるまで待とうと思った。

肖連《しょうりん》と弟の志祥《ちーちょん》は、母親の劉《らう》さんより二か月早い九六年六月、香港にやって来た。本当は母親と一緒に八月末に来るつもりだったが、香港では学校を探すのが大変だと叔母から聞かされ、急遽子供だけ先に香港へ来たわけだ。

お母さんが来るまでの二か月、どんな生活をしていたの？

「待ってた。ずっと待ってた」

何を？

「叔母さんを。叔母さんは黄大仙《うぉんたいしん》の街市《がいし》で鶏屋をやってるの。私と弟を家に残していくわけにはいかないから、私たちは毎日朝早くから街市に連れて行かれて、店の隅に座っておばさんの仕事が終わるのを一日じゅう待ってた。おばさんは毎日、たくさんの鶏をさばくの。それを見てた」

お父さんも鶏屋だったよね。

「うん。お父さんもこうやってたのかな、って思った。夜は学校へ行かされた。私たちの学力を調べるためだって」

中国では彼女は中学四年を、志祥は小学六年を終えたばかりだった。中国と香港では学習内容がまったく異なる上、香港の中学校の多くは英語を使って授業をする。二人は香港に来るといきなり一か月間の補習を受けさせられ、最後の試験の成績を基準に学校と学年を決定されることになった。結局肖連は中学二年、志祥は小学六年からやり直すことに決まった。

彼女が入学したのは葵興《くわいひん》にある綿紡會職業先修中学（綿紡協会付属の職業訓練中学。生徒は通常の授業の他に紡績に関する知識や技術を取得し、卒業後は主に紡績業に就く）。生徒の約半分が新移民だという。日中は香港の学生と一緒に「正常課程」を受け、香港の生徒が帰った後、午後三時四〇分から六時半まで「新移民課程」という、英語や香港の歴史、文化など、香港についての理解を深めるための特別授業を受ける。

「どうして香港では英語で勉強しなきゃならないの？」

彼女はベッドの下から教科書を取り出した。紡績に使われる機械の図が書いてあり、その各部品の名と用途がすべて英語で書かれている。しかも書かれている内容は専門用語ばかりで、お手上げという感じだった。

「中国語で書いてあったら簡単に理解できるのに、英語だから意味がわからない。先生に質問されても、何もわからないの。すると馬鹿だって思われる。私は馬鹿じゃないよ。ただ英語がわからないだけ」

香港の英語崇拝はすさまじい。幼稚園でＡＢＣを教え始め、小学校から英語の授業が始まる。そして中学になると全体の過半数を占める英文学校〈英語を主要言語とする学校。対して中国語を主要言語とする学校を中文学校という〉で英語を使った授業が始まる。英語がわからないとその他すべての教科の意味もわからなくなり、中学に入った途端、授業についていけなくなる生徒が続出するという。英語は苦手だけど物理は得意とか、体育や美術は誰にも負けないとか、そんなことが香港では許されないのだ。

この現実が、香港の教育格差をますます広げていることは事実であり、近年母語教育を推進させようと政府はようやく重い腰を上げたが、これが意外にも香港じゅうの親から猛反発を受けた。彼らは子供を英文学校に送りさえすれば英語がペラペラになり、将来高給取りになれるといまだに信じているのである。

香港のこの英語至上主義は、いろんな場面で大陸から来た人たちを排除している。中国で高度な教育を受けた医者や弁護士でも、香港に来たら英語で行われる国家試験に合格しなければ開業することはできない。何をするにも英語が問われ、実際その職業でどれだけ英語が必要なのかは疑問でも、英語能力がその人物の価値を測る指標とされる。結果としてアメリカやイギリス、コモンウェルスのカナダやオーストラリア、ニュージーランドといった国で勉強した人間は職に就きやすく、大陸から来た人には敷居が高いという状況が、いまだに根強く残っている。

でも学校では普通話《ぷーとんふぁ》〈北京語〉の授業もあるでしょう。その時は香港の子を見返してやれるんじゃやない？

「普通話は香港の子よりもちろんうまいよ。でも普通話の授業の時、香港の子は先生の質問に答えられないと、『あたしは香港人だからわかりません』っていって笑うの。普通話を喋れたって、私たちは結局馬鹿にされるの。『新移民課程』の授業はみんな新移民の子だからほっとする。友達は新移民の子ばっかり。香港の友達は一人もいない」

それはどうしてかな。

「だって香港の子は新移民を見下してるから。小さい声で『大陸人は』とか『大陸って』とかいってるのがよく聞こえてくる。そんな時、すごく悲しい」

どうして彼らは新移民を見下すんだと思う？

「大陸を馬鹿にしてるから。それに私たちは授業についていけないし、お金がなくて着飾ったりできないからじゃない？　香港の子たちの話を聞いてると、『××はもう行った？』『××はもう買った？』『××はもう見た？』って、お金のかかる話ばっかりしてるよ。お金がないと付き合えないみたい。香港の子とは友達になれない」

可能性はないのかな。

「ないと思う。悲しいけど。彼らが見下すのをやめたら、可能性はあるかもしれない。でもそれは難しいと思う」

大陸に残してきたものの中で、一番懐かしいものは何？

「友達。香港に来ることが決まって三日後には出て来てしまったから、友達にちゃんとお別れをいう時間もなかったの。それがすごく心残り。今でも時々手紙を書くよ。今日はこんなことがあったとか、日常のことを書いてるだけだけど」

「嘘だよ！」とベッドの上でゲームボーイをしていた志祥《ちーちょん》が叫んだ。

「お姉ちゃんは時々どころか、暇さえあれば手紙ばっかり書いてるよ。嘘だと思ったらベッドの下を見てごらん。大陸から来た手紙がいっぱい入ってる」

「うるさいわね。あんたは黙ってなさい！」

肖連《しょうりん》は弟にハンカチを投げつけた。

悩みがある時、誰かに相談するの？

「誰にも相談しない。母さんにも話さない。母さんだっていろいろ大変だし。自分の中にしまう」

香港はどんな所だと思っていた？

「向こうでは毎日香港のテレビを見ていたから、テレビに映ってる通りの所だと思ってた。テレビは大陸の方がチャンネルが多くておもしろかった。香港はチャンネルが少なすぎるよ」

香港に来て一番驚いたことは？

「狭いこと。住環境が悪いこと。寝るのも勉強するのも食べるのも、同じ部屋でしなきゃならないこと。大陸では、自分の部屋だってここより広かったよ。こんな狭い所に知らない人と一緒に住むのが怖い。トイレ行くのもシャワーに行くのも、知らない人の部屋の前を通らなきゃならないんだもの、何か怖いよ」

他の部屋の住人はどんな人たちなの？

「独身の男の人ばっかり。それもけっこう年の。家族で住んでるのはうちだけみたい」

話したりする？

「ほとんどしない。みんないつも麻雀ばかりしてるし。でも時々、お父さんもこんな所に住んでたのかな、って思ったりする」

放課後とか休みの日はどうしてるの？

「放課後は友達と図書館に行く。いつも勉強してるわけじゃないよ。ただ図書館はお金がかからないし、ずっといられるから好き。本もたくさんあるしね。あんなに本がたくさんあるなんて驚いたよ。休みの日は家にいたり、西九龍中心《ドラゴンセンター》に行ったり。あそこもお金なしで遊べるから」

それは偶然だな。私もドラゴンセンターにはよく行くんだ。スケートリンクの前に座って、新聞読んだりよくしてるよ。

「そう。お店は何か頼まないと怒られるけど、あそこはずっと座っていられるから」

私たちは奇妙なところで意気投合した。自分の日常と彼女の日常が、ドラゴンセンターという深水埗《しゃむしゅいぽ》一華やかなショッピングセンターで交差する。それは嬉しいことだった。

「香港は図書館とかショッピングセンターとか、誰でも入ってずっといられる場所があるからいいね。大陸にはそんな場所はなかった」

香港に来たこと、後悔したことある？

「後悔はしてない」

彼女はきっぱりいった。

「後悔はしない。悲しいことはたくさんあるけど……私が後悔したら、お父さんがかわいそう。お父さんのことはほとんど何も覚えてない。小さい頃に三回しか会ったことがないんだもの。でもお父さんは私たちに香港に来てほしかったと思う。だから私も後悔しないの。

どんな場所にも、いいところと悪いところがあるでしょ。香港は住みにくいけど、香港には香港のいいところがあると思う。文化があるし、本もたくさんあるし、勉強しようと思えばすることができる。何をとっても、選択できることが香港のいいところだと思うの。大陸には友達もたくさんいるし、時々戻りたいって思うけど、大陸にはそういう自由はなかったよ」

肖連《しょうりん》は勉強が好きなんだ。

「大陸にいたら、多分私はもう働いていたと思う。香港に来たから勉強が続けられる。それが一番嬉しいの」

どの教科が好き?

「社会科と英語。成績は悪いけどね」

将来どんな方向に進みたいと思う?

「将来なんて先のこと、考えたこともないよ。今日の宿題をやるだけで今は精一杯だもん。まだ時間はあるから、勉強してからゆっくり考える」

食べ物の話になると、彼女の顔が輝いた。

「香港っていろんな国の食べ物があるんだね。いろいろ食べてみたいけど、お金がないからまだ試したことないの。でも香港は安い食べ物がすごくまずい。大陸は安い食べ物がおいしかったな。牛肉がまずくてびっくりした。香港の人はよくあんなの食べられるね。お昼は毎日鶏肉ごはん食べてる。鶏肉が一番間違いがないから」

マクドナルドは行った?

「行ったよ。あんなの、どこがおいしいのかわからない。香港の人は、本当においしいと思って食べてるのかな？」

　一番好きな食べ物は何？

「パン！　香港に来て、パンってこんなにおいしいものなんだって思った。毎日食べたいくらい好きなの」

　私たちが食べ物の話に花を咲かせているところへ、劉《らう》さんが仕事から戻って来た。「もう遅いからうちで食べて行きなさいよ」と親切にも誘ってくれた。

「さっき下で夕食のおかずを買って来たんですよ。どうぞご心配なく」

　私はそういって薄いビニール袋に入った韮菜花《はなにら》を見せた。

「夕食って……まさかそれだけなの？」

　自分にとって夕食が一品であることは日常だったが、おかずの数が豊かさの指標となるこの街では、一品だけのおかずは憐れみの対象になってしまうのだった。

「うちで食べてお行きよ。それは明日食べればいい」

「冷蔵庫がないから、今日食べなきゃならないんです。本当はこれに卵を足すはずだったんですが、卵屋がもう閉まっていて」

「わかるよ。あそこの卵屋、閉まるのが早いんだ」

　劉さんはがさごそカゴの中を探り始め、「卵、持って行きなさい。いくら何でも野菜だけじゃ栄養が足りないよ」といって袋に入った卵を全部差し出した。

「いいんです。野菜だけで十分だから」

「だめだよ、栄養採らなきゃ」と、彼女は何が何でも私に卵を握らせようとした。

「じゃあ二つだけ頂きます」

「全部持ってお行きよ」

「今夜食べる分だけで本当に十分ですから」といって二つの卵をビニール袋の中に入れた。

「ちゃんと栄養採らなきゃだめだよ」

彼女は自分の娘の体を心配するようにいった。


二つの卵を持ったまま、私はアパートとは逆方向のドラゴンセンターへ向かった。肖連《しょうりん》の家は、私のアパートとドラゴンセンターのちょうど中間に位置していた。

ドラゴンセンターは深水埗《しゃむしゅいぽ》の繁華街が終わる欽州街《いえんちゃうがい》沿いに建っている。深水埗で生まれ育ったシェリーによると、昔ここにはベトナム人の難民キャンプがあったそうだ。隣はコロニアル建築の深水埗警察。その先はじき海で、かつてはマカオへ行くフェリーや離島行きフェリーの出る埠頭があったが、すでに埋め立てられてしまった。海はどんどん遠くへ去っていく。

ガラス張りになったエスカレーターホールのガラスに顔をくっつけ、自分の暮らす街を見下ろしてみる。ドラゴンセンターから見える深水埗はぼんやりと赤く闇の中に浮かび上がり、火山から流れ出してもまだくすぶり続ける溶岩のようだった。

そこから見える数えきれない窓の向こうにどれだけの小さな部屋があり、どれだけの人が住んでいるかはわからない。無数の窓の中に異なる人生が詰め込まれていて、今この瞬間にも泣いたり笑ったり怒ったり言い訳したり愚痴ったりしている。

彼女が抱える問題の大きさは、私には想像できない。教育システムの違いから三学年下のクラスに入れられ、大陸から来たというだけで香港の生徒から見下される。母親の劉《らう》さんが歩いて行ける所にしか行かず、信頼する人だけを信じて生きているのに対し、学校にたった一人で放り込まれた彼女は、香港社会に直接晒されていた。新しい土地で守ってくれるはずの父親はすでになく、香港の事情を何一つ知らない母親と弟を一人で支えなければならない。それが一六歳の少女にとってどれだけしんどいことか、私には想像もつかなかった。

肖連がここに一人で座っているところを想像した。家へ帰っても一人になれる空間はなく、学校での悩みを相談するのは母親には荷が重すぎる。彼女はこの場所でしばらく人を眺めながら、香港となんとか折り合いをつけようとしているのではないだろうか。

とまどい、傷つきながらも何とか自分の居場所を見つけようとしている肖連。まったく違う方向から香港を見つめる彼女のような小さな存在が、周りの人たちに影響を与えることができたら、この街にとってどれだけ大きな財産になることだろう。

確かにここは何もかもがむきだしになったしんどい街だけど、そう悪いことばかりでもないよ。

私は小さな窓の向こうでひっそりと暮らす肖連に向かって、心の中でつぶやいた。

猛烈に空腹を感じた。今夜だけはどうしても自炊しなくてはならない。劉さんにもらった二つの卵が料理されるのを待っている。私は二つの卵と韮菜花《はなにら》の入ったビニール袋をそっと手に取り、アパートへ向かった。

部屋に戻ると、留守番電話の赤いランプが点滅していた。シェリーの夫、レイモンドからメッセージが入っていた。

「シェリーが昨日の夜、無事女の子を生みました。母子共に元気だよ。新居に引っ越したら、ぜひ遊びに来てほしい。また電話するよ」

香港に新たな人生がまた一つ誕生した。

俺たちは老けて見られたら終わり

日曜日の夜、太子《プリンスエドワード》から中環《セントラル》行き地下鉄に乗った。他の乗客と争う必要もなく、たまたま乗ったところに空いた席があった。今日はラッキーだ。

九年ぶりに香港に住み始めた頃、香港の変貌ぶりにとまどうことが多かったが、地下鉄に乗った時、あまりの懐かしさににやにやした。ドアが開くと、降りる人を待たずに乗客がどどっと先を争って乗り込んできたからだ。

香港がどう変化しようと、こればかりは変わらない。これは香港を語るには欠かせない風物詩のようなものだ。

香港の地下鉄は、限りない悪循環の見本のような存在だ。慢性的に混んでいる上、人々がせっかちときている。ドアが開いた途端、弾丸となって乗り込んでくるため、降りる者はまっ先に降りる決意で闘いに臨まなければならない。ドアが開くたびにそこらじゅうで押し問答。早く降りるため、人々は車内の奥へ絶対進もうとせず、入口付近に固まる。入口付近は常に蟻の入る隙間もないぐらいぎゅうぎゅう詰めで、奥の方はガラガラである。

車両の設計のまずさがこの悪循環に拍車をかけている。これはイギリスからの輸入品で、もともとこの過密都市・香港のために設計されたものではない。手すりの数が圧倒的に足りず、つり革の数も少ない。せめてつり革の下がる棒につかまりたいが、それは西洋人サイズの設計のため、一般香港人には高過ぎる。またつり革と座席が接近し過ぎていて心地が悪い。必然的に人々は入口付近の手すりに集中し、それが結果として混雑を悪化させている。

どうにかならないものだろうか。混雑緩和が無理にしても、もう少しいちいち争わずに乗り降りできるようになれば、みんなの得ではないだろうか。

そんな話をした時、ある友人はこういった。

「昔はこんなじゃなかったのよ。昔、香港にはもっと秩序があった。中国の人が増えたから、香港は秩序がなくなったのよ」

最近の香港では、何でも中国のせいにする傾向があるのは薄々感じていたが、かねてから存在する地下鉄内の無秩序まで中国の責任にするのは明らかにやり過ぎだ。

「私は一〇年前の香港を知ってるけど、一〇年前もこうだった。別に中国の人が増えたから秩序がなくなったわけじゃない。香港はもとからこうだよ」

そう反論すると、友人は目くじらを立てて怒り始めた。

「違うわ。昔は絶対こうじゃなかった。香港はもっと洗練された場所だったわ。今じゃ電車に乗るにも争うし、列には割り込む。それをやってるのはみんな中国から来た人なのよ」

じゃあ先を争って乗り降りする人たち全員に出身地を聞いてみましょうか、高級オフィスビルでエレベーターに先を争って乗るビジネスマンたちも、みんな中国の人ですか、といいたくなった。時間の流れが速い街では、人々が記憶喪失になるスピードものすごく速い。

かつて私は、ある地域の人々がわれ先に電車に乗り込んだり、列を無視して横入りしたり、後ろに人が並んでいるのに平気で長電話をするようなこと——簡単にいえば公徳心に欠けた行為——は、その地域が経済的に豊かになり、生活に余裕が生まれた段階で次第に解消されていくものだと思っていた。それを逆説的に証明するように、日本では年々公共マナーが低下している。だからこそここまで経済発展を遂げた上り坂の香港に対し、もしかしたらそんな無秩序も消えたのではないかという淡い期待を抱いていた。

しかしその点に関して、香港は変わっていなかった。公徳心と経済成長は、どうやらあまり関係がないようだ。

地下鉄が旺角《もんこく》駅に着いた。一〇歳くらいの痩せた男の子がドアをこじ開けるようにして乗り込んできた。少年はその小柄な体を生かして大人たちの隙間を抜け、ちょうど私が座っていた向かいのベンチにわずかに空いていた半人分のスペースを見つけた。

「お母さん、こっちこっち、席があるよ！」

小さな少年は嬉しさのあまりピョンピョン飛び跳ねたいところだが、立ち上がって誰かに席を奪われることを恐れ、尻がバネでつなげられたびっくり箱の人形のように、ピョコピョコ上下運動を繰り返した。ようやく人を掻き分けながらその他の家族が到着した。赤ん坊を背中におぶった三十代前半ぐらいの母親に、小さな女の子の手を引いた少し年上の父親。少年は、母親が眼の前まで来たのを確認すると立ち上がり、母に席を譲った。もともと痩せた少年がやっと座れるだけの隙間であり、着ぶくれした母親は尻の先端をかろうじてベンチにのせているという感じだ。しかし彼女はじりじり、じりじりと尻を押し込み、まんまとすっぽりベンチにはまりこんだ。

少年は手すりに摑まって手をできる限り延ばし、まだ満足できないように周りを見回している。

「次は油麻地《やうまてい》、油麻地」

私の側のベンチの乗客が二人立ち上がった。前に立っていた男が「楽勝だな」という余裕の面持ちで腰かけようとしたその瞬間、少年がその席に滑り込んだ。男が呆気にとられて少年を見つめる。気をとりなおして少年の横に座ろうとすると、少年は片足をベンチの上に上げ、勝ち誇った顔で「先約がいるんだ」といった。

「お母さん、ほら、こっちこっち！」

母親は立ち上がってこちらへのこのこ移動する。父親は座席を求めて少し離れたドア近くに立っていたが、その声を聞きつけ大急ぎで戻ってくる。そしてベンチに腰かける時、「叻仔《えらいぞ》！」といって息子の頭を撫でた。

「次は佐敦《ジョーダン》、佐敦」

さっきまで母親が座っていた向かいのベンチの三人が立ち上がった。今度は父親も母親もほぼ同時に立ち上がり、たった一メートルほどの距離を走った。赤ん坊をしょった母親、小さな娘をひざにのせた父親、そして少年は記念写真でも撮るように満面の笑みを浮かべてベンチに勢ぞろいした。

半人分の席から始め、この家族はたった二駅分の距離の間に、家族全員が座れるだけの居場所を確保したのである。そして獲得に貢献した息子は、「叻仔《れっちゃい》」という、親から子供に対する最上級の賛辞で賞賛された。

私がおもしろいと思ったのは、この家族が一つを得ても現状には決して満足せず、常により良い条件を求めて全員で移動し続ける点だった。一番身軽な長男が先頭に立ち、家族の利益を追求し続ける。彼は自分のためにではなく、家族のために働いていた。まず母親を、次に父親を座らせるところなど、彼は典型的な孝行息子だった。そして決して競争率の低くない場所で満足できる結果を残した息子は、親から賞賛される。これは香港の理想的な家族のありようでもあった。

誰が何といおうと、周りの人がどんなに眉をひそめようと、欲しいものを手にした彼らの勝利である。

先を争うことを広東語では「争先恐後」という。先を争い、人より後になることを恐れる。そこまで先にこだわるのは、他の誰かに自分の場所を奪われるという恐怖があるからだ。何故なら、自分もそうやって居場所を築いてきたから。地下鉄で繰り広げられる闘いは、そのまま、この街で生きる闘いの縮図なのだ。

「次は尖沙咀《ちむさーちょい》、尖沙咀」

私がまだ感動に酔いしれているというのに、その家族はすっくと立ち上がり、小走りでプラットフォームへ降りて行った。

たった三駅のために、そこまで闘っていたの？

拍子抜けした。

たった三駅でも、より良い場所へ移りたいという欲望を実現せずには済まなかったのだろうか。

きっと、済まないのだろう。

敗北は癖になる。いつも敗北していると、人間は敗北することに慣れ、闘う意欲を失ってしまう。それが三駅であれ、一生であれ、勝利に執着すること。その習慣が、大事な時の勝利につながる。電車の中の闘いは、いざという時のための予行演習なのだろう。

この街で穏やかな心で電車に乗ることは、多分もともと無理な相談なのだ。

「次は金鐘《アドミラルティ》、金鐘。港島線へお乗り換えの方は向かい側プラットフォームでお乗り換え下さい」

プラットフォームに降りてから、自分が尖沙咀で降りるはずだったことを思い出した。

「博美は髪の毛染めたことある？」

尖沙咀の良友酒楼《りよんやう》で食事をしている時、カメラマンの友達、ジョンがいきなり聞いた。

「ないよ。考えたこともない」

「俺、染めようかと思って」

「何色に？」

「黒に決まってるだろ」

私はその姿を想像し、くすっと笑ってしまった。

「冗談だと思ってるだろ。でも本気なんだ。もうここ一週間ぐらい、ずっとこのことばかり考えている」

ジョンは四三歳のカメラマン。マダガスカル生まれの中国人で、一三歳の時に一家でアフリカを離れてマカオに渡り、一八歳から香港に住んでいる。

彼と出会ったのは良友酒楼のはす向かいにあるマイ・コーヒーでだった。私が写真を撮っていることを知った店のマスター、ジョニーが、常連である彼を紹介してくれたのだ。

マイ・コーヒーにいると、入れ替わり立ち替わり人が彼に声をかけていく。

「今のは映画監督だ」「彼女は女優」「今のは編集者」「今のは大学の先生」……。

ジョンは八〇年代には香港でも割と名の通ったカメラマンだったらしい。ある日彼が、自分が十数年前に開いた写真展について書かれた、もう何千回と人に見せているためボロボロになった新聞記事を見せてくれたことがある。この店にいる時、彼は生き生きしていた。

「マイ・コーヒーは俺のオフィスみたいなものだ。ここにいれば誰かと会うことができる」

そんな彼を見ていると、古き良き時代の栄光をもう一度思い出すために彼がこの店に逃げ込んでいる気がして、少し哀しい気分になるのだった。

私は目の前でパイプをふかしているジョンの姿を舐め回すように見つめた。

確かにアロハシャツと膝で切ったジーンズという服の趣味からすると、少し白髪が多いかなと思う。しかし不自然より自然の方がいいし、第一彼は自称自然主義者。農薬反対、自然に帰れ、農業がやりたい、自然と共に暮らしたい、農民の顔は美しい……といつも瞳を輝かせて力説する彼が、何を血迷って髪を黒く染めたいと言い出すのか。

「染めることないよ。今のままでなかなかいいし、急に黒になったらおかしい。ジョンみたいな白髪は日本では『ロマンスグレー』といって、女の子にモテモテだよ」

「日本は年寄りに優しい国なんだな」

彼は皮肉っぽく笑った。

「でも香港じゃそうはいかないんだ。ここでは白髪、イコール年寄り。年寄り、イコール働きが悪い、融通が利かない、扱いにくい。つまり誰も使ってくれない」

「じゃあ使ってもらうために、髪を黒に染めるの？」

「俺が使ってもらうためには、もうそれしかない」

香港ではドキュメンタリー写真だけを撮り続けて生活を維持しているカメラマンは皆無といっていい。ずばり、食えないからだ。彼もまた昔とった杵柄で人脈を頼り、雑誌や広告、カタログの依頼写真を撮ることで、今日まで何とか食いつないできた。しかし最近香港の雑誌はフリーのカメラマンを使いたがらなくなり、編集サイドの意向に無条件で従ってくれる契約カメラマンしか雇わない、と彼はいう。その傾向は最近特に顕著になったそうだ。

依頼写真を撮るところまでは妥協できても、どこかに就職して専属カメラマンになることに彼は抵抗を感じていた。昔の友達から何度となく専属カメラマンの口を紹介されても、拒否し続けた。すると彼の手からすり抜けるように仕事がなくなっていった。彼はとうとう就職した。

「この間、知り合いのデスクに誘われて週刊誌『東周刊』で働くことになったんだ。俺から頼みこんだんじゃない。向こうが是非来てほしい、というから行ったんだ。

俺は大学を出たばかりの若い女性記者と一緒に仕事をすることになった。どこかへ取材に出るたびに、お茶を飲みながら、今度はこんな人物を取材したらどうだろう、って企画を提案した。少しでもいい仕事にしたかったからね。でも彼女は仕事の後、ほとんど毎日ボーイフレンドとデートの約束があって、時間が気になってまったく人の話を聞いていない。取材先まで男が迎えに来たこともあったよ。入って二週間目、俺を引き入れてくれたデスクに呼び出された。『君は一体彼女とどうやって仕事をしていたんだね?』といわれた。『君は非協力的だから一緒に仕事はできない、他のカメラマンと換えてほしい、と彼女がいってるんだよ』。

俺は仕事を良くするために彼女に色々な提案をしたという話をした。でもデスクはこういった。『現場は彼女が担当する以上、私には何も意見をいうことができない。彼女が君じゃいやだというなら、君が態度を改めるか、辞めるかどちらかだ』。

もちろん、即刻辞めてやったさ。おかしいと思わないか？　いくら正社員だからといって、自分より経験のある年上の人間が何かいうと『非協力的だ』といってクビにする。自分の意見をいうことが非協力的なら、何でもいうことを聞けば協力的ってわけかい？　記者をやる前に人間やり直して来い、っていいたいね」

香港マスコミ界の年齢層が非常に低いことに、時々遭遇する取材陣を見て薄々気づいてはいた。アウトドアファッションに身を包み、とにかくおしゃべりが多く、煙草をくわえたまま平気な顔で市民の顔のアップを撮り、一段落すると後ろのガードレールにたむろして携帯電話をかけまくり、再びおしゃべりタイム。最初は、どこかの専門学校の学生が実習で取材しているのかと思ったほどだった。取材対象者に対するあまりの傍若無人ぶりに、何度か彼らをどついたことがある。彼らをどつくことが正しいかどうかは別にして、どつかれるとショックを受けたように一瞬呆け、何もいわずに立ち去ってしまう。きちんと職業態度を教えたり規範を示したりする先輩が身の周りにまったくいない。マスコミ全体に、何か重大な構造的欠陥があるような気がしていた。

そんな話を、香港の日本人向けメディアで記者をしている同い年の日本人の友人にしたところ、彼はこんな風にいった。

「わかるよ。時々記者会見に行くと、チビッ子探偵団が来てるのかと錯覚してしまうことがある。とにかく香港の取材陣は年齢が低い。僕たちぐらいの年齢で記者やってる人なんて少ないんじゃないかな。みんな若くしてこの業界に入って、いろんな人物とすぐに接触できちゃうでしょ。だから三〇過ぎた頃になると、その人脈を利用して商売始める人が多いみたい。三〇過ぎて記者なんてやってたら、はっきりいって負け犬って感じらしいよ」

そんな状況の中、ジョンの苛立ちは十分想像できた。日本にもないとはいえないが、香港では正社員とフリーの間に厳然たる階級差がある。ここではフリーとは、自分の仕事を選ぶ自由を選択した者のことではなく、正社員になる力量のない者、つまり正社員に仕える者のことである。正社員でない限り、経験や能力など、まったく尊重されないのだ。

「でもさあ……髪を染めて解決するような問題なの？」と私は尋ねた。香港の社会構造に反発しながら、髪を染めるという行為はかなり矛盾している。

「俺はもうすぐ四四だよ。ここ数か月、何とか食いつないできたが、来月の家賃はもう払えない。そろそろ仕事がないと、本当にまずいんだ」

「でもまた同じようなことが起きるかもしれないよ」

「今度はもう少しうまくやるさ。この歳になって、もう他の仕事はできない。写真で何とかしていくしかないんだ」

「その気持ちはわかるよ。でも髪を染めるのは反対。私も最近白髪増えてきたけど、染めようとは思わない」

「君の白髪なんて、白髪のうちに入らないさ。俺ぐらい白髪が増えたら、君も考えが変わるよ」

「いや、白髪の量の問題じゃない」

「君にはわからないよ」

「わしも染めるのには反対だな」

向かいのテーブルでシャコを頬ばっていた中年男が、殻をテーブルに吐き出しながらいった。八人は座れる入口近くの丸テーブルを一人で占領し、テーブルにはシャコの殻が高く積まれている。てっぺんの少し薄くなった髪はうっすら茶色がかっている。

「あんた、白髪似合ってるよ。世間のいろんなものを見てきた、って感じでなかなかいい。染めるなんて考えはやめた方がいい。君たちもシャコはいかが？」

私は手を振って遠慮した。

「社長みたいに若かったら誰も悩まないさ」

男はその店のオーナーだった。社長が店の一番いい席に座り、客に見せびらかすように客よりいいものを食う。香港だからこそ許されるどころか、奨励される倒錯行為だった。私はシャコを断ったことを直ちに後悔した。

「わしが若い？　おいおい、何を見てものをいってる？　わしは三〇で頭を染めて、もう二〇年になる。五〇を過ぎたじいさんさ」

「それで若く見られたら、いうことないだろ？」

「この二〇年間、ずっと後悔してきたよ。わしもあんたみたいに軽い気持ちで染めたんだ。しかし一回染めたら、もう染め続けるしかない。途中で白髪に戻ることなんてできないんだ。あんたはそこまで考えたことがあるかね？」

「あんたは社長だからそんな悠長なことをいうのさ。あんたは黒髪だろうが白髪だろうが社長だ。白髪だからってクビにできる奴はいない。ところがこの俺は、白髪だとクビになるんだ」

社長は油でギラギラに濡れた口ヒゲをお手ふきで拭く。きれいに撫でつけられた口ヒゲは、まるで揚げたシャコを頬ばって汚すために生やされた、これまた有産階級にのみ許された特権に見えた。

「もう五〇も過ぎて、わしもそろそろ本当の自分の姿に戻りたい。でも白髪に戻るには時間と勇気がいる。白髪を染めるのは、自分と他人を騙すことだ。もし白髪に戻ったら、わしが人を騙し続けてきたことがバレてしまう。その時人からどう思われるか、そう考えると勇気がなくなるんだ。人を騙すのは良くない。あんたにはその覚悟があるか？」

人を騙すのは良くない。

香港全土に響き渡るよう、もっと大声でいってほしかった。

私の説得力に欠けた反対には耳を貸さなかったジョンだが、社長の経験に基づく言葉の重みには少し心をぐらつかせているようだった。

「本当にシャコはいらない？」

社長はシャコのほとんど残っていない皿をこちらに見せるようにして持ち上げた。

「社長のおごりならもらうよ。あんたにはおごってもらってもいいって気がしてきた」

私も同感だった。

「そちらにシャコを一皿お持ちして」

「ねえ、あんたはどう思う？　俺、染めるべきかな」

急須のお湯を注ぎ足しに来たウェイターにジョンが聞いた。

「おう、絶対染めるべきだね。そんな白髪頭じゃ、誰も雇ってくれない。俺が社長なら、まず雇わない」

「あんたもはっきりいうなあ。白髪が一本もない奴は余裕が違うよ」

「おい、冗談いうなよ。俺が初めて頭を染めたのは二十歳の時だ。もう二〇年以上染めてる。俺たちみたいな打工《だーこん》〈労働者〉は老けて見られたら終わりだ。みーんな染めてるよ。嘘だと思ったら他の奴に聞いてみな」

ジョンは半信半疑で他のウェイター達に次々と尋ね始めた。

ビールを運んできた血色のいい中年ウェイター。

「染めてるよ。俺の本当の頭見たら、真っ白でまるで化けもんだぜ」

お盆を持つ手がふらふらして危なっかしい老いたウェイター。

「染めてるよ。わしみたいな老いぼれがこんなに真っ黒だったら気味が悪いだろ」

シャコを運んできた、二十歳そこそこの厨房の兄ちゃん。

「俺は好きだから金髪にしてるの。何か文句ある？」

それは私にとっても興味深い統計だった。染めている人が多いに違いないとは思っていたが、あれだけ健康に気をつけている人たちだから、きっと白髪も少ないのだろうと、頭のどこかで思っていた。本当に、みんな染めていたのだ。

ジョンの方がもっと衝撃を受けていた。

「今まで俺は、どうして自分だけが白髪なんだろう、って悩んでたんだ。人からも『おい、若白髪！』なんて茶化されたりしてさ。みんな染めてたんだ。俺はすっかり騙されてた。今の今まで気づかなかった」

「こんな緊張した生活をしていて、白髪がないわけないだろ。今頃気づくなんて、あんたも随分呑気だな」

さっき急須のお湯を換えに来たウェイターがいった。社長に当てつけているようだった。

「いや、人を騙すのは良くない。あんたは自分に嘘をつくんじゃない」

社長は自分に対する批判をはね返すようにいった。しかし私の目にも、どちらが現実的な意見かはわかっていた。

「俺、やっぱり染めるよ。みんな染めて若く見られて、馬鹿正直に染めてない俺だけが老けて見られるなんて、すごく不公平だ」

そこへカニの配達屋が店に入ってくるのが、壁の鏡に映って見えた。

「あんたも髪染めてる？」

鏡を背にして座っていたジョンは振り返りざまにそういった。店にいた人間たちははっと息を呑んだがすでに遅かった。配達屋は、まだ若いのに髪がほとんどなかった。

一週間後、髪を真っ黒に染めたジョンに会った。私はその瞬間、黙りこんでしまった。その反応を敏感に感じとった彼は、一言も感想を尋ねなかった。

確かに彼は若返っていた。しかしそれまで白髪と顔と服装と雰囲気を全部合わせて「ジョン」という人物を認識していた私には、その大前提である白髪が黒に変わってしまった途端、まったく別の人間を見ているような気がした。途中どこかで数字がずれ、すべての計算を一からやり直さなければならない時のとまどいに似ていた。

しかし世間は私とは違う反応を示したようだ。髪を染めて間もなく、ジョンは晴れて、香港では比較的真面目といわれている週刊誌「明報周刊」の専属カメラマンになった。おまけに同じ職場で働く美人カメラマンのガールフレンドができた。彼女は、彼がつい数週間前まで白髪だったことを知らない。

すべては髪を染めたお蔭なのか。神のみぞ知る、である。

第4章　返還

俺は家族と一緒に暮らしたいだけなんだ

返還を控えた香港の街は少しずつお祭りムードに染まり始めていた。尖沙咀《ちむさーちょい》の旧九広鉄道九龍駅時計台の前には返還を祝う巨大な二頭の龍が出現。また尖沙咀、中環《セントラル》、銅鑼灣《コーズウエイベイ》のホテルやオフィスビルは香港特区のシンボルマークである紫荊花《ハナズオウ》や中華白海豚《ピンクイルカ》をデザインしたネオンを競い合う。クリスマスと旧正月がいっぺんにやって来たような華やかさに街は包まれていた。

ショッピングセンターやデパートは返還に乗じた大バーゲンを開催。ショーウィンドーは「慶祝回歸」「一國兩制　祖國統一」「舉國歡慶　香港回歸」「香港繁栄永遠不変」「明天更好」といったおめでたい言葉で埋め尽くされた。私にはそれが、中国を旅していた時に壁や路地で見かけた「向雷鋒同志学習〈雷鋒同志に学べ〉」「晩婚晩育　少生優生〈遅く結婚して少なく生み優良な子供を育てよう〉」といったスローガンに見えてきた。やり方がすでに、とっても中国的なのである。

とはいっても私が住む深水埗《しゃむしゅいぽ》は変わりがなかった。いつものように早朝にはゴミ市が立ち、深夜まで続いていた。返還に乗じたのは、強いていえばイギリス軍の払い下げ品を扱う屋台ぐらい。珍しく「英軍撤退　買少見少〈英軍撤退につき残りあとわずか〉」という手書きの布をかけ、道行く人の購買意欲をかきたてようとしていた。

返還が一〇日後に迫った日曜日、私は劉《らう》さんと肖連《しょうりん》が住む部屋の隣で月に一度開かれる、新移民互助会の定例会合に出かけた。その会合の存在を知ったのは、うちのポストにソーシャルワーカーたちが作ったチラシが入っていたからだ。それだけこのエリアには新移民が多いということなのだろう。

それは返還前最後の定例会だった。米屋の横の階段まで小さな子供たちが溢れ出し、階段を上ることすらひと苦労。さすがにこの日は肖連の住む世帯のドアも閉められていた。やっとのことで中に入ると、普段はほとんど人のいない唐楼の一室は質素な身なりの男たちと若干数の女たちに埋め尽くされ、怒号が飛び交い、騒然とした空気に包まれていた。

「みなさん、一致団結して香港政府に抗議しましょう」

マイクを握った髪の長いソーシャルワーカーが叫ぶと、会場から拍手が起きた。

「みなさんのお子さんには香港に居住する権利があります。内地〈中国〉にいる奥さんにも香港に移住する権利があります。みなさんの権利は基本法に守られているのです。それを認めないのは人権侵害です。我々人民の力量で勝利を勝ち取りましょう！」

私が外国から来た報道関係者であると知るや否やすーっと離れていってしまう人が多い中、坊主刈りで四角い顔をした一人の男が私に近づいてきた。大柄ではないが足腰がしっかりしていて、都会の便利な生活に去勢されていない、世界の末日が来ても生き残ってしまいそうな男だった。

「あんた、俺の話を董建華（香港特別行政区長官）に伝えてくれ。俺の女房はいつ香港に来られるんだって。あんたから長官に圧力かけてやってくれないか？」

彼のアグレッシブさに私は興味を持った。

王《うぉん》さんは四三歳。叉焼《ちゃーしゅう》や焼肉《しうよく》、蒸し鶏などの焼きものを売る焼臘舗《しうらっぽう》の叉焼師父《しーふ》〈師匠。専門技術を持った職人に対する尊称〉。広東省東莞《とんくん》に生まれ、一九八〇年、二七歳で香港に密航した。そして八九年、三六歳の時、故郷・東莞のお嫁さんをもらう。結婚と同時に妻の移民申請を出したが、まだ許可は下りていない。彼には七歳、五歳、二歳の子供がいる。三人とも妻を密航させて香港で出産したため、子供たちは香港永久居住権を持っている。妻だけが香港で共に暮らすことができない。

身重の中国の女性が密航した場合、入境處に出頭して「行街紙《はんがいちー》」と呼ばれる暫定的滞在許可証を申請すると、香港で出産することができる。子供は、親の一方以上が香港永久性居民でかつ香港で出生したという資格を満たすため、香港永久居住権が発生する。妊婦が双程証《しょんちえんちん》〈往復ビザ〉で香港に来、期限切れで香港で出産した場合も同じ。妊婦は出産後中国に送還されるが、子供に永久居住権を取らせるためにこのような手段を選ぶ人は後を絶たない。このようにして生まれる子供の数は、全香港の新生児の約一〇％を占めると見られている。

王さんはこの時、子育てのために仕事を辞め、貯金と月八〇〇〇元の生活保護で暮らしていた。

「俺だって仕事がしたいよ。でもこんな小さな子供を放って仕事に行けるか？　よく新聞に子供が火遊びして家を焼いたとか、窓から落ちたとか、そんな事件が載ってるだろ。みんな新移民の家庭だよ。誰だって好きで子供を放っておくもんか。仕方なくそうしてるんだ」

実際、ある新移民の家庭で父親がアパートの屋上で子供の服を洗濯している時、二段ベッドの上に寝ていた赤ん坊が窓に這い出し、落ちて死ぬという痛ましい事件が起きたばかりだった。

「同じような境遇の友達の中には、子供に居住権があっても故郷に送り返している奴もいるよ。でも俺はそうはしたくない。子供には小さい時から香港に慣れさせておいた方がいいと思うんだ。

だいたい大陸も大陸だし香港も香港だ。大陸じゃ、どういう順番に出国できるのかはっきりしない。賄賂の額が大きければそれだけ早く出られるんだ。香港の方は、一日一五〇人、大陸が出してきた順番に受け入れるだけで、自分たちの責任じゃないと言い張る。こんなにたくさんの家族が離散してるっていうのに、誰も真剣に考えようとしない。それが一番の問題だ」

王さんは機関銃のように喋り続けた。

「政府は、大陸妻の移民を許すと社会福祉に金がかかりすぎるから手に負えないという。だがそれは道理が通ってないよ。女房が来られたら俺は働きに出るから生活保護はもらわない。女房の面倒だって俺が見る。政府にしたら、その方がよっぽど合理的じゃないか。俺は女房を呼んで働かせたいわけじゃない。ただ家にいて子供の面倒を見てほしいだけなんだ。

だいたいタイやフィリピンやマレーシアの女が香港人と結婚したら問題なく香港に来られる

っていうのに、中国の女にはそれが許されない。俺の知ってるベトナム難民の女は、香港の男と結婚して金網の外に出たんだぜ。ベトナム難民にまで許されてる権利が、中国の女には許されないっていうのは、大陸に対する差別そのものじゃないか。ベトナム難民を収容する金があるのに、なぜ大陸女は入れてくれないんだ」

それはきわどい意見だったが、中国の人が他の外国人より不利な状況に置かれていることは事実だった。

「香港はイギリスの植民地だから、イギリス人が中国人を差別するならわかる。でもあと一〇日で返還されるっていうのに、同胞の香港人がイギリス人と同じ態度で大陸の中国人を差別している。俺は返還にはけっこう期待してたんだが、がっかりだ」

隣で王《うぉん》さんの話にいちいちうなずいていた梁《りょん》さんは五一歳の電気修理工。広東省湛江《ざむこん》にいる奥さんと結婚したのはなんと二一年前。一五歳の娘と一三歳の息子は香港で生んで育てたが、奥さんとは二一年間、香港と湛江での別居生活を送ってきた。奥さんはまだ四十代だが糖尿病を患い、それが今一番心配の種だという。ちなみに梁さんは元密航者ではなく、香港生まれの香港人である。

「周りで二、三年で出て来られた人がいるって話を聞くと、二一年も待たされてる俺は一体何なんだろう、って思ってしまうよ。でも俺は香港に母親がいたから、子供の世話はずっと母親に任せて働くことができた。それは本当に助かったよ。女房は来られないが、もう子供も大きくなったし、王さんよりよほど問題が少ないと思う」

「いや、うちは東莞《とんくん》だから近いが、あんたんとこは湛江だろう。あんたの方が大変だ」

「いや、小さい子供を抱えたあんたの方が大変だ」

二人の男は互いをいたわりあった。

「今心配なのは女房の病気だよ。一緒にいられないから看病もしてやれない。昨日、女房に電話したんだ。女房の家には電話がないから、いつも隣の家に電話して呼び出してもらうんだよ。昨日女房は調子が悪くてベッドから起き上がれず、電話に出られなかった。とても心配だ。返還の連休に様子を見に行ってくることにしたよ」

世界じゅうから人々が返還を見に香港へやって来る時、梁さんは一人湛江に向かっている。

「返還に興味がないわけないよ。とても興味がある。多分、普通の香港人よりよほど興味を持っているよ。返還で大陸妻の規制が緩くなるかもしれないからね。でも今の俺には女房の体の方が大事なんだ。それに打工《だーこん》〈労働者〉には五日も休みなんて滅多にとれないからね」

「心配すんな。返還されたって、何にも変わらないから」

王さんが自虐的にいった。

なぜこれだけ多くの男性が大陸の奥さんをもらうんだと思いますか?

「香港は男が多くて女が少ない。香港の女性は教育を受けているから、自分より上の男を探したがる。大陸から密航してきた男なんて、教養はないし金もない。最初から選択肢の中に入ってないんだ。俺たち密航者は大陸の嫁さんをもらうしかないのさ」と王さんがいった。

失礼だとは思ったがあえて尋ねた。

でも梁さんは密航者ではなく、香港生まれの香港人ですよね。

「香港生まれだって、教養も金もない男はいるさ。俺は若い頃からずっと打工で、周りにいた人もみんな打工だったたから、香港の女の子と知り合う機会なんて全然なかった。香港の女性と付き合うのは至難の業なんだよ」

突然王《うおん》さんの携帯電話が鳴る。失業、生活保護、というニュアンスと携帯電話がどうもしっくりこない。

「今の、女房から。街市《がいし》に寄って夕飯のおかずを買って来いってさ」

だって奥さんは東莞《とんくん》に住んでいるんでしょう?

「実は三月に双程証《しょんちぇんち》で来て、有効期限は切れたんだがまだいるんだよ。だから買い物や子供の送り迎えなんかは全部俺がして、女房は家から一歩も出ずに子供の世話をしてるってわけ。同僚や友達にも内緒にしてるし、電話にも絶対出るなといってある。誰の口から洩れるかわからないからね」

奥さんをいつまで香港にいさせるつもりですか?

「女房の出国許可が下りるまで。誰も俺たちに何もしてくれないんなら、俺は俺のやり方でやるだけのことさ」

古びた唐楼《とんらう》の一室は新移民の人たちでごったがえしていた。友達に新移民を知らないかと尋ね回っても誰も知らなかったというのに、何らかの形で家族が離散し、助けを必要としている人たちがこんなにもいることを目の当たりにし、若い香港人と新移民の関係が断絶していることをあらためて実感した。新移民の人たちはどこにでもいるが、反面、いない所にはどこにもいないのだ。両者が互いの存在を認めあって共存していくことは、思ったより現実には難しいことなのだと、その時思った。

「今日は特に人が多いな。毎月一回ここに来るけど、こんなに人が多いことはなかった。やっぱり返還のせいかな」と王さんがつぶやいた。

王さんはなぜここに来るんですか。

「無証媽媽《もうちんまま》〈ビザなしママ、まだ移民許可が出ていない母親のこと〉や小人蛇《しうやんせー》〈子供の密航者〉の状況を知りたいと思ってね」

返還を間近に控えた九七年前半、香港の辺境では緊張が高まっていた。

大陸生まれの香港居住民の子供は、法的には香港居住権を有するが、中国側の正式な許可を受けて香港に合法的に入国しなければ、その権利を享受することができない。しかしその許可がいつ下りるかはわからないため、業を煮やした親が子供を密航させるケースが跡を絶たなかった。こういう子供たちを「小人蛇」と呼ぶ。小人蛇は不法入国であるから原則的には居住権を獲得できないが、香港政府は人道的立場から彼らに「行街紙《はんがいちー》」と呼ばれる暫定的滞在許可証を発行し、とりあえず彼らの香港滞在は黙認するが居住権を認めたわけではない、という曖昧な態度を取り続けてきた。

一三歳以下の小人蛇は九六年末から急増し、九七年三月、四月は毎日のように新聞の一面を小人蛇や妊婦を乗せた密航船が水上警察に捕まるというニュースが飾った。妊婦を乗せた密航船が水上警察の追跡を恐れて無人島に彼らを置き去りにしたとか、小人蛇を満載した密航船が水上警察の監視艇とボートチェイスを繰り広げ、冷血な蛇頭《スネークヘッド》が船上の子供たちを海に投げ捨て、水上警察が救助している間に逃げるというとんでもない事件もあった。幸い命に別状はなかったが、当の子供たちはそんな恐怖の体験を強いられてまで香港へ密航させられることを望んでいるのだろうか、と心が痛んだ。

「ここに来る人たちは、多かれ少なかれ、ほとんど同じような問題を抱えている。子供は来られたが女房が来られないとか、女房は来られたが子供が来られないとか、下の子が来られたのに上の子が来られないとか、つまりは家族が揃わないって問題さ。ここへ来てはいろんな人と情報交換する。毎月一度の決まりみたいなもんさ」

「こういう問題は、同じ境遇の人間じゃないとわからないからな」と梁《りょん》さん。

「そうだよ。俺だってここなら女房が期限切れだって堂々といえるが、同僚や近所の人間にはいえないいんだから。俺の望みは一つだけ。香港政府の無責任な政策が無数の家庭を壊してるってことをもっとみんなに知ってもらいたい。もっと政府に圧力をかけてほしい。もしあんたが董建華に会う機会があったら、いつ俺の女房が出て来られるのか、はっきりした答えを聞いてきてほしい。『私たちは努力しています』とか『その点に関しては考慮中です』って言葉はもう飽き飽きなんだ」

彼らと別れて子供たちで溢れかえった唐楼の廊下を抜け、階段を下りようとしたところで、友達と一緒の肖連《しょうりん》とばったり会った。

「偶然だね。今帰り？」

「うん。あなたは？」

「隣で開かれてる新移民集会に来たの」

「へえ、そんなのあったんだ。どうりで今日は人が多いと思ってた」

「知らなかった？」

「全然知らなかった。じゃあね」

一歩外に出ると、そこにはいつも通りの深水埗《しゃむしゅいぽ》の喧騒があった。大きく息を吸った。正直いって腹の底から吸い込みたいような新鮮な空気ではなかった。粥と生肉とゴミの匂いが混じったような粒子が目に見えるような重たい空気だったが、それでも深呼吸したい気分だった。たくさんの人が行き交っている。この中にどれだけ家族と一緒に暮らせない人たちがいるのだろう。

新移民、そして離散する家族——当事者の話を聞くにつれ、これは香港と中国との話し合いで解決できるような問題ではない、という思いが私の中で強くなった。

まず、なぜこの時期に密航する子供や妊婦が急増したのかを簡単に説明しておこう。大陸のスネークヘッドが「大陸で生まれた香港人の子供は香港に密航して自首すれば特赦が出て、七月一日以降は香港に居住することができる」というデマを流したことが密航ブームをあおったともいわれているが、最大の原因は七月一日から有効となる中華人民共和国香港特別行政区基本法、いわゆる「基本法」で定められた居留権の定義が曖昧だったことにある。

基本法第三章「居民の基本権利と義務」第二十四条には、香港永久性居民の定義が以下のように記されている。

香港特別行政区（以下香港特区と簡称する）永久性居民とは、

（一）香港特区の成立以前あるいは以後に香港で出生した中国公民

（二）香港特区の成立以前あるいは以後に香港に連続して七年以上居住した中国公民

（三）（一）（二）に該当する香港居民が香港以外の土地でもうけた中国籍の子供

注目すべきはこの（三）で、この定義によれば大陸で生まれた香港居民の子供は、基本法が有効になる九七年七月一日より、自動的に香港永久性居民の資格を取得するものと解釈できる。返還直前に内地にいる子供を密航させる親が急増したのは、この法的根拠をもとに、返還以降の政策に変化が現れるのではないか、何らかの特赦が出るのではないかという期待が高まったからだった。

しかし基本法第三章「中央と香港特別行政区の関係」第二十二条には同時にこうも書かれている。

「中国のその他の地方の人間が香港特別行政区に入るためには、許可を申請して批准されなければならない。またそのうち香港に定居する人間の数は、中央人民政府主管部門が香港特別行政区政府と意見を交わした上で確定するものとする」

密航ブームに危機感を抱いた香港政府の律政司司長・梁愛詩は四月六日、「内地〈中国〉で生まれた香港永久性居民の子供は基本法第二十二条に基づいて正式な出境手続きを踏まなければ、香港に入境することはできない。密航者は七月一日以降も合法的な香港永久性居民になることはできない」、また「たとえ七年以上居住したとしても、非合法な入境であれば永遠に居留権は得られない」と明言した。

中国側も事態を深刻に受け止め、深圳公安当局は四月一二日、蛇頭の刑罰を重くすることも辞さないと表明。密航途中で死者が出た場合、蛇頭に最高で死刑に処す場合もありうるとの建議内容を発表した。

すべては蓋を開けてみないとわからない。大陸生まれの子供の問題で、七月一日以降香港は大混乱に陥るだろうと早くも懸念されていた。

新移民の問題は、香港の社会構造そのものの投影である。この構造の歪みが修正されない限り、この問題は永遠に解決しない。香港社会自体が今、変革を迫られている。

中国の女性と結婚する香港男性の一つの典型は、一九八〇年一二月一日より前に中国から香港に密航した男性である。すでに四十代に入った、しかも低所得者が多い。香港ではそれまで、中国からの密航者は、九龍の市街地まで入れば香港の居住権を獲得できるという寛容な「抵壘《だいるい》政策」を取っていた。この政策は一九八〇年一一月三〇日を以て終了し、それ以降密航者は捕まり次第中国へ送還されることになった。

この政策転換は、一つには香港の人口増加を抑えること、二つには食っていくために社会の暗部とかくつながりやすい密航者の存在が治安を悪化させるため、密航者を取り締まる代わりに合法的な中国からの移民を受け入れることで、社会を安定させることが目的だった。

この狙いは密航者を減らして社会不安を解消させるには一役買ったかもしれないが、新たな問題を浮上させることになった。それが家族の離散という問題だ。

香港はもともと福祉という概念の希薄な、「ノー・フリー・ランチ」、つまりタダ飯は食わせてもらえない社会である。もともと個人より家や子孫の繁栄を重んじる中国人特有の伝統的価値観が根強いことに加え、社会福祉が存在しないという土地柄のため、結婚や家族を一種の福祉と見なす傾向がある。家族をもうけて老後の食いぶちを確保することは最低限の保険であり、結婚できないことはそのまま、老後の保障を失うことを意味する。香港の人がとかく家族との結びつきを重んじるのには、そんな現実的側面も含まれている。何が何でも結婚しなければならない、というベクトルが強力に働きやすい土壌がある。

条件が不利、ありていにいえば金のない男や元密航者たちは、「割高」な香港女性より「安上がり」な中国女性を選ぶ。すると家族が離散し、男手一つで子育てをするために彼の生産性は余計に下がり、もともと裕福でない家計は逼迫する。新移民問題は、香港社会のある一部分でぐるぐる循環し続けているようだ。

しかし新移民を見つめる香港人の目が温かいとはいいがたい。友達との何気ない会話の中で、語気の荒い批判に出くわすことも少なくなかった。

「大陸人はそこらじゅうに痰を吐くし、汚職が多いし怠け者」

「彼らは列に並ばないし、電車に先を争って乗る。香港は昔はもっと洗練されていた。大陸の人が増えてから、香港には秩序がなくなったのよ」

「貧しいのに子供ばっかり産んでどうするつもり？　困れば政府から金をもらえばいいと思ってる。結局養ってるのは私たちなのよ。ちょっと甘いんじゃない？」

「勝手に香港に憧れて、現実の厳しさに文句ばっかりいってる。じゃあ帰ればいいじゃない」

こんなことがあった。友達何人かと食事をしていた時、印刷屋のダニーが珍しく酒に酔い、突然大声を上げてテーブルにつっぷした。

「なんで俺だけ女朋友《ガールフレンド》がいないんだ！　こうなったらもう、大陸の老婆《よめさん》でも何でもいい、誰か俺と結婚してくれ！」

周りにいた男たちが、「ああ、そうしろそうしろ、それが一番簡単でいい」と茶化すと、女友達がいさめた。

「あんたたち、なんて薄情なの？　ダニー、ヤケを起こしちゃだめよ。きっと香港の女の子が見つかるから、絶対に諦めちゃだめ。ね？　あんたは顔も悪くないし優しいから、今度あたしがいい子紹介してあげる。大陸のお嫁さんをもらったらどんなに苦労するか、わかってる？　がんばるの。絶対にヤケは起こしちゃだめ」

香港生まれの若者の間では、「大陸の老婆《よめさん》」はすでに冗談の対象となっている。私は笑う気にはなれなかった。

新移民を見つめる香港市民の複雑な視線は、香港的文脈の中で考える必要がありそうだ。

王《うぉん》さんのアグレッシブさと、夫のいない街におそるおそるやって来た劉《らう》さん母子のおとなしさが印象に残った。王さんに代表される元密航者のアグレッシブさは、誰が何といおうと自分のやり方でぐいぐい相手の懐の中に入りこみ、その社会に適応するというよりはむしろ、周りの社会を自分に適応させてしまうという図々しいほどの力強さだった。そんな男たちが集まってああだこうだ議論を重ねている隣の部屋で、肖連《しょうりん》たちはひっそり暮らしている。それはとても象徴的な光景だった。

福祉の存在しない、生きるも死ぬも自分次第、という苛酷な環境の中、香港の人々、そして香港に来た人々は、自分の力で生きることを徹底的に植えつけられてきた。そんな徹底した自力生存観を持つ一方、生きようと奮闘する者に対しては、密航者だろうが国籍がどこであろうが、学歴があろうがなかろうが、家柄がよかろうが悪かろうが、合法だろうが違法だろうが、何をしようがあまりとやかくはいわないという寛容さを持っているのも、香港の独特さだ。どんな手を使おうと金を早く手に入れた人間が勝ちであり、そういう人間を素直に賞賛する。結果を評価し、過程は問わない。その香港気質が、あらゆる者にチャンスを与え、香港の未曾有の活力を生み出してきたことは確かだろう。

しかしそんな香港も、香港生まれの人間が増えるにつれて難民社会の性格を脱し、貧富の差はあるものの、多くの人間が消費活動を享受できる大衆消費社会に突入した。八〇年代後半から急激な経済成長を遂げた香港。実際の経済成長率よりはるかに傾斜度の高い自信を香港人は身に着けた。中国を知らない、香港生まれの香港人が増え、かつてはどこの家庭にもあった密航や難民生活の体験は、「我ら」のものから「彼ら」のものになった。実体験を伴った個々の中国観が消失すると、メディアの流す画一的な中国のイメージが支配的になり、どちらの給料が多い、どちらの家賃が高い、どちらが格好よくてどちらが野暮ったいといった単純な比較でしか、中国と香港の関係は語られなくなった。

そこへ「新移民」という妻や子供が出現した。香港人は面食らった。密航者は強烈な生命力で自分の食いぶちを探してくれたから放っておけばよかったが、彼らはそうはいかない。教育や生活保護、香港に慣れるための生活指導、部屋探しなど、誰かが支えなくてはならない。彼らを受け入れるには金がかかるのだ。それらは最終的には、税金という形で香港市民にのしかかってくる。それが福祉に頼らず生きてきたという自負を持つ香港市民には気に食わない。

つまり、勝手に自分の力で生きてくれる密航者に対する許容度がかなり高い特異な社会であるがゆえに、たとえ合法的移民でも社会的負担の大きい女子供は余計に許容できないという、屈折した排他主義に今の香港は覆われているのだ。

そのすべてのひずみにはまりこんでしまったのが新移民だ。彼らの存在は、中国に対する拭いようのない嫌悪感や恐怖、先行きに対する不満をぶつけるスケープゴートにされているように私には思えた。

しかし彼らが香港社会の産物であることもまた事実なのである。

苛酷な環境の中で強くならざるを得なかった強者が、社会の理解と援助を必要とする弱者を受け入れることができるかどうか。大陸から多様な人材を吸収し続けることでケタ外れの活力を維持してきた香港が、その柔軟性を取り戻すことができるかどうか。ノー・フリー・ランチの自由社会から、負わなければならない責任の多い成熟した不自由な社会へ、香港はそろそろ移行しなければならない時期に来ているのだろう。新移民の存在を受け入れることができるかどうか、それは香港が香港であり続けられるかどうかを試すイニシエーションなのかもしれない。

とにもかくにも、あと一〇日で香港は祖国の懐に回帰する。街をあげてのお祭りムードの影で、この連休を家族一緒に過ごせない人たちがそこらじゅうにいる、そのことは覚えていなければいけないと思った。

そして彼はいなくなった

ずっと雨と曇天が続いていた香港だったが、この日は珍しく朝から空が真っ青に晴れ上がり、水気を含んだ重たい雲が飛行船のように空を泳いでいた。

一九九七年六月二八日、植民地香港の最後の土曜日、ようやくピンさんと会うことになった。彼女が指定したのは午前九時、新蒲崗《さんぽーこん》のマクドナルド。そのマクドナルドは、それまで阿彬《あぱん》の住んでいた場所を探そうと思って新蒲崗へ行った時、何度も入ったことのある場所だった。午前九時という時間は彼女の要望で、午後になったら以前勤めていた縫製工場へ仕事を探しに行くため、できるだけ早い時間がいいという理由だった。

一〇か月も香港に住んでいながら、なぜよりによって返還のドタバタの最中にピンさんと会うことになったかといえば、悪気はないのだろうが会うのを先延ばしにしようとする彼女に、「返還が終わったらすぐ日本に帰るかもしれない」と脅しをかけ、やっと承諾してもらえたからだ。私はどうしても彼女と返還の前に会いたかった。自由を求めて香港に逃げ、そしてこの街で亡くなった阿彬。彼の存在そのものが、私にとっては植民地香港の象徴だった。香港が香港でなければ、阿彬は香港には存在しなかった。彼の最期の話は、どうしても返還前に確かめておきたかった。

ピンさんはすぐにわかった。よく日に焼けて彫りが深く、お尻が大きくて大地をしっかり踏みしめている、体全体に弾力性のある人だった。南中国を旅していた時、よくこんな安定感のある女の人を見かけた。ピンさんからは大陸の香りがした。そして私が「ピン」だと思っていた名は、実は「丁《でぃん》」という名だったことが判明した。

「飲茶《やむちゃ》でもしながらゆっくり話そうよ。長い話になりそうだから」

新蒲崗につい最近できた越秀《ゆっしう》広場というショッピングセンター内にあるレストランで、丁さんの息子とガールフレンドが待っていた。二人は私を見るなり立ち上がり、顔いっぱいにほほえみを浮かべて両手を差し出したが、言葉がない。静かな人たちだな、と思っていると、丁さんが二人に手話で私のことを説明していた。二人とも耳が聞こえなかった。

「二人とも阿彬《あばん》のことはよく知ってるんだよ。息子はついこの間大陸から単程証《たんちえんちん》〈片道ビザ〉で出て来たばかりなんだけど、香港に双程証《しょんちえんちん》〈往復ビザ〉で来るたびにあのアパートに泊まっていたからね。彼女は香港の子だけど、私と同じ縫製工場で働いていたの。家が近所でよくうちに遊びに来ていたから、阿彬とも何度も会ってるんだ」

「おや、また息子が来たんだね。今度はいつまでいられるの？」

顔見知りらしいウェイターが通りがかって丁さんに声をかける。

「とうとうビザが出たんだよ。もう帰りの切符はいらないんだ」

丁さんも、阿彬とはまた別の物語を持っていた。

そして彼女は阿彬の話を始めた。

阿彬が死んだのは三、四年前だと思う。何年だったかはよく覚えてない。何月何日？　全然思い出せない。暑くも寒くもない時だったから、多分秋じゃないかしら。

あんたは九龍城寨《がおろんせんちゃい》で阿彬と会ったといってたね。でも阿彬はずっとあそこで働いてたわけじゃない。あそこの菓子工場を辞めて、城寨の外の工場で働いていたんだよ。でもある日パンを作っている時、手から血が出て止まらなくなったの。それで仕事をしばらく休んだらクビになった。働きたいけど行くところがなくて、阿彬が故郷にいた時から知ってる唯一の友達、莫《もく》さんに相談した。莫さんは大工なんだ。結局莫さんのところで大工仕事を手伝うようになった。

だから阿彬の最後の仕事は大工だったんだ。

大工を始めた頃からかな、よくお腹の左側がへんだといっていたよ。でも自分では、「慣れない力仕事を無理してやってるから」といってあまり気にしてなかった。単に胃腸の調子が良くないだけだと思っていたんだ。今思えば、その頃から随分悪かったんだろうね。阿彬は死ぬ少し前の旧正月、大陸に久しぶりに帰って病院に行ったの。薬をいっぱい持って帰って来たのを覚えてるよ。その時、お父さんにひどく叱られたらしい。おまえはこの年になって香港で嫁も見つけられないし、付き合ってる女もいない。大陸の嫁をもらうつもりもない。一体何を考えてるんだ、って。そんな話を、私たちには笑いながらしてくれたよ。だから病気のことは家族には隠していたんだろう。調子が悪いのをわかっていながら、無理してずっと大工の仕事を続けてたんだ。

ある日、彼はどうにも調子が悪くて新蒲崗《さんぽーこん》の診療所に行った。すると大きな病院に入院しろといわれたんだ。私が働いていた縫製工場に電話がかかってきたの。

「姐《ねえ》さん――阿彬は私のことを姐さんって呼んでたんだよ――、突然だけど入院することになった。申し訳ないけど、僕のスリッパと歯ブラシと着替えを病院まで持って来てくれませんか」

私は仕事が終わってから、すぐにいわれたものとぶどうを持って見舞いに行った。阿彬は「たいしたことはないから、親戚や友達には絶対に知らせないでください」といったよ。私はいわれた通り、誰にも連絡しなかった。

ところが次の日、病院から工場にまた電話がかかってきた。今度は阿彬じゃなくて看護婦からだ。彼の容態が急変して、救急室に入ったという。その時だよ、彼が肝臓癌だとわかったのは。私はすぐ莫《もく》さんに連絡して、香港にいる阿彬の唯一の親戚の叔父さんと従弟を病院に呼んでもらった。どうしてそんなに容態が急に悪くなったのか、いまだにどうしてもわからないよ。

医者は今すぐ手術しなければ危ないといった。でも彼にはお金がなかったの。莫さんが次の日一日走り回って、阿彬《あばん》を知っている人十数人からお金をかき集めた。私は三〇〇〇元出した。三〇〇〇元っていったら私には大金だったけど、彼のためだったら惜しくないと思ったわ。彼には「お金のことは心配しなくていいから、安心して手術を受けなさい」といったよ。

その次の日、阿彬は手術を受けた。手術が終わって会いに行くと、もう意識が朦朧としていて、阿彬は「姐さん、僕は死ぬかもしれない」といった。あとは何かいったけど、よく聞き取れなかった。医者が「すぐ家族に知らせた方がいい」っていうから、工場のファックスを借りて彼の大陸の家族に連絡した。兄さんと妹がすぐに双程証の申請を出すという返事が来た。

翌朝一〇時、阿彬の叔父さんや友達が見舞いに来た。でも彼はもうほとんど意識がなくなっていたの。私も「何かあったらすぐに工場へ知らせて」と病院に頼んで、それから仕事に行った。午後一時、病院から工場に「もうダメかもしれない」という電話がかかってきた。私は母さんとすぐ病院にかけつけた。泣きながら、彼のまぶたを触ってあげた。そして阿彬は息を引き取った。大陸の兄さんも妹も、最期には間に合わなかった。最期をみとったのは、私と母さんの二人だけだった。

入院して、たった五日で阿彬は逝ってしまった。すぐ退院できると思って、服も下着も全部洗濯しておいてあげたのに、彼が再び袖を通すことはなかったのよ。

その後兄さんと妹が大陸から来たの。遺体はきれいにお化粧してあげて、香港で火葬した。兄さんたちは着る物も何も持っていなかったから、私が夫のズボンを二本あげた。それから彼らは遺品を整理して、いらない物はみんな捨てて、いる物だけを大陸に持って帰った。


それが、彼女が立ち会った阿彬の最期だった。

「阿彬は礼儀正しくて、筋の通った人だった。いうことにはいちいち道理があった。あんないい人が、あんな風に惨めに死ぬなんて、本当にかわいそうだよ。世界は不公平だ」

丁《でぃん》さんは涙を拭った。

「阿彬が暮らしていた部屋、見るだろ？」

私たちはいつの間にか客のほとんどいなくなったレストランを出た。


阿彬が住んでいたアパートは、百楽酒楼《ぱっろく》という古い大きなレストランのはす向かいにある、ワンブロック丸ごとの巨大な唐楼《とんらう》だった。これまで何度もここを通りながら彼の住まいが探しきれなかったのは、このエリアの煩雑な住所表記が原因だった。この巨大な唐楼には道路に沿っていくつもの入口があるが、すべて鍵がかかっていて外来者は中に入れない。そして日本のマンションに例えたら一〇一号室、二〇一号室、三〇一号室……が崇齢街《そんりんがい》二六号、一〇二号室、二〇二号室、三〇二号室……が崇齢街二八号、一〇三号室、二〇三号室、三〇三号室……が崇齢街三〇号（奇数は通りの向かい）。つまり同じフロアの隣の部屋の番地が異なり、ビルを縦に切って同一直線上の部屋が同番地の階違いということになる。素人が住所だけを持って行ったところで、絶対目的地にたどりつけない仕組みになっているのだ。

丁さんは鞄から鍵を取り出してビルの入口のドアを開け、郵便受けを開けた。

「なぜここの鍵を持っているんですか？」

「これ？　私、いまだにあの部屋の包租婆《ぼうじようぼー》〈家賃集金人〉をやってるのよ。それに息子が香港に来てから家が狭くなったから、夫がまたここに住み始めたの。私も夫も新蒲崗《さんぽーこん》で働いてるし、今でもしょっちゅうここに来るのよ」

これで阿彬《あばん》宛てに出したハガキが逐一彼女に届いていた謎が判明した。

ワンフロアにどれだけ部屋があるかわからないほど巨大なアパートだった。時折、階段の白い壁に「公寓」「純粋租房」と殴り書きされ、部屋番号だけが書いてある。ラブホテルというより、売春宿のことだ。そしてずらりと並んだドアの向こうはさらにいくつかの部屋に分かれ、そのそれぞれに人が身を寄せあって生きている。

阿彬が住んでいた世帯は、鉄柵の内側に緑のペンキで塗られた木のドアがあり、中に入ると左手に小さな流しが一つ、プロパンガスのガス台が三つ、シャワーと共同の洋式トイレがあり、暗く狭い廊下の両脇に六枚のドアが並んでいる。それもやはり緑のペンキで塗られ、思い思いにさかさまの「福」という字や洗濯物で飾られていた。

「阿彬は一番奥の、表通りに面した部屋に住んでいた。私たちは彼の向かいに住んでいたの。

今は夫が一人で住んでるわ」

阿彬が住んでいた部屋のドアがわずかに開いていた。ベッドと机があるだけでいっぱいの部屋。その中で男が一人、貴重な光の入る窓のカーテンを閉めきって眠っていた。夜勤明けか何かで疲れきっているのだろう。ベッドの脇に唐突に置かれた灰色の事務机が妙な感じだ。目の前で眠っている男がどんな人物なのか、探る糸口が見つからない部屋だった。ただ働き、ただ寝に帰って来るだけ。生活を楽しむ余裕などない部屋。

「ここには阿彬の物はあの机以外には何もない。あの机は阿彬が使ってた。あとはみんな兄さんたちが処分してしまったから、何も残ってないの」

私たちのヒソヒソ話で目を覚ました男が、迷惑そうに起き上がって足でドアをばたんと閉めた。

「あの人は一番苦手なんだ。部屋から滅多に出て来ないし、出て来ても挨拶もしない」

古いアパートで暮らす人々の関係も、少しずつ変容しているようだった。

私たちは丁さんの夫の部屋の二段ベッドに腰をかけて話を続けた。彼女は当時、ここに夫と上の息子、そしてお母さんの四人で暮らしていた。

「昔、ここに住んでいた十数人はとても仲がよかったんだ。うちは休みになるといつも鶏を買ってきてスープを作った。そんな時は四人も五人も同じだから、いつも阿彬にも食べさせてあげてたんだ。逆に私たちがしばらく大陸に帰る時は、阿彬に母さんのことを頼んでいった。彼は一生懸命母さんの面倒を見てくれたけど、母さんは『阿彬の作る料理はまずくて食べられたもんじゃない』っていつも文句をいってたわ。

ある日、阿彬《あばん》は自分の部屋に冷房を入れたんだ。もちろんこんなアパートじゃ、冷房を持ってる人なんていないよ。すると彼は、仕事に行く時も部屋に鍵をかけて行かず、いつでもうちの部屋に入って冷房をつけて休んでいいといってくれたの。あんな人はあんまりいないよ。阿彬はとてもきれい好きでね、部屋なんて本当にきれいにしてたよ。金魚が大好きだった。でも彼が死んだ日、飼ってた金魚も全部死んでいた」

容態が急変し、誰も金魚のことにまで頭が回らなかったのかもしれない。

「阿彬は他の人とは少し違ってた。よく毛沢東の本や歴史の本を読んでいたよ。あんなに疲れて帰って来て本を読むなんて、みんな感心したものだよ。いろんなことをよく知ってたし、いうことにもいちいち道理があった」

私の記憶の中でも、彼は少し独特だった。家に帰るとどうやって時間を過ごすんですか、と尋ねた時、こう答えたのを今でも覚えている。

「暇な時は音楽を聴いてる。クラシックが大好きなんだ。静かな気持ちになれるから。昔、友達と一緒に住んでたことがあったんだけど、彼はテレビが大好きで、俺が音楽を聴きたい時、いつもテレビを見てる。好きな音楽が聴けないから、結局別々に住むことにしたんだ。どんなに狭くたって、好きな音楽を好きな時に聴ける方がいい。一人が気楽さ」

だんだん自分の中でも阿彬のイメージが甦ってくるのを感じた。

「彼は音楽がとても好きだったでしょう？　それで何か記憶に残ってることはありますか？」

「さすが、あんたは阿彬のことをよく知ってるね。そう、彼は音楽が大好きだった。いつも部屋でテープを聴いてた。福建歌に広東歌、いろんなのを聴いてたよ。あんまり音が大きくて注意したこともしょっちゅうだったわ」

「その時のテープは残ってます？」

丁《でぃん》さんは顔を曇らせた。

「全部兄さんたちが捨ててしまったよ。彼は音楽が大好きだったから、何本か持って帰ったら、っていったんだけど、遺品を持ち帰るのは手続きが面倒だからといって、一本残らず捨ててしまったの」

「じゃあ彼らが持ち帰った物は？」

「テレビとビデオ、カセット、電気釜、それに冷房。電気製品だけよ。それから私が昔阿彬にあげた腕時計も持って帰った。兄さんたちが箱にテープや本や洋服をぽんぽん投げ入れて捨てるのを見た時は、さすがに心が痛んだわ」

彼女はまた涙を拭った。その光景を想像すると、私も胸を締めつけられる思いがした。

「阿彬の家は貧しくて、彼が支えていたようなものだから、仕方がないんだけどね」

彼らが持ち帰った物は、金目の物だけだった。しかし彼女は非難めいたことは口にしなかった。

大陸と香港の、数字上の経済格差。私は家族が貨幣価値の異なる二つの世界に分かれて暮らすという経験をしたことがない。大陸の肉親が香港に対して抱くイメージと、現実の香港との温度差は、私などより彼女の方がよく知っているだろう。故郷の兄妹は、阿彬《あばん》を一人の兄弟というより、香港という街とだぶらせて認識していたのだろうと私は想像するしかない。だから彼らは香港を象徴する物だけを持ち帰った。彼らにとって、阿彬の好きだった本やテープは、何も意味を持たなかったのだろう。

ただ、心が痛かった。

ちょうどその時、他の部屋に住む中年女性が丁さんの部屋をのぞきに来た。

「阿彬の日本のガールフレンドが来たんだよ。阿彬がよくいってただろ？　とうとう来てくれたんだ」

二人は肩を抱きあって泣いた。

「彼は死ぬ時、とても惨めだった」

女性にそういわれた時、ずきりとした。

「でもこうして彼女が来てくれたんだ。彼も喜んでいるわよ」と丁さんがいって慰めた。

阿彬の隣の部屋に住んでいた一人暮らしのおじいさんもやって来た。

「私よりこの梁《りょん》さんの方がここに長いし、彼とは親しかったの。私が知らないことも、もしかしたら知ってるかもしれないわ」

「あんたが阿彬のいってた日本のガールフレンドか」

どういう反応を示したらいいのかわからなかった。

避けられない話題が近づきつつあった。私は背筋を伸ばした。

「あいつはよく、あんたに長距離電話をかけていたよ」

戸口に立ったままの梁さんがいった。それは明らかに事実とは違っていたので、「その相手は多分私ではありません」と訂正した。

「でも時々部屋のドアを閉めるから、どうしたんだと聞くと、これから日本のガールフレンドに電話をかけるんだとよくいってたよ」

「彼は死ぬ少し前、自分専用の電話を引いたのよ。あんたに国際電話をかけるんだって。アパートの共同電話では、国際電話はかけられなかったから」

いくら説明しても信じてはもらえそうになかったので、「その後引っ越してしまったから」という言葉でお茶を濁した。

「これはわししか知らんと思うがね、あいつは時々、『つまらない』といってマカオへ博打をしに行っていたんだ」

「そんな話、今初めて聞いたわ。嘘でしょ、彼が賭け事をしてたなんて」

「あんたを心配させたくないから、秘密にしてたんだろう。一回、マカオで大負けして一晩に何万元もスッて帰って来たことがあったよ。男同士の約束で、あんたには今まで話さなかったんだ」

「彼が博打をしてたなんて……私が知ってる阿彬は、真面目で、静かな男だった。毎朝、百楽《ばっろく》酒楼で飲茶《やむちゃ》をしてから仕事に行って、帰って来ると部屋で音楽を聴く。うちの前の新蒲崗《さんぽーこん》広場は昔は公園だったんだけど、仕事帰りに前を通りがかると、よく彼が一人で座ってた。夜眠れない時は、いつもあそこのベンチに座っていたのよ。阿彬は煙草はよく吸ったけど、酒は一滴も飲まなかった。博打をしてたなんて……」

「誰にだって知らない面はあるんだよ」

梁《りょん》さんは得意げにいった。自分こそ阿彬のことを一番よく知っていると思っていた丁《でぃん》さんは少し不満そうだった。必死に何か他のことを思い出そうとしていた。

「阿彬はよくテレビで西洋映画を見ていたよ。私たちは西洋映画なんてほとんど見ないけど、彼はよく字幕付きの映画を見ていた。英語を勉強したい、彼女と英語で喋れるようになりたいっていってた。努力家だなって思った覚えがあるわ。私がどうしてあんたの存在を知ったか知ってる?」

私は首を振った。

「ある日阿彬が私の働いてた工場に来て、英語で手紙を書きたいんだけど誰か書いてくれないか、って頼みに来たんだ。工場の事務の人なら少しは英語がわかるからね。一体どうして英語で手紙なんて書くんだ、って問い詰めたよ。すると『日本のガールフレンドに手紙を書きたいんだ』っていうじゃないか。九龍城寨《がおろんせんちゃい》で知り合ったんだって。それであんたのことを知ったんだよ。でもせっかく書いたその手紙も戻って来てしまった。その後何度出しても、みんな戻って来てしまったの」

私と阿彬の間には一度だけ手紙のやりとりがあった。最初の通信は八九年六月二日に私が石垣島から出した絵ハガキだった。翌日与那国島に渡り、その次の日に天安門事件が起きたからよく覚えている。その数週間後、当時住んでいたアパートに署名のない一通のエアメールが届いた。中国語で書かれた、私が出した絵ハガキに対するお礼の内容であることから、阿彬からの手紙だとわかった。それで私たちの間の通信は途絶えた。

原因は単に、私がその後引っ越し、彼にそれを知らせなかったからだ。彼はその後一度も引っ越していないのだから、この音信不通の責任はすべて私にあった。今さら何をいっても言い訳にしかならないが、当時は香港にはしょっちゅう通うつもりだったため、香港に行った時に連絡を取れば済むと思っていた。何となく、彼はその住所から動かない予感がしていたのだ。

私の勘は、半分は当たり、半分は外れたことになる。確かに彼はこの住所から動かなかった。でも死んでしまったのだ。

一往復の手紙のやりとりの後、なぜ彼は英語で手紙を書いたり、英語を話せるようになりたいといい出したのだろう。それが妙にひっかかった。

その場にいる誰に聞いても、阿彬がいつ死んだのかを覚えている人はいなかった。丁さんは相変わらず、「三、四年前の秋だと思う」といった。もう一人の女性はまったく覚えておらず、「随分昔のような気がする」。梁さんは「八九年だった」。それは明らかに間違いだった。私が彼と出会ったのが八九年四月五日で、少なくとも彼はその後、旧正月に大陸に帰っているのだから。

彼の生前の写真を誰か持っていないか聞いてみた。丁《でぃん》さんが夫の机の引き出しを開けて写真の束を引っ張り出し、みんなで手分けして彼の写真を探したが、一枚も出て来なかった。

「あ、これは私の母さんの写真だけど、これが阿彬《あばん》の部屋よ」

丁さんをこぶりにしてしぼませたようなおばあさんがベッドにちょこんと腰かけ、不安そうにレンズを見つめている。さっきドアの隙間から垣間見た部屋とは別物のようにきれいな部屋だった。壁には清潔な白い壁紙が貼られ、パステルカラーのカーテンに白いベッド、水色のシーツ。枕元には小さなスピーカーが二つとカセットデッキ、透明なプラスチックの箱に入った造花のカーネーションと花瓶に生けられた本物の赤いバラが一本、観用植物が一鉢、そしてビニール袋がかけられたままの白い石膏像が二体飾ってある。ベッドの隣には事務机があり、卓上ライトと木目調の戸棚がのっている。戸棚の中にはカセットテープがびっしり詰まっており、その上には観用植物がもう一鉢、そして金魚鉢。壁にはチマチョゴリを着た女性がどこかの観光名所の前に立っているポスターが貼ってあった。

これまでいろんな唐楼《とんらう》の部屋を見てきたが、阿彬の部屋ほど自分の生活空間に対する愛情に溢れた部屋を見たことはなかった。

唐楼に住む人々の部屋は、多かれ少なかれすさんでいる。それはここから出て行きたいという意識を強めるために、故意にその空間に愛着を抱かないようにしようとする、ねじれたすさみ方だった。私の部屋にもまた、いつかはここを出て行くという投げやりな空気が漂っていた。

彼の部屋には自分の生活を愛そうとする積極的な意志が感じられた。彼はどれだけこの部屋を愛していたことだろう。しかし逆にいえば、彼はここを出ることをもはや諦めていたということにもなる。

「ここには写ってないけど、この金魚鉢の隣に彼専用の電話が置いてあったの」

「どうして彼の部屋でお母さんの写真を？」

「母さんの写真を田舎に送ろうと思ったんだけど、うちの部屋は汚ないから、一番きれいな彼の部屋で撮らせてもらったの。これ、阿彬が撮ったのよ。思い出したわ！」

丁さんが一枚の写真を取り出して突然大声を上げた。

それはいかにも大陸から来たばかりという感じの、似合わないダボダボのスーツを着た若い男性がどこかの門の前に立っている写真だった。

「これは弟が双程証《しょんちえんちん》で香港に来た時、海洋公園《オーシャンパーク》で撮ったの。九二年一月二日って日付が入ってるでしょ。この時、阿彬が料理を作ってごちそうしてくれたの。弟はこの時すでに期限切れで、この後すぐ警察に捕まって強制送還されたからよく覚えてるわ。そのすぐ後に阿彬は久しぶりに大陸に帰って、薬をいっぱい持って帰って来た……仕事に復帰してすぐ倒れたんだから……九二年五月。彼が死んだのは九二年五月頃よ。絶対間違いない」

阿彬は私が九龍城寨《がおろんせんちゃい》の菓子工場で会った時から、わずか三年後に三八歳の若さで亡くなっていた。城寨が取り壊される二年も前に、すでに亡くなっていたのだ。その年の五月、私は福建省の湄洲《めいちょう》という小さな島にいた。そして私の住所は阿彬に渡したものから、三度変わっていた。

「阿彬の故郷の住所はわかりますか？」

「兄さんたちが帰る時に置いていったけどなくしてしまったわ。あれから連絡もないし、もうわからない」

「じゃあお墓がどこにあるかは？」

「それもわからない。田舎のどこかにあると思うけど」

結局、彼が亡くなった正確な日とお墓の場所はわからなかった。彼の存在を感じさせるものは、ドアの隙間から垣間見えた事務机と、彼が撮った丁さんのお母さんの写真一枚だけだった。その写真を彼女は私にくれた。


私たちは梁《りよん》さんと一緒にアパートを出、向かいの百楽酒楼《ぱつろく》でその日二度目の飲茶《やむちや》をした。

「こうして今五人で飲茶をしている。ここに阿彬《あばん》がいたらどんなによかっただろう。彼はここにいたかったはずだよ」

丁《でいん》さんはそういってまた目を赤くした。

「時間はかかったけど、こうして会えて本当によかった。最初あんたから連絡をもらった時、今頃連絡してきてどういうつもり、って正直怒っていたんだよ」

やっぱりそうだった。

彼女が電話番号さえ教えてくれなかった理由。会う意思は匂わせながら、まるで私を弄ぶかのようにじらし、主導権を離そうとしなかった理由。

連絡を取りたいのに術がないという苦しみ。私が阿彬にしたことを、彼女は私に味わわせようとしたのだろう。

「でもあんたは諦めなかった。会うことにしてよかった。あんたに阿彬がどういう人だったか話すことができたし、胸がすっきりしたよ。彼も喜んでると思う」

「阿彬があんたをここに呼んだんだよ」と梁さんが付け加えた。「あいつはそういう男さ」

「で、これからあんたはどうするつもり？」

丁さんが私に聞いた。

「どうするつもりって？」

「つまりさ……香港で男朋友《ボーイフレンド》を探すつもりなのかってことよ」

香港で男を見つける意思があるかどうか。この質問に対する答えはまったく用意していなかった。彼女がなぜこの問いを投げかけてくるのか、その意図がわからなかった。

「いえ、探すつもりはありません」

彼女は首を振って私の肩に手をかけた。

「いい？　阿彬はもう死んだんだよ。悲しいのはわかるけど、過去にとらわれてちゃいけない。あんたにはあんたの未来がある。香港で新しいボーイフレンドを探しなさい。彼もその方が喜ぶよ。そして結婚して子供を産みなさい。あんたが働きたければ、私が子供の世話をしてあげる」

違う。違う。違う。完全に誤解されていた。

私は阿彬のガールフレンドではなかった。私が香港でボーイフレンドを探さないのは、彼の死を悼んで喪に服しているわけではない。私はそんな人間ではない。ここへ来たのは彼の死の真相を知るためであって、自分のためだった。

これ以上耐えきれなかった。阿彬の立場を思えば彼女に嘘をつくことになり、彼女に真摯に向き合おうとすれば阿彬を裏切ることになる。どうしたら自分が彼にしたことの責任が取れるのか、私にはもう何もわからなかった。

私はただ曖昧に笑ったまま、言葉を呑み込んだ。

阿彬、これでよかったのだろうか。

私たちは再び連絡を取り合う約束をして別れた。

バスに飛び乗り、とにかく家に帰ろうと思った。日はすでに傾き、お祭り騒ぎをしに繁華街に向かう人々のラッシュが始まっていた。こういう時に限って、バスは一向に進まなかった。

彼らと会って一番印象に残ったのは、彼らは阿彬のディテールについてはよく覚えているのに、時間のこととなると途端に記憶があやふやになることだった。最期をみとった丁《でぃん》さんでさえ、彼の亡くなった日付はおろか、年でさえ覚えていなかった。

一方私は阿彬に会った日も、彼が話してくれた話も、すべて覚えていた。それは単に、記録していたからだ。自分の場合、いつ誰とどこで出会ったか、手帳や日記をめくればここ一〇年分くらいは簡単に調べ出すことができる。それは仕事上の単なる習慣だった。しかし私が彼のことをよく覚えているという事実が、結果として彼らの誤解を増幅させることになってしまった。

私は誰か特定の人物を取材するためにどこかへ出向くという仕事の仕方はしていない。ただ友達とごはんを食べている時、何か興味深い話が出れば記録するし、その時点で気づかなくてもそのあとでおもしろさに気づくこともある。日常と仕事の間に線を引くことはできない。

私は八九年四月五日に九龍城寨《がおろんせんちゃい》の菓子工場へ、大陸から密航して来た独身男を取材しに行ったわけではない。しかし城寨へ出向いたのはそこに興味があったからで、それを発表するしないにかかわらず、意識の上では仕事だった。それは否定できない。そしてそこに阿彬がいた。彼は興味深い話をしてくれた。だから記録し、結果として私は彼を記憶することになった。

しかし過去を片っ端から捨ててひたすら前に進むこの街では、過去のことを詳細に記憶しているということは、それだけ関係が深いという証拠になる。そこに私たちの致命的な温度差があった。

私は生前の阿彬に二度会っている。一度目は出会った時で、八九年四月五日。二度目はその翌々日の四月七日。日本に帰る前日だった。いずれも彼は勤務中だったため、合計して二時間にも満たない時間だった。まんじゅう工場で別れてから、その時滞在していた友達のフラットへ戻ると、夕方阿彬から電話があった。「君は明日日本に帰るでしょう？　今から工場の仲間と一緒に夕飯を食べに行くけど、君も一緒に来ないか？」という誘いだった。しかしその晩、私には彼と出会う前から決まっていた約束があった。迷いに迷った末、私は先約の方を優先させた。阿彬と三度目に会う機会は、それ以来訪れなかった。

その二時間に、互いの間に特別な感情が生じたかと問われたら、少なくとも私は感じなかった。確かに好感は持った。彼は本当に感じのいい人だった。人に何か伝えようと一生懸命だった。

三年前に出会った外国人のことを思い続けるということは、万に一つあるかもしれない。わからなかったのは、阿彬《あばん》が亡くなった時、周囲の親しい人たちが私に連絡を取ろうとしたことだった。彼らはそれほど、私たち二人が深い関係にあると信じきっていた。

彼に会ったのべ二時間、私はほとんど自分の話はせず、彼の話を聞く側に回っていた。三年も語れるほど、私は自分の材料を何も提供しなかった。つまり阿彬が周囲の人たちにしていた話は、ほとんど架空の話だったのだ。

なぜ彼はそんな頼りない出会いに固執しなければならなかったのだろう。

彼の写真をもう一度取り出した。私が撮った唯一の彼の写真。一番彼と親しかった丁《でぃん》さんですら持っていなかったのだから、もしかしたら香港に現存する、彼の唯一の写真かもしれない。

私が彼の写真を持っていたのに対し、彼は私の写真を持っていなかった。彼が唯一持っていた私の存在証拠は、メモ帳の切れ端に書いた当時の住所と、私が石垣島から出した一枚の絵ハガキだけだった。彼は私の実際の姿など、ほとんど思い出せなかったと思う。実像のない存在証拠は、人に話をするたびにどんどん変形し、彼が心の中で望む人物に造り変えられていったのだろう。彼の部屋に貼られたチマチョゴリを着た女性のポスターを見た時、阿彬は日本と韓国のことを混同していたのかもしれないとさえ思った。

彼が英語にこだわっていたことも気になった。

工場の人に英語の手紙を書いてもらい、テレビで英語を勉強していたという彼。しかし彼は実際、私と広東語で言葉を交わし、中国語で手紙のやりとりをしていた。音信不通の原因は私の不義理であり、言葉の問題ではなかったのだ。

彼は亡くなる前の旧正月に久しぶりに大陸に戻り、まだ結婚しないことで父親からひどく叱られた。大陸にいるお父さんにとって、夢の街へ行った息子が実際置かれた状況など、想像もつかなかったに違いない。

この年になって香港の女性と結婚することができない。周りの男たちは大陸の女性に逃げ場を求めていた。しかしそうすれば今より生活が大変になることが、彼にはわかっていた。

走逃無路。彼には逃げる場所がなかった。そこで彼が救済を求めたのが外国だった。彼にとって英語は外国の象徴だったのだろう。日本のガールフレンドには実像もなく、何も喋らず、彼の希望通りに姿形を変えることができた。音信不通だからこそ、彼を裏切ることもなかった。そんな架空の存在に逃げ場を求めなければならないほど、彼は追いつめられていた。

そう思い至ってようやく、香港という街の中で彼がどういう位置に置かれていたかを私は悟った。

私との出会いが、彼にとっては女性との最後の出会いだったのだろう。

彼は恐らく、そんな日本のガールフレンドが実在しないことをわかっていただろう。しかし一度周囲の人にいってしまった以上、もう後には引けなくなった。そして英語で手紙を書き、洋画を見て英語を勉強し、自分の部屋に国際電話をかけられる電話を引き、「これから日本のガールフレンドに電話をかけるんだ」といってドアを閉めた。そうすることで周囲の人を納得させることはできた。

しかし、自分だけは騙せなかった。

私は最初、自分の不義理を後悔した。自分がきちんと連絡を取り続けてさえいたら、少なくとももう少し救いようがあったのではないか、と傲慢にもそう思った。

いい加減、感傷にひたるのはもうよそう。

彼は私に再会しなくてよかった。

もしもう一度会っていたら、私は不義理よりすさまじい形で彼を裏切ることになっていただろう。

文革末期の混乱に嫌気がさし、命を落とす危険を冒して自由都市・香港に逃げて来た阿彬《あばん》。故郷の家族へ送金するため九龍城寨《がおろんせんちゃい》の工場で一日何万個ものまんじゅうを作り続け、最後の出会いにすがりつきながら、病に倒れて一週間で死んでしまった一人の男。

古いものを片っ端から壊して上に伸び続けていく香港の繁栄。その繁栄の中に、彼の逃げ場はなかった。

彼にとって、香港とは一体何だったのだろう。

自由な街の底辺で、彼はその自由を謳歌することができたのだろうか。

香港ではありふれた物語かもしれない。

しかし私は忘れない。香港がどう変わろうと、この街にかつて阿彬と呼ばれた男が生き、そして死んでいったことだけは忘れない。

あなたのことを記憶する。私にできるのはそれだけだった。


あと三日で香港は祖国の懐に帰ろうとしていた。

香港の繁栄。自由万歳。民主万歳。両手をたずさえ、共に歩いてゆこう。香港万歳。中国万歳。万万歳歳、万万歳！　香港の繁栄は一千年変わらず。明日はもっとよくなる。人は踊り続け、馬は走り続け、株は上がり続ける。返還出血大バーゲン！　スマイルサンダルを履いて、笑って返還を迎えよう！　滑り止め付き靴大バーゲン！　返還は滑りたくないもんね。英軍撤退につき、今が最後のチャンス！　グルカ兵用Tシャツは残りわずか！

さようなら、阿彬。

本当に、さようなら。

植民地最後の夜

時計が夜の一二時を回り、香港は植民地最後の日を迎えた。この記念すべき日、私が最初に言葉を交わしたのは、尖沙咀《ちむさーちょい》から家に向かうために乗ったタクシーの運転手だった。

「とうとう六月三〇日になりましたね」

「そうだね。明日から香港はいよいよ中国になるんだな。返還のおかげで最近客が多いよ。今日も客が多いといいな」

「今日も仕事ですか？」

「当たり前だよ。今日は朝の六時まで運転して、うちに帰って寝る。午後四時からまた仕事だ。明日も同じだ。俺たち打工仔《だーこんちゃい》〈労働者〉は一日休めば食えなくなる。今日働くのは今日食うため。明日働くのは明日食うため。一番大事なのは食うことだ。返還を祝ってたら食えなくなる」

「それにしても返還のお祭りはお金をかけすぎてますね。あんなにお金があるんだったら、他のことに使えばいいのに」

「そういうもんだろ。金持ちは昔はイギリス人と付き合い、今は大陸人と商売する。返還をこんなに歓迎してるってことを見せないと、商売してもらえなくなるんだろう。俺たちにはまったく関係のない世界だよ。祝いたい奴は祝えばいい。俺は返還を祝う時間があったら、一分一秒でも多く眠りたいね」

アパートに戻ってうだうだしているうちに鴨寮街《あぷりうがい》の清掃が始まり、小鳥がさえずり出した。一切照常。すべてはいつも通り。珍しくこの日は朝焼けが出た。ピンク色の空に浮かぶ真っ白な雲。いても立ってもいられず下に下りた。鴨寮街にはいつもと同じ、ゴミ市が立っていた。

香港が返還されようと、最後の総督が帰ろうと、新しい支配者が来ようと、ここにはゴミ市が立つ。世界の末日が来ようと、きっとここにはゴミ市が立つのだろう。七時になると一般事務隊が出勤し、ゴミ売りたちは慌てふためいて散り散りに逃げて行く。一切照常。何も変わらない。

部屋でしばし眠ったあと、お腹がすいて再び下に下りた。朝とはうって変わり、雨が降り始めていた。新金豪茶餐庁《さんがむほうちゃーつぁんてん》で午後のお茶セットのB餐、目玉焼きと回鍋肉《フィコーロー》入り即席ラーメンとアイスレモンティーを頼んだ。子俊《ちーちゅん》が珍しく早番で店に入っていた。店は戦争のようだった。店主である子俊の叔母に祖母、二人の叔父、弟の子君《ちーくわん》まで動員し、厨房は三人のフル回転。子俊は立ち止まる暇もなくオーダーを取りお茶を運び、出前を運びに出る。まさに怒号と皿が飛び交うという忙しさだった。

「すごい人だね、今日は」

「そうだよ。朝からずっとこんな感じ」

一言交わすと子俊はまた次の客のところへ行く。

「ちょっと疲れてるみたいね」

「みたいじゃないよ。本当に疲れてるんだ。今日は学校は？」

「休み。返還五連休」

「いいな。僕は今日も明日もあさっても、ずっと仕事だ」

「行街《でまえ》！」

厨房からの怒号で彼はカウンターに戻っていく。

もう一軒茶餐庁《ちゃーつぁんてん》をハシゴし、日本宛てに何枚かのハガキを書いた。まったく植民地最後の日に一体何をやってるんだ、と呆れながら。というのも、前日郵便局の前にこんな張り紙がしてあったからだ。

「六月三〇日の午後四時までに投函した手紙には、六月三〇日の消印がつきます」

七月一日以降使えなくなる植民地切手に押された、植民地最後の消印。私が心を躍らせたのはいうまでもない。植民地最後、切手、重要な日の消印とくれば、一〇〇年後には値が上がると考えるのが香港の常識だ。このハガキは最低五〇年は保存しておくよう、家族や友達に念を押しておかなければいけないな、とにやにやしながらハガキを書く自分は、どうしようもないと思った。

午後四時ギリギリに郵便局に駆け込み、ハガキを投函した。鴨寮街《あぷりうがい》をぶらついていると、露店の中古テレビがちょうど彭定康《パッテン》総督が総督府を出る模様を流していた。雨に打たれながらユニオンジャックを手にたたずむ最後の総督。テレビ屋の前に続々と人が集まった。私は部屋に帰ってもどうせテレビがほとんど映らないため、そこで見る方が好都合だった。他の人たちも、多かれ少なかれ同じような理由だろう。

捨てられたテレビを修理して再び市場に出す中古テレビ屋には大小様々のテレビが八個積まれ、そのどれもが同じアングルでパッテン総督を映し出していた。傘をさしながら、総督府の前で総督を見送る多数の市民たち。その市民たちが肥彭《ふえいぱん》〈デブのパッテン〉を愛していたかどうかは疑問だが、これほど多くの市民に愛されていると思い込んだ総督の瞳には涙が浮かんでいる。そしてその総督のアップを傘をさしたまま見ている鴨寮街の住人たち。おかしな図だ。

大勢の人間がタダ見していることが、テレビ屋の主人はよほど気に入らなかったらしい。脇で新聞を読んで知らん顔をしていたのに、おもむろに立ち上がったかと思うと、すべてのテレビの音声を消してしまった。

「おい、何しやがるんだ！」

群衆の中から不満の声が上がる。

「今ちょうどいいところだったのに」

「いつもタダで見せてるじゃねえか！　ケチくせえ」

「ケチはどっちだ！　そんなに見たかったら買いやがれ」

誰も見ていない時はいつもテレビをたれ流しにしているのに、これだけ多くの人間にタダで見せて得をさせると自分が損をする、その損得勘定が私にはおもしろすぎた。

群衆はぶーぶー文句をいいながら、団子状態のまま次なるテレビ屋を求めて移動した。はす向かいのテレビ屋に到着すると、そっちのテレビ屋はいきなりスイッチを切って奥に引っ込んでしまった。

「どいつもこいつもケチばっかりだ！」

近所をぷらぷら歩いているうちにお腹がすいて、角の屋台で水餃麺を食べた。まったく、悲惨な食生活だ。金を払って店を出ると、財布の中に二〇元札が三枚しか残っていないことに気づいた。

昨日は確か二〇〇元入っていたはずなのに……珍しくタクシーに乗った。新聞を三紙買った。今日はすでに三回外食した。郵便局で足りない切手を買って思わぬ出費をした。返還は金がかかる。

別にこれからホテルで食事をする予定があるわけではなし、地下鉄もこの夜は夜通し動いているから、夜ふけになったところでタクシーに乗る必要もない。いつも通りに暮らせば六〇元で越せない夜ではなかった。しかも香港ではいたるところにキャッシュディスペンサーがあり、しかも二四時間フル稼働している。何も心配する必要はない。

しかし、植民地最後の日に手持ちが六〇元というのはあまりに心もとない気がした。この日を迎えるために一〇年前から香港行きを夢見続け、いくら何でも六〇元は情けないだろう。せめて数百元ぐらい下ろしておこうと思い、いつも行く近所の恒生《ハンセン》銀行の外のキャッシュディスペンサーへ行った。珍しく誰もいない。カードを入れ暗証番号を入れると「暫停使用〈ただいまご利用できません〉」の文字が現れた。こういう反応は初めてだったのでもう一度試すが、やはり結果は同じ。後ろに並んでいた男性に「使えないです」と伝えると、「ここも金がないのか！　金は一体どこにあるんだ？」とぶつぶついいながら去って行った。

まだ状況がよく呑み込めず、とりあえずワンブロック先のキャッシュディスペンサーが三つ並んだ角まで歩いた。いつ来ても人が並んでいるここにも人がいない。いやな予感。やはり金は出てこなかった。

金はどこにある？　どこの誰が今日そんな大金を引き出してしまったのか？

考えられる唯一の理由は、今日が植民地最後の日だということだった。

もちろん香港が英国から中国に返還されたからといって、七月一日午前〇時の瞬間から現金が引き出せなくなるわけではない。しかし現実に、現金は大量に引き下ろされていた。

もともと数百元下ろせばいいと思っていた私も、金がないとわかった途端、急に焦り始めた。地下鉄駅のディスペンサーの前には長蛇の列ができていた。列があるということは少なくともそこにはまだ金があるということだ。

やっと自分の番になり、金額をインプットする時ふと迷った。いくら下ろすべきか。有り金すべて――とはいっても日本円にして十数万円の金額だ――を下ろせば、七月一日に何が起きても安心だ。でも大金を持っていると泥棒が怖い。七月一日と泥棒と、どちらが怖いのか。七月一日、泥棒、七月一日、泥棒、七月一日、泥棒……と呪文のように繰り返し、私は「泥棒の方が怖い」という結論に達した。四〇〇元だけ下ろした。

懐が温まったところで急に心強くなった気がして、また歩き始めた。妙な気分が残っていた。

これだけ街から金が消えるということは、私とは逆に「泥棒より七月一日が怖い」という結論を下した人が多いということではないのか？

もし香港市民が心から祖国回帰を喜んでいるなら、なぜキャッシュディスペンサーから金がなくなるのか？　多分何も起こらないだろう。しかし起こってからでは遅すぎる。念のための準備はしておかなくてはならない。泥棒は運が良ければ避けられるが、七月一日は誰にも避けられないのだから。

彼らが何よりも信用する金が街から姿を消す。これ以上の本音があるだろうか。

私はこの時、彼らが返還に対して抱いている不安をはっきりと実感した。

＊　＊　＊

夜、再び新金豪《さんがむほう》へ行った。植民地最後の夜とあって、さすがにあまり客はいない。いつも私と同じような時間にやはり一人でコーヒーを飲みに来る常連客が、カウンター近くの席に座っていた。

その男と言葉を交わしたことはない。ただいつも店で顔を合わせると互いに目で挨拶をする、そんな関係だった。男は、この店によく来る二つのタイプ——労働者タイプか、パソコンオタク——のどちらの類型にも当てはまらず、タックの入った幅広のチノパンツに、上質の木綿シャツという、深水埗《しゃむしゅいぽ》に住む人間にしてはいつも高級な身なりをしていた。何者なのだろう、と前から漠然と興味を持っていた。

六月三〇日の晩、男は珍しく酔っているようだった。

「なあ、玉突き、付き合ってくれよ」

最近店でアルバイトを始めた、子俊《ちーちゅん》の従弟で高校生の阿邦《あぽん》が通りがかるたびにちょっかいを出している。阿邦は、顔のつくりはどう見ても堂本光一なのに、hide とラウドネスの熱狂的ファンである。茶色い髪を肩まで伸ばし、いつもひざ下で切ったダボダボのジーンズに、トレーナーを着ている。トレーナーに自分でスプレーした hide という文字が入っているのがたまらなくかわいい。

「僕が仕事してるの、見えないの？　あんたのお遊びに付き合ってる暇なんかないんだ」

「三〇分でいいよ。俺がおごるから」

「一人で遊びな！」

「玉突きは一人じゃできないだろうが」

男と目が合った。男はにこっと笑い、自分の向かいの席を指差した。

「座んなよ。君も一人だろ？　俺も一人なんだ」

「気をつけなよ！」

テーブルで他の客の注文を取っていた阿邦の怒鳴り声が飛ぶ。

「その人、しつこくてすっごいイヤな奴だからね！」

男の名は阿安《あおん》といった。店の近所に住み、隣町の長沙灣《ちょんさーわん》で骨董品店を営んでいる。

「君、いつも一人で来てるね。日本人なんだって？　もう随分前からここに来てるね」

阿安は両肘をテーブルにつき、上目遣いで私のことを見上げた。

「このすぐ近くに住んでるから。あなたもいつも一人で来てるね。もう、随分前から」

彼は寂しそうな微笑を浮かべた。

「行く所がないんだよ。家にいても一人だから、自然と足がここに向いてしまうんだ」

香港では、彼のように生活がそれほど困窮しているようには見えない人物の一人暮らしは一般的ではない。

「家族はいないの？」

「いるよ。両親と女房がカナダにいる。俺だけ一人で香港に戻って来たんだ」

阿安《あおん》はインドのボンベイで生まれ、八歳の時に香港に引き揚げてきた。ところが香港の中国返還が決まり、一家にとっては香港ですら安住の地ではなくなった。カナダ行きを切望したのはお父さんだったという。

「親父はとにかく共産党が大嫌いなんだ。誰が何といおうと、中国に返還される香港に未来はない。そういう理屈さ。さっさと移民してしまった。女房もカナダが大好きで、香港なんてうんざり、って性格なんだ。みんな向こうで楽しくやってるよ」

「どうしてあなただけ香港に戻って来たの？」

「俺、寒い所がダメなんだよ。ボンベイ育ちだから、暑くないとダメなんだ。だから半年前に戻って来た」

阿安はそういって、大きな目をきょろきょろさせてにやりと笑った。嘘かもしれない、と思った。

「ほんとに、あともう少しで香港は中国になるんだね」

彼は腕時計に目をやり、「あと一時間半だな」といった。

「今日はカナダの女房から一〇回ぐらい国際電話がかかってきたよ。家にいなきゃ携帯にかけてくる。俺がいくら『茶餐庁《ちゃーつぁんてん》にいる』っていっても信じてくれないんだ。浮気してるんじゃないか、って毎日そればっかり。だから今日は携帯も持って来なかった。もううんざりだよ。女ってのは、どうしてああ電話ばかりかけてくるんだろう？　こんなに離れて暮らしていても、俺のことをコントロールしないと気が済まないんだ。七月一日か……実は明日は、俺のカナダのパスポートが下りる日なんだ。七月一日に下りるなんて、皮肉だな」

「じゃあカナダにいないといけないんじゃないの？」

「どうだっていいんだ」と彼は投げやりにいった。「カナダのパスポートなんてどうだっていい。だからカナダには行かなかった。女房はそのことでも頭にきてるんだ」

「馬鹿だろ？」通りがかった阿邦《あぼん》が茶目っけたっぷりに捨てゼリフを吐いて行った。

「こういう人のことを『自暴自棄』っていうんだ。覚えておくといいよ。便利な言葉だからね」

「いいんだよ。今回下りなくたって、取ろうと思えばいつだって取れるんだから」

「本当にイヤな奴でしょ？　みんなパスポートが欲しくてしょうがないっていうのに、こういうことを平気な顔でいうんだから。貰えるものは素直に貰っておけばいいんだよ」

確かに阿安の発言は余裕の発言だった。返還後の香港がどうなるのか、戦々恐々としながら平静を装っている香港市民の多くが聞いたら反感を抱いても不思議はない発言だった。

「カナダってそんなにいい所かな？」と阿安がつぶやいた。「香港よりも、全然いい所かな？」

私は香港が好きだよ、といった。

「俺も香港が好きなんだよ。でもうちの家族には理解してもらえない。女房なんか香港をはなから馬鹿にして、あんな所は人間の住む場所じゃない、とまでいうんだ。でも俺は香港が好きなんだ。

カナダでは、雨まで音を立てずに降っていた。静かすぎて、耳が使いものにならなくなった。香港が恋しかった。家は広すぎてすごく寂しいんだ。人の気配が全然しない。それに夜一人で歩いて行けるような茶餐庁もない。それがどんなに寂しいか、想像できる？」

「そんなに寂しけりゃ、家族と麻雀でもすればいいじゃないか！」

そういう家族は麻雀もしないのだろう。

「なあ、誰か付き合ってくれよ」

「まだそんなこといってるよ、この人。いい？　僕たちはあと三〇分で店を閉めて家に帰るの。そして家族と一緒に一晩じゅうテレビを見るんだ。今日は返還なんだから、特別な日なんだよ。あんたに付き合う暇がある奴は一人もいないの。わかった？」

「お願いだ。俺を一人にしないでくれ」

阿安は今にも泣き出しそうな顔をした。

「いいよ、付き合っても」

私がそういうと、阿安は「ほんと？」といって顔を上げた。

「ただし三〇分だけなら。明日早いから」

「しょうがねえな。俺も付き合うよ」

厨房の中から声が飛んだ。コックの鶏哥《がいこー》（鶏に似ていることからこう呼ばれる）だった。

「女の子一人じゃ心配だもの。ただし費用は全部あんたが払うこと。ゲームが終わったら俺に夜食をおごること。それが条件だ」

「いいよ。その条件、全部呑んだ」

「信じられないよ。みんなお人好しばっかりだ！」

そして私たちは元州街《ゆんちゃうがい》の郵便局の裏にあるビリヤード場へ向かった。香港が間もなく中国に返還されるという時、私はその晩初めて言葉を交わした男と場末のビリヤード場で玉突きをしていた。一体全体、どうしてこんな時にこんな場所でこんなことをしているんだろう、と正直いって思った。でもこの酔っ払いを今夜一人っきりにするよりはましだと思った。

ビリヤード場を出た私は北河町《ぱっほーがい》を急ぎ足で家に向かった。真夜中になっても屋台や街娼で賑わうこの界隈からまったく人がいなくなっていた。こんなに人のいない香港は見たことがない。すると天の方から不気味な男の声が聞こえてきた。私は夜空を見上げ、何も異変がないことを確認してからぐるりと周囲を見回した。それはまるで地上にたった一人取り残されてしまった人間に、そろそろ私を信じる気になったか、と語りかける神の声のようでもあり、地の底から湧き上がる魔界からの誘いのようでもあった。

どこかで聞き覚えのある声だった。男の声は私を取り囲む唐楼《とんらう》すべての部屋から出ているらしく、それが人のいない通りを走って私を取り巻いているのだった。

普通話？　しかも発音が悪い……。

江沢民？

唯一の救いは、その声が緊張のせいかすっとんきょうに高く、それが発音の悪さを際立たせていることだった。あなたの発音が素晴らしく、もう少し深い声だったら、私はあなたの足元にひれ伏すところだった。

よかった。別に天地がひっくり返ったわけじゃない。

私は一目散にアパートまで走り、部屋のテレビをつけた。神は、まだテレビの中で喋り続けていた。

七月一日の夜明け

部屋に帰ると、どうやってもしゃんとしないテレビに蹴りを入れながらメモ帳の間から新聞の切り抜きを取り出し、友達に電話をした。

「もうあと数時間だけど、予定が一時間早まることになった。待ち合わせは大事をとって午前五時半、粉嶺《ふぁんれん》駅。大丈夫？」

「了解。がんばって起きるよ」

「今日だけは遅刻厳禁だよ。向こうは待ってくれないから」

「わかってるって。もし遅刻したら、あとから追いかけるから先に行って」

もう二人の友人には留守番電話に伝言を残した。数時間後の待ち合わせ時間までにそのメッセージを聞いてくれるかどうか心配だったが、七月一日が始まったばかりだ、家にいろという方が無理だろう。

遅刻魔の自分も、今日だけは絶対に遅刻できない。相手が絶対に待ってはくれないからだ。今夜は眠れそうにない。テレビでもだらだら見ながら体を休めることにしよう。

テレビは尖沙咀《ちむさーちょい》の海岸遊歩道に集まった市民の模様や、立法議会周辺のデモ隊の様子を漠然と流していた。はっきりしないその映像を見ていると、地下鉄に乗ったら一〇分の場所でそれが繰り広げられているとはどうしても思えなかった。

私は遠足の前の晩のような興奮を覚えていた。返還セレモニーなどどうでもいいが、これから数時間後に目にするであろうもの、これだけは他者が介在した映像ではなく、絶対に自分が立ち会ってじかに体験したい、と前から決めていた。

中国人民解放軍の香港入城である。

七月一日の解放軍入城に関する情報は、意外にも新聞に地図入りで詳しく紹介されていた。陸上部隊は七月一日明け方、落馬洲《ろくまーちゃう》、文錦渡《まんがむとう》、沙頭角《さーたうこく》の三地点から入境し、そこから分かれて各軍営に向かう。中でも文錦渡から入った部隊は、途中上水《しょんしゅい》・粉嶺間を通る馬會道《まーういどう》を走る予定である、と新聞に近隣の地図付きで書かれていた。

返還一週間前の新聞では、解放軍が深圳《さむちゃん》・香港の境界を越える時間は七月一日午前七時となっていたが、三日前に時刻が一時間繰り上げられたことが小さく報じられていた。その小さな記事に気づいたのは日付が七月一日に変わり、最近の新聞を読み返していた時であり、そういうわけで深夜、一緒に見に行きたいといっていた友達に電話をかける羽目になったのだ。

七月一日午前五時十五分、約束より十五分早く九広鉄道・粉嶺駅に到着。案の定、誰も来ていなかった。彼らは遅刻ではなく、多分起きられなかったのだろう。私は一応三〇分まで待ち、秒針が12の字を過ぎると迷うことなく駅から立ち去った。

まだ空は夜の色をしていた。粉嶺駅から沙頭角路《さーたうこくろう》を北上し、一つ目のロータリーを左折して馬會道に入る。人の気配がまったく感じられない。

こんなに淋しい所を解放軍は走るのか。それが驚きだった。

数時間前、パッテン総督とチャールズ皇太子は灣仔《わんちゃい》から軍艦で去っていった。湾仔という繁華街の近くだからこそ多くの市民が集まり、涙で見送ったのだ。誰も行きたくないような人里離れた場所から撤退するのでは意味がない。彼らは栄光ある撤退を華々しく演出するために、どこからどうやって立ち去るべきかを当然計算しただろう。

一方山と川を越えてやって来る人民解放軍は、どうがんばっても派手にしようがない。もっともセンチメンタルになっている香港市民の心情を考えれば、解放軍は地味なくらいでちょうどいいのかもしれないが、演出の巧みさという点では、植民地経営の経験豊富なイギリスに軍配が上がった。

数十分後にはここを新しい支配者の軍隊が通るというのに、馬會道《まーういどう》では二四時間営業の赤いミニバスが何喰わぬ顔でぶんぶん飛ばしている。ずいぶん呑気だ。

ロータリー近くのシェル石油のガソリンスタンドの前に、雨合羽に身を包んだ警官が二人と一〇人ほどの人たちがいた。「慶祝回歸」と赤い字で書かれたピンクのお揃いのTシャツを着ている。近くの村民だろう。若い衆が背丈ほどもある赤とピンクの旗を抱えている。村民が道路沿いに立っているのに対し、二人の警官はガソリンスタンドが客用に用意したベンチに座っている。馬會道の向こう側を歩いていた一人の老人が、こちら側に人が多いのを見て、ミニバスが飛ばす道路を横切ろうとする。

「じいさん、横切るんじゃない！　お願いだから今日だけは渡らんでくれ！」

警官が血相を変えて道路に飛び出す。老人がもしここではねられたりしたら、ここは通行止めになり、解放軍が通れなくなる。香港の面子は丸つぶれになり、現場にいた二人の警官は責任を取らされるだろう。老人が車にはねられようと本人の責任だが、今日という日だけは勝手にはねられることは許されないのだ。

「解放軍を待っているんですか？」

相合い傘をしている腹の突き出た老人に尋ねた。老人は、何て当たり前のことを聞くんだ、といいたそうな顔で「そうだよ」と答えた。

「この近くの村の人？」

「そうだ。みんな同じ村の人間だ」

老人は私が首から下げていたカメラに視線を移すと「あんた記者かい？」とけげんそうに尋ねた。

「記者だったらここにいても意味はないよ。記者の連中はみんな上水《しょんしゅい》に行った。むこうで歓迎式典が行われるらしい。そっちへ行ったらどうだ。こんな所にいても見るものはない」

広東語ではテレビのレポーターも新聞雑誌の取材記者もカメラマンもすべて「記者」と呼ぶ。日本語に訳せば「あんたマスコミの人？」というニュアンスだ。香港の人は実によくこの質問をする。「そうだ」と答えたら、次には「どこの報館〈新聞社〉だ？」とくる。彼らはカメラを下げた人間を目にした途端硬直し、翌日の新聞に自分が不用意にこぼした発言がおもしろおかしく脚色されて紙面を飾っているところを想像し、それが果たして自分に利益をもたらすのか、不利益をもたらすかを即座に計算し、武装する。それほどメディアを常に意識し、またその不信感たるやすさまじいものがある。

「私は自由な記者です。新聞社には所属していません。今日は自分の興味でここに来ました」

「でも上水の方がよっぽど見ものがあるよ」

「式典が見たくてここに来たんじゃありません。ただ解放軍が見たいだけです」

説明が聞き入れられたのかどうかはわからないが、老人はとりあえずそれ以上は問い詰めず、

「おせえな、解放軍は」とつぶやいた。

「阿SIR《アサー》〈警官や公務員に対する尊称〉、そろそろ来てもいい頃じゃないのかね！」

「式典が長引いてるらしい。まあ待ちなって」

雨は激しさを増していた。赤ん坊を抱いたおばあさんや子供を連れたお母さんたちがいつの間にか増え、バス停のベンチはいっぱいになっていた。その映像だけを見たら、スクールバスから降りてくる子供を出迎える家族の図だった。ベンチの背後から「むー」という牛の声が聞こえる。私一人、吹き出した。

「今日は自主参加ですか？　それとも強制参加？」

相合い傘の老人に尋ねた。

「自主参加だよ。わしは来たくて、雨の中出てきたんだ。こんなことは強制したって無駄だ」

「じゃあ解放軍を歓迎しているということ？」

「大歓迎だよ。歓迎回帰、歓迎解放軍！」

老人がそういうと、傘に入っていたもう一人の骨と皮だけの老人が「歓迎回帰！」と叫んで傘を高く挙げた。その仕種は妙に芝居がかっていた。

西の空から雷鳴がとどろき、雨は一層激しさを増した。「アイヤー、こりゃひでえな」と老人がつぶやく。

私は雨合羽を着ていたが下半身が無防備だったため、ジーンズはひざまでびしょ濡れになり、トレッキングシューズはくるぶしまで水に浸かっていた。一方腹の突き出た老人は長靴に半ズボンにTシャツ。私は準備をしすぎてかえってダメージを受ける馬鹿な見本のようだった。

返還を挟み、天気は実に絶妙なタイミングで荒れていた。パッテン総督が総督府を出たところで雨が降り出し、返還を祝う花火が上がる一〇分前から集中豪雨になり、そして今また、解放軍が姿を現す秒読み段階で雷鳴がとどろく。雲の上で誰かがキューを出し、それを合図にバケツをひっくり返しまくっているようなタイミングの良さだった。ただでさえ迷信深い香港人が「天が返還を悲しんでいる」と囁きあっても無理はないような、天のいたずらだった。

「どうしてあなたは解放軍を歓迎するんですか？」と私はもう一度老人に尋ねた。「解放軍が怖くはありませんか」

「怖いもんかね」と老人は即座に答えた。

「昨日の晩、イギリス軍が国に帰ったろ。ってことは香港を守る人間が誰もいなくなったってことだ。そうだろ？」

「ええ」

「その方が怖いじゃないか」

「……」

「香港は絶対誰かが守らなきゃならない。今度は解放軍が来てくれるというんだ。わしにいわせりゃ、解放軍は夜中の一二時に来たっていいぐらいだった。たった六時間でも守る人間がいないのは不安だよ。それにどうせ守ってくれるなら、鬼佬《ガイジン》より同胞の方がよっぽど信用できる」

私はたった今耳にしたことをどう解釈していいのかわからず、ぼーっとしていた。

もともと解放軍は一二時きっかりに国境を越えて香港に入りたかったと思う。軍隊が入れ替わるということは、主権の移行を示す最もわかりやすい象徴だからだ。しかし七月一日が間近に迫り、香港入城のルートが発表されると、越境時間はいつの間にか午前七時になっていた。なぜその時刻が決められたかは、発表されなかった。

隊列をなして闇の中を走る解放軍の戦車。香港の誰もが天安門事件の映像を思い出すだろう。パッテンやチャールズを見送ったばかりで柄にもなく感傷的になっている最中、解放軍がいきなり闇の中から姿を現しては香港市民の感情を逆なでするだけだ。香港に軍隊の空白期間を作らないようできるだけ早く、しかも最低限の明るさがある時間。結局、解放軍は夜明けと共にやって来ることを選んだ。直前に越境時間が午前七時から六時へ一時間繰り上がったのは、七月一日の夜明けを考慮した結果、六時でもいけるという判断に落ち着いたからではないか、と私は推測している。

そして目の前には、空白の六時間さえ不安だったという老人がいる。

私はどうやら「香港人」という種族を甘く見ていたらしい。

彼に話しかけるまで、私は香港市民は解放軍に嫌悪感を抱き、器用だから表向きは歓迎するけれど、そんな親善的態度は見せかけに決まっている、と思っていた。しかし歓迎という言葉には実に様々なバリエーションがあるのだ。心底ハッピーな熱烈歓迎もあれば、ある合理的な理由があれば、できる歓迎もある。目の前にいる老人は、まさに後者だった。

香港を一つの銀行にたとえてみよう。返還で株主がイギリスから中国に変わったため、銀行の門番であるイギリス兵（実情はネパールのグルカ兵やパキスタン人が多いのだが）は夜中の一二時で御役御免となった。金のうなる銀行に門番がいないわけにはいかない。なにしろここには泥棒がたくさんいるのだから、銃を持ったガードマンがいないのはとても不安だ。ところが新しい株主が、鍛え上げた精鋭の新しい門番を送ってくれるという。しかも同胞だから親しみが持てる。それに門番が銀行に向かって銃を向けることなどありえない。

防犯意識の高い香港の老人にとって、解放軍とは、銀行のガードマンやマンションの管理人と同じ位置づけなのかもしれない。

「おーい、来るぞー！」

上水《しょんしゅい》の方向から村の若い衆が大声を上げながら走ってくる。一番慌てたのはガソリンスタンドのベンチでだらけていた二人の警官だ。帽子をかぶりなおし、あたふた道に走り出す。準備万端整った村民は道路に一列に並び、一斉に大小様々な香港特別行政区の赤い旗を振り始めた。まだ闇の明けきらない並木道の向こうから姿を現したのは、黒塗りの高級車の隊列だった。

「歓迎、歓迎！」

高級車の後部座席の窓は開け放たれ、白い手袋をはめた高官が沿道の人民に向かってほほえみながら、メトロノームのように規則正しく手を振る。

どんな感情も代表しない、ただの漠然としたほほえみ。機械的な手の動き。「香港人民に対する正しい手の振り方講座」――黒板を背にした教官の指導に従って、高官たちが教室内で練習している姿が目に浮かぶ。それはさながら、やんごとない方たちが不特定多数の人民から反感を買わないために、しかしどうしてもその群衆に感情を持ち得ない場合にする手の振り方だった。

彼らは、自分たちが支配者であるという自覚を確実に持っていた。

無表情に連なる黒塗りの車の中で、異変が起きた。一台の車の後部座席に座っていた高官が、沿道側に座った同志を押しのけて窓から顔を出し、コンパクトカメラで沿道の人民をカメラに収めたかと思うと、興奮しきった顔で猛烈に私たちに手を振ったのだ。

感情を見せたのはその一人だけだった。

その時、彼と私の間の距離は一・五メートル。私は思わず手を振り返した。初めて人間を発見したような喜びがあった。

黒塗り車の一団が通り過ぎると、しばらく間があいた。人民は旗を地面に下ろし、首をぐるぐる回したり腰を伸ばしたり体操をした。

「また来るぞー！」

その声でまたあたふたと沿道の位置につく。姿を現したのは、解放軍の巨大な消防車だった。

消防車まで来るんだ。

そして主役の登場だ。

荷台にぎっしり兵士を乗せた幌なし軍用トラックが続々と姿を現した。その刺激的な映像に、村民たちの旗の振り方も激しさを増した。敬礼のポーズをしながら進行方向だけを見つめ、微動だにせぬ蠟人形のような兵士たち。トラックとトラックの間の中継車では、中国国営テレビ・中央電視台のカメラマンが沿道の人民には目もくれず、兵士だけを撮影している。香港のテレビ局の中継車はどこにも見えない。支配者の勇姿を最も有利な位置から撮影する、支配者のお抱え媒体。この路上で、香港の報道の自由は早くも危機に瀕していた。

人民は兵士の気を引こうと、必死に手を振り旗を振った。兵士は感情を乱さぬよう、わざと前だけを向いている。解放軍の中でも、人民に手を振る資格のある者とない者は厳密に区別されていた。

一度手を振ってしまった私は、たがが外れてしまったように手を振り続けていた。

自己矛盾に陥っていた。

人民解放軍が香港に駐留することには反対だった。かといってイギリス軍にはきちんと去ってもらいたい。香港はもはやイギリスの植民地ではないのだから。希望をいえば、いかなる国の軍隊も香港に駐留すべきではない。

やはり今日はここに来るべきではなかったのかもしれない。沿道に一市民として立ち、しかも手など振ってしまったら、兵士の側から見たら歓迎する人民の一人に過ぎない。自分の存在が、解放軍を歓迎する香港市民の数を一人増やしてしまっているのは事実だった。

それでも手を振るのをやめない自分。

いい加減白状したらどうだろう。

本当は人民解放軍が好きだったということを。

そもそも私が物心ついてから中国という国に魅かれたのは、社会主義という漠然としたイメージに魅了されたからだった。カーキ色の人民帽に人民服、真っ赤な毛沢東のバッジ、カンフーシューズ、毛沢東語録。帝国主義を駆逐し、人民を解放した「中国人民解放軍」。革命という甘い響き。私はそれまで影響を受けていたパンクと同一線上で、社会主義を美しいと思った。その美は私にとって、逆立てた短い髪や鋲つきの皮ジャン、手錠、鎖、穴の開いたジーンズと同じだった。

そして後から自分なりの意味付けを行った。既存の秩序や価値観を破壊しようとするムーブメントがパンクだとしたら、それを国家レベルで実践してしまったのが文化大革命ではないか。双方に共通する点といえば、破壊だけして再構築しなかったことだが。そうこじつけると、パンクから社会主義リアリズムへの移行は、幼い自分には何らかの説得力を持った。

意味もなく威圧的な建造物、尖塔のてっぺんであやしく輝く赤い星、労働者の巨大な銅像、紙幣に描かれた様々な民族の労働者や農民、そこらじゅうに掲げられた勇ましいスローガン、ありったけの修正を施された指導者の肖像画、質の悪いトイレットペーパー、意味もなく広い道路、質素でのろいトロリーバス、アルミニウムでできたぺかぺかのナイフやフォーク、耐久性のあるホーロー製の食器……私はそれらを愛し、自分にできる範囲内でコレクションした。

今でも中国へ行くと、夜は早めに部屋に帰ってテレビにかじりつく。ニュースを見るためではなく、革命オペラや革命バレエを見たいのだ。北京に行けば必ずてっぺんに巨大な赤い星をいただく工業展覧館と莫斯科餐庁《モスクワレストラン》に立ち寄り、最近南中国では滅多に嗅ぐことのできなくなった社会主義の残り香を嗅ぐ。

その美の権化であるといってもいい中国人民解放軍が、女王陛下の軍隊が去った次の日の明け方、自分の目の前を連なって走っている。

文革で人生を破壊された人がどれだけいると思っているんだ、この軍隊が天安門で市民に銃口を向けたことを忘れたのか、といくら言い聞かせても、勝手に手が動いてしまう。彼らに手を振っているのは、幼い頃の自分だった。


軍用トラックの列が終わり、次のグループが現れるまで再び間があいた。信号をいくつも越えてくるため、一気に怒濤のように走るわけにはいかないのだ。盛り上がるといきなり終わり、何の前触れもなくまた現れる。村民たちはちょっとの間でも緊張を持続させることができず、いちいち休憩するから、その慌てふためきようは滑稽だった。

「まだ来るぞー！」

その声と共に現れたのは、解放軍入城のハイライト、装甲車だった。蓋を開けたまま、上半身を出して敬礼のポーズをとる兵士。村民は相変わらず旗を振っていたが、心なしか声が鎮まったような気がした。私も一瞬、凍りついた。

生まれて初めて本物の戦車が走るのを見た。さっきまでここにはミニバスが走っていたのだ。とんでもないことが起きている。

右も左も、貧乏も金持ちも、どんな人間でもとりあえずいさせてくれる代わりに、生きるも死ぬも自分次第の街、香港。その街に中国の軍隊が本当に来たのだ。

平和裡に中国に返還された香港だが、もし旧宗主国イギリスが強弁に返還を拒否したとしたら、双方の軍隊が対峙しなかったとも限らない。返還とはそんな危険性を孕んだ主権移行だった。幸運にもそんな事態は招かず、香港は中国に返還された。中国にしてみたら、香港奪回を巡る戦争に無血で勝ったも同じだ。だから軍隊が来る。

私は今、戦勝パレードを見ている。今目の前を走っているのは、警備員などではなく、新しい支配者なのだ。

装甲車の列が終わり、再び兵士を乗せたトラックが何台か通り過ぎると、パレードはもう終わったようだった。夜はすっかり明けていた。パレードが終わったと判断すると、村民は余韻もへったくれもなく、壁の向こうの村へ戻って行った。忘れた頃に一台の黒塗りの車が一目散に走り去って行った。だが振り返って手を振る者はもう誰もいなかった。

体が重かった。一時間前、ここへ来た時の高揚感はすでに失せ、お目当ての出し物を見た後の達成感もなかった。あるのは、集中豪雨に姿を変えた香港市民の思いが、自分の体に乗り移ったようなだるさだけだった。病気になる、と思った。たった今目にした強烈な映像が体の細胞一つ一つにしみわたり、そんな映像に免疫のない体が悲鳴をあげているようだった。この毒に対する抵抗力は私にはなかった。

寒さに体を震わせながらなんとか粉嶺《ふあんれん》駅にたどり着いた時、今年初めての黒色暴風雨警報〈一番程度の強い暴風雨警報〉が出ていたことを知った。私は改札には入らず、手前のマクドナルドに吸い寄せられるように入った。家に帰る前に、何かありったけ資本主義的なものを体内に取り込んで毒を中和させたかったのだ。私は熱い紅茶を一口すすり、テーブルにつっぷした。

香港の新しい歴史は始まったばかりだ。夜は明けたのだ。強烈な力で眠りに引き込まれながら、私はどうしようもなく、何かが完全に終わってしまったような気がしていた。

あなたはどうやって返還を迎えましたか

香港に降り続く雨は一向にやむ兆しを見せなかった。じめじめどころではなく、毎日積極的な激しい雨が降り、うちの近所では道路がすぐに海と化した。返還前から続いていた集中豪雨は、もともと山を無理に崩して切り開いた香港のところどころで土砂崩れを起こし、死傷者を多数出したことで返還の浮かれた気分に水を差した。この雨は私が通う中文大学でも土砂崩れを起こし、土砂が九広鉄道の線路に流れ込んで電車まで止めてしまった。

洗濯をしても連日の雨で乾かず、部屋の片隅に座っているだけで、何となく体がかゆい。おまけにトイレの管が緩んでじわじわ水が壁に浸透し、漆喰の壁がところどころ剝がれ落ち始めていた。部屋の腐食が猛烈なスピードで進んでいるようだった。呼吸しているだけで口から細菌が侵入してきそうな気がする。これではいかんと思って外に食べに出ると、茶餐庁《ちゃーつぁんてん》で出されたサンドイッチにもカビが生えていた。

私個人の生活はといえば、豪雨の中で解放軍入城を迎え、その後マクドナルドの強烈な冷房の中で眠ったことが災いして、ひどい風邪をひいた。部屋の侵食に飽きたウィルスが体に乗り移ったようなだるさが毎日続き、腹を下し、朝まるで起きることができなくなった。週の半分ぐらいは遅刻し、授業に出ていないのだからますますついていけなくなった。返還を言い訳に学業をおろそかにし続けてきたツケは、一気に回ってきた。

返還の取材で香港に来ていたのなら、日本に帰ればうまく切り替えもできただろうが、返還の連休が終わって私を待ち構えていたのは、予習復習宿題試験というどっぷりとした日常だった。返還という非日常が怒濤のように押し寄せる中、日常への切り替えができなくなってしまったらしい。しかし周りではいつも通りに香港の日常が機能していた。電車は今まで通り走り、新聞は今まで通りに店に並び、教師も生徒も学校へ行き、食堂はいつもと同じ味の料理を出す。香港市民のほとんどがきちんと日常に復帰している中、自分だけが機能停止状態に陥っていることが恥ずかしかった。

あなたはどうやって返還を迎えましたか？

阿波《あぽー》「友達の家のテレビでずっと返還式典を見ていた。董建華（香港特別行政区長官）が自分でゆっくり手を叩きながら壇上に上がった。もうすっかり中国式、手馴れたもんだ。そして香港特別行政区成立宣言をする時、普通話で原稿を読んだ。驚いたのは、広東語の同時通訳がなかったこと。あれを見た香港人は誰もがショックを受けたと思う。だって自分たちの新しい香港が誕生する時のスピーチが、自分たちにはわからない言葉なんだもの。香港人民に向けてではなく、完全に中国向けのパフォーマンス。香港政府は中国政府のいいなりになります、って宣言したようなものだよ。香港の面子は丸つぶれだ」

これについては同じような意見があった。最初の四か月間部屋を貸してくれたアメリカ人の友達、テックは断続的に香港に住んで四年になるが、あのスピーチを聞いた時、怒りがこみ上げてきたという。

「あれを見て、香港に永住する気持ちが完全に消えた。今すぐ荷物をまとめてアメリカに帰ろうかと思った。こんな香港には何の未練もなくなった」

阿波《あぼー》が続ける。

「イギリス軍が帰る時には数百人だった。解放軍は一日で五〇〇〇人よこした。その上戦車まで持って来た。この数は異常だよ。香港を守るためだったら五〇〇〇人は要らないし、戦車も要らない。完全に香港を中国の一軍港として考えてるってことだよね。なんかとんでもないことになってきた、っていう気がした。香港はこれから、また移民が増えるかもしれないな」

子俊《ちーちゅん》「返還が終わって？　何も感じない。何か感じろっていったって無理だよ。何も変わらないんだから。六月三〇日も一日じゅう仕事で、七月一日も一日じゅう仕事。僕にとっては、ただいつものように昨日が終わって、今日が来ただけ。何か変わったかっていえば、そうだな……日付が変わったぐらいかな」

阿邦《あぽん》「彭定康《パッテン》が帰って行く時は感動した。彭定康の娘が泣いてる姿をカメラがずっと映してた。あれを見たら誰だって悲しくなるよ。彭定康の末娘見た？　かわいかったよな。涙が出ちゃった。あんな肥彭《デブのパッテン》からどうしてあんなにかわいい娘が生まれるの？　江沢民にもあんなかわいい娘がいたら、中国の印象絶対変わってたよ。イギリスってけっこう良かったじゃない？　だってこうやって好き勝手にものがいえるのはイギリスのおかげじゃないか。イギリスが去るのは寂しいよ」

ルビー「六月三〇日は仕事で、その晩は疲れたからテレビも見ずに寝たよ。だから返還式典も見てないし、何があったかも知らない。そういうことは暇な人が考えればいい」

利香「阿波と一緒に友達の家でテレビを見てた。董建華が広東語でスピーチをしなかったことには頭にきた。でもチャールズが結局、香港を植民地化したことについて一言も謝らなかったことにはもっと腹が立った。最後まで、自分たちのおかげで香港の繁栄がある、っていう態度。それに対して中国はあの場で非難もせず、大人の対応をしたと思う。やっぱり中国の方が一枚うわてだなって思った。それより気になったのは、江沢民と銭其琛の髪の黒さよ。テレビで返還までの経緯を流してたんだけど、日増しに髪が黒くなって多くなっていくの。あれはちょっとやり過ぎだね。江沢民ってだんだん毛沢東に似てくると思わない？」

ジョン「あの日は何もすることがなくて、一日じゅう家でビールを飲みながらテレビを見ていた。だんだん憂鬱な気分になってきて、ギターを弾き始めた。ギターを弾いてたら、今度は悲しくてどうしようもなくなった。誤解しないでくれよ、イギリスが去ることが悲しかったんじゃない。俺はイギリスが心底許せない。いくらきれいごとをいっても、植民地は搾取だ。そこに暮らす人民を幸せにするための植民地なんてありえないんだから。俺は香港が中国に回帰したことが本当に嬉しい。悲しくなったのは……死んだ父さんのことを考えてたからだ。父さんはマダガスカルを離れて香港に来てから、一度もいいことがないような男だった。弟は精神病で入院している。ここは人を幸せにする街じゃない。父さんにとって、香港って一体何だったんだろう、って考えたら涙が出てきた」

阿強の告白

返還が終わって間もなく、阿強《あきよん》から電話があった。実は何回か電話をくれたらしいのだが私が不在で、留守番電話にメッセージを残さなかったらしい。

「やっと家にいたね。今、深水埗《しゃむしゅいぽ》なんだけど、出て来る気あるかい？」

もちろん断る気はなかった。彼とはあのまま疎遠になるのも嫌だったが、こちらから連絡もしづらかった。彼からの電話は渡りに舟だった。

「この間の茶餐庁《ちゃーつぁんてん》で待ってようか？」

新金豪《さんがむほう》には行きたくなかった。前回、彼とはあそこでケンカをしている。場所は変えた方がよさそうだ。

「今日は違う場所にしない？」

私たちは香港人なら誰でも知っている海賊版コンピューターソフトの王国、黄金商場《うおんがむ》の前で待ち合わせ、はす向かいにある潮州《ちうちゃう》料理の食堂に入った。

「君は何でも好きなものを頼みなよ。俺は適当につまむから」

「わかってる。家に帰って食事しなきゃならないんでしょ」

「接待があったって何だって、家で食べないと母さんがうるさいんだ」

私たちは潮州打冷《ちうちゃうだーらん》と呼ばれる潮州料理の惣菜の中から、もやしと厚揚げを炒めたものとガチョウの塩漬けを選び、さらに蒸した魚にビールとお粥を頼んだ。

「今日も中文大学の帰り？」

「ああ。でも今日は泳がなかった。この雨だもの。図書館だけだ」

彼は色白の人が急激に日に当たった時よくなるように、ほんのり赤く日焼けしていた。深水埗でよく見かける、筋肉にまで色素が到達してしまいそうなほど深い労働による日焼けではなく、非日常による日焼けであることは明らかだった。

「でも日に焼けてるじゃない」

「これ？　仕事でフィリピンに行ってたから」

彼はガチョウの肉を口に放りこんだ。

「返還を挟んで一〇日間、ずっとフィリピンにいた」

「七月一日も？」

「ああ。フィリピンは静かなものだったよ。ニュースも全然見なかった」

「ちょっと残念な気もしない？　返還を見ないなんて」

「何が残念なもんか」

彼は吐き捨てるようにいった。

「フィリピン出張なんていつでも行けたけど、わざと返還の連休に出張を入れたんだ」

「どうして？」

「返還なんて興味ないし、大騒ぎの香港から離れてた方がせいせいするからさ」

私は返す言葉もないまま粥をすすった。

返還の瞬間を見るために世界じゅうから香港に人が集結している時、阿強《あきょん》は香港から脱出していた。私の身の周りでも返還騒ぎにうんざりしている人はいた。ただ返還の時、意識的に香港を離れた人はいなかった。文句をいいながらも、誰もが返還という歴史的瞬間に立ち会うことの魅力には勝てなかった。

しかし彼はそれさえ拒否した。返還にあえて立ち会わない。彼なりのプロテストなのだろう。

「答えるの嫌かもしれないけど、返還が終わってどんな気分？」

「とても爽快な気分だ」

彼は間髪入れずにそう答えた。

「外国から客が来ても、『返還は怖いか？』とか『香港の将来はどうなると思うか？』って聞かれなくなった。本当にせいせいしてるよ」

耳の痛い言葉だった。確かに自分も、無神経にそんな質問をいろんな人に浴びせていたような気がする。香港人を見れば返還について尋ねる。これはもう長年の間に刷りこまれてしまった条件反射だった。

「たとえば俺が君に、日本の将来をどう思うかって聞くとする。君はどう答える？」

どきりとした。いろんなことが頭をよぎった。地下鉄サリン事件や酒鬼薔薇少年の事件、援助交際、突然暴発する若者……突然日本のことがどうしようもなく不安になった。

「とても不安。日本の将来がとても心配になる」

彼はほぐした魚の身を私の粥の上にのせた。

「ほら、日本人だって日本の将来を心配している。でもそれはニュースにならない。ところが俺たちが『香港の将来が心配です』といえば大騒ぎされる。『何も心配してない』といったって大騒ぎだ。不公平だよ」

自分を含めた傍観者たちが、いかに無責任に返還を騒ぎたて、無神経に彼らの心をかき乱してきたか、彼の言葉が物語っていた。

「不安か不安かって聞かれるのはうんざりだよ。香港の心配するより、自分たちの心配をしろといいたくなる気持ちもわかるだろ？　でももうそんな質問に答える必要もない」

彼の言葉はいちいち胸に突き刺さった。しかし不思議なことに、内容は厳しいけれど今日の彼は挑戦的ではなかった。返還前に会った時は何をいってもトゲトゲしく、ケンカを売っているようだったのに、今日の彼は攻撃的な感じがしない。返還を境に、彼の中で何か変化があったことは確かなようだ。そう思えば思うほど、いかに返還が彼に暗い陰を落としてきたのかを知った。

「ここにいるとすごくへんな感じがするよ」

阿強《あきよん》は窓に吊るされたオレンジ色のイカを見つめながらいった。

「香港は随分変わったけど、ここだけ時代から取り残されてしまったみたいだ。深水埗《しやむしゆいぽ》に来ると、子供の頃に戻ってしまったような気がする」

「そうなの？　私はここに住んでるからわからないけど」

「ここは今の香港から見たら別世界みたいなところだ」

彼のいう意味はわからないでもなかった。香港各地を歩いた結果、私が住みたいと思ったのがここだった。それは高層ビルや団地中心の香港において、ここが古い唐楼《とんらう》が中心の下町であり、老人が多いから街の速度がゆったりしていて、どんな人間でもいさせてくれそうだったからだ。香港人の多くが暮らす郊外の新興住宅地や高層マンションとは、確かに街のつくりも近所の人間関係のありようもまったく違う。私自身、他の町を歩いて余りのスピードの速さにくたくたになり、ここに帰って来ると心底落ち着いた気分になることもよくあった。

「俺が小さかった頃、香港自体が今の深水埗みたいだった。みんな粗末な服着て、親はいつも小さい子をぞろぞろ連れて歩いて、そこらじゅうで何でも値切ってさ」

「阿強は物を買う時値切らないの？」

「最近、値切らなきゃならないようなところで物買わないから」

　ここには卵一個でさえ値切る人がいるというのに。

「だからここへ来るたびに、時代が逆戻りした気がするんだよ。でも店に入ると君がいて、あ、これは現在なんだって気がつくんだ」

「懐かしい？」

「懐かしくなんかないさ」

　彼は私のコップにビールを注いだ。香港に来てから、彼と二人でお酒を飲むのは初めてだった。

「そういえばこの間、林少玲《らむしうれん》と会ったよ」

　林少玲というのはシェリーの中文名だ。阿強と妻の梅芳《むいふぉん》、シェリーと夫のレイモンドは全員が中文大学のソーシャルワーク専攻の学生で、しかも同じ寮に住んでいた。

「いつ？」

「ついこの間。俺は客を乗せてタクシーに乗ってたんだ。信号で停まってふと横を見たら、レイモンドが運転席にいて林少玲が後ろに乗ってた。急いで窓を開けて呼んだら向こうも気づいて手を振った。すぐに信号が変わったから一瞬だった。卒業以来だから……一〇年ぶりだよ。

でも彼らの話は君から聞いてたから、あんまり久しぶりって感じはしなかったな」

私はシェリーと頻繁に会い、阿強と時々会う。でも彼らは大学を卒業して以来会っていない。奇妙な感じだった。

「返還の少し前に女の子が生まれたんだよ」

「そうか。それはおめでたいな。今度会ったらおめでとうと伝えてくれ。じゃああの時、赤ん坊も乗ってたのかもしれないな。どうりで、助手席が空いてるのにどうして後ろに座るんだろう、って不思議に思ってたんだ」

「来週新居に引っ越すらしいよ。今度は元朗《ゆんろん》の、庭のある一軒家なんだって」

「そうか……彼らは順調な人生を送ってるんだね」

彼はそういって黙りこんだ。私は単純に友達の幸せが嬉しくて悪気もなくいったつもりだったが、今もお母さんと妻と団地で暮らす彼にとっては、少し嫌味に聞こえたかもしれない。

「同じ大学の同じ学科で同じことを勉強して、同じ寮に住んで、同じ学校の友達と結婚して……そこまでは同じだったのに、ずいぶん差がついてしまったな」

彼はビールをなみなみとついだコップを両手でおおったまま、ビールに向かって話し続けた。

「この五年が大きかった。この五年間に失ったものはあまりに大きいよ」

「五年って、カナダにいた五年？」

彼は顔を上げず、ただこくりとうなずいた。

「家を買う機会を失った。こんなに値上がりしたあとじゃ、俺には一生家は買えないだろう。

仕事のキャリアを積む機会も失った。俺は今三四歳で、仕事のキャリアは一年しかない。会社では年下の奴の下で働いてる。カナダではほとんどまともな仕事に就けなかったんだ。俺には何のキャリアもない。

パスポートを取るために外国へ行って、香港より成功した人間なんて一人も見たことないよ。これは嘘じゃない。みんな悔しいから口に出さないだけで、心の中では香港に残った方がよかったと思ってるはずだ。実際、林少玲《らむしうれん》と俺を見てみろよ。俺は完全に出遅れてしまった」

「でも阿強《あきよん》がカナダで得たものだってあるでしょう？」

「パスポート、かな」といって力なく笑った。

「何もかも失って、カナダのパスポートだけが残ったって感じかな」

何とかして彼を慰めたかった。きっといつか、そのパスポートが役立つ日が来るよ、といおうとして、しかしそんな香港の不幸を願うような馬鹿げたことはいうべきではないと思い直し、結局何も言葉が浮かばなかった。

「きっと何かあると思う。俺がカナダで得たものも、きっとあると思う」

自分に言い聞かせるように彼は繰り返した。

「でもそれが何なのか、今の俺にはわからないんだ。時々、何もかも放り出してどこかへ行きたくなる」

今にも泣き出しそうな阿強を前に、正直たじろいでいた。精一杯虚勢を張る彼に今まで反感ばかり抱いてきたが、いざ彼が本心を吐露し始めるとどう対応していいのかわからなかった。

「阿強《あきよん》はいつも努力してる。いつも勉強しようとしてる。私は感心してるよ」

彼は何もいわず、ただ私の言葉を待っていた。

「カナダで得たことが、きっといつかわかる日が来ると思うよ」

それは口先だけの慰めではないつもりだった。どんなに愚かに見えることも、自分が受け止めることができればいい経験となり、どんなに素晴らしいことも、今の自分が愚かなら無駄になる。手元に残った現在を金額で比較したいなら、彼は間違った選択をしたのかもしれない。しかし時間だけは、すべての人に等価で与えられる。その結果が出るのは、もっともっと遠い先のことだ。

「そんなに早く自分に結論を出さないで」

彼は思わず本心を洩らしてしまった恥ずかしさからか、皿の上に残っていたものを片っ端からパクパク食べ始めた。

「そんなに食べると、お母さんに叱られるよ」

「家に帰ったら、知らん顔してまた食べればいいさ」

私たちは黄金商場《うおんがむ》の前で別れた。彼はアパートまで送るといってくれたが、私は家に帰る前に寄りたいところがあった。「また近くに寄ったら電話するよ」といって彼は近くを通りがかったミニバスに乗り込んだ。

私は角を曲がって新金豪茶餐庁《さんがむほうちゃーつぁんてん》に入った。阿強のしてくれた重い話を、このままアパートに持ち帰りたくなかった。

子俊《ちーちゅん》が一番奥のテーブルでマンガを読みながらごはんを食べているところだった。私の姿に気づくと、何もいわずに自分の向かいの席を指さした。

「今ごはんなの？」

「今日初めての食事なんだよ。信じられる？　忙しくて、今の今まで食事する時間がなかったんだ。君も食べる？」

「私は近くで食べてきたところ」

「博美に熱奶茶《ミルクティー》！」

彼は厨房の中にいた弟にそう叫び、再びマンガの世界に戻った。

阿強……一〇年前はもっと、何もかもが単純だったね。みんなまだスタート地点にも立っていなかった。背負うものも少なかった。

返還という人類未踏、前代未聞の体験を香港の人たちは強いられた。そして将来に不安を感じる者はすでにここを去り、その不安よりも現実を選択した者、あるいはそんな選択をする余裕すらない者はここに残った。現在ここにいる人々は、それぞれ自分なりの理由で、ここで生きることを選択した人々である。

返還が想像を絶する大事業だということはおおかた想像がつく。しかし遠い自分の将来と自分の現在を天秤にかけた上で、自分が生きる場所を選択しなければならないということが、個人個人にとってどれだけ重い選択なのか、私はこれまで想像できなかった。なぜなら自分にはそれほど大きな選択を迫られた経験がないからだ。

彼が置かれている現実は厳しい。いくら高学歴とはいえ、香港は三四歳で職歴が一年というサラリーマンが安楽に過ごせるような甘い社会ではない。英語が操れる、海外生活が長いということも、香港では特技のうちには入らない。加えて彼の悲劇は、彼の不在中に香港が返還バブルに沸き、うまくその波に乗った同年代の人間があっという間に数字上の財産を増やした点にあった。

阿強《あきよん》は現在より遠い将来の自由に賭けた。そしてその賭けに負けたと感じている。彼がもっといい加減な性格だったら、もう少し人生は楽だったのだろう。あるいは選択の余地がなければ、案外気は楽だったのかもしれない。

返還。ああ、返還。返還が人の人生を弄んでいる。

返還の残酷さに私は言葉を失った。

そもそも私に返還を語る資格などあるのだろうか？　私にその重さが理解できる日は来るのだろうか？

返還は終わってなどいない。それぞれの人生に、きっと永遠につきまとう。

今起きていることは、シビアだけどあなたが背負っていくしかない。でも阿強、私には何もできないけれど、あなたが敗者なんかじゃないということだけは覚えておいてほしい。負けたと思った時点で勝負はおしまい。私の知っているあなたは、そんな気の弱い人じゃない。阿強、まだまだこれからだよ。

「私が前にここでケンカした友達、覚えてる?」

子俊は顔を上げ、スプーンを口に突っ込んだまま私を見つめた。

「君がここに来始めた頃、意地悪なことをいった奴?」

「そう」

「ああ、覚えてるよ」

「今、その友達と会ってきた」

「また何か意地悪いわれた?」

「いや、また友達に戻ったかもしれない」

「そう。それはよかった」

彼はナプキンで口を拭い、テーブルの上に捨てた骨を器用に箸で集めてお碗の中に入れた。

「ケンカして元に戻った時、本当の友達になれるんだ」

「じゃあ私たちはまだ本当の友達じゃない?」

テーブルを拭く彼の手が一瞬止まり、それから急に動きがせわしくなった。

「さあ、どうかな」

「凍檸茶《アイスレモンティー》、行街《でまえ》!」

彼は答えをいわないまま、出前のビニール袋を下げて夜の街にかけ出して行った。

＊　＊　＊

八月九日、とうとう学校が終わった。

学校に通っていた頃は、予習復習宿題スピーチの準備が心底面倒臭く、早くこんな日常から逃れたいと毎日思っていた。

街では今この瞬間にも何かが動いているというのに、なぜ自分は教室で授業を受けているのだろう！

それは不快な苛立ちだったが、一方では心地よい言い訳でもあった。自分が香港をまだ理解できないのは、学校に拘束されているためだ。ここから解放されたら、私は自由に街を闊歩して人々と次々に接触を持ち、ドラマチックな出会いが自分を待っているはずだ、と半ば真剣に思っていた。

ところが実際学校が終わってみると、私はただの怠け者になっていた。いたずらに夜ふかしをしては遅く起き、新聞を買いがてら外に出る。そして鴨寮街《あぷりうがい》から北河街《ぱっほーがい》へ向かい、桂林街《くわいらむがい》を通ってまた鴨寮街に戻って来る。私はよく鴨寮街の真ん中で立ち尽くした。

さて、どこへ行こう？

何も思い浮かばないのである。

学校という場をなくした今、私にはどこにも行く所がなかった。あんなに愚痴ばかりいっていた学校でも、行く所があるというただその一点だけで、少なくとも精神の安定は保たれていた。

どこへ行くつもりなの？

この街にいる目的は何なの？

この街に来たいという確固たる目的があり、密航すら辞さない人がたくさんいるこの街で、何の目的もない自分が道路に立ち尽くしている。そう思うと、行き交う人々全員から責められているような気がした。

そして八月一九日、長期滞在を可能にしていた学生ビザが遂に失効した。これからどうすべきか、私は何の準備もしていなかった。というのは、返還が終わって授業が終わったら日本に帰国するつもりだったからだ。

いつ頃心変わりしたのかは覚えていない。ただ返還が終わった時点で、あと一年ぐらいはいるのではないか、と漠然と思っていた。

新たに長期滞在用ビザを申請するには三つの選択肢があった。まずは再び高い学費を払って普通話クラスに通う。二つ目はどこかの会社に就職して就労ビザを申請する。三つ目は香港人と結婚する。

どれも非現実的な方法だった。私は最も不確実な方法、つまり運に賭けることにした。

日本国籍を持つ旅行者は、観光旅行で香港に入国する場合、通常一か月の観光ビザが与えられる。単純に考えれば十二回出入りすれば一年滞在できるわけだが、実際はそう簡単ではない。学生ビザが切れてからマカオと深圳《さむちゃん》への出入りを何度か繰り返し、入国を拒否された日本人がたくさんいるという話は学校でもよく聞いた。一度入国を拒否されると、将来香港に入るたびに拒否される可能性もある。しかし私にはそれしか方法はなかった。

とにかく出入りを繰り返し、御用になったらその時はその時だ。

八月一九日は素晴らしくよく晴れた、海まで干上がってしまいそうなほど太陽の強い日だった。私はデイパック一個だけを持って上環《しょんわん》の港澳碼頭《ホンコンマカオフェリーターミナル》へ行き、次にマカオに出る港澳《ターボ》飛翼船《キャット》に乗り込んだ。

ビザも失効した。学校という言い訳も失った。これからは法的には一旅行者の身分となり、不安定な日常を送ることになる。自分が再び香港に戻れるかどうかの保証もない。明日には入国を拒否されている可能性だってある。いつまでここにいられるかわからないという見通しの立たない不安が、これからの生活の大前提となる。

しかし不思議と私は高揚感に包まれていた。

まだ大丈夫と思えばここに居続け、ヤバイと感じたらさっと逃げる。ほとぼりが冷めたらしゃあしゃあと戻って来る。これから私を待ち受けているのは、安住の地を求めて路上をさまよい続けるゲリラ商人のような生活だった。

そんな状態が自分にどんな影響を及ぼすのか、とても興味があった。

金河少女

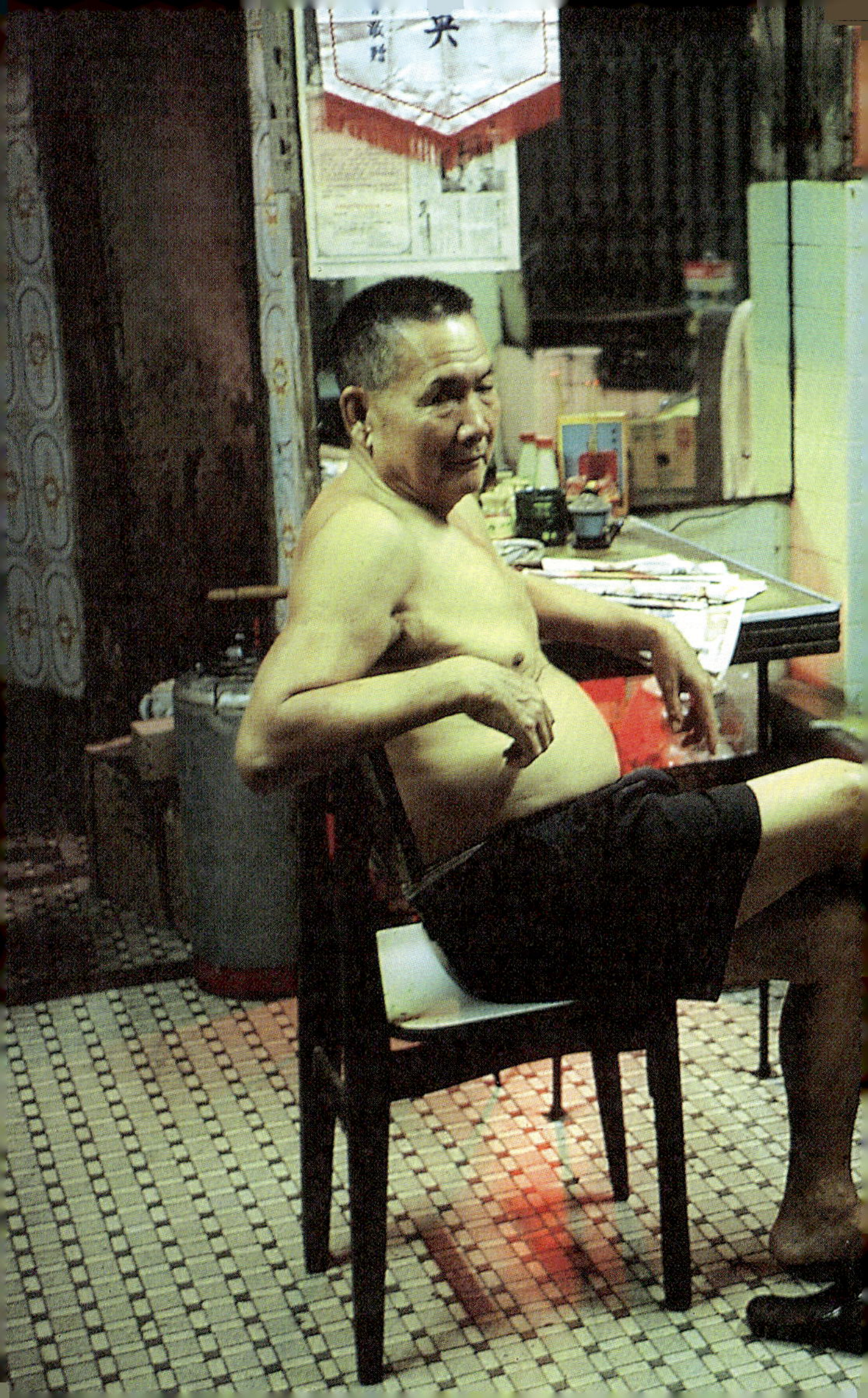

第5章　逆転

とりあえずどこにも行く所がないという日常にはだんだん慣れてきた。私はとにかく、起きたら家を出ること、一度家を出たら疲れ果てるまで帰って来ないこと、そしてなるべく家で自炊はしないこと、この三点だけを厳守することに決め、あとは適当にその日の気分で散歩すればいいと思うようになった。

一度家を出たら戻らない、これには現実的な理由もあった。部屋で問題が続出したのである。「唐楼《とんらう》って、古いってことだよ。古いってことは問題が多いってこと。私は二度と住みたくないね」とかつてルビーがいっていたことがあったが、彼女の予言が正しかったことを、私は身をもって体験することになった。

アルミニウム製の郵便受けの扉が何者かによって切られたため、せっかく鍵がついた郵便受けなのに中身は外から出し入れ自由自在。送られたはずの郵便物、特に雑誌や本が何度も行方不明になった。またトイレ・キッチン・シャワーの排水は床にタイル一枚分の穴が開いているだけのため、パイプを伝ってネズミが上がってくる。一度、上がって来たばかりのネズミと目が合ってしまい、向こうもびっくりしていた。

次に水浸し。うちのトイレは当初問題はなかったが、いつしか頭上の水タンクから水洩れするようになり、その量は日に日にじわじわと増えていき、一日バケツ一杯分だったのがとうとう絶え間なく水が落ちるようになった。多分ネジのゆるみといった些細な欠陥だろうが、一応契約書に書かれた家主のポケットベルに連絡したところ、すでに使用されていない。そのいい加減さに腹が立って不動産屋に乗り込んだ。ところが、不動産屋の反応ときたら……。

「うちはあんたに完全な状態で部屋を渡している。その時点でうちの仕事はすべて完了した。その後に起きた問題はすべてあんたの責任だ」

私は数人の友達の「どうしても家主と話したいなら家賃を払わないことだね。二か月も滞納すれば、向こうからきっと姿を現すさ」というアドバイスに従い、とりあえず家賃滞納で対抗することにした。

しかし大家が姿を現すより、水洩れの速度の方が速かった。ある日目を覚ますと、水はマットレスの下まで染み出していた。一度容量を越えた水の染み出し速度は速く、次の朝には床に水たまりができていた。

私の負けだった。この速度でいけば、明日は水の中で眠ることになるだろう。私は内装や配管に詳しいルビーに相談し、彼女はその晩、またたく間にトイレを直してしまった。

「よくこんなになるまで放っておいたね。早くいってくれればすぐに直したのに。香港で頼りになるのは友達だけだ。何か起きたら、不動産屋じゃなくてまず友達に相談すること。いいね？」

トイレが直って万歳だったが、割り切れない思いが残っていた。

私はいつの間にか、香港式悪循環の中に見事にはまりこんでいた。私がトイレを放っておいたのは、何の責任も負おうとしない大家と不動産屋に対する腹いせだった。双方が責任のなすりつけあいをしている間にも物件の腐食はどんどん進み、結果として資産価値は下がる。家主はますます物件改善のための投資をしなくなり、またそんな安い物件に入るしかない店子には「いやなら出て行け」という強硬姿勢をとる。店子は再び泣き寝入りするか、家賃滞納、問題棚上げで対抗する。物件は荒れ果てていくだけ。

香港の賃貸住宅は、建てられたその日からいつか崩れ落ちる日まで、誰からも愛情をもって接せられることなく、ただひたすら腐食の道をたどっている。ここは必然的に、出て行く場所なのだ。

悲しいことにいつの間にか自分にも、そんな刹那的な考え方が伝染していた。

次に起きた問題は視覚的にショックだった。ビザ更新のため広州へ一泊し、アパートに戻ってくると、トイレに魚の骨とレモンの切れ端が浮かんでいるのを発見した。ものすごく嫌な予感がした。

香港では残飯や果物の食べかす、煙草の吸殻などをトイレに流す人が多い。最初にこれを見た時は私もたまげた。ルビーの家で食事をごちそうになった後、魚の骨や身がまだたくさん残ったスープを、彼女がいきなりトイレにじゃじゃっと流したのだ。「どうしてトイレに流すの？」と思わず聞いてしまった。

「だって流しに捨てたら、流しがつまるじゃない」

トイレに流したらトイレがつまるでしょうが。実際、香港の人たちはしょっちゅうトイレの故障に悩まされているではないか。ルビーだけではない。カメラマンの友達、ジョンもトイレにさくらんぼの種、りんごの芯、煙草の吸殻を捨てていた。

この奇妙な習慣を私はこう解釈している。茶餐庁《ちゃーつぁんてん》では客の落としたゴミを掃いた後、ずぶ濡れのモップで床を拭いて汚水を路上に出す。屋台では残飯をそのままドブに捨て、水で流す。屋内で下水に通じる大きな穴といえば、トイレだ。つまり外ではドブに流すのだから、屋内ではトイレに流していい。香港特有の三段論法である。

その光景にはずいぶん慣れたつもりだったが、ルビーが死んだ金魚をトイレに流した時には悲鳴を上げそうになった。

「だってゴミと一緒に捨てたらかわいそうじゃない」

トイレにうんちと一緒に流す方がよっぽどかわいそうだとは思わないか？

私はトイレに残飯を流さないのだから、我が家のトイレに浮かんだレモンと魚の骨が誰かの残飯であることは確かだった。真っ先に思い出したのは、利香の家で起きた「うんち事件」だった。唐楼では本来一本の下水管だったものを無理に改造して各部屋に分配しているため、しばらく誰も住んでいなかった彼らの部屋のトイレに、頻繁にトイレを使う他の部屋のブツが出現した、という事件だ。どうやら一日不在にしている間に、他の部屋の残飯が流れついたらしい。まったく、だからトイレに残飯を流すのはやめてくれっていうんだ、と愚痴りながら、その日はトイレをピカピカに磨きあげた。

翌日、部屋で日記を書いていた時、トイレの方角からごぼごぼごぼという地響きのような音が聞こえてきた。トイレにかけつけると、トイレの水が温泉のようにごぼごぼ湧き上がり、一瞬にして茶色の汚水に変わった。

「他の部屋のうんちが流れてきた時は、向こうの水圧に負けないよう、こっちもたくさん流せばいいんだって」

利香がいっていたセリフが頭に浮かび、私は反射的にトイレのヒモを引いて水を流した。するとぐんぐん水位が上がり、私が逃げるが速いか汚水が速いか、あっという間にトイレじゅうに――つまりキッチンにもだが――溢れた。ただ幸いなことに、液体だけで固形物はなかった。

これは完全にどこかがつまっている。うんちやトイレットペーパーは水に溶けるが、魚の骨や肉の塊は水に溶けない、だから流してはいけないと、香港の家庭では教えないのだろうか。たった二日間で魚の骨とレモンから汚水逆流にまで悪化したのだから、明日は固体襲撃になるかもしれない。これは水洩れと違って持久戦というわけにはいかない。他人のうんちだけは絶対に見たくない。

前回の水洩れで早期対策を怠った反省から、私はとにかくルビーに相談した。

「それは完全につまってるね。下水は一か所がつまると、どの部屋もつまるんだ。下水は厄介だよ。私も下水は直せないな。もしかすると他の階もつまってるかもしれない。そうなると大工事になる。すごいお金がかかるよ」

「それは誰の責任になるの？」

「もちろん家主だ。下水は放っておくと大変なことになるから、家主だって放っておかないはずだよ。明日、不動産屋に行って苦情をいうんだ。もしもその時、何もしないっていわれたら、もう家賃は払わなくていい。そしてその部屋のことは捨ててうちへおいで」

その晩はごぼごぼという地響きの中で眠れぬ夜を過ごしたが、次の日、不動産屋が下水屋を呼んでくれてトイレは直った。やはり不動産屋としても下水ばかりは見過ごせなかったらしい。ルビーがまた心配して電話をかけてきてくれた。

「直ってよかったよ。昨日は驚かしちゃいけないと思っていわなかったんだけど、何年か前、家に戻ったら居間じゅうに何十という大便が散らばっていたことがあったんだ。仕事休んで掃除して、何千元も払って下水を修理して、トイレと居間の間にレンガを積んだ。そうすればまたトイレが溢れても、大便だけは居間に入ってこないから」

絶句した。うちは部屋から一段上がったところにキッチンがあり、そこからさらに一段上にトイレがある。いったん溢れれば、あとは滝である。そんな部屋の床に眠るのはあまりに危険だ。

次の日、私は一四〇元の折り畳み式ナイロンベッドを買った。

金の話

「それいくら？　どこで買ったの？」

「家賃はいくら？　で広さは？」

「給料はいくら？」

「税金はいくら払ってる？」

「写真を一枚売るといくらになるの？」

「日本で家を買うといくらぐらい？　頭金は何％？」

「君は日本だと金持ちに入るの？　それとも貧乏の部類？」

香港では、金の話題はタブーではない。初対面の相手に対しても、矢継ぎ早に金に関する質問を浴びせかける。異文化圏から来た人間にとって、これは慣れるまでかなりこたえる。なぜ金の話しかしないのか。他人の金の話を聞いて、一体何になるのか。あなたに遠慮の二文字はないのか。他に興味はないのか。誰と会っても十中八九尋ねられる金の話に辟易し、一度そう感じてしまうと、金の話題が出るたびに眉間に皺が寄り、体が硬直する。この速攻をクリアできるようにならないと、香港では生きていけない。

しかし香港滞在が長くなるにつれ、ひょっとしたらこれも悪くはないかもしれないなと思うようになった。自分が金について聞かれるということは、裏を返せば相手の経済状況も遠慮なしに聞き出せるということだ。私はこうして、香港の友達の給料や家賃、家の値段などを次々と入手することになった。

自分の経済状況を包み隠さず相手に伝える。この街では、そこから人間関係が始まるのである。

「石硤尾《せっきぷめい》の公屋《こんおく》〈公共団地〉に住んでいる時に一生懸命金貯めて、八五年に今のアパート買ったんだ。五〇万元だよ。信じられるかい？　あの頃は数十万出せばアパートが買えたんだ。それから数年後に、香港の地価高騰が始まったんだよ。俺はツイてたね。ローンももうすぐ終わるからほっとしてるよ。うちの近くに空港鉄道の奥運站《オリンピックえき》ができることになったから、あんなボロアパートでも値が上がった。売る気はないけど、値が上がるっていうのは嬉しいね。財産が増えたような気がするよ」

新金豪茶餐庁《さんがむほうちゃーつぁんてん》のウェイター、肥哥《ふぇいこー》〈太っちょ兄貴〉は、私がひとこと「肥哥の住んでいる家は借り家？」と聞いただけで、そこまで詳しく説明してくれた。

この肥哥は、客観的に見ると茶餐庁のしがないウェイターだが、実は案外コスモポリタンである。彼の父親と二人の兄はイギリスに住んでいる。父親は彼が小さい頃、家族を香港において単身イギリスに渡ったきり香港には戻らず、今はイギリスで年金暮らしをしている。末息子の彼が母親の面倒を見ている。

「十代の頃、兄貴からしきりにイギリスに来いって誘われた。でもその頃は遊びたい盛りだから、イギリスなんてちっとも興味なかったんだ。今考えると、あの時行ってみてもよかったと思うよ。やっぱり子供の将来考えると、西洋で勉強させたいもの」

それでも彼は移民の夢を捨てたわけではない。彼の奥さんはマカオの人である。思わぬところにチャンスは転がっていた。

「女房もらった時は、マカオは物価が安いし家も安く買えるから、老後はマカオでのんびり暮らしたいな、ぐらいに思っていた。最近だよ、マカオの女房もらってよかったと思い始めたのは」

肥哥には一〇歳の娘と五歳の息子がいるが、どちらもマカオで出産させた。香港生まれの香港居民がイギリスのパスポートを取ることは容易ではないが、マカオ生まれのマカオ居民がポルトガルのパスポートを取ることは、時間か金さえかければそう難しくはないからだ。結局娘は出生直後に申請して九年目でパスポートが下り、息子は申請して五年目になる。

「香港人はマカオのことをよく馬鹿にするけど、ポルトガルのパスポートがあればヨーロッパに住めるってことを忘れてるよ。息子だけでもイギリスで勉強させたいんだ」

子供の進学資金のために、彼は外貨貯金をしている。オーストラリア・ドルで若干の儲けは出したが、日本円を買って損も出した。

「日本は不景気だから、円が下がると思って買ったんだ。ところが日本円は下がらないじゃないか。もう円は二度と買わないよ」

同じく新金豪《さんがむほう》のウェイターで、子俊《ちーちゅん》の従弟でもある一七歳の阿邦《あぼん》の経済状況はこうだ。

「昼の電話線工事のバイトが月七〇〇〇元で、夜の茶餐庁が六〇〇〇元だから、月の稼ぎは一万三〇〇〇元。毎日食費と交通費や何だかんだで一〇〇元、月にそれで三〇〇〇でしょ。屯門《とゆんむん》に住んでると、本当に交通費が高くて困るよ。残るは一万。でも服とかCD買いたいし、コンサートも行きたいから、やっぱり貯金できるのは月に五〇〇〇ってとこだね。でもこれは今親と暮らしてるから、家賃抜きの数字だよ。僕がもし自分で家を買うとするでしょ……」

彼は店の売り上げの集計そっちのけで計算機を叩き始め、自分の将来を数字で示してくれた。

「新築のマンションだと二〇〇万ぐらいでしょ。頭金は三割だから六〇万。わお、一〇年前だったらこれで家が買えたんだね。まったく肥哥《ふぇいこー》はツイてるよ。僕が頭金貯めるのにどれだけかかるかっていうと……あと一〇年。もし僕がその前に家を出たら、五〇〇〇元の貯金はなし、つまり一生頭金も貯まらない。結婚したって家を出られない僕の将来が見えてくるよ」

彼らがそこまで屈託なく情報公開してくれるのだから、私も極力、一般日本人の経済状況の現実を理解してもらえるよう努力した。

「君と同じくらいの年齢の日本人は、大体どのくらい稼いでるの？」

そう阿邦から聞かれ、一万元（一八万円）ちょっとくらいじゃないの？　と答えると、その場にいた日本人の友人、有美子からブーイングが起きた。

「二万元は堅いよ！」

「じゃあ東京でひと月いくらあったら暮らしていける？」

五〇〇〇元あれば何とかOKだね、と答えると、再びブーイング。

「今どき九万円じゃ暮らせないでしょ！」

「何か意見が分かれてるみたいだね」

「ちょっと、この人に日本のこと聞かない方がいいよ。かなりズレがあるから」と有美子が阿邦に釘を刺す。

考えてみれば、日本で周囲の人に給料や家賃、ましてマンションの値段など聞いたこともない。特に私は実家もサラリーマンではなく、周囲にいる人もフリーが多いため、日本の勤め人がどのような生活をしているかほとんど知らない。私は、日本人の経済状況を語るには最も不適切な人間だった。

「博美は今、どのくらい稼いでるの？」

「六〇〇〇元」と自信を持って答えた。

「六〇〇〇？　本当に六〇〇〇？」と阿邦《あぼん》が念を押す。

「うん、間違いない」

「君は？」と阿邦が有美子に聞く。

「私は……二万二〇〇〇元」

「君が二万二〇〇〇で僕が一万三〇〇〇、博美は六〇〇〇。博美は僕の半分で、君の四分の一じゃないか！」

そういわれるまで、その賃金格差に気づかなかった。

「ねえ……悪いことといわないから、日本に帰った方がいいんじゃない？　日本に帰って、何か仕事見つけた方がいいよ」

一七歳の少年から、そう諭された。

「今日は僕のおごりだよ。勘定のことは気にしなくていいからさ」

金の話。それをされると、金の話はあえてしないという習慣のある日本人は、プライバシーを侵害されたと感じる。しかし香港では、単に他人の私生活に対する好奇心から金の話をするわけではない（もちろん、金のことしか考えていない人も中にはいるが）。その裏には、香港人が表には出さない、二重にも三重にもねじれた思いやりが隠されている。

「日本にいた時、友達といくら親しくなっても必ずワリカンにするのが、最後までどうしても慣れなかった。親しい友達だと思ってた人にワリカンにされると、僕はその程度の存在なのかって思った。冷たい関係だな、って思った」

日本に六年間留学していた阿波《あぽー》は、日本時代を振り返ってそういう。

「僕は香港人だから、どうしても慣れないいんだよ。親しい友達同士でごはんを食べて、なぜそんなに細かく計算する必要があるの？　それが僕には親しくない証拠に思えるんだ」

香港には親しさの証明として、勘定を曖昧にするという習慣がある。もちろん大人数が集まった時には、一人で払うととんでもない額になるため、均等なワリカンにすることはある。しかし数人単位の場合は一人がおごることが多い。すると次回集まった時には違う誰か、その次はまた他の誰かがおごる、という暗黙の了解が親しい友達の間には成立している。金額の大小ではなく、自分が今回はおごる番だ、と意思表示することが重要なのだ。それをいい気になって常におごられる側に甘んじ、返す素振りを見せずに知らんぷりを続けると、孤寒《けち》な人間と見なされる。しかし誰も面と向かってそんなことはいわない。気がつくと、誰も自分をごはんには誘わなくなっているだけだ。

広東語に「いつ私にごはんをごちそうしてくれる？」という言葉がある。この一見無礼にも思える言葉は、親しい間柄の友達のみに許される表現だ。あまり親しくない者同士の間では使われない。この言葉は、「俺とおまえは飯をおごりあう親しい仲だが、前回は俺がおごったよな。今日俺はおまえと飯が食いたいが、もちろんおまえのおごりだよな」という打診であると共に、二人の間にはこれほど無礼なことをいっても許されるという信頼が隠されている。そういわれたら、「わるい、今日は金がないんだ、今度必ずおごるから」とか、「冗談じゃねえ、俺に借りがあるのを忘れたのか、今日もおまえのおごりだ」とか、遠慮なく思った通りに答えればいい。

しかしもし、最近この言葉を頻繁にいわれるなと思ったら、そこには「おまえは最近、友人への義理を怠っている」という控えめな抗議と受け止めなければならない。その警告も無視し続けると、この言葉はいわれなくなる。その時は、友人から一線引かれた時と考えるべきだ。

しかしこの言葉は、外国人にとっては非常に曲者だ。日本人がこの言葉を母語に翻訳してしまうと、かなり攻撃的なニュアンスを受ける。その読み違えが、日本人と香港人の間の溝を広げてしまうことがある。学校で日本人学生と話していた時のことだ。

「香港人の友達と会うたびに、『いつ俺に飲茶《やむちゃ》をごちそうしてくれる？』っていわれるの。頭にきちゃう。なんで私があんたにおごらなきゃならないのよ。自分の方がよっぽど金持ってるくせに」

案の定、それからしばらくたって彼女はこの言葉をいわれなくなったという。「せいせいしたわ」と彼女はいっていたが、なんて残念なことだろうと思った。親しくなければ、そんな言葉もかけてもらえないのに。

しかしこの原則が適用されない場合もある。それはステディなカップルの場合、そして友人同士の収入格差が大きい場合だ。収入の多い者と少ない者が常に同等の金額を払うことになれば、収入の少ない者は関係が維持できなくなる。すると原則を重んじて関係が破綻するより、誰かが肩代わりして関係を存続させた方がいい、という判断がそこに加わり、自然に収入の多い者が自ら多く払うようにしたり、あるいは収入の少ない者がおごる番になったらどこか安い店へ行くなどの配慮をする。

そういった配慮はもちろんそこまで言語化されて意識されているわけではなく、長年の経験と勘から、なんとなく行われる。それができてこそ、大人なのだ。

それを自然に行うために必要なのが、相手の情報である。彼らは普段交わすなにげない会話の中から、相手の給料や家賃、相手に扶養家族が何人いるか、相手が最近失業していないか、親が病気でないか、などの情報をできるだけ集めて相手の経済状況を分析し、それを付き合いの場で配慮という形で生かす。日本での私のように、周囲の人の経済状況をまったく知らなければ、そんな気配りもできないわけだ。

私が馬鹿正直に答えた稼ぎや家賃もまた、友人たちの脳にインプットされ、一杯の熱奶茶《ミルクティー》に変わる。そして私もまた彼らの真似事をすることで、ここでの大人としての付き合い方を学んでいく。

そんな香港人の、言い方が乱暴だから攻撃的に聞こえるが、本当は気配りに満ちた質問を、「香港の人って金のことばっかり！」と短絡的に非難するのは筋違いだ。

「あんた、給料はいくら？」

そう聞かれたら、友人関係の第一歩と思って堂々と答えよう。まったく興味のない人間には、そんな質問さえしないのだから。


「ねえ、聞きたいことがあるんだけど」

子俊《ちーちゅん》が向かいの席に座った。

「日本に一週間行ったらいくらぐらいかかるかな？」

「私に会いに来てくれるの？」

子俊はぽっと頬を赤らめて笑った。

「今じゃないよ。お金が貯まったらね。それに君が香港にいる時に日本に行ったってしょうがないじゃないか」

頭の中をいろんな計画が駆け巡った。彼は遊園地が好きだから、私の柄ではないがディズニーランドと豊島園に連れて行こう。家に招待してごはんをごちそうしよう。太平洋を見せてあげたい。日本海も見せてあげたい。ああ、彼に見せたいものがありすぎる。

「今は飛行機代が三〇〇〇元くらいだから、五、六〇〇〇元あれば十分じゃないかな。うちに泊まればホテル代も節約できるよ」

私は彼に早く日本に来てほしくて、少し安めの値段を提示した。

「買い物をたくさんしたいから、一万かかるとして……やっぱり二万はいるだろ。二万以上貯めるにはまだまだ時間がかかるなあ」

どうして二万以上必要なのかと私は尋ねた。

「だってガールフレンドも一緒に行くから二人分だろ？」

……そういう話か。

「海外旅行へ行くにも、男が払わなきゃならないの？」

「そんな決まりはないけど……だってその方が彼女が喜ぶから」

私は深い溜め息をついた。彼が早番の日は朝六時から、遅番だと夜一二時まで、目の下に隈をこしらえて働いていることを、毎日見ている私は知っている。ひと月の給料は一万を越えているが、毎月の車のローンが六〇〇〇元。それを差し引いた数千元で、彼は彼女を喜ばすためにプレゼントを買ってやり、日本へも連れて行く。あんまりではないか。

「香港の男って本当に大変だよ。だからみんな、必死に働くんだ」

「私と付き合ったら何もおごってくれなくていいし、それどころか養ってあげてもいいよ」

「嘘ばっかり！」

彼は笑いながら客の注文を取りに行った。

けっこう本気だったんだけど。

あっけらかんとした密輸

利香と阿波《あぽー》夫妻が八月、とうとう自分たちのマンションを買った。九広鉄道は粉嶺《ふぁんれん》駅の真正面の比較的新しいマンションで、広さは約五〇〇平方フィート（約四六平米）、購入価格は約二〇〇万元（三六〇〇万円）。家賃五万円弱の唐楼に住む私がこんなことをいうのもおこがましいが、この頃の香港の感覚ではお買い得という印象があった。なにしろ五〇〇万元（九〇〇〇万円）という物件はザラ。私が一番最初に住んでいた家の向かいに建設中だったマンション、ロイヤル・アスコットは平均価格帯七〇〇万元だった。不動産屋のウインドーを眺めながら、二〇〇万という数字を見れば「あら、安い」とつぶやいてしまう、香港はそんな異常な状態だった。

返還前に加速度的に値上がりを見せていた株価と不動産価格は、返還直後、小康状態に入った。返還時には香港の繁栄を演出するため、中国本土から大量の資金が流入し、市場を操作していたらしく、やっと正常な状態に戻った、というのが一般的な見方だった。阿波は今こそ好機と判断し、清水の舞台から飛び降りるつもりでマンションを買うことに決めた。

粉嶺は中・香国境の羅湖《ろーう》から二つ手前の駅。尖沙咀《ちむさーちょい》・中環《セントラル》までは九広鉄道と地下鉄を乗り継いで約四五分の距離だ。駅の南北に公共団地とマンションが立ち並び、ホワイトカラーたちのベッドタウンとなっている。しかし一〇分も歩けばのどかな田園風景が広がり、バスで一五分北に進めば国境がある。七月一日の朝、人民解放軍は彼らのマンションのすぐ近くを通っていた。

「先週、国境近くへ散歩に行ったら、中国からモーターボートが来て何か密輸してたよ」

利香が電話でいった。

「何を密輸してたの？」

「わからない。確かめてみたかったんだけど、何か怖いから。今度一緒に見に行かない？」

私は二つ返事で承諾した。密輸と聞けば確かめてみたいが、ヤバイ密輸だったら怖い。人数が多い方が心強いのは確かだった。

次の日曜日、私は利香と阿波と粉嶺駅で待ち合わせた。そこから一般人の立ち入りは禁止されている沙頭角《さーたうこく》行きバスに乗り、禁区手前の鹿頸《ろっげん》でバスを降りた。海沿いを走る鹿頸路《ろっげんろう》は香港と禁区の境界に位置し、道を歩いている分には問題ないが、一歩も海に入ることはできない。目の前に浮かぶ無人島・鴉洲《あーちゃう》は誰も立ち入れないお蔭で白サギの天国となっている。無人島の後方にうっすらと深圳《さむちゃん》のビル群が見える。香港の辺境へ行けば行くほど、深圳の摩天楼は近くなる。

しかし日曜日の昼下がりの鹿頸路は、禁海沿いの道とは思えないほど車と人でごった返していた。この先の沙頭角は車で国境越えができるため、中国へ抜ける私用車は飛ばすし、散策を楽しむハイキング客は道の真ん中を歩くし、加えて街を巡回する警察官と比べると明らかに図体の大きい国境警備官を乗せたジープがひっきりなしに走っている。国境の道はけっこう忙しい。

この辺り一帯で唯一舟を泊めることのできる浜辺に出た。車もボートも停まっていない。

「この間はここにトラックが来て、中国からボートが来てたの」

「まだ時間じゃないみたいだね。しばらく待ってみよう」

私たちは浜辺に腰を下ろし、デイパックから思い思いにお茶やせんべいやサンドイッチを取り出して食べ始めた。密輸を見に来た割には、ピクニック気分だった。

「何の密輸だと思う？」

「魚を中国から密輸するのかな」と利香がいった。

「大陸製の安い電気製品を密輸するのかな」と私はいった。

「白粉《まやく》とか密航者とか銃とかヤバイ物だったらどうするんだよ。そんなところ目撃しちゃったらヤバイよ」と阿波《あぼー》が不安そうにいった。私たち日本人にとっては興奮する非日常でも、香港人である彼には、密輸という行為に何となく現実味があるらしい。

「阿波は今日、本当は来たくなかったの。怖いから」

「大丈夫だよ。こんな昼間にヤバイ取引するわけないもの」と私は慰めた。

「わかるもんか。香港人はいろんなこと考えるんだから」

そりゃそうだ。

ブーンという音と共に中国の方からモーターボートが滑りこんできた。しかし上陸はせず、浅瀬に泊まったままだ。私たちは何もさえぎるもののない浜辺で、貝殻を拾うふりをしながらボートを監視した。

しばらくすると、大埔《だいぽー》の方向からミニバンが猛スピードでやって来て浜辺に急停車した。

「まったく、今日は何回あんたのBB機《ポケベル》を呼び出したと思うんだい？　一〇〇回は鳴らしたよ！　すぐ連絡くれなきゃ困るんだよ」

竹笠をかぶった女漁師がバンから顔を出した青年を一発激しく叱り飛ばした。

「わるいわるい！　今日はすごく配達が多くて」

青年はバンに積んであった発泡スチロールを黙々とボートに積み始めた。なるほど、一歩海に踏み出したらそこは中国なので、中国の漁師がこの海を行き来するのは違法ではない。彼らは上陸さえしなければいいし、香港側の人間は海に踏み出しさえしなければ、お互い法的には何の問題もないというわけだ。鹿頸路《ろっげんろう》を警察の車が走り抜けて行く。こんなに堂々とやる密輸って一体何なのだろう。白昼堂々の密輸には、白昼堂々質問した方がよさそうだ。私と利香は、ほぼ同時に立ち上がった。「よした方がいいって」と阿波が制したが、私たちはすでに目下密輸の真っ最中の二人に向かって歩き出していた。

「すいませーん」

青年が振り返った。

「その箱の中身は何ですか？」

「チェンハウだよ」

「チェンハウ？　チェンハウって何？」

私は浜辺に座ったままの阿波《あぼー》に向かって叫んだ。

「貝だよ。青口《ちえんはう》、ムール貝のこと！」

「これは香港から中国への密輸ですか？」

青年ははにかんだように笑い、「そうだよ。さっき印尼《インドネシア》から着いたばっかりだ」と答えて、また箱を運び始めた。

「中国から香港じゃなくて？」

「見りゃあわかるだろ？」

「見てもいいですか？」

「いいよ。自分で開けて」

私たちはガムテープをビリビリはがした。青みがかったムール貝が整然と並べられていた。

「うわ、ほんとに活きた青口だ」

いつの間にか隣に阿波が立っていた。

奇妙に思った。南中国を旅していた時、それほど大きい街でなくても、海鮮レストランの店先でムール貝からカブトガニまで、ありとあらゆる活きものが並んでいるのを見た。動物園や水族館に行くよりも、中国の市場の方が珍しくて活きのいい動物がいる、と思ったぐらいだ。そんな動物の宝庫である中国が、なぜインドネシアのムール貝をこうしてこそこそ、しかも香港から密輸する必要があるのか。わけがわからなかった。

「どうしてこれを香港から中国に密輸するの？　中国でも獲れるでしょう？」

「中国で獲れたって、深圳《さむちゃん》に運ぶのが難しいんだ。交通の便が悪いし、冷蔵設備がきちんとしてないだろ？　深圳に着くまでに腐っちゃうよ」

「じゃあ外国から輸入したら？」

「これを中国が外国から輸入したら関税がすごいんだよ。ところが香港なら世界じゅうから毎日直行便が着くし、関税がかからない。香港に輸入してここまで運んで、深圳《さむちゃん》に密輸するのが一番安くて確実なんだ。活きたロブスターにガルーパ、サーモン、貝、カニ、何でもあるよ」

なるほど、目的地は中国ではなく、あくまで深圳なのだ。

「でも警察は何もいわない？　あんなにいっぱいいるのに」

「時々箱の中身を見に来るよ。何かヤバイ物はないかって。でも海鮮だとわかると何もいわずに帰って行く。今、香港は中国からの密航者やヤバイ密輸で手一杯だってのに、海鮮なんて構ってる暇ないさ」

彼は自分の密輸はいい密輸であると強調するようにいった。

「中国だって魚がもう獲れないんだよ。いや、こういう言い方は正しくないな。どうってことない魚なら中国でも獲れる。でも中国人はそれじゃあ満足できなくなったんだ」

彼は私たちに授業をするように話し始めた。

「この商売が始まったのは十数年前。中国で改革開放が始まった頃だ。開放政策が始まると香港人がどっと深圳に押し寄せて、商売のために中国の役人を接待漬けにした。彼らを喜ばすには高級な海鮮が必要だったんだ。それでこの密輸を思いついたというわけだよ。深圳で消費される海鮮はすべて香港から来てるといっていいだろう。いまや深圳のために香港があるようなものさ」

「頭のいい奴が中国にもいるんだな」と阿波《あぼー》がいった。

「香港人が考え出したんだよ。香港側で運ぶのは俺みたいな運送屋で、中国側で運ぶのは中国の漁師。向こうで陸に着くと、税関員がチェックなしで通してくれて、そのまま香港人経営のレストランに運ばれるんだ」

「どうして向こうの税関はノーチェックなの？」

「中国側では、正月や中秋節の時に税関の役人にカニだのエビだの摑ませればそれでＯＫなんだって。それだけであとは一年じゅう通してくれるらしいよ」

青年は空になったバンのドアを閉めながら、「この時間なら、今夜の宴会には間に合うだろう」といった。

「どうもありがとう。今日はすごく勉強になりました」

「いいってこと」

そして車は何かに追いたてられるように、またものすごい勢いで走り去って行った。

世界じゅうの海鮮が白サギの飛びかうこの浜辺に集結し、深圳という新たな胃袋に吞み込まれていく。香港は海鮮のために中国に返還されたわけではないが、中国にとって香港という街は、己の欲望を具体化させてくれる存在になりつつあるのだ。世界の経済って何かすごいことになっている。私の常識などとっくの昔に時代遅れになっていた。

私の旧式の世界観で考える「輸入」、そして「密輸」の定義は即ち、自分の地域では手に入らないもの、あるいは外から買った方が安いものを、他地域から合法で、あるいは非合法で手に入れる、というものだった。だから香港は中国から安価な衣料品や食糧を輸入し、黒社会は白粉《まやく》や銃を密輸する。それが私の描いていた正常な世界の構造だった。

香港は、中国なしには一日たりとも生きてはいられない。中国の機嫌を損ねたら、食糧はおろか、水も電気も入ってこない。香港の生活は、中国が背後にあることを大前提とした特異な状況のもとに成り立っている。

しかし中国にはすでに、自由貿易港である香港を利用することで豊かさの味を知ってしまった人たちがいる。彼らはもはや、香港なしでは生きていけないだろう。

世界がゆっくり逆転を始めている、と思った。

少しずつ少しずつ、枝葉の部分で世界が小さな逆転を起こし、気がついてみると引き返せないほどになっている。中国が目指している香港回収とは、そういうことなのかもしれない。

香港は祖国に回帰したのではない。祖国に、回収されたのだ。

日が暮れ始めると、大埔《だいぽー》方面から発泡スチロールを満載した軽トラックが続々と集結した。あれも今夜の宴会に間に合わせるためなのだろう。そろそろタイムリミットだ。

この表現は非常に矛盾しているのだが、そもそも中国人は死んだ海鮮が嫌いだ。活きていなければ彼らは「海鮮」とは呼ばない。活きの悪いものは途端に売れ行きが悪くなる。ミニバンにも漁師のモーターボートにも冷蔵設備はないから、香港の啓徳《かいたく》空港に降り立った世界各国の海鮮は、レストランで水槽にあけてもらうまでは発泡スチロールの中で生き永らえなければならない。今日香港に到着した海鮮は何としても今晩の接待に間に合わせなければならない。でないと冷蔵庫が必要になり、彼らのような小さな運送屋の手には負えなくなる。国境の道を走るバンがいかに急いでいるか、想像がつくだろう。

私たちは地面に座り、さらなる物証を探し始めた。砂利の浜には色々な痕跡が残されていた。キャセイやインド、ベトナム、タイといった航空会社のタグに、ノルウェー産サーモン、フィリピン産活きたロブスター、活きたカニのラベル、しかも、すべて、超特急貨物。

「ちょっと、見て見て！」と阿波《あぼー》が叫んだ。「ガルーパが落ちてるよ！」

砂利の上に身のパンパンに締まったガルーパが二匹落ちていた。尻の赤い蜂が群がっている。きっと急いでボートに運ぶ時に箱からこぼれ落ちたのだろう。

「もったいないなあ。これ、市場で買うと一匹数百元はする魚だよ。二匹で一〇〇〇元しちゃうよ。いくら密輸だからって、こんな高い魚を捨てていくなんて」

「何いってるの、魚が嫌いなくせに。拾っていけば？　今夜の夕食、これにしようか？」

私たちは爆笑しながら浜辺を後にした。

笑いながらも、足取りは重かった。自分が主役だとはりきって初日の舞台に上がったら、本物の主役が舞台の中央に立っていて、自分が脇役であることを知らされた、そんなやるせない気分だった。

大陸と香港のはざまで

阿琴《あかむ》は二七歳、週刊誌の専属カメラマン。ジョンが白髪を染めた直後に知り合ったガールフレンドだ。すらりと伸びた長い手足に小さな頭、サラサラのストレートヘア、整った利発そうな顔。育ちがいいというより、位の高い家庭で育った娘という自信が体全体からみなぎっている。

ジョンが初めて彼女を紹介してくれた時の印象は強烈だった。彼女は開口一番、私にこう尋ねた。

「あなた、背高いわね。何センチ？」

私が「一六八だけど」と答えると、彼女は勝ち誇ったように笑った。

「私の勝ち。一七〇センチよ。もう少し高ければモデルになれたのよ」

その一言で彼女に対する印象は決まった。

イヤな女だ。

私たちはしばらくどうでもいい話をしていた。ある種の緊張感が漂っていたことは事実だ。私は彼らがどういう関係なのか知らなかったし、彼女もまた私たちの関係を計りかねている。

加えて男一人に女二人という微妙なパワーバランス。どうでもいい話をしてその場しのぎをするより他なかった。

その均衡をいち早く崩そうとしたのは阿琴だった。店を出て食事に行こうとした時、彼女はジョンから借りたニコンの一眼レフカメラと、財布しか入らないような小さなポシェットを、生まれた時から男にはそういう態度で接しているといった自然さでジョンに持たせた。そしてすでにデイパックとカメラ二台を持った彼は、嬉しそうに彼女の荷物を肩にかけた。

この瞬間に私は、二人が互いを特定の対象と見なしていることを悟ったのだが、そこにひっくり返すべきちゃぶ台がなかったのは幸いだった。

ジョンと私は、暇な時にコーヒーを飲んだり食事をしたりする普通の友達だ。彼がおごってくれる時もあれば、私がおごることもあった。かつてジョンは、自分が手ぶらで歩きたいために、ちょっとした荷物を私のデイパックの中に入れて持たせたことがあった。それは別に構わなかった。その男が、絶対他人に持たせてはならない商売道具と、小指でも持てるほど軽いポシェットを、女のために鼻の下を延ばして持っている。

ジョンへ。自称香港一のリベラリストであるあなたのやさしさがこれほど安っぽいものだとは、今まであなたを誤解していました。目的がない時は人に平気で荷物を持たせ、目的があると財布さえ持ってやる。それほど重要な目的なら、どうぞ邁進して下さい。その代わり、私には見えないところでやって下さい。

それから阿琴へ。重いという理由ではなく、相手が男という理由でカメラを男に持たせるなら、今すぐカメラは捨てなさい。あなたに写真で食う資格はありません。

二人でどんどん質を下げながら、どうぞお幸せに。


日曜日の夕方、私はジョンと阿琴《あかむ》と三人で尖沙咀《ちむさーちょい》のハイアット・リージェンシー・ホテルのバーに並んで座っていた。ジョンはマイ・コーヒーに行きたいと主張したのだが、「コーヒーは嫌いなの」という彼女の一言でその提案は却下された。ジョンと私はビールを頼み、阿琴はフレッシュオレンジジュースを頼んだ。

「なぜ香港に興味があるの？」と彼女が先に尋ねた。

「いろんな背景を持った人間がいて、みな違う考えを持ってるからかな」と私は答えた。「ここには香港生まれの人間もいれば、大陸生まれ、海外で育った人、いろいろいて、みんな違ってて当たり前という点がおもしろいと思う。日本では背景の似た人間が多いから、ちょっと変わった意見の持ち主は変わり者扱いされる。それが日本のつまらないところ」

「そうだな。この三人見たって背景は全員バラバラだ」とジョンが口を挟んだ。「博美は日本で俺はアフリカ、阿琴は大陸だもの」

「あなたは大陸から来たの？」

思わずそう問い返した。私は彼女が香港出身、あるいは西洋暮らしの長いＵターン組かと思っていた。大陸から来た人には見えなかった。

「大陸人には見えないだろ？」とジョンがいうと、「じゃあどういう人間だったら大陸人のように見えるのかしら？」と彼女はすかさず切り返した。ジョンも私も黙りこんだ。

　彼女は洗練されているから大陸人には見えない。つまり大陸人は洗練されておらず、一目でわかるほど野暮ったい、と暗にいっているようなものだ。自分もまたそんな画一的な大陸像に縛られていることを恥ずかしく思った。

　しかし反省する一方で、やはり彼女からはどうしても大陸の香りがしなかった。

「私はもう香港永久居民だし、特区パスポートも持ってるわ。完全に香港人と同じ権利を持っているのよ。生まれたのが大陸だってだけ」

「生まれはどこ？」

「生まれたのは南寧《なんにん》。でも生後数か月で広東省の新會《さんうい》に戻ったの。もともとは新會人よ」

「いつ、どうやって香港に来たの？」

　私はできる限り中立的に聞こえるよう祈りながらそう尋ねた。

「どうしてそんなことを聞きたいの？」

「あなたはきっと香港人とは別の観点から香港を見ていると思う。その観点に私は興味がある。だからあなたの背景が知りたいの」

「話してもいいけど」

　阿琴はオレンジジュースの入ったグラスをぐるぐる揺らしながら、しばらく考えこんでいた。

「こんな静かなところじゃ話したくないわ」

　高級ホテルのバーで、自分が大陸出身であることを周囲の人に知られたくないということなのだろう。

「じゃあ飯でも食いながら話そうぜ」

ジョンが我々を案内したのは、涮羊肉《すわんやんろう》〈羊しゃぶしゃぶ〉を食べさせる北京料理の店だった。これから大陸の話をするのにハイアット・リージェンシーが気詰まりなら、大陸の人が多い場所なら話しやすいだろう、と彼なりに精一杯気を遣ったつもりなのだろう。しかしテーブルに着いた途端、この場所は最悪の選択だったのではないかと不安になった。店じゅうのテーブルが、中国から来た団体観光客で埋めつくされ、飲めや歌えやの大騒ぎだったのである。

また大陸といえば涮羊肉を連想するジョンの無邪気さがおかしかった。涮羊肉は確かに中国北方を代表する名物料理の一つで、私は大好物だが、阿琴は広東人である。中国で育ったとはいえ、あまり羊肉は食べ慣れていないだろう。中国といっても深圳《さむちゃん》と北京にしか行ったことがない彼には、中国は多民族多文化の集合体であるというそこらへんの事情がわかっていなかった。

案の定、彼女は羊が大嫌いだった。テーブルに羊肉が出てきた途端、彼女はこれ見よがしに鼻をつまんだ。

「この匂いが耐えられないのよ」

「だったら早くいってくれればよかったのに。店変えようか？」

「いいわよ。もう座ったんだから。私は野菜を食べるから、あなたたちは羊を食べればいい」

彼女を喜ばせようとした彼の気持ちは仇となり、しゅんと小さくなっていた。このカップル大丈夫か……ジョンが気の遣いすぎで胃潰瘍にならないことを祈るばかりだ。二人の間の感情問題に興味はないが、「大陸」という存在が二人の関係を複雑にさせそうな予感が早くもしていた。

私は何食わぬ顔で羊肉を熱湯の中に放りこんだ。

「さっきの続きだけど、あなたはどうやって香港に来たの？」

「裏口から来たのよ」

阿琴《あかむ》は平然とそういった。

阿琴は一九七〇年、広西壮《チワン》族自治区の省都・南寧《なんにん》で生まれ、生後数か月で広東省の新會《さんうい》に移った。もともと一家は新會の出だが、対外貿易部に勤める父親の仕事で、彼女が生まれた時点では南寧に住んでいた。そして父親は八二年、単身で香港に派遣された。

「当時中国は改革開放政策が始まったばかりで、香港の商売人は大陸でどんな商売の可能性があるかを探っていたの。でも情報も経験もないし、何をどうしたらいいかわからない。そこで香港と中国の間に入って商売をまとめるのが対外貿易部の仕事。父はそういう任務のために香港へ送られたの」

彼女と兄と母親が香港に出て来たのは、父が出た四年後、八六年のことだ。

「いくら対外貿易部の人間でも、家族全員を香港に呼び寄せるのは少し難しい。新會はもともと華僑や香港人の親戚が多い土地でしょ。いつも外国の話ばかり聞いてるから、外国に出たがる人がすごく多いの。当然出国申請を出す人が多いから、一〇年待たされるなんて当たり前だった。

　そこで父はちょっとした手を使ったの。広東省は待たされる。でも遠方の貧しい地域だったら外国のことなんて誰も知らないから、当然申請する人は少ないわけ。父は解放軍時代のコネを使って、私たちの戸籍も銀行口座もすべて湖北省の武漢に移したの」

「じゃあ武漢に引っ越したの？」

「書類だけよ。私はいつも通り、地元の中学校に通ってたわ」

「そんなこと可能なの？　大陸で戸籍を移すことはできないって聞いたことがあるけど」

「可能なのよ。コネさえあればね。そして私たちは武漢で出国申請を出して、二か月後には受理されたというわけ」

　二か月で受理……一〇年待たされている王《うおん》さんが聞いたら、どう思うだろう。

「賄賂がたくさん必要だったでしょうね」というと、彼女は屈託なく笑った。

「少しは払ったと思う。でもコネがある人間はそんなにお金はかからないのよ。大金が必要なのはコネのない人。だってお金でコネを買うわけだから」

　随分はっきりいうなあ……余裕のある人はいうことも違う。

　そして阿琴たち三人は一九八六年八月に香港へ来た。

「朝三時に家を出て、バスで広州に出た。そこからタクシーで深圳《さむちゃん》に行って、あとは羅湖《ろーう》から九広鉄道で旺角《もんこく》に行ったの。父は旺角の亞皆老街《あーがいろうがい》にもう家を買っていたから」

「どんな荷物を持って来たか覚えてる？」

「よく覚えてる。私の荷物はウォークマン一個と、自分のお小遣い四〇〇元だけだった。あとは何にも持って行かなかった。私たちがすぐ香港で暮らせるように、父が全部香港で買って用意しておいてくれたから、何も必要なかったの」

「香港の印象はどうだった？」

「え、こんな狭いところに住むの？　って思った。あとになってうちは香港の中では広い方だってわかったんだけど、大陸では広い家に住んでたから信じられなかった。今でもビルの中に住むというのはどうしても慣れないわ」

彼女は新會《さんうい》で中学三年を終えていたが、香港では希望する中文中学〈中国語で教える中学〉に定員オーバーで入ることができず、仕方なく三年をやり直すことになった。

「大陸では県内で二番目の中学に通っていて、すごく勉強が大変だったの。朝学校に行って授業を受けて、昼ごはんで家に帰ってまた学校。夕ごはんで家に帰って、夜は七時からまた学校で勉強してた。家に帰ったら寝るだけ。どんなにがんばっても私は中くらいの成績だった。ところが香港に来たら、いきなり学年で一番になったの。けっこう香港ってレベルが低いんだって思った。学校は半日制だし、同級生は授業が終わるとみんなアルバイトに行ってた。香港ではこんなに若い子が働くんだ、そんなにお金が必要なのかと思ったわ」

いちいち肖連《しょうりん》のことが頭をよぎった。同じような年齢で大陸から出てきながら、二人はまるで違う世界に住んでいた。

「今疑問に思ったんだけど、あなたたちが香港に来た時、お父さんは香港に来てまだ四年でしょ」

「そうよ」

「四年しかたっていないのに、なぜ家族を呼び寄せられるの？」

通常大陸から香港へ来た人は、合法的に連続七年間居住して初めて香港永久居民の資格を得、そこで初めて家族を呼び寄せるための申請を出すことができる。そうして「香港人」になった人たちの子供ですら、何万人もが大陸でその順番を待っているというのに、香港に来て四年目の人がいきなり家族を呼び寄せるというのはどう考えても尋常ではない。

阿《あ》琴《かむ》は少し照れくさそうにほほえみ、ようやく口を開いた。

「父は四年目ですでに永久居民だったのよ」

「どうしてそんなことが可能なの？」

「一部の幹部には、そういうことも可能なの」

私は言葉を失った。中国国内で幹部の特権が認められるというのなら、百歩譲ってまだ理解できる。しかし香港の居住権を与えるのは香港政府の管轄のはずである。その特権が香港でも通用するなら、香港の自治などまったく形だけではないか。そうやってどんどん割り込みが入り、王《うぉん》さんの妻は後回しにされる。目の前の彼女に個人的な恨みはないが、どうにもやりきれない思いが残った。

周りのテーブルでは宴会が最高潮に達し、香港人の添乗員が真っ赤な顔をしながらツアー客に、客の写真の入った絵皿を配っていた。昔はよく日本人観光客がこれを売りつけられていた。日本人の去った今は大陸の人たちが最大のお客様なのだろう。香港商人の変わり身は本当に早い。私たちの向かいのテーブルでは大男が二人、酔いつぶれてテーブルにつっぷして眠っていた。

「香港についてどう思う？」

「香港ってほんとにいろんな背景の人がいる。こうして三人が並んで座ってるのも不思議なことよね。大陸ではこんなことはありえない。この大都会は人間が資源なんだって本当に思うわ。香港の人は働き者ね。自我がはっきりしていて、それぞれの人が自分の価値観を持っている。それには敬意を表するわ。でも生活が緊張しすぎて呼吸ができない感じがする。働いてお金を稼ぐことが何よりも大事で、自分の幸せはどうでもいいって感じね。私も自由に旅をして他の文化に触れてみたいと思う。でも香港で周りの人が必死に働いてるのを見ると、自分も焦ってやっぱり仕事をしてしまう。旅に出る勇気がなくなってしまうの」

「大陸についてはどう思う？」

彼女はちらりと周りを見回し、あからさまに不快感を表した。

「大陸の人は仕事をしない。やる気がない。公徳心がない。自我がない。自分で何かを考えようとしない。文明というものを知らない。どんな高級ホテルに行ったって、床に唾を吐く」

今までの誰よりも手厳しい感想が返ってきた。

「最近仕事で月に三、四回は大陸に行かされるの。なぜか私ばっかり行かされるのよ。嫌になるわ」

　彼女ばかりが大陸に出張させられるのは、普通話《マンダリン》が完璧に話せる香港人があまりいないという理由より、万一の時には対外貿易部幹部の娘という立場を利用しようとする編集部側の現実的計算が含まれているのだろう。

「この間中国へ取材に行った時、外交部や宣伝部の人たちとごはんを食べる機会があった。彼らが私に『返還後の香港についてどう思うか』って聞いてきたの。『ここだけの話でいいですよ。他の人間には絶対いわないし、仕事にも支障はありませんから本音を聞かせてください』っていうから、『中国の汚職の風潮が香港に吹いてくるのが一番怖いです』って答えたわ。すると彼らは何ていったと思う？　『香港の人は何かと汚職汚職っていいますが、慣れていないから怖いだけですよ。なに、すぐ慣れますよ』っていったのよ。周りの人はうなずいていた。もしかしたら聞き間違いかと思ってもう一度聞いてみたら、まったく同じ答えが返ってきたの。呆れて返す言葉もなかったわ。これだから中国はだめなのよ」

　彼女が香港に来た経緯を知らなければ、笑って適当に同意することもできた。しかしそんな気分ではなかった。

「でもそのおかげで香港に出て来られたのがあなたじゃない？」

　私は思わずいってしまった。彼女は頰を赤くした。

「父のは汚職じゃないわ。父は人脈が厚いから、それを利用しただけ」

　気まずい沈黙が流れた。ジョンに申し訳ない気がし始めていた。私の存在が、彼らの関係に水を差すかもしれない。でも王《うぉん》さんや劉《らう》さん、肖連《しょうりん》の顔を思い浮かべると、どうしても一言いわずにはいられなかった。

「私が中国を嫌いだと思う？　祖国を嫌いなわけないわ。本当は大好き。大陸の人、一人一人を批判する気はまったくないの。でもやる気のないところとか、教えこまれたことを何の疑いもなく信じているところが私には耐えられない。だから中国へ行くと矛盾した気持ちになるの」

「返還についてはどう思う？」

彼女は質問を吟味するようにアゴに手を当てた。

「返還が終わってほっとしたのは事実ね。あまりに忙しくて何も考える時間がなかったから。返還の意味は、多分自分でも何年もたたないとわからないと思う。今は香港と中国がどうこの問題を処理するのか、じっと見ているところ。

返還して一つだけいいことは、香港人が中国政府に対して『騙されないよ』という警戒感を持っていること。植民地時代はそうじゃなかったわ。イギリス政府だって人民を搾取していたのに、香港人は『イギリスはけっこういい』って思ってた。

なぜそうなのかしら？　イギリスは豊かそうだから信用して、中国は自分たちより貧しいから信じない。豊かな国は何も奪わないけど、貧しい国からは何か奪われそうな気がして怖い。でも香港人民を一番騙してたのは一体誰かしら？　ここを植民地にしていたイギリスじゃないの。結局香港人は見た目で判断してるだけなのよ。返還をきっかけに、香港人はよく考えるようになった。それが一番いいことだと思う」

その言葉を聞いた時、彼女のアグレッシブすぎるようにも見える自信に溢れた態度が、香港に対する劣等感の裏返しであることを私は確信した。

彼女の外見から大陸の香りがしない理由がわかったような気がした。香港に適応するため、そして香港人から馬鹿にされないよう、彼女は必死に大陸を否定してきたのだろう。しかしこの仕事を始めてから、しばしば大陸へ派遣されるようになり、大陸を直視せざるを得なくなった。恵まれた環境に身を置きながら、彼女もまた、香港人としての自分と中国人としての自分のはざまで揺らいでいる。

大陸と香港――交流が増えれば増えるほど、個人個人が抱える矛盾も大きくなるのだろう。

私は個人的な感情だけで彼女に意地悪な物言いをしたことを恥ずかしく思った。彼女は自分なりの方法で、必死に香港に居場所を見つけようとしている。その方法がちょっと気に食わないという理由で、彼女を批判する資格など私にはない。

「阿琴《あかむ》、野菜だけでお腹いっぱいになった？」とジョンが聞いた。

「ええ。ちょうどいいダイエットになったわ。でも次は鶏が食べられる広東料理の店にしてよ」

「わかった。次はそうしよう」

それにしてもこのカップル、先がちょっと心配だ。

尖沙咀《ちむさーちよい》からの帰り、私は家から少し遠い所でバスを降りた。少し風に当たって歩きたい気分だった。

桂林街《くわいらむがい》に入った。米屋の真上の窓から、赤いネオンに照らされてピンクに染まったブラジャーとランニングとパンティがひらひらぶら下がっているのが見えた。劉《らう》さんと肖連《しうりん》の洗濯物だ。桂林街を通るとその窓を見上げるのが、知らないうちに習慣になっていた。そこに洗濯物が下がっていることは私にとって、肖連がこの街で元気に暮らしていることを意味した。

肖連、元気ですか？　今日、学校でどんなことがありましたか？

おやすみ、肖連。明日、きっといいことがありますように。

そして私はゲリラ商人たちが路上に散らかしていったゴミの海の中を歩いて帰った。

香港は日本を崇拝する？

日本文化は香港の若者の生活に深く浸透している。香港の若者風にいえば、「日本の物は何でもＩＮ」。生魚は絶対に食べないといわれた香港人がいまや街の回転寿司屋に行列し、洋服から化粧品、キャラクターグッズ、お菓子、飲み物、雑誌、音楽、テレビ番組にいたるまで、街じゅうに日本発のものがあふれている。商品のどこかにひらがなが書かれているだけで高級感が増し、売れる。日本でキャミソールやスリップドレスが流行れば香港の女の子たちまで肩を出し、ショートボブが流行れば香港の女の子も髪を切る。いまや大衆文化やファッションの潮流など、すべて日本の流行を踏襲しているといっても過言ではないだろう。

そんな傾向を香港の人たちはいささか自虐的にこういう。

「日本崇洋　香港崇日」（日本は西洋を崇拝し、香港は日本を崇拝する）

しかし香港人が日本を崇拝するこの「崇拝」は曲者だ。彼らが崇拝するのは、資生堂のルージュやビオレの毛穴パック、木村拓哉、安室奈美恵、小室家族《ファミリー》、パフィ、「悠長假期《ロングバケーション》」、「恋愛《ラブジェネ》世紀《レーション》」、「ＳＭＡＰ×ＳＭＡＰ」、「ＧＴＯ」、他媽哥池《たまごっち》、ハロー・キティといった、あくまで「日本」という記号であり、現実の日本文化や日本人が崇拝されているわけではない。そんな現象を目にして、「日本もやっと受け入れられたのだな」といい気になっていたら大間違いで、日本の軽薄な政治家が失言するたびに「釣魚台〈尖閣列島〉を返せ！」「南京でおまえたちは何をした！」と刃を向けられるのがオチだ。

香港人の言い分はこうだ。香港人は、本当は西洋を崇拝している。しかし香港人は模倣が苦手だ。一方、日本人は模倣の天才である。日本人は西洋を模倣し、それを自分たちの文化に合うように解釈して加工するのが実にうまい。だから体つきの似た香港人は、日本を輸入することで結果的には西洋も取り入れることができ、一石二鳥というわけだ。

さて現在の香港の状況を考える前に、日本文化がいつ頃から香港人の日常に根を下ろしているのか、何人かの友人の例を挙げながら見てみることにしよう。

阿波《あぼー》（35歳、佐敦谷《ジョーダンヴァレー》の団地育ち）

「僕が好きだったのは、何といっても『幪面超人〈仮面ライダー〉』。あれをテレビでやってた時、子供たちはみんな変身ごっこをして遊んだものだよ。でもある時、子供が団地の外廊下で足を踏みはずして地上に落ちて死んだ事件があった。それから放映禁止になったんだ」

ルビー（36歳、荃灣《ちゅんわん》の団地育ち）

「一番好きだったのは『飄嶺燕〈アルプスの少女ハイジ〉』。私はそれまで、母さんがいくら早く家に帰って来い、っていっても聞かない子供だったけど、『飄嶺燕』がテレビで始まってから、何があっても六時半には家に帰るようになった。昼で学校が終わると、弟を連れて近水灣《かんそいわん》まで一時間歩いてアサリを採りに行って、六時半に間に合うように、また歩いて帰って来るんだ。私が必ず家に帰るようになったから、母さんも喜んでたよ。『飄嶺燕』の何がいいって、父母のいない不幸な少女が明るく強く生きて、周りの人間にも勇気を与えるところ。私はもともとテレビより外で遊ぶ方が好きな子供だったけど、あんなに一生懸命見たテレビはなかった」

文道《まんどう》（27歳、0歳から15歳まで台湾で育つ）

台湾育ちの文道も、日本文化を自然に吸収した一人だ。彼のアパートの冷蔵庫の中にはワサビはもちろん、みそ、七味唐辛子、「大人のふりかけ」が並び、彼の飼っている猫は「小咕《しょうかつ》」という。

「『小咭』っていうのは、『小露寶《ロボコン》』の中に出てくる、何でもかんでも食べちゃうロボットの名前なんだ。この子は大埔《だいぽー》の街市《がいし》で拾ったんだけど、すごく飢えていて、餌はもちろんソファから新聞紙からゴミから何でも食いちぎって食べちゃった。『まるで小咭みたいだな』って思って、それでこの名前にしたんだ。

僕が好きだったテレビ番組を挙げたらキリがないよ。まず『盲俠〈座頭市〉』、主人公はこの間死んでしまったね。『流氓醫生〈ブラックジャック〉』『姿三四郎』『超人〈ウルトラマン〉』『Q太郎〈オバケのQ太郎〉』『獅子丸〈ライオン丸〉』『鐵甲人〈ジャイアント・ロボ〉』『幪面超人〈仮面ライダー〉』『鐵甲萬能人〈機動戦士ガンダム〉』『叮噹〈ドラえもん〉』『小露寶〈ロボコン〉』……」

彼が紙ナプキンにキャラクターの似顔絵を描き、それを私が当てるという連想ゲームが続いた。

「Q太郎にはアメリカ帰りの友達がいたよね。何て名前だったかな」

「日本語では『ドロンパ』」

「広東語では何ていう名前だったかなあ……忘れちゃったよ。君はウルトラの誰が好き？」

「私は『超人七〈ウルトラセブン〉』」

「僕が好きなのは、吉田」

「吉田ってウルトラの誰？」

「吉田だよ、吉田。吉田って知らない？　こっちでは吉田って名前だった」

その吉田がウルトラの誰なのか、いまだに謎だ。

「自慢できるといったら、私は仮面ライダーの直筆サインを持ってるよ」

「本当？　そんなもの存在するの？」

それは厳密にいえば仮面ライダーのサインというより、仮面ライダーの扮装をした男のサインだった。小学一年生の時、近所の戸越銀座商店街に仮面ライダーとショッカーがやって来た。私は祖父とそれを見に行き、「仮面ライダー変身大会」に参加した。その一位の賞品が仮面ライダーの直筆サインだったのだ。私は賞品なしの三位だった。しかし大会の後、一〇〇円を払えば誰でも仮面ライダーと握手し、サインをしてもらうことができた。私は当時の一か月分のおこづかいを祖父から借り、それを一〇〇円で買った。

「そのサイン、もしまだ家に残ってたら、それは貴重だよ。香港には仮面ライダーは来なかったから、直筆サインは存在しない。今の香港ならいくらでも出すコレクターがいるよ」

実際、旺角《もんこく》の先達廣場《しんだつくおんちょん》や信和中心《そんうおちょんさむ》といったショッピングセンターには、日本の古いマンガやキャラクター人形の骨董を売る店があり、稀少価値のあるものだと何千元という値がついている。

我々ほぼ同世代の子供たちは、日本と香港、台湾でタイムラグなしに同じ日本製のテレビ番組を見ていた。しかし彼らはそれを日本の子供も見ていることを知っていたが、日本の子供は当時、それを香港や台湾の子供も見ていることなど想像すらしなかった。

ちなみに私が幼少期に触れる機会のあった異文化といえば、もっぱらテレビ番組を通したアメリカだった。ポパイ、トムとジェリー、チキチキマシーン、出てこいシャザーン、ヒューポーポー、マイティ・ハーキュリー、奥さまは魔女、バットマン、猿の惑星、大草原の小さな家……アメリカの子供は、日本の子供が同じ時に同じテレビ番組を見ていたことなど知らないだろう。輸出した方は無意識で、輸入した方は一方的にその対象のことを吸収する。その時点で、私たちの世界観はすでに方向づけられている。

ある地域の文化を輸入してしまった時から、発信先への片思いは始まる。私が香港で感じたのは、これだけ香港の人が日本について知っているというのに、日本人が香港についていまだに何も知らないという、情報の完全な一方通行だった。我々の生活が、予想をはるかに超えて彼らに知られているということは知っておく必要があると思う。

以上のように、日本の大衆文化が香港市民に受け入れられる基盤はここ二十余年にわたってじっくり形成されてきたわけだが、私が香港に留学していた八六年当時、日本文化に興味を持っている人はまだ少数派だった。私が目にしていたのは中文大学学生というエリート集団だったが、彼らが向いていた外国はもっぱらアメリカ、イギリス、カナダ、オーストラリアだった。それは移民の可能性を想定した選択だった。その頃から、日本では外国人が長期居住しただけではパスポートは取れない、という話は有名だった。どうせ外国へ行くなら、パスポートの取れない国より取れる国に行きたい。常に将来の逃げ場を確保しておきたい香港人にとっては、日本は見返りの少ない外国だった。

ところが現在、日本文化に熱中する香港の若者たちは、日本を移民先と見なしているわけではない。日本語を勉強して有利な仕事を探したいわけでもない。私も何度か友達から日本語を教えてほしいと頼まれたことがあるが、その理由は「日本語でカラオケが歌えるようになりたい」とか「日本に洋服を買いに行く時、日本語が喋れないと困るから」だった。

「香港がここまで日本を追いかけるようになったのは、九〇年代の初めからだと思う」と文道《まんどう》はいう。

「この一〇年間に香港は経済成長を遂げて、人々の生活にも余裕が出てきた。消費活動が一種の娯楽になったんだ。いいものを着て、いいものを食べ、いいものを持ちたい。その欲求にぴったり当てはまったのが日本だった。その対象はアメリカやイギリスじゃダメなんだ。あまりにかけ離れてるから。日本人は背格好も似ているし、環境だって似ている。ちょっと手を延ばせば届きそうな感じがする。その感覚が香港人にとっては魅力なんだよね。

世代の変化も大きな要因だと思う。八〇年代まで、マスコミや文化活動の担い手はイギリスやカナダで勉強した人間が多かった。当然彼らは西洋式のやり方で雑誌を作ったりテレビ番組を作ったりするよね。でも九〇年代に入ると、小さい頃から家にテレビがあって、テレビで毎日毎日日本の番組を見て育った人間がマスコミでも主流になった。僕らは日本に行ったことがなくても、日本はもう日常生活の一部なんだ。そういう人間が雑誌やテレビ番組を作る時、当然自分が吸収した日本文化を踏襲することになる。最近香港が急に日本化したように見えるのは、そういう背景があると思う。

普通そういう時期って、独自の大衆文化が萌芽するチャンスでしょ。でも香港では生まれなかった。君も知ってると思うけど、マンガもテレビも日本のものばかり。香港産もあるにはあるけど、レベルは日本ものとは比べものにならない」

彼の愛読書は『漂流教室』『北斗之拳』、そして『人間交差点』と『東京愛情物語《ラブストーリー》』。香港産のものはほとんど読まないという。

「一つは、日本のマンガのレベルが高すぎて太刀打ちできないから。日本のマンガは、ある日突然今のレベルに達したわけじゃなくて、何十年もかけてここまで来た。文化が成熟するには何十年って時間は必要なんだ。ところが香港人は金と時間のかかることが嫌いだろ。そんな時間には耐えられない。それよりすでにレベルの高い日本マンガを輸入して楽しんだ方がよっぽど楽っていうわけさ。それにマンガ家だって最初から食えるわけじゃないよね。日本のマンガ家も売れるまですごく苦労するって聞くよ。そんな不安定な職業を選ぶ勇気のある人間は、香港にはなかなかいないんだよ」

この頃、香港の日本ブームは頂点に達した感があった。香港じゅうで怪しい日本語の書かれたTシャツが流行したのだ。

進ぬ！　電波少年
いい線をいく
チロル社　毒きのこ
大柄vs小柄

ぽっちゃりんさ　対応カタログ
讃岐ざるうどん　五〇〇g
シゲキックス
今年の主流はヒッコリー
変わりゆく時代の中　あなたはどこまで我慢できるのか
蜜蜂の巣
思春期クリニック
はちみつみかん

友人が香港の記念にと、「大柄vs小柄　ぽっちゃりんさ　対応カタログ」と書かれたTシャツをプレゼントしてくれた。

「これを日本で堂々と着られたら、立派な香港人だと思う」と彼女は私を試すようにいった。

「こんなの全然平気。絶対日本で着るよ」

そう豪語したが、私はまだそのTシャツを着ていない。

＊　＊　＊

個人的な事情で、一〇月末に一度日本に帰国することになった。

ビザがないのはもちろんだが、経済的にそろそろ限界が来ていた。あと一年香港に住もう、と決めたはいいが、金がない。ちょうどその頃、師匠の橋口譲二さんが日本で新しい本を何冊か出版することになり、私の困窮を知って編集の仕事を与えてくれることになった。一度香港を離れて、新しい気持ちで始めてみるのもいいかもしれない。渡りに舟、と私はその申し出を受けることにした。

友達にしばらく香港を離れることを告げると、「もう帰って来ないの？」と必ず聞かれた。

「帰って来るよ、すぐ」

「どうして日本に帰るの？」

「出稼ぎ」

そう答えると大抵の人はひどく納得し、「うん、それはいい。一年たっぷり香港で遊んだんだから、いっぱい働いて稼いでおいで」と励ましてくれた。そういわれるたび、それほど私は周りの人から遊んでいると思われていたのか、とちょっと情けなくなった。

はからずも日本に帰る二日前の一〇月二三日、香港の株式市場が大暴落した。平均株価は九六年三月以来の安値となり、史上最大の値下げ幅を記録した。

私はその夜、肖連《しょうりん》の住むアパートの隣にある信興酒楼《そんひんちゃうろう》というレストランでジョンとビールを飲んでいた。ガールフレンドの阿琴《あかむ》は大陸に出張中。おもしろいことに、私たちは三人で会う時には尖沙咀《ちむさーちょい》のホテルやバーで会い、彼と私の二人で会う時には深水埗《しゃむしゅいぽ》や九龍城《がおろんせん》で会った。彼女がいない時にはできるだけ節約したい、ということなのだろう。それもほほえましい。

このレストランには時々飲茶《やむちゃ》をしに来ていたが、その夜、店はかつて見たことがないほどガランとしていた。私たちの他にはテーブルが一つ、四人のおじいさんによって占領されているだけ。掃除担当のおばあさんが椅子によじ登り、水をしませた新聞紙で壁にかけられていた鏡を磨いていた。新聞紙の跡がどんどん増えていく。これなら何もしない方がまだましだった。

「信じられないな。こんなに人の少ない場所を、香港で初めて見たよ」とジョンが冗談交じりにいった。

「私も信じられない。朝はいつも満席なんだよ」

「株価が暴落したから、きっとみんな家に帰ってニュースを見てるんだろ。深水埗の住人まで株を買ってるとは驚きだね」

向こうのテーブルから、「股票〈株〉」「楼価〈不動産価格〉」「特首〈香港特別行政区長官の簡称〉の役立たず」という単語が断片的に聞こえてくる。

「香港、これからどうなるんだろう？」

「これでやっとみんな気がついたんじゃないか、香港の繁栄がニセモノだったってことに。いいことだと俺は思うね」

「ジョンは影響ないの？」

「俺が株を買う金がどこにある？　家賃だって払うのがやっとなのに。でもこうなると、案外金を持ってない方が幸せかもしれないな。賭けるものもなければ、失うものもないんだから」

「確かにそうだね……」

私はそういいながら、最近家を買ったシェリー夫婦と利香夫婦のことを考えていた。株価が暴落すれば、遅かれ早かれ不動産価格も下落するだろう。彼らの家だけはあまり値下がりしませんように、と祈りたい気持ちだった。

「阿婆《ばあさん》！　そんなやり方じゃだめだよ」

ジョンはそういって鏡を拭いていた老婆に近づいて行った。

「あんたのやり方じゃ鏡をどんどん汚してるだけだ。まず新聞紙に洗剤をつけて拭く。それから水だけつけた新聞紙で拭く。そうしなきゃ汚れは取れないよ」

「おや、お若いの、親切だね」

「こういうのは俺に任せてよ。俺も昔はこれで食ってたんだ」

「うちの孫に聞かせたいよ」

「阿婆、株は買ってないの？　うちに帰ってニュース見なくていいの？」

「株買う金があったら、こんな所で鏡拭きなんかしちゃいないよ！」

香港は一体どうなるんだろう？

私は漠然とした不安を抱えたまま、でもこういう人たちが住む街ならきっとなんとかなる、と自分に言い聞かせながら、香港をあとにした。

第6章　それぞれの明日

結局三か月も香港を留守にしてしまった。

その三か月の間に香港の景気がさらに悪化し、株価に続いて不動産価格も下落を続けていることと、日本スーパーのさきがけ、八百伴《ヤオハン》がつぶれたこと、失業者が増えていることと、日本人を初め観光客が激減したこと、などは友達からの電話やニュースで聞かされていた。

そして極めつけが禽流感《かむらうがむ》、香港型インフルエンザだった。このインフルエンザは活きた鳥を媒介として伝染するため、九七年一二月二八日には政府の指導で香港中の鶏が一斉処分された。

香港は一体どうしたんだろう？　これらの体温のないニュースを東京で聞いていると、トランプを重ねて塔を建てようとして、一番高い所まで積み上げた途端にガラガラと崩れ落ちてしまったような、今までとりつくろっていたメッキがはがれてしまったような、そんな不安ばかりが募った。

私は九八年の旧正月に間に合うよう、一月二〇日に駆け込みで香港に戻った。

深水埗《しゃむしゅいぽ》の部屋に戻る。よかった。部屋はちゃんとあった。この部屋に住み始めてから、戻って来た時に部屋があるかどうかを心配する奇妙な習慣がついていた。排水口をプロパンガスでふさいでいったため、ネズミが出た形跡はなかったが、ずっと閉めていた水道管を開けると、再びトイレの水漏れが始まった。私は以前ルビーに教わった通りにドライバーでネジを閉め直した。そして力を入れすぎてバーがポキっと折れ、タンクの水を頭からもろにかぶった。

香港に帰って来た、という実感がものすごくした。この住宅ストレスだけは東京にはなかったものだ。

夜、お土産を持って新金豪茶餐庁《さんがむほうちゃーつぁんてん》に行くと、かつては夜一〇時になればほぼ満席だった店内は、五人しか客がいなかった。

「どうしてこんなに人がいないの？」

「君も来なくなったっていうのに、一体誰が来てくれるっていうんだよ？」と子俊《ちーちゅん》がいった。

「不景気のせいさ。一〇月の金融風暴〈金融危機〉のあとは毎日こんな感じ。毎日三食食べてた人は二食に減らし、毎日茶餐庁でお茶を飲んでた人は来る回数を減らす。みんな不安だから、できるだけ金を使わないようにしてるんだよ」

この日のトップニュースは、投資顧問会社の社長が株価暴落で巨額の損失を出し、顧客の金を踏み倒したというもの。なけなしのへそくりが泡と消えた主婦たちが会社につめかけ、怒りのあまり卒倒した瞬間が新聞の一面を飾っていた。

「返還で香港の風水が悪くなったのよ」

電話口でシェリーは真面目にそういった。

「今思い返すと、悪い前触れはたくさんあったわ。まず九七年旧正月のパレードで、『明天更好（明日はもっと良くなる、の意味。中国政府首脳や香港特区長官・董建華が好んで使う言葉）』基金の車が事故を起こしてイギリス人観光客が一人死んだ。ちょうど返還の時期に豪雨が続いたのも香港の将来を暗示していたわ。だいたい江沢民が国家主席になってから香港は水害が多いの。中国だって去年は水害に悩まされたわね。あの名前は『水が民に押し寄せる』という意味になるから、江沢民は名前を変えた方がいいと思うわ」

ちなみに彼女は敬虔なクリスチャンである。

確かにそう考えた方が気が楽だった。私はたった三か月の間に香港の空気が一変してしまったことにとまどいを感じていた。日本でバブルが崩壊した時もこれほど急激ではなかった。それは本物の馬車だと思っていたのが一二時を過ぎたら魔法がとけてかぼちゃに戻ってしまったような、頰をつねりたくなるような感じだった。

あるいは三か月という時間は、転がる石のようなスピードで走っていくこの街にとっては、私が考えている以上に長い時間なのだろうか。

とにかく街に出て確かめてみなければならないと思った。

鶏のない正月

香港型インフルエンザ騒ぎで街から鶏が姿を消した記憶も生々しいまま、香港は返還後初めての旧正月を迎えようとしていた。

返還を挟み、香港では細菌や毒物騒ぎが続いた。牛肉からO－157、野菜から農薬、魚からシガテラ毒、貝からコレラ、豚の肝臓からはぜんそく薬に使われる薬物が検出され、そして鶏からインフルエンザ。そのたびに香港の人々は「我々は一体何を食べたらいいのか！」と憤りながら、しかし何でも食べていた。

　個人的に記憶に残っているのはＯ‐１５７だ。時はさかのぼって九七年三月八日、今はなき八百伴《ヤオハン》店頭の牛挽き肉からＯ‐１５７が検出された。日本では少なからぬ死者を出し、カイワレ大根が原因ではないか、いやそんなことがあるだろうか、と大騒ぎだったが、香港での報道は実にあっさりしたものだった。

「八百伴の店頭に並んでいた牛肉からＯ‐１５７菌が検出されました。牛肉はよく火を通してから食べるようにしてください。調理の際にはよく手を洗い、肉は冷蔵庫で保存するようにしましょう」

　当然牛肉はしばらく店頭から消えると思っていたが、牛肉販売を中止したのは八百伴だけで、街には通常通り牛肉が並んでいた。それどころかうちの近所の北河街街市《ぱっほーがいがいし》では、牛肉屋が普段にも増して大賑わい。Ｏ‐１５７騒ぎに乗じて牛肉の大安売りを決行したのである。ガリガリに痩せたおじいさんが嬉しそうに牛肉を買っていた。

「普段牛肉は高くて買えんから、今日は久しぶりの牛肉さ」

　牛肉売場の親父も「値段を豚肉より下げたら客が増えたよ」とにこにこしていた。私もつい、買ってしまった。しょうがないからビーフカレーを作った。

　翌日広東語のクラスで、なぜ香港人はＯ‐１５７を恐れないかという話題になった。日本人学生にとっては、致死力を持つ細菌が発見されたというのにまったく動じない香港市民が理解できなかったのである。先生は、そんな質問をされること自体、理不尽そうな顔をしていった。

「O－157なんて何を怖がる必要があるでしょう。だいたい日本人は清潔過ぎるんですよ。無菌状態で生きてるから、ちょっとの菌で病気になり、死んでしまう。私たちは毎日いろんな菌を食べてるから、O－157ぐらいじゃビクともしない。日本人も少しは汚ない物を食べた方が強くなる」

乱暴な理屈だったが、妙に説得力があった。

日本人の度を超えた清潔信仰。誕生、成長、死、腐敗という自然の連環から自分だけは無関係のような顔をしてやみくもに匂いや汚ないものを排除し、ひたすら無菌状態を求めた結果、我々が到達したのは、菌への抵抗力を失った虚弱体質だった。そして免疫がないから余計に菌によるダメージは大きくなり、ますます菌を恐れるという悪循環に陥っているのが現実だ。日本人はもっと菌をたくさん食べた方が強くなれる。説得力はある。

バイ菌をもっと菌を！

しかしそれにしても……香港はもう少し清潔に留意する必要があると思います。

O－157では呑気だった香港だが、香港型インフルエンザの元凶である鶏は徹底的に処分された。鶏を処分するにあたって補償金が出ると知り、その金欲しさに中国から緊急密輸した人たちもいたという。新聞にはこんな特集記事が載る始末。

「どうしても鶏が食べたい人に伝授する、深圳《さむちゃん》からの密輸方法」

これは市民はそれほどパニックに陥ってはいないのに、「香港型インフルエンザ」と命名されて世界にニュースとして流れてしまった以上、香港政府としても何もしないわけにはいかなくなったという、いやいやながらの措置だったように見えた。

加えてこのインフルエンザが他の細菌より厄介なのは、活きた鳥が感染源だという点だ。香港人が食において最も重視する点、それは食材の鮮度である。

新鮮――彼らがこの言葉を使う時、それは食材となる動物が死からどれだけの時間を経ているかを意味している。鮮度という数直線上で、頂点に君臨するのは活きたもの、次に死からそれほど時間が経過していないもの、できる限り選択したくない最低の状態が冷凍したものである。牛や豚といった大型動物はいちいち市場や路上でつぶすわけにはいかないため、解体した状態で店に運ばれてくるが、それでも店頭にわざわざ牛の頭や尻尾を展示するのは、その店の肉が確かに新鮮であることを示すためのパフォーマンスなのである。一方、鶏やアヒル、ガチョウ、鴨、鳩などの小動物は活きたまま並べることができるため、消費者にとってはより一層鮮度を追求できる商品である。

その活きた鳥類が病原菌の運び屋なのである。鳥類は食卓に並ぶギリギリ直前まで活かしておくという香港の習慣が、病原菌の蔓延を早める危険性は十分に考えられた。これを徹底処分するというのは避けられない措置だったと思う。

香港は外身と中身がアンバランスな街だ。およそ生き物の体温が感じられない高層ビルに囲まれながら、人々は妥協もせずに、活きた動物を死から間もなく食するという究極の鮮度を追求する。路上に牛の頭が転がり、たった今皮を剝がれた蛇が絶命しきれず、横の屋台でごはんを食べる私の足元に這い寄ってくる。食堂でごはんを食べていれば、残飯を狙うネズミと猫が追いかけっこをし、逃げ場に窮したネズミが客の足を駆け登る。客はたじろぎもせずにぽーんとネズミを蹴り上げる。

人間が暮らすにも足りない超過密空間の中、動物と人間の距離が近過ぎるのだ。今回のインフルエンザ騒ぎは、香港という空間がとうに容量オーバーになっていることへの警笛だったような気がする。


さて香港では奇妙な現象が起きていた。

香港の活きた鳥は処分されたが、香港・南中国以外の冷凍チキン、雪鶏《しゅっがい》（広東語では冷凍することを「雪蔵《しゅっちょん》」というため、冷凍チキンを「雪鶏」、活きた鶏を「活鶏《うっがい》」と厳密にいい分ける）は輸入が許可されていた。肯徳基家郷鶏《ケンタッキーフライドチキン》では「アメリカから空輸した安全な冷凍鶏肉を使用しています」という看板を掲げて堂々と営業しているし、近所では「ブラジルから緊急輸入！」と書いた冷凍手羽先が売られていた。

それなのに巷のレストランや食堂からは鶏メニューが一斉に姿を消したのである。

新金豪茶餐庁《さんがむほうちゃーつぁんてん》でも鶏メニューは姿を消した。

「うちの店は街市《がいし》で鶏をつぶしてもらっていたから、活鶏がなくなったら鶏肉料理は出せないというわけだよ」

肥哥《ふぇいこー》は腹をさすりながらいった。

「そろそろ鶏肉食べたい？」

「当たり前だよ！　俺、今まで多分毎日鶏肉を食べてた。テーブルに並んだ皿の上のどこかに必ず鶏肉があったんだ。別に鶏肉が好きかどうかなんて考えたこともなかった。でも今は、自分がこんなに鶏肉が好きだったんだと知って驚いてるよ。もう一か月も鶏肉を食べてない。こんなことは生まれて初めてだよ」

私はそんな彼と鶏の関係を羨ましく思った。彼の人生にとって鶏は、長年寄り添った伴侶のような存在なのだ。いなくなって初めて知る存在の大きさ。こんなに愛される鶏は、なんと幸せな生き物だろう。

私が最後に鶏を食べたのはいつだろう？　一生懸命考えたが、思い出せなかった。

阿波《あぽー》はそろそろ鶏肉食べたくない？

「しょうがないよ、ないんだから。昔は正月の一か月前に母さんが鶏を買ってきて、餌をたらふく食べさせて、ちょうど丸々太った頃に殺して食べたもんだ。正月が近づくと鶏が高くなるから、その前に買って飼う方が安上がりなんだ。正月前は泥棒が増えるから門番にもなるし、一石二鳥だった。ある年、うちで飼ってた鶏が門番になるのはいいんだけど狂暴なやつでね。近所の子供に噛みついてケガさせて、結局正月が来る前につぶして食べてしまったことがあった。正月といったら鶏。そのくらいなくてはならないものなんだ。鶏のない正月なんて生まれて初めてだよ」

鶏は単なる食べ物ではなく、忘れられない過去の記憶として彼らの中に生き続けている。

ルビー、そろそろ鶏肉食べたくない？

「あたしの前で鶏の話はしないでくれ。必死で考えないようにしてるんだから」

そんなに食べたければ、冷凍チキンを食べればいいのに。

「雪鶏《しゅつがい》？　あんなまずいもの食べるくらいだったら、死んだ方がましだよ」

そんな折、香港駐在の日本人の友人と食事に出かけた。場所は外国人記者クラブの上にある高級レストラン。場所柄、中華と西洋料理の両方を提供する。その日の西洋料理のランチはポークとチキンから選択できるようになっていた。

「チキンがあると聞くと、急に食べたくなるね。香港って鶏肉食べる機会が多いから、しばらく食べないとすごく喪失感がある」と友人はいった。私たちはウェイターを呼び、チキンのランチを二つ注文した。「ところでここのチキンは大丈夫でしょうね？」と茶化してウェイターに念を押すと、糊のきいたシャツを着たサーヴァント風の中年ウェイターは血相を変え、「当店のチキンはすべてヨーロッパとアメリカから空輸した冷凍チキンでございます。アジアの活きた鶏は一切使用しておりませんので、安心してお召し上がり下さい」とご丁寧に英語で答えた。

それを聞いて私は安心して食べたわけだが、はたと友人たちのいっていたことを思い出した。「雪鶏なんてまずくて食べられない」——ということは、現時点で冷凍チキンを出している店は、自らとてもまずい店だと公言していることになる。この店が堂々と冷凍チキンを出せるのは、ここに来る客の大半が、活鶏《うつがい》と雪鶏の違いなどわからない舌の鈍感な我々外国人だからである。香港人相手の店で冷凍チキンを出せば、「冷凍を平気で使うけしからん店」と判断され、客は来なくなるだろう。

活きた鶏でなければ妥協はしない。彼らが恐れるのは病原菌ではなく、まずいものだけなのだ。

O－157が入っているかもしれない牛肉は平気で食うが、冷凍チキンは口にしない彼ら。冷凍チキンは平気で食うが、O－157をひたすら恐れる我々。

どっちもどっちだが、彼らの人生の方が絶対に楽しそうだ。

一月二七日の旧正月を目前に、中国産活きた鶏の輸入が二月七日から再開されると緊急発表された。衛生局長から市民に向けた談話は、悪い冗談みたいだった。

「活きた鶏は食べても心配ないが、距離を保つように」

結局、問題は何も解決されていないのだった。

旧暦九八年の新年まであと三〇時間と迫った一月二六日の晩、旺角《もんこく》を歩いていた。旺角の花《ふぁー》園街《ゆんがい》はすごい人だった。

通りじゅうがバーゲン会場と化していた。「血本無歸〈赤字覚悟〉」「一件不留〈一枚残らず〉」「唔要貨、我要銭〈在庫は要らない、金が欲しい〉」「營業結束　最後一天〈店じまいのため最後の一日〉」といった勇ましい言葉が店先に並び、その合間を縫って路上にゲリラ商人が溢れ出し、悲鳴にも似た叫び声を上げながら、信じられないほどの大安売りを決行していた。ポロのフリースジャケット、プラダのバッグ、ゴルチエの財布、トミー・ヒルフィガーやシエラのジャケット……何か買うつもりで街に出たわけではないのに、自分にも手の届く商品がこれでもか、これでもかと視界の中に飛び込み、少し興奮する。

一家総動員で即席商人と化した家族が、老いも若きも必死に声を張り上げて道行く人に訴えかけている。子どもが親の横でキティちゃんのビニール製クッションに空気を入れて膨らませ、もう一人の子どもはキティちゃんの風車を揺らして、親の商売に少しでも協力しようと必死だ。高校生ぐらいの若いグループもちらほらいる。普段の花園街《ふぁーゆんがい》ではけっして見られない面々だ。

アジア全土を巻き込んだ金融危機に続き、未曾有の不景気に見舞われた香港。しかし不景気になればなったで、この街の人たちは元気だ。これしきの不景気に負けてたまるものか、とすでに立ち上がった人たちのオーラが通りを埋め尽くし、この街の空気をまだ掴みきれていない私にまで喝を入れてくれているようだった。

どこかがつぶれる。誰かが倒れる。すると他の誰かにチャンスが回る。彼らは、その時を見逃さない。こういう時こそ稼いでやる。そんな筋金が、彼らには入っている。

香港は一体どうなるんだろう、という不安は完全に杞憂だったことを、私はこの時確信した。香港がどうなるかはわからない。でもここの人々は、きっと大丈夫だ。それを感じただけでも、この人ごみに出てきた甲斐があると思った。

花園街から押し出されるように、広東街《かんとんがい》の方へ歩いて行った。こちらは食品や日用雑貨の固定式屋台が立ち並んでいるため、物売りが出没できるスペースはあまりない。その分殺気立つほどの熱気もなく、混んではいるけれど穏やかな気分で歩くことができた。

昼間は闇煙草売りで賑わう十字路の片隅で、粗末な台の上に載せられた三羽の首なし丸ごと蒸しチキン、白切鶏《ぱっちつがい》を発見した。

香港人の大好物、白切鶏。一羽六〇ドル。香港じゅうの焼臘舗《しうらっぽう》の店頭からきれいさっぱり消え失せたあの白切鶏が、路上の台の上に載っているとは穏やかではない。活きた鶏の輸入解禁日まであと一〇日。後ろめたさがぷんぷん匂っている。

「この鶏、どこから来たの？」と単刀直入に尋ねた。

「アメリカだよ」

鶏屋は目を合わせようとせず、包丁を握りしめたままそっぽを向いて答えた。

「アメリカから輸入した雪鶏《れいとう》？」

「そうだ」

まず嘘だろう。巷で堂々と売られている冷凍チキンを、路上でこそこそ売る必要はない。

「ほんとはどこから来たの？」

「だからアメリカだって」

まあ本当のことをいうはずもない。恐らく深圳《さむちゃん》から内緒で持ち込んだのだろう。

私と鶏屋のやりとりを聞いて人が集まってきた。

「一羽六〇ドルとは随分強気じゃないか。せいぜい四〇が相場だろう」と一人の男がつっかかった。

「いやならやめなよ。でも他じゃ手に入らないぜ。六〇だっていい買い物だと思うがね」

「あら、白切鶏《ぱっちつがい》だわ!」

主婦が鶏のまぶしい艶やかな体に吸い寄せられて近づいて来る。

「半分でいくら?」

「半分なら三五」

主婦は即断で半羽を買っていった。

おもしろいことに、彼らは鶏の出所を尋ねない。白切鶏は、新鮮な鶏の内臓を取り除いて丸ごと蒸し、ミディアムの状態で食するデリケートな料理である。高度な技術を要するから家ではほとんど作らないし、冷凍チキンから作ることはほとんど不可能だ。つまり彼らは尋ねる前からそれが活きた鶏から作られたことを承知しており、密輸だからこそ買うのである。この蒸し鶏を見て冷凍かと尋ねる素人は、私くらいしかいないのだ。

六〇という値段でゴネていた男は、最終的に半羽で三〇まで値切って買っていった。

「あんたも買いなよ。正月に鶏がないわけにはいかないだろ? 半羽で三〇にしとくよ」

たて続けに二人の客を得たことで気をよくした鶏屋は、先程の警戒感丸出しの態度とは打って変わって友好的になった。正月には何が何でも鶏を、という香港の人々の気持ちが伝染したのか、私も何となく鶏が食べたい気分になっていた。

「半羽も買って帰ったら、一人じゃ食べきれませんよ」

「一人で食えなんていってないさ。明日は団年飯《とゆんにんふぁん》だ。明日家に持って帰って、家族と一緒に食べればいいじゃないか」

そうだった。明日はみんなが家に帰り、一年最後の食事を家族と分かち合う大切な団年飯の日。自分には関係がないからすっかり忘れていた。

「私、一人なんですよ」

「え……？」

「正月は一人なんです。団年飯も一人。だから本当に、半羽も買ったら食べきれないの」

鶏屋は言葉を失った。しまった、また正直にいい過ぎてしまった。みんなが楽しい気分の時は見栄を張って、幸福な自分を演じるべきなのに、ついつい事実をいって人の幸福に水を差してしまう。

「いろいろありがとう。じゃあ」

私は逃げるように十字路をあとにした。

今年もまた一人の正月か。口に出してしまったことで、忘れようとしていた現実が再び目の前に立ちはだかった。

二度目の正月も、やっぱり一人だ。しかし友達と過ごせることを期待しながら裏切られた去年とは違い、今年は心の準備をしている分、まだ気が楽だった。とにかく人ごみに紛れていれば、人の体温を感じることができる。今年の正月は人ごみの中で過ごそうと決めていた。

まだまだ夜は長い。この長い夜をどうやって一人で過ごそう？　午夜場《ナイトショウ》のヤクザ映画でも見に行って、何も考えずに過ごそう。映画館の方へ方向転換しようとしたちょうどその時、誰かにぎゅっと肩を摑まれた。

さっきの鶏売りだった。

「おいで！」

鶏屋は私の手首を摑んでずんずん人波をかき分けていった。私はただ彼に手を引かれるままついていった。さっきの十字路まで来ると、彼は手を放した。台の上には白切鶏が一羽だけ残っていた。

「四分の一だったら一人でも食べられるだろう？　持っていきな」

下を向いたままそういうと、肉切包丁で鶏をぶった切りにし始めた。

「私にくれるの？」

「遠慮するな」

「本当にいいの？」

「ぐずぐずしてると売り切れちゃうよ。早く持っていきな」

「……ありがとう」

そして発泡スチロールの容器に入れ、ニンニクとしょうがの利いた油をたっぷりかけてくれた。

「ありがとう。本当になんていったらいいか」

「礼はいいって。良い年をな」

鶏の入ったビニール袋をさげながら、私はまた人ごみの中へ歩いていった。

なんというプレゼント。

一年前の正月、ゴミ売りのおじさんからバッグをもらい、その年が暮れようとしている今、鶏屋から鶏をもらう。

頭にくることも多い街だ。でもそんな時、街の見知らぬ人が私に手を差し延べる。自分の中に知らず知らずのうちに蓄積していたとまどいやわだかまりを、突然現れた彼らが一瞬のうちに清算し、そして消える。結局いつも、帳尻が合う。

なんという街。

なんという街。

この街に戻ってきた喜びが胸にこみ上げてきた。

裏返しの地図

旧正月が明け、久しぶりに元密航者の王《うおん》さんと会うことになった。彼が指定した待ち合わせ場所は屯門《とゅんむん》バスターミナル、時刻は午後六時。彼は返還前に会った時は生活保護を受けていたが、九八年に入ると同時に屯門の焼臘舗《しうらっぽう》で働き始めた。家に帰るまでの一時間なら時間が作れるということだった。

「新移民問題集会」で初めて会った時には気づかなかったが、バスターミナルに立つ王《うおん》さんはとても目立っていた。相変わらずの坊主刈りで、シャラシャラした化繊のプリントシャツにやはりシャラシャラしたズボンを履いていた。そのたたずまいは大陸から出て来たばかりの人という感じで、香港に来て二〇年にもなる人にはとても見えない。多分最初に集会所で会った時は、周りにもそんなたたずまいの人が多かったせいか目立たなかったのだろう。

私たちはターミナル近くの茶餐庁《ちゃーつぁんてん》に入った。

「こんな時間に遠くまで呼び出してすまない」

「いえ、うちからバス一本で来れるから案外近いんですよ」

「仕事帰りじゃないと人に会えないんだよ。女房がうるさいもんでね。俺は食べて帰ると怪しまれるからお茶にするが、君は好きなものを食べてくれ」

王さんはそういってポケットから煙草を取り出した。銘柄はダブルハッピネス、中国で人気のある煙草だ。香港で中国の煙草を見るのは久しぶりだった。

「ってことは奥さん、香港にいるんですか？」

「ああ」

「あれからずっと香港に？」

九七年六月時点で、奥さんの双程証《しょんちぇんちん》〈往復ビザ〉は期限切れになっていた。

「去年の十二月二六日にとうとう捕まって強制送還されたんだ。一人で出歩いて、佐敦《ジョーダン》の路上で尋問されて捕まった。でも一月六日にまた戻って来たんだ」

「そんなにすぐビザは出るんですか？」

「密航に決まってるだろ」

コーヒーを運んで来たウェイターの手がにわかに止まった。彼は急に頭をテーブルに近づけ、内緒話をするように声をひそめた。

「いくら中国でも、強制送還された人間に一〇日後にビザを出してくれるわけがない」

「返還で何か変わるかもしれないって期待してたが、期待した俺が馬鹿だった。無証媽媽《もうちんまま》〈滞在許可がないまま違法滞在を続ける母親〉や小人蛇《しうやんせー》〈香港居留権を持ちながら、大陸を出ることができないため香港に密航した児童〉の状況は、よくなるどころか厳しくなる一方だ。香港も大陸も、俺たちの存在から逃避しようとしている風にしか見えない。誰も見ないようにしてるんだ。だから俺はもう誰にも頼らない。自分のやりたいようにすることにした。家族が一緒に暮らせないのは辛いことだよ。子供には母親がいた方がいいに決まってる。下の子はまだ小さいから、母親がいないとママ、ママといって泣くんだ。そんな時はとてもやりきれない」

彼の目にはうっすら涙が浮かんでいた。

「正月はどうでした？」

「今年は楽しい正月だったな。正月の三日に、女房と子供三人連れて海洋公園《オーシャンパーク》に遊びに行ったんだ。一日と二日は仕事で、やっと三日に休みが取れたんだ。本当に楽しかった。家族全員で出かけるなんて本当に久しぶりだったから、子供たちも喜んでいたよ。密航した女房連れて外に出るのは緊張するけど、正月は警官だって仕事はしたくないんだから平気さ」

家族全員で出かける。密航した奥さんのいる家庭では、そんな当たり前の風景でさえ特別なことなのだ。きっと正月の海洋公園には、そんな家族がたくさん来ていたのだろう。

「今年の三月で結婚一〇周年なんだ。今年は香港で一緒に過ごせそうだ」

「でも密航ってそんなに簡単なものですか？」

「簡単だよ。手配する人間を知っていればね。蛇口《せーはう》近くの海岸からモーターボートで流浮山《らうふあうさん》あたりに渡って、あとは車でうちの下まで送って来てくれる。向こうを出てから一時間足らずでうちまで来れるんだ。昔に比べたら密航も簡単になったものだよ。費用は今回は二〇〇〇元（三万六〇〇〇円）だった。安いとは思わないが、ビザを申請したって数か月しかいられないんだ。密航だったら捕まるまでいくらでもいられるんだから、そっちの方が得だろ？」

「案外安いんですね。もっと高いのかと思ってました」

「相場はだいたい三〇〇〇から四〇〇〇だね。最近香港に密航したいって人間はあまりいないから値が下がってる。返還前に密航ブームがあっただろ。ああいう時は香港の水上警察も厳しいし、中国だって恥をかきたくないから必死に取り締まる。するとぐんと値段が上がる。人数が減れば値段は下がる。密航で飯食ってる人間がいる限り、密航は絶対になくならない」

なるほど、市場経済の原理である。

「これからどうするつもりですか？」

「今まで一〇年待った。この先一〇年待たされるか一五年待たされるかわからない。金のある人間、幹部を知ってる人間だけが順番を無視できるんだ。でも俺みたいな打工仔《だーこんちゃい》〈労働者〉に一〇万、一〇〇万って金があるわけがない。だからせいぜい女房の移民許可が下りるまで、何度だって女房を密航させるつもりだ。俺にできるのはそれくらいしかない」

「でも永遠に続けるわけにはいかないでしょう？」

「何もせずに待ってるよりはましさ。少なくとも香港にいる間は、子供と一緒にいられるんだから」

私はそんな王《うおん》さんを素敵だと思った。確かに彼の物事の考え方には法律を無視した大胆なところがあったが、起こす行動には一本筋が通っていた。自分たちの境遇改善に希望がないと悟れば、香港政府や中国政府の政策を恨むばかりではなく、自分にできることをしようとする。それが結果的には奥さんの密航というだけだった。ハートは熱く、行動は極めて冷静。自分の家族を引き裂く権利は、法律であろうと政府であろうと誰にもない。その思いを貫徹させるのは、並大抵の力ではない。

でもそういう特殊な家庭状況を、子供たちはどう理解しているのだろう。

「上の子二人は理解している。ママはおまえたちと一緒にいたいが、それを禁止されているから内緒で家にいるんだ、このことは誰にもいっちゃいけないよ、といってある。だから学校でも誰にも母親の話はしない。でも子供の学校にも同じような環境の親がたくさんいる。みんな話さないが、聞かなくてもわかってるんだ。上の娘は学校に行く時も道で警官を見つけると急いで帰ってきて、『外に警官がいるよ！　ママ、早く隠れて！』っていう。そんな時はちょっと心が痛むよ。

　この間、女房と大ゲンカしたんだ。原因は些細なことだよ。女房が『大陸に帰ってやる！』っていったから、『ああ、勝手に帰れ！　おまえなんかいない方がせいせいする！』っていってやった。すると上の子二人が女房にしがみついて、『ママ、大陸に帰らないで』って泣き出した。あれにはまいったね。辛いよ。子供にも辛い思いさせてるんだなって思った。それから『大陸に帰れ』って言葉だけはいわないようにしてる」

　彼はお茶をすすり、横を向いてさっと目元を拭った。

「子供にはできるだけ余計な心配はかけたくない。何も望むことはないが、真面目に勉強してくれればいいいな。時々宿題を聞かれるんだ。俺は算数なら教えてやれるが、英語を教えてやることはできない。だから上の子は週に一度、英語の補習に通わせてるんだ。何も心配せずに勉強してほしい。勉強してれば、何かの役に立つはずだから」

「最近、桂林街《くわいらむがい》の新移民集会には行ってます？」

「返還が終わってから一度も行ってないよ。いくら集会を開いても何も変わらないし、結局自分でどうにかするしかないってことがはっきりしたから」

　彼はふと時計に目をやった。

「もう七時か。こんな遠くまで出て来てもらったのに、そろそろ俺は帰らなきゃならないよ」

「また時間のある時に会いましょう」

「仕事が終わって一時間たっても帰って来ないと、女房が騒ぎ出すんだ。どこ行ってたの、誰に会ってたの、男なの、女なの、って。家族が一緒にいられるのは嬉しいけど、女房がいると面倒も多いな。俺の女房ってすごく怖いんだぜ。俺と君は普通の友達だろ。でも女房は田舎の女だから、そういう関係は理解できない。女房にとっちゃ、男と女が二人きりで会うのはすべてわけありってことになるんだ。俺が今、外で女の人と会ってると知られたら、殺されるかもしれないよ」

こんないかつい顔をした、法律も政府も恐れない王さんが心底恐れる奥さん……会ってみたい。でも会ったが最後、命の保証はなさそうだ。

「また電話するよ。今度はもう少し近くで会おう」

王《うぉん》さんと会ってから、彼の奥さんがどんな所から香港に上陸しているのか、そこから香港がどう見えるのか、確かめてみたくなった。

深水埗《しゃむしゅいぽ》からバスで一時間かけて元朗《ゆんろん》へ行き、さらにミニバスに乗り換えること三〇分。車は元朗の繁華街を抜けると団地群の横を抜けて、西へ西へと走っていく。古い石造りの民家がぽつぽつ立ち並ぶ、のどかな田園の中に、大量のコンテナが放置されるという奇妙な風景が広がっている。ここは国境が近くて地代が安いことから、香港と大陸の間を往復する長距離トラックのコンテナをプールするには最適な場所なのだ。大型犬が放し飼いにされた、整地もしない草ぼうぼうの空き地。夜はここを通りたくないという感じだ。

ミニバスは沙橋《さーきう》という村で折り返してまた元朗に戻る。この村の先は禁区で野鳥保護区でもある米埔《まいぽー》だ。私は沙橋でバスを降り、そこから海沿いを歩くことにした。

細い道の両側に古い石造りの民家とバラックが点在する小さな村。質素な村に唯一活気を与えているのは、家々の中から聞こえてくる麻雀の音だ。村に足を踏み入れた途端、民家の戸の隙間から容赦ない警戒の視線が投げられてくる。私は明らかに招かれざる客のようだった。郊外の村で歓迎されないのはよくあることだが、これほど痛い視線を浴びるのは珍しい。目が合うと戸をぴしゃっと閉めてしまう人もいた。ただの警戒ではなく、具体的な敵意を示すような激しい視線だった。

簡素なバラックの間を居心地の悪い思いで通り、ようやく海に出た時は光の世界に抜け出したような気がした。

遠浅の海が広がり、波打ち際一面カキの貝殻で埋め尽くされていた。ところどころでカキの貝殻を押し上げてマングローブの幼木が顔を出している。長年にわたって堆積したカキの貝殻は固く踏みしめられ、力いっぱい踏みつけても安定性がある。誰かが意図したのか、それとも自然にできたのか、カキの貝殻の山がうまいこと一本の道となって海に張り出し、ちょうど桟橋のようになっている。

王さんの奥さんが香港に上陸して初めて踏むのは、アスファルトでも土でも砂でもなく、カキの貝殻。妙な感動を覚えた。

これまで私は香港に来る時、何も考えずに啓徳《かいたく》空港のアスファルトを踏んでいた。「香港に来たんだ」と実感したことはあっても、それがアスファルトなんだとしっかり認識したことは一度もなかった。しかしその最初の一歩を、カキの貝殻の上に踏み出す人がいる。対岸には深圳《さむちゃん》の摩天楼がぼんやり浮かんでいる。ここでは中国と香港の像が逆転していた。カキの桟橋に座りながら、ここの風景だけ切り取ったら、密航の矢印がどちらを向いているのかわからないな、と思った。夕日は両岸に不公平のないよう、きちんと海の中に沈んだ。私はカキの貝殻を一つ鞄にしまった。

再びミニバスで元朗へ戻った。コンテナの間を通り抜けて大通りに出ると、目の前に巨大な団地群が出現した。さっき通った時はそれほど大きいとは思わなかったが、カキの貝殻が敷きつめられた海の方角からやって来ると、とてつもなく大きい感じがして、都会の前兆のように見えた。やっと香港らしい風景に戻ってきたな、と思いながら地図をめくっていた時、はっと気がついた。

天水圍《ていんしゅいわい》の　天耀邨《ていんいうちゅん》。

王《うおん》さんはその団地に住んでいた。

香港で最も辺鄙な場所に位置するその団地が、奥さんの上陸地点に一番近い団地なのだった。王さんが頭に描く香港の地図は、私の地図とはまったく裏返しなのだ。

アパートに帰り、カキの貝殻を部屋の窓辺に飾った。この街で苛々したり途方に暮れた時、王さんの家族を思い出せるように。

偽物天国

日本人のブランド好きは有名だが、香港人のブランド好きもなかなかのものだ。香港人のブランド好きを語るには、金持ちと庶民という、二つの人種に分けて考える必要がある。

日本人のブランド好きを、いい物が欲しいが自分の価値基準に自信がないため、ブランド品を選んでおけば間違いなくて安心だ、という成り金志向だとすれば、香港の金持ちもまさにその類である。これは日本人や香港人の特性というより、短い時間で急に金を持つようになり、年月をかけて品性を育てる忍耐力のない人々に見られる傾向であり、金という手段でしか自分を表現することのできない人たちの宿命というべきだろう。

私の友人で支援者でもある、灣仔《わんちゃい》で高級インテリアショップを経営するカンボジア生まれのフランス人、ミシェルは、中環《セントラル》のプラダ・ブティックで、よくこんな光景を目にするという。

「金持ちマダムがロールスロイスで乗りつけて、『この棚のもの全部ちょうだい』といって洋服を端から端まで買うの。そして『今日は荷物が多いから、あとで誰かに取りに来させるわ』といって帰って行く。でもそんなものを買ったことも忘れて、取りには来ないのよ。ああいう人たちは毎日いろんな場所で買い物をしてウサ晴らしをしているから、自分が何を買ったのかなんていちいち覚えていないのね。プラダにはそんな洋服がたくさん保管してあるの。売れはしたけど、着られることのない服がたくさん眠ってるのよ」

香港の新聞の娯楽版には社交界のページがあり、香港上流社会のニュースが毎日掲載されている。香港の金持ち夫人の主な仕事は、慈善パーティーや有名ブティックの新作発表会——それらを「ball〈舞踏会〉」と呼ぶ——に毎日出かけ、いかに自分が金持ちであるかを大衆に見せつけることである。彼らは成り金ぶりを見せつければ見せつけるほど大衆から喜ばれる。このページはくだらないが、あまりに笑えるので私は毎日隅から隅まで楽しみに読んでいた。香港の女優や香港小姐《ミス・ホンコン》の最終目的地も、この ball の主役といわれている。社交界のページは、毎日こんな具合に紙面を飾る。

「×夫人が本紙のために宝石のプライベートコレクションを特別披露！　総額はなんと三〇〇〇万元」

「×夫人と△夫人がパーティー会場で同じドレスで鉢合わせ！　×夫人いわく、『このドレスは世界に三着しかないといわれて三着とも買ったのに、他にもまだあったなんて。ブティックに厳重抗議します』」

彼女たちは、舞踏会場で自分しか持っていないブランド品を披露するために、涙ぐましい努力をしている。ミシェルの話にも真実味があった。こういう人々を何の疑いもなく「上流社会」と呼ぶあたりが、香港の過激なところである。

このような上流社会の狂騒曲を尻目に、香港の一般大衆はもう少し賢い。彼らはブランド、つまりマークの入っている商品が好きだが、同時に高い物が嫌いだ。香港大衆ほど「安い」という状況に心を躍らせる人たちはいない。高いブランド品では不満だ。安いがマークの入っていない商品でも満たされない。するとどういうことになるか。

彼らの欲求を満たせるものは、偽物しかありえない。

香港ではプラダのバッグやミニリュックが流行っている。私の主な行動範囲だった九龍、新界で目にしたのは、まず間違いなく偽物だった。プラダのマークがひん曲がっていたり、ヒモ部分の糸が無残にほつれたりしていて、こんな粗末なコピーを見たらプラダも嘆くだろうと同情したくなるほどだった。まず目にするものがほとんど偽物なので、本物だろうか偽物だろうかと気を回す必要がなく、気が楽でいい。

写真を撮ったことで知り合った高校生の友人、阿龍《あろん》の家族と鍋を食べに行った時のことだ。尖沙咀《ちむさーちょい》の日本人向けナイトクラブでホステスをしている、私と三つしか違わない彼のお母さん、ウィニーはお勘定の時、プラダのミニリュックの中からこれまたプラダの財布を取り出した。

「まさかそれ本物じゃないですよね？」

もし「本物だ」といわれれば「すごーい」と合わせれば済むし、「偽物だ」といわれれば「いくら？　安ーい！」といえばいい。この言い方は、答えがどちらに転んでも相手を喜ばせることのできる、香港ならではの便利な表現だった。

「偽物に決まってるじゃない。女人街《のいやんがい》〈旺角《もんこく》にある露店街、ウーマンズ・ストリート。安い衣料品やブランド品の偽物が多く売られている〉で一〇〇元ぐらいで買ったのよ。本物だったら何千元もするのよ。こんなたかがビニールでできた財布に何千元も出すほど、私馬鹿じゃないわ」

本物を買う人間を馬鹿呼ばわりである。

「他の財布買ったって数十元はするんだから、だったら一〇〇元でプラダを買った方がいいじゃない？　うちの店のホステスはみんなこの財布を持ってるわ。しかもみんな偽物。昔、LV〈ルイ・ヴィトン〉が流行ったことがあったの。あの時は私も本物を買ったわ。何千元もしたけど、LVは革でしょ？　革なら何十年も使えるし、その価値はあると思って思いきって買ったの。でも今はプラダの偽物で充分」

「俺も欲しいよ、プラダの財布」と阿龍がビールを飲みながら甘えた。

「買ってあげるわよ。偽物でいいなら」

「俺は本物じゃなきゃいやだね」

「だったら自分で買いなさい」

「それは不景気と関係があるのかな。昔よりお給料が減ったから偽物にしたとか？」

「それもあるけど、でも要はプラダがビニールだってことなの。ビニールじゃすぐ切れてダメになるでしょ。そんなものに何千元も使う馬鹿はいないってことよ」

恐らく経済状況が逼迫して偽物を買うしかなくなった彼女が、偽物を買う正当な理由を用意し、その正当性を主張するためには本物を買う人間を「馬鹿だ」とさえ言い切ってしまう、その図々しさがあっぱれだった。偽物を買うことは恥でも何でもない。そこに自分なりの整合性がありさえすればいい。彼女の話を聞いていると、プラダが香港で流行った結果として偽物が出回ったのではなく、偽物が安く簡単に作れるという理由でプラダが流行ったようにも思えてくる。プラダは最初からコピーされる宿命なのだ。

そう無責任にいってはみたものの、一応ものを作る仕事に従事している以上、私個人は、それが鞄であれ服であれCDやテープであれ、偽物は手にしないという一線は守っている。

「ブランド品の偽物が本物を駆逐することにはさほど罪悪感を感じない。しかし「偽物でかまわない」という姿勢は、オリジナルに敬意を払わず、コピーすることは自分たちの権利であるという無責任な風潮を生み出す。安く手に入りさえすれば出自は問わない。それは盗んでコピーした者のみを肥えさせ、オリジナルを生産する者を破綻させ、その社会の創造性が著しく低下する結果をもたらす。それこそ香港が今はまりこんでいる泥沼である。

香港で今問題になっている――というより、今になってようやく事態の重大さに気づき始めた――海賊版の話をしよう。

偽物天国の香港で、海賊版が出回るのは自明の理である。近年香港ではVCD〈ビデオCD〉が爆発的に流行し、その海賊版がもともと活気を失いかけていた香港映画に大打撃を与えている。

VCDは九六年秋頃から流通し始め、その時点でその存在を知らなかった私は香港の人から随分馬鹿にされた。VCDはコピーするのが簡単で、しかも投資金額が少なくて済むことから、海賊版を作るには恰好の記憶媒体である。またVCDプレーヤーが安い。品質を気にしなければば、鴨寮街《あぷりうがい》のアパートの入口で四〇〇元で売っていた。これらはビクターやソニーといったシールを貼るだけで、どんなブランドにも豹変する、大陸製マルチブランドである。しかし最近では深圳《さむちゃん》で三五〇元で手に入るらしく、中国まで買いに行く香港人も少なくないという。

通常香港では新作映画が公開された何か月か後に正規版ＶＣＤがリリースされ、相場は一二〇元前後。旧作ならそれよりも安いし、新作でも売れ行きが悪ければすぐに値が下がる。しかし海賊版ＶＣＤがこれまた安い。海賊版はいきなり五枚一〇〇元といった価格で登場する。しかも映画が劇場公開された翌日には海賊版が店頭に並ぶ。劇場にビデオカメラを持ち込み、盗み撮りしてしまうのだ。もちろん画像も音も劣悪だが、映画館で映画を見ると通常四五元。翌日になれば二〇元で見られるとなったら、誰が劇場へ足を運ぶだろう。

最近では海賊版ＶＣＤ密造にかなり大規模な組織が関与していることも明らかになった。どう考えてもオリジナルから直接コピーしたとしか思えないほど高画質な海賊版が登場し、配給元の内部に横流しする人間がいるらしいこともわかっている。また海賊版密造組織の秘密工場を摘発したところ、その親玉が海賊版撲滅運動の先鋒である税関局長だったという事件もあった。

人の家に行くたびにＶＣＤを持っているかどうか、海賊版を買うかどうかなどを友達に尋ねてきたが、ＶＣＤがこの短期間に香港市民の生活にすっかり定着したことはどうやら事実のようだ。そして本物ＶＣＤを買う人は、予想はしていたものの、実に少ない。

本物ＶＣＤを買う理由がないと断言するルビー。

「一枚一〇〇元と一枚二〇元が目の前に並んでいたら、二〇元を買うに決まってるじゃない。ちょっと質がいいからって、わざわざ高いのを買う奴の気が知れないね」

またもや、いきなり本物を買う人間を馬鹿呼ばわりである。この言い分では「正」と「偽」という大前提はまったく無視され、香港独特の経済論理がまかり通っている。つまり、安い物が高い物より質が悪いのは当然である。質が悪いことを承知で購入することで、すでに消費者としてリスクを背負っているのだから、それですべての責任は果たした、という自分勝手な論理である。

でもそれは違法なコピーなんだよ。本物を作った人に金は一銭も入らない。

「違法っていったって、捕まるのは私じゃない」

そういう風潮が香港映画をダメにしているとは思わない？

「映画の質が悪すぎるんだよ。どこを見回してもくだらない映画ばかり。こんなの海賊版でいいやと思うことばっかり。それに本物を買えっていっても、本物を売る店がほとんどないじゃない」

それは確かに事実だった。本物は大きな店でしか売っていない。一方海賊版は津々浦々、歩道橋の上や地下道、路上、地下鉄駅前広場で深夜まで売っている。

「本物がうちのすぐ下で安く買えるなら、考えてもいいよ」

道のりは遠い。

「出張で深圳《さむちゃん》に行くと、安い海賊版ＶＣＤ売ってるのを見るでしょ。ああいうの見ると嬉しくなって、つい買っちゃうんだよ。まだプレーヤーも持ってないのにさ」と本末転倒なことをいうのは阿波《あぽー》。

「私は郭富城《アーロン・クオック》と黎明《レオン・ライ》のMTVだけはオリジナルを買うことにしてるの。でないとかわいそうだから」というのは、場合に応じて本物と海賊版を買い分ける合理主義者、日本人の有美子。

「おもしろそうな映画は映画館に見に行くよ。でもそれ以外はみんな海賊版で済ませてる。あと日本のテレビドラマも海賊版で見る。あれはオリジナルがあったら買いたいと思うけど、オリジナルが存在しないから」

香港のもう一つの奇妙な特徴は、オリジナルの存在しないものが立派に流通してしまうという点だ。日本のトレンディドラマ、「悠長假期《ロングバケーション》」「恋愛世紀《ラブジェネレーション》」や、「SMAP×SMAP」は空前の人気だが、一部有線で放送される以外、本物の商品は存在しない。それらの番組は日本で放映された後、台湾でただちに字幕がつけられ、香港の市場に流通する。同じ海賊版市場とはいっても、台湾は少々製作に携わっている。

それから海賊版で流通しているものに、日本の三級片《アダルトビデオ》がある。新金豪茶餐庁《さんがむほうちゃーつあんてん》の子君《ちーくわん》はいう。

「よく買うよ。買うのはほとんど日本のだね」

海賊版？

「そうでしょ、多分。オリジナルなんて見かけたこともないよ。あんなの画像がいいも悪いも関係ないし、字幕なくたって意味わかるもの。結局はやるだけじゃないか。ま、用が足せれば何だっていいのさ」

海賊版ＶＣＤにはそれだけおかしな話もある。

「品質には期待してなかったけど、やっぱり映画館で盗撮したやつだった。そいつが下手くそで、画面が暗すぎて何も見えなかった。それにしょっちゅうポケベルの音が聞こえるし、もう最悪」

「コメディのＶＣＤを買ったら、盗み撮りしてる本人が笑っちゃって、画像がずっと揺れてるから気分が悪くなった」

「パナソニックの本物のＶＣＤプレーヤーを一〇〇〇元も出して買った。早速海賊版ＶＣＤを見たら画像が出ない。店に文句いって取り換えてもらったけど、やっぱり何も出ない。もう一度店に文句いいに行ったら、『おまえの機械が良すぎるんだ。もっと悪い機械で見ろ！　しまいには機械が壊れるぞ』って怒られた」

「『タイタニック』の海賊版買ったら、どこかの船が沈むニュース映像が一分ぐらい流れて、それで終わりだった」


「日本って海賊版がないって本当？」と新金豪茶餐庁《さんがむほうちゃーつぁんてん》で働く阿邦《あぽん》に聞かれた。

「そうだね。ビデオはレンタルで見るか本物を買うし、ＶＣＤは全然普及してない。レーザーディスクも持ってない」

「どうして海賊版が流通しないの？」

それは私も常々疑問に感じていたことだった。日本は取り締まりが厳しいからとか、日本人がオリジナルを尊重する公徳心ある市民とか、そんなことではない。実際、在香港日本人の多くは海賊版ＶＣＤの顧客である。これは産業全体の構造上の違いだろう。

「多分日本では、機械を作る会社とソフトを作る会社が結託して市場を支配してるからじゃないかな。とにかく海賊版ってあまり目にしたこともないよ」

「僕は海賊版のない世界なんてイヤだな」

彼は私の注文した凍檸檬茶《アイスレモンティー》をテーブルに置き、向かいの席に腰を下ろした。

「そんなの、つまらなくない？　何でも安く手に入るって、けっこう楽しいと思うけど」

その言葉にがつんと頭を殴られたような気がした。

確かに彼のいう通りだった。海賊版は良品を駆逐するが、あれば心は躍る。海賊版のない世界より、ある世界の方が確かに楽しい。一握りの人間たちの利益のために市場に強烈な意志が働き、偽物を駆逐する。それは産業を保護するだろうが、市民はつまらない。香港のような海賊版天国に暮らしていると、海賊版の流通しにくい世界の管理体制の方が不気味に思えてくる。

＊　＊　＊

日曜日、深水埗は大埔道《だいぽーどう》の下をくぐる地下道を歩いていた。ここは香港でも有名な闇煙草売場だ。警戒のため現物は一切陳列しておらず、すべてカートン売り、バラ売りはしない。所在なげに立っている男の耳元で「沙龍一条〈セーラム一カートン〉」とか「萬寶路両条〈マルボロ二カートン〉」と囁くと、地下道内にいる何人かの仲間に伝言ゲームのように銘柄が伝わり、それが地上に立っている男に伝わり、近くのアパートの一室に保管してある煙草を取りに行く、という仕組みになっている。警官の姿が地下道に近づいてくると、また伝言ゲームで伝わって、人ごみにまぎれて霧散し、ほとぼりが冷めると戻ってくる。私はウェストバッグにカメラを入れてこの界隈をぶらぶらしている時、密売人と間違えられてマルボロを注文されたことがある。

その日、行き交う人々の中に久しぶりに見かけるある男の顔を見つけた。

「阿安《あおん》！」

新金豪の常連で、隣町の長沙灣《ちょんさーわん》で骨董品店を営んでいる男だった。彼は自分の名がこの場所で呼ばれることなどまったく予期していなかったように、不安そうに周囲を見回した。

「君か……びっくりした。何してるの？」

「家が近くだからよく通るんだよ。久しぶり」

「ほんとに久しぶりだな」

「どうしてお店に来ないの？　店の子たちが、あなたが行方不明だって心配してたよ」

私は一度、時間がなくて店の人たちに何も告げずに日本へ二週間帰国したことがあった。そのあと店に寄った時、「行方不明になったのかと思った」と責められたことがある。

「いつも来てた人が突然来なくなると、すごく気になるんだよ」と子俊《ちーちゅん》はいった。「どこかに行ってるって知ってれば、安心して待っていられる。でも何も知らないと、もう帰って来ないのか、いつか帰って来るのか、すごく気になるんだよ」

それから私は、たった一泊広州へ出かける場合でも、必ず店に寄って行き先を残していくようになった。

「俺なんかでも心配してくれるんだ」と阿安は照れ臭そうに笑った。

「当たり前だよ。だって毎日来てたのに、突然来なくなるんだもの。引っ越したの？」

「いや」と阿安は言葉を濁すようにいった。「俺、結局カナダに行ったんだ。今日は用事があって戻って来ただけ。また明日カナダに戻る」

植民地最後の夜、「俺を一人にしないでくれ」と店の人たちにからんでいた様子が脳裏に甦った。

「お店は？」

「もうたたんだ」

「向こうでもお店をやってるの？」

「いや……向こうに行ってから仕事はしていない。女房に食わせてもらってる」

「また香港に戻って来る？」

彼は曖昧にほほえんだまま答えなかった。

地下道を流れる空気に異変が生じた。「差佬呀《オマワリだ》！」という囁き声がかすかに聞こえたかと思うと、数人の男たちが私たち二人の間の、知らない者同士の遠慮深さというほどではないが、親密さをはっきり証明できるほどではない微妙な距離の間を小走りに走り抜けて行った。最後の一人が肩にぶつかり、私は半歩退いた。

新金豪《さんがむほう》でお茶でも飲みながら話をしない？　そういいたかった。しかし半歩退いてしまった私には、もうその距離を縮めることができなかった。

　私は二人の距離にとまどっていた。彼とは一時期毎晩のように会っていた。視覚的には彼は完全に私の日常の一部だった。会話と呼べるだけの会話をしたことは二度しかない。しかし最初の出会い——植民地最後の夜をビリヤード場で共有したという記憶——が、彼にまつわる印象を強烈にしていた。返還のことを思う時、彼のことを思い出さないわけにはいかない。それなのに二人には、久しぶりに再会した時、何も話すことがなかった。

　別れはすぐ背後に迫っていた。多分私は、この場を最後に彼と別れることになる。それがわかっていながら、じゃあバイバイ、とあっけらかんと別れることなどできない。しかしそれなら何を話したらいいのかといえば、私にはどの程度の親密さで別れを惜しんだらいいかがわからなかった。

　地下道で何もせずに立ち尽くしているにはそろそろ限界だった。

「そろそろ行くよ」と阿安が口を開いた。「君はまだ深水埗《しやむしゆいぽ》に住んでるの？」

「うん、もう少しね」

「またどこかで会えるといいね。じゃあ」

　トンネルの向こうから差しこむ逆光を浴びて黒い影になった彼の後ろ姿を見送りながら、私は何か大切なことをいい忘れてしまったような焦燥感に襲われた。

「阿安！」

　黒い影が振り向いた。

「もし時間があったら、新金豪に寄ってあげて。みんな、気にしてたから」

その時彼がどんな表情をしたのか、私にはよく見えなかった。

その晩、私は新金豪に行った。店の誰に尋ねても、阿安の姿を見かけた人はいなかった。

シェリーの落ち着かない幸福

シェリーが暮らす新居は、天水圍《ていんしゆいわい》の「錦繡花園《フェアヴユーガーデン》」という一軒家集合住宅の中にある。香港の郊外にはこういう集合住宅が少なからずあり、高層マンションには住みたくないが、村の一軒家に住むのは不便だし治安面で不安があるという市民の需要に応えている。広大な敷地は高い塀に囲まれ、ゲートでは二四時間、警備員が通行車両をチェックする。中には住民専用のスーパーマーケットやテニスコート、ジムも完備され、上水《しよんしゆい》・元朗《ゆんろん》・屯門《とゆんむん》を結ぶ専用バスも走っている。また敷地内を移動するための専用シクロも走っていて、一瞬香港にいることを忘れる。

この敷地の北側には野鳥保護区で禁区でもある米埔《まいぽー》が広がり、その北に中国と香港の境界がある。王《うおん》さんが住む団地もこのすぐ近くにある。もっともシェリーと王さんは、まったく別の理由からこの場所を選んでいるのだが。

香港では滅多に見ることのできない、まっすぐ伸びた広い道路に、新聞の折込広告のマンション完成予想図——実物は予想図とは異なる場合があります——のような、現実離れした、すべてがお膳立てされた住宅群。ロータリーでバスを降りてからシェリーの家まで、私は誰ともすれ違わなかった。たったの五分間誰とも会わないだけで、私は猛烈な人恋しさに襲われ、自分の暮らす深水埗《しゃむしゅいぽ》が懐かしくなった。

深水埗の唐楼《とんらう》で生まれ育ったシェリーが手に入れた幸せは、私には少し淋しかった。

シェリーの家の呼び鈴は壊れていた。ドアの向こうで彼女が赤ちゃんをあやしている姿がこちらからはよく見えるのに、彼女は私に気づかない。門の前で両手を振り上げジャンプしていると、人間の子供ぐらい大きな隣家の黒犬が二匹、不審な私目がけて門に体当たりを始めた。犬の吠える声に私は縮み上がった。この間、国境近くの道で野良犬に噛まれたばかりなのだ。私が現実的な恐怖を感じ始めた時、皮肉なことにただならぬ犬の声でシェリーは私の到来に気づいてくれた。

「ごめんなさい。呼び鈴が壊れてるってこと、すっかり忘れてた」

「直した方がいいよ。あと一分遅かったら殺されてたかもしれない」

「あの犬がいる限り、呼び鈴は必要ないってことがよくわかったわ」

一五畳ほどの板張りの居間のソファにフィリピン人のアマさん、ヴィッキーが座り、ベビーベッドに寝た赤ちゃんにミルクを飲ませていた。「ありがとう、ヴィッキー」といってシェリーが哺乳瓶を受け取ると、赤ちゃんは途端にむずがり始めた。

「やっぱりヴィッキーの方がいいみたい」

「フィリピンでは八人の子供を育てたんです。子育ては慣れてるんですよ」といってヴィッキーが赤ちゃんをあやし直すと、魔法のように泣きやんだ。

「この間、久しぶりにレイモンドと二人で桂林《くわいらむ》に行ったの。たったの四日よ。でも家に戻ってこの子を抱き上げたら、ものすごい勢いで泣くのよ。たったの四日で私の顔を忘れちゃったの。あれはちょっとショックだった。この子にとっては、私よりヴィッキーの方が大切な存在なのかもしれないわ」

シェリーの娘は目がレイモンド、鼻と口はシェリーによく似ていた。

「どう、お母さんになった気分は？」

「不思議ね。この子の顔を見ると、どんなに疲れて帰って来ても疲れが吹き飛んじゃうし、この子に見つめられるとイライラも消えてしまうの。この子は私のアイドルね」

シェリーは赤ちゃんの世話をヴィッキーに任せ、私たちは太陽の降り注ぐ庭に出て芝生に寝転がりながら話をした。庭にはキャンベルのスープの空き缶が所狭しと並べられ、その一つ一つにレタスが植えてあった。

「せっかく庭があるから、野菜を育ててみようと思って」

私はいった。金属でできた空き缶を植木鉢代わりに使うのはお勧めしない。それに小さ過ぎるから根が張れないし、水はけ用の穴がなければ根腐れしてしまう。プランターに移し換えて肥料をあげた方がいい。

「植物のことに詳しいのね。私は植えれば何でも育つと思ってた。だって植物って育てたことないんだもの」

考えてみたら唐楼や高層団地で育った彼女は、三十余年の人生の中で初めて地面の上で暮らすのである。庭のある家に住むというイメージは持っていても、実体験が伴わない。これが地上で暮らしたことのない香港人の通常の感覚なんだ、と思うと、感慨深いというよりある種の寒々しさを感じた。

「レイモンドの弟もこの数ブロック先に住んでいたのよ。でも先月、夫婦でニュージーランドに移民したの。義弟はここに家を三軒持っていて、二軒を売って一軒を母親に残していった。私とレイモンドは知っての通りとても質素でしょ。私なんて、一番最近いつ服を買ったかなんて覚えていないくらい。でも義弟夫婦は違った。義妹なんて、外国の雑誌をいくつも定期購読して、身に着けてるものはすべてブランド品。話をしていても化粧品やバッグの話ばかりで、何の話だか私にはさっぱりわからなかった。義妹と話してると、自分が時代遅れの師奶《おばさん》なんじゃないか、ってよく不安になったわ」

でもそんなシェリーだからこそ、私は安心して長く付き合えるのだった。

「どうして義弟さんはそんなに金持ちなの？　何をやっていた人？」

「しがない中学の教師よ。給料はそんなに良くなかったけど、義弟は株の天才なの。働き始めてすぐに株を始めて、少し金ができるとマンションを買う。そうやって買い換えを繰り返して、最終的にここに三軒買ったというわけ。私は株のことはよくわからないけど、義弟には何の値段が上がるかっていうことがわかるみたいなの。

でもちょっと無責任だとも思う。学校の先生って、毎日生徒と接して信頼関係を築く仕事でしょう？　いきなり『移民します』といって先生が移民してしまったら、おいていかれた生徒たちはどんな気持ちがするかしら。でも実際、移民する教師って少なくないらしいの。教師は専業人士〈プロフェッショナル〉で教育程度が高いから、ビザが比較的下りやすいのね」

移民――自分の身の周りで移民話とあまり縁がなかったため、香港市民の移民熱は収まったのかと思っていた。

「移民の話を聞くのは久しぶりだな」

「そう？　私の周りでは珍しくないわよ。同僚にも一人、最近移民した人がいる」

「でも返還前には少し収まっていたよね」

「それは景気が良かったからよ。香港人が移民のことを忘れるわけがないわ。返還の前後に収まったように見えたのは、単に様子を見ていただけ。だって何も将来が見えない状態の時にここを出るより、少し見えてから行った方が確かでしょ。みんな忘れたふりをして暮らしながら、自分は将来どうすべきなのか、毎日考えてるはずよ。準備だけは整えておいて、好機到来と思ったら決断する、そういう人が多いと思うわ。義弟夫婦も返還前の時点で移民条件はすべて揃っていて、あとは必須滞在年数を満たすだけだったの。でもあの頃は不動産の値段が毎日上がり続けるっていう時代だったでしょ。そんな時期に家を手放したくなかったの」

あの頃――シェリーは昔話をするような口調で話した。まだ一年もたっていないというのに、確かにもう随分昔のような気がする。

「じゃあ義弟さんにとっては今が決断すべき時だったんだ」

「今は不動産が下がり続けてるでしょ。家を三軒持ってたら、ローンだけでも大変な額よ。どうせ下がるならできるだけ早く売った方がいいし、どうせ家を売るなら移民してしまおうって判断したのね」

「シェリーには不動産下落の影響はある？」

「うちだって影響は大きいわ。この家の値段も随分下がってしまった。でも幸い前に住んでいたマンションが一番高い時期に売れたから、それでなんとかやっていけるの。あのマンションが売れていなかったら、今頃私たちは家族三人路頭に迷っているかもしれない」

「シェリーは移民を考えたことある？」

「私？　それがないのよ。日本に留学していた時、日本に何年か住んでみたいなと思ったことはある。でも本気でどこかに移民したいと思ったことはないの」

シェリーには五人の姉がおり、そのうち二人はカナダのパスポートを持っている。中文大学時代の旧友にも阿強《あきょん》や阿富《あふー》、梅芳《むいふおん》のように外国のパスポートを取得した人は少なくない。彼女の学歴や職業、所有財産、社会的地位を考えれば、移民を射程距離に入れても非現実的ではない環境だ。私には彼女が移民をまったく考えないことの方が不思議に思えた。

「それはどうしてなんだろう？」

「レイモンドと結婚したことが大きいかな」と彼女は照れるように笑った。

「官僚って、香港で一番安定した職業でしょ。官僚と移民のどちらが保険になるかっていったら、私は官僚だと思うわ」

とても説得力のある説明だった。

「それに私は、カナダと香港を往復しているうちに両方でチャンスを失った人を身近で見てきたから、どうしても移民のリスクを考えてしまうの」

その人物とはシェリーの二番目の姉、ジュリアーナだった。ジュリアーナは香港で高校を卒業すると奨学金を得てカナダの大学に留学し、教育心理学の博士号まで取った才媛だ。

「ジュリアーナは我が家の期待の星だったの。小さい頃から一番頭が良くてしっかり者で、うちの家族の誰もが、将来一番出世するのは彼女だと思っていた。私はいつも両親に、姉のようになりなさい、といわれて育ったのよ」

ジュリアーナはカナダの大学で修士号を得た時点で一度香港に帰国した。しかし学歴不足で香港の大学に就職することはできず、中学教師になった。当時三つしかなかった香港の大学では、香港の大学院で修士号を得た後、西洋で博士号を取得したという程度の学歴がなければ、大学で教職に就くことは困難だったのである。自分が勉強した教育心理学とは無縁の中学教師を何年か勤めた後、彼女は離婚してマンションを売り、再びカナダへ戻った。そして長年の努力が実って、とうとうカナダで教育心理学の博士号を取得。香港を離れて久しく、カナダの生活環境にすっかりなじんだ彼女は、カナダで暮らすことを考え、カナダの大学で就職活動をした。ところが不景気のカナダでは教職に就くことはこれまた容易ではなかった。それだけの学歴があれば、カナダで他の安定した職業に就き、高給を得ることも不可能ではなかった。しかしあくまで自分の専門にこだわった彼女は一年間費やしても理想にかなった職を見つけられず、みるみるうちに貯金は底をついた。

そんな時、香港からある噂が流れてきた。香港では好景気に乗って大学が続々と新設され、大学教職員のポストがどっさり余っているらしい。今香港に戻れば、大学教職員の道が再び開かれるかもしれない。

そして彼女は一九九五年冬、香港に帰国。彼女が大学の面接で毎回聞かされたのはこんなセリフだった。

「戻って来るのがちょっと遅過ぎましたね。もう少し早かったら、いくらでも空きはあったのに」

そしてジュリアーナは再び中学の教師に逆戻り。それでも夢を捨てきれず、とうとう一九九六年冬、浸會《バプテイスト》大学心理学科の講師の職に就くことができた。しかし契約期間は一年間で、再更新される保証はなく、フルタイムの職員に与えられる住宅手当やボーナスなどは一切つかない。

「姉はカナダと香港を往復している間に、どちらの波にも乗ることができなくなってしまったの。姉だけじゃないわ。阿強《あきよん》もそうね。そういう人を私はたくさん見てきた。

香港って何かが起きた時、誰よりも早く決断しなければ、もう遅過ぎるの。それならみんなが立ち去るまで残った方が、逆にチャンスがあるのよ。中途半端な決断が一番始末に負えない。

私はそこまでわかっていて香港に残ったわけじゃないけれど、今思えば香港に残って本当によかったと思ってる」

私は以前、利香の夫、阿波《あぽー》がしてくれた話を思い出していた。六年間の日本生活を終えて一九九五年に香港に帰国した時、彼の香港の印象はこうだった。

「香港の質が下がったな、っていうのが第一印象だった。仕事をしていても、仕事ができる人がいない。こんな人がマネージャーをやっててこの会社大丈夫？　って思うことが多かった。仕事のできる優秀な人たちがごっそり香港からいなくなった、っていう感じがした。だから本来そのポジションにいるべきではない人たちにまでチャンスが回っちゃったんだね」

どの地域に住めば、将来自分の自由が保証されるのかという観点だけでなく、どの地域に残されたチャンスが多いのかを考える。狭い土地にキャパシティ以上の人間が暮らして生きる場所を奪い合う、この街特有の緊張感に満ちた選択である。何が正しい選択で、何が間違った選択なのか、そんなことは誰にもわからない。が、それでも選択を迫られる、それが香港という街だ。

誰よりも早く決断しなければ遅過ぎる——身につまされる話だった。阿強の顔が頭に浮かんだ。彼は自分のことを「出遅れた男」と表現していた。

「シェリーはこの先、移民を考える可能性はあると思う？」

「そうね……多分私はないと思う。今から考え始めても、はっきりいって遅過ぎるから。でもいつか娘を外国に留学させることは考えるかもしれないわ」

「赤ちゃんが生まれて、自分の中で何が一番変わったと思う?」

「子供が生まれたことは本当に嬉しい。でも時々、生まなくてもよかったかもしれない、と思ってしまうことがある。ひどいとは思うけど、そんなことをよく考えてしまうの」

「それはどうして?」

「姑のことよ。子供が生まれる前、私たちには二人だけの生活があった。この新しい家庭の中で、私が主導権を握っていたの。いくら姑が介入したくても、二人のことには絶対に口出しはさせなかった。でも子供が生まれた途端、状況ががらりと変わった。子供の誕生が姑に、私たちの生活に介入するきっかけを与えてしまったのね。姑の頭の中にあるのは、自分が頂点に君臨している家庭だけ。これまで家族全員を自分の手の上で支配してきたように、私の家庭までコントロールしようとしているの。

そして義弟が移民して、姑は近所に住むようになった。やることが何もないから朝起きるとすぐうちに来る。私は、時々姑から何かをいわれるのはしょうがないと思う。それくらいなら我慢もするわ。でも毎朝来て、『まだ寝てるのか』とか、『米がもうすぐなくなるのに買いおきがない』『フィリピン人に子供を見させるなんて何を考えてるのか』なんていわれたら、私だってまいるわよ。

今では、レイモンドと毎日ケンカばかりしてる。二人だけの時は、ケンカなんてあまりしなかったのに……この間、すごいケンカをしたのよ。姑に押しきられて、彼が母親にうちの鍵を渡すっていいだしたの。私は爆発してこういったわ。

『もしあなたがお母さんに鍵を渡したら、私は娘を連れてこの家を出て行くわ。お母さんをとるか私をとるか、どちらかにしてちょうだい』

結局鍵は渡さなかったけど、子供の誕生で夫婦の間に亀裂が入ったことは事実。それが悲しいの。本当はもう一人ぐらい子供が欲しい。でも今の状態でもう一人増えたら、私が築いた家庭は多分完全に崩れてしまう。だからもう、子供は作らないつもり」

「シェリーの今の夢は？」

彼女の顔がぱっと明るくなった。

「また引っ越したくなっちゃったの」

「こんないい家を手に入れたのに？」

「家は気に入ってる。でもこのへんっていい学校が全然ないの。九龍塘《がおろんとん》のあたりにはいい学校がたくさんあって、姉のシンディも息子の学校のためにそこに住んでるんだけど、話を聞いてたら私も九龍塘に住みたくなっちゃったの。こういうのって馬鹿かしら？」

「馬鹿だとは思わないよ。でもシェリーもレイモンドも、条件は厳しくても大学まで進むことができたんだから、個人個人の問題で、住環境は関係ないんじゃないかな」

シェリーは何かを思い出したようにふっと笑った。

「そうね……私は深水埗《しゃむしゅいぽ》の魚屋の娘だし、レイモンドは土瓜灣《とうかーわん》の肉屋の息子なの。肉屋の息子があんなに痩せてて、魚屋の娘が太ってるなんて皮肉よね。でも私たちが必死に勉強したのは、あそこから出るためには勉強するしかなかったから。勉強しなければ自分にどんな将来が待っているかわかっていたから、必死だったのよ。

でも娘は違う。恵まれた環境で育ったら、強い意志を持つことは多分難しいでしょう。ただ放っておいたら、多分自分では何もしなくなってしまう。それを手助けするのは親の責任だと思うの」


乳母車を押したシェリーとロータリーに向かう人気のない道を歩きながら、私は周囲の乾いた快適そうな家々の風景とは裏腹に、重い気分に押しつぶされそうだった。

もちろん香港と日本を単純に比較することなどできない。日本で暮らすには、日本なりの苦悩や憂鬱がもちろんある。しかし少なくとも私は日本において、ここをいつ立ち去るべきか、どこに行ったら一番チャンスが残っているか、という選択を迫られた記憶はない。自分の立っている地面を疑ったことがない。自分の立っている地面を疑うこと、それがどれほど緊張を強いられる感覚なのか、私には想像がつかなかった。

私たちはこうして一緒の時を過ごし、同じ風景を見、同じような格好をしていても、精神状態の次元がまったく異なっている。彼らの精神状態は、永遠に非常事態なのだ。

香港の人たちが、心から安心して床に着くことは、一生ないのかもしれない。

何となく民主的

紅磡《ほんはむ》はルビーの家の近くにある文華《まんわ》珈琲室という店で午後のお茶を飲んでいた。ここは「私はまずい茶を飲ませる店には絶対行かない」と豪語するルビーも一目を置く、ティーのおいしいじいさん専用の古いコーヒーショップである。風通しのよい高い天井に、敷きつめられた薄いグリーンのタイル。ガラスのショーケースにはもったりとした肉厚の蛋撻〈エッグタルト〉や沙翁〈揚げ菓子〉が無造作に並べられ、この何十年誰が放り投げても壊れなかったぶ厚いコーヒーカップはまだ現役だ。メモ帳の切れ端やナプキンが散らばった床。壁際に控えめに置いてある痰壺。ここには一歩外に出た街とはまったく異質の空気が流れていた。

ここは深水埗《しゃむしゅいぽ》の新金豪茶餐庁《さんがむほうちゃーつぁんてん》とは別の意味で、私のお気に入りの店だった。あまりにしょっちゅう通うので、「あんた、じいさんも好きだったのか」とルビーから嫌味をいわれたほどだ。

香港の茶餐庁は回転をいかに早くするかで収益が決まるが、この店では時間が止まっていた。何十年着古しているのかわからない擦り切れたうわっ張りを着た、痩せたじいさんが注文を取りに来て、それをカウンターの中にいるランニング姿の太ったじいさんに伝える。テーブルで客のじいさんが懐にひそませた老酒《らおちゅう》を飲み始めても誰もとがめない。テーブルでじいさんがこっくりを始めれば、レジに座ったオーナーのじいさんもこっくりしている。客もじいさんなら店の人もみなじいさんなので、急ぎようにも急ぎようがない。

香港の下町には必ずこういう時間の止まったコーヒーショップがあり、近所のじいさんたちのたまり場になっている。年とった人が自分のペースで心ゆくまでくつろげる場所があるというのは、この街の懐の深さを示しているように私には思えた。

この日、私はこの店で利香と阿波《あぽー》を待っていた。彼らはルビーの行きつけの美容院で髪を切っている最中だ。私は彼らが髪を切り終わるまで、決して急がされることのない文華で彼らを待つことにした。熱奶茶《ホットミルクティー》を頼んだら、凍奶茶《アイスミルクティー》が出てきた。香港に一年以上住んで、お茶一杯もろくに通じないほど発音が悪いのか、としばし落ち込んだ。

「阿波に一〇円ハゲが見つかったの！」

席に着くなり、利香がいった。

「一つじゃないよ。二つもあったんだ。僕、悩みが多いから」

「何をそんなに悩んでるの？」と私はほとんど笑いながら聞いた。

「会社で浮いてる」

「阿波は日本に六年間住んでるうちに、香港人ぽくなくなっちゃったの。だから香港人の会話についていけないのよ」

阿波が注文した熱奶茶も、凍奶茶となって出てきた。よかった、私の発音のせいではなかったみたいだ。

「真面目な話がしたいのに、みんな金の話ばかりしてる。うんざりしちゃうよ。僕が真面目な話ができるのは、日本語話してる時だけ。それからローンのことを考えると頭が痛くなる」

彼らは九八年八月に二〇〇万元でマンションを買っていた。

「やっぱり値下がりしてるの？」

「もう買った時の半分まで下がったよ。今、二人で働いて月に二万ローンを払ってる。払っても払っても、まだ値下がりした分にも追いつかない。どうしてあんな時に買っちゃったんだろう。でもあの頃は、まだまだ上がるって誰もが思ってただろ？　まさか一〇月からいきなり下がるなんて、思ってもみなかったよ。これでどっちか一人が失業でもしたら、もう来月のローンは払えない。破産さ」

「しょうがないよ。あの時はそれが一番いいと思ってたんだから」と利香が慰めた。

「今あの家を売ったって、ローンは返せない。僕はどうしたらいい？」

私は話の深刻さにうろたえていた。

二人は自分と世代も近く、同時期に東京のすぐ近くで似たような生活体験をし、香港にいる友達の中でも最も共有できる体験の多い友達だった。互いに唐楼《とんらう》で暮らしていた時期には、アパートで起きる様々な問題まで共有し、互いに冗談にして笑い飛ばすことで慰めあいもした。しかし所詮私はここに仮住まいの人間である。この街がいよいよしんどいと思ったら、さっさと逃げ帰ればそれで済む。しかし彼らには、ここが住む場所なのだ。

「博美は返還後の香港をどう思う？」

阿波が唐突に聞いた。

「どうしたの？　突然」

「いや、前から聞きたいと思ってたんだけど、会えば他の話をして肝心な話を忘れてしまう。今までずっと聞くの忘れてたんだ」

私が答えたのはざっとこんな内容だった。返還前は、これから香港がどうなるのか、あることないことを考えては不安になっていた。その漠然とした不安から解放された解放感みたいなものは確かにあった。でもなし崩しにいろいろなことが中国のペースで進み、仕方がないというムードが香港全体に広がっている。それには危惧を感じる。

「経済が悪くなったのが大きな誤算だった。ここまで経済が悪くなると、自分の飯のことで頭がいっぱいで、他のことを考えなくなる。よくないね。

何となく民主的っていうのも怖いと思う。立法議会の選挙で民主派が圧勝したね。何となく民主的な気がする。でも直接選挙で僕らが投票できるのは、六〇人のうち三分の一の二〇人だけ。二〇人全員が民主派だとしても、議会で絶対に過半数は取れない。でもそういうことは誰も疑問に思わない。民主運動家の魏京生と王丹が釈放された時、香港人は喜んだ。でもこれから天安門事件で中国を非難しにくくなるということは誰も考えない。何となく民主的ならそれでいい、っていうムードが広がっている。

香港人の最大の問題は、本当の民主を経験したことがない点なんだ。植民地香港に政治的自由は存在しなかった。香港人が実質直接選挙権を与えられたのは、一九九一年、立法議会の選挙が初めてだよ。それは返還が決まってからイギリスが、点数稼ぎをするために駆け込みで許した権利ってだけなんだ。イギリスが自分たちのいうように本当に自由と民主主義の国だったら、なぜ一四〇年間も放っておいたんだい？

香港人は経済活動が自由だったから、自分たちは自由を知っている人間だと思っている。でも経済の自由と政治の自由の違いが全然わかっていないんだ。本当の民主を知らないから民主を比較することしかできない。『民主がないよりは形だけでもあった方がいい』『中国よりはまだ民主的だ』って、すぐに納得してしまう。とてもコントロールしやすい人たちなんだよ。中国は、香港人民がこれほど支配しやすい人たちだとは思っていなかったんじゃないかな。『香港人の愚民化はとても簡単だ』、そういって笑ってる姿が想像できるよ。『全部イギリスがやっておいてくれた。我々はイギリスに感謝しなければならない』」

私はこの話を呆気にとられながら聞いていた。一番驚いていたのは、隣に座っていた妻の利香だった。

「阿波……愚民化なんて日本語、どこで覚えたの？　日本人ですら使えない語彙だよ」

プライドを傷つけられた阿波はふてくされた。

「日本の大学で習ったんだよ。一応、大学出てるんだから。僕、パチンコ屋で働いてただけの男じゃないよ」

「自分の夫がこんなインテリだったなんて、今まで知らなかった」

「僕だっていろいろ考えてるんだ」

「これじゃあ会社で浮いちゃうのも仕方ないわね」

「阿波は香港の将来をどう思う？」

「少しずつ自由が減っていく。そのうち経済的自由も減っていく。政治と経済は別なんて、そんなこと絶対にありえないんだから」

「そんなに暗いの？」と利香が不安そうに聞いた。

「そのくらい心の準備をしておかないとね」

「いよいよそうなったらどうするつもり？」と私は尋ねた。

「そうだね……その時は日本に逃げる。それで、茨城のセブン－イレブンで働くよ」

その具体的なイメージに笑ってしまった。

「随分具体的なんだね」

「だって日本に逃げる時は多分一文なしだよ。ローンも借金もすべて捨てて逃げるんだから。茨城には利香の実家がある。そこに住まわせてもらって、二人で一生懸命働けばなんとか生きていけるだろう」

そこまで彼がよどみなく答えるのは、割と何度も考えたことのある設計図だからなのだろう。

「それが私たちの将来？」

「最悪の場合のね」

「ま、いいか」と利香がいった。「私たち、せっかく国際結婚なんだから、一つの場所がだめになっても、もう一つ残ってるってことだもんね」

「そうだよ。香港しかないと思うと暗くなるけど、茨城があると思えば希望が持てるじゃないか」

帰り道、桂林街《くわいらむがい》を通った。私はいつもの習慣で肖連《しょうりん》が暮らす部屋の窓を見上げた。窓が閉められ、洗濯物は出ていなかった。今まで一日たりとも出ていなかったことのない洗濯物が、出ていない。

肖連に何があったのだろう？

たかが博打、されど博打

旺角《もんこく》は上海街《しょんほいがい》の路上で三〇年以上にわたって肖像画を描き続ける馮《ふぉん》おじさんは、朝、昼、昼下がりと一日少なくとも三回は職場である路上を離れ、茶餐庁《ちゃーつぁんてん》へコーヒーを飲みに行く。彼はいつでも砂糖をたっぷり入れた濃いコーヒーを飲む。この日初めて、私は彼が紅豆冰《ほんだうぴん》〈あずきと練乳の入ったあずきミルク〉を飲むところを見た。

「紅豆冰なんて珍しいですね」

「今日ここに来るのは五回目なんだ。もうこれ以上コーヒーを飲みたくないんだよ」

上海街の再開発が始まって、ひっきりなしにトラックが出入りするようになり、おじさんはそのつど仕事を中断させられた。彼が一日に飲むコーヒーの量は、取り壊し工程に比例して増えていった。

それほどコーヒーを飲み過ぎていても、私が通りがかるとおじさんは必ず手を休め、お茶に付き合ってくれた。それが申し訳なくて、わざと回り道をすることもあった。

「夏は暑いから、ずっと路上にいるのは大変ですね」

「そうだね。でも夏はいいよ」

おじさんはふと、私がテーブルの上に置いておいた新聞をトントンと指で叩いた。

「夏は馬も休むから」

「馬？」

「夏は人間も暑いが、馬も暑い。だから馬も二か月夏休み。夏の間は、わしの心も平安でいられる。いい季節だ」

そういえば少し前の六月一四日、夏休み前最後の競馬が行われた。その日私はルビーの幼なじみで山の上に暮らす家族の家へ遊びに行く予定だったが、直前になって先方から日を変えてほしいという連絡が入った。理由は「その日は大人どもが全員山を下りて競馬に行くため、せっかく山に来ても誰もいないから」というものだった。

「おじさん、競馬やるんですか？」

何の根拠もないが、おじさんは競馬をやらない人だと思っていた。彼の堅実な人生観やゆったりした時間の過ごし方、静かな物腰と、競馬がシンクロしなかった。馮《ふおん》おじさんはほんの少し頬を赤らめ、コップの底に沈んだあずきをぐるぐるかき混ぜた。

「暇つぶしにちょっと遊ぶだけさ。身を滅ぼすような馬鹿はしない」

「株も競馬も同じ。遊ぶだけならいいが、のめりこんではいけない。学校でそう習いました」

「別に隠してたわけじゃないんだ。ただ……あんたはわしに競馬をやるかどうか尋ねたことがなかった。だから答える機会がなかった」

必死に弁解しようとするのがほほえましかった。


どう控えめに見積もっても、香港人の博打好きは否定しようがない。世界じゅうで、市民一人当たりが競馬に費やす金が一番多いのは香港だという。「香港は米屋より銀行の方が多い」という言葉があるが、それに「香港は地下鉄駅より場外馬券売場の方が多い」という言葉を付け加えるべきだと思う。私のアパートの近くにも場外馬券売場があったが、競馬のある水曜日と日曜日、そして六合彩《マークシックス》〈六つの数字を全部当てるマークシート方式の宝クジ〉のある日には、そこ一帯に人々が座り込み、淋しくなりかけた夜の町を異様な熱気で包んでいた。

香港の二大博打といえば、麻雀と競馬だ。競馬をするのは男の方が圧倒的に多いが、麻雀は男女に関係なく、特に主婦のレクリエーションとしても根強い人気を誇っている。

なぜ香港の人はそれほど博打が好きなのか、それは自分にとってもずっと興味深い謎だった。ちなみに私は賭け事をしない。宝クジも買わない。しない以上は好きではないのだろうが、かといって他人が賭け事をするのさえ嫌悪するような積極的拒否でもない。賭け事を深い神秘的世界に感じるからこそ、自分は手を出さない方がいい、ただでさえ緊張の連続の人生に、これ以上負担は与えたくない、そんな消極的拒否である。そんな自分をひどくつまらない人間のように感じることもあるが、これぱかりはしょうがない。

ある時、ルビーに麻雀のやり方を知っているかどうか尋ねられた。

「やり方は知ってる。でもやるとしてもお金を賭けずにやる衛生麻雀《クリーン》だけ。遅いし、いつも負けてばかりだから」

彼女はふふんと笑った。

「そんなの麻雀とは呼べないね。だって金を賭けなかったら、誰も真剣にやらないじゃないか」

「どうせ遊びなんだからいいじゃない」

「よくないよ。やる気のない相手とやるほどつまらないことはない。大事なのはみんなが真剣に打つことなんだ。五元でも一元でもいい。金を得するか損するかで初めて人間は緊張してゲームに取り組むんだよ。あんたは金を賭けないから、いつだって負けてもいいと思ってる。あんたとは絶対に麻雀はやりたくないね」

麻雀をやらないことで、ここまで人格を否定されたのは初めてだ。それはともかく、常に真剣勝負し、どんな小さな勝敗もおろそかにはしない。とても真面目なのだ。それは、不必要な緊張を自らに課したくないという理由で私が博打に手を出さないことのまったく裏返しであるため、その真摯な態度には共鳴した。

しかし比較的高学歴で外国暮らしの経験がある、あるいは外国人と接する機会の多い香港人の中には、麻雀を「香港の恥」と考える人も少なくない。その典型は中文大学の広東語教師だった。「私は麻雀をしたことがない」「ギャンブルなんて大嫌い」「あんなにうるさくて面倒なことは嫌い」と、麻雀との関わりを必死に否定しようとする。彼らは麻雀を打つ人間を低俗と見なし、外国人から同類の人間と見なされるのが耐えられないようだった。その話をしたら怒り出したのは、意外にも中文大学の卒業生で日本に留学経験のあるシェリーだった。

「そんなの絶対に嘘。絶対に、嘘！　なんでそんな嘘をつかなきゃならないの？　私だってそんなに好きじゃないけど、どうしてもしなきゃならない時にはするわ。麻雀を打ったことのない香港人なんて絶対いない。もしいたとしたら、そんなの香港人じゃない。香港の子供は、生まれてから歩く練習をするのと一緒に、麻雀を覚え始めるの。それほど身近なものなのよ」

「酒が飲めなきゃ男じゃない」という乱暴な言葉が日本にあるように、香港では「麻雀ができなきゃ人間じゃない」のである。シェリーが続ける。

「団地の主婦たちが暇さえあれば隣近所集めて麻雀やるでしょ。あれは別に金を儲けたくてやってるわけじゃなくて、貴重な情報交換の場なのよ。どこの何が安かったとかどこの食堂はおいしいとか、姑問題をどうしたらいいか、とかね。それに麻雀の席だとすべての人間が平等になるから、普段は年齢の差を気にして気軽に相談しあえない者同士が悩みを打ち明けることができる。麻雀は大切な社交の場なのよ。

　そこで『私、麻雀はやりません』と宣言することは、そういう近所付き合いを一切拒否することになるの。何か起きて助けを呼んでも、多分誰も助けに来てはくれないでしょうね。まずは麻雀をして相手を知る。そこから人間関係が始まるのよ」

また金銭が移動する麻雀にはもう一つの重要な側面がある。

「麻雀の形を借りて特定の人物にお金を渡すことができる。それも付き合いを潤滑に進めるための知恵なの。香港は廉政公署〈汚職を監視する役所。通称ＩＣＡＣ〉があって賄賂に関する監視がすごく厳しいでしょ。どうしてもその人にお金を渡したいけど目立ったことはできない。そこで麻雀をするの。自分が負ければ、堂々とお金を渡すことができるでしょう？　麻雀でお金を賭けることも厳密にいったら違法だけど、個人レベルの麻雀なら問題にならないから。

それから麻雀は結婚にだって役に立つ時があるわ。女の子が初めてボーイフレンドを家に呼んで親に紹介する。食事の後は、まあ普通は麻雀ってことになるわね。年寄りは面と向かっていろいろな話を聞き出すのが苦手だから、麻雀をやりながら相手がどんな人物かを探るの。その時男が気をつけなきゃいけないのは、いかにうまく負けるかってこと。本気で勝負してガールフレンドの親からお金を巻き上げたりしたら、その人は一生『自分から金を奪った男』という印象を持たれることになるの。まず結婚は許してくれないわね。かといってただ負けてやればいいわけじゃない。あんまり簡単に負けると、今度は『できない男』と思われる。いかにギリギリのところで見事に負けて、相手をいい気分にさせるかが大切なの。こういうのを外母政策〈彼女の母親を落とすための作戦〉と呼ぶのよ」

「麻雀って奥が深いんだね」

「そう。うまく利用すれば付き合いがスムーズに進むし、使い方を間違えたらトラブルになる。

麻雀を通して人とうまく付き合っていくのも、大人の大切な仕事なのよ」

たかが麻雀とあなどるなかれ。香港人は麻雀を通して人間を見ているのである。


ルビーの店で、店のボス、阿聯《ありゅん》や同僚の乱毛《りゅんもう》（髪が天然パーマで、いつも爆発現場から命からがら逃げてきたような風貌をしているため、この名前で呼ばれている）たちと話していた。その日の話題は私のビザ。私が一か月有効の観光ビザで出入りを繰り返していることを彼らは知っている。学生ビザは学費が高すぎるため払いたくない。就労ビザは、どこかへ就職しない限り申請さえできないので、取得は不可能。残る可能性は配偶者ビザだが、結婚しようにも相手がいない。つまりここに滞在したい意志があるのに、有効な手段を探しきれない私は役立たずだ、という話題だった。


「香港の男を探せよ。香港にはこんなに結婚してない男がいるんだ。一人ぐらい気に入った奴がいるだろう？　どんな男が好みだ？　店の客の中から目ぼしい奴を探しておいてやるよ」

「本当に私の好み通りの男を探しておいてくれるの？」

「ああ。俺は毎日このカウンターから何千という男を見てるんだ。男を見る目には自信があるぜ」

「じゃあ十代の美少年がいい」

店の中が凍りついた。日本ではよく通じるこの冗談が、香港ではまったく通じない。ここでは若くて美しい男に、それほど価値はないのだ。

「冗談だよ」

「あんた、真面目な顔で冗談いうなよ。本気にするじゃないか。で、本当のところどんな男が好みなの？」

「競馬をやらない方がいいな。働き者がいい」

私は深い考えもなくそういった。

「競馬をやらない？　そんな奴はいない。働き者ならいくらでもいるが、競馬をやらない奴はいない。いたとしても、そんな奴どうせ大した男じゃない。いいか？　ここに二人の男がいたとする。一人は競馬をやり、一人は競馬をやらない。競馬をやる方が絶対にいい男だぜ。なあ？」と阿聯《ありゆん》。

「ああ。競馬もできない奴に大した男はいないよ。賭けてもいい」と乱毛《りゆんもう》。

「競馬をやらないことのどこがそんなにいけないの？」

「競馬なんてただの遊びじゃないか。そんなただの遊びにすら賭けられないような男は、器が小さいよ。大した男じゃないに決まってる」

「ボスのいってる意味、わかるような気がするな」とテーブルを片付けていたルビーがいった。

「確かに競馬をやらない男はつまらない男って感じがする。理由はないけど、ただそんな感じがするんだ」

「どうして香港人がこんなに博打好きなのか、考えたことあるか？」と阿聯が聞いた。

「考えたことはある。でもまだよくわからない」

「香港には一文なしでやって来た人間がたくさんいる。俺だってその一人だ。俺は川を泳いで渡って来た。ちょうど文革の頃だ。その次の年にこいつがやって来た。珠海《ちゅーほい》の中学の後輩だったんだ」

阿聯はアゴで乱毛を指した。

「阿聯たちが逃げたって話が村に伝わって、俺たちは捕まえに行かされたんだ。友達が逃げる側と捕まえる側になるって、これは嫌なもんだった」

「俺は運よく一発で香港に上陸した。でも上陸した途端、香港で黒社会《やくざ》に捕まった。その身代金は先に香港に来ていた兄貴が払ってくれた。あの頃は、香港側に上陸できたと思ったら、香港の黒社会の人間が待ちかまえていて密航者を捕まえたんだ。目的は身代金だよ」

そういう話はシェリーからも聞いたことがあった。シェリーの従兄が一三歳という若さで密航した時、家に黒社会の男から身代金要求の電話がかかり、お父さんがお金を持って国境の近くまで従兄を引き取りに行った。その晩、シェリーは恐怖で一睡もできなかったという。

「俺はその次の年に香港に逃げた。俺の身代金を払ったのが、この阿聯さまというわけ。だから俺はこの人のいうことを一生聞かなきゃならない」

今の今まで、ただ雇用関係で結ばれた食堂の親父とコックだと思っていた二人に、こんな物語があったとは知らなかった。

「何にもないところから始めて、少しでもいい暮らしをしようと一生懸命働いた。でもあいにく香港は、働けば幸せに暮らせるようなところじゃないんだ。普通に働いていたら、絶対に家なんか買えないし、将来は目に見えてる。少し金が貯まったら、どこかでぼーんと賭けて増やしていく。一番多いのは株と不動産だな。何かに賭けて増やしていかない限り、人より早く上に登れない。上に行けば行くほど、簡単に金が集まるって仕組みさ。下にいたら、どんなに必死に働いたって、結局は貧乏のままなんだ。まあ簡単にいってみたが、そう簡単なことじゃないさ」

確かにかつて香港ドリームというものが存在した。しかし不動産がここまで値上がりし、裸一貫からのし上がった金持ちが資本を寡占化している今の香港では、一発逆転という神話はほぼ成り立たなくなった。

「じゃあそんな資本がない貧乏にはどうする？　どうやったら早く上に上がれるか。もう博打しかないよ。自分が稼いだ金で夢が見られないことははっきりしてるんだ。だったらイチかバチか賭けてみる。それは当然の行動なんじゃないか？」

どこかで賭けないと、埒があかない。

それは胸にすっとおりるような意見だった。博打で彼らが手に入れようとするのは、金でもスリルでもなく、ここから脱出できるという夢。それほどここには閉塞感が強いのだろう。

その言い分はわかる。しかしいくら生存競争の激しい街とはいえ、そこに住む人たちがおとなしい人ばかりだったら、それほど博打は流通しない。博打が積極的に受け入れられる場所では、血の気が多いとか気性が荒いといった性質を持つ人々の人口密度が高いはずだ。

私は眼の前にいる阿聯《ありゅん》と乱毛《りゅんもう》を見つめた。

簡単に人を信用しない抜け目のない瞳、頑丈な体、他人からどう見られようとかまわない自信に満ちた身なり、粗暴な口のきき方、人を信用しないはずなのに人との結びつきを何よりも大切にする人情……議論でもいい、ジャンケンでも麻雀でも何でもいい、もし二人と何かを競ったら、私が絶対に負けることは確かだった。彼らはまぎれもなくいい男たちだった。

彼らは危険を冒して香港にやって来た。彼らの体験は香港では珍しいものではなく、香港のどの家庭でも一人は体験しているような話だった。しかし村にはその何倍、何十倍という、出なかった人たちがいるはずだ。

「乱毛の他の兄弟たちも香港に来てるの？」

「兄弟の中じゃ俺一人だ」

「どうして？」

「どうしてって聞かれてもね……俺はずっと家に仕送りして、弟にその金を使って密航するようにも何度もいった。でも弟は絶対にいやだといって来なかった。今でも村で畑耕してるよ」

「同じ兄弟でも全然違うんだ」

「だって密航だぜ。俺たちは家族仲良く手つないで船に乗って香港に来たわけじゃないんだ。密航は一人一人が決めることだ。肝の小さい奴は、いくら金があったって密航はしない。そんな奴に来いといっても無駄だし、もしそれで香港に来たとしてもやっていけないよ。そういう奴は故郷で静かに暮らしてる方が性に合ってるんだよ。どんなに貧しくても自由がなくてもね」

ふとある人のセリフを思い出した。その人物はこのセリフで香港を語ったわけではないし、香港に来たことすらない。また皮肉なことに、彼から逃れるため香港に渡ってきた人はあまりにも多い。だがそれを「香港で生きるということ」に置き換えてみると、まったくその通りに聞こえる。

「××は、客を招いてごちそうすることでもなければ、文章をねったり、絵をかいたり、刺繡をしたりすることでもない。そんなにお上品で、おっとりした、みやびやかな、そんなにおだやかで、おとなしく、うやうやしく、つつましく、ひかえ目のものではない。××は暴動であり、一つの階級が他の階級をうち倒す激烈な行動である」

××の正解は「革命」であり、この名言を発したのは毛沢東である。

香港とは、命を賭けて出てきてしまった人が集合する場所なのだ。博打は、この街に入る前からすでに始まっているのである。穏やかな生活を好む人間は、もとよりこの街には来ない。香港で生きていくということは激しく、騙し騙され、血を流しながら自分の居場所を確保していく闘い。競馬や麻雀にすら賭けられないような人間が、人生という博打に賭けられるわけがない。

私は「競馬をしない男にロクなのはいない」という意見に傾きかけている自分を感じていた。

「やっぱり競馬も麻雀もやっていいよ。とにかくいい男を探して下さい」

やっぱり負けている。どんな議論をしても、私は必ず負ける。

「よし、任せときな。俺の名誉に賭けていい男を探してやるよ」

それにしても、何にでもいちいち賭けなければ気の済まない男たちだった。

密航者という生き方

朝、突然電話で起こされた。

「王《うぉん》だ。なんだ、まだ寝てるのか？　出て来て飲茶《やむちゃ》でもしないか？」

「今から屯門《とゆんむん》に行くのはごめんですよ。昨日遅かったから」

「今、深水埗《しゃむしゅいぽ》に来てるんだよ。香城酒楼《ひょんせんちゃうらう》の横からかけてる。香城酒楼ってわかるか？　出て来いよ」

香城酒楼は長沙灣道《ちょんさーわんどう》沿いに立つネオンぎらぎらの巨大レストラン。深水埗に住んでいてこのレストランを知らなかったらモグリだ。最近はビザ更新で広州へ行く時、長距離バスの切符をここで買っているから、私にもなじみのある場所だった。

「わかりましたよ。一五分で行きますから、先に座って待っててください」

「いや、入口で待ってるよ。一五分だね。わかった」

ぼさぼさ頭のまま、とりあえず顔だけ洗って香城酒楼へ行った。王さんはレストランの入口で、仁王像のように両足を踏ん張り、いかつい顔で立っていた。相変わらずシャラシャラしたシャツにシャラシャラシャラしたズボン、そして坊主刈り。しかしこの町の朝には妙に似合っている。

私たちは二階に上がってテーブルに着いた。

「朝から深水埗《しやむしゆいぽ》に来るなんて、今日は仕事はお休みですか？」

「おととい、勤めてた店がつぶれたんだよ」

「そうだったんですか」

「また職探しさ。今日は知り合いの代わりに一日だけこの近くの焼臘舗《しうらつぽう》で働けることになった。仕事は午後からなんだけど、さっき息子を幼稚園に送るんで外に出たから、そのまま深水埗に来たんだ。だから君に電話した」

「せっかく仕事を始めたばかりだったのに……やっぱり不景気の影響ですか？」

「そうともいえるね。不景気になればみんな外食しなくなるから。なに、俺は一八年もこの道で食ってるんだ、技術があるから何とか食っていけるさ」

彼の右手に目をやると、ごっつい肉厚の手のひらの皮がびりびりに剝けていた。

「熱い鉄の串を素手で持つから、どうしても皮が剝けてしまうんだ」

まさしくプロの右手だった。

「奥さんは？」

「元気だよ。うちにいる」

「この間、奥さんが香港に上陸する沙橋《さーきう》へ行ったんですよ」

「ほんと？　君も暇だなあ」

確かに暇だ。

「どんな所だった？　俺も行ったことないんだよ」

「静かな所でした。海はすごく浅くて、カキの貝殻がたくさんありました。王さんはどこから上陸したんですか？」

「俺はもっと西の踏石角《だっせっこく》。もっともそれ以来、行ったことはないけどね。昔は速いボートなんてないから、手こぎの舟で渡ったんだ。今はみんな蛇頭《スネークヘッド》が手配してくれるし、密航も楽なもんだ」

元密航者ならではの意見だ。

「王さんって一九八〇年、二七の時に香港に密航したでしょう？」

「そうだよ。よくそんなへんなこと覚えてるな」

「それってけっこう遅くありませんか？　普通、もっと若い時に密航する人が多いみたいだけど」

彼は私のカップにお茶をつぎながら茶目っけたっぷりに笑った。

「俺だって好きでそんなに遅くなったんじゃない。初めて密航したのは一八の時だ。で、成功したのが二七の時ってわけだ」

「その間の九年間はどうしていたの？」

「挑戦し続けていたのさ。七回失敗して、八回目に成功した。結局九年もかかってしまったんだ」

一九五三年、広東省東莞《とんくん》生まれの王《うぉん》さんは、ちょうど思春期に文革を体験した。学校が事実上機能しなくなったため、教育を受けたのは一四歳までだ。考えてみたら王さんは阿彬《あばん》と一つ違いだった。二人が置かれていた状況はよく似ていた。

「うちはもともと農家の大地主だったから、あの頃は徹底的に批判された。共産党は自分たちの考えが正しいと信じきって、人間を自由に違う場所へ移動させたり、命令していうことを聞かせようとする。逆らえば暴力をふるうか監獄に入れる。黒社会《やくざ》と同じだよ」

とても刺激的な意見だ。

「とにかく自由になりたかった。村からは香港に出て行った人がたくさんいた。俺の周りには牛に草を食べさせたりレンガを積んだり、そんな仕事しかなかった。小さい頃からずっと香港に憧れてたんだ。初めて一八で密航した時は、親にも相談せず自分一人で決めた。最初は友達がやるっていいだして、『俺も行く』『おまえは？』『俺も行く』って感じであっという間に十数人になった。結局は失敗したけどね。もちろんあの頃は捕まるたびに刑務所だよ。一番刑期が長かったのは一九七六年、毛沢東の死んだ年。一八三日間もぶちこまれた」

「それでも挑戦し続けた？」

「ああ。絶対に、何が何でも行ってやるって思ってたから」

彼は、実は七回目に香港上陸に成功した。当時香港では人道的立場から、中国からの密航者には九龍まで入れれば身分証を発行するという「抵壘政策《だいろい》」を取っていた。

「当時は荃灣《ちゅんわん》、葵興《くわいひん》、葵芳《くわいふぉん》はまださびれていて、美孚《めいふー》まで行ったら市街地と見なされた。新界を走るバスには警官が乗り込んで、密航者を取り締まってたんだ。俺は荃灣からミニバスに乗って、そのバスに警官が乗り込んできた。刑務所から出てまだ一週間だったから坊主頭だった。一目で密航者とバレてしまったのさ」

ちなみに彼は今も坊主頭である。

「でもその時一緒に密航した友達は市街地まで入るのに成功した。俺は刑務所で監視員に一〇〇元渡して家に手紙を書き、そいつの香港の連絡先を調べてもらった。当時は一〇〇元渡せば何でも可能だったんだ。刑務所から出たらすぐ八度目の挑戦だ。友達の電話番号を洋服の裏に縫いつけて密航した。

密航者は大抵香港にいる親戚や知り合いの連絡先を持っている。香港に上陸した途端、黒社会が待ちかまえていて、密航者はまず大体捕まってしまう。黒社会がその番号に電話して、身代金を払うまで釈放しないんだ。その時、親戚がいることがわかると法外な値段をふっかけられる。親戚だと高い金でも払うから。友達だったら値切れる可能性があるんだ。俺は香港に叔父が一人いたが、それは黙って友達に頼ることにした。

俺の値段は友達と二人セットで六〇〇〇元だといわれた。香港にいる友達も三か月前に密航してきたばかりなんだ、そんな金があるわけがない、と粘って一人一〇〇〇元までまけてもらった。そして友達が払ってくれて、ようやく釈放された。その友達には本当に感謝してるよ」

「もし友達が払ってくれなかったらどうなるの？」

「その場合は、ひと月三〇〇元の計算で、身代金がたまるまで養豚場で働かされるんだ。寝るのも食事も豚と一緒。男はそれで済むが、女はそうはいかないよ。だいたい強姦されて売りとばされる。女は絶対に密航なんかするもんじゃない」

前回ミニバスに乗って警官に捕まった王《うぉん》さんは、その教訓から、今回は荃灣《ちゅんわん》から二階建てバスに乗り、美孚《めいふー》まで入ることに成功した。

「ところが一緒に釈放された友達は、荃灣の路上で捕まってしまったんだ。もちろん即強制送還だ。俺はすぐに灣仔《わんちゃい》の入境處《イミグレーション》に行って身分証をもらった。入境處には長蛇の列ができていたよ。そして運命の一九八〇年一一月三〇日が来た。その日の夜一二時を境に、密航者は捕まえ次第、すべて強制送還することになったんだ。俺は本当にギリギリのところで密航に成功した。なんて運がいいんだろうって思った。八回目で失敗していたら、俺は今頃まだ大陸にいるだろう」

「密航に成功したのはいつ？」

「いつかな。全然覚えてない。とにかく一一月三〇日の少し前だ」

一一月三〇日十二時という日時の存在があまりに大きくて、肝心の密航成功日は彼の記憶から完全に抹消されているようだった。

「その時捕まった友達は今どうしてるんですか？」

「一一月三〇日、そいつは刑務所に入っていた。今も故郷の東莞《とんくん》にいるよ」

運命のいたずらとしかいいようのないドラマ。王さんは努力もしたが、やはり強運の持ち主なのだろう。

王さんの密航談を聞いているうち、彼に対する印象が少しずつ変化していくのを感じていた。

彼の奥さんには香港居住のできる単程証《たんちえんちん》〈片道ビザ〉は出ていないにしろ、正式に申請すれば双程証《しょんちえんちん》〈往復ビザ〉は発行される。多くの男がこの政策に従い、妻を大陸に残して香港で生活している。だからこそ週末の九広鉄道は大陸に帰る男たちでごった返すのだ。

しかし彼はそれにも従わず、家族が一緒に暮らすためなら手段を選ばない。なぜそこまで彼が奥さんの密航にこだわるのかが、私にはよくわからなかった。

自由になるための、八度にもわたる密航。そして八回目の密航成功で、間一髪で香港の居住権を得た。彼の自由を実現したのは、密航。現在の彼の存在は、密航なしには語れない。彼にとって密航は、単なる手段を超え、自由になるための一種の儀式と化しているのかもしれない。

彼は完全な自由を手に入れるまで、絶対に密航をやめないのだろう。

「俺、昔深水埗《しゃむしゅいぼ》の籠屋《ろんおく》〈一つ一つのベッドが鉄柵で囲まれた、鳥籠のようなアパート〉に住んでいたっていっただろ？　上の子二人はそこで育てたんだ」

「テレビが取材に来たって前にいってましたね」

「そうそう。籠屋で子育てをする親は珍しいからさ。あの頃、よくこのレストランに来たんだよ。懐かしいな」

彼は体育館ほどある広大なレストランのフロアを見回した。

「あの頃、密航してきた女房を蛇頭《スネークヘッド》が引き渡すのがこのレストランだったんだ。蛇頭からアパートに電話がかかってくると、ここに飛んできた。今日みたいにこの店の入口で立って待ってると、女房を連れて来てくれるんだ。ここはいつも人が多いから、立ってても怪しまれないからね」

私にとっては飲茶《やむちゃ》をしに来るという日常の生活範囲が、彼にとっては密航の延長だった……自分の見ている風景が、実はそんなおめでたい世界ではないのさ、と軽く裏切られたような気持ちだった。

「だから今日はここを選んだんですか？」

「いや」

王《うおん》さんはいたずら坊やのように笑った。

「今日はたまたまバスを降りた所にこの店があったのさ」

「じゃあ奥さんもその頃から密航を繰り返していたんですね」

「ああ。女房も今回で何回ぐらいになるかな」

彼は指を折りながら数えた。

「もう女房の方が俺なんかよりずっとうわてだよ」

私は、ビクトリアピークから見下ろす、いわゆる香港の「一〇〇万ドルの夜景」が好きではない。

初めて見たのは一九八六年、中秋の夜のことだった。その数週間前に学校で知り合ったオーストラリア華僑、ジェームスとの初デートがビクトリアピークだった。香港では中秋の晩、高い所に登って月を鑑賞する習慣がある。ピークに登るピークトラムを何十分も待たされ、登ったら今度は人ごみに押しつぶされ、初デートの緊張と疲労が重なってずいぶん不機嫌だったことを覚えている。

「ほら、見てごらん。きれいだね」

ジェームスにいわれて下をのぞきこんだ。

「きれいだけど……」

あとが続かなかった。自分でも何と表現していいのかわからなかった。私の無言を、彼は疲労による不機嫌と解釈し、私たちはすぐにバスに乗ってピークを離れた。バスの中で、自分がさっき何をいいたかったのかをずっと考えていた。

きれいだけど、何だろう、このざわざわする感じは。

その感じを言葉にすることは結局できなかった。

一九九六年、そして一九九七年、私は何度かビクトリアピークに登った。それは昼だったり夜だったりした。いつも誰かと一緒だった。

私には香港で気に入っている夜景がいくつかある。それらを見に行く時は必ず一人で行く。しかしビクトリアピークだけは別だった。何かはわからないが、一人で行きたくない理由が心のどこかにあったのだ。

ある晩、学生時代の日本人の友人を連れて再びビクトリアピークに登った。いくら好きではないとはいえ、香港に初めて来た人に手っ取り早く納得してもらうためには、やはりビクトリアピークは便利だった。よかったことに彼女は案の定喜んでくれた。彼女は記念に、写真を撮ってほしいとせがんだ。

「ちゃんと夜景が入るように撮ってね」

頼りないガードレールにもたれかかる彼女に同一線上からカメラを向けると、まったく夜景は入らない。私は彼女をそこに置き、崖の斜面によじ登った。まるで彼女をモノにしたい一心の情けない男みたいだな、と思いつつ。足場の安定したところに立ち、再びファインダーをのぞいた。よし、これで彼女も夜景もちゃんと入っている。

「じゃあいくよ」

シャッターを押そうとした時、再びあのざわざわした感じに襲われた。

何かが異常だ。この風景は、何かが確かに異常だった。

「どうしたの？」

「ちょっと待って。周りの人が切れるのを待つから」

その夜景は、写真に撮る前から静止画像だった。写真は動きを止め、その一瞬そこで営まれている生命を切り取る。ところがその夜景は、音も動きも生命も人の呼吸も感じられない、ただの静止画像だった。ひっくり返した宝石箱のようにこれだけ光が氾濫しているのに、街はまるで悪い魔法でもかけられたようにぴたりと動きを止めている。それが私を不安にさせていたものの正体だった。私はシャッターを押した。

「きれいに撮れてるでしょうね？」

「多分ブレてると思うよ」

「カメラマンのくせに！」

友達にカメラを手渡すと、私たちは互いに思いは果たしたかのように、トラムに乗ってピークを後にした。


香港のネオンはまたたかない。香港じゅうでネオンがまたたいたら、住宅地の真上を通って滑走路に突っ込む飛行機が信号を見誤り、墜落してしまうからだ。香港市民の安全は、ネオンがまたたかないことで確保されているといってもいい。

しかし私にはそれが不満だった。

東京で育った私にとって、ネオンと喧騒といえば思い出すのは新宿歌舞伎町だ。狂ったようにネオンがまたたき、それぞれの怪しげな店が客引き文句をわめき続け、路上には人々の欲望が渦巻いているという場面では、人間はあまり異常を感じないものだ。人っこ一人いない山の上で怪しげな店の客引き文句を聞いたら不快に思うし、ちかちかまたたくネオンと人ごみという風景の中で何も音がしなかったらただちに異常を感じる。音と画像、そして自分がそれに期待する喧騒がぴたりと合って、初めて私は正常だと思い込む。

初めて大阪の心斎橋へ行った時、私はしばらくそこに立ち尽くして、一生走り続ける巨大なグリコ青年のネオンを見ていた。広告塔という、ネオン本来の役割から完全に逸脱し、ただ人の注目を集めるためだけに太陽を背負って走り続ける前時代的なグリコ青年。狂ってるな、と思った。でもどうせ下界を行き交う人々も多かれ少なかれ狂っているのだから、何も不安は感じなかった。

香港は音に対する許容度の異常に高い街だ。隣の部屋の住人は「今日のエビは一斤三八元だった。ふざけるな」とわめき、向かいの部屋の住人は「こうまでいってもわからないなら、おまえを殴り殺してやる」と子どもを叱り、道路向かいの住人は夜を徹してテレビゲームに興じ、その下の路上ではホームレスの宴会が始まっている。バスに乗れば耳元で怒鳴られ、びっくりして振り向くと、相手は携帯電話に向かって話している。二四時間、音が絶えることがない。この街で生きることは、即ち音を発することである。

それほど音の氾濫したこの街で、街の明かりはぴたりと静止したままだ。この音量に釣り合うには、もっと光がめちゃくちゃにまたたいていい。光だけが静止していると、余計自分たちが狂っているように思える。音を出し続ける下界の人々に対し、静止した夜景は命が入っていないように見えた。

ネオンがまたたき始めた時、この街はようやく完全な狂気を手に入れることができるだろう。

九八年七月五日、啓徳空港《かいたく》が閉鎖されることになった。

啓徳空港が好きだった。

小さい頃から私は空港にまつわる風景というものが好きだった。生まれて初めて空港へ行ったのは、台湾に行く父を一家総出で羽田空港へ見送りに行った時だった。浜松町を出発するとモノレールはビルの間を抜け、川を越え、海を横切り、空中を走りながら外国へ続く空港へ向かう。空飛ぶじゅうたんみたいだと思った。普段接する機会のまったくない視点の高さに、幼い私はすっかり夢中になった。

次に夢中になったのが啓徳空港だ。眼下のビルや看板をなぎ倒しそうになりながら滑走路に突っ込んでいくあの感じ。それは見知らぬ外国に来たというより、人間の住む世界にぶちこまれたという感じだった。この圧倒的な景観の中で、どう自分の居場所を見つけたらいいのか、いきなり視覚に訴えかけられた。

可能なら毎日でも啓徳に着陸したかった。毎日着陸できないなら、せめて飛行機を下から仰ぎ見ることによって、飛行機から下界を見る時の興奮を追体験したい。そして私は深水埗《しゃむしゅいぽ》の飛行ルートの真下のアパートに住んだ。

ここの住人は飛行機が上を通っても見上げない。飛行機がこの大きさで視界に入ってくることはここでは完全に日常なのだ。空を見上げるか見上げないかで、この町の玄人か素人か一発で見分けがつく。いつまでたっても空を見上げるのは私と向かいのアパートの猫だけだった。

頭上を横切る巨大な飛行機は都合のいい道しるべにもなった。私はよく尖沙咀《ちむさーちょい》あたりからぶらぶら適当に歩いて家に帰ったが、飛行機の姿が前方に見え出したらうちに近づいている証拠だし、ほぼ頭上に来たらうちはその延長線上にある。飛行機のおかげで道に迷うことが少なくなった。また着陸する時は、飛行機が今どこを飛んでいるかわかるようになった。誰かの家の近く、いつも通る交差点、近くの運動場……自分が属する風景を上空から確認できるのは他ではなかなかできない楽しみだった。

啓徳《かいたく》空港は私にとって、完璧な空港だった。この空港がなかったら、これほど香港には惹かれなかったかもしれない。

この空港がなくなれば、これまで高度制限のあった九龍城《がおろんせん》や深水埗《しゃむしゅいぽ》にもいずれ再開発の手が伸び、高層ビルが建つだろう。発展という言葉は返還バブルですっかり市民権を得、景気の悪くなった今では雇用確保という名目でやはり歓迎されている。

青馬《ついんま》大橋、會議展覧中心《コンヴェンション&エキシビジョンセンター》、西区海底トンネル、汀九《でぃんがう》橋……返還を挟んで、香港の繁栄を誇示するでかいものばかり建った。その華々しい完成の陰で、香港的特色に溢れた場所がひっそりと姿を消した。古くは九龍城寨《がおろんせんちゃい》、国民党村・調景嶺《ていうげんれん》、団地の慈雲山《じーわんさん》や秀茂坪《さうまうぴん》、灣仔《わんちゃい》の老舗レストラン・雙喜樓《しょんへいろう》、雀仔街《バードストリート》、新空港対面の東涌《とんちょん》周辺の村々、旺角《もんこく》一帯の上海街《しょんほいがい》……その極めつけが啓徳空港である。

香港市民が自分たちの経済力に見合った先進空港を望む気持ちはわかる。彼らは啓徳ではもはや満足できないのだろう。

しかし私は啓徳空港を惜しむ。自分たちが香港的なるものを次々と破壊し、観光資源を絶滅させていることを、香港はそろそろ認識していい頃だと思う。ひたすら前に進むそんな香港に、私はだんだん気後れし始めている。

九八年七月五日、香港はとてつもなく大きな財産を失う。

＊　＊　＊

夕方、新界のベッドタウン、元朗《ゆんろん》から屯門《とゆんむん》に向かう軌道電車に乗っていた時のことだ。電車が信号で停まった時、ふと道路の向こうからこちらを凝視している何ものかの視線に気がついた。木陰に潜む何ものかは背中から逆光を浴び、こちらからは姿が見えない。電車が動き、光が自分の正面からズレた時、そのものは正体を現した。牛だった。

渋滞した道路をのろのろ進む軌道電車と牛という組み合わせが成り立つこの街の奇妙さにも驚いたが、帰宅する客をぎゅうぎゅうに詰め込んだ電車を眺めながら牛は何を思っていたのだろう、と考えるとドキッとした。

意外に思えるかもしれないが、香港は動物の多い街である。人間が多いからネズミが多い。ネズミが多いから猫が多い。泥棒が多いから犬が多い。そして急激な開発が多いから、牛が多い。

香港では再開発のため、一つの村がまるごと強制撤去されることは珍しくないが、村人が移住させられる新居の大半が団地であるため、犬がごっそり村に捨てられる。同じように、それまで農地で飼われていた牛もまたその場所に放置されてゆく。時々、どこの団地に牛が現れたとか、自転車で走っていた老人が猛牛に追突されて大ケガをしたというニュースが新聞に載っている。牛が人の生活領域に入りこんでいるのではなく、人間が牛の生活領域を侵犯しているのだ。動物がいるという、本来ならほほえましいはずの風景が、ここでは皮肉にも捨てられた風景の証拠なのである。

赤鱲角《ちえくらぶこく》新空港の対岸にある東涌《とんちよん》は、ここ一、二年で最も変化の激しかった場所の一つだ。返還前から定期的に通ってきたが、人の住んでいた村からある日人の気配がなくなり、次には主人のいなくなった家の番地の下に×印がつけられ、その次には跡形もなく家がなくなって、隕石が落ちたあとのような巨大なサラ地になっていた。

そしてそこには流浪牛がいた。人間の事情を知らない牛たちは、柵から解放され、かえってのびのび歩き回っているようにも見えた。

この二年間、暇さえあれば香港の郊外に足を向けてきた。意識して通っていたというより、人も建物もすべてが密集した近視眼的な空間の中に住んでいると、時折どうしようもなく遠くの風景を見たくなるからだった。どこへ行くにも小一時間で行ける箱庭のようなこの街では、その日の気分でまったく別の世界へトリップすることができ、これまた手っ取り早い気分転換になった。

しかしその一方で、自分の心を洗ってくれる風景が、すさまじいスピードで消えつつあるということも知った。この風景はいつまで存在するのだろう、と頭のどこかで考えてしまう哀しい習慣がいつの間にかついていた。消えつつあるものばかりを追いかけているつもりはなかったのに、気づいてみると自分はいつも、その風景の最期に立ち会っていた。

すべてのものは変わってゆく。消えゆくものは記憶の中に大切にとどめればいい。しかし問題は記憶すべきものが多すぎて、もう覚えきれないのだ。こうして私はどんどん記憶喪失になっていく。

消えるならいっそのこと跡形もなく消えてくれたら、私も堂々と忘れてしまうだろう。しかしそこには犬が、牛が、残っていた。犬や牛が、そこに人がいたことを物語っていた。風景は消滅しても、命あるものはそこで生きている。だから突然牛から見つめ返されると、私は自分の非を問いつめられているような気がしてドキドキするのだ。

私のことを忘れるな、と牛の目が語っている。

そして私は、「忘れないよ」と答える自信を失いつつある。

＊　＊　＊

学生ビザが切れてから、これまで九回の出入りを繰り返して滞在を延長してきたが、そろそろ自分の運が尽きかけていることはうすうす感じていた。一〇回目の九八年六月三日、ついに啓徳《かいたく》空港のパスポートコントロールで別室に呼ばれたのだ。私のパスポートのある頁には香港入国と出国のスタンプがいくつもきれいに押され、少なくとも一月から連続して香港に滞在していることは一目瞭然だった。よほど寝ぼけた係官でない限り、別室に呼んで追及したくなって当然だろう。これまで呼ばれなかった方が不思議なくらいだ。

係官は、私が有効なビザなしで長期滞在をしていることを責めた。私は、長期ビザのないことは認めるが不法労働は神に誓ってしていない（ちなみにこれは嘘だった。香港で若干の原稿料をもらっていた）、それでも居続けたのはひとえに香港に興味があり、返還後の香港を見続けたかったからだ、これからビザは申請するから今回は入れてください、と頼んだ。いってみるものだ。彼は渋々一か月の旅行ビザを出してくれた。

いつ、どんなタイミングで香港を引き揚げるのか。ここ数か月、私にとっては大きな問題だった。

もちろんビザが切れた時が潮時だ。しかし二年近くも住んでいれば現実問題として物理的な整理にも時間がかかる。部屋を解約して敷金を回収したり、人から借りっぱなしになっていたものを返したり、人に貸しっぱなしにしていたポジや書籍を回収したり、いらない家具や家電を人に分けたり、未回収の原稿料を集金して回ったり……また私は香港で出会った人たちの住所をほとんど知らない。それは今まで教えてくれと再三頼んだにもかかわらず、「香港は狭いから電話で十分だ」という理由でほとんどの人が教えてくれなかったからなのだが、日本に引き揚げるとなれば、住所を知らなければ間違いなくすぐ音信不通になるだろう。何十人という人に電話をして会う約束を取りつけ、住所を聞き出す……それだけで何か月もかかりそうだった。

「どうして香港で発展しないんだ？」と何人もの友達からいわれた。この「発展」という言葉には、新しい土地で自分の可能性を試す、というニュアンスがある。

「二年も住んで学校にも通って、言葉も喋れるようになった。友達もできた。時間も金も投資した。これから回収できるんじゃないか。どうして今さら日本に帰るのさ？」

そういったのはルビーだった。私はそういわれたことに逆に驚いていた。

私の頭の中にある世界観とはつまるところ、A地点からB地点に来た人間は、いつかA地点に戻る、という単純な環状線だった。しかし彼女の頭の中にある、A地点からB地点に行く人間の目的はただ一つ、自己発展のためである。発展のために移動するのだから、もちろん死ぬほど努力をする。そこで展望が見えてきたら、C地点までも射程に入れる。終着駅がどこになるかは、到達するまでわからない。

「そんなに日本がいいのか？」

「全然よくないよ」

「じゃあなんで帰るんだ」

「ここでやっていける自信がないんだよ」

思わずそんな言葉が口をついて出た。それが私の本音だった。

私は学生の時にこの街に住んでから、ずっと香港に憧れてきた。香港で仕事を探して、ここに定住しようと思ったこともあるし、実際少しの間就職活動をしたこともある。しかし最後には自分の中でこんな声が上がる。

本気でこの街でやっていけると思っているのか？

私が、漆喰の壁がはがれ落ち、時にはタンクの水を頭上から浴び、下からは汚水が溢れ出すような住宅に住んでいられるのは、ここが仮の宿だとわかっているからだった。うるささも、自然が感じられない閉塞感も、何を買うにも騙されないように指先まで緊張感を走らせる疲労も、何がなんでも自己主張しなければならない苦痛も、すべては「仮の生活さ」の一言で片がついた。もしこの場所しか生きる場所がなかったら、私は気が狂っていただろう。

もちろん自分が繊細で、そんな環境の中で日常を送っている香港の人たちが図太いといいたいわけではない。いや、彼らは確かに図太いし、強い。私は彼らのそんな図太さと強さが好きで、でも自分はそうはなれないというだけなのだ。自分がそうなろうと努力をすれば、多分自分が壊れる。壊れれば、恐らく香港を憎むことになるだろう。そういう結果にだけはなりたくなかった。

香港を愛するが故に、私はいつか絶対にこの街を離れなければならなかった。

でも、いつ、どうやって？　私はその答えを探せないまま、七月三日、閉鎖寸前の啓徳空港から日本へ帰った。

第7章　香港の卒業試験

九月一〇日、香港に戻った。いつ香港を引き揚げるかという問題は、まだ決着がついていなかった。

七月六日の開港以来、問題続出の赤鱲角《ちえくらぷこく》新国際空港に到着。生まれて初めて啓徳《かいたく》空港以外の場所に飛行機で降り立ったわけだが、あの人間世界に墜落していくという感じがないと、香港に入る心の準備ができないことをあらためて実感した。およそ湿度や匂いや人のぬくもりを感じさせない非香港的空間を前に、私はとまどっていた。まったく知らない街に降りてしまったみたいだ。これが啓徳を捨ててまで選択した、香港の目指している前進？　たった二か月の不在が、自分と香港の距離をうんと広げてしまったような、いやな感じだった。

また別室に呼ばれるかもしれないと一応の覚悟はしていたが、何の問題もなく入国できた。荷物を持ってロビーに出たところで、新金豪茶餐庁《さんがむほうちゃーつぁんてん》の阿邦《あぼん》が待っていた。彼の姿を見た瞬間、心がとろけた。

「ほんとに来てくれたの？」

「約束は守る男さ」

彼は日本に何度か電話をかけてきて、「仕事がなかったら迎えに行ってあげる」といっていたが、まさか本当に来てくれるとは思わなかった。

「新空港って一回来てみたいと思ってたけど、こんなすごい所だとは思わなかった。見てよ、こんなカート、街じゃ見たことないよ！　ブレーキまでついてる」

彼はすっかり興奮して、荷物の載ったカートを押したり引っ張ったりした。

「空港来るの、初めて？」

「啓徳に一回だけ、移民する友達を見送りに行ったことがある。でも飛行機に乗ったことはない」

「じゃあ啓徳空港に降りたことないの？」

「飛行機に乗ってないのに、どうやって降りるんだよ？」

私はショックを受けていた。啓徳空港に降りたことがない香港人がいる……考えてみればごく当たり前のことなのに、啓徳に降りるシーンを前提とした香港観を持っていた私には、その街に住む多くの人があのシーンを見たことがないことが衝撃だった。

あのシーンは永遠に消えてしまった。これからはあの風景を見たことがない人たちがどんどん増えていく。香港も変わっていくだろう。

よかった。部屋はまだあった。その晩、不在中の郵便物の管理を頼んでいたC号室の阿玉《あよく》を訪ねた。

「あんた、いい時に帰って来たわよ。あんたがいない間に、大変なことがあったの」

彼女は私の顔を見るなりそういった。

「あたしたち、ここを追い出されるかもしれないよ」

立ち退き……？

「先週、きれいなスーツを着た女弁護士が裁判所の手紙を持ってやって来たの。この唐楼《とんらう》の大家主が株で大失敗して、この建物全部の所有権が銀行に移ったんだって。銀行はここをアパートとして貸し出すかどうか検討中。もし継続しないことになったら、私たちは立ち退きよ」

「大家主？　それは誰なの？」

「いたのよ、実はそういう人物が」

「じゃあ契約書に書いてある『呉』って名前の大家は誰なの？」

「それが実は不動産屋の社長だったのよ。全部弁護士が教えてくれたわ」

事情は複雑を極めていた。私は「呉《んー》」という名の会ったこともない大家から部屋を借りていたが、それは実は不動産屋、國華《こつわーでぃ》地産《ちゃん》の社長だった。このビル全体には実は別の大家主がいて、各階を別々の不動産屋に賃貸し、各不動産屋から家賃を徴収していた。うちの階と六階が國華地産の管理で、他の階はそれぞれ別の不動産屋に貸していたそうだ。各不動産屋は自分たちがもうけやすいように中を改造し、末端の店子に貸す。うちの世帯の場合、本来一つの家族が快適に暮らすのに適した五〇〇平方フィート（約四六平米）の部屋を四分割し、A号室を王《うぉん》さん、B号室を私、C号室を阿玉《あよく》、D号室を鄭《ちぇん》夫妻に貸した。各部屋の家賃を平均三〇〇〇元とすれば、不動産屋が毎月徴収できる家賃は約一万二〇〇〇元。ところが阿玉が銀行に問い合わせたところによれば、大家主はうちの世帯を毎月六〇〇〇元で國華地産に貸していた。つまり差額の六〇〇〇元は國華地産の丸もうけということになる。

そして大家主が株価暴落で莫大な借金を抱えた今、ビル全体の所有権は大家主に金を貸していた永享《ういんはん》銀行に移ったわけである。銀行が現在検討中というのは、このまま各不動産屋に破格の値段で賃貸を続けるのか、それとも各店子に直接賃貸して正当な利益を得るのか、あるいはこのビル全部を閉鎖して売るのか、その三つの可能性だった。

何よりも驚いたのは、これまでいくら連絡を取ろうとしてもつかまらなかった大家が、いつも仕事場に生まれたばかりの赤ん坊を連れてきては客に見せびらかし、私にはいつも日本語を教えてくれといっていた、いかにも人のよさそうなカナダ帰りの、國華地産の若社長だったということだ。

「私だって信じられなかったわ。これまで大家と連絡を取りたくて不動産屋に聞いても、連絡先は知らないっていわれてたでしょ。でも当の本人はその時、後ろに座って知らん顔でその話を聞いてたのよ。あんな善良そうな顔をして、とんでもないくわせ者だよ」

次から次へと明るみにされる事実に、私はどう反応していいのかわからなかった。

これは香港式経営学の授業か何かなのか。

資産の正しい運用方法――一つの物件から、どういう魔法で富をひねり出すか。貧乏人の正しい搾取の仕方――貧乏人は善良そうな容貌に弱い。香港の家賃が高いのは土地が狭くて人が多いから――誰もが疑いもしないこの神話に便乗して、どんどん搾取しまくりましょう。

なかなか興味深い斬新な内容で、話を聞いているだけなら感心する。しかし遊ばれているのは自分なのだ。

私はこの問題を処理するために、絶妙なタイミングで戻ってきてしまったらしい。

「阿玉はどうするつもり？」

「私たちは来月出るつもり。前にもいったけど、居屋《こいおく》〈政府が建設した廉価売買住宅〉の抽選に当たって、来月頭には何とか入居できそうなの。ほんとは四月頃入居できるはずだったのに、完成が延びてずっと待たされてたのよ。もう家賃を払うつもりはない。あんたはどうする？」

「私もどちらにしてもそろそろ出なきゃならないけど……もし銀行が継続することに決めたらそのままいられるの？」

「そうよ。九月一四日に結論が出るらしい。でも今回の件で、多分たくさんの人がここを出ると思う。今は不景気で家賃が下がってるでしょ。二か月家賃を踏み倒してここに住んで、もっと安い家賃の部屋に引っ越した方が得だもの。人が減り始めると、こういう所は途端に治安が悪くなるわよ」

想像はついた。私がこの怪しげなアパートで不安なく生活ができるのは、隣や向かいの部屋の生活音が筒抜けで、顔見知りがこんなに近くにいるという安心感があったからこそだった。私の生活音もまた彼らの耳に届いている。何か不測の事態が起きても、通報くらいはしてくれるだろう。阿玉《あよく》も王《うおん》さんも鄭《ちえん》さんも出て行ったら……私は物音一つ一つに震え上がる生活を送らなければならなくなるだろう。最後の住人にだけはなりたくなかった。

「実は先週、隣の世帯に泥棒が入ったの。木のドアにでかい穴を開けられて、中の部屋の電気製品だけみんな持っていかれたんだって。もう治安が悪くなり始めてるのよ、ここは」

その場にいなくてよかった。話だけならそれほど恐怖も感じない。

「怖がらせちゃいけないからこれは黙ってようと思ってたんだけど……」

「何？　まだ何かあるの？」

「数日前のことよ。廊下で鍵をガチャガチャ鳴らす音が聞こえたから、あんたが帰って来たのかと思って出てみたの。あんた、九月の頭に帰って来るっていってたから。そしたら知らない男が、今にもあんたの部屋のドアを開けようとしているところだったのよ」

一体誰が……。

「あんたの部屋の鍵を持ってる人、他にいる？」

「いない。合鍵さえ作ってないもの」

「『そこには人が住んでるのよ！　あんた、何の用？』っていってやったわ。すると、不動産屋の人間だ、ここに人が住んでいるかどうか調べに来たっていうのよ。おかしいでしょ。鍵を持ってるのは國華地産だけど、彼らはあんたがまだ住んでることを知ってるはずでしょ」

「今月の家賃だってもう払ってあるよ」

「あんた、何者？　って聞いたら、そのまま立ち去っていったわ。あとで考えたら背筋が寒くなったわよ。隣に入った泥棒だって、鍵がないからドアに穴を開けたわけでしょ。でもどうしてその男はあんたの部屋の鍵まで全部持ってるの？」

「どんな男だった？」

「どんなって、どこにでもいそうな男よ。不動産屋とか黒社会《やくざ》とか高利貸しとか、そんな感じじゃなかったわ」

すうっと血の気が失せた。彼女はこの出来事を今回の立ち退き騒ぎと関連づけて考えているようだったが、私には彼しか考えられなかった。

前の住人だ。

私の部屋に、折れた爪楊枝とゲームセンターのクーポンを残していった男。

やはり来ていたのか。私の妄想ではなかったのか。一度でいいから会ってみたいと思っていたのに、実際その場を目撃した彼女の話を聞いたら恐怖がこみ上げてきた。

会いたくない。あれは私の部屋だ。もうあなたの部屋じゃない。

「そんなことが続いたから、ここに住み続けるのがすっかりイヤになったの。こんなにおかしなことが続くなんてへんだよ。ここ、風水が悪いんじゃない？」

確かにそんな気がしてきた。誰かがこのアパートに向かって呪いでもかけたのではないだろうか。そう考えた方がよっぽど気が楽だ。

「突然いろんなことを聞いて混乱してると思うけど、ゆっくり考えた方がいいよ。私は出るけど、あんたは自分で決めた方がいい。そのあとのことは一緒に考えよう。一人で考えるより、二人の方が心強いから」

とりあえず弁護士から渡されたという手紙を一晩だけ借り、部屋に戻った。

できることなら、こんな現実に直面したくはなかった。いろんなことがあったけれど、私はこの街が好きだった。

怒りがこみ上げてきた。それは会ったこともない大家主や不動産屋の社長に対してというより、この街のシステムに対する怒りだった。返還前の異様な好景気で踊り狂った人のツケを、こういう形で我々が払わされるなんて、理不尽だ。我々は返還バブルの恩恵を何も受けていないのに、ツケだけは回ってくる。納得がいかない。これまでさまざまな人との出会いでご破算にしてきた、この街に対するとまどいや怒りが、積もり積もってドカンと天から降ってきたような感じだった。

何が起きるかわからない街。昨日のことが今日にはひっくり返っている街。けれどすさまじいスピードで、人々がそれに慣れてしまう街。自分が有しているはずの権利が、ある日突然剝奪され、それでも生きていくために呑み込んでしまう街。この部屋に帰って来る時にいつも感じていた、「部屋はちゃんと残っているだろうか？」という漠然とした不安、その正体は多分、昨日まで住んでいた部屋に今日も住めるとは限らない、という不安だったのだろう。予感は悲しいことに的中してしまった。

こんなことがなければ、私はこの街の搾取の構図も知らず、不動産屋に騙されていたことも知らず、返還バブルのツケが、何の責任もない質素な住民たちにこういう形で回っていることも知らなかった。香港は狭いのだから家賃が高いのはしょうがない、不動産屋は不親切だがそれがこの街の常識、不景気になったらなったで活気のある街だ、勝手にそう信じてこの街を去った方が幸せだった。

しかし私はその怒りを持続させることができず、笑い出したくなった。怒りを相殺してしまうような、奇妙な安堵がじわじわ胸の奥に染み出してくるのを感じていた。

これで帰れる。

これが私の求めていたきっかけだ。優柔不断な私に代わって、潮時が向こうからやって来てくれたのだ。

今回の問題は、さしずめちょっと意地の悪い卒業試験なのだろう。この街を立ち去るなら、最後にこの街の仕組みを教えてやろう、帰るなら、これを見てからにしろとでも？

とにかく残されたビザ有効期間の一か月、問題と立ち向かうしかなかった。こういう事態を招いたのは、ここに住むと決めた自分の責任でもあるのだ。何が合格不合格の境界線なのかは知らないが、このまま逃げ帰れば私は香港に完全に敗北したことになる。それだけは避けたかった。

精神的なダメージは仕方がない。物理的な権利の奪回を目指そう。

デポジット二か月分に水道電気代のデポジットで計六四〇〇元。

私のプライドは六四〇〇元にかかっていた。

私の隣人

阿玉《あよく》はゴムまりのように健康的に太った二五歳の主婦。三歳の息子と二人でC号室に住んでいる。

そもそも私が彼女と言葉を交わすようになったのは、トイレ逆流事件がきっかけだった。下水管の修理の間、彼女は自分の話をしてくれた。彼女は結婚して夫の家族と一緒に暮らしていたが、姑とうまく折り合わず、息子を連れて家を出てしまった。夫はそのまま両親や兄家族と一緒に暮らし、週末だけ妻子の様子を見に来る。夫が妻子と一緒に暮らさないのは、一〇〇平方フィート（約九平米）にも満たない古いアパートより、両親の家の方が広くて快適だからだ。

「私の部屋から時々怒鳴り声が聞こえるでしょ？　迷惑じゃない？」

「そんなことないよ。案外何も聞こえない」と私はいったが、実をいうと前の晩のすさまじい怒鳴りあいには内心びくびくしていたのだ。

「昨日久しぶりに夫が来て、結局朝の三時まで大ゲンカよ。私と息子がここに住むのは金の無駄だって怒られたの。我慢して両親のところで暮らして、早く働けって。私だって働きたくないわけじゃないの。昔はずっと店の売り子をしていたし、息子の手が離れたらすぐにでも仕事がしたい。でもこんなわんぱくな子供をおいて一歩も外には出られないし、姑の家に戻るのだけは絶対にいやなの。それでケンカになったのよ。『そんなわがままばかりいうなら、おまえには金は一銭もやらないから好きにしろ！』っていわれたわ。ひどいと思わない？

　私が家を出たもう一つの理由は、毎日姑とケンカするところを息子に見せたくなかったから。そういうのって子供に良くない影響を与えるでしょ？　私と姑のケンカってすごいのよ。口ゲンカどころじゃなくて、本当に手が出る殴りあい。息子に見せたくないから、よく二人で団地の下の公園に下りてとっくみあいをしたわ。だから近所でも有名だった。そんな家に、今さら戻りたいと思う？」

　公園で殴りあう嫁と姑……想像するだけで恐ろしいが、それだけ互いに自我を貫き通すということが私には健康的にも思えた。

　そんな話をしてから、私たちは少しずつ行き来するようになった。私が日本に一時帰国する時は彼女に郵便物を頼み、彼女は日本製の化粧品や一枚一〇ドルで買ったプレイステーションの海賊版に書かれた日本語がわからないと私に助けを求める、そんなもちつもたれつの関係だった。私には何よりも、電話をかけなくてもいざという時には力になってくれる人が一メートル先に住んでいる、という心強さが大きかった。

　立ち退き問題が起きてから、私たちはさらに頻繁に行き来するようになった。何か問題が起きるたびに言葉を交わす機会が増え、親密さが増す。その点に関しては、劣悪な住宅環境に感謝すべきなのかもしれない。

「私も一〇月の頭にここを出ることに決めた。弁護士に電話してみたら、阿玉《あよく》がいってたことと同じことをいわれた。彼らは銀行に雇われた弁護士で、私たちの問題とは関係ない。不動産屋とのトラブルは各自解決しろといわれた。だから不動産屋との交渉は一緒にやりたい」

「そうね。そうしよう。私もその方が安心だわ。人数が多い方が圧力をかけられるもの。目的は同じね」

「麵を作るから、食べていきなよ」といわれ、彼女の息子とプレイステーションで遊びながら待っていた。

「まったく、香港は複雑すぎるよ。相手が法律に詳しくないと思ったら、とことん騙す人間がたくさんいる。大陸はこんなに複雑じゃなかったよ」

阿玉がキッチンから顔だけ出していった。

「大陸に住んだことあるの？」

彼女は不思議そうな顔をした。

「私は広州の人間よ」

「そうだったの？」

「一八の時、母さんに連れられて香港に来たのよ。今年でやっと七年。私の父さんはずっと前に大陸で亡くなって、母さんが香港の人と再婚したの。それで私を連れて香港に来たってわけ。兄さんはその時もう二十歳を過ぎていたから、出て来られなかったのよ。兄さんだけ今でも広州に住んでるわ」

私はずっと彼女を香港生まれの香港人だと思っていた。なぜそう思っていたのかと問われたら特別な理由はないが、疑ったことはなかった。そういわれてみると、彼女はよく深圳《さむちゃん》や広州に出かけ、安い物を買って来るたび私におすそわけしてくれたが、単に買い物に行っていたのかと思っていた。

「七年住んだって香港には慣れないよ。よっぽど頭がよくなきゃこの街では生きていけない。この間も尖沙咀《ちむさーちょい》で店員に勧められた化粧品を買って、隣の店に行ったら半値で売ってたの。私なんかいまだに騙されっぱなしよ」

彼女がいまだに香港で騙されている？　意外だった。

「私が大陸人だって、今まで気づかなかった？」

私は首を振った。

「おもしろいわね。香港人にいわせると、私は一目で大陸人だとわかるんだって。前の職場でよくいわれたわ」

「どうしてわかるの？」

「彼らから見ると、大陸人は八卦《やじうま》で人の私生活をすぐ知りたがるし、それいくら、これいくら、給料はいくら、家賃はいくら、って金のことばかり聞くんだって」

私は吹き出してしまった。

「香港の人だってそうじゃない」

「香港人にいわせると、自分たちはそうじゃないのよ。だから前の職場では、私あまり好かれてなかったの。友達も全然いなかった。香港で何でも話せる友達っていったら、大陸の時の友達が一人、それにあんたぐらいよ」

「ご主人は？」

「夫は天津の人間よ。もっとも夫の家族が香港に出て来たのはもう二〇年も前だけど」

私は複雑な思いで彼女の言葉を聞いていた。真っ先に思い出したのは新移民の肖連《しょうりん》のことだった。「香港の子とは友達になれない。私たちのこと見下してるから」と彼女もいっていた。

香港で外国人であることと大陸出身者であることはまったく違う意味を持つ。

私もこれまでいろんな場面で香港の人から拒否されたり騙されたり、罵倒されたりした。でも拒否されるのは見ず知らずの人間だから、騙されるのは言葉が完全でなくこの街の流儀にうといから、罵倒されるのはかつて日本人が中国人にひどいことをしたから……容認できない場合もあったが、少なくとも納得はできた。

しかし彼らは違う。彼らが差別されるのは「大陸出身」という理由なのである。見た目や言葉や生活習慣のまったく異なる人間なら、異文化として認める事柄も、同じ民族だとすべてにおいて、どちらが上、どちらが下という比較の対象となってしまう。

C号室から彼女が見ている香港は、私がB号室から見ている香港とはまったく別の世界なのだろう。香港はおもしろいと無責任にいっていられるのも、私が外国人だからに過ぎない。こうして彼女が香港で受ける差別の話をさらりと聞かされると、自分が目にしている香港という世界に自信が持てなくなった。

契約書や計算書を持ち寄って今後の対策を練っていると、いかに阿玉《あよく》が不動産屋から不当な扱いを受けていたかが明らかになった。

まず家賃。B号室とC号室はほぼ同じ面積で同じ設備ながら、私の家賃二七〇〇に対し、彼女は三五〇〇。しかも彼女の部屋は建物の裏側で、窓の外一メートル下が上の住人が放り投げるゴミためになっており、捨てられたばかりの生理用ナプキンや果物の食べカス、空き缶などの山。窓を開ける気にはとてもなれない。

それから毎月の水道・電気代は私が二〇〇に対し、彼女は三〇〇。これはあとで計算して払いすぎなら返してくれるし、それ以上使っていたら追徴されるというもの。実際私は六月に一八九六元の返金を受け、一方彼女は一二〇〇元の追徴を申し渡されていた。子供もいるし電気製品も多いからありえない数字ではないだろう、と思いつつも、念のために計算書を照らし合わせてみると、私の水道代が目盛り1×10元、電気代は目盛り1×1元という計算方法なのに対し、彼女は水道目盛り1×12元、電気目盛り1×1・2元、つまり両方とも一・二倍で計算されていたことが判明した。

「一体これはどういうことなの?」

阿玉は怒り狂った。

「私は完全に遊ばれてたのね」

私も何といって慰めていいかわからなかった。このアパートで一番騙される確率が高いのはきっと自分だろうと思っていた。しかしそれは、自分は押しも強くないし言葉も自由ではないのだから仕方がない、と諦めはついていた。言葉には不自由なく、しかも誰よりも押しの強そうな阿玉が自分以上に騙されていたなんて信じられなかった。

彼女が騙されたのは、一目で大陸人とわかったからなのか？　だとしたら、彼女の悔しさは私とは比べものにならないだろう。

次から次へと種あかしされるこの街のシビアさに、私はすっかり動揺していた。

翌朝、二人で連れだって、國華地産《こつわーでいちゃん》に行った。まだ怒りの収まらない阿玉はドスの利いた声でカウンターの女性にいった。

「鴨寮街《あぷりうがい》一九八号の住人だけど、社長を呼んで」

「社長は接客中です」

「じゃあ待たせてもらうわ。こっちだって重要な用件なんだから」

しばらくしてカナダ帰りの若社長がへらへら笑いながら出て来た。

「何か僕に用だって？」

「私たちがなぜ今日ここに来たか、その意味はわかってるわね」

「ああ、鴨寮街一九八号の件ね。心配はいりませんよ」

若社長は笑顔を崩さず、妙に下手に出た。

「心配いらないってどういうことよ？　私たちは弁護士とも銀行の担当者とも話して、何もかも知ってるのよ」

「もうすぐ解決します。今日午後から銀行の担当者と会う予定なんだ。あなた方は心配せずに住み続けていいんです」

「私たちがいいたいのはそういうことじゃないの。あんたが銀行の人と会おうと会うまいと、私たちには関係ない。私たちは一〇月頭にあそこを出るわ」

若社長のこめかみがピクリと動いた。

「そちらの日本人も同じ意見？」

「そう。もういろんな問題が起きるのにはうんざり。私たちは被害者だ」

「被害者？」と若社長は意味ありげに笑った。「私だって被害者ですよ。とんだとばっちりだ。それにしてもお二方、あそこを出て行くところはあるんですか？」

妙に挑戦的な言い方だった。まるで私たちにはどこにも行く場所がないとでもいいたそうな。

「私は母親と一緒に住むことにしたわ」と阿玉《あよく》は嘘をついた。

「私はもう日本に帰ります」と私はいった。

「そうですか。じゃあご自由に。引き留めませんよ」

「私たちが払ったデポジットはきちんと返してくれるんでしょうね？」と私は念を押した。

「もちろんしかるべきものはお返ししますよ。ただし鍵と引換えにね」

「その言葉を信用していいかどうかわからないわ」と阿玉は虚勢を張った。「そう。実際金を手にするまでは信用できない」と私は野次を飛ばした。若社長の頬に赤みが増した。

「あなた方は契約書を交わしたでしょう。私が契約書を守らないような人間だったら、香港で不動産屋などできませんよ。私は法を守る、道理の通じる男です。義務はきちんと果たします。とにかく鍵を返してくれたら手続きは踏みましょう」

「わかったわ。じゃあ一〇月三日に鍵を返しに来るから、準備をしておいてね」

私たちは不動産屋をあとにし、近くで朝食を食べた。

「あの社長、けっこういい人じゃないの。こんなに簡単にいくとは思わなかった」

阿玉は凍檸檬茶《アイスレモンティー》をすすりながらつぶやいた。

「いや、あの笑顔が要注意なんだよ。笑顔で信用させておいて騙す、それが彼のやり方。考えてみて、私たちは何回あの笑顔に騙された？　実際金を手にするまでは、信用しちゃいけないよ」

えらそうによくいうよ、と自分でも思ったが、そう言い聞かせないと自分まであの笑顔にまた騙されそうで怖かったのだ。

「そうね、あんたのいう通りだわ。信用するのは、金を手にしてからでも遅くはないわね」

彼女はそういってくすっと笑った。

「あんたもおとなしそうな顔して、けっこういうわね」

「金のためだったらどんなことだってするよ」

＊　＊　＊

阿玉は一〇月一日に、私は一〇月三日にアパートを出ることになった。三日に二人で不動産屋へ行き、鍵を返して金を受け取る。私は三日にアパートを出たら元クラスメートの有美子の家へ居候させてもらい、九日に帰国する。

できるだけ物は捨てず、誰かに貰ってもらいたかった。週末ごとに友達に家に来てもらい、興味ある物はどんどん持ち帰ってもらった。重くなりそうな書籍やCDだけ二箱、船便で日本へ送った。

思い返せば留学時代の一九八七年に香港を引き揚げる時、私は一〇個の段ボールを日本に送った。誰かに何かをおいていくということは考えず、捨てることもできず、どうでもいいような雑誌や服や鞄、靴を何も考えずに持ち帰った。二一歳から三二歳になり、荷物は一〇個から二個に減った。

私の部屋に来た阿玉は、あまりの物のなさに目を丸くしていた。

「こんなに物がなくて、残りの二週間どうやって生きていくつもり？」

困るのは私がこうしてせっせと物を減らしている最中だというのに、憐れんだ彼女がいろんな物をくれようとすることだった。深圳《さむちゃん》であまりに安くて思わず買ってしまったというシーツと枕カバーのセットや、一、二回しか履いていない靴、鞄、帽子、花瓶、調味料入れ……果てはザルまで持って行けという。

「気持ちは嬉しいけど、私はもう日本に帰るんだよ。こんなに貰っても持って帰れない」

「でもこれじゃあ生活できないわよ」

「私は慣れてるから平気なの」

すると彼女は「あんたって本当に節約してるのね……」とつぶやいた。ここでは物がないことは、それを買う金がないことを意味する。物を増やしたくないとか、無駄な物はできるだけ買わないとか、そういう価値観はここにはない。故にほとんど物のない私は、完全に同情の対象と彼女には映るのだった。

どうしても引き取り手の見つからなかった物がビーチチェアのようなナイロン製ベッド、マットレス、かけぶとん、カセットデッキ、ガス台、そして数か月前に有美子がくれた小さな冷蔵庫。鴨寮街《あぷりうがい》に出しておけば必ず誰かが拾って行くだろうことはわかっていた。数時間後には立派に商品として路上に並べられているだろうが、できることなら誰か顔を知っている人に使ってもらいたかった。

日本にいたら、平気な顔で粗大ゴミとして捨てていたかもしれない。けれど二年近く深水埗《しゃむしゅいぽ》で暮らし、毎朝下で繰り広げられるゴミ市を見ているうちに、ただ自分が使わないという理由で物を捨てることに罪悪感を感じるようになった。

こんな光景を目にしたことがある。いつも鴨寮街の一番端でゴミ市を開いている白髪の老人がいた。ある日、一人の青年が近づいてきて大きなビニール袋をその老人に手渡すのを見た。老人はビニール袋の中身を確認すると、立ち去っていく青年の後ろ姿に向かって人知れずお辞儀をした。中身は二個のスピーカーだった。老人は早速そのスピーカーを陳列し、商品リストに加えた。

捨てたら必ず誰かが拾う場所なのだから捨てた方がよほど簡単なのに、その青年は拾わせずに直接手渡すことで、ゴミを売る老人の尊厳を守ったのである。

　そんな光景を目にしてから、たとえ結果は同じでもむやみに捨てるのは避けるべきだと思うようになった。もし最終的に引き取り手のない物が残った時は、朝市で誰かに手渡そう。そう考えていた。

肖連との再会

　肖連《しょうりん》のことが気になっていた。

　彼女が暮らす部屋の窓から洗濯物が消えた時、今日はたまたま彼女が洗濯をしなかっただけだ、と信じてアパートに帰った。また桂林街《くわいらむがい》を通った。洗濯物はなかった。大陸に帰っているのかもしれない、と思った。何度通っても、洗濯物が再び現れることはなかった。彼女はあの部屋からいなくなってしまったらしい、と気づいた時には、もう香港を発つ日が迫っていた。

　意を決して彼女が住む部屋に行った。最初からそうしていればよかったのに、心のどこかで、彼女がもういないことを確認するのを怖がっている自分がいた。そっと中に入り、通りに面した肖連の部屋のドアを叩いた。何も反応がない。もう一度叩き続けると、「誰？」という子供の声が中からした。肖連の弟、志祥《ちーちょん》の声ではなかった。

「肖連はいますか？　私は彼女の友達の、日本人です」

しばらく沈黙があったあと、ドアが開いた。ドアの隙間から顔を出したのは、一〇歳ぐらいの男の子だった。

「その人、もうここにはいないよ」

部屋の奥、いつも肖連が寝転がって本を読んでいた場所に、もう一人男の子が座っていた。部屋のレイアウトは、彼女がいた時のままだった。

「どこに行ったか、君、知らない？」

「知らないよ。もういい？　何があってもドアは開けるなって、母さんにいわれてるんだ」

そういって彼はドアをばたんと閉めてしまった。私は閉ざされたドアの前に棒立ちになった。あっけない別れ。彼女はどこに行ってしまったのだろう？　学校は辞めたのだろうか？　大陸に帰ったのだろうか？　考えたくないことがいろいろ頭の中に浮かんでは消え、あっけなく別れたまま二度と会うことのなかった阿彬《あばん》のことが頭をよぎり、どうしたらいいかわからなくなった。

「何かあったのかい？」

向かいの部屋のドアが開き、おじいさんが顔を出した。

「ここに住んでいた肖連という女の子を探しています」

「肖連？」おじいさんは遠い過去を思い出すような顔で記憶をたどった。

「そんな子、いたかな」

「お母さんは劉《らう》さんといいます。中学生の女の子と、小学生の男の子と、三人でここに住んでいました」

「劉？」

「あるいは尹太《うえん》〈夫人〉」

「ああ、尹太か。娘はよく知らんが、尹さんなら覚えてるよ。ああ、引っ越したよ」

「どこに引っ越したかわかりますか？」

「西九龍中心《ドラゴンセンター》の真ん前の唐楼《とんらう》に引っ越したと聞いたよ。行ってごらん、すぐわかるから」

そういわれても西九龍中心の周囲には唐楼が立ち並び、しかも勝手に中に入れるわけではない。

「連絡先、わかりませんか？」

「探してみよう」

おじいさんは部屋に戻ってカレンダーをめくり直し、「多分これだ」といって電話番号を持ってきてくれた。

廊下の端にあった電話から電話をすると、肖連が出た。

「ああ、お久しぶり。そう、私たち引っ越したのよ。よくここがわかったわね」

「今から会える？」

「もちろんよ。西九龍中心の前で待ってて。すぐ行くから」

私はおじいさんにお礼をいい、階段をかけ降りていった。

肖連がいた。しかも彼女が大好きな西九龍中心の前に住んでいる。それだけで私は嬉しくなった。

西九龍中心の前に現れた肖連は、髪は短いままだが少しふっくらして顔が丸くなっていた。劉さんはほとんど変わりない。

「街市に行くたびにあんたに会うかなと思ってたけど、あまり会わないものだね」と劉さんがいって顔をくしゃっと崩した。

通りの向かいの唐楼の一三階までエレベーターで上り、そこから階段で屋上に上る。大きな唐楼の屋上は小さな街のようで、何軒かの家が立ち並んでいる。水道管が縦横に張りめぐらされた地面の上は犬の糞だらけで、それをよけるように鶏が散歩している。その家々をさらに細かく分け、アパートとして貸し出しているのだ。彼らの部屋は、前の一・五倍くらいの広さで、トイレも流しもついていた。二段ベッドが二つＬ字型に並べられ、冷蔵庫もある。何よりも素晴らしいのは窓からの眺めだった。深水埗《しゃむしゅいぽ》が見渡せ、風通しがとてもいい。北河街街市《ぱっほーがいがいし》の最上階で食事をしている人たちが豆粒のように見える。屋上のなんと気持ちのいいこと。

「すごくいい所ですね。よくこんな場所を見つけましたね」

彼らがこんなにも気持ちのいい場所で暮らしていることが、心から嬉しかった。

「自分で部屋探しなんかできるわけがない。ここも霍《ふぉく》さんが探してくれたのよ。風が入るから扇風機もいらないくらい。やっぱり娘も年頃でしょ？　トイレもシャワーも共同の場所じゃかわいそうだったから。前より家賃は上がって三五〇〇になったけど、なんとかなるわよ」

「もし私がまた香港に住むことになったら、絶対屋上に住みます」

「隣の部屋が空いてるよ。うちより少し狭いから家賃は三二〇〇元だって。隣に住んだら？」

本当にそうしたいところだった。

肖連は新学期が始まったばかりだった。彼女がまだ学校を続けていると聞いてほっとした。

「相変わらず宿題が多く大変。でもやっと中四に上がれたの」

「学校の友達はどうしてる？」

「親しい友達はみんな学校辞めて働き始めた。でも不景気でクビになったり店がつぶれたり。失業してる子が多いよ。私はとりあえず卒業できるまでがんばってみるつもり。あと二年、母さんが大変だけど」

彼らの新しい部屋にはテレビ、冷蔵庫、ガス台、二つの二段ベッド、テーブル、椅子、ラジカセ、電話がすでにあり、前の住まいより格段に物が増えていた。

「買った物は一つもないのよ。みんな貰ったり拾ったりした物ばかり」

私はふと思いたって、来月頭には日本へ戻ること、どうしても引き取り手のない家電や家具がいくつかあるが興味はないか、と単刀直入に聞いてみた。

劉さんはしばらく考えたあと、「実際見てみないと決められないね……一度見せてくれる？」といい、急遽私のアパートへ来ることになった。

「本当に近くに住んでいたんだね」と劉さんは階段を上りながらいった。「こんなに近くにいたのに、どうして今まで会わなかったんだろう？」

結局、劉さんは残った物をすべて引き取ってくれることになった。

「今は必要ないけど……とっておけば、また誰か必要な人にあげられるから」

その言葉を聞いた時、彼女に声をかけて本当によかったと思った。

君は最初、あの席に座っていた

一〇月一日、阿玉《あよく》が引っ越して行った。それはすさまじい引っ越しだった。

彼女は引っ越し前日の晩、将軍澳《じよんくわんおう》に住む母親の家へ遊びに行き、夜中の一二時を過ぎてからアパートに戻って来た。お別れをいうため彼女の部屋に行くと、部屋は引っ越しのひの字もなく、いつものままの散らかりようだった。

「明日引っ越すんじゃなかった？」と思わず聞いてしまった。

「そうよ。朝九時にはトラックが来ることになってるの」

あと九時間しか残されていないではないか。

「荷物はどうするの？」

「これから片付けるのよ」

「だんなさんは手伝いに来ないの？」

「今日は遅番だから深夜にならないと帰って来ないの」

そう聞いてしまったが運の尽き、手伝わないわけにはいかなくなってしまった。阿玉は眠りこけた息子を人形でも置くようにベッドの端に寄せ、大音量で中島みゆきのテープをかけた。

「こんなに大きい音出したら子供が起きるよ」

「大丈夫。この子はどんな音でも起きないの。こんな大きい音で音楽を聞くとなんだか楽しいわね」

とにかく二つの巨大なタンスの中身を、トリコロール柄のナイロンバッグに詰め込むことから作業を始めた。まあ出てくるわ出てくるわ、よくもこれだけの量の衣類がこの部屋の中にあったものだと感心するほど、大量の衣類が魔法のようにタンスから出てくる。私がその一枚一枚をたたんでいたら、「こんなのたたむ必要ないのよ」ともぎとられてしまった。

彼女はタンスの中から出てくる無数の買い置きの電球や何袋もの生理用ナプキンを、中島みゆきの歌声に合わせていい加減な日本語を叫びながら、楽しそうにバッグの中に放り投げていく。その様子に私は奇妙な感動を覚えていた。

なんでこんなに楽しそうなんだ。この部屋に対する未練とか思い出とか、そんな感傷を彼女は感じないのだろうか。

一方私は引っ越しが決まってからというもの、物を捨てるたびに心がチクリとし、人に物をあげるたびに心の中で別れをいい、街市《がいし》に行けばあと何回ここで買い物をするのだろうと考えて涙ぐみ、思春期の傷つきやすい少女のように感情をフル回転させてぐったりしていた。

これが私たち二種類の人間の決定的な違いだった。過去をばっさり切り捨てて前に進む人間と、かたや過去をいちいち抱えこむ人間。移動を宿命づけられた人間と、あくまで定住が前提で移動にとまどう人間。

こんなに楽しそうに移動できたら、私の人生ももう少し楽になるだろう。

結局私は午前二時まで片付けを手伝い、ギブアップして部屋に戻った。


翌朝九時に起き、今度こそお別れをいうだけにするぞと固く心に誓って彼女の部屋に行くと、部屋の様子は昨晩とほとんど変わりがなかった。私が去った後の七時間、一体何やってたの……。

「あの後すぐバッグが一杯になって、結局何もできなかったのよ。今、夫が下にバッグを買いに行ったわ」

何という計画性のなさ……私は日本では計画性がないとよく非難されるが、これほどすさまじくはない。

「やあ、星野博美、おはよう」

だんなの黄《うぉん》さんがランニング一丁で階段をかけ登ってきた。さすが天津出身、一八〇センチを優に越える筋肉隆々の男は香港にはなかなかいない。この人、相当自分の肉体に自信を持っているなと思いつつ、その色っぽさに頬が赤くなる自分が情けない。

「昨日はずいぶん遅くまで手伝ってくれたんだって？　わるいね、君も引っ越しで忙しいのに」

「私は物が少ないから簡単なんですよ。何か手伝えることはありませんか？」

その肉体の美しさにほだされて、またついつい言ってしまった。

「そう？　助かるなあ。じゃあ僕が運んだ物を下で見張っててもらおうかな」

よかった、簡単な任務で。ほいほい下へ下りて行った。

しかしこれが実は大変な任務だった。その日は六階の住人の引っ越しとバッティングしたため、よく見ていないと次から次へと下ろされてくる物がどっちの家の物だかわからなくなる。六階の見張り番の娘と私でとりあいになることもしばしばだ。

その上ここはゴミ売りのメッカ、鴨寮街《あぷりうがい》である。路上に置かれた炊飯器や食器洗い洗剤やスリッパを、道行く人が売り物かと思っていちいち手に取ってしまう。

「それ、売り物じゃないんですよ。引っ越しです。触らないでください」

「なんだ、まぎらわしいことするんじゃねえ」

なぜ私が罵倒されなければならないの……理不尽である。

風呂場で使うような小さなプラスチック椅子に座ってしばし休憩していると、若い警官が駅の方から近づいてきた。その時初めて、身分証を部屋に置いてきてしまったことに気づいた。この二年間で、パスポートや身分証を忘れたことなど一度もなかったのに、この日はお別れをいうつもりで起きたままの格好で部屋を出、見張り番を仰せつかって下りて来てしまったため、身分証のことなどすっかり忘れていたのだ。私の一瞬の動揺を警官は見逃さなかった。

「あんた、ここで何してるの」

「友達の引っ越しの手伝いです」

「こんなに道路に広げたら邪魔じゃないか」

「すみません」

私の広東語の発音がまともではないことに気づいた警官は、私を舐め回すように眺めた。頭はボサボサ、くたびれたTシャツに半ズボン。手ぶら。もちろんカメラは持っていない。どう見ても怪しい。

「その友達ってのはどこにいるの」

「すぐ下りて来ますよ」

ところがそんな時に限って黄《うおん》さんはちっとも下りて来なかった。

「あんた、どこの人？」

「私は日本人です」

警官はくすっと笑った。

「身分証を見せてもらおうか」

「身分証は部屋に忘れました」

「香港ではいかなる時も身分証を携帯しなければならないというのは知ってるね？」

「知ってます。急いで出て来たから忘れてしまいました。でも日本人だというのは本当です」

「どこに証拠がある？」

「日本語が喋れます。喋ってみましょうか？」

「私は聞いてもわからない。証拠を見せなさい」

二年間無傷だったというのに、あと八日で日本に帰るという日に身分証不携帯の罪で捕まるのか……見張りをしたばっかりに。

「証明するものがないと、あんたを拘留することになるよ」

間一髪のところで黄《うおん》さんが下りて来た。

「黄さん、私は日本人ですよね。阿ＳＩＲ《アサー》〈警官や一般事務隊といった公務員に対する尊称〉がどうしても信じてくれないんです」

「この人は本当に日本人ですよ」

「証拠を見るまでは納得できない。私も仕事だから。証拠を見せなさい」

私は黄さんを人質にすることで警官の了解を得、部屋に身分証を取りに戻った。

「本当に日本人なのか……」

警官は少し悔しそうにいった。ここで違法滞在者を一人捕まえたら成績が上がったのだろう。

「わかったから早くここを片付けなさい。こんなに人通りの多い所で荷物を広げたら通行人に迷惑だ」

運よく助かったが、ぐったり疲れてしまった。自分もあさって引っ越しをする身だというのに、人の引っ越しでこんなに疲れるとは思わなかった。

結局阿玉《あよく》の引っ越しは、彼女の部屋より大きいトラックにすべての物を詰め込むのに午後二時までかかった。彼らには、このまま一緒にトラックに乗って新居へ行き、ごはんをごちそうさせてほしいといわれたが、自分の引っ越し準備を理由に断った。本音をいえば、詰め込むのに五時間かかったのだから、新居に運ぶのにも五時間はかかるだろうと思ったからだ。もう一生香港の人の引っ越しは手伝わないぞ。どんな色男が出て来たって手伝うものか。そう心に決めた。

ヘトヘトになって部屋に戻り、シャワーを浴びようと思って蛇口をひねると、部屋の水道が断水していた。

私はもう、天から見放されているみたいだった。

＊　＊　＊

「もうすぐ日本に帰るんだね」

熱奶茶《ミルクティー》を持ってきた子俊《ちーちゅん》がいった。

「またしばらく会えなくなるね」

日本に帰る日が決まってから、引っ越し準備の合間を縫って友達に会っては、別れの挨拶をしていた。同じ言葉を他の人からいわれても、「すぐに会えるよ」と笑って答えていた。

しかし彼にいわれるとずしんときた。

返還が終わってからというもの、ほとんど毎日この店に通っていた。駅の近くの新聞スタンドで新聞を買い、店で隅から隅まで目を通すのが日課だった。私が新聞の束を抱えて来なかったら、それはお気に入りの新聞を買いそびれたというサインだった。そんな時はウェイターの肥哥《ふぇいこー》が気を利かせ、他の客が店においていった新聞を持って来てくれた。夜、私がごはんのメニューを頼まないと、厨房の人たちが「食欲ないのか？」といって心配する。そして店のメニューには書いていない、従業員用のスープをこっそり出してくれる。「こんなの作ってみたんだけど」といって新しいメニューの試作を出してくれる。

新金豪《さんがむほう》は、私にとっては食堂であり読書室でありあり娯楽場でもあり、あるいは託児所だった。私は眠らないだけで、ほとんどそこで生活しているようなものだった。この店は、私が自分の部屋以外に香港で最も長い時間を過ごした場所だった。

香港を離れること、それは深水埗《しゃむしゅいぽ》を離れることであり、つまりこの店とここにまつわる人々と離れることだった。

「すぐ会えるよ」と私はいった。「香港と東京はたったの三時間半だもの」

「でも今までは毎日来てた人が来なくなるのは寂しいよ」

旅をしていたら毎日は出会いと別れの連続であり、別れに痛みを感じたとしても、次の出会いの喜びでゼロに戻すことを体が自然に習得していた。別れのこの辛さは、ここで生活してしまった代償だった。

「もう二年か」

子俊が沙龍《セーラム》をふかしながらつぶやいた。

「君がここに来るようになってから、もう二年だ」

私はそのセリフに違和感を覚えた。

私が初めてここへ来たのは九六年九月四日。学校のオリエンテーションがあった日だからよく覚えている。その日から数えたら九二年であり、私は少なくともそう認識していた。しかし彼と初めて注文以外に言葉を交わしたのはそこから五か月下った九七年二月一日。彼がその日から私の存在を認識したのなら、「二年」とはいわずに「一年半」と表現するはずだ。

「私が君と初めて言葉を交わしたのは一年半前だよ」

「そうだね。でもその随分前から来てたろ？」

「知ってたの？」

「知ってたよ。君は一番最初にここへ来た時、あそこの席に座ってた」

彼は入口右側の柱の横を指差した。そこはまさに私が初めて座った場所だった。

「君は最初に『熱奶茶《ミルクティー》』といった。その発音がちょっとおかしかったから、どこの人だろうと思った」

たった一言でこの土地の人間でないことはバレていたのだ。

「すると君は何かを書き始めた。女の人が一人で来るなんて滅多にないし、何かを書く人は珍しいから、すごく印象に残ってるんだ」

その時私は、当時まだ名前も知らなかったこの美少年を見つけた喜びを、一心不乱にメモ帳に書きつけていた。

「何を書いてるんだろう、って気になって、横を通りがかるたびに内緒で覗き見した」

私は彼が立ち去り、拒否される心配がない距離まで去ったことを確認してから彼を眺めていた。彼が近づいてくればノートに向かうふりをした。その時、彼がノートを覗きこんでいたなんて想像もしなかった。

「君が座っていた席の後ろに、皿やフォークを準備するカウンターがあるだろ。用もないのにあそこへ行っては、ノートを盗み見してた。最初は中文が書いてあるのかと思ってた。ところがよく見てみると、違う文字が時々混じってた。その時初めて、君が外国人だとわかったんだ」

その時の様子がみるみるうちに甦った。入口正面のテーブルには常連らしい若い客が陣取っていた。彼は彼らが手に入れたばかりのCDを羨ましそうに眺めていた。ほとんどの客が常連らしく、彼は注文を取るだけではなく、客と必ず二言三言、言葉を交わしていた。会話が成立しないのは私一人だった。

彼と話がしたかった。でも話しかけられなかった。拒否されるのが怖かったからだ。

「前から来てたこと、知ってたんだ」

「見慣れない客が来ると、どういう人だろうって気になるし、いつも来てた客が突然来なくなるとどうしたんだろうって気になる。店で働いてると、客のことはよく見てるものなんだよ」

「どうしてもっと早く教えてくれなかったの？」

「何を？」

「私の存在に気づいてたってこと」

子俊《ちーちゅん》はえくぼを見せてかすかに笑った。

「だってそんなこと一度も聞かなかったじゃないか」

確かにそんな質問はしたことがない。でももっと早くそれを知っていたら、二人の関係はもっと違ったものになっていたはずだと思いたかった。

「もし早くいってたらどうだったの？」と彼は問い返した。

私は返答に窮した。残酷な質問だった。早く知っていたとしても、私たちの関係には何の変化もなかっただろう。

「じゃあ君はどうして二年間もこの店に通ったの？」

「君がいたからだよ」

とっさにそう答えた。

「この店に入ったのは本当に偶然だった。そうしたら君がいた。もう一度来た。また君がいた。何度も来た。そしてとうとう近くに引っ越した。そうすれば毎日ここに来られるから」

彼はしばらく黙ったままだった。

「君だって今までそんなこと一言もいわなかったじゃないか。どうしてもっと早くいわなかったの？」

答えを探しているうちに、彼は新しく入ってきた客の注文を取りに行った。

「来週一緒に飯でも食べようよ。しばらく一緒に食べられなくなるから」

戻ってきた子俊はカウンターにもたれかかってそういった。

「いいよ」と私はほほえんだ。

「僕の彼女も一緒に」

「もちろん」

私の一世一代の告白は、彼には届かなかった。

再見香港

一〇月二日の夕方、劉《らう》さんの家へ行った。荷物を運びこむためだ。劉さんは街でよく荷物を運んだりする時に使う、業務用の大きなカートを用意して待っていた。

「どうしたんですか、こんな大きなカート?」

「職場から借りてきたの。本当はいけないんだけどね」

劉さんと私は志祥《ちーちょん》に助っ人を頼んで私のアパートまで荷物を取りに行った。志祥がアパートの入り口でカートを見張り、私と劉さんが次々と物を運び出す。冷蔵庫を運んでいた時、階段でD号室の鄭《ちぇん》さんと会った。

「あんたももう引っ越しなの?」

「ええ。明日引っ越しします。鄭さんは?」

「うちはあと二か月ぐらい家賃払わないで住むつもり。だって引っ越しにも金がかかるでしょ? 今すぐには引っ越せないよ」

「あ、こちらは友達の劉さんです。こちらは隣の鄭さん」

「あんた、どこの人？」と鄭さんが興味津々に聞いた。

「東莞《とんくん》だけど」

「私も東莞なのよ！　東莞のどこ？　いつ出て来たの？　子供は？　二人とも香港に来てるの？　そりゃああんた、幸せだよ。うちは二人とも大陸におきっぱなし。上の子は年齢制限にひっかかって出られないし、下の子はまだ三歳だから、香港にいたら働けなくなるでしょう？母親に預けてるの。年に一、二回しか会えないよ」

そして二人の会話はいつの間にか東莞語に変わり、私の手がしびれるまで喋り続けた。

「ごめんね、東莞語喋るの久しぶりだから嬉しくて」

「でもだんながいるんでしょう？」

「だんなとはあんまり喋らないからね」といって鄭さんはぺろりと舌を出した。

「あんた、時間があったら今度遊びに来なさいよ。東莞の話もいろいろしたいし」

鄭さんはそういって部屋に戻っていった。

「いい人だね」と劉さんが一言いった。また劉さんの、香港のいい人が増えた。

劉さんのアパートに荷物をちょうど運び終わった頃、肖連《しょうりん》が帰って来た。

「ベッドもマットレスも今日運んじゃったら、あなた今日どうやって寝るの？」

「大丈夫。新聞紙敷いて寝るから」

「だめよ。今日はうちに泊まっていって。地面に寝るなんて……」

気持ちはとても嬉しかったが、私にはまだ明日の引っ越しの準備があった。

「冷蔵庫もガス台もこんなにきれいに掃除してくれて……今日は私たちにごちそうさせて。それぐらいさせてもらわないと気が済まないわ」

肖連《しょうりん》は妙に大人ぶった口調でそういった。

「ね、いいでしょ、母さん？」

「もちろんだよ」

彼らが生活保護をもらっていることはわかっている。多分滅多に食事に出ることもしないだろう。けれどこの申し出だけは断るべきではないと思った。

私と劉《りゅう》さんは黙って肖連のあとをついて行った。彼らのアパートを出たところに西九龍中心《ドラゴンセンター》に通じる歩道橋の入り口がある。まるで肖連が家とドラゴンセンターを行き来するために用意されたような歩道橋だ。彼女は迷うことなくドラゴンセンターに入って行った。そしてエレベーターに乗り、スケートリンクのある七階で降りた。

彼女のお気に入りの場所。そして私のお気に入りの場所。それがこの時重ね合わさった。

劉さんと私は一五元でおかず三品、ごはん、スープ、ドリンクが頼めるお徳用夕飯セットを頼み、肖連は香港で若い人に人気の、タピオカの入ったアイスミルクティー「台湾式珍珠奶茶」を頼んだ。

「そういえば志祥《ちーちょん》はあとから来るのかしら？」

「あいつのことは心配しないで。子供に外食なんてまだ早いわ。あとでマクドナルドを買って帰るから。あの子、マクドナルドに夢中なのよ」

「この子ったら、最近ごはんもろくに食べないでこんなものばっかり飲みたがるの」

「母さんにはわからないのよ。このおいしさが」

「ああ、全然わからないね。同じ値段だったら、そんなへんなもの飲むより腹いっぱいになった方がいいじゃないか。でも、ちょっと飲んでみたい気もするね」

「ちょっと飲んでみなさいよ、母さん。どうせ母さん、一人じゃ絶対頼まないんだから」

肖連と劉さんのこんなに楽しそうな顔を見たのは初めてだった。この空間が彼らを解放しているのか、久しぶりの母子揃っての外出が嬉しかったのか、理由はわからない。それでも、その場に立ち会えたことを幸せに思った。

私は深水埗《しゃむしゅいぽ》で最後に過ごす夜を、劉さんと肖連と一緒に過ごしていることの不思議を考えていた。数日前まで、二度と会えないかもしれないと思っていた。その彼らと、今こうして自分が暮らす町で食べる最後の夕食を共にしている。これまで香港で、いろんな人と一緒にごはんを食べた。けれど彼らと過ごしたこの夕食だけは、決して忘れないだろう。二人の笑顔ほど豪華なごちそうはなかった。

帰りがけ、肖連は「ちょっと待っててね」とどこかへ走って行き、ビニール袋を手に戻って来た。

「もうすぐ何の日が来るか、知ってる？」

て」

「その日に中国人が何をするかは知ってるわよね。これ、日本のお母さんに持って行ってあげ

「中秋節、でしょ？」

袋の中には缶に入った東莞《とんくん》式の月餅が入っていた。

「東莞式は中にさつまいもが入っていてすごくおいしいの。月餅だけは東莞が最高。香港式はまずくて食べられたもんじゃないわ」

「こんなにお金使って……わるいよ」

「何いってるの？　月餅は友達が友達に贈るものなの。だからあなたにあげるのよ」

涙が出そうになった。

「日本に帰ったら、時々手紙ちょうだいね。私、手紙が大好きなの」

香港で手紙をちょうだいといわれたのは初めてだった。

＊　＊　＊

一〇月三日。私の引っ越しは実にあっけないものだった。午前九時に友達が助っ人に来て荷物を運び出した。そしてタクシーで堅尼地城《ケネディタウン》の有美子のアパートへ行く。彼女は一〇月一日の国慶節〈中国の建国記念日〉と中秋節の連休を利用して日本に帰国していたため、あらかじめ受け取っていた合鍵で部屋に入る。しめて一〇時半にはすべてが終了してしまった。

二日前の阿玉《あよく》の引っ越しと比べると、人の計画性のなさに腹を立てることもなく、警官に脅

えることもなく、物を盗まれる心配をする必要もなく、信じられないほどすみやかで効率のいい引っ越しだった。

ただ、つまらなかった。

香港の人たちのハチャメチャさは、その現場に付き合わされると面倒この上なく、とんでもないことに巻き込まれたという気がして、もういい加減にしてくれと叫びたくなるが、現場を離れれば笑い話である。一方、私はなるたけ人に迷惑をかけないよう先回りして準備をし、効率よくことを運ぶ。巻き込まれる相手は楽だろうが、きっと人の記憶には残らないだろう。香港の人たちは記憶に残る天才だ。


午後一時、深水埗《しやむしゆいぽ》駅で阿玉と待ち合わせて國華地産《こつわーでいちやん》へ行った。三週間も頭を悩まされた割には、結論はいたって簡単だった。呉《んー》社長は小切手を用意して待っていた。彼の言い分は、二か月分のデポジットと水道電気代のデポジット、そして多く払いすぎた水道電気代の差額は返金するが、未払いの九月分家賃はそこから差し引くというものだった。それは了承した。結局私は三七八〇ドルを手にした。阿玉は水道電気代を不当に多く払わされていた事実を訴え、正当な計算方法で清算してもらった。その日の呉社長は、何かをすでに諦めてしまったような弱腰だった。

「私はカナダで商売をしていたんですよ。でも父親に呼び戻されて、ここを継がなければならなくなった。みんなから悪者扱いされて、こんな商売もうやめたいですよ」

その言葉が、その日の私には信じられる気がした。とにかくしかるべき金は取り返した。これで何もかも帳消しだ。

脱力した。この数週間、私は香港に対するとまどいや悲しみのすべてを、自分に与えられた不当な扱いに対する怒りとすり代えて國華地産《こつわーでいちゃん》にぶつけることで、かろうじて香港を恨むことから免れていた。私にとってこの不動産屋は、ごみ箱のように、いらない感情をすべて捨てられる便利な存在だった。呉社長が悪ければ悪いほど、彼を恨めば済む。彼が案外いい人だと、消化しきれない感情の矛先は香港に向かわざるを得なくなり、逆に困るのだった。

あなたには最後まで悪徳不動産屋で通してほしかった。

小切手を手にしてそそくさと店を出、私たちは最後にもう一度、自分たちが立ち去ったあとの部屋に戻った。

なんともいえない既視感に襲われた。部屋探しで初めてここに入った時と同じだ。がらんとした埃だらけの部屋。そこに私の存在を語るものは何一つ残されていなかった。

その空間全体に漂っていたのは、敗北感だけだった。私の気配は完全に抹消され、その部屋はもう、新しくここを必要とする人間を待っていた。一つの細胞が死に、また新しい細胞が誕生する。そうやって新陳代謝を繰り返すことで、この街は永遠の若さを保ち続ける。

ここで植民地最後の日を迎え、香港の新しい門出を祝った。いつもここから香港を見ていた。私にとって香港は、この部屋そのものだった。

この部屋を出る時、私の香港も終わる。

「そろそろ帰ろうか。息子を迎えに行かなきゃならないから」

C号室から阿玉《あよく》が呼ぶ声が聞こえた。

「そうだね。帰ろう」

もう帰る場所などないのに。

私はドアを閉めた。カチャッという冷たい金属音が指に伝わり、その冷たさが体じゅうをかけ巡った。慌ててドアを押し戻そうとしたが、ドアはもう二度と開かなかった。

二〇〇〇年三月一五日、日本時間午前二時二〇分
浅い眠りの中で見る夢は

香港から日本に戻ってすぐ、東京は西荻窪のアパートに引っ越した。部屋の表側と裏側が庭と空き地に面し、視界をさえぎるものは何もなく、部屋には一日じゅう光が差し込み、車が走る音も人の声もまったく聞こえない静かな部屋。香港で浴びた毒を洗い流すような生活だった。ここに越してきた当初は、香港ではまったく縁のなかった静けさや明るさを手に入れられたことが嬉しく、しばし幸福な気分に包まれていた。しかしそんな幸福感も長くは続かなかった。

街角に新聞売りがいない。路上にゲリラ商人がいない。パンツ一丁でコンビニエンスストアに来る人もいない。密輸煙草や海賊版ＣＤを売る者もいない。窓の外を眺めれば、窓もカーテンも閉まっていて、中でどんな生活が営まれているのかわからない。誰と喋らなくても物は買えるし、何も自己主張しなくても日常生活に支障はきたさない。一日が終わる時、自分が今日一日何を喋ったかを考えてみる。スーパーの店員に向かって一言。「袋いりません」。

とても寂しかった。香港が懐かしかった。

風呂屋の帰りに人けのない夜道を歩いている時、私はよくある人を思い出す。北河街《ばっほーがい》の路上で、毎日黒い犬と一緒に屋台で靴下を売っていたおばあさんがいた。朝もいる。昼もいる。夜もいる。朝帰りをして北河街を通った時、朝五時にも彼女はそこにいて、靴下の山の上に伏せて眠っていた。彼女がそこにいないことは一度もなかった。そんな時間にここへ靴下を買いに来る人などいないだろうに、彼女は絶対に店をたたもうとしない。まるで、働くことをやめたら生きていく資格はないと自分に言い聞かせているようだった。

そんな人たちが私の周りで生きていた。返還前の異様な好景気も返還のお祭り騒ぎも、頭上を飛んでいく飛行機のように通り過ぎて行き、ここには相変わらずゴミ市が立ち、つつましい日常の営みが続いていた。

そんな人たちを毎日見ていた香港での生活は、幸せだったと思う。

皮肉なことに、その老婆が幸せなのか不幸なのか、私は知らない。しかし彼女に毎日会うことができた私は、確実に幸せだった。

生きている人間が見えにくい社会は、それだけで不幸である。私には、どんないいニュースや悪いニュースよりも、目の前で繰り広げられている人々の生きざまこそ、最も確かな答えに思えた。

香港という街は、人間が生きるのに楽な街ではない。生い立ちも背景もまったく異なる人間たちが、箱庭のような小宇宙で押しあいへしあいながら暮らしている。人とぶつかれば罵声が飛び、言い争いが始まる。

金だけが自分の権利と尊厳を守ってくれる唯一の手段であり、将来どれだけの自由が保証されるかわからない不安の中で、誰もが自分の居場所を確保しようとしのぎを削りあっている。考えようによってはいかようにでも殺伐とした空気が漂う街である。

時々思う、よくあの街で二年間も正気を保っていられたな、と。しかし私は正気を保っていられたどころか、案外ハッピーだった。あの街には、物理的な閉塞感や街の成り立ちのシビアさを帳消しにしてしまう、何か救いのようなものがあった。それは人の体温と、風通しのよさだった。

香港の特殊性は、元をたどればほとんどの人がここ以外の土地から流れて来た移民だったという点に尽きる。この場所は永遠ではない。土地も国家も信用に値しない。だからここでできるだけ多くのものを早く手に入れ、さっさと逃げていく。その切迫感が香港の混沌を生み、未曾有の活力を生み出し、土地に必要以上の執着を持たないフットワークの軽い香港人気質を形成した。

香港の人たちは、ずっと締め切りに追われてきた。

いつ国境が閉鎖されるかわからないという締め切り。いつ中国人民解放軍が国境を越えてくるかわからないという締め切り。いつ香港がゲームオーバーになるかわからないという締め切り。そしてとうとう、九七年七月一日という確固たる締め切りを与えられ、今度は「五〇年不変」という、実感の湧かない締め切りがやってくる。

やっと腰が落ち着いたかと思うと、また次から次へと新しい締め切りが与えられ、お尻に火がつく。彼らに椅子を温めている暇はなかった。好むと好まざるにかかわらず、まるで崖から転げ落ちる石のように、彼らは転がり続けてきた。そして転がりながらも、自分が行き着く先を見据え、瞬時に決断して安全な場所へ方向転換していく。

香港で生きるとは、そういうことである。

何も考えず、流されて生きるのは楽だ。しかし常に他国の思惑に翻弄されてきた香港の流れは急だ。いつ流れが突然変わるかわからない。香港においては、流れに身を任せる方がよほど危険なのである。

すべてのものは変わってゆく。永遠に変わらないものなど何一つない。予期しない変化を嘆いたところでどうしようもない。ただその中で自分が生き残ることだけを考えて前に進む。それほどの緊張感を持続させながら生きるのは並大抵のことではないだろうが、香港ではこれが、朝起きたら顔を洗って歯を磨くと同じくらいの、日常の大前提なのである。

実際そういう精神状態はとてつもないしんどさである。私は、香港の人が本当に安心して眠れる夜はないと思っている。

常に選択を迫られ、その結果を目の当たりにする。早々と人生の賭けに負けたと感じている人もいる。たとえ賭けに勝ったとしても、その勝ちがいつまで続くかはわからない。なにしろ変わらないものなど何一つないのだから。ずっと勝ち続けられる博打などないし、負け続ける博打もない。だからこそ次のチャンスを目指して生き続けていく。安心して眠ることはできないが、彼らは浅い眠りの中で明日を夢見ているのである。

そんな彼らのしなやかな生きざまを見ていると、次から次へと押し寄せる変化を前にただおろおろするばかりで、時には攻撃的に硬直していく私たち日本人は、やはり千代に八千代にさざれ石の巌となりて苔のむすまで変わらない安定を望む人々なのだなと思った。

香港では個々の背負う過去や背景があまりにも違うため、平均的香港人像というものが存在しない。だからその枠の中に人を押し込めようとする力学は働かない。しょせん誰もが移動してゆくのだから、とりあえずここにいる間借り人まで同等に扱う、そんな寛容さがあの街にはあった。
それこそ、香港の最大の強みである。
香港は香港を必要とするすべての人間のもの。そんな客観性をこの街の住民は持っている。

もちろん、異種の人間たちが狭いところに寄り集まれば摩擦はつきものだ。しかし彼らは持ち前の自己主張の強さで、そんな不満をいちいち現場でぶつけて発散しあう。時には路上で信じられないほどの差別発言や侮蔑の言葉が飛びかうこともあるが、陰惨さはない。香港は、香港の人たちによって救われているのかもしれない。

私は時々、短期居住者だった異国の香港より、本来自分が属しているはずの日本で、より疎外感を覚えることがある。

昔と比べたら外国人と接する機会は増え、異文化と接する機会も格段に増えたというのに、日本はかえって閉鎖的な方向に向かっているような気が私はしている。圧倒的多数の権益を守るために少数派を排除するという空気は、何も異文化人に対してだけではない。すべての異質なものを自分のテリトリーから追い出そうとする空気がいま日本じゅうに蔓延している。それはいくら時代が変わっても我々の中に、ここは自分たちのものであり、外部の人間は侵入者という土着性がどうしても抜けないからだろう。日本は越境者に対して非寛容な土地である。

香港のことを考える時、いつも思い出す言葉がある。それはもうすぐ閉鎖される調景嶺《ていうけんれん》で出会った、元密航者の男がいった言葉だった。香港のどんなところが好きなのかと尋ねた時、彼はこういった。

「ここは最低だ。でも俺にはここが似合ってる」

そのセリフを聞いた時、自分にはそんな愛に満ちたセリフをいえるだろうかと思った。

日本は「いい」国で、自分には合っている。それならもっと幸せそうにしていてもいいはずなのに、この憂鬱な感じは一体何なのだろう？

我々の口をついて出る「日本はいい国だ」という言葉の意味は、自分たちが無防備でいられるということだと思う。その点では、香港は間違いなく危険な街だった。まったく違った背景や価値観を持った人間が行きかう街では、無防備では生きていけない。大多数の人間の無防備を貫くためには、社会はある程度単一でなくてはならない。無防備は、多様性を拒否する。

いろんな生きざまを目の当たりにし、その存在を認めることで、人間は生きるということにもう少し謙虚になれる。自分と隣人は違う。でも何の因果か、この瞬間に同じ空間と時間を共有している。そう認めて初めて、他者に対して寛容になれる。

今我々に必要なのは、誇りではなく、多様性だと私は思う。単一の方が楽だから、楽な方向へ向かおうとしているだけだ。多様な文化と接してこそ、自分たちの誇りは意味を持つ。単一性の中だけで誇りを持つのは、ただの狂信である。私たちは本当に、深く眠っている場合ではない。苔など生やしている場合ではない。

香港という街の生い立ちは不幸だ。

しかし東と西、左と右、資本主義と共産主義、個人主義と家族制度、合理性と伝統、考えつく限りのありとあらゆる矛盾を彼らは呑み込み、黙って受け入れるふりをして、まんまと他に類を見ない美味しいスープに仕立ててしまったのである。鍋の底にどんな材料が沈んでいるかなど、いちいち誰も気にはしない。スープは美味しければそれでいいのだ。

香港の将来を占うことは私の役割ではない。香港に問題が山積みなことはわかっているし、不安の種もたくさんある。逆に香港は大丈夫さ、とお調子者よろしく持ち上げることもしたくない。私はそこまで傍観者にもなりえない。材料が変わるのだから、当然スープの味は変わるだろう。それが美味しくなるのかまずくなるのか、それは香港人一人一人の敏感な舌が決めることであって、舌の鈍感な私が決めることではない。私が心配そうな顔でもしようものなら、「自分の心配でもしてな！」と怒鳴り声が飛んでくるだろう。確かにその通りだ。私は自分たちの心配をするべきだ。

私たちはどこへ向かおうとしているのか。考えることにも飽きて、眠ったふりをして苔むそうとしているのか。日本に戻って来た以上、私のすべきことは日本の行方を見届けることだろう。

結局私は、香港の卒業試験に落第したのだと思う。なぜ自分がここにいるのかを常に考え、疑問を感じればさっさと逃げる、そんなギリギリまで追いつめられた精神状態で生き続けるためには、私には修行が足りなかった。体の中の遺伝子がやはり変わりたくないと叫び、深い眠りに引きずりこもうとする。あるいは香港で生きていけるような人間になると、多分自分が日本から出て行くだろうという予感が頭のどこかにあり、体が拒否反応を示しているのかもしれない。私はまだまだ転がる石にはなれないようだ。

しかし落第したからこそ、こんなにも、あの街が恋しい。

世界に香港があってよかった。私にはあの街が必要だった。今は心からそう思う。

この場を借りて、絶対的に暇だった私に根気よく付き合ってくれた香港の友人たちに心からお礼をいいたい。彼らとのお喋りは海を越え、今なお国際電話で続いている。

彼らから電話がかかってくるたびに、静まりかえったアパートの部屋に香港の喧騒がよみがえり、電話を切った途端、私は一人部屋の中に取り残される。そんな時、たまらなくあの雑踏の中に戻りたくなる。

単行本　二〇〇〇年四月　情報センター出版局刊

文春文庫

転《ころ》がる香港《ほんこん》に苔《こけ》は生《は》えない

定価はカバーに表示してあります

2006年10月10日　第1刷
2025年 8 月25日　第5刷

著　者　星《ほし》野《の》博《ひろ》美《み》
発行者　大沼貴之
発行所　株式会社 文 藝 春 秋

東京都千代田区紀尾井町 3-23　〒102-8008
TEL 03・3265・1211㈹
文藝春秋ホームページ　https://www.bunshun.co.jp

落丁、乱丁本は、お手数ですが小社製作部宛お送り下さい。送料小社負担でお取替致します。

印刷製本・TOPPANクロレ

Printed in Japan
ISBN978-4-16-771707-0

文春文庫　ロングセラー小説

（　）内は解説者。品切の節はご容赦下さい。

林　真理子
不機嫌な果実
三十二歳の水越麻也子は、自分を顧みない夫に対する密かな復讐として、元恋人や歳下の音楽評論家と不倫を重ねるが……。男女の愛情の虚実を醒めた視点で痛烈に描いた、傑作恋愛小説。
は-3-20

伊集院　静
羊の目
男の名はサイレントマン。神に祈りを捧げる殺人者――。戦後の闇社会を震撼させたヤクザの、哀しくも一途な生涯を描き、なお清々しい余韻を残す長篇大河小説。（西木正明）
い-26-15

小川洋子
猫を抱いて象と泳ぐ
伝説のチェスプレーヤー、リトル・アリョーヒン。彼はいつしか「盤下の詩人」として奇跡のように美しい棋譜を生み出す。静謐にして愛おしい、宝物のような傑作長篇小説。（山﨑　努）
お-17-3

角田光代
対岸の彼女
女社長の葵と、専業主婦の小夜子。二人の出会いと友情は、些細なことから亀裂が入るが……。孤独から希望へ、感動の傑作長篇。ロングセラーとして愛され続ける直木賞受賞作。（森　絵都）
か-32-5

森　絵都
カラフル
生前の罪により僕の魂は輪廻サイクルから外されたが、天使業界の抽選に当たり再挑戦のチャンスを得る。それは自殺を図った少年の体へのホームステイから始まって……。（阿川佐和子）
も-20-1

有吉佐和子
青い壺
無名の陶芸家が生んだ青磁の壺が売られ贈られ盗まれ、十余年後に作者と再会した時――。壺が映し出した人間の有為転変を鮮やかに描き出した有吉文学の名作、復刊！（平松洋子）
あ-3-5

太宰　治
斜陽《しゃよう》　人間失格《にんげんしっかく》　桜桃《おうとう》　走《はし》れメロス　外七篇
没落貴族の哀歓を描く「斜陽」、太宰文学の総決算「人間失格」、美しい友情の物語「走れメロス」など、日本が生んだ天才作家の代表作が一冊になった。詳しい傍注と年譜付き。（臼井吉見）
た-47-1

横山秀夫
クライマーズ・ハイ
日航機墜落事故が地元新聞社を襲った。衝立岩登攀を予定していた遊軍記者が全権デスクに任命される。組織、仕事、家族、人生の岐路に立たされた男の決断。渾身の感動傑作。（後藤正治）
よ-18-3

伊坂幸太郎
死神の精度
冴えない会社員、昔ながらのやくざ、恋をする青年……真面目でちょっとズレた死神・千葉が出会う、6つの人生を描いた短編集。著者の特別インタビューも収録。

い-70-3

奥田英朗
イン・ザ・プール
プール依存症、陰茎強直症、妄想癖など、様々な病気で悩む患者が病院を訪れるも、精神科医・伊良部の暴走治療ぶりに呆れるばかり。こいつは名医か、ヤブ医者か？　シリーズ第一作。

お-38-1

黒川博行
後妻業
結婚した老齢の相手との死別を繰り返す女・小夜子と、結婚相談所の柏木につきまとう黒い疑惑。高齢の資産家男性を狙う〝後妻業〟を描き、世間を震撼させた超問題作！（白幡光明）
く-9-13

恩田　陸
木洩れ日に泳ぐ魚
アパートの一室で語り合う男女。過去を懐かしむ二人の言葉に、意外な真実が混じり始める。初夏の風、大きな柱時計、あの男の背中。心理戦が冴える舞台型ミステリー。（鴻上尚史）
お-42-3

柚木麻子
ナイルパーチの女子会
商社で働く栄利子は、人気主婦ブロガーの翔子と出会い意気投合。だが同僚や両親との間に問題を抱える二人の関係は徐々に変化して――。山本周五郎賞受賞作。（重松　清）
ゆ-9-3

篠田節子
冬の光
四国遍路の帰路、冬の海に消えた父。家庭人として企業人として恵まれた人生ではなかったのか……足跡を辿る次女が見た最期の景色と人生の深遠が胸に迫る長編傑作。（八重樫克彦）
し-32-12

（　）内は解説者。品切の節はご容赦下さい。

又吉直樹
火花
売れない芸人の徳永は、先輩芸人の神谷を師として仰ぐようになる。二人の出会いの果てに、見える景色は。第一五三回芥川賞受賞作。受賞記念エッセイ「芥川龍之介への手紙」を併録。

ま-38-1

村田沙耶香
コンビニ人間
コンビニバイト歴十八年の古倉恵子。夢の中でもレジを打ち、誰よりも大きくお客様に声をかける。ある日、婚活目的の男性がやってきて——話題沸騰の芥川賞受賞作。（中村文則）
む-16-1

宮下奈都
羊と鋼の森
ピアノの調律に魅せられた一人の青年が、調律師として、人として成長する姿を温かく静謐な筆致で綴った長編小説。伝説の三冠を達成した本屋大賞受賞作、待望の文庫化。（佐藤多佳子）
み-43-2

瀬尾まいこ
そして、バトンは渡された
幼少より大人の都合で何度も親が替わり、今は二十歳差の〝父〟と暮らす優子。だが家族皆から愛情を注がれた彼女が伴侶を持つとき——。心温まる本屋大賞受賞作。（上白石萌音）
せ-8-3

姫野カオルコ
彼女は頭が悪いから
東大生集団猥褻事件で被害者の美咲が東大生の将来をダメにした〝勘違い女〟と非難されてしまう。現代人の内なる差別意識に切り込んだ社会派小説の新境地！　柴田錬三郎賞選考委員絶賛。

ひ-14-4

馳　星周
少年と犬
犯罪に手を染めた男や壊れかけた夫婦など傷つき悩む人々に寄り添う一匹の犬は、なぜかいつも南の方角を向いていた。人と犬の種を超えた深い絆を描く直木賞受賞作。（北方謙三）
は-25-10

綿矢りさ
かわいそうだね？
同情は美しい？　卑しい？　美人の親友のこと本当に好き？　滑稽でブラックで愛おしい女同士の世界。本音がこぼれる瞬間を描いた二篇を収録。第六回大江健三郎賞受賞作。（東　直子）
わ-17-2

（　）内は解説者。品切の節はご容赦下さい。

東野圭吾
秘密
妻と娘を乗せたバスが崖から転落。妻の葬儀の夜、意識を取り戻した娘の体に宿っていたのは、死んだ筈の妻だった。日本推理作家協会賞受賞。（広末涼子・皆川博子）
ひ-13-1

東野圭吾
透明な螺旋
今、明かされる「ガリレオの真実」——。殺人事件の関係者として、ガリレオの名が浮上。草薙は両親のもとに滞在する湯川学を訪ねる。シリーズ最大の秘密が明かされる衝撃作。
ひ-13-14

池井戸　潤
オレたちバブル入行組
支店長命令で融資を実行した会社が倒産。社長は雲隠れ。上司は責任回避。四面楚歌のオレには債権回収あるのみ……。半沢直樹が活躍する痛快エンタテインメント第1弾！（村上貴史）
い-64-2

池井戸　潤
シャイロックの子供たち
現金紛失事件の後、行員が失踪!?　上がらない成績、叩き上げの誇り、社内恋愛、家族への思い……事件の裏に透ける行員たちの葛藤。圧巻の金融クライム・ノベル！（霜月　蒼）
い-64-3

湊　かなえ
花の鎖
元英語講師の梨花、結婚後に子供ができずに悩む美雪、絵画講師の紗月。彼女たちの人生に影を落とす謎の男K……。三人の女性たちを結ぶものとは？　感動の傑作ミステリ。（加藤　泉）
み-44-1

宮部みゆき
蒲生邸事件（上下）
予備校受験で上京した孝史はホテルで火災に遭遇。時間旅行の能力を持つという男に間一髪で救われるも気づくと昭和十一年二月二十六日、雪降りしきる帝都・東京にいた。（末國善己）
み-17-12

有栖川有栖
捜査線上の夕映え
マンションの一室で、男が鈍器で殴り殺された。金銭の貸し借りや異性関係トラブルで、容疑者が浮上するも……。各ランキングを席巻した「火村シリーズ」新境地の傑作長編。（佐々木　敦）
あ-59-3

（　）内は解説者。品切の節はご容赦下さい。

辻村深月
太陽の坐る場所
高校卒業から十年。有名女優になった元同級生キョウコを同窓会に呼ぼうと画策する男女六人。だが彼女に近づく程に思春期の痛みと挫折が甦り……。注目の著者の傑作長編。（宮下奈都）
つ-18-1

辻村深月
琥珀の夏
カルト団体の敷地跡で白骨遺体が見つかった。ニュースで知った弁護士の法子は胸騒ぎを覚える。埋められていたのはミカではないか。30年前の夏、私たちはあそこにいた。（桜庭一樹）
つ-18-7

乾《いぬい》　くるみ
イニシエーション・ラブ
甘美で、ときにほろ苦い青春のひとときを瑞々しい筆致で描いた青春小説――と思いきや、最後の二行で全く違った物語に！「必ず二回読みたくなる」と絶賛の傑作ミステリ。（大矢博子）
い-66-1

米澤穂信
インシテミル
超高額の時給につられ集まった十二人を待っていたのは、より多くの報酬をめぐって互いに殺し合い、犯人を推理する生き残りゲームだった。俊英が放つ新感覚ミステリー。（香山二三郎）
よ-29-1

柚月裕子
あしたの君へ
家裁調査官補として九州に配属された望月大地。彼は、罪を犯した少年少女、親権争い等の事案に懊悩しながら成長していく。一人前になろうと葛藤する青年を描く感動作。（益田浄子）
ゆ-13-1

道尾秀介
いけない
各章の最終ページに挿入された一枚の写真。その意味が解った瞬間、読んでいた物語は一変する――。騙されては〝いけない〟、けれど、絶対に騙される。二度読み必至の驚愕ミステリ。
み-38-5

ピエール・ルメートル（橘　明美　訳）
その女アレックス
監禁され、死を目前にした女アレックス――彼女が秘める壮絶な計画とは？「このミス」1位ほか全ミステリランキングを制覇した究極のサスペンス。あなたの予測はすべて裏切られる。
ル-6-1

（　）内は解説者。品切の節はご容赦下さい。

大沢在昌
魔女の笑窪
闇のコンサルタントとして裏社会を生きる女・水原。男を一瞬で見抜くその能力は、誰にも言えない壮絶な経験から得た代償だった。美しいヒロインが、迫りくる過去と戦う。（青木千恵）
お-32-7

中山七里
テミスの剣《つるぎ》
自分がこの手で逮捕し、のちに死刑判決を受けて自殺した男は無実だった？　渡瀬刑事は若手時代の事件の再捜査を始める。冤罪に切り込む重厚なるドンデン返しミステリ。（谷原章介）
な-71-2

知念実希人
十字架のカルテ
精神鑑定の第一人者・影山司に導かれ、事件の容疑者たちの心の闇に迫る新人医師の弓削凛。彼女にはどうしても精神鑑定医になりたい事情があった――。医療ミステリーの新境地！
ち-11-3

伊岡　瞬
白い闇の獣
小6の少女を殺したのは、少年3人。だが少年法に守られ、「獣」は再び野に放たれた。4年後、犯人の一人が転落死する。少女の元担任・香織は転落現場に向かうが――。著者集大成！
い-107-3

芦沢　央
汚れた手をそこで拭かない
平穏に夏休みを終えたい小学校教諭、元不倫相手を見返したい料理研究家。きっかけはほんの些細な秘密や欺瞞だった……。第164回直木賞候補作となった「最恐」ミステリ短編集。（彩瀬まる）
あ-90-2

石田衣良
池袋ウエストゲートパーク
刺す少年、消える少女、潰し合うギャング団……命がけのストリートを軽やかに疾走する若者たちの現在を、クールに鮮烈に描いた人気シリーズ第一弾。表題作など全四篇収録。（池上冬樹）
い-47-1

今野　敏《びん》
曙光の街
元KGBの日露混血の殺し屋が日本に潜入した。彼を迎え撃つのはヤクザと警視庁外事課員。やがて物語は単なる暗殺事件から警視庁上層部のスキャンダルへと繋がっていく！（細谷正充）
こ-32-1

（　）内は解説者。品切の節はご容赦下さい。

真山　仁
ロッキード
見過ごされた重大証言、辻褄が合わない検察側の主張、そして封印された児玉ルート――。膨大な資料に当たり、綿密な取材を重ね辿り着いたロッキード事件の全貌とは？（奥山俊宏）
ま-33-5

上野正彦
死体は語る
もの言わぬ死体は、決して嘘を言わない――。変死体を扱って三十余年の元監察医が綴る、数々のミステリアスな事件の真相。ドラマ化もされた法医学入門の大ベストセラー。（夏樹静子）
う-12-1

シーナ・アイエンガー（櫻井祐子　訳）
選択の科学
コロンビア大学ビジネススクール特別講義
社長は平社員よりなぜ長生きなのか。その秘密は自己裁量権にあった。二十年以上の実験と研究で選択の力を証明。NHK白熱教室で話題になった盲目の女性教授の研究。（養老孟司）
S-13-1

鈴木忠平
嫌われた監督
落合博満は中日をどう変えたのか
各界から感動の声、続出！　中日はなぜ「勝てる組織」に変貌したのか？　スポーツ・ノンフィクションの枠を超え、社会現象を巻き起こし、賞を総なめにした大ベストセラー。（西川美和）
す-25-2

石田雄太
大谷翔平　野球翔年　I
日本編2013-2018
投打二刀流で史上最高のプレーヤーの一人となった大谷翔平はいかにして誕生したのか？　貴重なインタビューを軸にしたノンフィクション。文庫オリジナル写真も収録。（大越健介）
い-57-2

石井妙子
女帝　小池百合子
キャスターから国会議員へ転身、大臣、都知事と、権力の階段を駆け上った小池百合子。しかし彼女の半生は謎だらけだ。疑惑の学歴ほか、時代が生み落とした「虚怪」を徹底検証する！
い-88-2

木村盛武
慟哭の谷
北海道三毛別・史上最悪のヒグマ襲撃事件
大正四年、北海道苫前村の開拓地に突如現れた巨大なヒグマは次々と住民たちを襲う。生存者による貴重な証言で史上最悪の獣害事件の全貌を描く戦慄のノンフィクション！（増田俊也）
き-40-1

（　）内は解説者。品切の節はご容赦下さい。

夢枕　獏
陰陽師《おんみょうじ》
死霊、生霊、鬼などが人々の身近で跋扈した平安時代。陰陽師安倍晴明は従四位下ながら天皇の信任は厚い。親友の源博雅と組み、幻術を駆使して挑むこの世ならぬ難事件の数々。
ゆ-2-1

阿部智里
烏《からす》に単《ひとえ》は似合わない
八咫烏の一族が支配する世界「山内」。世継ぎの后選びを巡る有力貴族の姫君たちの争いに絡み様々な事件が……。史上最年少松本清張賞受賞作となった和製ファンタジー。（東　えりか）
あ-65-1

上橋菜穂子
香君　（全四冊）
世界中で愛される著者の長編ファンタジー！　植物や昆虫の声を香りで聞く少女は、オアレ稲で繁栄を極めるウマール帝国で、香りで万象を知る〈香君〉という活神と出会った——。
う-38-2

望月麻衣　画・桜田千尋
満月珈琲店の星詠み
満月の夜にだけ開店する不思議な珈琲店。そこでは猫のマスターと店員たちが、極上のスイーツと香り高い珈琲、そして運命を占う「星詠み」で、日常に疲れた人たちを優しくもてなす。
も-29-21

浅葉なつ
神と王　亡国の書
弓可留国が滅亡した日、王太子から宝珠「弓の心臓」を託された慈空。片刃の剣を持つ風天、謎の生物を飼う日樹らと交わり、命がけで敵国へ——新たな神話ファンタジーの誕生！
あ-77-2

顎木あくみ
人魚のあわ恋
新任の美しい国語教師で話題の夜鶴女学院に通う16歳の天水朝名。家族からはある理由で虐げられていた。そんな朝名に思いがけない縁談が。帝都を舞台に始まる和風恋愛ファンタジー！
あ-96-1

竹村優希
その霊、幻覚です。
視える臨床心理士・泉宮一華の嘘
霊能力が高すぎる臨床心理士・一華。ひょんなことから謎の青年・翠とともに心霊調査をすることに……キジトラ猫の式神を従えて、二人の怖くて賑やかな幽霊退治がスタートする。
た-112-1